TJ KLUNE

WOLFSONG

O CHAMADO

Green Creek, volume 1

Tradução
Rita Süssekind

MORROBRANCO
EDITORA

Título original: Green Creek. Volume I: wolfsong

Direção editorial: Victor Gomes
Coordenação editorial: Aline Graça
Acompanhamento editorial: Thiago Bio
Tradução: Rita Süssekind
Preparação: Bárbara Waida
Revisão: Isadora Prospero e Letícia Nakamura
Capa original: Red Nose Studio
Adaptação de capa, projeto gráfico e diagramação: Beatriz Borges
Imagens de miolo: Red Nose Studio e © Shutterstock

Dados Internacionais de Catalogação na Publicação (CIP)

K66w Klune, TJ
Wolfsong: o chamado / TJ Klune ; Tradução: Rita Süssekind – São Paulo : Morro Branco, 2023.
560 p. ; 14 x 21 cm.

ISBN: 978-65-86015-91-1

1. Literatura americana — Romance. 2. Ficção americana. I. Süssekind, Rita. II. Título.
CDD 813

MORROBRANCO EDITORA

Todos os direitos desta edição reservados à:
EDITORA MORRO BRANCO
Alameda Santos, 2223, 7º andar
01419-101 – São Paulo, SP – Brasil
Telefone (11) 3373-8168
www.editoramorrobranco.com.br

Impresso no Brasil
2023

Aviso: este livro contém cenas explícitas e conteúdo adulto.

Para Ely, por todos aqueles links do Tumblr.
Você sabe quais.
A vontade é real.

Ah, por favor, não vá, vamos te devorar, te amamos tanto!

MAURICE SENDAK, *ONDE VIVEM OS MONSTROS*

grãos de poeira/frio e metálico

Eu tinha doze anos quando meu pai colocou uma mala perto da porta.

— Para que isso? — perguntei da cozinha.

Ele suspirou, baixo e áspero. Levou um instante para se virar.

— Quando você chegou em casa?

— Há um tempinho. — Minha pele coçou. Algo não estava certo.

Ele olhou para um velho relógio na parede. O plástico que cobria o mostrador estava rachado.

— Mais tarde do que imaginei. Bem, Ox... — Ele balançou a cabeça. Parecia agitado. Confuso. Meu pai era muitas coisas. Um bêbado. Irritadiço com palavras e punhos. Um diabo doce com uma risada que trovejava como aquela velha Harley-Davidson WLA que tínhamos reconstruído no verão passado. Mas ele nunca ficava agitado. Nunca ficava confuso. Não como estava agora.

Pressenti algo terrível.

— Sei que você não é um menino muito inteligente — falou ele. Olhou para a mala.

Era verdade. Eu não carregava o fardo de ter muita inteligência. Minha mãe disse que eu era normal. Meu pai me achava lento. Minha mãe dizia que não era uma corrida. Àquela altura ele já estava afogado no uísque e começou a gritar e quebrar coisas. Não bateu nela. Pelo menos não naquela noite. Minha mãe chorou muito, mas ele não bateu nela. Eu me certifiquei disso. Quando ele enfim começou a roncar na sua velha cadeira, fui para o meu quarto e me escondi embaixo das cobertas.

— Sim, senhor — disse a ele.

Ele olhou para mim, e para sempre vou jurar que vi um tipo de amor em seus olhos.

— Burro feito um boi[1] — afirmou. Não parecia maldade vindo dele. Simplesmente era.

Dei de ombros. Não era a primeira vez que me dizia aquilo, apesar de a mamãe já ter pedido para ele não fazer mais. Tudo bem. Ele era meu pai. Sabia melhor do que ninguém.

— Você vai sofrer muito — declarou. — Na maior parte da vida.

— Eu sou maior que a maioria — falei, como se isso quisesse dizer alguma coisa. E eu era. As pessoas tinham medo de mim, apesar de eu não querer isso. Eu era grande. Como o meu pai. Ele era um homem grande, com um barrigão, por causa da bebida.

— As pessoas não vão entendê-lo — disse ele.

— Ah.

— Não vão compreendê-lo.

— Não preciso que entendam. — Queria muito, mas dava para compreender por que não me entenderiam.

— Tenho que ir.

— Para onde?

— Embora. Veja…

— A mamãe sabe?

Ele riu, mas não parecia achar graça em nada.

— Claro. Talvez. Ela sabia o que ia acontecer. Provavelmente já há algum tempo.

Dei um passo em direção a ele.

— Quando você volta?

— Ox. As pessoas vão ser cruéis. Apenas ignore-as. Mantenha a cabeça baixa.

— As pessoas não são cruéis. Nem sempre. — Eu não conhecia tantas pessoas assim. Não tinha nenhum amigo de verdade. Mas as pessoas que eu *de fato* conhecia não eram cruéis. Não sempre. Elas só não sabiam o que fazer comigo. A maioria delas. Mas tudo bem. Eu também não sabia o que fazer comigo.

E então ele falou:

— Você não vai me ver por um tempo. Talvez por um bom tempo.

— E a oficina? — perguntei-lhe. Ele trabalhava na Oficina do Gordon. Chegava em casa cheirando a graxa e óleo e metal. Com os

---

1. Trocadilho com o nome da personagem. Em tradução literal, *ox* significa "boi". [N. E.]

dedos escuros. Tinha camisas com o nome bordado. *Curtis* costurado em vermelhos e brancos e azuis. Sempre achei isso incrível. A marca de um grande homem: ter seu nome bordado na camisa. Ele me deixava acompanhá-lo algumas vezes. Ensinou-me a trocar óleo quando eu tinha três anos de idade. A trocar pneu quando eu tinha quatro. A reconstruir o motor de um Chevy Bel Air Coupe 1957 quando eu tinha nove. Naquele tempo eu chegava em casa cheirando a graxa e óleo e metal e sonhava ter uma camisa com meu nome bordado. *Oxnard*, diria. Ou talvez apenas *Ox*.

— Gordon não se importa — foi o que meu pai disse.

Parecia mentira. Gordon se importava muito. Era rude, mas uma vez me disse que quando eu fosse mais velho poderia procurá-lo para conversar sobre um emprego. "Pessoas como nós devem ficar juntas", dissera ele. Não entendi o que quis dizer com isso, mas o fato de que me achava alguma coisa era o suficiente.

— Ah — foi tudo que consegui responder para o meu pai.

— Não me arrependo de você — falou. — Mas lamento todo o resto.

Não entendi.

— Está falando de... — Eu não sabia do que ele estava falando.

— Lamento estar aqui — disse ele. — Não dou conta.

— Bem, não tem problema — falei. — A gente dá um jeito nisso. — Poderíamos simplesmente nos mudar.

— Não tem como dar certo, Ox.

— Você carregou seu celular? — perguntei, porque ele sempre esquecia. — Não esquece de carregar, para eu poder te ligar. Aprendi uma coisa nova em matemática que não entendi. O sr. Howse disse que eu podia te pedir ajuda. — Embora soubesse que meu pai não entenderia a matemática muito melhor do que eu. Chamava-se pré-álgebra. Isso me assustava, porque já era difícil no *pré*. O que aconteceria quando fosse só álgebra, sem o *pré* envolvido?

Reconheci a cara que ele fez. Era sua cara de irritação. Ele estava bravo.

— Não entendeu, porra? — vociferou.

Tentei não vacilar.

— Não — respondi. Porque não entendi mesmo.

— Ox — falou o meu papai. — Não vai ter matemática. Nem ligações. Não me faça me arrepender de você também.

— Ah — disse eu.

— Você precisa ser um homem agora. Por isso estou tentando te ensinar essas coisas. Vai cair um monte de merda em você. Você limpa e continua. — Seus punhos estavam cerrados nas laterais do corpo. Não entendi o motivo.

— Posso ser um homem — garanti-lhe, porque achei que isso faria com que se sentisse melhor.

— Eu sei — respondeu ele.

Sorri para ele, mas ele desviou o olhar.

— Tenho que ir — acabou falando.

— Quando você volta? — perguntei a ele.

Ele deu um passo cambaleante em direção à porta. Respirou fundo e o peito tremeu. Pegou a mala. Saiu. Ouvi sua velha caminhonete dando a partida lá fora. Ela se engasgou um pouco quando pegou. Parecia que ele precisava trocar a correia. Eu teria de lembrá-lo mais tarde.

Minha mãe chegou tarde naquela noite, após dobrar o turno no restaurante. Ela me encontrou na cozinha, no mesmo lugar em que eu estava quando meu pai saiu pela porta. As coisas estavam diferentes agora.

— Ox? — chamou ela. — O que está havendo? — Ela parecia muito cansada.

— Oi, mãe — falei.

— Por que você está chorando?

— Não estou. — E não estava mesmo, pois agora era um homem.

Ela tocou meu rosto. Suas mãos cheiravam a sal, batata frita e café. Seus polegares passaram pelas minhas bochechas úmidas.

— O que houve?

Olhei para ela de cima, porque ela sempre tinha sido pequena, mas, em algum momento do último ano, mais ou menos, eu havia ficado mais alto. Gostaria de me lembrar do dia em que aconteceu. Parecia algo monumental.

— Eu vou cuidar de você — prometi a ela. — Você nunca vai precisar se preocupar.

Seus olhos suavizaram. Dava para ver os pés de galinha. A rigidez da mandíbula.

— Você sempre cuida. Mas isso... — Ela parou. Respirou fundo. — Ele foi embora? — perguntou ela, e soou tão *pequena*.

— Acho que sim. — Enrolei o cabelo dela no dedo. Escuro, como o meu. Como o do meu pai. Éramos todos tão escuros.

— O que ele disse? — indagou.

— Eu sou um homem agora — falei para ela. Era tudo que ela precisava ouvir.

Ela riu de rachar.

Ele não levou o dinheiro quando foi embora. Não todo. Não que houvesse muito.

Também não levou nenhuma foto. Só algumas roupas. O barbeador. A caminhonete. Algumas ferramentas.

Se eu não soubesse do contrário, acharia que ele nunca tinha existido.

Liguei para o número dele quatro dias depois. Era o meio da noite.

Tocou algumas vezes antes de uma mensagem automática atender dizendo que esse número não existia mais.

Tive que pedir desculpas para a mamãe no dia seguinte. Segurei o fone com tanta força que quebrou. Ela disse que não tinha problema e nunca mais falamos no assunto.

Eu tinha seis anos quando meu pai me comprou minhas próprias ferramentas. Nada de coisa de criança. Sem cores vibrantes ou plástico. Tudo frio e metálico e de verdade.

Ele disse:

— Mantenha-as limpas. E Deus tenha piedade de você se eu as encontrar jogadas lá fora. Elas vão enferrujar e vou te dar uma surra. Isso não é brinquedo. Entendeu?

Encostei nelas com deferência porque tinham sido um presente.

— Tudo bem — respondi, incapaz de encontrar as palavras que traduziam o quanto aquilo encheu meu coração.

Entrei no quarto deles (*dela*) em uma manhã, algumas semanas depois que ele se foi. Minha mãe estava no restaurante outra vez, trabalhando em mais um turno. Ela estaria com os calcanhares doloridos quando chegasse em casa.

Um raio de sol penetrava uma janela na parede. Pequenos grãos de poeira brilhavam à luz.

O quarto cheirava a ele. A ela. Aos dois. Algo misturado. Demoraria muito até parar. Mas aconteceria. Um dia.

Abri a porta do armário. Um dos lados estava quase totalmente vazio. Mas havia coisas deixadas para trás. Pedacinhos de uma vida que não existia mais.

Como as camisas de trabalho dele. Quatro delas, penduradas no fundo. Com *Oficina do Gordon* escrito em letras cursivas.

Curtis, todas elas diziam. *Curtis*, *Curtis*, *Curtis*.

Toquei cada uma delas com as pontas dos dedos.

Peguei a última do cabide. Vesti. Era pesada e tinha cheiro de *homem* e *suor* e *trabalho*. Eu disse:

— Certo, Ox. Você consegue.

Então comecei a abotoar a camisa. Meus dedos se atrapalharam, muito grandes e brutos. Eu era tolo e desajeitado. Todo mãos, braços e pernas, lento e atrapalhado. Eu era grande demais para mim mesmo.

Finalmente terminei de fechar o último botão e cerrei os olhos. Respirei fundo. Lembrei da aparência de minha mãe naquela manhã. As linhas roxas sob seus olhos. Os ombros caídos.

— Comporte-se hoje, Ox. Tente não arrumar encrencas — tinha dito ela, como se tudo que eu fizesse fosse arranjar encrenca. Como se eu vivesse encrencado.

Abri os olhos. Olhei no espelho da porta do armário.

A camisa era grande demais. Ou eu era pequeno demais. Não sei dizer. Eu parecia uma criança brincando de me fantasiar. Como se estivesse fingindo.

Fiz uma careta para o meu reflexo. Engrossei a voz e disse:

— Eu sou um homem.

Não acreditei em mim mesmo.

— Eu sou um homem.

Estremeci.

— Eu sou um homem.

Em algum momento, tirei a camisa de trabalho do meu pai e a coloquei de volta no armário. Fechei as portas atrás de mim, os grãos de poeira ainda flutuando ao sol poente.

conversor catalítico/sonhando acordado

— Oficina do Gordon.

— Oi, Gordon.

Um rosnado.

— É? Quem está falando? — Como se ele não soubesse.

— Ox.

— Oxnard Matheson! Eu estava pensando em você.

— Sério?

— Não. Que porra você quer?

Eu sorri porque sabia. O sorriso parecia estranho no meu rosto.

— Também fico feliz em falar com você.

— É, é. Faz tempo que não te vejo, garoto. — Ele estava bravo com a minha ausência.

— Eu sei. Precisei… — Não sabia o que tinha precisado.

— Há quanto tempo o doador de esperma sumiu?

— Há uns dois meses, eu acho. — Cinquenta e sete dias. Dez horas. Quarenta e dois minutos.

— Foda-se ele. Você sabe disso, certo?

Sabia, mas ele ainda era o meu pai. Então talvez não soubesse.

— Claro — respondi.

— Sua mãe está bem?

— Está. — Não. Eu não achava que estava.

— Ox?

— Não. Não sei.

Ele inspirou fundo e suspirou.

— Pausa do cigarro? — perguntei para ele, e doeu, porque aquilo era familiar. Quase conseguia sentir o cheiro da fumaça. Queimava meus pulmões. Conseguia vê-lo se me concentrasse o suficiente, sentado atrás da oficina. Fumando com as sobrancelhas franzidas. Pernas compridas esticadas, calcanhares cruzados. Óleo sob as unhas. Aquelas tatuagens coloridas e brilhantes cobrindo seus braços. Corvos e flores e formas que deviam ter algum significado que nunca entendi.

— Sim. Palitos da morte, cara.

— Você podia largar.

— Eu não largo nada, Ox.

— Cachorros velhos podem aprender truques novos.

Ele riu.

— Tenho 24 anos.

— Velho.

— Ox. — Ele sabia.

Então contei a ele.

— Não estamos bem.

— Banco? — perguntou ele.

— Ela pensa que eu não vejo. As cartas.

— Quanto atraso?

— Não sei. — Eu estava envergonhado. Não devia ter ligado. — Tenho que ir.

— Ox — rosnou ele. Curto e grosso. — Quanto?

— Sete meses.

— Aquele filho da puta desgraçado — falou. Estava com raiva.

— Ele não...

— Não, Ox. Simplesmente... não.

— Eu estava pensando.

— Ih, pronto.

— Você poderia...? — Minha língua estava pesada.

— Desembucha.

— Você poderia me arranjar um emprego? — falei correndo. — É só que precisamos do dinheiro e não posso deixar que ela perca a casa. É tudo que temos. Eu vou ser bom, Gordon. Faria um bom trabalho e trabalharia para você para sempre. Já ia ser assim mesmo, não podemos começar agora? Não podemos começar já? Sinto muito. Só que tem que ser agora porque eu preciso ser o homem agora. — Minha garganta doía. Gostaria de beber alguma coisa, mas não conseguia mover as pernas.

Gordon não disse nada inicialmente. E então:

— Acho que nunca o ouvi falar tanto de uma vez só.

— Não falo muito. — Obviamente.

— Pois é. — Ele pareceu achar graça. — Eis o que faremos.

Ele deu o dinheiro para minha mãe acertar a hipoteca. Disse que descontaria do dinheiro que me pagaria clandestinamente até que eu pudesse trabalhar de forma legal para ele.

Minha mãe chorou. Ela recusou, mas depois se tocou de que não podia recusar. Então chorou e aceitou, e Gordon a fez prometer que contaria para ele se voltasse a ter dificuldades. Acho que ela pensou que ele era a melhor pessoa do mundo e talvez tenha tentado sorrir um pouco mais para ele. Talvez tenha rido levemente. Talvez tenha até inclinado o quadril um pouco.

Ela não sabia que eu já o tinha visto com outro homem quando tinha mais ou menos seis anos, segurando-o levemente pelo cotovelo enquanto entravam no cinema. Gordon ria com gosto e tinha estrelas no olhar. Não acho que ele se interessaria pela minha mãe. Nunca mais vi o homem com Gordon. E nunca mais vi Gordon com ninguém. Eu queria perguntar para ele, mas havia uma rigidez em seus olhos que não existia antigamente, então nunca disse nada. As pessoas não gostam de se lembrar de coisas tristes.

As cartas e os telefonemas ameaçadores do banco pararam.

Só levei seis meses para pagar Gordon. Ou ao menos foi o que ele disse. Eu não entendia muito bem como o dinheiro funcionava, mas achava que deveria ter demorado mais. Gordon disse que estava tudo certo e ficou por isso mesmo.

Nunca vi de fato muito do dinheiro depois disso. Gordon me contou que abriu uma conta no banco para mim, e que renderia juros. Eu não sabia o que significava *render juros*, mas confiava em Gordon.

— Para épocas de tempestade — ele havia dito.

Eu não gostava de tempestades.

Já tive um amigo, uma vez. Ele se chamava Jeremy e usava óculos e dava um sorriso nervoso para muitas coisas. Tínhamos nove anos. Ele gostava de quadrinhos e de desenhar, e um dia me deu um desenho que tinha feito de mim como um super-herói. Tinha uma capa e tudo.

Achei a coisa mais legal do mudo. Mas aí Jeremy se mudou para a Flórida e, quando eu e minha mãe procuramos a Flórida no mapa, ficava do outro lado de onde morávamos, no Oregon.

— As pessoas não ficam em Green Creek — me disse ela enquanto meus dedos tocavam as estradas no mapa. — Não tem nada aqui.

— Nós ficamos — respondi.

Ela desviou o olhar.

Ela estava errada. As pessoas ficavam *sim*. Não muitas, mas ficavam. Ela ficou. Eu fiquei. Gordon ficou. As pessoas da minha escola, apesar de poderem ir embora um dia. Green Creek estava morrendo, mas não estava morta. Tínhamos um mercado. O restaurante onde ela trabalhava. Um McDonald's. Uma única sala de cinema que passava filmes dos anos 1970. Uma loja de bebidas com barras na janela. Uma loja de perucas com cabeças de manequins na vitrine, cobertas por cabelos ruivos e negros e amarelos. A Oficina do Gordon. Um posto de gasolina. Dois semáforos. Uma escola para todas as séries. Tudo no meio de um bosque no meio da Cordilheira das Cascatas.

Eu não entendia por que as pessoas queriam ir embora. Para mim, era meu lar.

Nós morávamos no bosque perto do final de uma estrada de terra. A casa era azul. Os rodapés, brancos. A tinta estava descascando, mas não importava. No verão tinha cheiro de grama e lilases e tomilho e pinhas. No outono as folhas quebravam sob meus pés. No inverno saía fumaça da chaminé, misturando-se à neve. Na primavera os pássaros cantavam nas árvores e à noite uma coruja piava *ru*, *ru*, *ru* até o amanhecer.

Havia uma casa no fim da nossa rua que eu enxergava através das árvores. Minha mãe alegava que era vazia, mas às vezes tinha um carro ou uma caminhonete estacionados na frente, e luzes acesas à noite. Era uma casa grande com muitas janelas. Eu tentava enxergar o lado de dentro, mas estavam sempre cobertas. Às vezes se passavam meses até que eu visse outro carro ali parado.

— Quem morava ali? — perguntei para o meu pai quando eu tinha dez anos.

Ele resmungou e abriu outra cerveja.

— Quem morava ali? — perguntei para a minha mãe quando ela chegou do trabalho.

— Não sei — respondeu ela, tocando na minha orelha. — Já não tinha ninguém quando viemos para cá.

Nunca perguntei para mais ninguém. Disse a mim mesmo que não o fiz porque o mistério é melhor que a realidade.

NUNCA PERGUNTEI POR QUE NOS mudamos para Green Creek quando eu tinha três anos. Nunca perguntei se eu tinha avós ou primos. Sempre fomos apenas nós três, até sermos apenas nós dois.

— ACHA QUE ELE VAI voltar? — perguntei a Gordon quando tinha catorze anos.

— Merda de computadores malditos — resmungou Gordon, apertando mais um botão do Nexiq acoplado ao carro. — Tudo tem que ser feito com computadores. — Apertou outro botão e a máquina apitou furiosamente para ele. — Não posso simplesmente abrir e descobrir por minha conta. Não. Tenho que usar *códigos de diagnósticos* porque é tudo automatizado. O vovô podia simplesmente *escutar* o motor e dizer qual era o problema.

Peguei o Nexiq da mão dele e acionei a tela correta. Achei o código e devolvi para ele.

— Conversor catalítico.

— Eu já sabia disso — falou com uma carranca.

— Vai ser caro.

— Eu sei.

— O sr. Fordham não tem condições de pagar.

— Eu sei.

— Você não vai cobrar o preço total, vai? — Porque Gordon era esse tipo de pessoa. Ele cuidava dos outros, mesmo que não quisesse que ninguém ficasse sabendo disso.

Ele disse:

— Não, Ox. Ele não vai voltar. Coloque isso na empilhadeira, tá?

* * *

Mamãe estava sentada à mesa da cozinha, com vários papéis espalhados ao seu redor. Parecia triste.

Fiquei nervoso.

— Mais coisas de banco? — perguntei.

Ela balançou a cabeça.

— Não.

— Então?

— Ox. É… — Ela pegou a caneta e começou a assinar. Parou antes de terminar a primeira letra. Repousou novamente a caneta. Olhou para mim. — Vou ser correta com você.

— Eu sei. — Porque sabia mesmo.

Ela pegou a caneta e assinou. E assinou de novo. E de novo. E de novo.

Também rubricou algumas vezes.

Quando acabou ela disse:

— Pronto. — Ela riu e se levantou e pegou minha mão e dançamos pela cozinha ao som de uma música que nenhum dos dois podia escutar. Após um tempo, ela saiu.

Já estava escuro quando olhei para os papéis sobre a mesa.

Eram de divórcio.

Ela voltou a usar o nome de solteira. Callaway.

Perguntou se eu também gostaria de mudar o meu.

Respondi que não. Eu faria de Matheson um bom nome.

Ela pensa que não vi suas lágrimas quando eu disse isso. Mas vi.

Eu me sentei no refeitório. Estava barulhento. Não conseguia me concentrar. Minha cabeça doía.

Um cara chamado Clint passou pela minha mesa com seus amigos.

Eu estava sozinho.

Ele disse:

— Retardado de merda.

Os amigos dele riram.

Levantei e vi o medo em seus olhos. Eu era maior do que ele.

Virei e saí, porque minha mãe havia me dito que eu não podia mais brigar.

Clint disse alguma coisa por trás de mim e os amigos riram outra vez.

Eu disse a mim mesmo que, quando tivesse amigos, não seríamos maldosos como eles.

Ninguém me incomodou quando me sentei lá fora. Foi quase bom. Meu sanduíche estava gostoso.

Às vezes eu caminhava no bosque. As coisas eram mais claras lá.

As árvores balançavam ao vento. Os pássaros me contavam histórias.

Não me julgavam.

Um dia peguei um graveto e fingi que era uma espada.

Saltei sobre um riacho, mas era muito largo e molhei os pés.

Deitei-me no chão e fiquei olhando o céu através das árvores enquanto esperava minhas meias secarem.

Enfiei os dedos na terra.

Uma libélula pousou em uma pedra perto da minha cabeça. Era verde e azul. Suas asas tinham veias azuis. Seus olhos eram pretos e brilhantes. Ela voou embora e fiquei imaginando quanto tempo ela viveria.

Alguma coisa se moveu à minha direita. Olhei naquela direção e ouvi um rosnado. Pensei que deveria correr, mas meus pés não funcionaram. Nem minhas mãos. Não queria abandonar minhas meias.

Então, em vez disso, falei:

— Olá.

Não obtive resposta, mas sabia que havia algo ali.

— Eu sou o Ox. Está tudo bem.

Uma lufada de ar. Como um suspiro.

Eu disse que gostava do bosque.

Tive um vislumbre de preto, mas logo desapareceu.

Quando cheguei em casa, meu cabelo estava sujo de folhas e havia um carro estacionado na frente da casa do fim da rua.

No dia seguinte tinha desaparecido.

* * *

Naquele inverno saí da escola e fui para o restaurante. Eram as férias de Natal. Três semanas de nada além da oficina pela frente, e eu estava feliz.

Já tinha voltado a nevar quando abri a porta do Oásis. O sino da entrada tocou. Uma palmeira inflável ficava perto da porta. Um sol de papel machê se pendurava do teto. Quatro pessoas estavam sentadas ao balcão tomando café. Cheirava a gordura. Eu adorava.

Uma garçonete chamada Jenny estourou uma bola de chiclete e sorriu para mim. Eu estava duas séries abaixo dela. Às vezes ela também sorria para mim na escola.

— Oi, Ox — cumprimentou ela.

— Oi.

— Frio lá fora?

Dei de ombros.

— Seu nariz está vermelho — disse ela.

— Ah.

Ela riu.

— Com fome?

— Estou.

— Sente-se. Vou te trazer um café e avisar para a sua mãe que você está aqui.

Eu me sentei à minha mesa, no fundo. Não era minha mesa *de verdade*, mas todo mundo sabia que era.

— Maggie! — avisou Jenny na cozinha. — Ox está aqui. — Ela deu uma piscadela para mim enquanto levava um prato de torrada e ovo para o sr. Marsh, que flertava com um sorriso malicioso, apesar de já ter 84 anos. Jenny riu para ele, e ele comeu os ovos. Colocou ketchup neles. Achei estranho.

— Oi — disse minha mãe, colocando um café na minha frente.

— Oi.

Ela passou os dedos pelo meu cabelo, tirando os flocos de neve. Eles derreteram nos meus ombros.

— Foi bem nas provas?

— Acho que sim.

— Estudamos o suficiente?

— Talvez. Mas me esqueci quem foi Stonewall Jackson.

Ela suspirou.

— Ox.

— Tudo bem — falei para ela. — Acertei o resto.

— Promete?

— Prometo.

E ela acreditou, porque não menti.

— Com fome?

— Estou. Posso comer...

O sino tocou lá em cima. E um homem entrou. Ele parecia ligeiramente familiar, mas eu não sabia dizer onde o tinha visto antes. Ele tinha a idade de Gordon e era forte. E grande. Tinha uma barba clara e volumosa. Passou uma mão na cabeça raspada. Fechou os olhos e respirou fundo. Expirou lentamente. Abriu os olhos e juro que eles brilharam. Mas tudo que vi foi o azul novamente.

— Só um instante, Ox — disse minha mãe. Ela foi falar com o homem e fiz o meu melhor para não olhar. Ele era um estranho, sim, mas havia algo mais. Pensei no assunto enquanto tomava um gole de café.

Ele se sentou à mesa ao lado da minha. Estávamos um de frente para o outro. Ele sorriu levemente para mim. Tinha um sorriso bonito, claro e cheio de dentes. Minha mãe lhe entregou um cardápio e disse que já voltava. Já dava para ver Jenny espiando da cozinha, olhando para o sujeito. Ela ajeitou os seios, passou os dedos pelos cabelos e pegou o bule de café.

— Pode deixar comigo — murmurou ela. Minha mãe revirou os olhos.

Ela foi encantadora. O homem sorriu com educação. Jenny encostou na mão dele, apenas um leve toque com as unhas. Ele pediu uma sopa. Ela riu. Ele pediu creme e açúcar para o café. Ela disse que se chamava Jenny. Ele pediu mais um guardanapo. Ela deixou a mesa parecendo ligeiramente decepcionada.

— Uma refeição e um espetáculo — murmurei. Ele sorriu para mim como se tivesse escutado.

— Já sabe o que quer, garoto? — Minha mãe perguntou ao voltar.

— Hambúrguer.

— Pode deixar, bonitão.

Sorri porque a adorava.

O homem olhou para a minha mãe enquanto ela se afastava. Suas narinas se dilataram. Olhou de volta para mim. Inclinou a cabeça.

As narinas se dilataram de novo. Como se ele estivesse… farejando? Sentindo um cheiro?

Imitei o gesto e cheirei o ar. Parecia igual para mim. Como sempre.

O sujeito riu e balançou a cabeça.

— Não é nada ruim — falou ele. Sua voz era grossa e gentil. Aqueles dentes brilharam outra vez.

— Que bom — respondi.

— Sou o Mark.

— Ox.

Ele ergueu uma sobrancelha.

— Sério?

— Oxnard. — Dei de ombros. — Todo mundo me chama de Ox.

— Ox — repetiu ele. — Nome forte.

— Forte como um boi? — sugeri.

Ele riu.

— Já ouviu muito essa?

— Acho que sim.

Ele olhou pela janela.

— Eu gosto daqui. — Havia tão mais sendo dito nessas palavras, mas nem passei perto de compreender.

— Eu também. Minha mãe diz que as pessoas não ficam aqui.

— Você está aqui — respondeu ele, e soou profundo.

— Estou.

— Aquela é a sua mãe? — Ele acenou com a cabeça para a cozinha.

— É.

— Então ela está aqui. Talvez *as pessoas* nem sempre fiquem aqui, mas algumas ficam. — Ele olhou para as próprias mãos. — E talvez possam voltar.

— Tipo voltar para casa? — perguntei.

O sorriso voltou.

— Sim, Ox. Tipo voltar para casa. Isso… tem cheiro disso aqui. Casa.

— Eu sinto cheiro de bacon — falei timidamente.

Mark riu.

— Sei que sente. Tem uma casa. No bosque. No final da McCarthy. Está vazia agora.

— Conheço essa casa! Eu moro ali pertinho.

Ele assentiu com a cabeça.

— Achei que pudesse conhecer. Explica por que você sente cheir…

Jenny voltou. Trouxe a sopa de Mark. Ele voltou a ser educado, e nada mais. Não como foi comigo.

Abri a boca para perguntar uma coisa (qualquer coisa) a ele quando minha mãe reapareceu.

— Deixe-o comer — censurou-me ela ao colocar o prato na minha frente. — Não é educado interromper o jantar de alguém.

— Mas eu…

— Tudo bem — disse Mark. — Eu é que estava sendo intrometido.

Mamãe pareceu cautelosa.

— Se está dizendo.

Mark concordou com a cabeça e tomou a sopa.

— Fique aqui até eu terminar — orientou mamãe. — Não quero que vá andando para casa assim. É só até as seis. Talvez possamos ver um filme quando chegarmos em casa?

— Tudo bem. Prometi a Gordon que iria até a oficina amanhã cedo.

— Nada de descanso para nós, não é? — Ela me deu um beijo na testa e saiu.

Eu queria fazer mais perguntas a Mark, mas me lembrei dos meus modos. Em vez disso, comi meu hambúrguer. Estava um pouco queimado, exatamente como eu gosto.

— Gordon? — perguntou Mark. Foi quase como uma pergunta, mas também como se ele estivesse testando o nome em voz alta. Seu sorriso estava triste agora.

— Meu chefe. Ele é dono da oficina.

— É mesmo — disse Mark. — Quem poderia imaginar?

— Imaginar o quê?

— Certifique-se de estar sempre perto dela — aconselhou Mark em vez de responder. — Sua mãe.

Olhei para ele. Ele parecia triste.

— Somos só nós dois — contei a ele baixinho, como se fosse um grande segredo.

— Mais um motivo. Mas as coisas vão mudar. Eu acho. Para você e para ela. Para todos nós. — Ele limpou a boca e pegou a carteira, retirando uma nota dobrada e deixando-a sobre a mesa. Ele se levantou e vestiu novamente o casaco. Antes de sair, olhou para mim. — Nós o veremos em breve, Ox.

— Quem?

— Minha família.

— A da casa?

Ele assentiu com a cabeça.

— Acho que está quase na hora de voltar para casa.

— Podemos… — Eu me contive porque era apenas um garoto.

— O quê, Ox? — Ele parecia curioso.

— Podemos ser amigos quando você voltar para casa? Não tenho muitos deles. — Não tinha nenhum além de Gordon e da minha mãe, mas não queria assustá-lo.

Ele cerrou a mão em um punho ao lado do corpo.

— Não muitos? — perguntou.

— Eu falo muito devagar — expliquei, olhando para as minhas próprias mãos. — Ou não falo nada. As pessoas não gostam disso. — Nem de mim, mas eu já tinha falado demais.

— Não há nada de errado com o jeito que você fala.

— Talvez. — Se muitas pessoas dissessem isso, tinha que ter alguma verdade.

— Ox, vou te contar um segredo. Tudo bem?

— Claro. — Fiquei feliz porque amigos compartilham segredos, então talvez isso significasse que éramos amigos.

— São sempre as pessoas mais quietas que têm as melhores coisas para dizer. E, sim, acho que seremos amigos.

Ele então saiu.

Não voltei a ver meu amigo por dezessete meses.

NAQUELA NOITE, ENQUANTO ESTAVA DEITADO esperando o sono, ouvi um uivo nas profundezas do bosque. Cresceu como uma canção, até eu ter certeza de que era tudo que eu poderia um dia querer cantar. O som continuou e continuou e só conseguia pensar em *casa*, *casa*, *casa*. Em algum momento ele parou e eu dormi.

Depois disse a mim mesmo que era apenas um sonho.

— AQUI — DISSE GORDON no meu aniversário de quinze anos. Ele colocou um pacote mal embrulhado nas minhas mãos. Tinha um boneco de neve estampado. Outros funcionários da oficina estavam lá. Rico. Tanner. Chris. Todos jovens e alertas e vivos. Amigos do Gordon que cresceram com ele em Green Creek. Estavam todos sorrindo para mim, à espera. Como se soubessem de um grande segredo que eu não conhecia.

— Estamos em maio — falei.

Gordon revirou os olhos.

— Abra logo essa merda. — Ele se acomodou em sua velha cadeira atrás da oficina e deu uma tragada forte no cigarro. Suas tatuagens pareciam mais coloridas do que o normal. Fiquei imaginando se ele as teria retocado recentemente.

Rasguei o papel. Fez barulho. Queria saborear o momento porque eu não ganhava muitos presentes, mas não consegui. Foram apenas alguns segundos, mas pareceram uma eternidade.

— Isso — falei quando vi o que era. — Isso é...

Era reverência. Era graça. Era beleza. Fiquei pensando se isso significava que eu finalmente podia respirar. Como se tivesse encontrado meu lugar neste mundo que eu não entendia.

Bordadas. Vermelhas. Brancas. Azuis. Duas letras, perfeitamente costuradas.

Ox, dizia a camisa de trabalho.

Como se eu tivesse relevância. Como se eu significasse alguma coisa. Como se eu fosse importante.

Homens não choram. Meu pai me ensinou isso. Homens não choram porque não têm tempo para chorar.

Eu não devia ser um homem ainda, porque chorei. Abaixei a cabeça e chorei.

Rico tocou meu ombro.

Tanner afagou minha cabeça.

Chris tocou sua bota de trabalho na minha.

Eles ficaram ao meu redor. Por cima de mim. Me escondendo, caso alguém entrasse e visse as lágrimas.

Então Gordon colocou a testa na minha e disse:

— Você agora é nosso.

Algo floresceu em mim e me aqueceu. Foi como se o sol tivesse explodido no meu peito, e eu me senti mais vivo do que nunca.

Em seguida, me ajudaram a vestir a camisa. Serviu perfeitamente.

* * *

Fiz uma pausa para um cigarro com Gordon naquele inverno.

— Posso fumar um?

Ele deu de ombros.

— Não conte para a sua mãe. — Ele abriu a caixa e pegou um para mim. Ergueu o isqueiro e cobriu a chama para protegê-la do vento. Coloquei o cigarro na boca e o aproximei do fogo. Traguei. Queimou. Tossi. Meus olhos se encheram d'água e uma fumaça cinza saiu do meu nariz e da minha boca.

A segunda tragada foi mais fácil.

O pessoal riu. Pensei que talvez fôssemos amigos.

Às vezes eu achava que estava sonhando, mas então percebia que na verdade estava acordado.

Estava ficando mais difícil acordar.

Gordon me fez parar de fumar quatro meses depois. Disse que era para o meu próprio bem.

Falei que era porque ele não queria mais que eu roubasse os cigarros dele.

Ele me segurou por trás da cabeça e me mandou trabalhar.

Não fumei mais depois disso.

Ainda éramos todos amigos.

Uma vez perguntei a ele sobre as tatuagens.

As formas. Os padrões. Como se fossem uma estampa. Cheias de cores fortes e símbolos estranhos que eu achava que deveriam ser familiares. Como se estivessem na ponta da língua. Eu sabia que subiam pelos seus braços. Não sabia o quanto iam além disso.

Ele disse:

— Todo mundo tem um passado, Ox.

— Elas são o seu?

Ele desviou o olhar.

— Algo do tipo.

Fiquei imaginando se eu algum dia marcaria meu passado em formas e curvas e cores na pele.

Duas coisas aconteceram no meu aniversário de dezesseis anos.

Fui oficialmente contratado pela Oficina do Gordon. Ganhei um cartão de visitas e tudo mais. Preenchi formulários fiscais com os quais Gordon me ajudou porque eu não conseguia entendê-los. Naquela vez não chorei. O pessoal me cumprimentou, e eles brincaram sobre não trabalharem mais em uma oficina com trabalho infantil. Gordon me deu cópias das chaves da loja e sujou meu rosto de graxa. Apenas sorri para ele. Acho que nunca o vi tão feliz.

Fui para casa naquela tarde e disse a mim mesmo que agora eu era um homem.

Então a segunda coisa aconteceu.

A casa vazia no fim da rua não estava mais vazia e havia um menino na estrada de terra no bosque.

tornado/bolhas de sabão

Caminhei pela rua em direção à casa.

Estava quente, então tirei minha camisa de trabalho. Mantive a camiseta branca. Uma brisa esfriou minha pele.

As chaves da oficina pesavam no meu bolso. Peguei-as e olhei para elas. Nunca tinha tido tantas chaves antes. Eu me senti responsável por alguma coisa.

Coloquei-as de volta no bolso. Não queria correr o risco de perdê-las.

Então ele disse:

— Ei! Olá! Você! Oi, cara!

Levantei o olhar.

Havia um menino na estrada de terra, olhando para mim. Seu nariz estava contraído e os olhos, arregalados. Eram azuis e brilhantes. Cabelos curtos e louros. Pele bronzeada, quase tanto quanto a minha. Ele era jovem e pequeno, e fiquei imaginando se eu estava sonhando outra vez.

— Olá — falei.

— Quem é você? — perguntou.

— Sou o Ox.

— Ox? Ox! Você está sentindo esse cheiro?

Farejei o ar. Não senti nenhum cheiro que não o do bosque.

— Sinto o cheiro das árvores — respondi.

Ele balançou a cabeça.

— Não, não, não. É alguma coisa *maior.*

Ele caminhou na minha direção, arregalando os olhos. Em seguida, estava correndo.

Não era grande. Não podia ter mais de nove ou dez anos. Ele colidiu contra minhas pernas, e eu mal dei um passo para trás. Ele começou a me escalar, prendendo as pernas nas minhas coxas e subindo até os braços estarem em volta do meu pescoço e nos encontrarmos cara a cara.

— É você!

Eu não sabia o que estava acontecendo.

— Eu o quê?

Ele estava nos meus braços agora. Eu não queria que ele caísse. Pegou meu rosto nas mãos e apertou minhas bochechas.

— Por que você tem esse cheiro? — exigiu saber. — De onde veio? Você mora na floresta? O que é você? Nós acabamos de chegar aqui. *Finalmente*. Onde fica a sua casa? — Ele encostou a testa na minha e respirou fundo. — Não entendo! — exclamou. — O que *é* isso? — E então já estava subindo nos meus ombros, os pés pressionando meu peito e pescoço, até chegar às minhas costas com os braços em volta do meu pescoço e o queixo apoiado em meu ombro. — Temos que procurar minha mãe e meu pai — falou. — Eles vão saber o que é. Eles sabem *tudo*.

Ele era um tornado de dedos e pés e palavras. Fui consumido pela tempestade.

Suas mãos estavam nos meus cabelos, puxando minha cabeça para trás enquanto dizia que morava na casa no fim da rua. Que tinham chegado hoje. Que tinham vindo de muito longe. Ficou triste por ter deixado os amigos para trás. Tinha dez anos. Gostaria de ser grande como eu quando crescesse. Eu gostava de quadrinhos? Gostava de purê de batata? O que era a Oficina do Gordon? Eu trabalhava com Ferraris? Eu já tinha explodido algum carro? Ele queria ser astronauta. Ou arqueólogo. Mas não poderia ser nenhuma dessas coisas, pois um dia teria de ser líder. Parou de falar por um tempinho depois dessa.

Seus joelhos espetavam minhas laterais. As mãos envolviam meu pescoço. O simples peso dele era quase demais para mim.

Passamos pela minha casa. Ele me fez parar para poder ver. Não desceu das minhas costas. Em vez disso, eu o levantei mais alto para que ele pudesse ver.

— Você tem seu próprio quarto? — perguntou.

— Tenho. Agora somos só eu e minha mãe.

Ele ficou quieto. Em seguida:

— Desculpa.

Tínhamos acabado de nos conhecer. Ele não tinha por que se desculpar.

— Pelo quê?

— Pelo que quer que tenha te deixado triste. — Como se ele soubesse o que eu estava pensando. Como se soubesse como eu me sentia. Como se ele estivesse aqui e fosse real.

— Eu sonho — falei. — Às vezes parece que estou acordado. E aí não estou.

E ele disse:

— Você está acordado agora. Ox, Ox, Ox. Não está vendo?

— Vendo o quê?

Ele sussurrou, como se falar mais alto pudesse tornar mentira:

— *Nós moramos pertinho um do outro.*

Voltamo-nos para a casa no fim da rua.

A tarde estava se esgotando. As sombras se expandiam. Caminhamos entre as árvores, e mais à frente havia luzes. Luzes fortes. Um farol chamando alguém para casa.

Três carros. Um SUV. Dois caminhões. Todos tinham menos de um ano. Todos tinham placa do estado do Maine. Dois caminhões de mudança de nove metros.

E as pessoas. Todas de pé. Observando. Esperando. Como se soubessem que vínhamos. Como se tivessem nos escutado de longe.

Dois deles eram mais jovens. Um dos caras tinha a minha idade. O outro era talvez um pouco mais novo. Eram louros e menores do que eu, mas não muito. Tinham olhos azuis e expressões curiosas. Pareciam o tornado nas minhas costas.

Havia uma mulher. Mais velha. Com os mesmos tons dos outros. Tinha postura régia, e fiquei imaginando se já tinha visto alguém mais belo. Tinha olhos gentis, porém cautelosos. Estava tensa, como se pronta para se mover a qualquer instante.

Havia um homem ao lado dela. Era mais escuro do que o resto. Era feroz e agourento, e a única coisa em que eu conseguia pensar era *respeito*, *respeito*, *respeito*, apesar de nunca o ter visto antes. A mão dele estava nas costas da moça.

E ao lado deles estava… ah.

— Mark? — falei. Ele parecia exatamente igual.

Mark sorriu.

— Ox. Que prazer encontrá-lo novamente. Vejo que fez um novo amigo. — Ele parecia satisfeito.

O menino nas minhas costas começou a descer. Soltei suas pernas e ele caiu atrás de mim. Ele agarrou minha mão e começou a me puxar em direção às belas pessoas, como se eu precisasse estar ali.

Começou a se agitar como uma tempestade outra vez, a voz se elevando e diminuindo, as palavras forçosamente pontuadas sem qualquer padrão.

— Mãe! *Mãe*. Você precisa *cheirá-lo*! É como… *como*… nem sei como é! Eu estava passeando pelo bosque para fazer o reconhecimento do nosso território para poder ser que nem o papai, e aí… *uau*. Aí ele estava ali, e no começo não me viu porque estou ficando *tão* bom na caça. Eu estava todo *roarr* e *grr*, mas aí *senti o cheiro* outra vez e era *ele* e foi um *cabum*! Nem sei! Nem sei! Você precisa *sentir* o cheiro dele e depois me contar por que parece bengalinhas doces e pinhas e épico e *incrível*.

Todos o encararam como se tivessem encontrado algo inesperado. Mark tinha um sorriso secreto no rosto, escondido pela mão.

— É mesmo? — indagou a mulher finalmente. Sua voz tremulava como algo frágil. — *Roarr* e *grr* e *cabum*?

— E os *cheiros*! — gritou ele.

— Não podemos nos esquecer deles — disse suavemente o homem ao lado dela. — Bengalinhas doces e pinhas e épico e incrível.

— Não contei para vocês? — perguntou Mark para eles. — Ox é… diferente.

Eu não fazia ideia do que estava acontecendo. Mas isso não era nada de novo. Fiquei imaginando se tinha feito algo de errado. Eu me senti mal.

Tentei puxar a mão, mas o menino não soltava.

— Ei — falei para ele.

Ele olhou para mim, seus olhos azuis arregalados.

— Ox — começou ele. — Ox, eu *preciso* te mostrar as coisas!

— Que coisas?

— Tipo… eu não… — Ele estava atabalhoado. — Tipo *tudo*.

— Você acabou de chegar aqui — afirmei. Eu me sentia deslocado. — Você não precisa…? — Eu não sabia o que estava tentando dizer. As palavras me faltavam. Era por isso que eu não falava. Era mais fácil.

— Joe — disse o homem. — Dê um tempinho a Ox, tudo bem?

— Mas *pai*…

— Joseph. — Soou quase como um rosnado.

O menino (*Joe*, pensei, *Joseph*) suspirou e soltou minha mão. Dei um passo para trás.

— Sinto muito — desculpei-me. — Ele simplesmente *apareceu* e não tive nenhuma intenção.

— Tudo bem, Ox — falou Mark, descendo da varanda. — Essas coisas podem ser um pouco... demais.

— Que coisas? — perguntei.

Ele deu de ombros.

— A vida.

— Você disse que poderíamos ser amigos.

— Disse. Demoramos um pouco mais do que eu esperava para voltar. — Atrás dele a mulher abaixou a cabeça e o homem desviou o olhar. A mão de Joe voltou lentamente para a minha, e foi então que eu soube que eles tinham perdido alguma coisa, embora não soubesse o quê. Ou nem mesmo como sabia disso.

— Este é Joe — disse Mark, passando por eles. — Mas acho que já sabe disso.

— Talvez — respondi. — Não peguei o nome. Ele estava falando demais.

Todos me olharam outra vez.

— Eu não estava falando demais — resmungou Joe. — *Você* fala demais. Com seu rosto. — Mas não saiu de perto de mim. Chutou a terra com os sapatos. Um deles estava prestes a desamarrar. Havia uma joaninha em um dente-de-leão, vermelha e preta e amarela. Uma brisa soprou e ela voou para longe.

— Joe — falei, experimentando o nome.

Ele sorriu e olhou para mim.

— Oi, Ox. Ox! Tem uma coisa que eu... — Ele se interrompeu, dando uma olhada para o pai antes de suspirar outra vez. — Tá bom — disse ele, e não sei a quem se dirigia.

— Estes são os irmãos dele — continuou Mark. — Carter. — O da minha idade. Ele sorriu e acenou. — Kelly. — O mais novo dos dois. Entre Carter e Joe. Ele assentiu com a cabeça para mim, parecendo um pouco entediado.

Com isso, restavam dois. Não me assustavam, mas eu tinha a impressão de que deveriam. Esperei por Mark, mas ele continuou quieto. Em algum momento a mulher disse:

— Você é estranho, Ox.

— Sim, senhora — respondi, porque minha mãe me ensinou a ser respeitoso.

Ela riu. Achei lindo.

— Sou Elizabeth Bennett. Este é meu marido, Thomas. Você já conhece o irmão dele, Mark. Parece que seremos vizinhos.

— É um prazer conhecê-la — falei, porque minha mãe me ensinou a ser educado.

— E *me* conhecer? — perguntou Joe, puxando minha mão.

Olhei para ele.

— É um prazer conhecê-lo também.

O sorriso voltou.

— Quer ficar para jantar? — convidou Thomas, me observando com cuidado.

Pensei *sim* e *não* ao mesmo tempo. Fez minha cabeça doer.

— Minha mãe está chegando. Vamos jantar juntos hoje porque é meu aniversário. — Fiz uma careta. Não era isso que eu queria dizer.

Joe arfou.

— *Quê*? Por que você não me contou?! Mãe! É *aniversário* dele!

Ela pareceu se divertir quando disse:

— Estou bem aqui, Joe. Ouvi. Parabéns, Ox. Quantos anos você faz?

— Dezesseis. — Todos estavam olhando para mim. Minha nuca suava. O ar estava quente.

— Legal — disse Carter. — Eu também.

Joe o encarou, exibindo os dentes.

— Eu o encontrei primeiro. — Colocou-se na minha frente, como se bloqueasse Carter.

— Chega — ordenou o pai, a voz um pouco mais grossa.

— Mas... *mas*...

— Ei — falei para Joe.

Ele me encarou com olhos frustrados.

— Está tudo bem — assegurei. — Escute o seu pai.

Ele suspirou e assentiu com a cabeça, apertando novamente a minha mão. Seu sapato desamarrou quando ele chutou o dente-de-leão.

— Tenho dez anos — murmurou finalmente. — E sei que você é velho, mas o encontrei primeiro, então você tem que ser meu amigo primeiro. Desculpe, pai. — Então ele falou: — Só quero te dar um presente.

— Você já deu — respondi. E acho que nunca vi um sorriso tão brilhante quanto o dele naquele instante.

Despedi-me e sei que ficaram me observando à medida que eu me afastava.

— Alguém se mudou para lá? — perguntou minha mãe ao chegar em casa.

— Sim. Os Bennett.

— Você os conheceu? — Ela pareceu surpresa. Sabia que eu não falava com ninguém, se pudesse evitar.

— Conheci.

Ela esperou.

— E aí?

Levantei o olhar do meu livro de história. As provas eram na semana seguinte e eu não estava pronto para algumas.

— E aí? — repetiu ela, então revirou os olhos. — Eles são *gentis*?

— Acho que sim. Eles têm... — Pensei no que eles tinham.

— O quê?

— Filhos. Um tem a minha idade. Os outros são mais novos.

— E por que esse sorriso?

— Por causa de um tornado — falei sem intenção.

Ela beijou minha cabeça.

— E eu pensava que ficando mais velho você falaria coisas com mais sentido. Feliz aniversário, Ox.

Jantamos naquela noite. Bolo de carne. Meu prato favorito, só para mim. Rimos juntos. Era algo que não fazíamos havia um tempo.

Ela me deu um presente embrulhado nos quadrinhos do jornal de domingo. Um manual do Buick 1940, velho e gasto. A capa era laranja. Era mofado e maravilhoso. Ela disse que viu no brechó e pensou em mim.

Havia algumas calças novas de trabalho. As minhas estavam começando a se desintegrar.

E tinha também um cartão. Com um lobo na frente, uivando para a lua. Do lado de dentro, uma piada. *Como se chama um grupo de lobos que desapareceu? Lobis-somem!* Abaixo ela havia escrito oito palavras: *Este ano vai ser melhor. Com amor, mamãe.* Ela desenhou corações em volta da palavra *amor*, tão finamente traçados que pareciam poder voar só com a minha respiração.

Lavamos a louça enquanto seu velho rádio tocava na janela aberta sobre a pia. Ela cantarolava baixinho enquanto respingava água em mim, e eu imaginava por que meu cheiro era de bengalinhas doces e pinhas. De incrível e épico.

Tinha uma bolha de sabão no nariz dela.

Ela disse que havia uma na minha orelha.

Peguei-a pela mão e a girei em um círculo enquanto a música acelerava. Seus olhos brilhavam e ela disse:

— Você vai fazer alguém muito feliz um dia. E mal posso esperar para ver isso acontecer.

Fui para a cama e pela janela vi as luzes acesas na casa do fim da rua. Fiquei pensando sobre eles. Os Bennett.

Alguém, dissera minha mãe. *Fazer* alguém *muito feliz*.

Não *uma moça*. Mas *alguém*.

Fechei os olhos e dormi. Sonhei com tornados.

lobo de pedra/dinah shore

— Tá bonito, *papi* — disse Rico quando cheguei ao trabalho no dia seguinte. — De onde vem toda essa energia?

Era domingo, Dia do Senhor, como me ensinaram, mas concluí que o Senhor não se importaria que eu viesse para este local de louvor em vez do dele. Tinha aprendido minha fé na Oficina do Gordon.

— Deve ser uma bela garota — falou Tanner de onde estava, curvado sobre um SUV ridículo que tinha controle de voz para a ignição. — Ele agora é um homem de verdade. Pegou alguma desconhecida de dezesseis anos ontem?

Eu estava acostumado ao seu jeito rude. Eles não tinham más intenções. Mas isso não impediu que eu enrubescesse por completo.

— Não — respondi. — Nada disso.

— Ah — disse Rico, chegando perto de mim, rebolando os quadris de forma obscena. — Olha esse *rubor*. — Ele passou os dedos pelo meu cabelo, o polegar na minha orelha. — Ela é bonita, *papi*?

— Não tem garota nenhuma.

— Ah? Um garoto, então? Não temos preconceito nenhum aqui na *Casa del Gordon*.

Eu o empurrei para longe e ele riu e riu.

— Chris? — perguntei.

— Está com a mãe — respondeu Tanner. — A coisa do estômago outra vez.

— Ela está bem?

Rico deu de ombros.

— Talvez. Ainda não sei.

— Ox! — gritou Gordon lá do escritório. — Venha já aqui!

— *Oye* — falou Rico com um sorrisinho. — Cuidado, *papi*. Tem alguém de mau humor hoje.

E parecia mesmo. A voz ríspida e forçada. Fiquei preocupado. Não com ele. Comigo.

— Ele só está irritado porque Ox precisa de folga na semana que vem por causa da escola — murmurou Tanner. — Sabe como ele fica quando Ox não está aqui.

Eu me senti péssimo.

— Talvez eu possa…

— Fique com essa sua boca calada — disse Rico, pressionando os dedos nos meus lábios. Dava para sentir o gosto do óleo. — Você precisa se concentrar na escola e Gordon que lide com isso. Educação é mais importante do que os chiliques dele. Está claro?

Assenti com a cabeça e ele abaixou os dedos.

— Vamos ficar bem — garantiu Tanner. — Faça suas provas e teremos todo o verão, certo?

— Ox!

Rico murmurou alguma coisa em espanhol que soou como se estivesse chamando Gordon de um ditador babaca de merda. Descobri que tinha facilidade para entender xingamentos em espanhol.

Fui até o fundo da oficina, onde Gordon se encontrava no escritório. Sua testa estava franzida enquanto ele fazia sua digitação com um dedo só. Tanner chamava de catar milho. Gordon não achava graça.

— Feche a porta — ordenou, sem olhar para mim.

Obedeci e me sentei na cadeira vazia em frente à escrivaninha dele.

Ele não disse nada, então achei que coubesse a mim começar. Às vezes Gordon era assim.

— Você está bem?

Ele fez uma careta para a tela do computador.

— Estou.

— Inquieto demais para quem está bem.

— Você não é engraçado, Ox.

Dei de ombros. Tudo bem. Eu sabia que não era.

Ele suspirou e passou a mão no rosto.

— Desculpe — murmurou.

— Tudo bem.

Finalmente olhou para mim.

— Não quero você aqui na semana que vem.

Tentei não demonstrar tristeza, mas acho que não consegui.

— Certo.

Ele pareceu magoado.

— Caramba, Ox, não é nada disso. Você tem as provas finais na semana que vem.

— Eu sei.

— E você sabe que parte do acordo com sua mãe é que, se suas notas forem afetadas, você não pode trabalhar aqui.

— Eu *sei*. — Eu estava irritado e não tinha como disfarçar.

— Não quero... só... — resmungou ele, e se recostou na cadeira. — Sou péssimo nisso.

— No quê?

Ele fez um gesto entre nós dois.

— Nessa *coisa* toda.

— Você não é mau — falei baixinho. Essa *coisa*. Meu irmão ou pai. Não dissemos. Não precisávamos. Ambos sabíamos o que era. Era mais fácil o constrangimento. Porque éramos homens.

Ele estreitou os olhos.

— É?

— É.

— Como estão as notas?

— Bs. Um C.

— História?

— É. A porra do Stonewall Jackson.

Ele soltou uma risada longa e alta. Era raro Gordon rir, mas quando acontecia era sempre uma risada expressiva.

— Não deixe sua mãe ouvi-lo falar assim.

— Nunca na vida.

— Tempo integral no verão?

Sorri para ele. Mal podia esperar pelos dias longos.

— É. Claro, Gordon.

— Vou te dar muito trabalho, Ox. — As linhas na testa dele suavizaram.

— Posso... ainda posso passar aqui na semana que vem? — perguntei. — Não vou... Eu só... — Palavras. Palavras eram minhas inimigas. Como dizer que aqui era o lugar onde eu me sentia mais seguro? Aqui era onde mais me sentia em casa. Aqui era onde eu não seria julgado. Eu não era a porra de um retardado aqui. Não era um desperdício de tempo ou espaço. Queria dizer muito, *tanto*, e descobri que de fato não conseguia falar nada.

Mas era o Gordon, então eu não precisava. Ele pareceu aliviado, apesar de manter a voz firme por uma questão de aparência.

— Nada de trabalhar na oficina. Você vem para cá e estuda. Nada de gracinhas. Estou falando sério, Ox. Chris ou Tanner podem ajudá-lo com a porra do Stonewall Jackson. Eles sabem essas coisas melhor do que eu. Não pergunte ao Rico. Com ele não vai conseguir nada.

O nó no meu peito se desfez.

— Obrigado, Gordon.

Ele revirou os olhos.

— Saia daqui. Você tem trabalho a fazer.

Fiz uma continência, algo que sabia que ele detestava.

E como eu estava com um excelente humor, fingi não escutar quando ele murmurou:

— Estou orgulhoso de você, garoto.

Mais tarde me lembrei de ter esquecido de contar a ele sobre os Bennett.

Caminhei para casa. Os raios de sol eram filtrados pelas árvores, deixando pequenas sombras em formato de folhas na minha pele. Fiquei imaginando qual seria a idade dessa floresta. Achava que fosse muito antiga.

Joe esperava por mim na estrada de terra onde tínhamos nos encontrado na véspera. Ele se contorcia, os olhos arregalados. As mãos estavam escondidas atrás do corpo.

— Eu sabia que era você! — disse. A voz soou aguda e triunfante. — Estou cada vez melhor em… — Interrompeu-se com uma tosse. — Hã. Em. Fazer coisas. Tipo… saber… que você está… aí.

— Que bom — respondi. — Melhorar é sempre bom.

Seu sorriso era brilhante.

— Estou sempre melhorando. Serei o líder, um dia.

— De quê?

Os olhos se arregalaram outra vez.

— Ah, merda.

— Quê?

— Hã. Presentes!

Franzi o cenho.

— Presentes?

— Bem, *um* presente.

— Para quê?

— Você? — Ele apertou os olhos para mim. — Você. — Enrubesceu ferozmente. O rubor era cheio de bolinhas e ia até o cabelo. Olhou para o chão. — De aniversário — murmurou.

O pessoal da oficina tinha me dado presentes. Minha mãe também. Fora isso, ninguém nunca deu. Era algo que amigos faziam. Ou família.

— Ah — falei. — Uau.

— É. Uau.

— É isso que você está escondendo?

Ele ficou ainda mais vermelho e evitou meu olhar. Acenou com a cabeça uma vez.

Dava para ouvir os pássaros acima de nós. Eles tinham cantos longos e sonoros.

Dei a ele o tempo necessário. Não demorou muito. Pude ver a decisão inundá-lo, enrijecendo seus ombros. Mantendo a cabeça erguida. Marchando para a frente. Não sei o que ele lideraria um dia, mas se sairia bem. Torci para que se lembrasse de ser gentil.

Ele estendeu a mão. Tinha uma caixinha preta com um laço azul em volta.

Por algum motivo eu estava nervoso.

— Não trouxe nada para você — sussurrei.

Ele deu de ombros.

— Não é meu aniversário.

— Quando é?

— Agosto. O que você está... *caramba*. Pegue a caixa!

Peguei. Era mais pesada do que imaginava. Coloquei a camisa de trabalho no ombro e ele se aproximou. Respirou fundo e fechou os olhos.

Desamarrei o laço e lembrei de um vestido que minha mãe havia usado em um piquenique no verão em que completei nove anos. Tinha lacinhos amarrados em laços maiores nas extremidades e ela ria enquanto me dava um sanduíche e salada de batatas. Depois nos deitamos e fiquei procurando formas nas nuvens, e ela falou "Dias como esse são meus favoritos", e eu respondi "Os meus também". Ela nunca mais usou aquele vestido. Perguntei sobre ele uma vez. Ela disse que tinha rasgado sem querer. "Ele não teve a intenção", disse ela. Senti uma raiva enorme e terrível com a qual eu não sabia o que fazer. Com o tempo passou.

E agora esse laço. Eu o segurei na mão. Estava quente.

— Às vezes as pessoas ficam tristes — disse Joe, apoiando a testa no meu braço. Um ganido pareceu vir do fundo da garganta dele. — E não sei o fazer para melhorar. É tudo que eu sempre quis. Fazer as coisas melhorarem.

Abri a caixa. Havia um tecido preto de feltro cuidadosamente dobrado e arrumado. Parecia que tinha um grande segredo ali embaixo e a coisa que eu mais queria no mundo era descobri-lo.

Abri o pano e lá dentro tinha um lobo feito de pedra.

Os detalhes pareciam milagrosos em algo tão pequeno e pesado. O rabo volumoso curvado sobre o lobo, que estava sentado sobre as patas traseiras. As orelhas triangulares que achei que poderiam estar coçando. As patas individuais, com unhas afiadas e solas pretas. A inclinação da cabeça, expondo o pescoço. Olhos fechados, focinho erguido enquanto o lobo uivava uma canção que eu podia ouvir mentalmente. A pedra era escura e por um instante imaginei qual seria a cor dele na vida real. Se teria manchas nas patas. Se as orelhas seriam pretas.

Os pássaros cessaram o canto e fiquei imaginando se seria possível o mundo prender a respiração. Pensei no peso das expectativas.

Pensei em muitas coisas.

Peguei o lobo. Cabia perfeitamente na minha mão.

— Joe. — Soei rouco.

— Oi?

— Você... isso é para mim?

— É? — Como se estivesse perguntando. Depois, mais seguro: — É.

Eu ia dizer para ele que era excessivo. Que não podia aceitar. Que jamais poderia dar a ele nada tão lindo porque as únicas coisas lindas que eu tinha não eram minhas para dar. Minha mãe. Gordon. Rico, Tanner e Chris. Eram as únicas coisas que eu tinha.

Mas ele esperava por isso. Dava para ver. Ele estava esperando a minha recusa. Minha devolução, e minha afirmação de que não podia aceitar. Suas mãos tremiam e os joelhos também. Ele estava pálido e mordendo o lábio. Eu não sabia o que dizer, então falei:

— Provavelmente é a coisa mais bonita que alguém já me deu. Obrigado.

— Sério? — perguntou ele, rouco.

— Sério.

Então ele riu. A cabeça sacudiu para trás e ele riu e os pássaros voltaram e riram junto a ele.

Aquele dia foi o primeiro em que entrei na casa do fim da rua. Joe me puxou pela mão, falando e falando e andando e andando. Ele não pausou nem quando chegamos à minha casa. Passamos direto por ela sem nem hesitar.

Os caminhões de mudança não estavam mais na frente da grande casa. A porta da frente estava aberta, e dava para ouvir música vindo do lado de dentro.

Parei quando Joe tentou me puxar pela varanda.

— O que você está fazendo? — exigiu saber Joe, de um jeito que eu já reconhecia.

Eu não sabia ao certo. Parecia grosseiro simplesmente entrar na casa de alguém. Eu tinha bons modos. Mas até minhas solas dos pés estavam coçando para que eu desse mais um passo. E mais um. Eu sempre guerreava comigo mesmo por pequenas coisas. O que era certo ou errado. O que era aceitável ou inaceitável. Qual era o meu lugar e se eu pertencia.

Eu me senti pequeno. Eles eram ricos. Os carros. A casa. Mesmo pelas janelas dava para ver coisas bonitas como sofás de couro escuro e móveis de madeira sem arranhões ou rachaduras. Tudo era doce e limpo e tão maravilhoso de olhar. Eu era Oxnard Matheson. Minhas unhas eram gordurosas e pretas. Minhas roupas estavam sujas de graxa. Minhas botas estavam arranhadas. Eu não tinha muita noção e, se fosse acreditar no meu pai, não tinha muito futuro. Minha cabeça não sabia sair do coração e eu era pobre. Não éramos miseráveis, mas quase isso. Não suportava a ideia de que isso fosse caridade.

E não os conhecia. Os Bennett. Mark era meu amigo, e talvez Joe também, mas eu não sabia nada sobre eles.

Mas Joe disse:

— Está tudo bem, Ox.

— Como você soube? — respondi.

— Porque eu não teria dado meu lobo para qualquer um. — Ele ruborizou outra vez e desviou o olhar.

Tive a impressão de ter deixado passar algo muito maior naquelas palavras.

Elizabeth estava cantando uma velha canção de Dinah Shore que tocava em uma antiga vitrola. O disco estava arranhado e a música dava alguns pulos, mas ela sabia exatamente onde estavam as falhas e voltava a cantar no lugar certo.

— *I don't mind being lonely* — cantava com uma voz arfada —, *when my heart tells me you are lonely too.*[2]

Meu Deus, doeu em mim.

Ela se movia pela cozinha, seu vestido de verão rodando leve e solto.

A cozinha era adorável. Toda de pedra e madeira escura. Tinha sido limpa recentemente e tudo brilhava como novo.

Dava para ouvir os outros se movimentando no jardim. Riam e pareciam quase tranquilos.

Dinah Shore deixou de ser solitária e Elizabeth olhou para nós.

— Você gosta dessa música? — perguntou ela.

Assenti com a cabeça.

— Ela machuca, mas de um jeito bom.

— É sobre ficar para trás — explicou. — Quando os outros vão para a guerra.

— Ficar para trás ou ser deixado para trás? — perguntei, pensando no meu pai. Elizabeth e Joe congelaram, as cabeças inclinadas para mim quase do mesmo jeito.

— Ah, Ox — disse ela, e Joe pegou a minha mão. — Existe uma diferença.

— Às vezes.

---

2. "Não me importo de ficar solitária quando meu coração me diz que você também está solitário." [N. T.]

— Você vai ficar para o jantar de domingo — falou ela. — É uma tradição.

Eu não tinha muitas tradições.

— Não quero incomodar ninguém.

— Vejo que abriu seu presente — continuou ela, como se eu não tivesse dito nada.

Joe sorriu para a mãe.

— Ele *amou*!

— Eu disse que amaria. — Ela olhou para mim. — Ele estava tão preocupado. — Dinah Shore começou a cantar novamente ao fundo enquanto Elizabeth cortava um pepino em fatias finas.

Joe enrubesceu.

— Não estava, não.

Carter entrou pela porta dos fundos.

— Estava, sim. — A voz dele era alta e suave. — E se ele *odiar*? E se não for *legal* o bastante? E se ele me achar um *perdedor*?

Joe fez uma careta para o irmão e tive a impressão de ter ouvido um rosnado fundo dentro dele.

— Cala a *boca*, Carter!

— Meninos — alertou Elizabeth.

Carter revirou os olhos.

— Ei, Ox. Você tem um Xbox?

Joe riu.

— Há! Rimou. Ox e Xbox. — Ele soltou minha mão e começou a puxar talheres de uma gaveta perto do fogão.

Esfreguei a mão atrás da cabeça.

— Hã. Não? Acho que tenho um Sega.

— Cara. Retrô.

Dei de ombros.

— Não tenho muito tempo para isso.

— A gente arranja tempo — disse ele. Pegou copos plásticos do armário. — De qualquer forma, preciso perguntar sobre a escola. Kelly e eu vamos começar com você no ano que vem.

— Eu queria ir também — resmungou Joe, chateado.

— Você conhece as regras — falou Elizabeth. — Educação domiciliar até os doze anos. Só falta um ano, querido.

Não adiantou nada para acalmá-lo. Mas eu nunca tinha feito educação domiciliar, então não sabia se isso era bom ou ruim.

— Ox, convide a sua mãe, por favor? — pediu Elizabeth enquanto circulava entre as bancadas da cozinha. De um lado para o outro.

— Ela está no trabalho — falei, sem saber ao certo o que deveria fazer. Eles todos se movimentavam como se morassem ali há anos. Eu era o elefante no recinto. Ou o boi. Não tinha certeza sobre qual dos dois.

— Fica para a próxima, então — disse ela, como se fosse *haver* uma próxima vez.

— Porque é tradição?

Elizabeth sorriu para mim e enxerguei Joe nela.

— Exato. Você aprende rápido.

De repente tive total consciência da minha aparência.

— Não estou arrumado para isso. — Passei a mão no cabelo e me lembrei dos dedos sujos.

Ela acenou a mão para mim.

— Não somos formais, Ox.

— Estou sujo.

— "Gasto" seria mais apropriado. Leve isso lá para fora, por favor? Thomas e Mark ficarão felizes em vê-lo. — Ela me entregou uma vasilha de frutas e a segurei junto à caixa que continha o lobo de pedra. Joe tentou me seguir, mas ela o impediu. — Você fica aqui comigo agora. Preciso de ajuda. Ox, pode ir.

— Mas *mãe*…

Passei pela porta dos fundos. Havia uma mesa grande posta sobre a grama. Estava coberta por uma toalha vermelha presa por livros velhos nos cantos. Kelly estava armando as cadeiras ao redor.

— Tudo certo, então? — perguntou ele enquanto eu repousava as frutas.

— As coisa acontecem… rápido aqui — respondi.

Ele riu.

— Você não sabe da missa a metade. — E como se provasse meu argumento: — Meu pai quer falar com você.

— Ah. Sobre o quê? — Tentei pensar se já tinha feito alguma coisa errada. Não conseguia me lembrar de tudo que havia dito ontem. Não foi muita coisa. Talvez fosse esse o problema.

— Está tudo bem, Ox. Ele não é tão assustador quanto parece.

— Mentiroso.

— Bem, *sim*. Mas já é bom que já saiba disso. Vai facilitar as coisas. — De repente ele riu, como se tivesse ouvido algo engraçado. — Sim, sim, sim — disse ele, acenando a mão para mim.

Estavam na churrasqueira, Mark e Thomas. Eu queria desesperadamente ir para perto deles. Bater um papo. Conversar como se pertencesse. Reuni coragem.

Apenas para Mark se virar e andar na minha direção.

— Conversamos mais tarde — falou Mark, apertando meu ombro antes que eu pudesse falar qualquer coisa. Ele me deixou com Thomas. Thomas era pelo menos sete centímetros mais alto do que eu e talvez uns dezoito quilos no peito e braços e pernas. Eu era maior que a maioria das pessoas, mesmo aos dezesseis anos. Mas Thomas era ainda maior.

Ele olhou para a caixa na minha mão.

— Joe amarrou o laço sozinho — revelou. — Não deixou ninguém ajudar.

Sinceridade, talvez.

— Quase disse a ele que não podia aceitar.

Uma sobrancelha se ergueu.

— Por que não?

— Parece... precioso.

— E é.

— Então por quê?

— Por que o quê?

— Por que ele daria para mim?

Irritantemente:

— Por que não?

— Não tenho coisas preciosas.

— Fiquei sabendo que você mora com sua mãe.

— Moro. — E então entendi o que ele queria dizer. — Ah.

— Todos nós podemos ter coisas que sejam só nossas. — Ele acenou para que Kelly viesse até a churrasqueira. — Venha caminhar comigo, Ox.

Eu o segui. Ele me levou para longe da casa. Para as árvores. Um homem que eu tinha conhecido apenas na véspera. E mesmo assim não hesitei. Disse para mim mesmo que era porque eu ansiava por atenção e nada mais.

— Nós costumávamos morar aqui — contou ele. — Antes de você. Carter tinha apenas dois anos quando fomos embora. Não era para ter sido por tanto tempo assim. Por isso a vida é tão engraçada. E tão assustadora. Ela te atrapalha e então um dia você abre os olhos e uma década se passou. Até mais. — Ele esticou os braços e passou as mãos pelas marcas no tronco de uma árvore. Seus dedos quase se encaixavam perfeitamente e fiquei imaginando o que teria provocado aqueles arranhões. Pareciam marcas de garras.

— Por que vocês foram embora? — perguntei, apesar de não ser da minha conta.

— O dever chamou. Responsabilidades que não podiam ser ignoradas, independentemente do quanto tentássemos. Minha família mora nessa floresta há muito tempo.

— Deve ser bom estar de volta ao lar.

— É, sim — falou. — Mark ficava de olho de vez em quando, mas não é a mesma coisa que tocar as árvores com minhas próprias mãos. Ele gostou muito de você, sabe.

— Mark?

— Claro. Ele também. Você acha que esconde, Ox, mas demonstra muita coisa. As expressões no seu rosto. A respiração. As batidas do coração.

— Tento não mostrar.

— Eu sei, mas não consigo entender *por quê*. Por que se esconde?

Porque era mais fácil. Porque fazia isso desde que podia me lembrar. Porque era mais seguro do que ficar exposto e permitir que as pessoas se aproximassem. Era melhor me esconder e imaginar do que me revelar e saber a verdade.

Eu podia ter dito isso. Acho que tinha a capacidade e poderia ter encontrado as palavras. Teriam saído gaguejadas. Interrompidas e engasgadas e amargas. Mas poderia tê-las forçado.

Em vez disso, não falei nada.

Thomas sorriu silenciosamente para mim. Ele fechou os olhos e virou o rosto para o sol.

— Aqui é diferente de qualquer outro lugar — afirmou ele, respirando fundo.

— Mark falou isso quando nos conhecemos. Sobre os cheiros de casa.

— Falou? No restaurante.

— Ele te contou?

Thomas sorriu. Era um sorriso bonito, mas tinha dentes demais.

— Contou. Ele o considerou um espírito afim. E depois teve o que você fez com o Joe.

Fiquei alarmado. Dei um passo para trás.

— O que eu fiz? Ele está bem? Sinto muito. Eu não...

— Ox. — Sua voz era grave. Mais do que antes e, quando colocou as mãos nos meus ombros, pareceu uma ordem, e eu relaxei antes mesmo de saber o que estava acontecendo. Parecia que nunca tinha havido tensão ali, e inclinei levemente a cabeça para trás, como se estivesse expondo meu pescoço. Até Thomas pareceu surpreso. — Qual é o seu sobrenome? — perguntou.

— Matheson. — Havia um pânico interior, mas sua voz ainda estava grave e sua mão ainda no meu ombro e o pânico não emergiu.

Ele abriu a boca para falar, mas fechou outra vez. Em seguida, cada palavra saiu deliberada e cuidadosamente.

— Ontem, quando Joe o encontrou. Quem falou primeiro?

— Ele. Perguntou se eu estava sentindo cheiro de alguma coisa. — Eu queria tirar o lobo de pedra da caixa e olhar novamente para ele.

Thomas deu um passo para trás, abaixando as mãos. Balançou a cabeça. Tinha um pequeno sorriso no rosto, que parecia quase maravilhado.

— Mark disse que você era diferente. De um jeito positivo.

— Eu não sou ninguém — falei.

— Ox, antes de ontem, não ouvíamos Joe falar há quinze meses.

As árvores e os pássaros e o sol desapareceram todos e eu senti frio.

— Por quê?

Thomas deu um sorriso triste.

— Por causa da vida e de todos os seus horrores. O mundo pode ser um lugar terrível.

Pode ser. O mundo. Terrível e caótico e maravilhoso.

As pessoas podem ser cruéis.

Ouvi isso quando as pessoas me ofenderam pelas costas.

Ouvi isso quando disseram as mesmas coisas na minha cara.

Ouvi isso no barulho que a porta fez quando meu pai foi embora.

Ouvi isso na falha da voz da minha mãe.

Thomas não me contou por que Joe parou de falar. Não perguntei. Não era da minha conta.

As pessoas podiam ser cruéis.

Podiam ser lindas, mas também podiam ser cruéis.

É como se algo tão adorável não pudesse simplesmente *ser* adorável. Também tivesse que ser duro e corrosivo. É uma complexidade que eu não entendia.

Não vi a crueldade quando me sentei à mesa deles pela primeira vez. Mark se sentou à minha esquerda, Joe à direita. A comida estava servida, mas ninguém ergueu um garfo ou colher, então eu também não. Todos os olhos voltavam-se para Thomas, que estava à cabeceira. A brisa era quente. Ele sorriu para cada um de nós e deu uma garfada.

Os outros seguiram.

Deixei a caixa com o lobo de pedra no colo.

E Joe. Joe simplesmente disse coisas como *Eu gosto quando tem explosões nos filmes, tipo* bum, *e tal* e *O que você acha que acontece quando soltam pum na lua?* e *Uma vez, eu comi catorze tacos porque o Carter me desafiou e passei dois dias sem conseguir me mexer.*

Ele disse:

O Maine era o Maine. Sinto falta dos meus amigos, mas agora tenho você.

Não tem a menor graça! Não *estou rindo!*

Pode me passar a mostarda antes que Kelly use tudo feito um babaca?

Ele disse:

Uma vez fomos para as montanhas e descemos de trenó.

Sou péssimo em videogame, mas o Carter disse que vou melhorar.

Aposto que corro mais rápido do que você.

Ele disse:

Posso contar um segredo?

Às vezes tenho pesadelos e não consigo me lembrar.

Às vezes me lembro de todos eles.

A mesa ficou em silêncio, mas Joe só tinha olhos para mim.

Eu falei:

— Também tenho sonhos ruins. Mas aí me lembro que estou acordado e que os sonhos ruins não podem me perseguir quando estou acordado. Aí me sinto melhor.

— Certo — disse ele. — Certo.

Passei em todas as provas. Foda-se Stonewall Jackson.

menino bonito/se foder

Minha mãe conheceu os Bennett na metade do verão, em um dos jantares de domingo. Ela estava nervosa, assim como eu estivera. Ela passou as mãos pelo vestido, alisando-o. Enrolou o dedo no cabelo. Disse "Eles parecem tão chiques", e eu ri porque eles eram e não eram.

Minha mãe sorriu ansiosa quando Elizabeth a abraçou. Mais tarde, estavam na cozinha tomando vinho e mamãe riu, com o rosto um pouco vermelho pela bebida e pela alegria.

Thomas trabalhava de casa. Nunca entendi exatamente o que ele fazia, mas vivia falando ao telefone no escritório tarde da noite, ligando para pessoas no Japão ou na Austrália, e sempre de manhã cedo com Nova York e Chicago.

— Finanças — me contou Carter, dando de ombros. — Dinheiro alguma coisa, alguma coisa blá-blá-blá chato. Não vai morrer nessa fase, Ox. É muito fácil.

Elizabeth pintava. Ela disse que naquele verão estava na sua fase verde. Tudo era verde. Ela colocava um disco na velha vitrola e dizia coisas como "Hoje, hoje, hoje" e "Às vezes, fico imaginando", e aí começava. Era sempre um caos controlado e de vez em quando ela tinha tinta nas sobrancelhas e um sorriso no rosto.

— Aparentemente ela é boa — disse Kelly. — Tem coisa pendurada em museu. Não conte para ela que eu falei isso, mas acho tudo igual. Quer dizer, eu também sei respingar tinta na tela. Cadê meu dinheiro e minha fama?

* * *

Eu descia a estrada de terra depois do trabalho e Joe estava esperando por mim.

— Oi, Ox — dizia ele, e sorria um sorriso enorme.

Às vezes eu não tinha permissão para visitá-los por dias. Dois ou três ou quatro dias seguidos. "Momento de família, Ox", dizia Elizabeth. Ou Thomas falava "Vamos manter as crianças em casa esta noite, Ox. Volte na terça, tudo bem?".

Eu entendia, porque não fazia parte da família. Não sabia o que eu era para eles, mas forçava a dor a ficar longe. Não precisava dela. Já tinha dores demais para acrescentar novas. Eles não faziam por mal, era o que eu achava. Dias depois eu encontrava Joe na estrada, ele me abraçava e dizia "Senti saudades", e eu o seguia, e lá estava Elizabeth que sempre dizia "Aí está o nosso Ox", e Thomas sempre perguntava "Tudo bem?". E aí era como se nada tivesse acontecido.

Naquelas noites, eu ficava na cama perdido em pensamentos, ouvindo barulhos distantes que eu poderia jurar que eram lobos uivando. A lua estava grande e cheia e iluminava o quarto como se fosse o sol.

Eles nunca entraram na minha casa. Nunca chamei e eles nunca pediram. Nunca pensei no assunto.

— Ainda vai sair mais cedo hoje? — perguntou Gordon em um dia úmido do fim de agosto.

Levantei o olhar do alternador que estava consertando.

— Vou. Matrícula. Já. — Tinha trazido uma muda de roupas para não chegar cheirando a metal e óleo.

— Sua mãe está trabalhando?

— Está.

— Quer que eu vá com você?

Balancei a cabeça.

— Eu dou conta.

— Penúltimo ano. É difícil.

Revirei os olhos.

— Cala a boca, Gordon.

— Vai levar aquele menino bonito com você, *papi*? — gritou Rico do outro lado da oficina.

Ruborizei, apesar de não ser nada.

Gordon estreitou os olhos.

— Que menino bonito?

— Nosso garotão arrumou um esquema e tanto — disse Rico. — Tanner os viu algumas noites atrás.

Dei um gemido.

— É só o Carter.

— *Carter* — murmurou Tanner, a voz toda sussurrada.

— Carter? — perguntou Gordon. — Quem é ele? Quero conhecer. No meu escritório, para poder dar um belo de um susto nele. Maldição, Ox. Espero que estejam usando esses preservativos do caralho.

— Isso — falou Chris. — Certifique-se de estar usando os preservativos do caralho em vez dos normais. São melhores. Para o caralho.

— Issaaaa! — gritou Rico.

— Detesto todos vocês — murmurei.

— Que mentira — disse Tanner. — Você nos ama. Nós trazemos alegria e felicidade para sua vida.

— Então você está transando com ele? — questionou Gordon com uma careta.

— Caramba, Gordon. Não. Estávamos comprando pizza para os irmãos mais novos dele. Somos amigos. Acabaram de se mudar para cá. Não tenho esse interesse nele, não. — Mas eu achava que não seria tão difícil ter. Eu tinha olhos, afinal.

— Como o conheceu?

Intrometido maldito.

— Eles se mudaram para a casa perto da minha. Ou voltaram para a casa. Não sei direito ainda. Os Bennett. Já ouviu falar?

E aí aconteceu uma coisa engraçada. Eu já tinha visto Gordon irritado. Já o tinha visto rir tanto que até se molhou um pouco. Já o tinha visto chateado. Já o tinha visto triste.

Nunca o tinha visto com medo. De nada.

Gordon não se assustava. Nunca, desde a primeira vez que o vi quando meu pai me trouxe para a oficina uma vez e ele disse “E aí, garoto, já ouvi falar muito de você, que tal pegarmos uns refrigerantes na máquina?”. Nem uma vez. Se me perguntassem, eu diria que Gordon não se assustava com nada, mesmo sabendo o quão ridículo isso soava.

Mas Gordon estava assustado agora. Olhos arregalados, o sangue desaparecendo do seu rosto. Durou dez segundos. Talvez quinze ou vinte. E aí sumiu como se nunca tivesse acontecido.

Mas eu vi.

— Gordon...

Ele virou e voltou para o escritório, batendo a porta atrás de si.

— Que porra foi essa? — perguntou Rico de forma sucinta.

— Babaca invejoso — murmurou Tanner.

— Cala a boca, Tanner — alertou Chris, olhando para mim.

Eu simplesmente encarei a porta fechada.

— Me desculpa — falei para Gordon mais tarde. — Pelo que quer que eu tenha feito.

Ele suspirou.

— Não é culpa sua, garoto. Eu preciso... Você pode achar amigos diferentes? Por que não somos suficientes? — Ele soava arrasado.

— Não é a mesma coisa.

— Você precisa ter cuidado.

— Por quê?

— Esqueça, Ox. Apenas se cuide.

— Recebi uma ligação estranha do Gordon — disse minha mãe certa noite.

— Quê?

— Ele queria que eu o mantivesse longe dos vizinhos.

— *Quê*?

Ela pareceu confusa.

— Disse que não são boas pessoas.

— Mãe...

— Eu pedi que não se metesse.

— Alguma coisa entrou no rabo dele — falei.

Ela fez uma careta.

— Olha a boca. Você não está na oficina.

Passei pela porta, invadindo o escritório.

— Qual é a merda do seu problema?

— Você vai me agradecer um dia — falou ele. Não desviou o olhar do computador. Como se não tivesse a porra de um minuto livre.

— É uma pena que ela não está nem aí para a sua opinião. Disse que tenho idade o suficiente para fazer minhas próprias escolhas.

Isso chamou a atenção dele. Estava irritado.

Saí andando com raiva.

Ele queria me dar carona para casa todos os dias depois do trabalho. Eu ri e o mandei se foder.

— Ox! Olha só quantas batatas fritas eu consigo colocar na boca! — Em seguida Joe enfiou pelo menos trinta na bocarra escancarada, emitindo pequenos rosnados no processo.

— Que nojo — resmungou Carter. — É por isso que você não pode sair em público.

Kelly riu.

— Você só está tentando impressionar a garçonete.

Carter o socou no ombro.

— Ela é *gata*. Ela estuda na nossa escola, Ox?

— Acho que sim. Está no último ano.

— Certeza que vou comer ela este ano.

— Ah, a alegria do amor adolescente. — Mark suspirou. — Joe, não ponha batatas fritas no nariz.

— *Comer* ela? — perguntou Kelly, incrédulo. — Cara. Que nojo.

— Ah, sinto muito se insultei sua delicada sensibilidade. Quis dizer *fazer amor*.

— Por favor, não conte nada disso a Thomas ou Elizabeth — implorou Mark. — Sou um bom tio, juro.

— Ox, olha, Ox! Sou uma morsa de batata. Olha! Olha...

Todos pararam ao mesmo tempo. As mãos de Mark cerraram em punhos sobre a mesa.

— Fiquem aqui — rosnou. Ele já tinha saído pela porta antes que eu pudesse falar.

— Que merda foi essa? — perguntei.

Kelly tentou segui-lo, mas Carter o conteve.

— Me solte, Carter!

— Não — disse Carter. — Ficamos aqui. Ox e Joe. Você *sabe* disso.

Kelly assentiu com a cabeça e ficou parado ao lado da mesa, os braços cruzados, como se estivesse nos protegendo contra a aproximação de alguém.

Olhei pela janela do restaurante.

Mark estava do outro lado da rua. Com Gordon. Não estavam felizes em se ver.

— Filho da puta — murmurei.

Saí da mesa. Kelly me agarrou pelo braço e disse:

— *Não*, Ox, você não pode simplesmente... — Mas rosnei alguma coisa furiosa, e ele arregalou os olhos e recuou.

— Joe, fique aqui — falei por cima do ombro.

Os olhos de Joe se estreitaram e ele abriu a boca para reclamar, mas o interrompi, pedindo que Kelly ficasse de olho nele. Carter estava de pé e me seguiu pela porta sem uma palavra.

Só consegui ouvir alguns fragmentos da conversa ao me aproximar. Não havia contexto, não tinha como entender. Vi o olhar furioso no rosto de Gordon. E a mandíbula rija de Mark.

— Gordon, *não* é a mesma...

— Você *foi embora*. Eu mantive esta cidade segura e você *foi embora*, porra...

— Tivemos que ir, não podíamos...

— Vou colocar proteções em torno dele. Fortalecer as que cercam a casa. Você nunca...

— É escolha *dele*, Gordon. Ele tem idade suficiente para...

— Deixe-o fora disso. Ele *não* é parte disso.

— Você sabe o que aconteceu com Joe. Ele está ajudando o Joe, Gordon. Está *consertando* o menino.

Gordon deu um passo para trás.

— Seu filho da puta maldito. Você não pode *usar*...

— Gordon!

Ele olhou para mim, os olhos arregalados.

— Ox, venha aqui. Agora.

— Qual é a porra do seu problema, cara? — perguntei-lhe. Passei por Mark e fiquei na frente de Gordon, a poucos centímetros. Nunca tinha usado meu tamanho para intimidar ninguém antes.

Mas tudo bem, porque Gordon não se intimidou, mesmo quando nós dois parecemos perceber que eu tinha ficado mais alto que ele ao longo dos últimos meses. Ele agora tinha que levantar os olhos para mim.

— Você tem que ficar atrás de mim, Ox. Deixe-me resolver isso.

— Isso o quê? Você não me disse que os conhecia. O que está acontecendo?

Ele deu um passo para trás. Tinha as mãos cerradas em punhos nas laterais do corpo. Suas tatuagens pareciam mais brilhantes do que de costume.

— Um velho drama familiar — disse ele entredentes. — Longa história.

— Eu entendo, tudo bem? — falei, assinalando entre nós dois. — Eu entendo. Mas você não pode me dizer o que fazer. Não em relação a isso. Não estou fazendo nada errado.

— Não é *sobre* você...

— Mas com certeza está parecendo.

Ele fechou os olhos. Respirou fundo. Exalou lentamente.

— Ox. Preciso que fique seguro.

— E por que eu não estaria? — Não estava entendendo.

— Merda — murmurou Mark. — Ele é seu laço. — Riu sombriamente. — Mas que ironia.

Os olhos de Gordon se abriram. Ele tentou me contornar, mas não deixei.

— Vá dar uma volta, cara — falei para ele. — Esfriar a cabeça.

Ele rosnou para mim, mas virou e se afastou.

Virei para Mark.

— Que merda foi isso?

Ele estava observando Gordon se afastar.

— Não importa, Ox — disse ele. — História antiga.

* * *

Pedi a Gordon que explicasse. Perguntei como ele conhecia Mark e os outros. Por que ele havia mentido para mim e fingido que não sabia quem eram.

Ele simplesmente fez uma careta até eu me afastar.

Perguntei a Mark como ele conhecia Gordon. Mark pareceu triste e eu não pude lidar com isso, então pedi desculpas e nunca mais toquei no assunto.

Era o último jantar de domingo antes do início das aulas. Eu e Joe estávamos sentados na varanda olhando as árvores.

— Queria poder ir com você — murmurou.

— Ano que vem, certo?

Ele deu de ombros.

— Acho que sim. Não é a mesma coisa. Você não vai mais passar tanto tempo aqui.

Coloquei o braço em torno do ombro dele.

— Não vou a lugar nenhum.

— Estou com medo.

— De quê?

— As coisas estão mudando — sussurrou.

Eu também estava. Mais do que ele poderia saber.

— Vão mudar. Precisam mudar. Mas eu e você? Prometo que isso nunca vai mudar.

— Tudo bem.

— Feliz aniversário, Joe.

Ele apoiou a cabeça no meu ombro e tocou meu pescoço com o nariz. Ele sentiu meu cheiro enquanto assistíamos ao pôr do sol. Era rosa e laranja e vermelho e eu não conseguia pensar em um único lugar onde preferisse estar.

* * *

— RETARDADO DO CARALHO — rosnou Clint para mim no segundo dia de aula. Porque ele era assim.

Ignorei, como sempre fazia, guardando os livros no armário. Era mais fácil.

Mas não para Carter, aparentemente. Ele pegou Clint por trás da cabeça e o arremessou contra os armários, pressionando seu rosto no metal frio.

— Se falar assim com ele mais uma vez eu arranco a merda do seu coração — sibilou. — Avise a todos que Ox está sob a proteção dos Bennett e se alguém sequer *olhar* estranho para ele, eu quebro os braços da pessoa. Não mexam com o Ox.

— Não precisava fazer isso — falei baixinho enquanto Carter e Kelly me levavam dali. Carter colocou o braço em torno do meu ombro e Kelly segurou meu cotovelo. — Eles acabam desistindo.

— Fodam-se eles — rosnou Carter.

— Eles não tocam em você — rugiu Kelly. — Nunca.

ELES CHEGAVAM NA ESCOLA COM suas roupas chiques, seus rostos perfeitos e seus segredos, e todo mundo falava deles. Os meninos Bennett.

O Ensino Médio é igual em todo lugar do mundo.

É cheio de fofocas, clichês e insinuações.

Eles fazem parte de uma gangue, sussurravam as pessoas.

São traficantes de drogas.

Tiveram que sair da escola antiga porque mataram um professor.

Eles se revezam para transar com o Ox.

Ox come os dois.

Eu ria e ria.

Nós nos sentávamos no refeitório e eu tinha amigos. Às vezes eu queria conversar. Às vezes não tinha nada para dizer e abria um livro. Eles sempre ficavam comigo.

Sempre se sentavam do mesmo lado da mesa que eu, me protegendo.

ELES GOSTAVAM DE TOCAR. A família inteira.

Uma mão no meu cabelo.

Um abraço.

Um beijo de Elizabeth na minha bochecha.

Joe na estrada de terra enquanto eu caminhava sob o sol. Ele me dava a mão e se apoiava em mim enquanto íamos para casa.

Kelly batia nos meus ombros quando nos cruzávamos no corredor.

O peso do braço de Carter em mim enquanto andávamos para a aula.

A mão de Thomas apertando a minha, um aperto forte e calejado.

O polegar de Mark na minha orelha.

No começo era só eu.

Mas, à medida que o inverno se aproximava, começaram a incluir a minha mãe.

Gordon me contou sobre Joe. Pelo menos em parte.

E o odiei por isso.

— Você precisa ter cuidado com ele — falou. Estávamos na pausa do cigarro, apesar de eu não fumar mais.

— Eu sei — respondi.

— Não sabe. Você nem imagina. — Ele tocou o corvo que tinha no braço. A fumaça subia em curvas ao redor dos seus dedos.

— Gordon...

— Ele foi sequestrado, Ox.

Congelei.

— Levaram-no. No meio da noite. Para se vingar do pai dele. Da família dele. Machucaram-no por semanas. Ele voltou quebrado. Não sabia nem o próprio *nome*...

— Cala a boca — falei com a voz carregada. — Cala a porra da sua boca.

Ele deve ter percebido que exagerou. Fechou os olhos.

— Merda.

— Eu te amo — disse a ele. — Mas te odeio agora. Nunca tinha te odiado, Gordon. Mas te odeio tanto agora e não sei como controlar.

Não dissemos mais nada por um bom tempo.

E então tudo mudou.

ou nunca/oito semanas

A MÃE DO CHRIS MORREU e foi horrível.

Ele chorou no meio da oficina, e eu pus a cabeça no ombro dele. Rico o tocou no pescoço. Tanner apoiou a cabeça nas costas dele. Gordon passou os dedos nos seus cabelos bagunçados.

Ele sumiu por um tempo.

Voltou com Jessie. Sua irmãzinha. Ela tinha acabado de completar dezessete anos e ia morar em Green Creek com ele.

Ela se parecia com o irmão. Cabelos castanhos e olhos verdes e bonitos. Pele clara com pequenas sardas no nariz e nas bochechas, e uma na orelha que me deixou fascinado. Ele a trouxe até a oficina e ela sorriu discretamente enquanto ele a apresentava.

— E este é o Ox — falou ele, e eu dei de cara com uma parede.

Eles todos me encararam.

— Ele acabou de...? — perguntou Gordon.

— Essa foi ótima — comentou Tanner.

— Oi — falei. Minha voz saiu muito mais grossa do que já havia saído até ali. — Sou o Ox. Oxnard. Mas me chame de Ox. — Tentei fazer uma pose num Chevy Tahoe 2007, mas escorreguei e ralei o cotovelo. Eu me levantei. — Ou de Oxnard. Tanto faz.

— Minha nossa — disse Rico. — Está constrangedor de assistir. Deveríamos salvá-lo. Ou sair daqui.

Ninguém me salvou. Nem saiu.

— Oi, Ox — cumprimentou Jessie. — É um prazer conhecê-lo. — Ela sorriu, e foi um sorriso travesso com uma leve indicação de dentes. Minha boca ficou seca, porque ela tinha lábios e olhos bonitos e eu pensei: *Bem, tudo bem.*

— Você... ah. O prazer é meu?

— Talvez Ox possa te apresentar a escola na semana que vem quando você começar — sugeriu Chris.

Derrubei a chave soquete no meu pé.

Jessie começou a frequentar a escola numa terça-feira de primavera. Eu estava desconfortável, inseguro, mesmo depois que ela riu de uma piada que contei sem intenção. Foi uma risada baixa e grave, e um dos sons mais bonitos que já ouvi.

Carter e Kelly pareceram gostar dela, mas se recusaram a sair do meu lado entre as aulas e me cercaram mais do que de costume no almoço. Suponho que deve ter parecido estranho para qualquer um, ver três caras grandes de um lado do banco enquanto uma menina se sentava sozinha em frente a eles, com todo o espaço do mundo. Ela ergueu a sobrancelha para nós, mas Carter e Kelly se recusaram a mudar de lugar e mais tarde expliquei a Jessie que eles eram assim mesmo.

— Protetores? — perguntou ela, olhando para um deles.

— Pode-se dizer que sim. Qual é, pessoal?

Eles olharam feio para mim, depois para ela.

Ela riu deles.

Mais tarde, ela foi andando até a oficina comigo depois da aula, e fiquei vermelho quando o braço dela encostou no meu. Segurei a porta aberta para ela, que me chamou de cavalheiro. Com isso, tropecei no meu próprio pé e quase a derrubei no chão. Rico disse com a voz bem alta que devia ser amor.

O sol estava se pondo quando voltei para casa, pensamentos sobre meninas bonitas e cabelos castanhos rodando na minha cabeça.

Joe esperava por mim, um sorriso no rosto. O sorriso desbotou quando me aproximei.

— O que é isso? — perguntou ele quando me aproximei.

— O quê?

— Esse cheiro.

Farejei o ar que me cercava. Estava igual a sempre. A floresta e folhas e grama e botões em flor, tudo forte e inebriante. Foi o que eu disse a ele.

Ele balançou a cabeça.

— Deixa para lá. — O sorriso voltou e ele pegou minha mão e caminhamos para casa. Ele me disse o que tinha aprendido, como mal podia esperar para frequentar a escola comigo, Carter e Kelly, e aquela árvore não parecia uma moça dançando? Eu tinha visto aquela pedra com um rastro de cristal ao lado? Tinha visto o anúncio daquele novo filme de super-herói a que a gente simplesmente *precisava* assistir no verão? Eu queria ficar para o jantar? Queria ler quadrinhos hoje?

— Sim, Joe — respondi.

Sim para tudo.

Foi numa quinta-feira que finalmente criei coragem.

— Ela vai me olhar estranho e não vou lembrar como se respira! — resmunguei para Carter e Kelly.

— Você não precisa fazer nada que não queira — disse Kelly.

— Mas eu *quero*.

— Tem certeza? — perguntou Carter, aparentando dúvida. — Não está parecendo. Talvez queira mais uns dias para pensar?

— Ou semanas — sugeriu Kelly.

— Ou anos — continuou Carter.

— Ou nunca — concluiu Kelly.

— Ela está vindo! — falei. Posso ter ganido.

— Oi, pessoal. — Jessie sorriu ao se sentar à mesa de almoço.

— Jessie. — Carter soou completamente entediado.

— Que prazer vê-la novamente. — Kelly não pareceu nem um pouco sincero.

Ambos me cercavam de perto. Mal dava para respirar.

— Oi — cumprimentei. — Você está… maneira.

Kelly gargalhou.

— Obrigada — respondeu Jessie.

— Então — falei.

Todos me olharam.

— Tem… coisas. Rolando. Esse fim de semana.

— Tem? — perguntou Carter, feito um babaca. — Que *tipo* de coisa vai rolar nesse fim de semana, Ox?

— Uns bagulhos. — Dei um chute nele por baixo da mesa. Ele nem se mexeu.

— Coisas e bagulhos? — indagou Jessie. — Legal.

— Talvez...

— Talvez o quê?

— Talvez você queira... fazer? Coisas e bagulhos? Comigo.

Kelly suspirou.

Jessie sorriu.

— Ora, Oxnard Matheson. Seu diabinho. Não posso no sábado, porque Chris e eu precisamos resolver assuntos da herança da mamãe. Que tal domingo à tarde?

— Ele não pode — respondeu Carter.

— Não posso? — perguntei.

— Jantar de domingo — relembrou Kelly.

— Ah. Bem. Talvez eu possa faltar? Só essa vez? Não é como se eu não pudesse ir ao próximo.

Carter e Kelly me encararam.

— Então está bem — disse Jessie. Ela estava enrubescida e eu pensei: *Uau*.

— É você que terá de contar ao Joe — emendou Carter.

— Sério — concordou Kelly. — Nem quero estar no mesmo recinto.

— Joe? — questionou Jessie.

— Irmãozinho — falou Carter, como se fosse óbvio.

— O melhor amigo do Ox — acrescentou Kelly em tom desafiador.

— Ele é demais — concordei, e senti um pouco de culpa, não sei por quê.

— Onde ele está? — indagou ela.

— Ele estuda em casa — respondi. — Ano que vem ele entra na escola. — E eu mal podia esperar.

— Quantos anos ele tem? — perguntou Jessie. Parecia confusa.

— Onze.

— Seu melhor amigo tem onze anos?

Carter e Kelly tensionaram a cada um dos meus lados, se encolhendo como molas em uma armadilha.

— Que gracinha — comentou Jessie. Ela sorriu para nós três.

— Que seja — resmungou Carter.

— Não se esqueça de contar ao Joe — disse Kelly.

Eu me esqueci de contar ao Joe.

Não sei por quê. Talvez por causa do trabalho. E da escola. E do fato de que eu teria meu primeiro encontro com uma menina bonita. Talvez por ter me distraído com as brincadeiras animadas dos caras da oficina quando descobriram ("Não deixe de encapar o boneco, *papi*. Chris vai te perseguir com uma espingarda se não fizer isso", disse Rico. Chris pareceu horrorizado e depois me ameaçou com violência corporal se eu sequer *pensasse* em *qualquer* forma de envolvimento sexual. Tanner e Gordon apenas riram e riram. Gordon pareceu particularmente satisfeito com tudo isso).

(Chris chegou no sábado com uma caixa de preservativos e me disse para nunca mais tocar no assunto. Joguei tudo no lixão atrás da oficina para que minha mãe não as encontrasse em casa. Morri de vergonha.)

Mas me esqueci de contar a ele.

Jessie sorriu para mim quando bati à porta do apartamento. Chris fez o melhor que pôde para me olhar feio, mas eu o conhecia bem demais. Ele revirou os olhos, passou a mão no meu cabelo e mandou que nos comportássemos.

E nos comportamos.

Ela me contou histórias enquanto comíamos uma lasanha seca demais, por exemplo como, quando ela tinha sete anos, estava montando um cavalo que se assustou com uma cobra. Ele disparou com ela nas costas e não parou por quase uma hora. Ela não montava mais, mas achava as cobras legais.

Ela tomou um gole de água de uma taça de vinho, como se fôssemos adultos. Como se fosse vinho e nós fôssemos adultos fazendo coisas de adultos. Achei que o pé dela tinha tocado o meu.

Ela disse:

— Sabíamos que ela estava indo. Já sabíamos há um bom tempo. Mas quando deu o último suspiro foi tão surpreendente que achei que fosse quebrar. Mas ficou mais fácil. Mais depressa do que imaginei.

Abri a boca para pagar aquela tragédia com outra tragédia, para contar sobre meu pai nos abandonando em um dia qualquer, mas não consegui encontrar as palavras. Não porque não *existissem*, mas porque não encontrei motivo para entregá-las a ela. Jessie era aberta e gentil e eu não sabia o que fazer com isso.

Tomamos sorvete enquanto o sol se punha.

Passeamos pelo parque, as trilhas acesas por luzes brancas.

Ela esticou o braço e pegou a minha mão e eu gaguejei minhas palavras e tropecei nos meus pés.

Foi perfeito. Foi tão perfeito.

Então ela perguntou:

— Como vai o Joe?

E eu respondi:

— Ah, merda.

Levei-a de volta para casa. Pedi desculpas por interromper nosso primeiro encontro. Ela ficou confusa, mas foi gentil. Disse que eu poderia recompensá-la na próxima vez e meu rosto aqueceu. Ela riu outra vez, e antes que eu me desse conta aconteceu, ela ficou na ponta dos pés e me deu um beijo suave. Foi doce e carinhoso e torci para que Joe estivesse bem.

— Até amanhã? — perguntou ela quando se afastou.

— É — consegui responder de algum jeito.

Ela sorriu e entrou.

Toquei meus lábios porque estavam formigando e então me lembrei.

Minha casa ficava a cerca de três quilômetros. Eu não tinha celular. Não tínhamos condições de pagar.

Corri até minha casa.

As luzes estavam acesas na casa no fim da rua.

A porta se abriu antes mesmo que eu chegasse à varanda.

Thomas estava na entrada. Carter ao seu lado. Ambos pareciam prontos para atacar. Thomas deu um passo para a varanda. Suas narinas estavam abertas e por um instante achei que seus olhos brilharam impossivelmente, mas disse a mim mesmo que tinha sido apenas a luz.

Carter chegou até mim em um segundo, esfregando as mãos na minha cabeça e pescoço.

— Você está bem? — perguntou ele, a voz grave. — Por que está tão assustado? O que aconteceu?

Foi então que percebi que *estava* assustado. Porque tinha decepcionado meu amigo.

— Ninguém o seguiu — declarou Thomas, se colocando ao lado do filho. Dava para sentir o calor emanando dos dois.

— Ele não está machucado — afirmou Carter. Colocou as mãos nos meus ombros e me olhou nos olhos. — Alguém te machucou?

Balancei a cabeça.

— Joe — falei. — Joe. Eu esqueci. Ele…

— Ah — disse Thomas. — Está explicado.

Carter abaixou as mãos e deu um passo para trás. Agora ele parecia apenas irritado.

— Você é um cuzão, Ox.

— Carter — alertou o pai dele enquanto eu recuava. — Basta.

— Mas ele…

— *Basta.*

Com essa única palavra, tudo que eu queria era consertar tudo. Fazer qualquer coisa que Thomas mandasse. E não conseguia entender por quê.

Carter suspirou.

— Foi mal, Ox. É só… Joe, cara. É o Joe.

Abaixei a cabeça.

— Pai — disse Carter em voz baixa. — Não acha que ele já deveria saber? Ele é do bando.

— Para dentro — ordenou Thomas.

Carter não falou mais uma palavra. Subiu para a varanda e entrou, fechando a porta da casa dos Bennett.

— Ele está bem? — perguntei a Thomas, sem conseguir olhar para ele.

— Vai ficar — respondeu Thomas.

— Não tive a intenção…

— Eu sei, Ox.

Olhei para Thomas. Ele não estava com raiva. Apenas triste.

— Eu o acompanho até sua casa.

Pensei em discutir. Em dizer que queria ver Joe só um minuto, para pedir desculpas. Mas o tom dele não deixou qualquer abertura para discussão, então apenas assenti com a cabeça e o segui, arrastando os pés pela terra.

— Ela é legal? — indagou Thomas.

— Quem?

— A garota.

Dei de ombros.

— É bacana. Parece uma boa pessoa.

— E você não teve contato com muitas dessas ao longo da vida — disse Thomas. Não era uma pergunta.

— Agora tenho — respondi honestamente. Porque tinha mesmo.

— Você tem — concordou. — Às vezes me esqueço de que você só tem dezesseis anos. Sua alma é antiga, Oxnard.

Não sabia se isso era bom ou ruim, então não disse nada.

— Você gosta dela?

— Acho que sim.

— Ox.

— Sim, gosto.

— Que bom — falou. — Isso é bom. Elizabeth e eu nos conhecemos quando eu tinha dezessete anos. Ela tinha quinze. Nunca houve mais ninguém para mim.

— Mas… Joe. Ele…

— Joe… — Ele suspirou. — Joe ficou chateado. Não estou dizendo isso para aborrecê-lo, Ox, então por favor não me entenda mal. Joe é… diferente. Depois de tudo que aconteceu com ele, ele não pode ser nada *a não ser* diferente.

— Gordon disse… — Eu me interrompi, mas o estrago já estava feito.

Thomas inclinou a cabeça para mim.

— E o que *foi* que Gordon disse? — perguntou, soando mais perigoso do que nunca.

— Que alguém o machucou — sussurrei, olhando para minhas próprias mãos. — Não deixei que me contasse mais nada.

— Por quê?

— Porque… ele não tinha o direito de me contar. Não tenho o direto de saber nada. E sinceramente? Não sei se me importo. E não por não me importar com ele. Mas porque quero ser amigo dele independentemente de por que ele precisa de mim. — Passei o pé pela sujeira com a ponta da bota. — E serei amigo dele enquanto ele permitir.

— Ox, olhe para mim.

Olhei. Não conseguiria evitar nem se quisesse.

Seus olhos escuros estavam maiores do que nunca.

E ele falou, sua voz firme e suave. Palavras que me inundaram como um rio e eu não pude contê-lo, por mais que desejasse. Por mais que quisesse que ele calasse a porra da boca.

Joe foi capturado por um homem que queria ferir Thomas e sua família. O homem o manteve por semanas. Ele o machucou. Fisicamente. Mentalmente. Quebrou seus dedinhos das mãos. E dos pés. O braço. As costelas. Fez com que chorasse, sangrasse e gritasse. Ele às vezes ligava para eles. O homem mau. Ligava para que ouvissem Joe ao fundo dizendo que queria ir para casa. Tudo que queria era voltar para casa.

Oito semanas. Levaram oito semanas para achar Joe.

E acharam. Mas ele não falava.

Ele os reconhecia. Sua família. Na maioria das vezes. Chorava em silêncio, os braços e ombros tremendo.

Mas não falava.

Mesmo nos piores pesadelos, quando ele acordava berrando à noite, sacudindo a cama, tentando escapar do homem mau, ele não falava.

Tentaram terapia. Não adiantou. Nada fazia com que falasse.

— Não até você — disse Thomas.

Eu provavelmente ainda não era um homem, porque por baixo de toda aquela raiva uma lágrima brotou e escorreu pela minha bochecha.

— Quem? — perguntei, e essa única palavra soou como um terremoto.

— Um homem que queria algo que não podia ter — falou Thomas.

— Você o matou?

Seus olhos escureceram.

— Por quê?

— Porque, se você não matou, mato eu. Vou quebrá-lo e fazê-lo sofrer.

— Você faria isso?

— Pelo Joe? Sim.

— Você é tão mais complexo do que aparenta — afirmou Thomas. — Essas suas camadas. Quando penso que já cheguei ao fundo, ele se abre e fica ainda mais fundo.

— Posso vê-lo?

— Dê alguns dias para ele, Ox. — Thomas tocou meu ombro, apertando-o gentilmente. — Ele vai encontrá-lo quando estiver pronto. E cuide da sua garota. Ela merece.

Enrubesci.

— Ela não é minha garota — murmurei.

— Ela pode ser.

— Talvez. Sou parte do seu bando?

Pela primeira vez desde que o conheci, peguei Thomas Bennett de surpresa. Ele arregalou os olhos e deu um passo para trás.

— Quê?

— Seu bando. Ou seja lá o que Carter disse.

Ele não disse nada e fiquei imaginando se eu tinha ultrapassado algum limite que não sabia que existia.

— Não quis dizer… — Parei, incerto sobre como concluir.

Ele falou:

— O que você acha que significa bando?

— Família — respondi prontamente.

Thomas sorriu.

— Sim, Ox. Você é parte do meu bando.

Carter e Kelly não foram à escola no dia seguinte. Fiquei preocupado. Eu normalmente ia de carro com eles. Mas naquela manhã eles não vieram e quase me atrasei pegando carona com mamãe.

— Tenho certeza de que está tudo bem — disse Jessie, apertando minha mão enquanto almoçávamos. Fiz o melhor que pude para sorrir enquanto ela falava. Sobre como estava gostando de Green Creek mais do que havia imaginado. Sobre como mal podia esperar pelo verão. Sobre a saudade que sentia da mãe. Ela se perguntava por quanto tempo ia doer, e eu falei que não sabia, apesar de achar que provavelmente doeria para sempre.

Ela me deu um beijo na bochecha antes que eu saísse para trabalhar.

Os caras me encheram o saco na oficina. Chris contou que Jessie tinha chegado em casa na véspera toda mole.

— Ox é tão *fofo* — imitou ele num falsete agudo. — Seus *olhos* e o *sorriso* e a *risada*. AI. MEU. *DEUS*!

Enrubesci furiosamente e tentei me concentrar na troca de óleo.

— Olhem para ele! — disse Rico alegremente. — Parece um tomate!

— Nosso adorável bebezinho está crescendo — falou Tanner com um suspiro.

Eu perguntei:

— Cadê o Gordon? — O escritório dele estava escuro.

— Folga — respondeu Rico. — Tinha coisas a resolver.

— Que coisas? — Não me lembrava de ele ter dito nada. Ele nunca tirava folga às segundas.

— Não preocupe sua cabecinha com isso — disse Tanner. — Preocupe-se apenas em tentar impressionar sua namorada.

— Ela não é minha namorada!

— É — falou Chris. — Tente explicar isso para *ela*.

Joe não estava me esperando na estrada de terra. A casa do fim da rua estava escura, como se não houvesse ninguém. Pensei em bater à porta, mas em vez disso fui para casa. No meu quarto, o lobo de pedra estava na prateleira. Segurei-o e me dei conta de que Thomas não havia me respondido sobre o homem mau que tinha machucado Joe. Se ainda estava vivo.

Uma buzina tocou do lado de fora da casa na manhã seguinte. Carter e Kelly me esperavam no carro. Eu estava nervoso.

— Oi, Ox — disseram quando entrei no banco da frente. Kelly estava sentado atrás de mim.

— Oi — respondi. Entrelacei minhas mãos.

— Ele está bem — falou Carter enquanto sacolejávamos pela estrada de terra.

Soltei o ar.

— Tem certeza?

— Vai ficar.

— Vamos garantir que sim — disse Kelly.

— Seu pai disse que sou parte do bando de vocês — falei, porque queria ter certeza de que eles também achavam isso.

Carter freou de súbito. O cinto apertou meu peito. Os braços de Kelly me envolveram pela frente, apertando com força. Carter se inclinou e esfregou a testa no meu ombro.

— É claro que é — confirmou ele, e Kelly murmurou concordando, me apertando ainda mais.

Não falamos muita coisa depois disso, e tudo bem.

Carter riu de algo que Jessie disse. Até Kelly sorriu. Eu estava em um torpor.

Gordon estava na oficina. Assim que entrei pela porta, ele estava na minha frente.

Estava com olheiras enormes e pálido. Até as tatuagens nos braços pareciam desbotadas.

— Você está bem? — perguntei a ele.

Ele assentiu com a cabeça.

— Estou. Você? — A voz dele soou dolorida.

— Você não veio ontem.

— Eu sei.

— Talvez devesse ir para casa, cara. Você não parece bem.

— Estou me sentindo melhor agora — disse ele, e me abraçou.

Não fazíamos isso com frequência, então me surpreendi. Mas retribuí o abraço de qualquer forma porque ele era o Gordon. Dei tudo de mim, porque precisava.

— Vou arrumar um telefone para você — murmurou. — Celular. Fico puto por você não ter um. Não deu nem para te ligar.

— Ei, não. Não precisa...

— Cala a boca, Ox.

E eu calei.

Joe não estava esperando por mim na estrada de terra. As luzes estavam acesas na casa do fim da rua. Eu agora era do bando, mas fui para casa assim mesmo.

Dormi com o lobo de pedra na mão.

* * *

Carter e Kelly sorriram para mim quando entrei no carro, na manhã seguinte. Queria lhes perguntar sobre as oito semanas em que Joe ficou desaparecido, mas as palavras ficaram presas na minha garganta. Ambos deram um jeito de me tocar. Um tapa nas costas. Um afago no peito.

Devia ter sido óbvio. Devia ter sido óbvio o que eles eram, mas eu não estava à procura do incrível enterrado sob o comum.

— Como está Joe? — perguntou Jessie no almoço, e Carter e Kelly congelaram.

— Não o tenho visto — murmurei.

Ela pareceu confusa.

— Por que não?

— Ele está doente — disse Carter antes que eu pudesse falar, e Kelly apertou minha perna embaixo da mesa. Eles ainda me cercavam enquanto almoçávamos.

— Ah — falou ela. — Sinto muito por isso. Espero que ele melhore.

— Ele vai — respondi. Devo ter sido muito enfático, porque ela me olhou de um jeito estranho.

Carter e Kelly me apertaram e entendi o que estavam tentando dizer.

Gordon me entregou um celular. Não era moderno. Era funcional. Era incrível. Ele tinha salvado os números dele, da oficina, do restaurante e do restante dos caras.

— Mantenha sempre com você, certo? Mas não se atreva a usá-lo na escola, a não ser em caso de emergência.

Assenti com a cabeça, tocando de leve a tela.

— Tenho meu próprio número de telefone? — perguntei, impressionado.

E ele sorriu para mim. Aquele sorrisinho que eu sabia que era só meu.

— Tem, cara. Você tem seu próprio número.

— Obrigado, Gordon — falei, e o abracei outra vez.

Ele riu no meu ouvido e por um tempinho esqueci que o odiava.

* * *

Era quarta-feira e Joe não estava lá.

Carter e Kelly me fizeram gravar seus números no meu telefone novo. E me deram os números dos pais deles. E do Joe, que aparentemente também tinha um, apesar de ter só onze anos. Eu não entendia por que crianças precisavam de telefones, mas, assim que passei a ter o número dele, fiquei o encarando. Não sabia como enviar uma mensagem de texto, então não fiz nada.

Chris me contou que Jessie andava insinuando que eu devia convidá-la para sair de novo. Revirei os olhos quando eles riram e assobiaram.

Desci a rua para casa. A poeira subia em pequenas nuvens conforme eu arrastava os pés. O céu estava cinza e as nuvens ameaçavam chuva.

E lá estava ele. Parado. Os olhos brilhantes e arregalados.

Fazia quase um ano que o conhecia. Ele tinha crescido nesse período. Os irmãos ainda o chamavam de nanico, mas eu não achava que isso seria verdade por mais muito tempo. Ele seria grande como todos os outros. Era um Bennett, afinal.

Seus olhos não desgrudaram de mim enquanto eu avançava lentamente, incerto quanto ao meu lugar. Ele não esticou a mão para pegar a minha quando me aproximei. Parte de mim queria se irritar, dizer: *Foi só a porra de um jantar, foi só um dia que perdi, não é justo, você não pode fazer isso.* Era uma parte pequena, mas estava ali e eu me detestava por isso.

E aí:

— Oi, Ox — disse ele com uma voz tão atípica que tudo desapareceu.

Então falei:

— Oi, Joe. — E soei um pouco áspero.

Ele parecia querer esticar o braço e tocar minha mão, mas se conteve. Esperei, sem querer forçar.

— Queria vê-lo — revelou ele. Olhou para os próprios pés e chutou uma folha seca. Em algum lugar, um pássaro entoou uma canção que doía.

Falei a única coisa em que consegui pensar.

— Ganhei um telefone celular. Tenho seu número. Não sei mandar mensagens. Você pode me ensinar? Porque quero te mandar mensagens e não sei como.

Ele me olhou com aqueles olhos grandes e seu lábio inferior tremia.

— Tá. Tá. Posso te ensinar. Não é difícil. Você a ama?

— Não. Não a conheço desse jeito — respondi.

Ele então pulou no meu colo, me abraçando e chorando no meu pescoço. Segurei-o firme, e acho que ainda não era um homem, porque meus olhos também transbordaram. Pedi desculpas por ter perdido o jantar de domingo e garanti que isso nunca mais aconteceria porque ele era o Joe e eu o Ox e era assim que as coisas funcionavam.

Ele tremeu e chorou e meu pescoço estava grudento, mas com o tempo se acalmou e se ajeitou no meu peito. Depois de acomodado, ele respirou fundo, como se estivesse inalando cada parte de mim. Carreguei Joe para casa.

Estavam todos à nossa espera quando chegamos à casa do fim da rua. Joe dormia, o rosto enfiado no meu pescoço, os braços caídos.

— Ele estava cansado — expliquei, e pensei *bando*.

— Ele sentiu sua falta — contou Elizabeth, a voz calorosa. — Nós também.

— Desculpem — falei.

— Não há por que se desculpar — disse Mark.

Franzi a testa.

— Não é verdade. Eu…

— Ox?

Olhei para Elizabeth.

— Você tem dezesseis anos — falou ela. — Você pode ter encontros. Talvez só avise ao Joe antes, que tal?

Fiz que sim com a cabeça.

— Está com fome? — perguntou ela.

Assenti novamente com a cabeça, apesar de não estar. Só queria entrar junto a todos eles.

— Por que não o leva lá para cima e eu esquento as sobras? Depois pode nos contar sobre sua menina bonita.

Entrei atrás deles.

Fiquei com Joe. Por um tempinho. Só para me certificar de que ele não teria sonhos ruins.

No dia seguinte, ele me ensinou a enviar mensagens de texto. Minha primeira foi para ele.

oi joe é o ox mandando mensagem obrigado por ter me ajudado

Levei cinco minutos para digitar porque meus dedos eram grandes demais. Não permiti que ele lesse enquanto eu me acertava com meus dedos gordos.

Quando terminei, o telefone de Joe apitou quase imediatamente, e fiquei maravilhado com a velocidade com que as palavras podiam ser enviadas. Era um pensamento assustador.

Ele leu a mensagem e riu tanto que caiu no chão, com lágrimas nos olhos.

Mais tarde naquela noite, recebi minha primeira mensagem:

Você também me ajuda

garras e dentes/risadas

Completei dezessete anos e me despedi do penúltimo ano escolar. Três meses seguidos de trabalho e bando e Jessie se apresentavam diante de mim. Eu mal acreditava que as coisas estivessem acontecendo desse jeito. Parecia bom demais. Quase um sonho.

As coisas ficaram normais por um tempo.

Gordon disse:

— Vai ser bom tê-lo aqui o dia inteiro outra vez.

Minha mãe falou:

— Acha que devemos pensar em um carro para você? Tenho certeza de que Gordon nos ajudaria.

— Feliz aniversário! — disseram todos.

Carter:

— Preciso muito transar.

Kelly:

— Eis algo que eu nunca quis ouvir.

Tanner:

— Você pode ligar para a senhora Epstein e avisar que o Jeep está pronto? Arrebentei a porra do dedo e agora está sangrando.

Elizabeth:

— Superei minha fase verde. Já é hora. Estou pensando em Picasso e azul. O que acha, Ox?

Rico:

— Que bom que voltou ao tempo integral, *papi*. O Gordon é muito mais gentil quando você está aqui.

Thomas:

— Você já ouviu falar em Platão e na alegoria da caverna? Não? Tudo bem. Apenas não acredite que só as sombras são reais.

Chris:

— Ela gosta de você, Ox. Gosta muito. Não a machuque ou terei de machucá-lo. Ou, se ela machucar você, me avise que ela vai se ver comigo. Não se mexe com família.

Mark:

— Todos os dias você o ajuda a melhorar um pouquinho. Ox, fico muito feliz por termos te encontrado.

Joe:

— Ox! Oi! Você *precisa* vir comigo *neste segundo*. Eu encontrei umas… tipo… umas *árvores* e elas são *loucas* e acho que poderiam ser um forte ou coisa parecida. Nem sei! Você simplesmente tem que vir e *ver*.

Jessie:

— Acho que deveríamos transar.

Eu a encarei.

— Quê?

— Deveríamos transar.

Respondi a primeira coisa que me ocorreu.

— Seu irmão vai me *assassinar*.

Ela revirou os olhos e colocou os pés na minha cama. Tinha dedos finos. Não sei por que me fascinavam. As unhas estavam pintadas de vermelho. Um tom de vermelho que eu achava sexy.

— Temos idade suficiente para cometer nossos próprios erros — disse ela.

— Hã. Temos dezessete anos. E não sei se a melhor forma de me seduzir é chamando isso de erro.

Ela riu e socou meu braço.

— Seduzir. Ah, caramba.

— Então — falei.

Ela arqueou uma sobrancelha.

— Talvez? — Minhas mãos estavam suadas e minha garganta, seca. — Mas talvez não.

— Isso é… claro. Como sempre.

— Eu não sou… bom. Nas coisas.

— Isso não é nem um pouco verdade — respondeu ela.

E eu fui seduzido.

Depois, ficamos deitados na minha cama, suados e saciados. Minha boca tinha feito coisas com ela e a dela tinha feito coisas comigo, mas não tínhamos preservativos, então não rolou mais nada. Não tinha importância, porque minha mente estava vazia e em estado de graça. Lembrava a velha TV que meu pai tinha na garagem. Só transmitia estática. Ruído branco. Eu era uma televisão quebrada e esquecida, enterrada sob anos de memórias. Ri disso e, quando ela me perguntou qual era a graça, simplesmente respondi:

— Nada.

— O que é aquilo? — perguntou.

Não conseguia ver para onde estava apontando.

— O quê?

— Aquele cachorro. — Ela se afastou de mim.

— Hum? — falei, com os canais ainda tentando sintonizar. Precisava colocar palha de aço nas minhas antenas.

— É pesado — disse ela baixinho.

E aí tudo ficou claro. Eu me sentei rapidamente e o arranquei da mão dela.

— Ox. — Ela parecia confusa.

— É... eu não... — Eu não queria que ela encostasse nele. Nunca queria que ninguém encostasse nele. Mas não conseguia encontrar as palavras (motivos) para dizer isso.

— Parece antigo — falou afinal.

— Joe me deu. De aniversário.

— Joe. — Ela suspirou. — Algum dia vou conhecê-lo?

— Talvez.

— Talvez? Ele é seu melhor amigo, Ox. Eu sou sua namorada. Eu te apresentei aos meus amigos. — E apresentou mesmo. Umas garotas da nossa escola que ela conheceu na aula. Cassie e Felicia e fulana e cicrana e beltrana. Eu não era muito bom com pessoas novas. Pareciam boazinhas, mas dava para ver os olhos alternando entre Jessie e eu e pensando *sério?*

— Você conhece Carter e Kelly.

— Ox.

— Ele é… o Joe.

— Eu sei.

— Ele não fica bem o tempo todo.

— Também sei disso. A coisa que ninguém me conta.

Engoli em seco para controlar a raiva. Dela.

— Você não precisa saber.

Ela fez uma careta.

— Vou fingir que você não pareceu um babaca agora. Por que ele nunca vem aqui? Por que nenhum deles nunca vem à sua casa?

— É mais fácil ir lá.

— É estranho, Ox.

Guardei o lobo de pedra e suspirei.

— Ela quer conhecer você.

— Ah — disse Joe.

— Ela sabe o quanto você é importante para mim.

— Sério? — disse Joe.

— Não vou permitir que ninguém o machuque.

— Eu sei — disse Joe.

— Você não precisa aceitar.

Ele olhou para mim. A luz do sol tocava seu rosto através das árvores enquanto caminhávamos pela estrada de terra. A mão dele estava quente na minha.

— Você gosta dela?

— Gosto.

— Gosta de mim?

— *Gosto.*

— Tudo bem — disse ele.

— Tudo bem?

Ele deu de ombros.

— Tudo bem.

Ela foi ao jantar de domingo no começo de julho. Estava nervosa. Avisei que não precisava. Estava bonita com seu vestido de verão. Era amarelo, e ela era dourada. Toquei o cabelo dela. Ela parecia tão pequena perto da minha mão.

— Mas eles são sua *família* — disse ela enquanto caminhávamos para a casa do fim da rua, e isso me encheu de tanto calor que mal consegui respirar.

— Você conheceu minha mãe — consegui responder.

— É diferente e você sabe.

A porta da frente da casa dos Bennett abriu antes mesmo de chegarmos à varanda, como sempre acontecia, como se sempre soubessem que eu estava chegando.

Joe correu pela porta. Seu sorriso brilhou quando ele me viu. Ele olhou para Jessie e algo muito mais complexo passou pelo seu rosto que eu nem consegui começar a entender. Sua mão esquerda se cerrou em um punho e em seguida relaxou.

— Oi, Ox — falou ele.

— Oi, Joe.

Ele não me abraçou como normalmente fazia. Ficou na varanda. Parecia incerto.

Soltei a mão de Jessie e dei um passo para a frente.

Ele saltou dos degraus e aterrissou em mim, batendo o nariz no meu pescoço.

Eu ri e segurei firme.

— Tudo bem? — sussurrei.

Ele deu de ombros. Então fez que sim com a cabeça. Esfregou a testa no meu ombro.

Jessie começou a dar um passo para a frente, mas balancei a cabeça e ela parou.

Depois Joe desceu do meu colo. Agarrou minha mão e parou firme do meu lado.

— Oi — murmurou para Jessie. Olhou para o rosto dela, depois para o lado. Depois para baixo.

— Oi, Joe — disse Jessie. — Ouvi tanto sobre você. Estou feliz em finalmente conhecê-lo.

— Eu também — respondeu ele, e então fez uma careta porque não pareceu nada sincero. — Desculpe.

— Tudo bem — falou ela. — Não há nada por que se desculpar.

Ele me puxou para dentro de casa e Jessie veio atrás.

* * *

Dava para ver que Jessie não compreendia os Bennett. Não como eu. Eles me tocavam. Todos eles. Abraços e mãos no pescoço e no cabelo e nos braços e nas costas. Eu estava acostumado. Ela, não.

Thomas e Elizabeth sorriram calorosamente para ela, mas não a tocaram. Não estenderam as mãos. Não deram beijinho na bochecha.

Não foram grosseiros. Nem cerimoniosos. Riram com ela durante o jantar. Estimularam-na a contar histórias. Incluíram-na na conversa. Certificaram-se de que nenhuma piada interna de família (do bando) fosse longe demais para ela não ficar perdida.

Mas não encostaram nela.

Eu me sentei no meu lugar habitual ao lado de Joe. Jessie ficou do meu outro lado, no assento normalmente reservado para a minha mãe.

Às vezes Joe falava. Às vezes parecia distante. Pensei tê-lo ouvido rosnar uma vez, mas ele desviou o olhar. Suas mãos estavam cerradas em punhos nas laterais. Depois relaxaram. Os ombros estavam curvados e ele fazia uma careta como se estivesse com dor.

— O que houve? — perguntei, franzindo a testa.

— Só rígido — murmurou. A voz dele soou baixa e arranhada.

— Está doente?

Ele balançou a cabeça.

Mark, Elizabeth e Thomas nos encaravam quando reparei. Carter e Kelly estavam conversando com Jessie. Os três adultos me deram respostas com seus olhos brilhantes que não entendi.

Joe respirou fundo e exalou lentamente.

Em seguida sorriu. Ele tinha muitos dentes.

— Eles são... estranhos — disse Jessie antes de entrar no carro.

Fiz uma careta.

— Não, não são.

— Ox, eles são um pouco.

— Seja gentil.

— Não estou sendo maldosa. Sei que você os protege, mas eles exalam uma... energia. Não sei mais como explicar.

— Eles são meu bando.

Ela franziu a testa.

— Bando?

— Quis dizer família.

Ela beijou meus lábios.

— Joe é ótimo — falou ela baixinho.

— Eu sei.

— Mas ele não gosta muito de mim.

Franzi a testa.

— Ele gostou de você. Só passou por muita coisa.

— Você não enxerga, não é mesmo? — Ela pareceu estar se divertindo.

— Enxergar o quê?

— Ele é muito protetor com você.

— É meu amigo.

— Ah — disse ela. Deu um sorriso suave. E depois foi embora.

EU AGORA SABIA ENVIAR MENSAGENS de texto.

Quarta-feira:

oi estou no trabalho

Oi, Ox! Quanto tempo vc demorou pra digitar isso kkk

o que é kkk

Risadas

ah eu não sou bom nisso kkk

Você tá indo muito bem. Juro

Sexta-feira:

Quer ver um filme com a gente hj?

não posso a jessie quer sair

Ah. Tudo bem!

você vem também

Quer que eu vá com vcs?

quero

Vou pedir pra a mamãe!! =D

o que é isso

Carinha feliz

kkk

Quinta-feira:

Mamãe pediu para te lembrar que é um momento de família. Não vamos estar aqui por uns dias

ok

Queria que você pudesse ir com a gente

eu também

Um dia. Prometo <3

o que é isso

Deixa pra lá. Depois falamos.

Domingo:

Voltamos!

que bom está seguro

Sim. Não sou criancinha Ox

você é uma criancinha

Que seja. Você vem pra o jantar?

é domingo claro que vou

Vai trazer a Jessie?

não ela está ocupada

Terça-feira:

o que você quer de aniversário

Ainda falta mais de um mês!

e daí o que você quer

Troglodita

diz o que quer joe

Tudo!

tá eu consigo isso <3

O que

Ox.

Ox!

ERAM DUAS DA MANHÃ QUANDO meu telefone tocou.

— Hã? — atendi.

— Ox. — Mark soava estressado.

O sono desapareceu instantaneamente.

— O que houve?

— É o Joe.

Eu já estava de pé procurando o short que tinha deixado no chão.

— Ele está bem?

— Não. Teve um pesadelo. Não conseguimos acalmá-lo. Acho que ele precisa de você.

— Tudo bem. Estou indo.

Carter me encontrou na porta. Ele sequer teve a chance de abrir a boca antes que eu ouvisse um berro dentro da casa.

— Joe — chamei enquanto passava correndo por ele, então gritei: — *Joe.*

Eu estava na escada quando o ouvi novamente.

— Não! Não deixe o homem levá-lo. *Por favor*, mãe! Por favor, não deixe que levem Ox. — A voz de Joe estava molhada e quebradiça, e meu coração partiu dentro do peito.

Mark estava na porta com Kelly. Ambos me encararam com olhos arregalados e exaustos. Ignorei-os porque tinha que ir até Joe. Tinha de vê-lo e...

Ele estava na cama. Thomas e Elizabeth estavam curvados um de cada lado dele. Seu rosto estava no pescoço da mãe e ele *tremia*, e era tão *violento*, e suas mãos agarravam a mãe com força enquanto ele gritava outra vez, e eu disse:

— Ah, Joe.

Não pensei muito quando me coloquei entre os dois e o levantei. Eles não brigaram comigo por ser tão abrupto. Não tentaram me conter. O rosto de Thomas estava rijo de tanta preocupação. Elizabeth estava chorando, lágrimas grandes que rasgavam meu peito.

Por um instante Joe ficou tenso em meus braços, em seguida se segurou como se sua vida dependesse disso, apertando as pernas na minha cintura, as mãos puxando meu cabelo.

Thomas e Elizabeth se levantaram da cama. Tocaram meu braço e Thomas disse que avisariam à minha mãe sobre onde eu estava. Fecharam a porta do quarto ao sair.

Eu o carreguei para o lado da cama e me sentei no chão, com as costas apoiadas no colchão. Ajeitei Joe até que ele estivesse apoiado no meu peito.

Finalmente ele falou:

— Tive um sonho ruim.

— Eu sei — respondi.

— É sempre igual. Na maior parte do tempo. Ele vem atrás de mim, me leva e faz... coisas.

Eu queria gritar horrorizado, mas me contive e disse:

— Eu estou aqui.

— Às vezes ele leva minha mãe. Ou meu pai.

Coloquei a mão em seu cabelo.

Joe falou:

— Dessa vez ele te levou e, se consegue encontrá-lo nos meus sonhos, consegue na vida real.

— Vou protegê-lo. — E nunca falei tão sério na vida.

Ele caiu no sono quando o sol começava a nascer.

Não dormi por um bom tempo.

Depois disso, sempre que tinha um sonho ruim ele chamava (chorava, *gritava*) por mim e eu sempre ia até ele.

Joe tremia e chorava, os olhos agitados com a prisão dos pesadelos. Mas aí eu colocava as mãos em suas costas, afagando em círculos tranquilizantes, e ele se acalmava até que não restasse nada além de respiros trêmulos e um rosto molhado.

Três semanas mais tarde, descobri o segredo deles.

lua

— Ox.

— Sai.

— Ox, acorda, porra!

Abri os olhos. Ainda era noite, a única luz que entrava era a da lua cheia alta no céu.

Havia mais alguém no quarto, me sacudindo.

— Que porra é essa? — falei.

— Vista-se.

— Gordon? Que merda está…

Ele deu um passo para trás, os olhos estreitos.

— Você precisa vir comigo.

Meu coração estava na garganta.

— Minha mãe…

— Ela está *bem*, Ox. Está dormindo. Não vai ouvir nada. Está segura.

Vesti uma camisa e uma bermuda cargo amassada. Gordon estava à minha espera na porta do meu quarto. Fui atrás dele pelo corredor até as escadas. A porta da minha mãe estava semiaberta e deu para vê-la dormindo. Gordon me puxou pelo braço.

Estávamos do lado de fora antes de ele falar. O ar noturno era morno contra a minha pele. Todo som parecia alto demais.

— Existem coisas — disse ele e, através do torpor do meu sono, me perdi nas palavras e não consegui assimilar. — Coisas que você vai ver hoje à noite. Coisas que nunca viu antes. Preciso que confie em mim. Não vou permitir que nada o machuque. Não deixarei que nada aconteça a você. Você está *seguro*, Ox. Preciso que se lembre disso.

— Gordon, o que está acontecendo?

A voz dele rachou quando disse:

— Não queria que você descobrisse assim. Pensei que tivéssemos mais tempo. Se é que você teria mesmo que descobrir.

— Pra quê?!

Um uivo soou das profundezas da floresta e senti um frio na espinha. Era uma canção que eu já tinha escutado, mas parecia angustiada.

— Merda — murmurou Gordon. — Temos que nos apressar.

A casa do fim da rua estava escura.

A lua estava enorme e branca no céu.

Havia estrelas. Tantas estrelas. Estrelas demais. Nunca me senti tão pequeno na vida.

Entramos na floresta apressados.

Eu me dividia entre ouvir Gordon e tentar não tropeçar nas raízes e nos tocos de árvores. Ele lutava contra as palavras, inícios falhos e sílabas interrompidas antes de formarem alguma coisa. Estava nervoso, apavorado, e isso afetava o discurso.

E então não estava mais tão escuro. Mesmo com a lua.

— É tipo. Sabe. Existem *coisas*.

— Gordon? — interrompi.

— O quê?

— Suas tatuagens estão brilhando.

Porque estavam. O corvo. Os traços. As curvas e espirais. Por toda a extensão dos braços, elas brilhavam como se estivessem vivas.

Ele disse:

— Sim. Essa é uma das coisas.

— Certo.

— Sou um bruxo.

— Você é um bruxo, Harry — falei, porque achei que havia grandes chances de estar preso em um sonho.

Ele riu, mas pareceu que estava se engasgando.

Fiquei distraído e bati a canela em alguma coisa dura. A dor foi vívida e aguda, atravessando a névoa. Foi só então que percebi que nunca havia sentido dor em um sonho e que já tinha lido que era impossível sentir dor em um sonho.

— Merda — falei. — Você é *o quê*?

— Bruxo.

— Desde quando?

— A vida toda.

— *Quê*?

Outro uivo. Mais próximo agora. Já tínhamos penetrado no mínimo uns oitocentos metros no bosque. Talvez mais. Não havia nada além da floresta que se estendia por milhares de acres. Eu já tinha me perdido nela várias vezes.

— O que foi isso?

— Seu bando — falou, e as palavras soaram tão amargas que pude sentir o gosto.

— Meu… eu não. — Sonhando, sonhando, sonhando. Tinha que ser, mesmo com a dor. Minha perna estava dolorida, mas talvez eu só tivesse *desejado* que doesse e por isso estava doendo.

— Tentei mantê-los longe de você — disse ele. — De verdade. Não queria essa vida para você. Não queria que fizesse parte disso. Queria mantê-lo limpo. Inteiro. Porque você é a única parte da minha vida pela qual vale fazer isso.

— Gordon.

— Ouça, Ox. Monstros são reais. Magia é real. O mundo é um lugar escuro e assustador e *tudo é real*.

— Como?

Ele balançou a cabeça.

— Não tenha medo.

Uma nuvem passou sobre a lua e a única luz foi a do caleidoscópio que subia pelos braços dele. Prismas de cores, todos os tons de azul e verde e rosa e vermelho.

— Dói? — perguntei.

— O quê?

— As cores.

— Não. Estica e puxa e se arrasta pela minha pele, mas nunca dói. Não mais.

— Para onde estamos indo?

— Para a clareira deles. — E o uivo voltou, mas agora havia mais de um. Havia muitos, e eles se misturavam e se elevavam juntos, a canção escondida entre meio tom acima e abaixo, desafinada até afinar. E aí ficou *linda*.

— Quem? — indaguei enquanto me coçava inteiro porque estava sentindo *alguma coisa*.

Em vez de responder, ele disse:

— Tentei impedir isso. — Ele estava *desesperado* e *suplicante*, mas eles *cantavam* acima dele e…

venha, dizia a canção. *depressa venha agora. aqui. por favor. depressa depressa depressa porque você é a gente e nós somos você.*

Ele continuava:

— Tentei pedir que ficassem longe. Que o mantivessem fora disso.

Ox. é o Ox é ele e está aqui e ele é nosso. sinta o cheiro e o gosto dele ele é nosso e precisamos porque ele escuta a nossa canção.

— Mas quando descobri que você os conhecia, que eles tinham voltado a Green Creek, já era tarde demais.

— Estão me chamando — falei, e minha voz soou leve e aerada.

— Eu sei — disse Gordon entredentes. — Ox, você não pode confiar neles. Nisso.

— Posso — respondi, apesar de não saber de quem ele estava falando. — Você não está ouvindo?

Ox Ox Ox Ox. traga comida para ele coelhos aves cervos. mostre a ele que podemos prover porque ele é BandoNossoMeuIrmãoFilhoAmor.

— Estou — falou Gordon. — Mas não como você, porque não sou do bando. Não mais.

Bando.

Meu Deus. Bando.

Comecei a correr.

— Ox! — rugiu ele atrás de mim.

Ignorei. Eu tinha que me aproximar porque meu peito estava quente e ardia, minha pele coçava até eu achar que ia enlouquecer. O vento rugia nos meus ouvidos e a nuvem deixou a lua e ficou quase tão claro quanto o dia, e eles *uivavam. Cantavam.* A música era *viva* e *vibrante*, e eu precisava de todo o esforço do mundo para não inclinar a cabeça e gritar melodias cheias de alma — *estou ouvindo conheço vocês estou chegando amo vocês* — para que toda a floresta e a lua ouvissem. Meu coração era um tambor e batia forte no meu peito. Pensei que pudesse estilhaçar e que todos os pedaços cairiam entre as árvores e só restariam pequenos fragmentos de luar refletindo nos cacos que outrora tinham sido eu.

OX OX OX OX OX OX

Galhos de árvores batiam no meu rosto. Nos meus braços. Pequenas faíscas breves de dor antes que a canção dominasse.

AQUI AQUI AQUI AQUI

Pensei no meu pai, e ele disse:

— Você vai sofrer muito. Na maior parte da vida.

NOSSO NOSSO NOSSO NOSSO NOSSO

Pensei na minha mãe, e ela riu:

— Tem uma bolha de sabão na sua orelha.

CASA CASA CASA

Pensei em Gordon, e ele sussurrou:

— Você agora é nosso. — E eu era? Era mesmo?

SIM SIM SIM SIM SIM

Pensei no Joe, e foi em *música*, em *concerto* com todos os uivos que estavam *logo além das árvores e faltavam apenas alguns passos e eu precisava estar lá eu precisava ver o que havia para ser visto e eu eu eu eu...*

Cheguei à clareira.

Parei.

Caí de joelhos.

Fechei os olhos.

Sentei sobre os calcanhares.

Virei o rosto para a lua.

Eles *cantavam.*

E então veio um eco.

Respirei fundo.

Abri os olhos.

Diante de mim estava o impossível.

Um lobo branco. Com manchas pretas no peito. Nas patas. Nas costas.

Seus olhos eram vermelhos, brilhando ao luar.

Tinha o tamanho de um cavalo, suas patas tinham o dobro do tamanho das minhas mãos. O focinho era tão longo quanto o meu braço. Havia um indício de dentes afiados como espigões.

Havia movimento atrás dele, mas eu não conseguia desviar o olhar.

O lobo caminhava na minha direção e eu não conseguia me mexer.

— Isso é um sonho — sussurrei. — Meu Deus. Isso é um sonho.

Parou na minha frente. Abaixou a cabeça. Farejou meu pescoço, respiradas quentes na minha pele, lentas e deliberadas. Pensei que deveria ter medo, mas não consegui encontrar motivos para tal.

O lobo exalou no meu pescoço. No meu cabelo. Na minha orelha.

Mentalmente eu ouvia sussurros que diziam *OxBandoOxSeguro-OxOxOx*.

Conhecia aquela voz. Aquelas vozes. Conhecia todas elas.

Estiquei o braço. Minhas mãos deslizaram por pelos macios, acariciando a pele logo abaixo.

Em seguida, um jato frio de algo como a realidade.

— Ox! — gritou uma voz atrás de mim.

O lobo rosnou sobre meu ombro. Um alerta.

— Ah, vá se foder, Thomas — disse Gordon. Deu para ouvi-lo se aproximar atrás de mim. — Você não sabe de porra nenhuma. As barreiras estão funcionando.

Thomas. Thomas. Thomas.

— Thomas? — Soei quebrado.

O lobo olhou para mim, os olhos brilhando vermelho. Ele pressionou o focinho na minha testa e *bufou*.

— Minha nossa — falei, meio engasgado. — Que olhos grandes…

Ele bateu com o focinho na minha cabeça e eu entendi.

O lobo (*Thomas Thomas Thomas*) deu alguns passos para trás e se sentou sobre as patas traseiras. Ficou parado, enorme, esperando. Pelo que, eu não sabia ao certo.

Levantei lentamente e fiquei imaginando se ele ia me comer. Torci para que fosse rápido.

O lobo (*THOMAS THOMAS THOMAS*) inclinou a cabeça para mim.

E eu disse:

— Então, isso existe.

Gordon riu atrás de mim.

— Não acho que estou sonhando — falei.

— Não está — respondeu Gordon.

— Tudo bem. Você tem braços brilhantes porque é um feiticeiro. — Não desviei o olhar do lobo, que bufou de novo, como se eu tivesse dito algo engraçado.

— Bruxo — corrigiu Gordon. — E não tenho *braços brilhantes*.

— Mentira — sussurrei. — Você parece uma lanterna humana.

— É nisso que está focando? Você descobre que os Bennett são lobisomens e está pensando nos meus *braços brilhantes*?

— Lobisomens — falei num suspiro. — Isso é… uau.

O lobo balançou a cabeça, quase como se estivesse se divertindo.

— Jesus Cristo — murmurou Gordon. — Thomas, traga o resto dos seus vira-latas aqui para fazer a cheiração de rabo de vocês. Eu cuido para que tudo continue funcionando.

Thomas rosnou baixo na garganta. Os olhos ficaram vermelhos outra vez.

— É, é. Essa sua merda de Alfa não funciona comigo. Posso fritar os pelos da sua bunda em um segundo. Seu cachorro babaca.

Ele passou por nós e as tatuagens brilhavam pelos seus braços.

Olhei novamente para Thomas.

— Eu… — Não sabia o que dizer.

Ele espiou por sobre o ombro e um ronco ressoou nas profundezas do peito. Fez-se um barulho alto e dois lobos menores se aproximaram; um era um pouquinho maior que o outro. Eles se esfregaram em mim, passando a cabeça no meu peito e na minha cabeça. O maior era cinza com manchinhas pretas e brancas nas patas traseiras. O menor tinha cores parecidas, mas suas manchas pretas e brancas começavam no rosto e iam até os ombros.

Os olhos brilhavam em laranja enquanto passavam as línguas na minha pele.

— Que nojo — falei suavemente.

Eles riram. Não alto, mas riram e a familiaridade chegou a doer.

— Carter — afirmei. — Kelly. — Soei simplesmente *burro* com o espanto.

Eles riram de mim outra vez e me cercaram, pulando como se fossem filhotes. Morderam minhas roupas, meus dedos e *eu não estava sonhando.*

Toquei as costas deles e a luz do luar passou pelos meus dedos até a pele deles. Estavam felizes. De algum jeito, eu sabia que estavam felizes. Dava para sentir na minha cabeça e no peito e estava tão *claro.*

Olhei novamente para Thomas e vi um lobo grande e marrom sentado ao lado dele, me observando com atenção. Nem chegava perto do tamanho de Thomas, mas seus olhos brilhavam como o Halloween, quentes e fogosos. Ele bufou para mim e notei a curva de um sorriso secreto.

— Mark.

Ele se inclinou e rosnou no fundo da garganta, passando o focinho no meu rosto e me lambendo.

— Então vocês são lambões — falei para eles. — Vão ficar constrangidos mais tarde. Não vou lambê-los agora. — Pausei, reflexivo. — Nem nunca, provavelmente.

Nenhum deles pareceu se importar. Não sabia se estavam me entendendo. Não sabia nem mesmo se aquilo era real.

Gordon voltou, e suas tatuagens estavam mais calmas. Continuavam iluminadas, mas não pareciam se mover como antes. Estava pálido, e os olhos pareciam afundados nas órbitas.

Ele fitou Thomas e disse:

— Não vai funcionar. Ele não pode se ligar a nenhum de vocês. O laço dele não prende. — Então sua voz enrijeceu. Seu tom ficou acusatório. — E acho que você já sabia disso.

Um som se fez. Molhado e rompante e horrível, e houve um rosnado de músculo e pele, e os pelos brancos se arrepiaram e retraíram. Foram apenas alguns segundos, mas onde antes havia um lobo, agora estava Thomas. Ainda era um animal, ao menos em parte, algo entre homem e lobo. Seus dedos culminavam em garras pretas e o rosto estava ligeiramente alongado. Havia dentes, dentes afiados, e os olhos eram vermelhos.

E ele estava pelado, o que tornava tudo ainda mais surreal.

— Sabíamos que era uma possibilidade — falou para Gordon, a voz um rugido profundo, as palavras ligeiramente restritas por causa das presas. As *presas*.

— Como isso é justo com Ox? — perguntou Gordon, amargamente. — Você não lhe deu escolha.

— E você deu?

As tatuagens arderam nos braços de Gordon.

— Não é a mesma coisa e você sabe disso.

— Você não é um garoto burro — disse Thomas com irritação. — Não aja como se fosse. Essas coisas se escolhem. Seu pai, independentemente do que se tornou, lhe ensinou melhor que isso.

— Não *ouse* metê-lo nisso. Ox não é…

— Eu estou bem aqui — consegui dizer de alguma forma.

Eles olharam para mim com surpresa, como se tivessem se esquecido da minha presença.

Foi então que percebi.

— Joe — falei. — Cadê o Joe?

Carter e Kelly ganiram a cada um dos meus lados, tocando em mim. Thomas suspirou.

— É a primeira transformação dele. Ele não está... lidando muito bem.

Senti medo.

— Cadê ele? — exigi saber.

Gordon deu um passo à frente.

— Ox, você precisa entender. Você *sempre* tem uma escolha. Isso não é definitivo.

— Não me importo. Não me importo com o que está acontecendo. Não ligo se estou dormindo ou acordado ou se enlouqueci. Malditos lobos e bruxos e não estou nem aí. *Cadê o Joe, porra*? — Minhas mãos estavam cerradas em punhos nas laterais do corpo. Carter e Kelly abaixaram as orelhas e se encolheram, tentando parecer menores.

Thomas disse:

— Ele precisa da sua ajuda.

E Gordon falou:

— Merda nenhuma. Não jogue isso para cima dele.

Mas aí Thomas o pegou pelo pescoço e estava mais lobo do que homem, embora ainda bípede. O pelo branco tinha voltado, e as garras tinham crescido. Os dentes estavam maiores, como pregos grossos, e o ruído que vazava dele me causou arrepios nos braços e na nuca.

— Você está aqui — rosnou Thomas para ele — porque eu respeitava seu pai e o pacto. Ou pelo menos o que ele foi um dia. Não confunda isso com mais nada. Você não é do bando por escolha própria.

— E mesmo assim você me chama para isso? — vociferou Gordon, lutando nas garras de Thomas. — E eu *vim*. Não tenho *merda* de laço nenhum e *vim assim mesmo*.

— Ele é meu *filho*. E o próximo Alfa. Você vai demonstrar *respeito*.

— Vá se foder — chiou.

E eu disse:

— *Parem*.

E eles pararam.

Gordon caiu no chão, respirando fundo.

Thomas arfou, seus olhos vermelhos reluziam com discrição.

Então eu vi. Atrás deles. Na clareira. Ao luar.

Uma forma escura, curvada no chão. Uma faísca de luz se ergueu ao seu redor. Verde, talvez. Verde-escura, mas desapareceu antes que eu pudesse ter certeza.

Passei por Gordon e Thomas. Não tinha tempo para eles.

Carter e Kelly estavam cada um de um lado meu, as línguas para fora. Mark atrás de mim, o focinho pressionando minhas costas.

Havia outro lobo deitado no chão, quase tão grande quanto Mark, e pensei *Elizabeth*. Ela tinha cores como as dos filhos, cinza e preto e branco. Levantou a cabeça com a minha aproximação e seus olhos eram os mesmos, tão lindos e azuis, e me lembrei de quando ela me contou que havia encerrado a fase verde. Ela rira e me girara em um círculo, com respingos de tinta nas mãos.

Eram os mesmos, mas continham tristeza.

— Eu não… — Balancei a cabeça.

— Ela não pode ouvi-lo — falou Gordon baixinho atrás de mim. — Há uma barreira de terra com prata em torno deles. Bloqueia todos os sons e cheiros. — Vi outro lampejo de verde, e ao luar dava para perceber riscos na terra formando um círculo ao redor de Elizabeth.

— Estão presos? — Fiquei horrorizado.

— Por opção — explicou Gordon. — É mais seguro para Joe na forma como ele está agora. Bloqueia tudo, exceto a mãe.

Dei um passo em direção a Elizabeth, mas Gordon me pegou pelo braço, me segurando.

— Você tem que ouvir — disse ele. — Antes.

— Antes?

Elizabeth não tirou os olhos de mim. Eles brilhavam em laranja. Não conseguia ver Joe e minha cabeça doía.

— Nós temos… precisamos de alguma coisa. Qualquer coisa. *Algo* que nos mantenha em contato com nossa humanidade. — A pegada de Gordon relaxou em volta do meu braço, mas não me soltou por completo. Havia algo quase elétrico no toque, e fiquei pensando se seriam as tatuagens. Ou ele. Ou o que quer que isso fosse. — A magia exige muito da pessoa. Pode te levar a lugares aonde jamais imaginou ser possível ir. Cantos escuros que é melhor evitar.

— E lobos?

— Lobos precisam disso para lembrar que são parte humanos. Principalmente os que nascem lobos. É mais fácil se perderem no animal. E se perdem se não têm algo que os prenda ao mundo racional.

— Nada disso é racional — falei, e minha voz saiu áspera. Senti como se estivesse entrando em algo de que não poderia sair.

Gordon interrompeu meu pânico.

— Joe vai se tornar selvagem, Ox. Ele será selvagem se não tiver um laço. Normalmente é o bando ou a família ou uma emoção como o amor e um senso de lar. Pode ser raiva e ódio, mas ao menos é *alguma coisa*. Ele não tem isso agora. Não vai acontecer hoje. Nem amanhã ou mesmo daqui a um ano. Mas se ele não puder ser enlaçado à sua humanidade, um dia se tornará selvagem e nunca mais vai voltar. E um lobo sem laço é perigoso. Uma… decisão teria que ser tomada.

Uma faísca no escuro, uma memória de antigamente. Sobre laços.

— Mark disse…

Gordon sabia. Suspirou.

— É. Ele disse. Você é o meu laço, Ox.

— Quando?

— Quando completou quinze anos. Quando lhe dei as camisas.

— Não senti nada diferente.

Você agora é nosso.

— Sentiu, sim.

— Merda — sussurrei.

— Simplesmente aconteceu — alegou ele. — Nunca tive a intenção de…

— Posso ser dos dois?

— Dois?

— Seu e dele.

— Eu não… talvez. Se alguém puder, é você.

— Por que eu? Não sou nada. Não sou ninguém.

Ele apertou meu braço.

— Você é melhor do que qualquer um de nós, Ox. Sei que não enxerga. Sei o que pensa. Mas você é mais.

Eu era um homem agora, então contive o ardor nos olhos.

— O que preciso fazer?

— Tem certeza? — perguntou Thomas atrás de mim.

Eu só tinha olhos para Elizabeth. Podia sentir os lobos ao meu redor, mas não tirei os olhos dela.

— Tenho. — Porque era o Joe.

— Vai ser rápido — disse Gordon. — A barreira vai abaixar. Você vai ouvi-lo. Ele está... alto. Não se assuste. Ele vai sentir seu cheiro. Fale com ele. Permita que ouça sua voz. Ele não... parece ele mesmo agora. Tudo bem? Mas continua sendo o Joe.

— Certo. — Meu coração batia forte no peito.

Aquilo não era um sonho.

— Não vou permitir que nada lhe aconteça — falou Gordon baixinho.

— Tudo bem.

— Ox. Você tem escolha.

Finalmente, olhei para ele.

— E já escolhi.

Ele sustentou meu olhar, me investigando. Não sei se encontrou o que queria, mas acabou acenando afirmativamente com a cabeça. Levantou o braço esquerdo, a palma da mão voltada para o céu. Todas as tatuagens dos seus braços desbotaram exceto uma, de um verde profundo e terroso. Eram duas linhas ondulando em sincronia. Ele esfregou dois dedos sobre elas e murmurou baixinho. O ar virou estática e meus ouvidos estalaram. Os lobos ao meu redor rosnaram e voltei a atenção novamente para Elizabeth.

O círculo brilhou brevemente e depois ficou preto. Enfadonho e morto.

Então ouvi.

Roncos baixos. Rosnados. Pequenos e furiosos.

Dei um passo em direção a Elizabeth. Estendi a mão.

Ela pressionou o focinho na palma da minha mão e respirou.

E então o silêncio.

Mãos se esticaram sobre Elizabeth pelo outro lado. Garras pretas.

— Joe — falei baixinho.

E ele se lançou contra mim. Antes que eu pudesse me mexer. Antes que pudesse pensar. Houve um grito de alerta, rugidos fortes. Fui derrubado e senti um grande peso sobre mim. Garras se enterraram nos meus ombros, como picadas que queimavam. Vi brilhos de dentes, olhos que brilhavam em laranja e vermelho e azul e verde. Havia um nariz no meu pescoço. Na minha bochecha. Inalando-me. Sentindo meu cheiro.

— *Ox* — disse ele, e a voz veio grave e sombria e furiosa.

Ele estava preso em um estado entre menino e lobo, assim como havia acontecido com Thomas. Thomas estivera no controle da situação.

Joe, não.

Pelos brancos cresciam e se retraíam pelos braços e rosto de Joe. Presas saíam de suas gengivas e depois diminuíam. Havia um menino. Em seguida um meio-lobo. Depois um menino outra vez. Ele rosnou e disse:

— Ox, está doendo está doendo está... — E o resto se perdeu quando seu lobo avançou e as palavras se dissolveram em rugidos. Seus olhos passaram por cores que mudavam e por um instante se combinaram em algo como *violeta* e *violência* e as garras no meu peito apertaram com mais força. Fiz uma careta de dor e ouvi os outros ao meu redor e parecia que estavam prestes a arrancá-lo de mim e eu não podia permitir que isso acontecesse. Não podia permitir que o tirassem de mim.

Falei:

— Meu pai nos deixou quando eu tinha doze anos.

Todos se calaram.

As garras se recolheram, muito pouco.

— Ele bebia demais. Eu dizia a mim mesmo que não tinha nada de errado, mas tinha. Acho que ele batia na minha mãe, mas não sei se algum dia terei coragem de perguntar a ela. Uma vez ela usou um vestido para um piquenique e acho que ele o rasgou, e se eu descobrisse que fez isso, que machucou minha mãe e eu não soube, eu o faria sofrer.

Joe ganiu como se sentisse dor.

— Ele colocou as malas junto à porta e foi. Disse que eu era burro e estúpido e que as pessoas iam me fazer sofrer. Disse que não queria se arrepender de mim e então precisava ir embora. Mas a questão é que acho que ele já se arrependia. Acho que se arrependia de cada detalhe da vida dele. Mas ele tinha razão quanto a certas coisas. Fui burro e estúpido porque achei que fosse voltar. Achei que meu pai fosse aparecer um dia com o cheiro de sempre, de óleo diesel e cerveja e suor, porque esse é o cheiro do meu *pai*.

E era. Sempre tinha sido assim.

— Mas ele não voltou. E não vai voltar. Eu sei. Mas não é porque eu fiz algo de errado. Foi ele que errou. Ele se foi e nós ficamos e ele *errou*. Mas já estou em paz com isso. Não me importo de ter sido deixado para trás porque tenho minha mãe. Tenho Gordon e os caras. E tenho você. Joe, se eu não tivesse sido abandonado, eu não teria você, então você precisa se concentrar, tudo bem? Porque não posso permitir que nada lhe aconteça. Preciso de você aqui comigo, Joe, e não me importo se você é um menino ou um lobo. Não ligo para esse tipo de coisa. É meu amigo, e não posso perder isso. Nunca vou me arrepender de você. Nunca.

Foi o máximo que já tinha falado de uma vez só. Minha boca estava seca; minha língua, espessa. Estava todo dolorido, por causa de tudo. Ouvi a voz do meu pai na mente, e ele ria de mim. Falando que não ia dar certo. "Você vai sofrer", dizia ele.

Não soube quando Gordon se enlaçou a mim. Não de uma forma que possa ser definida.

Mas agora eu sabia o que era.

E senti. O calor no peito, subindo pelo pescoço e pelos braços. Pelo rosto e pelas pernas. Como centelhas de luz do sol através das folhas de uma árvore.

Os lobos ao meu redor começaram a uivar. A canção me inundou e achei que fosse me quebrar. Gritei junto a eles, fundindo minha voz com as deles. Tenho certeza de que não foi nada como a canção de um lobo, o mero grito de um humano. Mas dei tudo que podia porque era tudo que podia dar.

Os uivos cessaram.

O peso deixou meu peito.

Abri os olhos.

Acima de mim havia um lobo. Era menor do que os outros. Mais magro. E todo branco, sem nenhuma mancha no corpo. Suas orelhas estremeciam. As narinas se abriam.

Ele olhava para mim. Tinha olhos laranja, brilhantes e lindos. Eles brilharam brevemente antes de voltar ao azul habitual, e eu soube que ele estava ali. Sabia que ainda era o garotinho que achava que eu tinha cheiro de pinhas e de bengalinhas doces. De épico e incrível. Tentei não pensar sobre como muitas coisas faziam mais sentido agora, porque poderia me sobrecarregar.

Então, em vez disso, falei:

— Oi, Joe.

E ele inclinou a cabeça para trás e *cantou.*

* * *

Eles correram pela clareira.. Para dentro da floresta. Foram e voltaram. Perseguindo uns aos outros. Mordendo os calcanhares uns dos outros.

Joe começou desajeitado. Inseguro. Tropeçou nos próprios pés. Caiu de cara no chão. Distraiu-se com visões e sons e cheiros.

Correu para mim em velocidade máxima. Desviou para a esquerda quando me preparei para o impacto. Uivou alto ao voar por mim. Voltou. Esfregou-se nas minhas pernas como um gato. Tocou minha mão com o focinho.

E correu outra vez.

Thomas e Elizabeth ficaram perto dele. Rosnavam levemente se ele começava a exagerar.

Mark se sentou ao meu lado, quase da minha altura. Encantou-se enquanto observava Joe.

Carter e Kelly correram para a floresta. Dava para ouvi-los batendo nas árvores e arbustos. Eram predadores furtivos, aqueles dois.

Então tudo me atingiu de uma vez. Foi como uma onda estourando nos meus ombros.

A realidade mudou porque foi preciso.

Respirei fundo.

Mark ganiu suavemente ao meu lado.

Gordon perguntou:

— Você está bem?

E eu respondi:

— *Puta merda.*

Gordon não riu. Não esperei que fosse.

— Eles são *lobisomens*, porra!

— Sim, Ox.

— Você é a porra de um *feiticeiro.*

— Sou um bruxo — respondeu com a testa franzida.

— *Por que escondeu tudo isso de mim, porra*?! — rugi.

Não queria que tivesse saído assim.

Queria soar razoável. Calmo.

Mas estava assustado e irritado e confuso e a realidade estava mudando. As coisas faziam sentido, faziam tão mais sentido agora, só que não. Nem um pouco. O mundo não era cheio de monstros e magia. Era para ser mundano e manchado por pequenos pedaços quebrados de *retardado do caralho* e *você vai sofrer, Ox*.

E não era só em relação a Gordon. Não.

Eram todos eles.

Os lobos. O bruxo. As porras dos laços.

Não me faça me arrepender de você também, meu pai havia dito, e por algum motivo eu só conseguia pensar nos grãos de poeira no quarto deles (*dela*), dançando sob a luz do sol enquanto eu tocava as costuras curvas que diziam *Curtis*, *Curtis*, *Curtis*.

Mas aquilo foi antes e isso era agora.

Porque eu (*não*) tinha mais doze anos.

Eu (*não*) era um homem.

Eu (*não*) era do bando. Eu era. Eu era. Eu era e os laços. Meu Deus, os *laços*, dava para senti-los me *puxando* e...

Gordon estava na minha frente.

De repente eu estava *cercado* por lobos. Todos eles.

Eles rosnaram de forma uníssona enquanto Gordon agarrava meus braços. Ele os ignorou.

— Ox — disse ele. — Você precisa respirar. — Ele estava rouco.

— Estou *tentando*. — Saiu agudo e quebrado. E eu não estava conseguindo. Tinha perdido o fôlego. Estava preso em algum lugar entre a garganta e os pulmões. Pequenos lampejos de luz dançavam pelos meus olhos, e meus dedos estavam dormentes.

Um dos lobos ganiu do meu lado. Tive a impressão de ser Joe, e isso não era incrível? Que eu já conseguisse reconhecê-lo como um lobo apesar de uma hora antes eu nem saber que essas coisas existiam?

Pequenas coisas. Encaixando-se.

O bando e os *toques* e os cheiros e os uivos nas profundezas da floresta. As noites em família das quais eu não podia participar que sempre aconteciam quando a lua estava branca e redonda. O lobo de pedra na minha mão. A forma como se moviam. Como falavam. O homem mau. O homem mau que capturou Joe. Tinha que ser porque...

Joe sussurrou *Eu vou ser líder um dia*, e eu não senti um orgulho profundo quando ele disse isso pela primeira vez? Eu não *me enchi* de orgulho apesar de não saber o que significava?

Havia fatos que eu sabia.

Verdades simples.

Meu nome era Oxnard Matheson.

Minha mãe era Maggie Callaway.

Nós morávamos em Green Creek, no Oregon.

Meu pai me deixou quando eu tinha doze anos.

Eu não era inteligente. Era burro feito um boi (*Ox*).

As pessoas iam me fazer sofrer.

A coisa que eu mais queria era ter um amigo.

Gordon era meu pai-irmão-amigo.

Minha mãe gostava de dançar.

Tanner, Chris e Rico eram meus amigos. Pertencíamos uns aos outros.

Os Bennett eram meus amigos (*bando bando bando bando*) e jantávamos todo domingo porque era tradição.

Jessie era minha namorada.

Joe era meu... ah, Joe era *meu*...

Essas eram minhas verdades simples.

E a realidade se transformou. A realidade se dobrou. A realidade quebrou.

E cá estava eu no meio de um campo iluminado pelo luar, meu pai-irmão-amigo com suas tatuagens que alternavam em mais cores do que eu imaginava que existissem na minha frente, me sacudindo, gritando e berrando:

— *Ox, Ox, Ox, está tudo bem, Ox, está tudo bem não tenha medo estou com você.*

E cá estava eu no meio de um campo iluminado pelo luar, cercado por lobos (*BANDO BANDO BANDO BANDO*) e eles se encostavam em mim, e no meu coração secreto, através desses laços que eu não sabia que existiam, dava para ouvir os sussurros das canções que *cantavam* para mim.

Elizabeth dizia: *não fique triste, AmigoBandoIrmão, porque não vamos abandoná-lo.*

Kelly dizia: *não vou deixar que nada aconteça com você. estarei ao seu lado.*

Mark dizia: *não há mais razão para solidão. você jamais estará sozinho.*

E Joe. Joe foi quem cantou mais alto.

Ele dizia: *você pertence a mim.*

quilômetros e quilômetros/sol entre nós

Thomas perguntou:

— Você quer se tornar um lobo?

Foi no domingo seguinte à lua cheia. Eu e Thomas caminhávamos pela floresta antes do jantar. Joe tentou nos seguir, mas Thomas mandou que voltasse para casa, os olhos brilhando vermelho, e fiquei imaginando como nunca tinha percebido nada. Como perdi o que deveria ter sido tão óbvio para mim? Joe voltou para casa, dando uma última olhada para mim.

Ele esperou para perguntar quando estávamos afastados o suficiente da casa, de modo que ninguém pudesse nos ouvir. Eu tinha aprendido tanto sobre os lobos ao longo dos últimos dias. Olfato aguçado. Audição aguçada. Podiam se curar. Podiam se transformar. Transformação parcial. Transformação total. Alfas e Betas e Ômegas. Ômegas eram sombrios. Assustadores. Selvagens e sem laços.

Aprendi mais do que imaginei ser possível.

E caminhamos pela floresta outra vez. Só ele e eu. Ele tocava as árvores de vez em quando, como sempre fazia. Respirava fundo. Perguntei o motivo.

— Este é o meu território — falou. — Pertence a mim. Está com a minha família há muito tempo.

— Seu bando.

Ele assentiu com a cabeça.

— É, Ox. Meu bando. Nosso bando.

E isso não me acalentava?

Acalentava.

— Estas árvores — continuou ele. — Esta floresta. É cheia de magia antiga. Está no meu sangue e pulsa e se contorce dentro de mim.

— Mas você foi embora.

Ele suspirou.

— Às vezes há responsabilidades maiores do que o lar. Às vezes temos que fazer o necessário antes de fazer o que desejamos. Mas todos os dias enquanto estive fora, senti este lugar. Cantava para mim e doía e queimava. Mark voltava para ver como estavam as coisas porque eu não podia. Para se certificar de que o local continuava firme.

— Por quê?

Ele sorriu para mim.

— Porque sou o Alfa. Não sei se teria conseguido ir embora outra vez.

— Qual a extensão? Do seu território.

— Quilômetros e quilômetros e quilômetros. E eu controlo tudo, o chão sob meus pés e o ar nos meus pulmões. Não existe nada igual, Ox.

Toquei a árvore mais próxima e tentei sentir o que ele sentia. Meus dedos arranharam o tronco e fechei os olhos. Ri silenciosamente de mim mesmo. Era ridículo. Eu não era nada como eles.

E ele perguntou:

— Você quer se tornar um lobo?

Abri os olhos porque *havia* alguma coisa ali. Havia uns pequenos laços, como cordas, que puxavam minha cabeça e meu coração secreto. Eu ainda não sabia nomeá-los, porque era tudo muito novo, mas estava perto.

Eu conseguia nomear Joe, no entanto. Isso era fácil.

Falei:

— Você quer que eu seja lobo?

Thomas sorriu para mim, um sorriso largo e ofuscante.

— Tantas camadas — murmurou ele conforme caminhávamos por entre as árvores.

Eu não seria como eles, não por completo. Isso já tinham me explicado. Um humano transformado nunca seria. Havia uma diferença entre ser mordido e ser de nascença. Instintos, para começar. Eles os tiveram por toda a vida. Eu tropeçaria como uma criança.

— Haveria diferenças — falei em voz alta.

— Sim — respondeu.

— Mas eu seria um Beta.

— Sim. Um dos meus. E com o tempo, um dos de Joe.

— Por que Carter e Kelly não serão os próximos Alfas?

— Porque não nasceram para isso. Joe nasceu. Ele será um Alfa.

Não queria ofendê-lo, mas não consegui conter as palavras.

— Eu teria algo que você não tem. Se me transformasse.

— Ah, é? E o que seria?

Toquei a árvore outra vez.

— Eu me lembraria de como é ser humano.

Ele não ficou com raiva. Passou um braço pelos meus ombros e tocou meu cabelo com a bochecha, esfregando uma vez. Duas. Uma terceira vez. Eles faziam isso. Eu agora entendia o motivo. Eu era parte deles e eles precisavam que eu tivesse o cheiro adequado. Era estranho. E reconfortante. Ele se afastou.

— Lembraria — disse ele baixinho. — E seria um ótimo lobo.

— Minha mãe — falei como uma desculpa, tentando ganhar tempo ao passo que as coisas se organizavam ao meu redor.

— A decisão é sua.

— Ela é do bando?

— À maneira dela.

— Ela teria que saber.

— Confio em você, Ox — falou, e fechei os olhos. O peso das palavras não passou batido por mim. Não com o histórico familiar dele.

— Eu me perderia? — indaguei-lhe. — A parte de mim que faz com que eu seja *eu*.

— Não. Eu não permitiria que isso acontecesse. Você continuaria sendo você. Apenas...

— Mais? — perguntei amargamente.

— Diferente — respondeu Thomas. — Ox. Ox. Você nunca precisará ser mais. Nada. Você é perfeito do jeito que é. Humanos são... especiais. Membros humanos de bandos são reverenciados. Sempre será protegido. Sempre será amado.

Uma abelha voou perto das minhas pernas e a segui com o olhar até que desaparecesse.

— Então por que perguntar?

— Porque você sempre terá escolha. Somos definidos por nossas escolhas. Quando completar dezoito anos, se quiser a mordida, eu a darei.

Fitei-o. Thomas me observava com atenção.

— Eu poderia correr com vocês — falei timidamente. — Na lua cheia.

Ele riu.

— Você pode fazer isso de qualquer forma. Pode não ser tão veloz, mas não deixaremos que fique para trás.

— Por que não me contou?

O sorriso dele desbotou.

— Para protegê-lo.

— De quê?

Ele respondeu:

— Existem coisas lá fora muito maiores do que eu ou você, Ox. Tanto boas quanto ruins. O mundo é maior do que você pode imaginar. Estamos seguros aqui. Por enquanto. Mas pode ser que nem sempre seja assim. Este é um local de poder. E lugares assim sempre chamam atenção.

— O que mudou?

— Joe.

Desviei o olhar.

— Você teria me contado se ele...?

— Teria. Um dia.

E deixei quieto.

— Deve estar na hora do jantar — comentei. — É tradição.

E o sorriso dele voltou.

Fiquei pensando se Thomas havia reparado que não respondi às suas perguntas. Sobre me tornar um lobo. Eu achava que tinha reparado. Achava que ele sabia tudo.

— Eu mantenho seus pés no chão — disse a Gordon não muito depois. Estávamos a sós na oficina, preparando-nos para encerrar o dia. Era quase hora de voltar à escola e esses nossos momentos de silêncio se tornariam cada vez mais raros.

Ele não respondeu de imediato. Por mim tudo bem.

Tranquei as portas da frente e o segui para os fundos, onde ele fumaria o seu cigarro e eu fingiria fumar um também e jogaríamos conversa fora pelos próximos dez minutos, como fazíamos diariamente antes de voltar para casa.

Ele estava sentado em sua cadeira surrada, girando o isqueiro na mão, o cigarro atrás da orelha. Observava um bando de pássaros voando sobre nós.

— Meu pai — disse ele.

Esperei.

Ele limpou a garganta.

— Meu pai — tentou novamente. — Ele... não era um bom homem.

Quis lhe dizer que essa era mais uma coisa que tínhamos em comum, mas as palavras morreram na minha língua.

— Você não conhece esse mundo, Ox. Ainda não. Se conhecesse, saberia o nome do meu pai. Ele era muito poderoso. Tão forte e corajoso que as pessoas idolatravam o chão que ele pisava. Merda, eu também fazia isso. Mas ele não era um bom homem.

Meu pai tinha sido um grande homem. Eu o achava forte e corajoso, e idolatrava o chão que ele pisava. Mas ele nunca havia sido muito gentil.

Burro como um boi.

Porque eu ia sofrer.

— Bandos como os Bennett, bandos antigos e cheios de história, acrescentam um bruxo à sua comitiva. É para trazer paz e equilíbrio e somar forças com o Alfa. Meu pai... ele era o bruxo de Abel Bennett. O pai de Thomas. O bando Bennett era maior naquela época. Mais forte. Reverenciado e temido.

— O que aconteceu? — perguntei em voz baixa.

— Ele perdeu o laço dele — falou Gordon. Soltou uma risada amarga.

— Sua mãe?

— Não. Outra mulher. Ela... não tem importância. Ela morreu. Loba. Meu pai matou muita gente depois disso.

Fiquei desnorteado.

— Assumi o lugar dele — continuou Gordon. — Eu tinha doze anos.

— Gordon...

— Não estava pronto para a responsabilidade. Cometi erros. Meu pai desapareceu. Sei lá se ainda está vivo. Mas eu tinha um lar. Um lugar.

— Gordon?

— Quê?

— Eu sou seu laço.

— É.

— Quem era seu laço antes de mim?

— Não tem importância. — Ele desviou o olhar.

Mas é claro que tinha.

— Quanto tempo?

— Jesus Cristo.

— Quanto tempo passou sem um laço?

Não achei que fosse responder. Mas então ele disse:

— Anos.

— Seu filho da puta — xinguei, rouco. — Por que não me pediu?

— Não pensei que…

— Óbvio que não pensou. Você poderia ter se machucado.

Ele acendeu o cigarro. Tragou profundamente. Exalou a fumaça.

— Tinha tudo sob controle.

— Fodam-se você e seu controle.

Seus olhos desviaram para os meus.

— Só porque agora você faz parte disso não quer dizer que saiba merda nenhuma, Ox. Não se esqueça. Convivi com tudo isso *a vida inteira*. Você é a porra de uma *criança*.

Eu me levantei até atingir toda a minha altura.

— Uma criança que faz parte do bando Bennett e que está enlaçada a você e a Joe.

Ele ficou me encarando, uma expressão estranha no rosto.

— Merda — murmurou. — Ox.

— Não. Nunca mais. Está me ouvindo? Não esconda merda nenhuma de mim. Nunca mais.

— Ox…

— *Gordon*.

— Caramba, garoto. Você é assustador às vezes. Sabe disso, não sabe? Você tem um quê de Alfa.

Não falei nada. Apenas o encarei.

Ele suspirou.

— Tudo bem.

— Quem era?

A fumaça subiu pelo rosto de Gordon, que disse:

— Mark. Tá bom? Era o Mark. Eu o amava. Eu o amava e ele foi embora e eu fiquei, e até te encontrar fiquei perdido no escuro. Você me trouxe de volta, Ox. Você me trouxe de volta e não posso perdê-lo. Não posso.

Os outros não sabiam. Tanner. Rico. Chris.

Gordon disse que era melhor assim.

Às vezes eu achava que nem Gordon acreditava nas próprias mentiras.

As aulas recomeçaram. Meu último ano.

A buzina tocou lá fora.

Abri a porta.

O sorriso de Joe era brilhante e ofuscante enquanto acenava para mim do banco de trás.

Ele disse:

— Oi, Ox. Agora posso ser como vocês. Hora de ir para a escola, certo?

Na floresta, após me perguntar se eu queria me tornar um lobo, Thomas falou:

— Laços são importantes, Ox. Principalmente quando são pessoas. Se fosse uma emoção, teria que ser abrangente. E isso normalmente só acontece com raiva e ódio, e se revira e se contorce até o laço estar carbonizado. Quando o laço é um bando, se espalha por todos os membros, e todos carregam o peso do fardo.

— E se for só uma pessoa? — perguntei. Uma brisa soprou pelo meu cabelo e fechei os olhos.

— Se for uma pessoa — disse Thomas baixinho —, então essa pessoa é tratada como preciosa. Mas a relação se tornará possessiva. É assim que funciona. É uma das coisas mais importantes para um lobo.

— Qual é o seu laço? — indaguei. Assim que as palavras deixaram minha boca, quis retirá-las. Parecia uma pergunta profundamente pessoal que eu não tinha o direito de fazer.

Mas ele respondeu:

— Bando. Sempre foi meu bando. Não os indivíduos em si, mas a *ideia* por trás do significado do bando.

— Família — falei.

— Sim. E muito mais. Pode ser mais difícil quando são indivíduos.

— E se eu estiver enlaçado a duas pessoas?

Ele franziu a testa.

— Veremos, não?

Tem um terceiro irmão Bennett, as pessoas sussurravam pelo corredor.

Ele se parece com os outros.

Por que eles continuam com Ox?

Precisávamos de uma mesa maior para o almoço.

Ou talvez só um banco maior.

Eu estava cercado pelos Bennett. Kelly à esquerda. Joe à direita. Carter do outro lado de Joe. Eles me guiaram para um dos lados da mesa, aproximando-se de mim o máximo possível, Joe falando sobre isso e aquilo e tudo em que conseguia pensar.

Jessie parecia entretida, sentada à nossa frente. Achei que havia algo a mais naquele sorriso, mas não consegui decifrar o que era.

Tenho certeza de que, para qualquer outra pessoa no refeitório, parecia estranho. Nós quatro e ela.

Eu não ligava.

Joe falava e falava e falava. Comigo. Com Carter. Com Kelly.

Nunca com Jessie.

Ele me deu um pedaço de maçã.

Dei-lhe umas batatas.

Ele falou baixinho:

— Estou feliz por estar aqui. Com você.

— Eu também — respondi.

— Você o amava? — perguntei a Mark numa tarde de outono.

— Quem?

— Gordon.

— Não fale sobre isso — disse ele, e se afastou.

Não fui atrás.

Fiz Gordon derrubar as barreiras em torno da casa e os Bennett foram jantar conosco num domingo.

Inicialmente ele recusou.

— Não é seguro.

Eu falei:

— Faço parte de um bando de lobisomens superprotetores que moram na casa ao lado. Tenho certeza de que não teria como estar mais seguro.

— Caramba — murmurou. — Lembra quando você quase não falava? Bons tempos.

Aquilo doeu. Mais do que eu poderia imaginar. Devo ter demonstrado porque ele suspirou e disse:

— Ox.

— Quê? — Olhei para baixo, para meus sapatos. Eu sabia que nem sempre dizia as melhores coisas ou as mais inteligentes, mas achava que estava melhorando. Estava tentando.

Sua mão se curvou sobre minha nuca e houve uma pulsação de *alguma coisa* entre nós. Não foi tão forte quanto com Joe ou o bando, mas estava ali e era *calorosa* e *gentil* e *familiar.*

— Desculpe — disse ele baixinho.

— Eu sei — falei, tentando deixar para lá. — Tudo bem.

Seus dedos enrijeceram.

— Não — continuou ele. — Não está tudo bem. Ninguém nunca deveria fazer você se sentir mal. Principalmente eu. É inaceitável.

— Eu sei.

— Vou melhorar, ok? Não sou o melhor, eu sei. Mas serei correto com você. Juro.

— Eu sei.

Ele apertou meu pescoço e abaixou a mão.

— Não vou retirar as barreiras — declarou. — Não completamente. Mas vou modificá-las. Para Joe. Carter e Kelly.

— E o resto do bando — pedi.

Gordon desviou o olhar.

— Sim, Ox. Para o resto também.

Estávamos fazendo o jantar de domingo na minha casa pela primeira vez.

Minha mãe estava muito nervosa. Vagava inquieta pela cozinha como um passarinho.

Perguntei o motivo e ela respondeu:

— Eles são tão *chiques*. Nós não somos pessoas *chiques*, Ox.

— Eles não ligam para esse tipo de coisa.

— Eu sei.

— Você está bonita — falei. E estava. Sempre estava. Mesmo quando estava cansada. Mesmo quando estava triste.

Ela riu e disse:

— Quietinho, você. — Ela me espantou com um pano de prato e me mandou preparar a salada enquanto ela verificava a lasanha.

Joe foi o primeiro a entrar. Seus olhos percorreram o local, absorvendo tudo o mais rápido possível. Seu peito se expandia, inspirando o máximo possível de ar. Seus olhos estavam arregalados, quase pulando das órbitas.

— Joe — disse Thomas, surgindo atrás dele. — Calma. Respire. — Deu para ouvir o comando na voz, o que causou ondas de arrepio na minha pele. Agora era mais fácil ouvir o que aquilo era de fato. O Alfa. Eu não era lobo, mas ainda queria lhe entregar o meu pescoço.

— É muita coisa — falou Joe discretamente, tentando desacelerar a respiração. — Tudo de uma vez.

Não entendi, mas não achei que fosse para entender.

Elizabeth entrou, seguida por Carter, Kelly e Mark. Minha mãe foi falando, transparecendo o nervosismo na cadência inconstante da voz. Ela não percebeu ou optou por não questionar quando os Bennett começaram a encostar em quase tudo que viam pela frente, arrastando as mãos pelo sofá. Pela mesa de jantar. Pelas cadeiras. Pelas bancadas. Carter e Kelly se espalharam pelas cadeiras à mesa, esticando-se o máximo possível.

Eu sabia o que estavam fazendo. Estavam deixando o cheiro nas coisas. O cheiro do bando.

Cheiros eram importantes. Não queriam que só tivesse o meu e o da minha mãe. Precisavam estar presentes também.

Abracei cada um deles. Carter e Kelly esfregaram os narizes no meu pescoço.

Joe me deu a mão.

— Seu quarto — disse ele. — Quero ver seu quarto.

Ele me puxou pelas escadas sem esperar por uma resposta. Nem precisei indicar o caminho. Ele esticou a outra mão e esfregou os dedos pela parede, virando a cabeça de um lado para o outro. Rosnou baixinho por um instante e apertou minha mão com mais força. Não perguntei o motivo. Não tinha certeza se queria saber.

Mas então chegamos ao meu quarto e ele se movimentou por todo o lugar. Não ficou parado em um mesmo ponto por mais de um segundo, e tocou tudo que pôde com as mãos.

Murmurava para si mesmo "Está forte aqui, tão forte, forte, forte" e "Posso cobrir, posso fazer desaparecer" e "Meu, meu, meu".

Eu permiti. Permiti que fizesse o que tinha que fazer.

E então ele parou em frente à minha escrivaninha. Respirou fundo.

— Joe? — perguntei, dando um passo para a frente.

— Você guardou?

— O quê?

Ele não respondeu. Parei atrás dele. Joe estava crescendo. A cabeça já estava batendo no meio do meu peito. Senti uma pontada de alguma coisa agridoce. Não sabia por quê.

Então vi para onde ele estava olhando.

O pequeno lobo de pedra.

Fiquei confuso.

— Sim. Por que não guardaria?

— Ox — disse ele com a voz engasgada.

Olhei para baixo. As mãos dele se curvavam sobre a mesa, deixando pequenas marcas de garras, arranhando a madeira. Seus olhos brilharam laranja e eu falei:

— Ei. — Coloquei a mão no ombro dele e lá estava outra vez, aquele calor, como aconteceu com Gordon. Mas se Gordon pareceu um fogo quente, então o pulso, a *atração* de Joe parecia o sol.

Ele suspirou e as garras se retraíram.

— Gostei do seu quarto — falou baixinho. — É exatamente como imaginei que seria. Bagunçado e limpo.

— Pinhas e bengalinhas doces? — perguntei-lhe.

Ele sorriu.

— E épico e incrível.

Ele tocou a cabeça do lobo de pedra uma vez. Só a pontinha do dedo na cabeça e aquele sol entre nós ardeu muito, muito brilhante.

uma coisa de lobos/estamos sozinhos

Eles treinavam. Os lobisomens. O bando.

Entravam e saíam da floresta rápida e silenciosamente.

Eles me rastreavam pelo bosque enquanto eu tentava despistá-los.

Thomas dizia "Atacar" e as garras deles saíam e ele desviava para a esquerda e para a direita e para cima e para baixo.

Uma vez perguntei por que treinávamos dessa maneira.

— Temos que estar prontos — explicou ele.

— Para quê?

Ele colocou a mão no meu ombro.

— Para proteger o que é nosso.

— Contra quem?

— Qualquer coisa que possa tomar nosso bando ou nosso território. — Seus olhos brilharam vermelho.

Senti um calafrio na espinha.

Treinei mais pesado.

— Feliz natal, Ox. — Joe sorriu quando o abracei forte, apoiando o queixo na cabeça dele.

— Você está diferente — disse Gordon, dando um trago no cigarro.

— Ah?

— Está se movendo de uma forma diferente — esclareceu.

— De repente só estou crescendo.

— É mais… confiança. Sua postura está mais ereta.

— É uma coisa de lobos.

— Você não é um lobo.

— Quase isso.

Os olhos dele se estreitaram.

— Então ele fez isso, não fez?

— Quem?

— Thomas. Ofereceu a mordida.

Ouvi Rico rindo alto no fundo da oficina. Tanner e Chris gritaram algo em resposta.

— Ofereceu — respondi.

— Ox — alertou ele.

— Minha escolha — falei. — Ele não me morderia antes de eu completar dezoito anos, mas a escolha continua sendo minha.

— Só… merda. — Gordon estava chateado. — Pense nas consequências. Você será caçado. Pelo resto da vida. Há coisas por aí. Monstros e pessoas que não querem nada além da sua cabeça num espeto.

— Porque eu seria um lobo? — perguntei. — Ou porque já sou parte de um bando?

— Merda — murmurou ele.

— Ou talvez porque estou enlaçado a um bruxo.

— Eu te disse…

— Não sou mais criança, Gordon.

Sua voz falhou quando ele disse:

— Mas você é tudo que tenho.

— Ótimo — falei. — Então você sabe que nunca vou me afastar de você. De nós.

Ele fechou os olhos e respirou fundo.

— Você recusou — arrisquei, seguindo minha intuição. — A mordida. Você disse não.

Ele abriu os olhos lentamente.

— Decisão mais fácil da minha vida.

Nós dois sabíamos que isso era mentira.

* * *

Não contei a ele que tinha decidido permanecer humano.

Por enquanto.

Minha mãe disse:

— Jessie passou no restaurante hoje.

Olhei novamente para o meu dever de matemática. Eu não achava que estava fazendo certo.

— Ela disse que faz uns dias que não o vê.

— Estou ocupado — murmurei. — Dever de casa. Trabalho. — *Lua cheia com os lobisomens.*

— Prioridades, Ox. É bom tê-las, mas não se esqueça das coisas boas.

Correr com os lobos era a melhor coisa.

Uma pulsação sombria no sol entre Joe e eu.

Tirei de súbito a cabeça da carteira na aula de história.

Levantei e saí da sala antes mesmo de me dar conta de que estava me movendo.

Pensei *JoeSeguroJoeEncontrarJoe.*

Mais duas pulsações, breves faíscas de luz.

Carter e Kelly e eu pensamos *bando.*

Havia fúria no sol. Estava contida, mas ia romper.

Eu sabia disso, embora não soubesse como.

Banheiro masculino. Corredor.

Abri a porta.

Joe pressionado contra a parede. A mochila aos pés dele, escancarada. Lápis e papéis espalhados pelo chão.

Três sujeitos em volta dele. Um o mantinha contra a parede, o antebraço em seu pescoço. Eu os reconheci vagamente através do torpor vermelho. Eram do segundo ano. Cuzões.

Joe não estava assustado. Pelo menos não completamente. Jurei ter ouvido a batida acelerada, mas firme do seu coração.

Mas ele não estava reagindo porque sabia que estava prestes a se transformar em lobo.

Então me viu.

Arregalou os olhos.

E o sol explodiu.

Peguei primeiro o que o prendia contra a parede. Agarrei pela nuca e puxei para longe.

— O que… — disse ele, e em seguida não pôde mais falar nada porque estava no chão, meu joelho o prendendo pelo peito, e as mãos em volta do pescoço. Ele arregalou os olhos quando rosnei e exibi os dentes na cara dele.

Os outros dois me agarraram pelos ombros para tentar me arrancar, mas me lembrei do treinamento e de Thomas dizendo *fique calmo e mantenha o controle*.

Deixei que me levantassem. Aproveitei o ímpeto e dei uma joelhada na barriga do que estava à minha direita e uma cotovelada no da esquerda. Um se curvou, com dificuldade para respirar. O outro gritou, um lampejo vermelho entre seus dedos. Dei um passo para trás, me colocando na frente de Joe. Ele agarrou minha camisa e apoiou a testa nas minhas costas.

Carter e Kelly entraram explosivamente, os olhos brilhando. Analisaram a cena. Alguma coisa se estabilizou em mim quando eles pareceram satisfeitos com o que viram. Não surpresos. Satisfeitos. Como se soubessem que eu dava conta.

— Então — falou Carter. — Seus nomes.

— Vá se foder — disse o cara com o nariz sangrando.

— Resposta errada — falei conforme Kelly se aproximava dele.

— Nomes! — vociferou Carter.

O do nariz sangrento disse:

— Henry.

O com a mão na barriga disse:

— Tyler.

O que ainda estava no chão disse:

— Vá pro inferno.

Carter o pegou pelo pescoço e o levantou. Seus pés saíram do chão enquanto ele chutava o ar.

Carter estava próximo, mas ainda no controle.

— Seu. Nome.

— Dex — respondeu, engasgado.

— Decorou? — perguntou Carter a Kelly.

Kelly assentiu com a cabeça à medida que inspirava.

— Henry. Tyler. Dex. Já registrei. — Os cheiros.

— Se *algum dia* chegarem perto do meu irmão outra vez, mato vocês — ameaçou Carter. — Cada um de vocês. E se eu não conseguir, Kelly mata. E se *ele* não conseguir, que Deus os ajude quando Ox puser as mãos em vocês. — Ele jogou Dex no chão. Dex gritou ao aterrissar de lado. Carter e Kelly pisaram nele. Os outros dois se encolheram fugindo deles. Vieram para o meu lado, bloqueando Joe. Kelly pôs a mão no meu braço. O ombro de Carter encostou no meu.

Henry foi o primeiro a correr. Depois Tyler. Dexter escarneceu, mas foi o escárnio de um covarde que gaguejou e falhou. Ele também correu.

Ardi como o sol.

O DIRETOR NOS ENCAROU. Eu. Minha mãe. Todos os Bennett.

— Cinco dias de suspensão — declarou ele.

Carter, Kelly e eu não dissemos nada, conforme fomos instruídos.

— Cinco dias? — perguntou minha mãe. — E os três que começaram isso tudo?

— Estamos cuidando deles — respondeu o diretor. Dava para ver a camada fina de suor em sua testa.

— Estão mesmo? — indagou Elizabeth. — Espero que sim. Depois que prenderam meu filho de doze anos contra a parede.

— E Ox quebrou o nariz de um garoto! — disse o diretor. — Ele tem sorte por não prestarem queixa contra ele.

— Sim — concordou Elizabeth. — Muita sorte. Mas se *houvesse* queixas, tenho certeza de que também teríamos algumas.

O diretor enxugou a testa.

— Mark? — falou Thomas com um tom leve.

— Sim?

— Quanto a gente ia doar para o distrito escolar de Green Creek este ano?

— Vinte e cinco mil dólares.

— Ah. Obrigado, Mark.

— Sempre às ordens.

— Veja, sr. Bennett — começou o diretor. — Tenho certeza de que podemos…

— Chega de falar com você — disse Thomas. — Sua presença me incomoda. Vamos, todos. É hora de irmos.

Thomas e Elizabeth me conduziram para longe dos outros.

— Você protegeu um dos seus — falou Thomas, os olhos brilhando em vermelho. — Estou tão, tão orgulhoso de você.

Ele era meu Alfa e minha pele arrepiou com suas palavras. Inclinei a cabeça para trás, exibindo-lhe a garganta. Ele esticou o braço e tocou gentilmente o meu pescoço.

Elizabeth me abraçou.

A suspensão foi cancelada repentinamente e sem aviso-prévio.

— Eu dava conta — resmungou Joe enquanto caminhávamos pela estrada de terra.

— Eu sei — respondi.

— Podia ter acabado com os três.

— Eu sei.

— Não sou uma criancinha.

— Eu sei.

Ele fez uma careta.

— Diga algo diferente.

— Fico feliz por ter conseguido protegê-lo — falei com sinceridade. — E sempre protegerei.

Ele me encarou com aqueles grandes olhos azuis. Em seguida enrubesceu. Começou no pescoço e subiu pelo rosto. Desviou o olhar. Chutou a terra. Esperei até que ele se decidisse.

Acabou pegando minha mão e continuamos pela estrada.

Outra briga.

— Eles são minha *família* — disse a ela, irritado.

O rosto de Jessie estava rubro, os olhos cintilantes.

— Eu já entendi — falou. A voz estava dura. — Mesmo sem compreender totalmente o fascínio esquisito que eles têm por você.

— Não é esquisito.

— Ox — começou ela. — É um pouco esquisito. Tipo, eles são alguma espécie de culto ou o quê?

— Chega, Jessie. Você não pode falar assim deles. Eles nunca disseram um "a" de você, então não fale assim deles.

— Exceto o Joe — murmurou.

— Quê?

Ela levantou a cabeça do lugar onde estava, na minha cama.

— Eu disse exceto o Joe. *Ele* não gosta de mim.

Eu ri.

— Não é verdade.

— Ox. É, sim. Por que você não enxerga isso? Por que é tão cego em relação a ele?

— Deixe Joe fora disso — respondi, minha voz começando a subir.

Ela parecia frustrada.

— Só estou pedindo para fazer parte da sua vida, Ox. Você me dá foras. Esconde coisas de mim. Sei que tem alguma coisa acontecendo. Por que não consegue confiar em mim?

— Eu confio — falei, embora eu quase sentisse que era mentira.

Ela sorriu, mas o sorriso não chegou aos olhos.

Logo após o Dia de Ação de Graças, minha mãe me mandou uma mensagem pedindo que voltasse para casa direto após o trabalho.

A casa parecia diferente quando entrei. Senti no peito. Havia raiva. Tristeza. Mas alívio. Tanto alívio. Devia ser alguma coisa do bando. Nunca tinha sentido as emoções na casa antes. Eu não era um lobo, mas também não era um simples humano. Eu era algo a mais.

Era algo quase como enxergar cores.

A raiva era violeta, pesada e enjoativa.

A tristeza era um azul tremulante. Vibrava pelas bordas do violeta.

O alívio era verde, e fiquei imaginando se era isso que Elizabeth sentia em sua fase verde. Alívio.

Minha mãe estava à mesa. O rosto estava seco, mas os olhos vermelhos. Ela tinha chorado, mas já tinha passado e eu percebi que não era mais completamente normal quando de algum jeito soube com exatidão o que ela ia dizer antes que dissesse uma palavra.

Mas permiti que ela falasse assim mesmo.

Devia isso a ela.

— Ox — começou ela. — Preciso que ouça, tudo bem?

— Sim, claro — respondi, e coloquei a mão sobre a dela. A minha era muito maior, e eu amava aquela mulher pequenininha.

— Temos um ao outro — continuou ela.

— Eu sei.

— Somos fortes.

— Somos. — Sorri.

— Seu pai morreu — disse ela. — Estava bêbado. Foi dirigir. Bateu em uma árvore.

— Certo — falei, enquanto meu peito apertava.

— Estou aqui — prosseguiu ela. — Sempre estarei.

Nós dois escolhemos ignorar a mentira porque ninguém podia prometer isso.

— Onde? — indaguei.

— Nevada.

— Não foi muito longe, não é mesmo?

— Não — falou ela. — Suponho que não.

— Você está bem? — perguntei, esticando-me para passar o polegar em sua bochecha.

Ela fez que sim com a cabeça. Depois deu de ombros. Seu rosto tremeu levemente e ela desviou o olhar.

Esperei até que ela pudesse continuar.

— Eu o amei — disse afinal. — Durante muito tempo.

— Eu também. — Ainda amava. Ela talvez não mais, mas eu ainda amava.

— Ele foi gentil. Por um tempo. Um bom homem.

— É.

— Ele te amava.

— É.

— Somos só nós dois agora.

E eu disse:

— Não, não somos.

Ela olhou para mim.

— Como assim? — Uma lágrima correu pelo seu rosto.

— Tem mais — falei, e estava tremendo.

Ela estava preocupada.

— Ox, o que foi?

— Não estamos sozinhos. Temos os Bennett. Gordon. Eles…

— Ox?

Respirei fundo e exalei lentamente. Não podia deixar que ela pensasse que estávamos sozinhos. Não mais. Não quando não precisávamos estar.

— Vou te mostrar uma coisa. Você precisa confiar em mim. Nunca vou deixar que nada te machuque. Sempre vou te proteger. Vou te manter em segurança.

Ela estava chorando.

— Ox…

— Confia em mim? — perguntei.

— Sim. Confio. Sim. Claro. — Foi uma fala interrompida por pequenos engasgos.

— Nunca precisamos dele. Sempre sobrevivemos.

— Sobrevivemos? *Sobrevivemos*?

Peguei-a pela mão, levantei-a. Envolvi seus ombros com os braços. Levei-a até a porta da frente. Estava frio lá fora, então fiquei perto dela. Eu era mais quente do que ela.

— Não tenha medo — falei para ela. — Nunca tenha medo.

Ela olhou para mim, tantas dúvidas no olhar.

Então olhei para o céu noturno, inclinando a cabeça para trás.

E *cantei*.

Não era tão bom quanto os lobos. Nunca seria, porque, independentemente do que eu fosse, eu era mais humano do que qualquer outra coisa. Thomas havia me dito isso quando me ensinou, nas profundezas da floresta. Mas foi forte o uivo, mesmo quando minha voz falhou. Dei tudo de mim. Minha raiva violeta. Minha tristeza azul. Meu alívio verde, a porra do meu alívio verde por ele estar morto, morto, morto, e eu nunca mais precisar pensar nele. Não haveria mais *e se*. Não haveria mais *por quê*. Não haveria mais sofrimento porque *não* estávamos sozinhos. Meu pai disse que eu ia sofrer, mas foda-se ele. Maldito. Eu o amava tanto.

E coloquei tudo na canção.

E mesmo antes de o eco sumir pelas árvores, ouvi um uivo em resposta da casa do fim da rua.

Joe.

E depois mais um. Carter.

E Kelly. E Mark. E Elizabeth.

Thomas foi o mais alto de todos. O chamado do Alfa.

Eles ouviram minha canção e retribuíram com a deles.

— Meu Deus — sussurrou minha mãe, e chegou ainda mais perto de mim.

Houve uma batida ao longe. O ruído de patas e garras nas folhas congeladas.

Violeta era raiva.

Azul era tristeza.

Verde era alívio.

E através das árvores os brilhos laranja. A faísca vermelha. As cores da familiaridade e da família e do lar.

Podia ouvi-los em mim e eles diziam *estamos aqui IrmãoFilhoAmigoAmor. estamos aqui e somos um bando e seus e nada vai mudar isso.*

Minha mãe ganiu ao meu lado, agarrando-me com firmeza. Ela tremia.

Eu disse:

— Eles jamais a machucariam.

Ela perguntou:

— Como sabe? — Soou sem fôlego.

— Porque somos um bando. — Afastei-me dela, acalmando-a gentilmente enquanto ela tentava me segurar. — Tudo bem — falei. — Está tudo bem.

Não desviei o olhar dela em nenhum momento. Desci de costas os degraus da varanda, lentamente para não escorregar no gelo. Minha respiração saía em lufadas brancas. Estava frio, mas assim que pisei no solo congelado, fui cercado por calor. Os lobos se esfregaram em mim, ganindo com animação, mordiscando meus dedos e mãos e braços. Joe se apoiou nas patas traseiras, as dianteiras nos meus ombros. Lambeu meu rosto e eu ri sem parar.

Thomas ficou sentado atrás, à espera. Até que soltou um rosnado baixo. Os outros pararam de se mover ao meu redor e ficaram de lado. Quando se levantou, ouvi minha mãe engasgar.

Seus passos foram lentos e calculados. Ele se aproximou de mim e apoiou a cabeça no meu ombro, passando o pescoço no meu, esfregando o focinho na minha pele e no cabelo. Senti um tremor no peito dele, calmo e satisfeito. Foi a primeira vez que os chamei sozinho. Ele estava orgulhoso de mim.

Faltavam sete meses para eu completar dezoito anos, mas ainda não devia ser um homem, porque tive que piscar para espantar as lágrimas.

— Meu pai morreu — sussurrei para ele. Joe ganiu, mas não se aproximou. — Ela pensa que estamos sozinhos.

O ronco no peito dele ficou mais alto, e através dos laços que nos uniam escutei *acalme-se não nunca sozinhos estamos aqui não chore Filho-Bando não chore nunca sozinho.*

Pus as mãos no pelo dele e segurei firme. Ele me permitiu os instantes de luto, porque sabia que eu só precisava de instantes.

Passaram, como quase sempre acontece com essas coisas.

Ele lambeu as lágrimas das minhas bochechas, e eu ri silenciosamente.

Ele apoiou a testa na minha e eu disse:

— Ok. Estou bem agora. Obrigado.

Thomas se voltou para a minha mãe. Ela soltou um ruído sutil e engasgado e deu um passo para trás, trêmula.

Eu falei:

— Está tudo bem.

Ela disse:

— Isto é um sonho.

E eu respondi:

— Não.

— Ox! — gritou ela. — O que é isso?!

Thomas estava diante dela, abaixando a cabeça. Passou o focinho na testa dela, e ela disse:

— *Ah.*

lutar por mim/família é tudo

Minha mãe disse:

— Que mundo estranho este em que vivemos. — E em seguida riu.

Depois chorou.

O bando a cercou até o sol nascer na manhã seguinte.

Os dias se passaram.

— Minha mãe sabe — falei.

Gordon fechou os olhos. Pude sentir o laço que nos unia enquanto ele lutava para controlar a raiva. Violeta com toques de azul. Havia um dourado misturado, e me fixei nele até perceber que era ciúme. As cores afiadas desbotaram quando ele soltou o ar.

— É o seu bando — disse ele, o rosto vazio e a voz indiferente.

Meu próprio violeta pulsou.

— Meu pai morreu.

Azul, azul, azul.

— Ox. Sinto muito.

E então seus braços me envolveram e eu era seu laço, e achei que ele talvez fosse parte do meu.

Pouco antes do meu aniversário, Jessie me beijou no meu quarto. Ela pressionou o corpo contra o meu até eu dar um passo para trás e minhas pernas baterem na cama.

Eu me sentei.

Ela montou no meu colo.

Ri baixinho e pensei na lua cheia daquela noite. Minha mãe ia conosco pela primeira vez, só para ver.

Jessie disse:

— Acho que devemos terminar.

Eu respondi:

— Tudo bem.

Silêncio.

Ela saiu de cima de mim e ficou de pé.

— Ox. — Os olhos dela se estreitaram.

— Quê?

— É *isso*? É tudo que você tem a dizer?

Fiquei confuso.

— Você que disse!

Ela revirou os olhos.

— Você tem que *lutar* por mim.

— Ah.

— Ox.

— Quê?

— Você quer lutar por mim?

— Jessie — falei. — Por que você está fazendo isso? — Tentei puxar o nosso laço, para ver quais eram as cores dela, então me lembrei de que não havia nenhum laço e fiquei um pouco triste.

Ela andou de um lado para o outro.

— Você nunca mais está aqui.

— Aqui? Estou sempre aqui. Esta é a minha casa. Meu quarto.

— Não. *Aqui*. Tipo aqui comigo. *Se* consigo te ver. *Se* você se lembra de retornar minha ligação. *Se* você se lembra de me mandar mensagem. Se, se, se, porque você vive *distraído*. Está sempre *em outro lugar*. É como se você sempre estivesse vazio e com a cabeça em outro lugar e eu não mereço isso. Não mereço, Ox.

Ela tinha razão. Não merecia. E eu disse isso a ela.

— Então *conserte* — respondeu ela.

— Não posso — falei. Ela entendeu o que eu quis dizer.

Não vou.

Ela deu um passo para trás, afastando-se de mim, e fiquei imaginando o que ela enxergava ao me fitar. Se eu tinha mudado. Se tinha me tornado algo diferente. Às vezes eu ainda me sentia como o velho Ox. Outras vezes eu tinha vontade de uivar uma canção que sacudisse as árvores.

— Por quê? — perguntou.

— Olha, Jessie — comecei. Minha voz estava firme, mas senti meu coração partir só um pouquinho. — Eu tenho... coisas. A fazer. — Nunca fui bom com palavras, e elas estavam me faltando agora. Estava com dificuldades e me agarrei à primeira coisa que surgiu. — Prioridades. Eu tenho prioridades.

— E eu não sou uma delas — afirmou ela.

— Não — respondi, porque isso não estava certo. — Você é. — Mas isso também não estava certo. Era uma sensação horrível. — Merda — murmurei.

— Eu te amo, Ox — disse Jessie. — Você não vê isso?

Eu via. E também a amava. Do meu jeito.

— Você vai embora — foi o que acabei dizendo. — Daqui a alguns meses. — Para o outro lado do país, para fazer faculdade.

— É. Eu vou. E nós íamos *tentar*.

— Talvez não devêssemos.

Jessie balançou a cabeça.

— Por quê?

— Porque não posso dar o que você precisa. E não é justo.

— É por causa do Joe, não é? Por causa daquele merdinha...

Levantei. Depressa.

— *Não* — alertei.

Ela arregalou os olhos. Seu lábio tremeu. E disse:

— Sinto muito. Não foi isso... Não sei por que falei isso.

— Isso é entre a gente — falei. — Deixe-o fora disso.

Ela acabou indo embora.

— Posso sentir o cheiro — disse Joe. Estávamos sentados na varanda olhando para o sol. — Você está triste.

— Sim — respondi, porque estava mesmo.

— Quer falar sobre isso?

Balancei a cabeça.

— Ainda não.

Ele apoiou a cabeça no meu ombro e falou:

— Tudo bem.

Mais tarde, depois que o sol se pôs e as estrelas surgiram no céu, ele afirmou:

— Eu nunca vou deixá-lo.

Chris disse:

— Seu desgraçado. A Jessie está sofrendo. Vá se foder, Ox.

Gordon o chamou de babaca.

Tanner disse que o amor é complicado.

Rico falou que eu era um destruidor de corações.

Chris passou três dias sem falar comigo.

No quarto dia ele veio até mim, parecendo nervoso.

Não podia suportar aquilo, então o abracei.

Ele retribuiu. Falou:

— Senti sua falta. Sou um babaca. Você me perdoa?

— Claro — respondi. E ele sorriu e me pagou um sanduíche no restaurante.

Não falou nada sobre Jessie. Nem eu.

Completei dezoito anos. Thomas não perguntou se eu queria a mordida. Não pedi que me desse.

Green Creek era pequena. Nossa turma de formandos só tinha 34 pessoas.

Mas você acharia que eram milhares pela forma como gritaram quando Carter subiu no palco.

Ele sorriu e deu uma piscadela ao aceitar o diploma.

— Oxnard Matheson — disseram mais tarde, e o rugido que se seguiu me deixou sem fôlego. Os Bennett. Minha mãe. Gordon e os caras. Gritaram e uivaram. Parecia até que eu tinha conquistado a maior proeza da história da humanidade.

Serei honesto. Eu não estava esperando. Doeu, mas de um jeito bom. Às vezes a dor pode ser boa.

Carter disse:

— Não vou para longe. Eugene fica a poucas horas daqui.

— Não vai ser tão ruim assim — falou Kelly.

— Vamos nos encontrar o tempo todo — afirmou Joe.

Eu falei:

— Isso é uma merda.

— É — concordaram eles com um suspiro.

Estávamos deitados na grama observando o céu acima de nós. Éramos todos ângulos e paralelos, esticados e nos tocando de alguma forma. Joe estava deitado no meu peito. As pernas pesadas de Carter estavam sobre as minhas. Kelly estava com a cabeça no meu ombro.

Era caloroso. E seguro. E triste.

— Vai ficar tudo bem — disse Carter. — Prometo.

— E se você não voltar? — perguntou Joe com a voz miúda. Esfreguei o seu cabelo com as mãos.

— Eu vou — garantiu Carter. — Você vai ser meu Alfa. É claro que voltarei para você. E para Kelly e Ox. Somos um bando. Um dia você vai nos liderar.

— Mas não sei como — confessou Joe. — Acho que não vou ser muito bom nisso.

— Você vai ser o melhor — falei para ele. — O melhor Alfa de todos os tempos.

Ele se envaideceu e Carter e Kelly riram.

Acharam que eu estava brincando. O bobo do Ox.

Mas eu acreditava nisso com todo o meu coração.

Thomas levava Joe para a floresta às vezes. Passavam horas fora. Nunca perguntei sobre o que conversavam ou o que faziam porque concluí que era entre eles. E não da minha conta.

Até Thomas afirmar o contrário.

Ele mandou me chamar no meio do verão. Carter apareceu na oficina, os olhos brilhantes de um jeito que não fui capaz de identificar.

Parecia que havia circuitos elétricos sob sua pele. Se não o conhecesse, diria que ele estava perdendo o controle.

— *Papi* — gritou Rico. — O namoradinho chegou. Faça uma pausa. Dez minutos devem ser suficientes para umazinha.

Chris e Tanner riram e me provocaram ao passo que eu revirava os olhos.

Gordon estava na entrada do escritório, os braços cruzados sobre o peito, os olhos me seguiam conforme eu atravessava a oficina. Isso era diferente, e ele também sabia. Não era do bando, mas podia sentir. E os lobos nunca vinham aqui. As barreiras os mantinham afastados. Gordon era um babaca, mas eu não conhecia a sua história. Não inteira. Tentava não o culpar.

E lá estava Carter, inquieto, os olhos brilhando laranja.

Perguntei:

— Está tudo bem?

— O Alfa o quer esta noite — disse ele com a voz carregada, como se seu lobo estivesse explodindo pela garganta.

Eu queria perguntar *por que* e questionar tudo, mas sabia que não podia. Era um *recado*.

Em vez disso abracei Carter e ele ganiu no fundo da garganta, com o nariz no meu pescoço.

Por fim, ele parou de tremer.

— Tudo bem? — sussurrei em seu ouvido.

Ele assentiu com a cabeça e se afastou.

— Vou ficar por aqui — falou ele com a voz normal. — Te dou uma carona para casa.

Voltei para a oficina.

— O que foi isso? — perguntou Gordon.

— Assunto do bando — respondi, e voltei ao trabalho.

Carter não falou muita coisa no caminho de volta para casa. Só alguns poucos comentários sobre a faculdade e garotas, e então falei algo em que estava pensando havia muito tempo:

— Um cara apareceu no trabalho. Eu o achei atraente. Olho para homens às vezes. — Saiu rápido porque foi a primeira vez que falei em voz alta. Senti um alívio. E um terror.

Carter não falou nada durante um minuto. E em seguida:

— Ah. Tudo bem. Você lambeu o saco dele?

Ri tanto que achei que fosse morrer. Carter gargalhava junto. Ele disse:

— Você sabe que não dou a mínima para isso, não sabe? Tipo, dentre todas as coisas que podem incomodar alguém na vida, essa é uma das mais bobas?

— É, Carter, eu sei — falei. Meu coração estava acelerado.

— Ei. Calma, Ox.

Malditos lobisomens.

— Vou me acalmar.

— Sou o primeiro para quem você contou?

— É.

Ele sorriu.

— Tirei seu cabaço gay! — Ele franziu a testa. — Calma.

— Ah, meu Deus.

— Não foi isso que eu quis dizer.

— Ah, meu Deus.

— Eu tirei o cabaço da sua saída do armário. — Ele riu e parou num sinal vermelho. — Não melhorei muito.

— Ah, meu Deus.

— Você já beijou um homem?

Ruborizei.

— Não.

Antes que eu pudesse sequer reagir, ele se inclinou e deu um beijão nos meus lábios, afastando-se com um estalo barulhento.

— Agora beijou.

— Ah, meu Deus.

— Você está falando que nem o Joe.

— Foi tipo beijar meu irmão — falei.

— Vá se foder, Oxnard — disse ele com um sorriso fácil. — Você tem sorte que sou hétero. Já teria te pegado há muito tempo. — Ele farejou o ar e teve a audácia de parecer ofendido. — Sério? Não está excitado? Nem *um pouco*?

— Minha vida — resmunguei.

— Devo estar fazendo alguma coisa errada.

— Deve ser.

— Você ainda gosta de garotas?

Dei de ombros.

— Acho que sim.

Ele me deu um soquinho no braço.

— Fominha.

Eu ri.

— Mas vai facilitar as coisas — continuou ele, e eu pensei *quê?*

— Que coisas?

Ele deu de ombros.

— O futuro. E tudo que o acompanha.

E isso foi tudo o que ele disse até chegarmos à casa do fim da rua. Thomas e Joe estavam esperando por nós.

— Vai ficar tudo bem, Ox — garantiu Carter antes de entrar.

— Ox — disse Thomas calorosamente. — Obrigado por ter vindo.

Sorri de volta um pouco nervoso. Sabia que ele podia sentir o cheiro em mim. Lobisomens são assim. Então ele falou:

— Não há com que se preocupar.

— Tudo bem.

Joe pegou minha mão e esfregou a testa no meu ombro. Ele estava ficando alto. Quase treze anos de idade e estava espichando como uma trepadeira. Disse isso a ele, que me deu um sorriso ofuscante.

Thomas caminhou para a floresta sem mais uma palavra.

Joe puxou minha mão, e fomos atrás.

Segui o exemplo e não falei nada.

Por fim, chegamos à clareira na floresta.

Joe soltou minha mão e foi para perto do pai. Sem uma palavra, sentaram-se na grama, cruzando as pernas, um de frente para outro.

Thomas perguntou:

— Joe, o que significa ser um Alfa?

— Significa proteger os outros a qualquer custo.

— Mesmo que isso custe a sua vida?

— Sim. O bando é mais importante do que tudo.

E, cara, como eu queria me intrometer e falar alguma coisa, mas fiquei de boca calada. Thomas me deu um breve olhar de alerta, mas sorriu silenciosamente para me comunicar que entendia.

— E por que o bando é mais importante?

— Porque o bando é família — disse Joe. — E família é tudo.

— Ox — chamou Thomas. — Sente-se conosco.

E eu me sentei. Não sabia ao certo qual era meu lugar ali. Não sabia ao certo por que tinha sido convidado. Não sabia ao certo o que dizer. Então fiz o que fazia de melhor e fiquei calado.

Thomas e Joe também não disseram nada. Ficaram lá sentados, observando as folhas das árvores, passando as mãos pela grama, e era tudo *verde*. Verde como as asas da libélula que vi no dia em que conheci Joe. Verde como a fase de Elizabeth quando nos conhecemos. Verde como a magia da terra de Gordon, afiada e pungente. Verde como *alívio*, como a porra do *alívio* que era tanto que me inundava.

Eu estava aliviado. Porque estava sentado ao lado de um lobisomem Alfa e de um futuro lobisomem Alfa e *eu pertencia* ali com eles. A eles. E eles pertenciam a mim.

Os laços estavam ali. Entre nós. O laço com meu Alfa. O laço com meu Joe.

Passamos horas ali sem dizer uma palavra.

A PARTIR DAQUELE MOMENTO, PASSEI a ir quase sempre com eles. Às vezes ficávamos sentados. Às vezes eu observava enquanto Thomas e Joe treinavam corpo a corpo, garras voando, presas expostas.

Perguntei mais uma vez a Thomas:

— Para que tudo isso?

— O quê?

— As lutas. As garras. Os dentes. Os treinos. Tudo.

Ele respondeu:

— Para que, quando chegar a hora, possamos proteger o nosso território.

— Contra quem?

Ele deu de ombros.

— Todo mundo.

— Thomas — comecei. Mas parei porque não sabia ao certo o que queria.

Ele esperou, como sempre fazia.

Eu quero a mordida.

Pensei em falar. Pensei de verdade. Abri a boca para dizer exatamente isso, mas não consegui expelir as palavras. Não consegui fazer acontecer.

Ele sabia. É claro que sabia.

— Estarei aqui — falou. — Se e quando estiver pronto. Se não eu, Joe.

— Ele vai ser ótimo, sabe — falei baixinho. — Por causa dos seus ensinamentos.

Thomas sorriu. Era algo raro e ver isso fez eu me sentir bem.

— Um Alfa só é tão forte quanto seu bando.

UM DIA PERGUNTEI A ELE quando Joe se tornaria Alfa.

Ele respondeu que seria no momento certo.

Perguntei o que aconteceria com ele.

Ele falou que atuaria como o Beta de seu filho.

Perguntei como se sentiria abrindo de mão de tudo que significava ser Alfa.

Ele disse que sentiria *verde.*

Não perguntei como ele sabia.

ÀS VEZES THOMAS MANDAVA APENAS Joe e eu para a clareira.

Às vezes conversávamos.

Às vezes não falávamos nada.

Ele disse que era pelo laço entre nós.

ÀS VEZES EU ACHAVA QUE eles escondiam coisas de mim.

Era apenas uma sensação que eu tinha.

o chão que você pisa/o rei caído

Ela estava na cozinha cantando com o rádio quando eu disse:

— Mãe, posso conversar com você?

Ela olhou por sobre o ombro enquanto mexia uma panela no fogão. Sorriu e falou:

— Oi, querido. — Quase virei as costas e saí correndo. Eu tinha dezoito anos e estava com medo da minha *mãe*.

Ela deve ter visto algo no meu rosto porque diminuiu o fogo e se virou. Esticou a mão e tocou meu braço.

— Tudo bem?

Balancei a cabeça.

— Hã. Talvez? Acho que sim. Possivelmente.

Ela esperou.

Eu a amava. E ela me amava. Então eu falei:

— Tenho certeza de que gosto de meninas.

Ela respondeu:

— Certo.

E aí continuei:

— E de meninos. — Minhas mãos estavam suadas.

— Certo.

— Tipo… você sabe.

Ela arregalou levemente os olhos.

— *Ah.* Isso… — Ela apertou os olhos para mim. — Da mesma forma?

— Quê?

— Você gosta de meninas e meninos. Igualmente? Ou mais de um que do outro?

Dei de ombros.

— Talvez igual? Não tenho certeza porque nunca fiz nada com um cara. — Fiz uma careta. — Gostaria muito de não ter dito isso.

Minha mãe enrubesceu.

— Bem. Você tem dezoito anos. Pode... você sabe. Fazer. Isso. Como adulto.

— Ai, meu Deus — rosnei.

— Não, não. Está tudo bem! — Ela parecia nervosa. — É só que... Você sempre ouve que os pais simplesmente *sabem* essas coisas sobre os filhos. Eu... não sabia. — Ela franziu a testa. — Isso faz de mim uma mãe ruim?

— Não! Er. Não. Mesmo. Você é... ótima. Nisso. Em ser mãe.

Ela suspirou.

— Ox.

— Sim?

— Eu não ligo para essas coisas.

— Que coisas?

— Se você for gay, ou o que seja.

— Bissexual — falei, como se isso melhorasse alguma coisa.

— Bissexual — repetiu ela. — Tudo bem.

— Isso é esquisito.

— É?

— Não é?

— Você parece assustado — notou ela.

Olhei para o chão.

— Não queria te deixar brava — consegui dizer.

E então os braços dela estavam na minha cintura e a cabeça, no meu peito. Apoiei a testa no ombro dela e retribuí o abraço.

— Eu jamais ficaria brava por você ser quem é — falou ela baixinho. — E sinto muito se o fiz pensar assim.

— Então. Não é... Estranho? Nem nada?

Ela riu.

— Ox. Você faz parte de um bando de lobisomens e está me perguntando se uma coisa assim é estranha?

— Você também é do bando — acrescentei rapidamente.

E ela era. Até certo ponto. A partir do momento que Thomas tocou sua cabeça e ela descobriu exatamente quão estranho o mundo pode ser, passou a ser do bando. Ela levou semanas para aceitar o que tinha visto, e talvez até mais para acreditar de fato. Kelly me disse que por um longo tempo ela exalava cheiro de medo sempre que tinha contato com os Bennett. Eu lhe pedi que não levassem para o lado pessoal, e ele apenas riu e passou o braço pelos meus ombros e disse que claro que não levariam.

Na maioria das vezes ela não ia conosco na lua cheia, mas Thomas havia insistido que ela treinasse como o resto de nós quando pudesse. No começo, ela ficava quieta e parecia desconfortável. No começo, fazia poucas coisas.

Não sei o que mudou. Talvez tenha sido quando Thomas a levou em uma caminhada pela floresta e conversou sobre coisas que jamais perguntei o que eram. Talvez tenha sido quando Elizabeth a convidou para almoçar e elas tomaram vinho de pêssego e riram como duas garotinhas. Talvez tenha sido por minha causa e por ter percebido que eu precisava disso. Precisava deles.

Não sei o que provocou a mudança. Mas um dia ela chegou com os olhos brilhando, o cabelo preso num rabo de cavalo apertado, e conseguiu me dar uma rasteira. Fiquei espantado, olhando para as nuvens através das árvores, e ela apenas *riu*.

Meu Deus, como eu amava aquela mulher. Mais do que tudo.

E é por isso que tinha tanto medo de desapontá-la. Com algo tão besta como sexo.

— Tem... você sabe. — Ela olhou para mim. — Alguém especial?

Balancei a cabeça.

— Não desde Jessie.

— Não há muitas opções por aí.

— Hã.

— Você vai encontrar alguém — disse ela, subitamente feroz. — Você vai ver. Uma garota, ou um garoto, e essa pessoa vai venerar o chão que você pisa porque você merece ser adorado. E eu estarei lá para dizer eu avisei porque você merece. E se tem alguém neste mundo que merece, esse alguém é você.

Carter foi para a faculdade. Consegui um raro fim de semana para visitá-lo. Kelly e Joe queriam ir junto, mas tinham deveres de casa e Elizabeth não deixou de jeito nenhum.

Carter aceitou.

Ele tinha um quarto só para si no alojamento.

Ele me apresentou para algumas pessoas, mas me esqueci dos nomes quase instantaneamente porque havia semanas não via o meu amigo. Ele devia estar com a mesma saudade, porque pediu que as pessoas se retirassem e nos deitamos no chão, a cabeça dele nas minhas pernas, e ele disse:

— Você tem o cheiro de casa.

Ficamos ali até o sol se pôr.

Ele me levou a uma balada e entramos. Não sei como. Ele falou que provavelmente foi por sermos maiores do que todo mundo.

A música era alta. As luzes piscavam. Não entendi como ele aguentava, considerando que todos os seus sentidos eram aguçados. Dava para sentir o cheiro de bebida e suor e o perfume enjoativo de uma mulher que surgiu do nada e começou a se esfregar em mim antes de desaparecer na multidão.

Carter apenas riu.

— Aqui — disse ele, e me entregou um copo de *alguma coisa*.

Bebi. Era frutado e queimava.

Ele também tomou, mas o álcool não causava nada nos lobos, a não ser que bebessem o suficiente para matar um humano normal. Uma vez ele me falou que apenas achava gostoso. Imaginava como seria ficar bêbado. Eu imaginava como seria sentir a atração da lua.

Vi a faísca laranja nos olhos dele.

Estava quente na balada. Grudento e úmido.

Uma hora eu estava rindo enquanto duas mulheres faziam sanduíche nele na pista de dança, e em seguida vi belos olhos verdes na minha frente. Pele clara. Um sorriso lindo com uma sugestão de dentes.

Ele perguntou:

— Qual é o seu nome?

— Ox.

— Ox. Que diferente.

Sorri porque me senti bem.

— Suponho que sim. Quem é você? — Meus membros estavam soltos. O baixo corria pela minha pele.

— Eric — respondeu. — Quer dançar?

— Não levo jeito. Sou muito grande.

Aquele sorriso se curvou ainda mais.

— É mesmo?

Ele me pegou pela mão e me puxou pela multidão. Carter capturou meu olhar e fez uma pergunta que só eu podia ouvir e eu dei de ombros e virei de costas.

Eric pressionou o corpo no meu, uma linha longa e quente de carne e suor. Os quadris se moviam contra os meus e eu disse:

— *Uau.*

Ele riu.

A música mudou e eu senti lábios no meu pescoço, um leve toque de língua.

Mais tarde eu estava na cabine de um banheiro. Eric estava de joelhos. Meu pau estava na sua boca, minha cabeça apoiada no azulejo de cerâmica que vibrava com a batida da música. Meus dedos passavam pelo cabelo dele e tudo era quente e molhado. Resmunguei um aviso e ele recuou, me masturbando até eu gozar no chão sujo. Ele se levantou e me beijou enquanto se masturbava. Suspirou na minha boca. Tinha gosto de cerveja e hortelã. Gozou na própria mão. Eu me senti vulnerável.

— Valeu — disse ele, fechando o zíper da calça. — Foi ótimo.

— Claro — falei, porque não sabia o que dizer. — Você também.

E então ele saiu.

Fiquei no banheiro por um tempo, mas tinha cheiro de xixi e minha cabeça estava doendo.

Não consegui encontrar Carter e tentei achar aquele fio, aquela coisa dentro de mim que dizia *EloBandoIrmão*, mas estava tão atordoado que apenas falei "Carter, Carter, Carter", e por um momento nada aconteceu. Em seguida ele estava diante de mim, os olhos estreitos, as mãos nos meus braços, me olhando de cima a baixo, tentando descobrir onde eu tinha me machucado.

As narinas se abriram e ele perguntou:

— Foi consensual?

Enrubesci e desviei o olhar.

Demorei um instante, mas fiz que sim com a cabeça.

Ele passou o braço pelo meu ombro e riu perto da minha orelha, encostando a testa no meu cabelo.

— Cachorro! — falou ele.

— Disse o lobisomem.

Ele rosnou perto do meu ouvido.

— Foi bom?

— Cala a boca.

— Foi *incrível*?

— Cala a boca, Carter.

— Você *desmaiou*?

— Ah, puta que pariu.

— Veja só você — disse ele. — Recebendo boquetes em público. Meu pequeno Ox cresceu.

— Mais do que você — murmurei, e ele só riu sem parar.

Carter me puxou. Só quando chegamos à rua vi o batom espalhado na boca dele. No pescoço. Falei que ele era um putão. Ele rosnou, e eu corri. Ele me perseguiu, seus olhos laranja reluzindo, alegres. Ele fingiu me deixar vencer.

Dormimos na mesma cama, abraçados porque éramos do mesmo bando, e eu sabia que ele sentia saudade de casa.

Tomei um longo banho antes de ir embora na manhã seguinte.

Quando voltei, Joe perguntou:

— Você se divertiu?

— Claro, Joe — respondi, mas soou como uma mentira.

NICK ACONTECEU UM ANO DEPOIS. Ele chegou à Oficina do Gordon todo empoeirado da estrada. A embreagem da moto tinha estourado a alguns quilômetros de Green Creek. Ele ficou por uma semana. Transei com ele nos últimos três dias que passou na cidade. Ele foi embora e nunca mais o vi.

Joe estava com catorze anos e passou três semanas sem falar comigo depois disso. Disse que estava ocupado. As provas estavam chegando e ele precisava estudar.

— Claro — falei, tentando não me preocupar com a rigidez em sua voz. — Você está bem?

— Estou, Ox. — Ele suspirou ao telefone. — Estou bem.

Quase acreditei nele.

* * *

Eu tinha acabado de completar 22 anos quando os monstros chegaram à cidade.

Apesar de todos os avisos de Gordon sobre como o mundo podia ser assustador, e de todas as noções de Thomas sobre um território protegido, nada nunca tinha acontecido. Ninguém apareceu. Nada atacou. Nunca fiz perguntas sobre outros bandos ou sobre o que mais existia se lobisomens eram reais. Eu vivia na bolha de uma cidade pequena no meio das montanhas e achava que ficaria ali para sempre.

Estava tudo bem. Tudo tranquilo.

Carter tinha acabado de se formar e voltou para trabalhar com o pai.

Kelly fazia aulas on-line para não precisar se separar do bando.

Joe tinha dezesseis anos e ainda ficava me esperando na estrada de terra quase todos os dias.

Gordon estava pensando em abrir outra oficina na cidade vizinha.

Minha mãe sorria quando corria com os lobos à noite.

Jessie voltou para Green Creek e era professora na escola.

Tanner, Rico e Chris me levavam para tomar cerveja, e comíamos asinhas de frango até dizer chega.

Mark estava quase me contando sobre ele e Gordon.

Elizabeth vinha pintando em tons de rosa e amarelo.

Thomas sorria para as árvores, um rei satisfeito com seus domínios.

Eu devia ter feito mais perguntas. Sobre o que mais havia no mundo. Sobre o que poderiam querer. Mas eu era perigosamente ingênuo.

Estava caminhando para o restaurante a fim de almoçar. Esfreguei a graxa das unhas. Minhas mãos eram calejadas, indícios de trabalho duro. Eu ficava maravilhado com o lugar que tinha ali. Em Green Creek. Meu pai tinha dito que eu ia sofrer, mas ele estava morto e eu tinha um lugar. Amigos. Família. Tinha pessoas. Eu era alguma coisa. Eu era alguém.

Era um dia claro de junho e eu estava vivo e feliz.

E então uma mulher disse:

— Ora. Olá.

Parei. Olhei para ela.

Era errada. Estranha. Sombria. Linda com cabelos ruivos e pele clara e um sorriso de tubarão no rosto, todo dentes e mordidas. Estava com um vestido de verão bonito, em tons de azul e verde. Estava descalça, e fiquei imaginando se os pés não estavam queimando no cimento do chão.

— Olá — respondi. Não parecia haver mais ninguém na calçada.

Ela deu um passo na minha direção. Inclinou a cabeça para o lado e eu pensei *Errado. Errado, errado, errado.*

— Meu nome é Marie — continuou ela. — Qual o seu?

— Ox.

— Ox — arfou. — Gosto desse nome. — Ela estava próxima o suficiente para me tocar e eu não sabia como isso tinha acontecido.

— Obrigado — falei. — É muita gentileza sua.

Ela fechou os olhos e respirou fundo.

— Você tem cheiro de…

— De?

Ela abriu os olhos. Brilharam violeta, como os de um Ômega.

— Humano. Diga-me, humano. Você brinca com lobos? — Ela deu mais um passo em minha direção.

Dei um passo para trás em resposta. Na minha cabeça, Thomas me dizia para me lembrar do meu treinamento. Lembrar do que ele tinha me ensinado. Não achava que fosse realmente ele, mas não podia ter certeza. Eu sabia que Gordon tinha barreiras de proteção por toda a cidade, então ele certamente saberia se outra loba tivesse conseguido rompê-las.

— Você deveria ir embora — aconselhei. — Antes.

— Antes?

— Você sabe por quê.

— Ox? O que está acontecendo?

— Merda — murmurei. Olhei por cima do ombro de Marie. Minha mãe estava na porta do restaurante, me olhando com preocupação.

— Volte para dentro — falei para minha mãe enquanto Marie olhava para ela e acenava os dedos de forma obscena. Suas unhas estavam pintadas de azul.

— O cheiro dela parece o seu — disse Marie. — Você sabia? Cheiro de você e lenha queimando e folhas de outono. E agora eu conheço o cheiro dela. Memória olfativa, Ox. Nunca passa.

— Ox — repetiu minha mãe.

— Entra — vociferei para ela.

Ela entrou. Eu sabia que ela estaria pegando o telefone.

Marie riu.

— O humaninho tem um pouco de agressividade. Aprendeu com os lobos?

— Este é o território do bando Bennett — disse-lhe. — Seu lugar não é aqui.

— Bennett — falou ela. — *Bennett.* Como se esse nome ainda significasse alguma coisa. Deixe-me contar-lhe sobre os *Bennett*.

— Que porra é essa?

Gordon estava ao meu lado. O rosto contorcido de raiva. Os braços cobertos pela camisa de trabalho, mas eu sabia que suas tatuagens estavam começando a mudar.

Marie sibilou.

— Bruxo.

— Loba — rosnou ele de volta. — Ousadia sua, moça, aparecer por aqui. Thomas Bennett está a caminho. O que você acha que ele fará quando a vir?

Uma faísca de medo passou pelo rosto dela antes de desaparecer. Ela sorriu novamente, com mais presas do que antes.

— O rei caído? Vai sair do esconderijo? Ah, que glória!

— Não é se esconder quando se está no próprio território — falei.

— Com humanos no bando — disse ela. — Jogo sujo, até para ele. Arrastando a barriga na terra.

Minhas mãos se cerraram em punhos.

Marie sorriu para mim.

— Você não é uma gracinha? Eu poderia eviscerá-lo, sabe. Aqui mesmo. Antes que pudesse se mexer. Seu Alfa está escondido há tempos. Está mais fraco agora. Até eu posso sentir. Eu poderia acabar com você e ele não poderia fazer nada.

— Tente — desafiei, e Gordon ficou tenso.

Mas ela não o fez. Deu um passo para trás. Olhou por cima do ombro antes de olhar novamente para mim. Sorriu de leve e falou:

— Cumprimente sua mãe por mim, Ox. — Em seguida partiu, se afastando pela rua até desaparecer.

Eles vieram duas noites mais tarde.

Eram selvagens. Quatro. Não eram um bando, já que não tinham um Alfa, mas de algum jeito ainda trabalhavam juntos.

Mas tinham cometido um erro quando se mostraram. Ou ao menos quando Marie se mostrou.

Thomas fez com que mamãe e eu ficássemos na casa dos Bennett nos dias que sucederam o meu encontro com Marie. Eu lhe disse que Gordon também precisaria estar lá. Thomas não discutiu. Gordon, sim. Mandei-o calar a boca. Posso ter soado ligeiramente histérico.

Mamãe foi trabalhar durante o dia. Carter e Kelly a acompanharam.

Gordon e eu fomos trabalhar. Ele não tirou os olhos de mim, nem mesmo quando tivemos que tirar um intervalo mais longo de almoço para que ele reforçasse as barreiras.

Joe não foi à escola. Busquei as lições dele, e ele as pegou com as mãos firmes.

Thomas e Mark se enfiaram no escritório de Thomas, sussurrando furiosamente ao telefone, falando com pessoas das quais eu nunca tinha ouvido falar.

Elizabeth nos mantinha calmos, correndo as mãos casualmente em nossos cabelos quando passava.

Na segunda noite, nos sentamos para jantar. A conversa silenciou. Os talheres arranhavam os pratos de cerâmica. Então Gordon respirou fundo e suspirou.

— Eles estão vindo — falou.

Olhos Alfa e Beta brilharam ao nosso redor.

Conhecíamos o plano. Tínhamos treinado para isso.

Achei que minhas mãos fossem tremer quando peguei o pé de cabra fundido com prata, um presente de Gordon. Mas não tremeram.

Thomas e Mark. Carter e Gordon. Todos na varanda.

O resto de nós ficou dentro de casa. Elizabeth e eu na frente. Kelly com Joe e minha mãe.

Eu os vi se aproximando no escuro. Seus olhos violeta cintilavam entre as árvores.

Thomas disse:

— Este é o território Bennett. Vou lhes dar a chance de se retirarem. Sugiro que aproveitem.

Eles riram.

Um homem falou:

— Thomas Bennett. Por essa eu não esperava.

Outro homem continuou:

— Ainda mais com um bruxo. Tem cheiro de… Livingstone? Ele era seu *pai*?

Gordon Livingstone. Seu pai, que tinha perdido o laço e machucado muitas pessoas.

Mas Gordon não respondeu. Não cabia a ele. O Alfa falava por todos, mesmo que Gordon não fosse do bando.

Thomas alertou:

— Uma chance.

O terceiro homem disse:

— As crianças vão sofrer. Principalmente o pequeno Joseph. Acho que não vai dar muito trabalho quebrá-lo. — Ele tinha um sorriso horroroso no rosto, e eu poderia tê-lo matado ali mesmo sem titubear se Elizabeth não tivesse apertado meu braço.

Thomas falou:

— Não devia ter dito isso.

E Marie respondeu:

— Você fala demais.

E então surgiram garras e presas e rosnados desesperados. Os lobos haviam se transformado e atacavam uns aos outros. Os olhos de Thomas eram vermelhos como fogo e ele parecia maior do que os outros, muito maior. Fiquei imaginando por que os Ômegas acharam que tinham alguma chance.

Gordon foi atrás do primeiro homem. Suas tatuagens brilhavam e se mexiam, e dava para sentir o cheiro de ozônio ao redor dele, então raios caíram e o chão rachou. A terra tremeu sob os pés do Ômega, pedras se ergueram em uma coluna e o arremessaram contra um velho carvalho.

Carter cuidou do segundo homem, e ambos eram todos dentes e pele rasgada. Carter rugiu furiosamente quando o Ômega arranhou suas costas, e Kelly rosnou em resposta atrás de mim, dando um passo em direção ao irmão antes de Joe agarrar sua mão, os olhos arregalados e selvagens.

Mark levantou o terceiro homem sobre a cabeça e o jogou de joelhos no chão, e o barulho das costas do Ômega se quebrando foi agudo e molhado. O Ômega caiu no chão. Seus braços e pernas se debatiam e convulsionavam.

Thomas cuidou de Marie. Seus cabelos ruivos esvoaçavam ao redor de sua cara de loba. Os olhos vermelhos de Thomas acompanhavam cada movimento dela. Ele era graça. Ela era violência. Suas garras se bateram e geraram faíscas no escuro. Ele se movia como líquido e fumaça. Ela era abrupta. Já tinha perdido, mas ainda não sabia. Saberia. Logo.

Mas.

Não sabíamos que havia um quinto. Talvez os lobos devessem ter sabido. Talvez devessem ter conseguido senti-lo. Talvez a ruptura da barreira devesse ter alertado Gordon. Mas havia sangue e distração, magia e ossos quebrados. Nossa família estava lutando, e podiam estar ganhando, mas não sem sofrer golpes.

Os sentidos estavam sobrecarregados. Os pelos estavam arrepiados.

Minha mãe estava atrás de nós.

Ela disse:

— Ox.

Então eu virei.

Um Ômega a pegara. Ele a segurava contra si, as costas dela na barriga dele. O braço dele a cercava, o cotovelo nos peitos dela, mão e garras no seu pescoço.

— Não — falei.

O Ômega ordenou:

— Mande pararem.

— Você vai se arrepender disso. Todos os dias do resto da sua miseravelmente curta vida — respondi.

— Vou matá-la agora — ameaçou ele.

— Você vai se *arrepender* disso.

O grande lobo mau sorriu.

— Humano — disse com desprezo.

— *Ox* — falou minha mãe, e foi tão suave e doce e cheio de lágrimas e dei um passo em direção a ela.

— Solte-a.

O Ômega repetiu:

— Mande. *Pararem.*

E Joe. Joe. Joe de apenas dezesseis anos. De lado. Esquecido porque o Ômega estava com os olhos em *mim*, como se pudesse sentir que *eu* tinha algum poder ali. Como se *eu* tivesse algum controle sobre o bando. Ou ele estava enganado, ou sabia de algo que eu desconhecia.

Mas Joe. Antes que eu pudesse dar mais um passo, ele estava se movimentando, pernas encolhidas, garras expostas. Deu impulso na parede. Arremessou-se sobre o Ômega. Enfiou as garras na cara dele. Furou os olhos e rasgou a pele. O Ômega gritou. A mão em volta do pescoço da minha mãe caiu.

Mamãe não era burra. Tinha treinado. Ela viu o que ia acontecer. Deu uma cotovelada na barriga do Ômega. Chutou os testículos dele. Desviou.

Joe saltou de cima dele, pousando no chão.

Dei três passos.

O Ômega cego rosnou.

— Sempre haverá *mais*.

— Você não devia ter encostado na minha mãe — falei, e empunhei o pé de cabra fundido com prata como se fosse um taco de beisebol. Bati na cabeça dele, quebrando o crânio, e voou sangue. A pele queimou e o pelo ardeu. O Ômega ganiu uma vez e caiu no chão. Seu peito subiu uma vez, falho, trêmulo. Então parou.

Os ruídos de luta cessaram fora da casa.

Respirei fundo. Senti gosto de cobre na língua.

Mamãe perguntou:

— Você está bem? — Ela tocou meu braço.

— Estou. Você?

— Sim. Melhor agora.

— Joe — falei.

E ele olhou para mim, os olhos arregalados, as mãos nas laterais pingando sangue no chão. Não parei para pensar. Não me importei. Afastei-me da minha mãe e o puxei para perto. Ele agarrou a parte de trás da minha camisa, rasgando levemente a minha pele com as garras. Não me importei porque isso significava que estávamos vivos. Seu nariz estava no meu pescoço porque ele estava muito alto agora. Muito maior do que o garotinho que conheci na estrada de terra. Ele sentiu meu cheiro e seu coração bateu contra o meu peito, o sangue do lobisomem que eu havia matado formando uma piscina aos nossos pés.

Dias depois perguntei a Gordon:

— O que mais existe por aí?

— Tudo que puder imaginar.

E aparentemente eu conseguia imaginar muita coisa.

* * *

Thomas me conduziu pelas árvores e me contou que havia muitos bandos, mas não tantos quanto antigamente. Eles se matavam. Humanos os caçavam e matavam como se tivessem essa obrigação. Como se fosse um esporte. Outros monstros os caçavam e matavam.

— Isso foi uma casualidade — disse ele. — Os outros sabem que não devem vir aqui.

Eu não sabia a quem ele estava tentando convencer: a mim ou a si mesmo. Então perguntei:

— Por quê?

— Pelo que o nome Bennett significa.

— O que significa? — Eu me lembrei de Marie chamando-o de rei caído. O corpo dela agora não passava de cinzas, queimado e espalhado pela floresta.

— Respeito — respondeu ele. — E os Ômegas não entenderam isso. Acharam que podiam invadir o meu território. Minha casa. E tomá-los de mim. Derramamos seu sangue porque não sabiam o próprio lugar.

— Eu o matei porque ele ameaçou minha mãe.

Thomas tocou minha nuca e a apertou gentilmente.

— Você foi muito corajoso — falou baixinho. — Protegendo o que é seu. Você vai fazer grandes coisas e as pessoas ficarão maravilhadas com você.

— Thomas.

Ele olhou para mim.

— Quem é você? — Porque havia algo mais que eu não entendia.

Ele respondeu:

— Sou seu Alfa.

E aceitei a resposta, pois era verdade.

short de cintura baixa/você e joe

Não foi algo gradual.

Espere.

É mentira.

Eu não *sabia* que tinha sido algo gradual.

Mas deve ter sido. *Tem* que ter sido.

Pois é a única explicação para a explosão cósmica que foi o sentimento de *querer* e *precisar* e *meu meu meu*. A força dele era ridícula. Devia ter estado ali. Por muito tempo.

Joe completou dezessete anos em agosto. Fizemos uma festa, como sempre. Teve bolo e presentes e o sorriso dele para mim era enorme.

Ele tinha dezessete anos naquele setembro quando começou o último ano escolar. Kelly estava iniciando o MBA. Carter trabalhava com Mark e Thomas. Elizabeth fazia as coisas que a deixavam feliz. Gordon decidiu esperar mais um pouco para abrir a segunda oficina. Minha mãe sorria com mais frequência. Eu trabalhava e respirava e vivia. Tinha sangue nas mãos, mas fora a serviço do bando. Eu tinha pesadelos com lobos mortos com as cabeças destruídas. Acordava suando, mas, toda vez que via o sorriso da minha mãe, a culpa melhorava um pouquinho mais.

Jessie me beijou numa noite de outubro. Retribuí o beijo e depois parei. Ela deu um sorriso triste e disse que entendia. Não lhe contei que não ficava com ninguém desde a noite com os Ômegas porque não podia perder o foco. Não podia me distrair. E eu não gostava mais dela desse jeito. Então só pedi desculpas e ruborizei e ela balançou a cabeça e voltou para casa.

Em novembro, Carter começou a namorar uma menina chamada Audrey, e ela era doce e bonita e tinha uma risada rouca. Gostava de beber e dançar e então um dia não apareceu mais. Carter deu de ombros de disse que não era para ser. Foi apenas uma diversão.

A neve caiu em dezembro e eu corri com os lobos sobre os flocos, a lua invernal brilhando no céu, minha respiração marcando o ar atrás de mim enquanto eles uivavam suas canções ao meu redor.

Um homem veio até a casa dos Bennett em janeiro e passou um tempão conversando com Thomas no escritório. Era um homem alto com olhos astutos que se movimentava como um lobo. Seu nome era Osmond e, quando ele foi embora mais tarde naquela noite, parou na minha frente e disse:

— Humano, né? Bem, cada cabeça uma sentença, acho. — Os olhos brilharam laranja. E então ele saiu e pensei seriamente em arremessar minha caneca de chá na cabeça dele.

Em fevereiro, um jovem seguiu Joe da escola até a casa. Joe pareceu espantado, mas não o expulsou. Ele tinha a mesma idade de Joe e se chamava Frankie e era baixo e tinha cabelo preto e olhos grandes e castanhos que seguiam Joe por onde ele fosse. Ele tinha medo de mim e Joe se divertia muito com isso. No meio do mês entrei no quarto de Joe e vi Frankie se inclinando e beijando Joe nos lábios. Joe congelou. Eu congelei, mas só por um segundo, antes de sair do quarto e fechar a porta sem fazer barulho. Sorri silenciosamente para mim mesmo, ainda que sentisse uma coisa estranha se curvando no estômago. Fui embora e torci para que ele estivesse feliz. Aquela sensação na barriga nunca passou, mas aprendi a ignorá-la.

Era março quando ele bateu à porta às três da manhã gritando:

— Ox, Ox, *Ox*.

Entrei em pânico, agarrando o pé de cabra, orientando minha mãe a ficar no quarto. Ela já estava empunhando uma adaga e eu parei para dizer que ela parecia durona. Ela revirou os olhos e me mandou checar o que estava acontecendo.

Abri a porta e Joe disse:

— *Ox*.

Ele não estava ferido. Não havia sangue. Ninguém o perseguia. Ele estava bem. Fisicamente. Mas não importava. Eu o puxei para perto e as mãos dele estavam no meu cabelo e ele *tremia* contra o meu corpo.

— O que houve?

— Frankie — falou ele. E questionei meu estado mental e de espírito quando comecei a planejar a morte de um menino de dezessete anos que amava pasta de amendoim crocante e desenhos animados. Disse a mim mesmo que, se ele tivesse machucado Joe, não sobraria nenhum pedaço para o enterro.

— O que ele fez?

— Nada — respondeu Joe. — Ele não fez *nada*.

— Então o que houve?

— Seu *cuzão* — gritou Joe enquanto se afastava de mim.

— Quê? — perguntei, porque *quê*?

— Olhe para mim — exigiu.

E olhei. Porque sempre olhava.

— O que você vê?

— Joe — respondi. — Vejo você. — Talvez um pouco desalinhado. Talvez algumas olheiras. Talvez um pouco pálido, e se ele não fosse um lobisomem, eu pensaria que talvez estivesse ficando doente. Mas não *podia*, então nem pensei nisso.

— *Não* vê — gritou. — Você *não* me vê, porra. — Nunca o vi tão irritado.

— Não... entendi? — indaguei. Ou disse.

— Ahh! — berrou ele, os olhos brilhando laranja e vermelho e aí ele virou e saiu.

Ele se desculpou no dia seguinte. Disse que estava cansado. Eu respondi:

— Claro, Joe. Tudo bem. Não se preocupe.

Então ele segurou minha mão e caminhamos pela estrada de terra como sempre fazíamos.

Foi em abril que Frankie parou de aparecer. Quis perguntar a Joe sobre isso, mas nunca encontrei as palavras. Kelly disse que tinham terminado e eu falei "Ah", apesar de mentalmente ter pensado *Ótimo. Ótimo. Ótimo.*

Foi em maio que tudo explodiu.

Foi a coisa mais estranha.

* * *

Os dias estavam quentes e úmidos. O noticiário dizia que seria o verão mais quente dos últimos anos. Onda de calor, anunciaram. Poderia durar semanas e mais semanas.

Já era quase meu aniversário de 23 anos. Concluí que talvez fosse hora de me mudar da casa da minha mãe, mas a ideia de não morar perto do bando me fazia suar, então não insisti muito. Minha mãe jamais reclamou. Ela gostava de ter a mim em casa. E isso significava que eu podia mantê-la segura caso os monstros aparecessem novamente.

E pronto, pouco antes de a minha existência na Terra completar 23 anos, fui até a casa dos Bennett para o jantar de domingo. Elizabeth perguntou se eu podia pegar uns tomates no jardim. Ela sorriu e me deu um beijo na bochecha.

Joe, Carter e Kelly estavam vindo do bosque, terminando a corrida exatamente quando voltei do jardim.

Estavam rindo e se empurrando como fazem os irmãos. Eu amava os três.

Exceto.

Exceto.

Joe estava com um short de cintura baixa. Minúsculo.

E foi isso.

Ele estava quase tão grande quanto eu agora. Nossos olhos se encontravam na mesma altura, ou quase isso, o que significava que ele tinha um pouco mais de 1,80m.

Havia um brilho de suor em seu corpo. Alguns esparsos pelos louros encaracolados no peito, que parecia esculpido em granito. A leve definição dos músculos da barriga. Uma linha de suor descia pelo caminho da felicidade e molhava a cintura do short.

Ele virou, falando alguma coisa para Carter, e eu vi as covinhas acima da bunda dele. A forma como suas pernas se flexionavam e se moviam quando ele alternava o apoio de uma para a outra.

Ele apontou empolgado para alguma coisa na floresta e havia uma veia azul se destacando pelo bíceps e eu quis traçá-la com os dedos porque quando foi que *isso* aconteceu?

E aquelas mãos. Aquelas mãos enormes e eu...

Joe tinha crescido.

E de algum jeito eu não tinha percebido até que estivesse totalmente à mostra. Bem na minha frente.

Ele deve ter me visto com a visão periférica. Virou e sorriu para mim, e era o Joe, mas era o *Joe*.

Então, naturalmente, foi nessa hora que bati com tudo na lateral da casa. Os tomates se espremeram nas minhas mãos. Bati a cabeça na madeira e pensei *Ai, merda*.

Dei um passo atrás para me afastar da casa. Pedaços de tomate caíram na grama.

Maldição.

Senti meu rosto enrubescer ao olhar de novo para os irmãos Bennett. Estavam todos ali, me olhando com ares de preocupação.

— Que merda foi essa? — perguntou Carter. — Você sabe que tem uma casa aí, né? Sempre esteve aí. Basicamente desde sempre.

— Hã — falei, a voz ficando mais grossa. Não consegui me conter. — Oi. Pessoal. E aí? Estava só... colhendo uns tomates. — Cruzei os braços e me sujei de tomate. Fui me apoiar na casa, mas estava mais longe do que calculei e caí nela de novo.

— O que está acontecendo agora? — indagou Kelly.

Joe deu um passo na minha direção, e o *tanquinho* dele estava *flexionado* e o calor do *desejo* rugiu dentro de mim e lembrei que lobisomens podiam *farejar* essas coisas e dei um passo para trás *horrorizado*.

— Ei — comecei, e minha voz estava falhando. Limpei a garganta e tentei outra vez. — Ei. Então. Tem uma. Coisa. Que preciso dar uma olhada. Na minha casa. Antes do jantar.

Agora todos me olhavam de forma estranha. Ainda não conseguiam farejar minha luxúria imoral. Ou o que quer que fosse. Meus *sentimentos*. Que eu não podia ter.

Joe deu mais um passo na minha direção e ele tinha *peitorais*. Tinha um *tórax* que era simplesmente... era simplesmente muito *bonito* e me dava *ideias* e eu disse:

— Ei, calma aí, caubói. — E me amaldiçoei internamente pela *babaquice*.

— O que tem na sua casa? — perguntou Joe, e o filho da puta começou a *farejar* o ar.

— Ox — disse Carter. — Seu coração está completamente *maluco*.

Malditos lobisomens. E Joe estava *bem ali*. Com seus *músculos*.

— Preciso trocar! — gritei, e os três deram passos para trás. Baixei a voz. — Preciso... me trocar. A camisa. — Apontei para a que estava usando. — Tomates e casas não se misturam. Hahaha.

— Continuo não entendendo nada — falou Kelly.

Então eu disse:

— Já volto. — E virei as costas, tentando não correr.

— Hã, Ox?

Parei.

— Sim, Joe?

— Sua casa é do outro lado.

— Pois é. — Mas, em vez de passar por eles e permitir que sentissem meu cheiro, fiz o caminho longo, circulando a casa. Quando voltei às vistas, eles continuavam no mesmo lugar, me encarando.

Entrei e tranquei a porta.

— O que aconteceu com a sua camisa? — perguntou minha mãe.

— Tomates — respondi.

— Você está ruborizado — falou ela. — Sua cara está toda vermelha.

— Está quente lá fora.

— Ox. Aconteceu alguma coisa?

— Não. Nadinha.

— Você está muito ofegante.

— É uma coisa que eu faço. Sou grande, sabe? Preciso respirar forte.

— Sei — disse minha mãe. — Não acho que isso exista.

— Preciso trocar a camisa. — Eu me recusei a olhar no olho dela.

— Quer que eu espere?

Balancei a cabeça.

— Não. Não. Está... tudo bem. — Queria que ela saísse para poder socar alguma coisa.

Ela esperou até que me afastasse da porta para poder passar por mim. Franziu a testa quando tentou girar a maçaneta.

— Você trancou a porta?

Sorri. Provavelmente estava parecendo louco.

— Força do hábito.

— Ahã. — Ela saiu e fechou a porta atrás de si.

Soquei a parede. Doeu muito.

Ele só tinha dezessete anos. Era errado.

Exceto que tinha quase dezoito.

O que… ok.

Mas.

Era *Joe*.

E fiquei andando de um lado para o outro.

Meu telefone apitou. Uma mensagem de texto.

Joe.

Kd vc???

Olhei para o relógio. Eu já estava parado na porta fazia vinte minutos.

— Merda — murmurei.

Eu não podia *não* ir para o jantar. Era tradição. E se eu fingisse que estava passando mal, alguém (*JoeJoeJoe*) viria ver como eu estava.

Então tinha que ir.

Não dava para fazer nada em relação ao meu coração acelerado. Eles escutariam de qualquer jeito. Eu pensaria em alguma coisa.

Mas o cheiro.

Corri pelas escadas, arranquei a camisa e peguei outra na gaveta. Vesti enquanto entrava no banheiro. Encontrei um vidro velho de colônia que eu nunca mais usava porque os lobos não gostavam. *Bloqueia seu cheiro*, Joe havia dito certa vez. *Quase todo, pelo menos*.

Esguichei ao menos seis vezes.

Respondi a mensagem.

indo

Levei mais vinte minutos para me convencer a voltar para a casa do fim da rua.

Finalmente, disse a mim mesmo para ser homem porque eu já tinha quase *23 anos, caralho*, e já tinha combatido *monstros* (uma vez) e treinado com *lobos* (muitas vezes). E era só o *Joe*.

Com quem eu queria fazer coisas, aparentemente. Junto. Muito.

Isso não ajudou a acalmar meu coração.

Parecia que estava caminhando para a morte a cada passo em direção à casa dos Bennett.

Dava para ouvi-los lá fora. Provavelmente se preparando para jantar. Rindo. Conversando. Gritando.

E então a conversa simplesmente *morreu*.

Mesmo antes de eu contornar a casa.

— É o *Ox*? — ouvi Mark perguntar. Ele pareceu preocupado.

Escutei um barulho e muitos pés correndo.

Eles dobraram a esquina e simplesmente *pararam*.

— Cadê? — perguntou Mark.

— Estamos sob ataque? — indagou Thomas, pronto para se transformar em lobo. Seus olhos ficaram vermelhos.

— Ox? — perguntou Carter. — Cara. Sério. Seu coração, cara. Você parece apavorado.

— Oi, pessoal — falei. Aprendi cedo que não se deve fugir de um lobo quando ele está prestes a se transformar. Ativa os instintos. Queria muito sair correndo.

Porque *Joe* estava na frente. Ele tinha se trocado. Short branco. Uma camisa verde que não escondia *nada*. E estava descalço também. E seus pés eram *sexy* pra caralho.

— Hã — continuei. — Oi, pessoal.

— Por que eu tenho a impressão de que deveria estar entendendo isso? — perguntou Kelly.

Joe franziu o nariz.

— Que cheiro é esse?

Então, obviamente, todos os homens Bennett começaram a farejar o ar. Não teve graça. Nem um pouco.

Carter deu um passo na minha direção.

— Cara. Ox. Que merda. Você tomou banho de quê?

— Nada — respondi, soando na defensiva enquanto recuava um passo. — Não sei do que você está falando.

— Ox — disse Joe com a testa franzida. — Você está bem?

E eu nem sequer consegui *olhar* para ele quando falei:

— Estou bem. Tudo certo.

— Isso… é mentira — falou Kelly.

Joe deu um passo na minha direção. Dei mais um passo para trás.

— Aconteceu alguma coisa hoje? — perguntou Thomas.

Eu queria responder *Comecei a imaginar seu filho menor de idade pelado*, mas não sabia se isso era algo que se devia falar a um lobo Alfa.

Então respondi:

— Não aconteceu nada. Eu só queria… um cheiro. Diferente?

Os homens Bennett me encararam. Fiquei olhando fixo por cima dos ombros deles.

Joe disse:

— Ox.

— Oi — respondi, olhando para uma árvore.

— Ei.

— Quê?

— Olha pra mim.

Jesus Cristo. Olhei para ele.

Até eu pude ver a preocupação no rosto dele. Aquele maldito rosto lindo.

Senti que enrubescia.

— Talvez devêssemos… — começou a falar Mark.

— Ah, sem *chance* — interrompeu Carter.

Então *eu* falei alto:

— Carter, posso falar com você um minuto? Agora? Por favor? Nesse minuto?

Carter me lançou o maior sorriso babaca enquanto Joe olhava para nós, os olhos se estreitando.

— O que você fez? — perguntou ao irmão.

— Absolutamente nada — respondeu Carter, parecendo em deleite com *alguma coisa*. — E é *incrível*.

— Carter — lati. — Agora!

Antes que os outros pudessem protestar, Carter avançou e agarrou meu braço, me arrastando para a floresta.

— Não vamos demorar — gritou ele alegremente por cima do ombro para os outros.

— *O que* não vai demorar? — ouvi Joe perguntar.

— Ah, tenho certeza de que em breve você saberá — disse Mark, e meu Deus do céu, eu estava *ferrado*.

Como lobisomens eram extremamente impacientes, Carter apenas me arrastou o suficiente para estarmos fora do alcance auditivo antes de parar, soltar meu braço, olhar para mim e dizer:

— Você está com tesão no meu irmãozinho.

Tive que tentar, pelo menos.

— Não faço ideia do que você está falando.

— Você se encharcou com a coisa mais fedorenta que conseguiu achar para disfarçar o cheiro do seu *tesão*.

— Pare de dizer *tesão*!

Ele balançou as sobrancelhas para mim.

Olhei para ele com raiva.

— Já está mais do que na hora — disse ele.

— *Quê?*

Ele apertou os olhos para mim.

— Você e Joe.

— O que *tem* eu e Joe?

— Sério? É isso que você vai dizer?

Era isso ou um ataque de pânico.

— É — falei. — É isso que eu vou dizer.

— Não tem problema. Você pode ter tesão pelo meu irmão de dezessete anos.

Rosnei, enterrando o rosto nas mãos.

— Você está piorando tanto as coisas.

Ele riu.

— Duvido muito. Se acha que é constrangedor para você, pense em como *eu* estou me sentindo agora.

— Você não para de falar em *tesão*!

— Sim — respondeu tranquilamente. — Estou me divertindo muito agora.

— Carter!

— Por que você está tendo um ataque em relação a isso?

— Por que você *não* está?

— É por causa do negócio todo de lobisomem?

— Quê? Não. Não me importo que ele seja um…

— E não é por ele ser um cara. Você já transou com homens antes.

— Que merda. Vai sair jogando essa informação do nada, é isso?

— É porque ele tem dezessete anos? — perguntou Carter. — O meu pai não vai se importar. Bem. Provavelmente não vai se importar *muito*.

Eu o encarei horrorizado.

— Do que é que você está *falando*?

— Ox — falou ele lentamente, como se conversasse com uma criança. — É o Joe, cara. O que você achou que fosse acontecer?

— Eu não… é só… ele estava com aquele *short* e…

Carter fez uma careta.

— Ok, farejar é uma coisa, mas *escutar* é um pouco demais. É meu irmãozinho.

Emiti um ruído ligeiramente engasgado.

— Ox, você sempre soube que isso ia acontecer, certo?

Isso me fez parar imediatamente.

— O quê?

— O lobo.

— Eu já disse, não *ligo* para o fato de que ele é um lobo...

Mas Carter já estava balançando a cabeça.

— Não é isso. O lobo de pedra. O que ele te deu de aniversário.

— O que tem?

Carter suspirou.

— Cara, isso não vai ser muito bem recebido.

O que não ajudou em nada. E eu disse isso a ele.

— Veja — começou Carter. — Quando lobos nascem, recebem do seu Alfa um lobo esculpido em pedra. Às vezes eles mesmos o fazem. Às vezes pedem para outros fazerem. Mas cada lobo de nascença ganha um. Não sei quando começou, e sinceramente é uma babaquice arcaica, mas que seja. É tradição, e você sabe como é o meu pai com tradições.

Fiz que sim com a cabeça, porque eu sabia.

— É a posse mais preciosa de um lobo — prosseguiu Carter. — Algo que deve ser protegido ou reverenciado. Ou ao menos é isso que aprendemos.

— Então por que ele me deu?

Carter me deu um sorriso silencioso.

— Porque é isso que devemos fazer com ele.

— Eu não...

— Quando temos idade o suficiente, aprendemos que um dia encontraremos alguém. Alguém que faz bem ao nosso lobo. Alguém que faz nosso coração acelerar. Alguém que nos completa. Nos enlaça. Nos torna humanos.

Fiquei arrepiado.

Os pássaros cantavam nas árvores.

As folhas dançavam nos galhos.

A sensação ali era verde. Tão verde.

— Quando encontramos essa pessoa — continuou Carter —, quando encontramos a pessoa que nos faz esquecer de tudo de ruim que já nos aconteceu, bem... É para isso que o lobo serve. É um presente, Ox. Uma promessa.

— Promessa de quê? — perguntei, rouco.

Ele deu de ombros.

— Pode significar muitas coisas. Amizade. Família. Confiança. — Ele fechou os olhos e escutou o som da floresta. — Ou mais.

— Mais?

— Amor. Fé. Devoção.

— Ele…

— É, cara. Ele encontrou.

— Ele tinha *dez anos*.

Carter abriu os olhos.

— E ele falou com você após passar mais de um ano sem falar. Todos nós sabíamos. Desde aquela época.

Tive uma estranha sensação de traição.

— Mais um segredo escondido de mim? — perguntei, sem conseguir conter o amargor na voz.

Carter balançou a cabeça.

— Você tinha dezesseis anos, Ox. E não sabia nada sobre lobisomens.

— Mas quando soube…

— Jessie — disse Carter.

E tantas coisas fizeram sentido.

— Puta merda — falei num suspiro. — Foi por isso que…

— Isso, e você foi meio babaca.

Eu o encarei.

Ele deu de ombros.

— Não vou fazer nada a respeito — afirmei. — Ele é jovem. Vai para a faculdade. Vai ter uma *vida*. Ele é meu amigo, e isso…

Carter riu.

— É, boa sorte com isso, Oxnard. Pode confiar. Quando Joe farejar isso, e ele *vai*, você não vai ter a menor chance.

— Ele não vai — falei, determinado. — E você não vai dizer nada.

Ele sorriu para mim.

Carter me fez voltar para casa e tomar um banho, dizendo que meu fedor estava opressivo e eu não poderia jantar com eles com aquele cheiro.

Eu o soquei o mais forte que pude.

Ele simplesmente riu de mim.

Tentei prolongar o máximo possível, pensando em absolutamente tudo *menos* no Joe.

O banho durou quatro minutos.

Eu estava vestido e voltando para a casa dos Bennett dez minutos mais tarde.

Pude escutar todos, inclusive minha mãe, no quintal. Elizabeth ria. Carter gritava com Kelly. Minha mãe conversava com Mark.

Antes que eu pudesse dobrar a esquina da casa, senti uma mão no meu ombro.

Nem precisava virar para saber quem era.

Mas virei assim mesmo.

Joe estava atrás de mim, os olhos preocupados, os dedos passando pelo meu braço, agarrando levemente o meu cotovelo. Estávamos muito próximos um do outro, a poucos centímetros de distância. Dava para sentir o calor dele, os joelhos esbarrando nos meus.

— Oi — disse ele.

— Oi — consegui responder.

— Tudo bem?

— Tudo — falei. — Tranquilo. Tudo tranquilo.

— Ahã. Quer tentar outra vez?

— Não faço a menor ideia do que você está falando.

— Ox — falou naquele tom de voz que nós dois sabíamos que me levaria a fazer *qualquer coisa* que ele pedisse, e agora que eu sabia exatamente o que isso podia significar, mal conseguia respirar.

— O lobo — soltei.

— Quê? Que lobo?

Fiz uma careta.

— O que você me deu.

Àquela distância dava para ver o leve rubor que se espalhava pelo pescoço dele. Mas seus olhos não desgrudaram dos meus.

— O que tem ele?

— Eu só… Eu. Obrigado? Por ter me dado. Acho.

— De nada? Por que você está… Espere. Sobre o que você e Carter conversaram?

— Hã. Nada?

— Sério? É isso que você vai dizer?

— Nada — insisti.

— Você está estranho.

— *Você* está estranho.

Ele revirou os olhos.

— A coisa do cheiro, depois o bosque com Carter, e do nada vem falar do lobo. Nem vou comentar sobre dar com a cara na casa quando voltamos da...

Ele se interrompeu, e eu *conhecia* aquela expressão no rosto dele. Eu *sabia* o que significava. *Aquela* era a cara que ele fazia quando sua mente engatava a quinta, começando a encaixar as peças.

— É melhor irmos comer — falei apressado. — Não queremos deixar todo mundo esperando. É muito grosseiro.

Ele arregalou os olhos.

Que merda.

— Ox — disse ele, uma pontinha de lobo surgindo, os olhos brilhando. — Tem alguma coisa que queira me contar?

— Não — respondi rapidamente. — De jeito nenhum.

— Tem certeza? — perguntou, apertando mais forte o meu cotovelo.

Quase não consegui libertar meu braço.

— Estou com fome — declarei, a voz áspera. — É melhor...

— Claro — concordou ele. — Vamos.

Pisquei.

Ele sorriu para mim.

Meu coração palpitou.

O sorriso aumentou.

Ninguém comentou nada quando dobramos a esquina, embora eu tivesse certeza de que todos eles, exceto a minha mãe, ouviram a conversa inteira. Carter deu uma piscadela para mim. Kelly pareceu bastante satisfeito. Mark sorriu seu sorriso secreto. Elizabeth me olhou com carinho. Minha mãe apenas pareceu confusa.

Já Thomas. Thomas parecia mais relaxado do que nunca.

Joe grudou em mim, sentando-se ao meu lado, sem deixar qualquer espaço entre nós.

A refeição foi uma verdadeira tortura.

Ele se inclinava frequentemente ao falar comigo, respirando no meu pescoço, sussurrando no meu ouvido.

Ele tocou meu braço, minha mão, minha coxa.

Ele estava tomando o refrigerante de canudo. Joe nunca usava canudos. *Nunca*. Mas tinha um agora, tirado de algum lugar, batendo os cílios enquanto *chupava*, as bochechas encolhendo.

Derrubei meu garfo. Fez um barulhão no meu prato.

— Joe — falou Thomas com um suspiro. — Sério?

— Ops — respondeu Joe. — Foi mal. — Ele não pareceu nem um pouco arrependido.

Kelly disse:

— Ah, cara, está fazendo tão mais sentido agora. E está tão mais nojento.

— Fiz uma torta de sobremesa — disse Elizabeth, voltando para a mesa. — Com cobertura de chantilly.

Dei um gemido.

Joe pareceu encantado.

Mais ainda quando passou um dedo no creme e lambeu, sem tirar os olhos de mim.

Carter e Kelly tinham olhares de nojo e horror estampados em seus rostos.

— Pare com isso — sibilei para ele.

Joe inclinou a cabeça para o lado antes de chegar perto e falar em voz baixa:

— Ah, Ox. Estou apenas começando.

e uma gravata-borboleta/qualquer coisa por você

Eu deveria ter sabido que ele não ia deixar isso para lá.

Ele me permitiu três dias de preocupação. De sofrimento pensando em cada detalhe de cada interação que já havíamos tido.

As coisas faziam sentido agora. Jessie. Os homens com quem transei. A forma como ele desaparecia da minha vida por dias depois de cada um deles.

E Frankie. Frankie fora sua tentativa de… quê? Uma vida normal? Alguém que não fosse eu?

Eu não gostava de Frankie, descobri. Nem um pouco.

Três dias. Ele me deu três dias.

Três dias sorrindo para mim.

Três dias em que tentei descobrir o significado oculto de cada mensagem que me enviava.

Segunda e terça ele me esperou na estrada de terra na volta do trabalho.

Disse:

— Oi, Ox.

Ruborizei.

Caminhamos juntos para casa, eu tentando encontrar palavras para dizer *isso não pode rolar* e *você merece coisa melhor do que eu* e *você só tinha dez anos, como pôde fazer isso, você só tinha* dez *anos*, mas incapaz de pronunciá-las.

A mão dele frequentemente tocava a minha e de vez em quando eu pensava em pegá-la.

No terceiro dia ele não estava esperando.

Quis sentir alívio.

Em vez disso, fiquei desapontado.

Até chegar em casa.

Minha mãe estava de folga, a primeira em muito tempo.

Então, obviamente, ela estava em casa quando cheguei.

E Joe também.

Sentado à mesa da cozinha.

De calça social, camisa social.

E uma gravata-borboleta.

O que, embora eu não fizesse a menor ideia, se provou uma das minhas maiores fraquezas.

Entrei na cozinha e vi isso.

— Hã — disse minha mãe. — As coisas estão começando a fazer sentido agora.

Esfreguei o nariz enquanto fazia uma careta para os dois.

— O que está havendo?

— Joe perguntou se podia conversar comigo — respondeu minha mãe.

— Trouxe flores para ela! — disparou Joe, soando sem fôlego e nervoso.

— E trouxe flores para mim — concordou minha mãe, inclinando a cabeça para o vaso sobre a mesa, cheio de íris, a preferida dela. Como ele descobriu, eu nunca saberia.

— Por que trouxe flores para ela? — perguntei.

— Porque minha mãe disse que seria gentil e a deixaria do meu lado quando eu perguntasse se poderia ficar com você pelo resto da vida — explicou Joe. Em seguida arregalou os olhos. — Merda. Não era para ter saído assim.

— Ah, meu Deus — falei fracamente.

— Você o quer por quanto tempo mesmo? — indagou minha mãe, apertando os olhos para Joe.

— Hãã — hesitou Joe. — Merda. Isso não está indo como imaginei. Eu já tinha tudo que queria dizer planejado. Calma aí. — Ele colocou a mão no bolso e pegou um caderno. Estava amassado, o canto rasgado. Ele o encarou, movendo a boca em silêncio enquanto lia o que quer que tinha escrito. Uma gota de suor se formou em sua testa.

Só podia ser um sonho.

— Joe, talvez devêssemos… — tentei.

Mas aí ele olhou para a minha mãe com determinação, a mandíbula firme.

— Olá, srta. Callaway — começou ele. — Estas flores são para você.

Dei um gemido.

— Obrigada, Joe — disse minha mãe, os lábios trêmulos. — Foi o que eu disse há dez minutos, quando você me deu as flores e então sentou aí me encarando enquanto esperava Ox voltar do trabalho.

— Certo — falou ele. — De nada. Por falar em Ox, vim falar com você sobre ele.

— Você está com uma gravata-borboleta — observei, desnecessariamente.

Ele olhou para mim.

— Minha mãe disse que eu tinha que me arrumar para isso.

Ouvi uma risada baixa entrando pela janela acima da pia.

E eu *soube*.

Eu me aproximei da janela e olhei para fora.

Ali, sentados pela grama, estavam os outros Bennett.

Malditos lobisomens *do caralho*.

— Olá, Ox — cumprimentou Elizabeth sem qualquer indício de constrangimento. — Belo dia, não?

— Cuido de vocês depois — falei.

— Uhhh — disse Carter. — Isso me deixou realmente arrepiado.

— Só estamos aqui para dar apoio — explicou Kelly. — E para rir de como Joe é constrangedor.

— Eu ouvi isso! — gritou Joe de trás de mim.

Bati a cabeça no parapeito da janela.

— Maggie — falou Joe. E em seguida: — Posso te chamar de Maggie?

— Claro. — Minha mãe parecia estar se *divertindo* com isso. *Traidora*. — Pode me chamar de Maggie.

— Ótimo — disse Joe, claramente aliviado. — Sabe o Ox ali?

— Já ouvi falar nele — respondeu minha mãe.

— Certo. — Joe olhou para o cartão antes de se voltar novamente para minha mãe. — Chega um momento na vida de um lobisomem quando ele já está na idade de tomar certas decisões sobre o futuro.

Fiquei imaginando se poderia jogar alguma coisa nele e distraí-lo o suficiente para arrastá-lo para fora da cozinha. Espiei por cima do ombro para a janela. Carter acenou para mim. Feito um babaca.

— Meu futuro — continuou Joe — é o Ox.

Meu Deus, aquilo doeu.

— É mesmo? — indagou minha mãe. — Como você sabe?

— Ele é muito gentil — respondeu Joe seriamente. — E tem um cheiro bom. E me faz feliz. E a coisa que mais quero na vida é botar a boca nele.

— Bem — falou Thomas. — Nós tentamos.

— Ele é nosso floquinho de neve — disse Elizabeth a ele.

— Você quer *o quê?* — perguntei a Joe, incrédulo.

Ele fez uma careta.

— Não era assim que eu queria falar. — Estava suando muito mais agora quando olhou novamente para a minha mãe. — Quero cortejar seu filho.

— O que significa isso? — questionou ela.

— Significa que quero prover para ele para demonstrar o meu valor — disse Joe. — E então, quando ele aceitar ser meu, vou montar nele e aí mordê-lo e todos verão que pertencemos um ao outro.

Eu estava fazendo um barulho péssimo.

— Joe — chamou Elizabeth da janela. — Talvez não fale sobre essa parte ainda. Ou nunca.

— Certo — disse Joe, puxando a gravata-borboleta como se estivesse apertada demais. — Esqueça o que acabei de falar.

— Não sei se *consigo* — respondeu minha mãe, olhando para Joe e para mim.

— *Montar?* — consegui dizer. — Dentre todas as coisas que poderia ter dito, você escolheu *montar*?

— Estou nervoso! — gritou Joe. — Não é culpa minha! Foi a única coisa em que consegui pensar!

— *Você tem tudo anotado* — sibilei para ele.

— Quer dizer — continuou minha mãe —, você simplesmente soltou isso como se não fosse nada.

Ignorei os barulhos de risos engasgados atrás de mim.

— Certo — falou Joe. — Vamos tentar novamente. Oi, Maggie. Como vai? Estas flores são para você. Acho seu filho a melhor coisa do mundo.

Todos ficaram em silêncio.

— Acha? — perguntou minha mãe.

Ele assentiu com a cabeça.

— Acho. Tem muita coisa que você não… sabe. A meu respeito. As coisas foram… difíceis. Por um tempo. Às vezes ainda são. Mas o Ox. Ele… simplesmente. Eu tenho pesadelos. Com homens maus. Monstros. E ele os afasta.

Tentei engolir por cima do nó na garganta.

— E estive esperando — prosseguiu Joe. — Até que ele me olhasse como eu olho para ele. E finalmente aconteceu. *Ele finalmente olhou.* E vou fazer tudo que puder para que continue assim. Porque o quero para sempre.

— Você tem dezessete anos — argumentou ela. — Como pode saber o que quer quando é tão jovem?

— Sou um lobo — respondeu ele. — Não é a mesma coisa. Nós somos… diferentes.

— E se ele não quiser?

Joe empalideceu.

— Então, hã. Acho que. Vou. Aceitar? Isso?

— Você aceitaria?

Ele assentiu com a cabeça, as mãos cerradas em punhos nas laterais.

— Talvez não. Mas respeitaria. Porque acima de tudo Ox é meu melhor amigo. E eu aceitaria qualquer coisa que ele pudesse me oferecer.

— Hmmm — disse minha mãe. E em seguida: — Ox? O que você acha?

Todos prenderam a respiração.

E eu… o quê.

Encarei, talvez. Minha pele parecia rígida demais.

Como se fosse rasgar.

Como se fosse rasgar e em seguida eu fosse acordar porque isso não passava de um sonho. Tudo era só um sonho.

Então eu disse:

— *Por quê?* — Porque essa era a única coisa que eu não conseguia entender direito. A única coisa que não compreendia. Meu pai estava morto, mas ele tinha dito que eu ia *sofrer*, e isso não era *sofrimento*. Era assustador, era *oportunidade*. Era *responsabilidade*, e não era sofrimento. Não era nem um pouco sofrido.

— Por que o quê? — perguntou Joe. Ele parecia confuso.

— Por que eu?

Agora ele fez uma careta.

— Por que não?

— Você vai ser Alfa um dia. — E ia ser ótimo.

— E?

Olhei para minhas mãos.

— Isso é importante.

— Eu sei.

— Não sou…

— Você não é o quê?

— Você sabe. Nada.

E então ele estava na minha frente e estava *puto*. Praticamente *vibrava* de raiva.

— Cale a boca — disse ele. — Apenas cale a *boca*.

— Joe…

Mas ele me interrompeu dizendo:

— Você não pode falar isso. Você não pode nem *pensar* uma coisa dessas.

— Você tem *dezessete*…

Joe agora rosnava, e eu sabia que, se o fitasse, seu lobo estaria lutando para dominar.

— E daí? Acha que não sei o que estou fazendo? Acha que porque tenho *só dezessete anos* não sei do que estou falando? Faz tempo que não sou criança, Ox. Isso foi tirado de mim na primeira vez que ele me fez gritar ao telefone para minha mãe ouvir enquanto quebrava meus dedos. Não sou criança desde que ele *arrancou* isso de mim e me transformou em outra coisa. Eu sei o que é isso. Sei o que estou fazendo. Sim, tenho *dezessete* anos de idade, mas desde que o conheci soube que faria *qualquer coisa* por você. Faria *qualquer coisa* para fazê-lo feliz porque ninguém nunca teve seu cheiro. De bengalinhas doces e pinhas. De épico e incrível. E de *lar*. Você tinha cheiro do meu *lar*, Ox. Eu tinha me esquecido de como era isso, entendeu? Tinha esquecido porque *ele* tirou isso de mim e nunca mais consegui encontrar até que encontrei você. Então você não vai ficar aí sentado e dizer que tenho *só* dezessete anos. Meu pai deu o lobo dele à minha mãe quando *ele* tinha dezessete. Não é uma questão de *idade*, Ox. É uma questão de saber.

Minha voz estava rouca quando falei:

— Mas eu não sou…

— Cale a *boca*! — gritou. — Quer saber? Não. Você não pode decidir sobre seu próprio valor porque claramente não sabe. Não pode mais decidir isso porque não faz a menor porra de uma ideia de que você vale *tudo.* O que acha que é isto aqui? Uma piada? Uma decisão que tomei de brincadeira? Não é. Não é destino, Ox. Você não está *preso* a isso. Ainda não. Existe uma escolha. *Sempre* existe uma escolha. Meu lobo te escolheu. *Eu* te escolhi. E se você não me escolher, então essa é a *sua* decisão e eu sairei daqui sabendo que você pôde escolher seu próprio caminho. Mas, juro por Deus, se me escolher vou garantir que saiba o peso do seu valor todos os dias pelo resto das nossas vidas porque é isso que isso significa. Vou ser uma porra de um *Alfa* um dia, e não tem ninguém que eu prefira ao meu lado do que você. É você, Ox. Pra mim, sempre foi você.

Então eu disse:

— Tudo bem, Joe. — Olhei para ele. O lobo dele estava próximo da superfície.

— Tudo bem?

— Tudo bem. Tudo bem. Não sei se enxergo as coisas como você.

— Eu sei.

— E não sei se vou ser bom o suficiente.

— *Eu* sei que vai ser — falou ele, os olhos brilhando laranja.

— Mas te prometi. Disse que sempre seríamos nós dois.

O rosto dele tremeu um pouco e ele disse:

— Prometeu. Você me prometeu. *Prometeu.*

— Não sou grande coisa. Não tenho muito. Às vezes me sinto burro e digo coisas tolas. Meu pai foi embora, e eu erro o tempo todo. Não fiz faculdade e chego em casa com graxa nas unhas e nas calças. Não tenho muitos amigos. Mas fiz uma promessa a você e, embora preferisse que você achasse alguém melhor, eu cumpro minhas promessas. Então, sim, Joe. Ok? Apenas sim.

Eu não devia ser um homem ainda, porque meus olhos arderam um pouco. Minha mãe estava chorando à mesa e deu para ouvir Elizabeth fungando lá fora, mas Joe estava na minha frente. Ele era o garotinho que tinha me encontrado na estrada de terra no dia que completei dezesseis anos. O garotinho que tinha se tornado um homem diante dos meus olhos poucos dias antes de eu completar 23. Ele achava que eu valia alguma coisa. Eu queria acreditar nele.

Então apoiou a testa na minha e sentiu meu cheiro e lá estava aquele sol, certo? O sol entre nós, aquele laço que queimava e ardia e queimava porque ele me havia dado. Porque tinha me escolhido.

E pude retribuir a escolha.

a vida é isso/preciso de você

Então parceiros existiam.

E descobri que ainda não sabia merda nenhuma sobre lobisomens.

— Acho que deviam ter me contado isso — falei.

Thomas olhou para mim enquanto caminhávamos pelas árvores.

— Acha?

— Acho.

— Ah.

— Elizabeth é sua parceira.

— Por falta de uma palavra melhor, sim. Podemos chamar assim. Mas ela é muito mais para mim.

— Como soube?

Ele riu.

— Porque, sempre que a via, a única coisa que eu queria era nunca mais perdê-la de vista.

Eu entendia isso. Completamente.

— Você sabia — comentei. — Sobre Joe e eu.

— Sim.

— É por isso que… — Parei.

Ele esperou.

— Quando o treina. Você me traz.

— Sim.

— Por causa do que eu sou. Para ele.

— Sim.

— Parceiro.

— Se quiser chamar assim. É muito romantizado, mas suponho que seja a palavra mais próxima.

— O que eu sou?

Ele pareceu surpreso.

— Você é o Ox.

— Para ele. O que Elizabeth é para você?

— Camadas — disse ele com uma risada. — Tantas camadas. Ela é minha e eu faria qualquer coisa por ela. Ela me torna mais forte por isso. Um Alfa precisa mais disso do que qualquer outro. Eu não existiria sem ela.

— E é isso que eu serei para Joe?

— Talvez — falou ele. — Ou mais. Você é diferente, Ox. Acho que nem eu sei quão diferente. Será algo realmente interessante de ver. E eu, por exemplo, mal posso esperar.

— Ver o quê?

— Seu tudo — respondeu ele.

O sol desapareceu por trás de uma nuvem no céu.

— Por que você deixou?

— Deixei?

— Que ele me desse o lobo.

— Porque ele escolheu fazer isso.

Franzi a testa.

— Você poderia ter impedido.

— Suponho que sim.

— Carter disse que você tentou.

— Porque não o conhecíamos.

— Mas permitiu assim mesmo. Por quê?

Thomas tocou meu ombro.

— Porque, de todas as pessoas, Joe devia poder fazer uma escolha. Depois de tudo por que ele passou. E pela primeira vez depois que o recuperamos, ele teve uma escolha. Escolheu falar com você. Escolheu levá-lo para casa. Escolheu segurar sua mão. A vida é isso, Ox. Escolhas. As escolhas que fazemos nos tornam o que somos. Por muito tempo, as escolhas de Joe foram tiradas dele. E depois passaram a ser regidas pelo medo. Mas você apareceu e ele fez a escolha dele. Então, sim. Eu poderia tê-lo impedido. Poderia ter pedido que esperasse. Poderia ter proibido. Mas não o fiz, porque ele escolheu. Ele escolheu você, Ox.

— Quem foi?

Thomas desviou o olhar.

Eu disse:

— Preciso saber.

— Por quê?

— Porque, se estou fazendo essa escolha, estou escolhendo tudo.

O nome dele era Richard Collins. Tinha sido Alfa até isso ser tomado dele. Havia estuprado e matado membros do próprio bando. Alimentado os mais selvagens com humanos. Era um monstro e não se importava. Arrancaram o Alfa do corpo dele, mas ele escapou antes que pudessem fazer mais.

Thomas e Richard eram amigos de infância. Aqui. Neste território. Eram do mesmo bando e se amavam muito. Como irmãos.

Caçadores humanos apareceram um dia.

Thomas e o pai não estavam.

Torturaram a mãe e o pai de Richard na frente dele. Muitos outros também.

Carne queimou e o ar se encheu de cinzas.

Boa parte do bando Bennett se foi.

Àquela altura Richard já tinha ido embora.

Ninguém sabia como ele havia se tornado um Alfa. Magia, talvez. Assassinato. Sacrifício.

Ele era cruel e tirou vidas e esperanças até ser pego.

Mas escapou por entre as garras deles.

Chamaram Thomas de volta para o leste, para ajudar os outros bandos a encontrá-lo.

Contê-lo.

Procuraram por anos e anos e anos. Percorreram todo o país.

Thomas não achava que houvesse qualquer esperança para seu velho amigo, mas não permitiu que isso o parasse.

Estavam no Maine quando recebeu a ligação.

Joe tinha sido levado. Sequestrado no jardim da casinha deles à beira-mar.

Não conseguiram encontrá-lo. Nem o rastrear. O cheiro havia desaparecido, como se jamais tivesse existido.

Passaram três dias procurando.

No terceiro dia, o telefone tocou.

Richard disse:

— Thomas. Thomas, Thomas, Thomas.

E Thomas respondeu:

— Seu filho da puta.

— Você não estava lá. Não fez nada para contê-los. Eles gritaram pedindo sua ajuda. *Eu* gritei por você. Pelo seu pai. *Mas você não estava lá.*

Thomas implorou.

— Meu filho. Richard, meu filho. Por favor.

E Richard Collins falou:

— *Não.*

Ele ligava duas vezes por semana e Joe *berrava*. Ele fazia Joe *berrar* e Thomas achou que estivesse enlouquecendo.

Levaram oito semanas para encontrá-lo. Uma mistura de cheiros e sorte os conduziu a uma cabana no meio da floresta, muito mais perto do que imaginaram que estaria. Mas o encontraram, machucado e sozinho. Não era o mesmo. Era um lobo, mas lobos não se transformavam antes da puberdade. Ele se curou, mas foi um processo lento.

E ele não falava.

Assim que tive certeza de que minha voz funcionaria, perguntei:

— O que ele queria?

— Causar dor — respondeu Thomas. — O máximo possível.

E então fiz a pergunta que já tinha feito uma vez.

— Ele está morto?

— Não. Ele vai passar o resto da vida apodrecendo em uma cela mágica. A magia não vai permitir que se transforme. Para todos os efeitos, teve seu lobo extirpado.

Minhas mãos se fecharam nas laterais.

— Por que não o matou?

Ele me olhou com olhos tristes.

— Porque vingança é a lição ensinada pelos animais. Porque demonstrar compaixão é mais difícil. Demonstrei compaixão porque ele nunca fez o mesmo pela minha família.

E por um instante odiei Thomas. Eu o achei fraco. Covarde. E ele soube disso. Deve ter percebido todos os pensamentos que tive naquele momento.

Ele esperou.

Passou porque eu o conhecia. Mas precisava ser honesto.

— Não sei se teria conseguido fazer o mesmo — falei.

— Não — disse ele, sem maldade. — Não esperaria que você conseguisse.

E continuamos caminhando pela floresta.

Mamãe perguntou:

— É isso mesmo que você quer?

— É — respondi.

— Ele tem dezessete anos, Ox.

— E nada vai acontecer até que ele tenha dezoito. — Eu não queria mais falar sobre aquela parte com ela. Minha pele chiava até eu me sentir rubro e quente. Era excessivo. A ideia do toque. De *ser tocado.*

Ela olhou pela janela para o sol de verão.

— O que acontece se não der certo?

E eu não queria pensar nisso. Não queria pensar em nada parecido com isso. Então falei:

— É um risco. Tudo é assim.

— Somos amigos acima de tudo — sussurrou Joe ao meu ouvido. — Você é meu melhor amigo, Ox, e prometo que isso nunca vai mudar. Apenas seremos… mais.

— Terei que me tornar lobo? — perguntei a Thomas. — Para ficar com Joe?

— Não — respondeu Thomas. — Não precisa.

— Pensei no assunto — falei baixinho.

— Pensou?

— Pensei.

Ele esperou.

— Não preciso ser? — insisti.

— Não — repetiu ele. — Você é maravilhoso do jeito que é.

Fiquei imaginando se essa era a sensação de ter um pai que te amava o bastante para ficar apesar de todos os seus defeitos.

Elizabeth disse:

— Não teria escolhido nenhuma outra pessoa para ele. Ox, vocês farão coisas maravilhosas juntos. Ele será um líder e, como Alfa, colocará o bando acima de tudo. Mas lembre-se de que você sempre será a alma e o coração dele.

Mark disse:

— Eu sabia. Desde o primeiro dia, eu sabia que você estava destinado a algo incrível. Tenho orgulho de ser seu amigo e tê-lo no meu bando.

Carter disse:

— Espero que esteja pronto para a estamina de um lobo. Tipo, sério. Você vai ficar dolorido. Durante *dias*.

Kelly disse:

— Queria muito não ter escutado Carter dizer isso. Preciso jogar alvejante no meu cérebro. Durante *dias*.

Sonhei com lobos e uma lua vermelho-sangue. Cantaram para mim e eu peguei as músicas e as tornei minhas. Corri com eles sobre quatro patas e meu coração trovejava no peito. Podia ver e farejar e ouvir tudo e tudo era verde, verde, verde e laranja Beta e vermelho Alfa. As cores se encaixavam na canção que *cantávamos* porque éramos *bando bando bando.*

— Hã, Ox? — chamou minha mãe enquanto eu me arrumava para o trabalho. O céu estava começando a clarear lá fora.

— Oi?

— Acho que começou.

— O quê? — Coloquei a camisa para dentro da calça enquanto descia as escadas.

Ela estava na varanda, a porta da frente aberta. Cheguei atrás dela.

— Ao menos não colocou na varanda, como eu pedi — disse ela.

Havia um coelho gordo na grama, a garganta rasgada, os olhos arregalados e cegos. Tinha uma piscina de sangue sob ele, grudenta e escura. Moscas voavam ao redor, pousando nas patas esticadas.

— Não vou comer isso — foi a primeira coisa que eu disse.

Minha mãe me deu uma cotovelada na barriga.

— Ele pode estar ouvindo! — sibilou.

— Quero dizer. Hã. Uau. Parece ótimo! — Eu estava praticamente gritando.

— Sutil, Ox.

— Um lobisomem está me cortejando com um coelho morto. Não tem nada de sutil nisso.

— Não podiam ser flores? — murmurou ela enquanto calçava as galochas ao lado da porta.

— Ele te deu flores — lembrei enquanto ela descia os degraus da varanda.

— Quis dizer para você — falou. Ela abaixou e pegou o coelho pelas orelhas, tirando-o do chão. Levantou com um ruído, grama grudada embaixo. — Cortejo. Eu juro.

— Por que você está *encostando* nisso? — perguntei, horrorizado.

— Não podemos *deixar* aqui — respondeu ela. — Ele vai ficar ofendido.

— Serei honesto. Já estou ofendido.

— Rápido — disse ela, passando por mim enquanto voltava para casa. — Procure receitas de coelho na internet antes de sair para o trabalho.

— Você está pingando no chão!

— É só um coelho morto, Ox. Você parece histérico.

— Pareço *higiênico*.

Eu não era muito bom com internet, então pesquisei no Google "o que fazer quando seu futuro parceiro/namorado/melhor amigo lobisomem o corteja e traz um coelho morto de presente".

Primeiro, apareceu um monte de pornografia.

Depois encontrei uma receita de cozido maltês de coelho.

Era delicioso.

O cozido, não o pornô.

O pornô era estranho.

* * *

Gordon disse:

— Então. Acabaram de entregar uma cesta com, tipo, uns oitenta minimuffins para você.

— Minimuffins? — falei, e levantei o olhar da rotação de pneus que eu estava fazendo em um Ford Escape 2012.

— Hã. É. Tipo, uns oitenta.

— É muito muffin.

— A Lynda da padaria trouxe a cesta. Bem, na verdade o filho dela entregou, porque estava muito pesada para ela.

Suspirei.

Gordon estreitou os olhos.

— Suspiro apaixonado — acusou.

Ele me seguiu até o escritório.

E como não podia deixar de ser, havia uma cesta de minimuffins. A maior que já vi.

Eu sabia o que isso significava.

Não contava como caça. Não que eu estivesse reclamando. Não achei que Gordon fosse apreciar animais mortos na oficina.

Havia um bilhete em um envelope.

Dizia *Cale a boca. Isso conta sim como caça.*

Suspirei novamente.

— Ox — disse Gordon.

— Então. Parceiros existem mesmo, né?

— *Ox.*

— Você é só uma *criança*! — gritou ele mais tarde, depois que os outros foram para casa. Tinha passado o dia inteiro acumulando.

Respondi:

— Tenho 23 anos, Gordon. Faz tempo que não sou criança.

Ele estreitou os olhos.

— Você sequer sabe o que isso significa? Com o que concordou? Isso é por toda a *vida*. Quando um lobo se compromete, é por toda a *vida*.

— Eu sei. — Thomas havia me explicado. Eu talvez tivesse tido um pequeno ataque, mas isso foi ontem. Hoje era diferente.

— E você concordou assim mesmo? Está louco, porra?

— Engraçado — falei. — Achei que fosse a *minha* vida. Não a sua.

Ele começou a andar de um lado para o outro na minha frente.

— Como é que posso protegê-lo se você fica fazendo essas coisas consigo mesmo?

— Posso cuidar de mim. Não preciso de você nem de mais ninguém para fazer isso.

— Mentira. Você sabe que eu preciso… — Ele se interrompeu com um rosnado.

— Você precisa de mim. Eu sei.

— Não era isso que eu ia dizer. — Ele bateu a mão na mesa.

— Gordon.

— Vá se foder, Ox.

— Ele vai ser Alfa um dia.

— Não me importo.

Insisti assim mesmo.

— Ele vai precisar de um bruxo.

Ele girou como se eu o tivesse atingido.

— Não. Não ouse.

— Que diabos aconteceu com você? — exigi saber. — Por que os odeia tanto?

Ele riu amargamente.

— Isso não importa mais.

— Importa se você sempre for ficar assim. Olha, sei que está preocupado comigo. Você se preocupa. Mas tem que confiar em mim. Eu já tenho dúvidas o suficiente sozinho. Não posso lidar com as suas também. Preciso de você, cara. Para cuidar de mim.

Ele deu o bote naquelas palavras, é claro.

— Dúvidas? Então por que está fazendo isso?

— Não em relação a ele. Em relação a mim. E se eu não for bom o suficiente para ele? E se eu não conseguir ser o que ele precisa?

Ele parou de andar e seus ombros relaxaram.

— Ox, você não pode pensar assim.

Ri.

— Não? Na verdade é muito fácil.

— Seu pai fez isso com você — disse ele com uma careta. — Eu devia ter dado uma surra nele quando tive a chance.

Levantei os olhos, surpreso.

— Não gosto disso — continuou Gordon. — Nem um pouco. Mas vou falar assim mesmo, tudo bem? Qualquer um que o tenha deve se considerar muito sortudo. Não estou aprovando porque para você isso não importa, de qualquer forma. Nada do que eu diga importa a esta altura. — A voz dele falhou. — Mas é melhor ele te tratar como se você fosse a melhor pessoa do mundo ou eu acabo com ele.

Estiquei o braço e apertei o ombro dele, tentando impedir que meus joelhos falhassem. É claro que tudo que ele me dizia importava. Como ele podia não saber disso? Eu falei:

— Gordon. Gordon. O lobo dele. Ele me deu o lobo dele. O lobo de pedra.

Gordon abriu um sorriso triste.

— Imaginei que sim. No dia que foi na sua casa?

Balancei a cabeça.

— No dia seguinte ao que nos conhecemos. Quando ele tinha dez anos. Eu não sabia o que significava. Eles disseram que eu tinha escolha.

E lá estava. Aquele olhar no seu rosto. Aquele *medo*.

Ele falou:

— Desde aquela época?

— Desde aquela época — repeti, e claro: — Gordon. *Gordon*. — Porque me toquei de uma coisa e como podia ter sido tão *cego*?

— Sim, Ox.

— O...? — Quase parei. Mas então: — Mark te deu. Não deu? O lobo dele.

As tatuagens nos braços dele brilharam brevemente enquanto ele abaixava a cabeça.

Esfreguei a mão pelo cabelo dele. Estava crescendo. Eu precisava lembrá-lo de cortar. Ele se esqueceria de muitas coisas se eu não o lembrasse.

Ele falou:

— É. Sim. — Ele tossiu. — Ele me deu. E eu devolvi.

Estávamos correndo na lua cheia.

Os lobos me cercavam à medida que as árvores chicoteavam.

Eles ganiam e gritavam e viviam e riam.

Joe chegava cada vez mais perto. Ele era quase tão grande quanto Mark agora. Quando se tornasse Alfa, seria do tamanho de Thomas.

Chegamos à nossa clareira. Os outros se espalharam à frente, um correndo atrás do outro. Mordendo patas e rabos.

Joe não saiu do meu lado.

Uma vez ele me contou que, quando o lobo dominava, toda a racionalidade humana desaparecia. Ele conseguia entender e conseguia lembrar, mas de forma mais básica, puro animal e instinto.

Continuava sendo Joe, mas era um lobo.

Que aparentemente tinha decidido que eu não cheirava como ele o suficiente.

Esfregou o corpo nas minhas pernas e coxas.

Pressionou a cabeça e o focinho no meu peito e pescoço, arrastando o nariz pela minha pele.

Carter e Kelly se aproximaram, querendo brincar.

Joe rosnou para eles, um ronco que soou como um alerta. *Fiquem longe*, dizia.

Eles inclinaram a cabeça e se deitaram.

Ele se voltou novamente para mim e latiu no meu ouvido e pescoço.

Carter e Kelly se arrastaram lentamente para a frente.

Joe os ignorou porque tinha encontrado algo interessante para farejar atrás do meu ouvido.

Chegaram mais perto.

Joe tocou minha testa com o focinho.

Eles se arrastaram mais um pouco.

Joe virou para encará-los.

Carter bocejou, como se estivesse entediado.

Kelly apoiou a cabeça nas patas.

Joe olhou para mim.

— Você está sendo tolo — disse para ele.

Ele exibiu os dentes para mim, brilhantes e afiados.

Dei um tapinha no nariz dele.

Falei:

— Não tenho medo de você.

Carter e Kelly saltaram para a frente, se esfregando nas minhas laterais.

Joe rosnou para os dois, os olhos brilhando.

Eles apenas riram dele.

Mais tarde, eles caçaram.

Fiquei deitado, olhando para a lua no céu.

O ar estava quente e eu, feliz.

Ele matou uma corça e a arrastou da floresta para colocar na minha frente.

Estava com a língua pendurada para fora da boca, os olhos arregalados e cegos.

Falei:

— Sério?

Ele se aprumou, o focinho sujo de sangue e terra.

— Sério — repeti com um suspiro.

Ele disse:

— Quando te encontrei, achei que você fosse o mundo inteiro.

Ele disse:

— Te dei o meu lobo porque ele foi feito para você.

Ele disse:

— Quando Jessie apareceu, meu coração partiu.

Ele disse:

— Tentei gostar dela. Juro. E gosto. Gostei.

Ele disse:

— Mas odiava. Odiava muito.

Ele disse:

— Quando vocês terminaram, corri para a floresta e uivei para a lua.

Ele disse:

— E depois senti cheiro de homem em você.

Ele disse:

— Eu os farejei em você e tive que me controlar para não te matar.

Ele disse:

— Queria te pedir para esperar.

Ele disse:

— Queria dizer que você precisava esperar por mim.

Ele disse:

— Mas não podia. Não era justo com você.

Ele disse:

— Aí Frankie surgiu e eu… não sei. Nunca pensei…

Ele disse:

— Você me deixa confuso. Me deixa ansioso. Você é incrível e lindo, e às vezes quero colocar os dentes em você e vê-lo sangrar. Quero saber qual é o seu gosto. Quero deixar minhas marcas na sua pele. Quero cobri-lo até você ter o meu cheiro. Não quero que mais ninguém te toque, nunca mais. Quero você. Cada uma de suas partes. Quero pedir que rompa o laço com Gordon porque dói saber que está enlaçado a alguém além de mim. Quero dizer que posso ser uma boa pessoa. Quero que saiba que não sou. Quero transformá-lo. Quero que você seja um lobo para corrermos juntos pelas árvores. Quero que continue humano para que jamais perca essa parte de si. Se alguma coisa acontecesse com você, se estivesse prestes a morrer, eu o transformaria porque não posso perdê-lo nunca. Jamais posso permitir que me deixe. Não posso permitir que nada o tire de mim.

Ele disse:

— Richard me falou coisas. Coisas horríveis.

Perdi o fôlego. Minha mão congelou no cabelo dele.

As estrelas brilhavam no céu. A grama era fria nas minhas costas. A cabeça de Joe pesava na minha barriga. Olhei para ele. Seus olhos brilhavam para mim, escuros e mais selvagens do que nunca.

Eu poderia ter dito: "Shh. Não precisamos falar sobre ele".

Eu poderia ter dito: "Isso não tem mais importância. Ele não pode tocá-lo".

Eu poderia ter dito: "Vou encontrá-lo e matá-lo por você. Me diga onde ele está".

O que eu disse foi:

— Falou?

Não sabia se era a coisa certa a dizer.

Joe deu um suspiro trêmulo.

— Falou.

— Ok.

— Ox.

— Sim? — consegui dizer através da raiva assassina do meu coração.

— Está tudo bem.

Claro que ele pôde farejar. Fiquei imaginando qual seria o cheiro da raiva. Provavelmente seria de queimado.

Então respondi:

— Tudo bem.

— Você precisa saber. Antes.

— Antes?

Ele virou a cabeça levemente e esfregou o nariz na minha lateral, acompanhando uma costela.

— Para que saiba. De tudo.

— Você não está quebrado.

— Você não sabe disso.

— Sei. Você está vivo. Se consegue respirar, se consegue andar, então não está quebrado. Ferido, talvez. Machucado. Rachado. Mas nunca quebrado.

— Richard falou que a minha família não me queria mais, que tinham me entregado a ele e queriam que eu sangrasse.

Tive que me segurar para não uivar uma canção de desespero.

Ele continuou:

— Richard me falou que era minha culpa o que estava acontecendo. Que, se eu tivesse sido um filho melhor, se eu tivesse sido um garoto melhor, nada disso teria acontecido. Ele disse que me odiavam porque eu não era o Alfa que desejavam. Que eu era pequeno demais. Que não era um bom lobo. Que não merecia ser Alfa porque eu faria com que o bando se separasse e todos morreriam. E seria meu fardo para carregar.

Ele suspirou.

— Não sei se posso explicar, de verdade. A sensação dentro de mim. O Alfa. Ainda não sou, mas está perto. Borbulha logo abaixo da superfície. Tem horas que a única coisa em que consigo pensar é em marcar você para que todos saibam a quem pertence. Talhar meu nome na sua pele para que você jamais se esqueça de mim. Esconder minha família para que ninguém possa machucá-los. Tenho que proteger o que é meu. Richard tentou tirar isso de mim, e acho que isso piorou as coisas. Não acho que ele soubesse que estava piorando as coisas.

— Não é ruim — falei, embora não estivesse totalmente certo disso.

Seus olhos brilharam para mim no escuro, laranja com pontinhos vermelhos. Sua voz era um rosnado ao dizer:

— Quero seu sangue na minha língua. Quero abri-lo e rastejar dentro de você. Sou um monstro por causa das coisas que poderia fazer com você sem que pudesse me impedir. — Ele desviou o olhar e respirou fundo para se acalmar. De novo. E mais um. Quando voltou a falar, a voz estava mais calma: — Meu pai sabe disso. Minha mãe também. É por isso que vou com ele. Para a floresta. Para aprender a ter controle. Por mim. Por eles. Por você. Porque ele quebrou alguma coisa em mim. Ele me fez ser assim. Me fez querer ser um monstro, e nem sempre acho que vou conseguir conter isso.

Tirei um fio de cabelo da testa dele.

— Não tenho medo de você. Nunca tive.

— Talvez devesse.

— Joe. — Uma pontada de aborrecimento tingia minha voz.

— Eu mataria por você — disse ele duramente. — Se alguém tentasse machucá-lo. Eu mataria a pessoa.

— Eu sei. Porque faria o mesmo por você.

Ele riu, e havia tons de lobo no som, todo estalos e rosnados.

— Eu o vejo. Às vezes. Quando fecho os olhos.

— Eu sei.

— Não sei se isso um dia vai passar.

— Sei disso também.

— E mesmo assim aceitou?

— Sim — respondi, e passei a mão em seu cabelo outra vez.

Ele suspirou.

Observamos as estrelas.

Eram tão maiores do que um dia poderíamos imaginar.

Certa vez me disseram que a luz das estrelas que vemos têm centenas de milhares de anos. Que a estrela já poderia estar morta e nunca saberíamos porque ainda parecia viva. Achei isso terrível. O fato de que estrelas podiam mentir.

Perguntei:

— Está com medo?

— Estou — respondeu ele imediatamente. E em seguida: — De quê?

— De se tornar Alfa.

— Talvez. Às vezes. Acho que vou me sair bem, sabe? Depois acho que não.

— Você vai se sair bem.

— Vou?

— Vou te ajudar. — Porque ajudaria mesmo.

Ele ficou quieto por um tempo.

— Não achei que chegaríamos aqui.

Doeu ouvir aquilo. Por nós dois.

— Sinto muito.

Ele balançou a cabeça.

— Não sinta. Você tem escolha. É humano.

— E você? Você tem escolha?

— É você. Eu sempre o escolheria. Não ligo se há um imperativo biológico. Não ligo se é destino. Não ligo se você foi feito especificamente para mim. Não importa. Porque eu o escolheria de qualquer jeito.

Pensei em beijá-lo nesse momento. Passei um bom tempo pensando. Mas não o fiz. Devia ter feito.

— Você não é um monstro — falei em vez disso, e toquei a bochecha dele. As orelhas. Os lábios. — Não é. Prometo. Juro para você. Não é.

— Ox. Ox. *Ox*.

E ele tremeu e se descontrolou e eu ruí junto com ele.

Acho que nós dois choramos um pouco.

Porque ainda não éramos homens.

te dou um urso/machucar você

Às vezes eu voltava para casa na velha caminhonete que Gordon tinha comprado para mim.

Na maioria das vezes, eu caminhava porque sabia que Joe estaria lá. Podia contar com isso. Não precisava de nenhuma explicação. Era um fato.

Então, é claro que ele estava lá, dias depois. À sombra de um olmo, a luz do sol filtrada pelas folhas e dançando pelos seus braços e pescoço. Antigamente ele era pequeno. Naquele primeiro dia. O toquinho do bando. O pequeno tornado.

Não mais. Parte disso era a genética. A outra parte era ele se tornando Alfa. Ele tinha crescido, e sei que ele ouviu o instante em que meu coração tropeçou todo atrapalhado, porque sorriu como se tivesse ficado satisfeito.

— Oi, Joe.

— Oi. Oi, Ox.

Parei na frente dele, incerto. Fazia apenas uma semana desde que essa… coisa. Essa *coisa* tinha começado. Essa… *coisa* entre nós.

— Oi — falei tolamente, as palavras morrendo na minha boca.

Ficamos nos encarando.

Era *estúpido*.

Então eu disse:

— Isso é estranho.

— Quero sair em um encontro com você — falou Joe ao mesmo tempo.

Eu me engasguei com minha própria língua. E tossi. Finalmente respondi:

— Sim. Claro. Ok. Tudo bem. Boa ideia. Quando. Agora? Podemos ir agora.

Ele arregalou os olhos.

— Agora?

— Não! Não. Não foi o que quis dizer. Você entende. Poderíamos.

— Ah. Bem. Talvez? Poderíamos… ir. A algum lugar.

— Você vai me dar mais bichos mortos ou minimuffins? — perguntei de súbito. E fiz uma careta. — Você… ah. Não precisa. — Nem consegui *comer* um minimuffin porque os caras da oficina já tinham comido tudo. Exceto Gordon. Gordon simplesmente os encarou.

Ele me olhou de um jeito estranho.

— Você *quer* mais bichos? Posso ir caçar agora! Trago outro cervo. Ou um urso. Te dou um urso!

Em seguida ele começou a tirar as roupas, então falei:

— Você vai ficar *pelado*? — Porque toda aquela *pele*.

Ele já estava sem camisa quando disse:

— O quê?

Eu me agarrei à única coisa que fazia sentido.

— Você tem dezessete anos!

— Não por muito mais tempo — disse ele, e sua voz saiu *grossa*. Porque ele estava com um *olhar malicioso*.

Em vez de focar nisso, falei:

— Não preciso de um urso.

— Cervo? — perguntou ele.

Balancei a cabeça porque a ideia de Joe arrastando um cervo morto da floresta e o deixando na porta da minha casa me deixava nauseado.

— É melhor vestir a camisa — sugeri.

Ele apertou os olhos para mim.

— Por quê?

— Porque… você sabe. Tudo *isso*. — Acenei para o corpo dele.

Então ele sorriu. E foi *maligno*.

— Tudo isso? — Joe flexionou o peito. *Injustamente*.

Consegui responder:

— Sim. Tudo isso.

Ele deu um passo na minha direção.

— A gente podia… ah. Você sabe. — Ele balançou as sobrancelhas para mim e eu pensei: *merda*.

Dei um passo para trás.

— Ou podemos esperar até você completar dezoito anos.

Agora estava me olhando feio. Tinha um pouco de lobo no olhar.

— Não é assim que funciona.

— Claro, porque você sabe como funciona. Com todo o cortejo que andou fazendo.

— Mal posso esperar até ser Alfa para poder mandar em você o tempo todo.

— Vou contar para o seu pai que você só quer ser Alfa para transar comigo.

Ele rosnou.

— Não fale no meu pai quando estou tentando seduzi-lo.

— Pare de falar — implorei. — Por favor.

E então, é claro, Carter e Kelly apareceram. Estavam correndo.

Eles pararam e nos encararam.

Encaramos de volta. Eu me senti culpado. Porque o irmão menor de idade deles estava sem camisa e o local onde estávamos provavelmente tinha cheiro de prostíbulo.

Kelly disse:

— Isso é constrangedor.

— Não aconteceu nada! — aleguei.

— Meu Deus, está fedendo a *sexo* — comentou Carter.

— Vou caçar um urso para ele — falou Joe.

Mais olhares.

— Estou muito desconfortável agora — disse Kelly.

— Vista-se — pedi.

— É como se eu estivesse me afogando em uma piscina de feromônios e tesão — falou Carter.

— Talvez um cervo — continuou Joe.

Todo mundo se encarando.

— Espero que vocês dois saibam que arruinaram a vida para mim — prosseguiu Kelly.

— A *camisa*, Joe. Vista a *camisa* — implorei.

Em seguida, só porque ele era um *babaca*, Carter falou:

— Ainda bem que tirei o BV gay do Ox *anos* atrás. *De nada*.

Joe rugiu e Carter *riu* e saiu correndo, a camisa de Joe caindo no chão e o short rasgando quando ele se transformou em lobo. Eles correram pelas árvores, Joe rosnando e uivando de raiva.

Eu e Kelly ficamos na estrada de terra.

— Então — falei.

— É — disse Kelly.

— Ele vai mesmo matar um urso?

Kelly riu.

— Provavelmente. Agora que você pegou o Carter.

— Eu não *peguei* o Carter!

— Mas o beijou?

— Ele *me* beijou.

— Não vejo muita diferença.

— Ele é hétero.

Kelly arqueou a sobrancelha para mim.

— Não sei se lobos se identificam como algo que não fluido.

— Mas... ele disse... ele *me falou*...

Kelly revirou os olhos.

— Eu não sei *nada* sobre lobisomens — murmurei.

Kelly bufou ao ouvir o rugido raivoso de Joe ecoando pela floresta.

— Tenho quase certeza de que estamos escutando um fratricídio — disse ele.

— Não sei o que significa isso.

— Joe vai matar o Carter.

— Sério?

Kelly deu de ombros.

— Provavelmente. Com certeza parece querer.

— Você não parece muito preocupado.

— É — falou Kelly. — O que eu posso fazer? Nunca transei com um homem *nem* com uma mulher.

— Hã. Obrigado por compartilhar?

— Pensei no assunto — continuou ele.

— Ok.

— Parece trabalhoso demais — disse com uma careta enquanto um lobo era arremessado contra uma árvore, a julgar pelo som.

— E é — garanti a ele.

— Mas já fiquei com um cara — revelou ele.

— Quê? Quando?

— Num… *negócio*. Nem sei. Depois teve uma garota. Mas não sei se contou. Ela simplesmente… passou a língua na minha cara. Tipo, perto do meu nariz.

— Ok?

— É ruim ter 21 anos e nunca ter transado?

— Hã… não? Por que está perguntando para mim?

Ele me encarou.

— Você é o futuro parceiro do futuro Alfa. Tem que responder a perguntas desse tipo.

— Tenho?

— Tem. É, tipo, sua obrigação.

— Ah. Ninguém me avisou?

— O que você achou que ia fazer?

— Sinceramente? Não sei. Isso tudo foi meio… súbito.

— Quando você ficou com tesão no Joe? — perguntou ele empaticamente.

— Ai, meu Deus.

— Então, você tem que dar conselhos e coisas assim. Ajudar o bando quando tivermos problemas. É o que minha mãe faz. E é o que ela fazia. Quando o bando era maior.

— Não sou sua mãe.

Ele descartou o que eu disse com um aceno.

— Poderia ser. — A boca dele tremeu. — Ou coisa parecida. Pai?

— Vou garantir que você nunca transe.

Kelly deu de ombros.

— Tenho certeza de que vai rolar quando eu estiver pronto.

Fiz que sim com a cabeça.

— E nem um dia antes. Não deixe que ninguém o pressione a fazer nada.

Ele sorriu.

— Valeu, pai.

Respirei fundo para não lhe dar um soco na cara. Ele teria se curado enquanto eu sairia com a mão quebrada.

— Tudo bem. Não sou muito bom de conversa. Ou conselho. Ou quase nada. — Porque se ele precisasse, se eles precisassem de mim, eu faria o que fosse possível.

— Você não se sai mal.

Sorri para ele.

— Sério?

— Exceto pela parte em que pegou o Carter antes que Joe tivesse a chance de te pegar.

Lobos rosnaram em algum lugar na floresta. Eu disse:

— Isso é ótimo.

— Joe vai me levar em um encontro — falei para minha mãe, porque eu agora contava tudo para ela. Parecia mais simples assim.

Ela disse:

— Ah? Onde?

Dei de ombros.

— Não sei. Talvez ele mate um urso para mim.

Ela assentiu com a cabeça.

— Certo. Bem… divirta-se. Eu tenho que ir para o restaurante. Não durma com ele ainda.

Quase desmaiei.

— Hã. Certo?

Ela suspirou.

— Mas você quer.

— Jesus Cristo, mãe…

— Precisa que eu compre camisinhas? Acho que tenho um cupom.

Bati a cabeça na mesa da cozinha.

— Por favor, vá. Por favor.

Então ela deu um beijo na minha testa e foi trabalhar.

Tivemos nosso encontro.

Foi esquisito.

Não por causa da gente.

Bem. Não *só* por causa da gente.

Ele bateu à porta.

Eu abri antes mesmo que ele acabasse de bater.

— São para você — disse ele, e me entregou mais minimuffins. Depois resmungou: — Não consegui achar nenhum urso.

— Tudo bem — respondi. Porque honestamente não sei o que teria feito com uma carcaça de urso.

Ele esfregou a parte de trás da cabeça.

— Desculpa.

— Então, minimuffins?

Ele sorriu um sorriso brilhante.

— Minimuffins.

— Por mim está ótimo.

— Você está um gato — falou subitamente. Em seguida franziu a testa. — Quer dizer, você está muito bonito. Vou tentar manter um pouco de classe. Minha mãe falou que eu devia manter a classe.

Olhei para baixo. Eu estava de calça jeans e uma camisa social vermelha.

— Obrigado? — perguntei. Mas eu queria *dizer* a ele, então falei: — Obrigado. — E em seguida: — Você também está muito bonito. — Apesar de minha boca traidora quase ter dito *gostoso* em vez de *bonito*. — Gostei da sua… calça.

— Minha calça — repetiu ele.

Cinza. De lã, talvez?

Fiquei fitando-a.

E ele disse:

— Sério? O que você gostou nela? Talvez como ela ficaria no chão do seu quarto? — Ele arregalou os olhos. — Uau. Na minha cabeça soou mais classudo.

Como ele tinha se aproximado tanto sem que eu percebesse? Dava para sentir sua respiração na minha bochecha.

— A gente — comecei. — Hã. A gente deveria. Ir?

— Podíamos ficar. — E seus lábios tocaram minha bochecha.

— Obrigado pelos muffins — falei, e dei um passo para trás.

Ele me encarou.

— Consigo farejar, sabe.

— Isso não é normal.

Ele revirou os olhos e me arrastou para o carro de Elizabeth.

Era caro. Cheio de botões. Apertei um e meu assento vibrou e eu disse:

— Uhhhh.

Também fomos ao local mais chique de Green Creek. E por "chique" quero dizer o único lugar que tinha toalhas de mesa e guardanapos dobrados.

E é claro que Frankie era o garçom.

— Oi, Joe! — cumprimentou ele com um sorriso largo. Ele olhou para mim. E fez uma careta. — E Ox. — Saiu um pouco mais afetado.

— Eu não sabia — disse Joe, com olhos arregalados.

— Não tem problema — respondi. Porque *não tinha*. Eu não me *importava*. Só porque *Frankie* tinha ficado com ele primeiro, isso não significava *nada* para mim. — Oi, Frankie. É um prazer vê-lo outra vez.

Frankie me ignorou e falou:

— Então, como você está? Não o vi nesse verão. Animado para o último ano?

— Está tudo bem, tenho... — começou Joe.

Então eu interrompi:

— Gostaria de uma limonada, e quais são os pratos do dia?

Frankie me olhou feio, e tive a impressão de que Joe fosse rir dessa disputa idiota.

Frankie nos disse os pratos do dia. De forma sarcástica. Depois voltou-se novamente para Joe e falou:

— Desculpe. Você estava dizendo?

E Joe disse:

— Pode nos dar um tempinho para decidir?

— Tem certeza? — perguntou Frankie.

— Sim — falei.

E Frankie saiu.

Joe comentou:

— Isso foi *incrível*.

Fiz uma careta e consultei o cardápio. Eu não sabia o significado de metade dos nomes. Só queria um hambúrguer.

— Você ficou com *ciúme* — continuou Joe.

— Não fiquei, não.

Ele me deu um chute por baixo da mesa.

Ignorei porque tinha acabado de achar os hambúrgueres no cardápio.

Joe disse:

— Ox.

Fiquei olhando para o cardápio.

— Ox. Ox. *Ox*.

— O quê!

— Morto de ciúme — sussurrou ele.

Frankie trouxe a limonada. Derramou um pouco na mesa quando repousou o copo.

— Ops — falou ele, e colocou a água de Joe com cuidado. Depois ficou ali parado.

Eu disse:

— Mais tempo.

Frankie olhou para Joe.

— *Ox* — disse Joe, e ele estava *se divertindo.*

E uma mulher atrás de mim falou:

— Ox?

Joe rosnou baixo no peito. Frankie arqueou a sobrancelha para ele.

Virei. Jessie estava sentada a uma mesa atrás da nossa com uma mulher que eu não reconhecia. Falei:

— Oi, Jessie.

— Então, Joe. Eu estava pensando — começou Frankie.

— Ora, *oi*, Jessie — cumprimentou Joe.

Ela olhou por cima do meu ombro.

— Oi, Joe. Prazer em vê-lo. — Ela tinha um pequeno sorriso no rosto, como se soubesse de algo que eu não sabia. — Estão passeando? — E eu *soube.*

— Sim — respondi, mas mantive a cara e o tom neutros.

— Joe, eu estava pensando. Tem um… — continuou Frankie.

— Então, Jessie. Acho que talvez eu fique na sua turma no próximo semestre — disse Joe.

— Ah, não — falei.

— Sério? — perguntou Jessie.

— Sim, eu também — comentou Frankie, e todos o ignoraram, exceto eu. Tentei fazer com que ele se retirasse com a força do pensamento. Não deu certo.

— Vai ser ótimo — disse ela. — Vamos ler uns livros excelentes. Teremos uns projetos legais. Mas não pode me chamar de Jessie na aula. Terá que me chamar de…

— Sério? Mal posso esperar — interrompeu Joe. Ele não soou nem um pouco sincero.

Falei para Frankie:

— Ainda não estamos prontos para fazer o pedido. — Porque ele não estava entendendo o recado.

A mulher que estava com Jessie disse:

— Ox? Ah, esse não é seu...? — Ela se interrompeu, tendo a decência de enrubescer.

— Sim — confirmou Jessie. — Esse é o Ox.

— Ele é tão... grande — comentou a moça como se eu não estivesse bem ali. — Olha as mãos dele.

Todos olharam para as minhas mãos. Eu as escondi no colo.

Jessie sorriu e disse:

— Sabe o que dizem sobre homens com mãos grandes...

— Estamos em um encontro — declarou Joe, bem alto.

— O quê? Mas ele é tão *velho* — falou Frankie.

— O quê? Mas ele é tão *novo* — disse Jessie.

— Ei — falamos ao mesmo tempo Joe e eu, soando igualmente ofendidos.

— Ele só tem 23 anos — argumentou Joe.

— Ele tem quase dezoito — falei. E meu Deus, esse argumento parecia péssimo.

— Eu sabia. Sempre soube — declarou Frankie. Pareceu irritado.

— Eu avisei — falou Jessie. Pareceu achar graça e se magoar. Era uma estranha combinação.

— Você o quê? — perguntei.

— Não, Frankie. Não é assim. Ok, é, mas não é — disse Joe.

— Ah, por favor. Você só falava no Ox o dia inteiro, o tempo todo — respondeu Frankie.

— Era toda hora Joe, Joe, Joe — acrescentou Jessie.

— Você não tem outras mesas para atender? — perguntei a Frankie.

— Nós *somos* melhores amigos — disse Joe a Jessie.

— Não — respondeu Frankie. — O movimento está fraco.

— Ah, eu sempre soube — falou Jessie. — Mesmo quando estávamos namorando...

Joe pisou no meu pé enquanto rosnava. Pisei de volta. Vi um brilho laranja nos olhos dele.

— Joe — falei.

Ele olhou para mim.

— Fique comigo — continuei.

— Está alto demais.

Peguei a mão dele, que se curvou na minha. Senti as pontadas das garras.

— Joe — repeti.

— Eu preciso.

— Ok.

— Joe, eu… — começou Frankie.

— Vá embora — interrompi. — Agora.

— Ele está bem? — perguntou Jessie.

— Vai ficar. Por favor, volte para o seu jantar — falei.

Frankie se afastou.

Jessie virou.

Eu só tinha olhos para o Joe. Sempre Joe.

As narinas dele se abriram. Ele disse:

— Você está sangrando.

— Não está doendo. Você jamais me machucaria.

— Ox.

— Vamos.

E saímos.

Caminhamos pela floresta.

Ele pegou a minha mão e a segurou no rosto.

A pele estava ligeiramente inchada. Um pouco vermelha. Pequenos grãos de sangue seco sujavam minha palma.

Parei e esperei até que ele terminasse o que quer que estivesse fazendo.

Ele disse:

— Eu avisei.

— O quê?

— Lembra?

— Sim, mas o quê?

— Que eu queria ver seu sangue. Que queria sentir o gosto.

— Sim, mas você jamais me machucaria para isso.

— Como você sabe? — E lá estava o lampejo daqueles olhos de Halloween.

— Porque te conheço.

E ele se aproximou.

— Posso machucar você — falou.

— Eu sei.

— Tenho garras. E dentes. — O peito dele bateu no meu.

— Eu sei. Você não vai me assustar, Joe.

O olhar dele desviou.

— Eu não…

— Ou isso, ou está me testando.

— Ox.

— Não. Você queria isso. Você me deu seu lobo. Veio atrás de mim.

— Não vai…

— Não vai funcionar.

E havia medo ali. Medo real.

— O que não vai? — perguntou ele, rouco.

— Tentar me assustar. Sei no que estou me metendo. Eu teria fugido há muito tempo se não desse conta. Meu pai me disse que eu ia sofrer a vida toda. E eu acreditei nele. Mas não acredito. Não mais. Então não me venha com essa merda. Não vai funcionar.

A respiração dele no meu rosto.

Esse era o Joe. E eu era o Ox.

O nariz dele tocou o meu.

Minhas mãos encontraram a cintura dele, que estremeceu sob meu toque.

Ele roncou fundo no peito.

— Meu — falou.

Minha bochecha tocou a dele.

O lobo rosnou:

— *Meu*. — Foi uma coisa incrível e terrível.

Então eu disse:

— Sim. Joe. Sim. Sim.

E virei para beijá-lo.

Mas antes que nossos lábios pudessem se tocar, ouvimos um uivo ecoando pelas árvores. Pássaros levantaram voo. A floresta tremeu.

Era Thomas. Quanto a isso eu não tinha dúvidas. Porque eu conhecia meu Alfa.

Mas era uma canção tão cheia de raiva e desespero que cambaleei para trás, o laço do bando explodindo na minha cabeça e no meu coração em vermelho e azul.

E violeta. Tanto violeta que eu estava *enterrado* na cor.

Os olhos de Joe brilharam, ganhando vida, e ele cantou em resposta. Dava para ouvir o medo nele. Medo puro e frio. A canção em si era vermelha Alfa e laranja Beta. E azul. Tão azul.

Morria nas árvores ao meu redor.

Tudo ficou quieto enquanto eu respirava com dificuldade.

Ele disse:

— Precisamos correr. — Seus olhos ardiam.

E corremos.

E tudo mudou mais uma vez.

palavra de alerta/é um direito

Havia homens na casa Bennett.

Homens que eu nunca vira.

Estavam na frente da casa, perto de um SUV preto.

Ouviram nossa aproximação, e por um instante seus olhos brilharam laranja no escuro, e fiquei imaginando se eu e Joe daríamos conta deles. Estavam em maior número, mas não éramos fracos. Thomas tinha garantido isso.

Não foi necessário. Thomas veio até a varanda e rosnou baixo. Os homens recuaram.

Outro homem surgiu de trás deles.

Osmond. O que tinha vindo no inverno.

Ele disse:

— Fiquem parados. Todos vocês.

Os homens ao lado do SUV deram as costas para mim e para Joe, os olhos examinando a floresta atrás.

— Onde está o seu bruxo? — perguntou Osmond.

— Ele vai chegar — respondeu Thomas, e fiquei imaginando o que Gordon acharia disso. De ser chamado de "bruxo do Thomas".

— O que aconteceu? — exigiu saber Joe.

— Entre — ordenou Thomas. — O bando está esperando.

Joe parecia estar se preparando para discutir, mas os olhos de Thomas brilharam vermelho e Joe não se manifestou. Ele passou pelo pai e entrou na casa.

Fui atrás.

Thomas tocou meu ombro e eu pausei.

— Sinto muito — disse ele.

— Pelo quê?

— Sei que estavam em um encontro.

Dei de ombros.

— Isso é importante?

— É.

— Então tudo bem — falei.

Thomas deu um suspiro.

— Joe tem muita sorte.

Osmond disse:

— Encontro? Com *Joe*? Thomas, ele é um *humano* e…

Thomas o prendeu contra a parede antes que eu pudesse sequer pensar em reagir. Os Betas atrás de nós rosnaram em resposta, mas não se aproximaram. Podiam ser leais a Osmond, mas conheciam seus lugares.

Mesmo assim fiquei de costas para Thomas, encarando os lobos na minha frente. Não deixaria meu Alfa desprotegido.

— Uma palavra de alerta — começou Thomas, a voz firme e fria. Olhei para ele por cima do ombro. — Você não pode entrar no meu território, na minha *casa*, e julgar o que não sabe. Meu filho escolheu. Não lhe diz respeito. O especismo não tem lugar em Green Creek nem no meu bando.

— Mas ele será o *Alfa*. O que você acha… — Foi interrompido quando Thomas se transformou em parte, as presas descendo, os músculos expandindo.

— Não. Diz. Respeito. *A você* — repetiu Thomas.

Osmond assentiu com a cabeça.

— Peça desculpas ao Ox.

Olhos laranja.

Thomas rosnou:

— *Agora*.

— Não quis ofender — falou Osmond, rijo, olhando para mim. — Peço desculpas, Ox.

Não me pronunciei ao dar as costas para os lobos abaixo de nós.

Thomas recuou e Osmond cambaleou em direção à casa. Os Betas no jardim não fizeram nada.

Thomas disse:

— Ox, junte-se a eles lá dentro, por favor. — Ele não retirou os olhos de Osmond.

Toquei seu braço.

— Tem certeza? Posso ficar e ajudar.

Ele sorriu em silêncio.

— Será breve, Ox.

Entrei.

Os outros estavam na sala. Mark estava de pé, olhando pela janela, o rosto duro.

Elizabeth falava baixinho com Joe, mas eu não conseguia ouvir o que diziam.

Carter e Kelly se levantaram e me cercaram assim que entrei. Ambos roncavam baixo nos peitos e pude sentir a vibração. Não sabia se era por minha causa ou por si mesmos.

— Tudo bem? — perguntou Kelly.

— Sim. O que está havendo?

Carter falou:

— Não faço ideia. Osmond e as vadias dele chegaram e foram para o escritório do meu pai. Cinco minutos depois, meu pai sai de lá com raiva, arrancando as portas das dobradiças e uivando para que você e Joe viessem para casa.

Eu disse:

— Minha mãe. Cadê a minha mãe?

— Gordon — respondeu Kelly. — Ele foi buscá-la no trabalho.

— É grave? — perguntei, porque eles saberiam melhor do que eu.

Desviaram o olhar.

Thomas entrou. Ignorou o resto de nós e foi direto até Joe e Elizabeth.

— O que aconteceu? — ouvi Joe perguntar, mas Thomas o silenciou gentilmente e pediu que esperasse.

Osmond o seguiu e evitou de propósito o meu olhar.

Poucos minutos mais tarde um carro se aproximou lá fora. Osmond ficou tenso, mas Thomas disse:

— O bruxo e a mãe de Ox.

Ouvimos uns rosnados lá fora, mas Gordon falou:

— Ah, calem a porra da boca antes que eu queime seus rabos peludos.

Os olhos da minha mãe estavam arregalados quando ela atravessou a entrada. Ela me procurou e pegou minha mão. Eu lhe disse que não sabia o que estava acontecendo.

Gordon entrou logo atrás e enrijeceu.

— Osmond — cumprimentou ele.

— Livingstone — respondeu Osmond, soando igualmente formal.

— Isso não vai ser bom, vai?

Osmond suspirou.

— Nunca é, Gordon. Sinto muito que tenha chegado a isso. O...

— Ox — disse Thomas.

Fitei-o ao mesmo tempo que Osmond se calava.

— Você se lembra do que eu falei? Sobre laços.

Ele havia dito muitas coisas sobre laços. Falei isso para ele.

Ele continuou:

— Elas puxam. Em momentos de grande incerteza. Elas vão puxar. Uma atração como você jamais sentiu. Você precisa se agarrar com toda a força que conseguir. Entendeu?

— Thomas — falou Gordon com uma careta. — Que merda aconteceu?

Thomas o ignorou. Só tinha olhos para mim.

— Entendeu?

— Entendi. Sim — respondi, porque entendi mesmo. Achei que tinha entendido. Dava para sentir a tensão crescendo no recinto e senti pequenas picadas na pele. Na cabeça. No peito. Chamando-me rumo a Joe. Rumo a Gordon. Toquei essas pequenas cordas que nos enlaçavam e enviei de volta uma onda de *calma* e *paz* e *tudo bem estamos bem estamos todos bem porque somos um bando bando bando*, ainda que Gordon não fosse. Não de fato. Mas ele estava enlaçado a mim. E eu a ele.

— Laço? — perguntou Osmond. — De quem?

— Meu — disse Joe, os olhos ardendo laranja.

— E meu — falou Gordon. O corvo em seu braço brilhou levemente e parecia pronto para voar.

Osmond olhou para mim com a cabeça inclinada.

— Quem exatamente é você?

— Sou o Ox — respondi. — Apenas Ox. Só isso.

Por algum motivo, ele não pareceu acreditar em mim. Foi estranhíssimo.

— Richard Collins escapou — informou Thomas, e faltou ar no recinto.

Quase perguntei "Quem?", mas então me lembrei e a raiva que brotou em mim era como se eu estivesse em chamas. Era uma raiva terrível, e pela primeira vez na vida pensei no efeito que um assassinato teria em uma alma. Sem dúvida a quebraria em pedaços até que não restasse nada além de carvão, fumaça espiralando pelo ar e gosto de cinzas na boca.

Mas era em assassinato que eu pensava. Danem-se as consequências.

Se Richard aparecesse agora, eu o mataria sem remorso.

Se ele levantasse as mãos em redenção, eu ainda tiraria a vida dele sem pensar duas vezes.

Se ele implorasse por perdão, eu derramaria seu sangue sem hesitar.

Eu estava praticamente consumido por isso porque era o *Joe* e era *injusto* e agora ele não era meu? Eu não deveria protegê-lo e adorá-lo?

Ele era, mas o laço entre nós não estava completo. Ele tinha me reivindicado, mas não havia me marcado.

E era *injusto*. Porque deveríamos ter tempo. Para fazer as coisas do jeito dele. Do *nosso* jeito.

Senti uma mão no meu ombro. Minha mãe. Havia uma mão na minha nuca e era Gordon. Ele não era do bando. Não era. Por opção. Mas era próximo. Eu era o laço dele, e estava aprendendo como era possível que o oposto também valesse.

— *Como?* — perguntei, porque Thomas havia dito que ele estava em uma jaula. De *magia*. De alguma coisa que não entendi porque eu não sabia como a magia funcionava, mas seu lobo deveria estar *contido*. Fiquei imaginando o quão estúpido eu era por acreditar em tudo que me diziam sem questionar.

Então Gordon disse:

— Não, não, não. — E eu *soube*. Porque Gordon soube e senti pelo laço, todo o violeta e azul e havia *preto* junto. Porque *preto* era medo. Preto era terror.

Uma jaula mágica para um homem a fim de conter seu lobo.

Parecia justo que uma jaula dessa *só* pudesse ser violada por magia.

Osmond falou:

— Achamos que foi seu pai, Gordon. Achamos que Robert Livingstone encontrou um caminho de volta para a magia e rompeu as barreiras que continham Richard Collins.

* * *

Fiz uma escolha. Apesar de todos os meus instintos gritarem *JoeJoeJoe*, ele estava cercado pelo bando e Gordon não tinha ninguém.

Ele saiu pela porta. Fui atrás.

Os lobos no jardim saíram do nosso caminho e eu o chamei:

— Gordon.

Suas tatuagens brilharam com fúria e começaram a mudar. Ele continuou andando.

— Pare — falei.

Ele me ignorou e foi abrir a porta do carro.

Dei tudo de mim e rosnei:

— Gordon. Eu disse *pare*. — Saiu de mim como uma tempestade sobre um vale, sombria e elétrica.

Gordon parou.

Os lobos ao meu redor ganiram e olharam para baixo.

Ouvi Osmond sair na varanda e surgir atrás de nós murmurando:

— Mas que merda foi essa?

— Você não entende, Ox — disse Gordon. Sua voz soou áspera.

— Eu sei.

— Você não sabe o que ele fez.

— E você nem sabe se foi ele.

Suas mãos se cerraram em punhos nas laterais.

— A magia tem uma assinatura, Ox. É como uma digital.

— Mas você disse que ela foi tirada dele. Como ele a teria conseguido de volta?

Gordon balançou a cabeça.

— Não sei. Existem… formas. Mas. É sombrio. É uma porra de magia sombria e eu não consigo nem começar a pensar no que isso significa. — Ele abriu a porta do carro.

— Você não pode ir.

Ele suspirou.

— Ox. Não posso fazer nada aqui. Não sou do bando. Tenho que descobrir…

— Não me importa. Não me importa o que você pensa do bando ou de merda nenhuma. Você vai ficar aqui e vamos trabalhar juntos nisso. Nada mais importa. Preciso de você, cara. Sabe disso. Não posso fazer isso sozinho.

— Você não está sozinho. O bando está aqui.

— E quem estará com você? Você é *meu bando.* — Sabia que estava fazendo chantagem emocional, mas não ligava. Eu não sabia o que tudo isso significava. Não sabia quem eram aquelas pessoas, exceto por histórias de terror.

— Maldição — murmurou. — Você é foda, Ox.

— É.

Esperamos ali. No escuro.

Em seguida:

— Ox, e se for ele? — E a voz soou pequena. Engasgada. Eu nunca o ouvira soar assim em todos os anos que o conhecia.

Avancei um passo e coloquei a mão em seu ombro. Gordon estava tremendo.

Pensei em tudo que eu poderia dizer. E em tudo que não poderia por causa do que não sabia.

Eu disse:

— Você não está sozinho.

Ele estremeceu ao ouvir a frase. Não sei se foi bom ou ruim.

— Você se lembra? De como foi quando o meu pai foi embora?

Ele assentiu com a cabeça.

— Fiquei com medo.

— Ox...

— Mas você me ajudou a não ter medo.

— Foi?

E aí falei:

— Agora é a minha vez de fazer o mesmo por você.

Ele se virou tão depressa que quase me derrubou. Mas então Gordon me abraçou e senti a magia nele, os redemoinhos de formas e cores, e procurei pelo verde, o alívio. Estava ali, enterrado sob os tons de violeta e azul e vermelho e laranja.

Dentro de casa novamente, eu disse:

— Joe.

— Ox — respondeu ele, e me pegou pela mão. Conduziu-me para longe dos outros. Eu sabia que ainda poderiam escutar, se quisessem. Mas sabia que Thomas não permitiria.

Encontramos um canto escuro da casa, longe dos olhos atentos. Longe da luz.

Seus olhos brilharam no escuro.

— Não vou permitir que nada lhe aconteça — disse ele.

— Eu sei.

— Ele virá.

— Eu sei — respondi.

Joe suspirou.

— Ele quer ser Alfa.

— Thomas.

— Ou eu. Para atingir meu pai. Já tentou uma vez. Poderia tentar novamente.

— Por quê? Por que você? Por que Thomas?

— Existem coisas, Ox. Eu juro… Apenas. Há coisas que você não sabe. Eu nunca…

Tentei conter minha raiva. Consegui. Ele não merecia. Não depois de tudo que aconteceu.

Mas saber que escondiam coisas de mim. Que Joe tinha…

Eu não queria me irritar.

Falei:

— Ah?

Joe pareceu chateado.

— Não é isso.

— Para mim, parece bem claro o que é.

— Ox.

— Sou parte do seu bando.

— É.

— E seu parceiro.

— *É* — concordou ele.

— Mas você escondeu coisas de mim.

E Joe falou:

— Não por escolha.

— Sempre existe escolha — falei, jogando na cara suas próprias palavras.

Ele ganiu baixo na garganta.

— Não é…

— O que ele é? Thomas, quero dizer.

— Eu jamais mentiria para você. — Joe soou suplicante.

Coloquei a mão em sua nuca e toquei minha testa na dele. Seus olhos brilhantes estavam nos meus, sem desviar.

— Eu sei — falei, porque sabia. Disse a mim mesmo que sabia.

Joe esfregou o nariz no meu e disse:

— Ele era o maior de todos os Alfas. Era o líder. Encarregado de todos os lobos. Ele abdicou quando me sequestraram. E durante anos tivemos líderes interinos. Mas é a linhagem Bennett. É um direito de nascença. E pertence a mim.

Ele foi liberado depois do que aconteceu com Joe. Ele os informou que, pelo bem da família, tinha que ir, e talvez um dia Joe estivesse pronto.

Eles não queriam, é claro. Osmond e os homens como ele, em posição de poder. Houve conselhos. E organizações. Reuniões de lobisomens. Encontros de Alfas.

Prosseguiram mesmo sem Thomas.

Ele abriu mão do seu papel para salvar o filho.

E depois nunca mais voltou.

Não foi à toa que Osmond teve um ataque ao constatar que sou humano. Sendo cortejado por Joe.

Joe seria o próximo grande líder.

Exatamente como me disse que seria quando criança.

Eu devia ter me esforçado mais.

Devia ter feito mais perguntas.

Mas quando o fantástico se revela diante dos seus olhos, é fácil ignorar todo o resto.

a fera/fogo e aço

Eles a levaram no segundo dia, no crepúsculo.

Estávamos preparados. Nós estávamos. Estávamos.

Estávamos.

Repeti para mim mesmo todos os dias desde então.

Estávamos.

Juro por Deus. Por tudo que tenho.

Estávamos.

Mas não o suficiente. Nunca era o suficiente. Nunca *seria* o suficiente.

Minha mãe disse:

— Preciso ir para casa. Buscar algumas roupas. Um uniforme para trabalhar amanhã.

— Vou com você — falei.

— Fique aqui. É só descer a rua. Você está muito ocupado.

E estava. Treinando. Com Thomas. Joe. Os outros. Osmond me observava atentamente. Parecia que eu tinha que lhe provar alguma coisa. Sabia o que eu era. Minha posição. No bando.

Com Joe.

Eu disse:

— Você não pode ir sozinha.

— Mandarei dois dos meus com ela — ofereceu Osmond.

— Tudo bem — respondi.

Tudo bem.

Eu disse *tudo bem*. Como se não fosse nada. Como se não fosse absolutamente *nada*.

Elizabeth e Mark estavam do lado de dentro. Carter e Kelly se arranhavam e se cortavam à minha direita. Gordon conferia as barreiras que cercavam a cidade. Osmond nos observava indo e voltando, mas seus olhos continuavam se virando para mim. Eu era algo que ele não conseguia decifrar. Ele estava cauteloso. Curioso. Desde que meu tom de voz tinha feito os Betas dele tremerem.

Eu estava distraído.

Falei:

— *Tudo bem*.

— Você precisa de alguma coisa? — perguntou ela, como se não fosse nada. Como se não fosse *nada*.

Balancei a cabeça. Limpei o suor da testa. Desviei para a esquerda quando Joe veio para cima de mim. Girei uma vez. Soquei a nuca dele. Fiz com que tropeçasse.

Respondi:

— Não. Estou bem. — Porque estava. Tudo bem. Eu estava bem. O desconhecido vinha em nossa direção, um monstro capaz de coisas horrendas, mas eu estava com a minha família. O sol brilhava no alto. Havia poucas nuvens no céu. Dava para escutar os pássaros. Dava para sentir o cheiro das árvores e da grama. Era verde. Era tudo tão verde que até as bordas violeta estavam distantes porque éramos um *bando*. Éramos mais fortes do que qualquer coisa que pudesse nos atacar e, se Richard Collins desse as caras, seria a última coisa que faria na vida. Se Robert Livingstone aparecesse cheirando a ozônio e raios, arrancaríamos a magia da sua pele e ele não seria mais nada. Era uma promessa. Por causa de Joe. Por causa do que ele era. Para o bando. Para pessoas como Osmond. Para mim.

Eu estava focado.

Não fiz as perguntas que deveria ter feito.

Por que o pai do Gordon estaria com Richard Collins.

O que eles queriam.

O que buscavam.

(Quem era o elo fraco. Quem seria o mais fácil de derrubar. Quem poderia ser destruído. Quem era gentil e belo e não merecia uma atitude tão covarde, uma coisa monstruosa que…)

Minha mãe disse:

— Já volto.

E Joe me atacou novamente.

Thomas observava com olhos cautelosos.

Carter e Kelly rosnavam e corriam.

Osmond apontou para dois de seus Betas e eles seguiram minha mãe.

Eram caras grandes.

Não me preocupei.

Estávamos seguros aqui. Na terra dos Bennett. No território Bennett. Com as barreiras de um bruxo e uma floresta cheia de magia antiga que eu jamais entenderia. Mas eu não precisava entender.

Porque meu Alfa entendia.

E ele nos protegeria.

Soube que havia algo de errado vinte minutos mais tarde.

Minha mãe era do bando. Ela era.

Mas não era como eu.

Eu era ligado aos Bennett.

Os nossos laços eram fortes. Quando a lua estava cheia, podia ouvi-los sussurrando na minha mente.

Mas isso tinha passado.

Era lua nova.

E ela não tinha os mesmos laços que nós.

Ela era ligada a eles por minha causa.

Os lobos estavam em mim.

Ela percorria as beiras, pequenas explosões brilhantes de luz.

Mas eu soube.

No início foi pequeno. Só um puxãozinho em algum lugar no fundo da minha mente.

Thomas observava Carter e Kelly e Joe.

Dei um gole d'água. Estava gelada e doce e aquele puxãozinho coçou.

Eu disse:

— Ei.

Eu disse:

— Quanto tempo?

Eu disse:

— Faz quanto tempo que eles foram?

Osmond franziu a testa e respondeu:

— Vinte minutos. Por aí.

Peguei meu telefone. Mandei uma mensagem.

pq estão demorando tanto

E esperei.

Comecei a suar.

Então veio uma resposta: *Estou acabando. Pode vir me ajudar rapidinho?*

E eu respondi *claro*.

— Já volto — falei para Osmond. — Ela precisa de ajuda.

— Ox.

Olhei para ele.

— Deixa pra lá — disse, após uma hesitação.

Passei pela casa.

Elizabeth e Mark estavam na cozinha. Sorriram para mim quando passei. Foi forçado, mas estavam tentando.

— Tudo bem, Ox? — perguntou Elizabeth.

— Sim. Minha mãe precisa de uma ajuda rápida em casa.

Mark disse:

— Espere um pouco. Vou com você.

Balancei a cabeça.

— Não precisa. Acho que não vai demorar.

— Ox...

Eu ri.

— Está tudo bem. Prometo.

— Só... seja rápido. Tudo bem?

— Tá.

E eu *fui* rápido. Atravessei o gramado até a minha casa. Mantive os olhos e os ouvidos atentos pois aprendi que tinha que ser assim. As barreiras estavam de pé, com certeza. Eu estava cercado por lobos. Fazia parte de um bando. Eu era grande e forte. Meu pai me disse que eu ia sofrer, mas ele estava morto e enterrado e eu estava vivo. Era importante para alguém. Para muita gente. Tinha amigos. Tinha família. Talvez eu fosse encontrar sofrimentos, mas rebateria com presas e garras.

Caminhei com propósito.

Estava atento.

Não havia nada errado.

Nada parecia estranho.

Eu era humano, mas tinha desenvolvido meus instintos.

Estava tudo bem. Tudo bem.

Mas mesmo assim fui com cautela.

Entrei pela porta lateral na cozinha.

Assim que fechei a porta, senti como se um cobertor molhado tivesse caído sobre mim.

Silêncio. Escuridão.

O ar tinha um cheiro forte, quase como fumaça.

Os laços do bando estavam lá, mas cinzentos e fracos. Abafados.

— Mãe?

E um homem disse:

— Olá.

Ele estava apoiado na bancada perto da pia. Era alto. Esguio. Cabelos castanhos e ralos. Pequenas rugas acentuadas em volta dos olhos. Um nariz afiado e angular sobre dentes retos. Pele bronzeada sem uma marca visível. Ele sorriu para mim e foi um sorriso *gentil*. Cheio de riso. Alegria.

Ele estava *satisfeito*.

— Ox, certo? — falou.

Dei um passo cauteloso porque sentia o *errado errado errado*.

— Cadê a minha mãe?

Ele inclinou a cabeça, o sorriso desbotando levemente.

— Que grosseiro — disse ele. — Eu te fiz uma pergunta.

Não respondi nada.

Ele suspirou.

— Ox.

Ela guardava a prata verdadeira em um armário do outro lado da cozinha. Eu poderia...

— Certamente ouvi histórias sobre *você* — continuou. — O humano que corre com lobos. O homem num bando de lobisomens. Diga-me, Oxnard. Você sente o apelo do lobo dentro de si? Ele arranha o tecido humano que cerca seus ossos humanos?

— Onde ela está? — Aquele sentimento de peso não desaparecia e fiquei imaginando se era essa a sensação de ser dominado pela magia. Se Gordon se sentia assim o tempo todo.

Ele franziu a testa.

— Eu te fiz uma pergunta.

— Não sou um lobo.

— Eu sei *disso*. Estou ciente *disso*. Não foi o que perguntei.

— Não. Não sinto.

— Que mentira. Por que mentiria para mim, Ox?

— Sinto muito. Por favor. Onde ela está?

— Eles não podem ouvi-lo, sabe.

— Quem?

— Seu bando. Eles não sabem que tem algo… errado. É poderoso. O feitiço.

— Conte-me.

— Você sabe quem eu sou? — perguntou ele. Seus olhos eram brilhantes e verdes até serem consumidos por laranja. Mas não era o laranja em tom de Halloween ao qual eu estava acostumado, vibrante e vivo. Não, esse laranja era apodrecido.

— Não.

— Mais uma mentira. Ox. Eles não te ensinaram *nada*?

Respondi:

— Não faça isso.

Ele riu.

— Fazer o quê?

— Machucá-la.

— Ah. Sim. Claro. Você pode impedir isso, Ox. Se quiser.

— Como?

— É muito simples, na verdade. Dê-me Joe e Thomas Bennett e devolvo sua mãe. Você os chamará e pedirá que venham aqui. Não me importo com o que tenha que dizer para trazê-los. Só os dois e ninguém mais. Se eu sequer *desconfiar* que você está tentando contar para eles, pintarei as *paredes* com o sangue dela.

— Você não pode…

— Aí que você se engana. Porque eu *posso*. E mais: *estou* fazendo. Está acontecendo, Ox. Enquanto conversamos. Enquanto você respira. Aqui parado com seu coraçãozinho de coelho.

— Você *não pode*…

— Ox. Ox. Não pode discutir comigo. Não sobre isso. Sou uma *fera*. Fui feito assim pela força e pela loucura dos homens e faz tempo que deixei de negar o que sou. Tomarei o que é meu por direito e tudo ficará bem.

— Não precisa fazer isso. — E minha voz *se partiu*.

— Você tem uma escolha a fazer, Oxnard. Depressa. Tem um minuto para decidir.

Dei um passo em direção a ele, com as mãos cerradas em punhos nas laterais. Minha cabeça doía e eu só conseguia pensar *MÃE* e *JOE* e *THOMAS* e sentia tanta *raiva*. Tanto *ódio* por esse homem, esse sujeito de aparência enganosamente simples, poder entrar na *minha* casa e tentar tirar tudo de mim. Tudo que eu tinha. Tudo que havia construído.

Eu disse:

— Richard Collins.

Ele sorriu. Abaixou a cabeça. Estendeu as mãos em um pequeno floreio.

— A seu dispor.

Seus olhos apodrecidos brilharam novamente.

— Vou matá-lo. Por tudo que fez — falei.

Seu sorriso se ampliou. Os dentes eram mais lupinos do que humanos.

— Dá para perceber por que Thomas gosta de você. Humano ou não, tem alguma coisa diferente em você, não tem? Quarenta e cinco segundos, Ox.

— Não faça isso. Leve a mim. Deixe-os em paz. Vou com você.

Seu sorriso desbotou.

— Você se sacrifica assim tão rápido?

— Apenas me leve. — Dei mais um passo para a frente. — Irei quieto. Para onde quiser.

— Vai me matar, vai comigo, qual dos dois vai ser? Você está confundindo a situação, Ox. Quão fugaz é a vontade do homem.

Tive dificuldade de respirar.

— Trinta segundos, Oxnard. E não tenho utilidade para um humano, a não ser para obter o que desejo. Você não me serve.

E mais um passo e lá estava ela. Pude vê-la. Na sala. Havia outros homens com ela. Ômegas, todos eles. Os olhos violeta brilhavam, e minha mãe... meu Deus, minha *mãe* estava de joelhos, me encarando. Com uma mordaça na boca. Lágrimas nas bochechas. Ela me viu e arregalou os olhos e se inclinou na minha direção, e um dos Ômegas a agarrou pelo cabelo, puxando-a para trás e...

— Vou matá-los — respondi com a voz rouca. — Todos vocês. Cada um. Juro. Juro por tudo que tenho.

Eles riram.

Os Betas de Osmond estavam ajoelhados de cada lado dela, com sangue pingando de ferimentos que não tinham fechado. Que não iam fechar.

— Quinze segundos — disse Richard.

— Não estou com meu telefone não está comigo não está eu juro que não. — E não conseguia *respirar* porque eram *MINHA MÃE* e *JOE* e *THOMAS* e ele queria me fazer *escolher*, queria me obrigar a *decidir* entre eles.

— Matem os Betas — falou ele, e antes que eu pudesse dar mais um passo dois Ômegas avançaram e agarraram a cabeça dos lobos ajoelhados. Um rápido movimento de pulsos e ouvi um estalo e um estouro de ossos quebrando e eles caíram no chão, as pernas sacudindo e as mãos se transformando em garras. As cabeças tinham sido giradas com tanta força que a pele tinha rasgado e o sangue escorria. Não havia como se recuperar disso. Não tinha como curar. Os Ômegas olharam de cima para eles e esperaram até que morressem. Não demorou muito.

— Estou falando sério, Ox — continuou Richard de maneira calma. — Existem coisas das quais preciso. Coisas que precisam ser feitas antes que eu possa me retirar daqui. Farei qualquer coisa para levar o que é meu, o que me é devido. Não enxerga isso? Ox, ela está *assustada*. Esta é sua *mãe*. Você não firmou a parceria com Joe. Ainda não. Pode encontrar outro. Encontrará um bom garoto ou garota pelo caminho, mas jamais terá outra *mãe*, Ox. Ela é única. Por favor, não me faça machucá-la. Eu me sentiria tão *mal* com isso. Sentiria. Mesmo.

E eu sabia disso. Sabia. Sabia. Ela era única. A única que eu teria.

— Vou lá buscá-los — falei. — Prometo. Vou buscá-los e trazê-los para cá.

Richard suspirou.

— Ox. Ox. Ox. Não é assim que funciona. — Ele soou muito desapontado. Caminhou na direção da minha mãe.

Contemplei-a, e voltei a ter sete anos. Ou seis. Ou cinco e estava olhando para minha mãe, perguntando o que fazer, implorando para que ela me dissesse *que porra eu devia fazer* porque tudo era *violeta* e *azul* e eu só conseguia enxergar *vermelho*.

E minha mãe olhou para mim. Com aqueles olhos escuros. Não chorava mais. Seu rosto estava molhado, assim como os olhos, mas não caíam mais lágrimas. Havia fogo e aço enterrados numa decisão fria e ela simplesmente *olhou* para mim e eu soube. Soube o que ela estava fazendo.

Estava sendo corajosa e tola e a detestei.

Eu a detestei por isso.

Porque ela estava fazendo a escolha por mim.

Estava se despedindo.

Eu disse:

— Não. Não, não, não. — E dei um passo em direção a ela.

Os Ômegas rosnaram.

Richard estava a alguns passos de distância.

E os olhos dela voaram para trás de mim, para a porta por onde eu tinha entrado. A porta pela qual estava me mandando correr quando ela se movesse.

— Mãe.

Ela fez que sim com a cabeça.

Richard disse:

— Isso é tocante. Última chance, Ox.

— *Mãe* — chamei, rouco.

Ela sorriu em volta da mordaça. Um sorriso brilhante e luminoso que foi a cena mais terrível que já vi.

E então *se moveu*.

Foi graça. Beleza. Fluidez, como água e fumaça. Ela se encolheu e então se levantou mais depressa do que eu jamais tinha visto. A cabeça foi para trás, atingindo o Ômega atrás dela. Ele gritou quando o nariz quebrou e cambaleei para trás porque se me *movimentasse* rápido o bastante, se eu saísse da casa e me afastasse da magia que me enforcava, então poderia chamar meu bando e eles nos salvariam, salvariam *minha mãe*, e nunca mais ficaríamos sozinhos outra vez.

Exceto que a mão de Richard se curvou em garras pretas.

Seu braço se ergueu no ar.

Eu me lembrei do meu aniversário de dezesseis anos, quando dançamos na cozinha.

O jeito como ela sorriu para mim.

A bolha de sabão na minha orelha.

Como ela tinha *dado risada*.

E enquanto eu atravessava a porta para cantar para que minha família viesse, a mão da fera atingiu a garganta dela.

O chão ficou molhado em seguida. Em torno dela.

O ruído que ela emitiu foi molhado.

Os olhos estavam molhados. Os lábios.

E o pescoço dela. O pescoço.

O *pescoço* dela.

E ela começou a cair e eu abri a porta e a magia *me segurou* e *puxou* e gritei minha canção de perda e pavor e *forcei* a passagem.

Quando saí do outro lado, havia um buraco no meu coração onde um laço havia rompido. E eu soube. Eu soube, eu soube, eu soube.

E então cantei. Eu me arrastei com as mãos e os pés e *cantei*.

Cantei pela minha mãe, do fundo da alma e com o coração partido.

Eles souberam. Meu bando. Assim que minha canção chegou aos seus ouvidos, eles souberam.

Os uivos em resposta foram de raiva e fúria e desespero.

E me arrastei em direção a eles, chamando, implorando que acabassem com a dor. Implorando que fosse um sonho. Um pesadelo. Mas eu já tinha lido que não era possível sentir dor real nos sonhos. Lembrei-me disso através do torpor da magia e da escuridão. Lembrei. E não tinha como ser sonho, então, porque tudo que eu sentia era dor. Rolei sobre meu corpo até engasgar de dor.

Joe foi o primeiro a me alcançar como lobo, com farrapos de roupas que não perdeu tempo descartando. Encostou em mim e tremeu comigo, ganindo profundamente enquanto esfregava o nariz em mim. Ele se transformou e rosnou:

— Ox, Ox. Por favor. Por favor, olhe para mim. Por favor. Onde está? Por que está com cheiro de sangue? Ele o machucou? Por favor, não esteja machucado. Por favor, me diga o que há de errado. Você não pode estar ferido. Não pode. Nunca pode se ferir. — E passou as mãos em mim, tentando encontrar um ferimento.

Lobos passaram voando, correndo para a casa.

O sol estava se pondo atrás das montanhas.

Joe pegou minha cabeça com as mãos e beijou minha testa, minhas bochechas, meu queixo.

Ele disse:

— Desculpa. Desculpa. Desculpa. — Como se fosse sua culpa. Como se *ele* tivesse feito isso.

E por um instante, um instante absurdamente terrível, eu também achei que fosse. Que fosse culpa de todos eles. Dos Bennett. Porque, se eles jamais tivessem voltado, se jamais os tivesse conhecido, ouvido falar deles ou visto seus segredos se desdobrarem diante dos meus olhos, minha mãe ainda estaria comigo. Seríamos mais tristes. Mais quietos. Mais solitários.

Mas *seríamos*.

E o instante passou.

Passou porque tinham me dado uma escolha. Entre ela e eles.

E eu havia escolhido.

O ar estava quente e os pássaros cantavam e as mãos de Joe eram macias, mas não senti *nada*. Não ouvi *nada*.

Não tinha lágrimas no rosto.

Não chorei porque meu pai disse que homens não choram.

Afastei as mãos de Joe e me levantei.

Thomas saiu de dentro da minha casa. Ele havia se transformado em homem novamente. Agarrou a grade da varanda e fechou os olhos. Osmond saiu atrás dele. Dava para ouvir os outros se movimentando dentro da casa.

Perguntei:

— Cadê ele?

— Fugiu para a floresta — respondeu Thomas.

— Consegue rastreá-lo?

Thomas deu um passo em minha direção.

— Ox. Eu…

— Consegue rastreá-lo? — repeti.

Osmond disse:

— Sim. Mas é isso que ele quer. Quantos?

— Cinco ou seis — falei. — Todos Ômegas.

Osmond fechou os olhos.

— Estão se reunindo sob ele. Ele os está liderando. Haverá outros. Está tentando se tornar o Alfa dos Ômegas.

Elizabeth saiu, o rosto pálido. Ainda estava vestida, então provavelmente não tinha se transformado. Ela passou por Osmond e Thomas e me alcançou antes de chegar ao último degrau. Seus braços me envolveram e ela me apertou. Os meus continuaram nas minhas laterais.

Ela falou:

— Ox.

— Vamos encontrá-lo. Hoje — falei. Não tirei os olhos de Thomas.

— Ah, Ox — disse ela, e sua voz estava entrecortada.

— Ele não vai fugir — declarou Osmond. — Isso foi planejado.

— Chame Gordon — ordenou Thomas. — Precisamos agir rápido.

Fiquei sentado na varanda, com meu pé de cabra em mãos.

O bando se reuniu ao meu redor. Joe não saiu do meu lado.

Nunca senti tanto frio antes.

Estava completamente escuro quando Gordon voltou.

Ele saltou do carro e disse:

— Ox.

Levantei.

— Sinto muito — falou ele.

— Por quê?

— Pelo que aconteceu. Eu… fiz algumas ligações. Vão cuidar dela.

— O que significa isso?

— Não vou deixar que nada aconteça a ela.

Era tarde demais para isso.

— Que bom.

Ele deu um passo para a frente.

— Posso levá-lo daqui. Para longe disso tudo.

E os lobos rosnaram ao meu redor.

Ignorei.

— E ir para onde? — perguntei.

— Para onde quiser. Podemos deixar Green Creek e nunca mais olhar para trás.

Joe se levantou e se moveu na minha frente.

— Afaste-se — rosnou ele, e eu sabia que seus olhos estariam laranja.

— Joseph — disse Thomas, a voz de Alfa sobressaindo. — Recue.

Joe pareceu ter sido atingido. Ele falou:

— Ox. Você não pode.

— Pode. Ele pode fazer o que quiser — retrucou Gordon.

— Posso? — indaguei.

— Pode — respondeu Gordon. — Qualquer coisa.

Virei para Thomas.

— Posso?

— Pode, Ox — confirmou ele baixinho.

— Ótimo — falei. — Quero caçar Richard Collins e matá-lo.

Ninguém falou nada.

Em seguida:

— Ox — disse Gordon, como se engasgasse. Deu mais um passo em minha direção.

Minha mão apertou mais o pé de cabra.

— Não é isso que ela ia querer — argumentou ele.

— Não me diga o que minha mãe ia querer. — Minha voz tremeu. Não sei se de tristeza ou raiva. — Não ouse. — Porque ela ainda estava na nossa casa em uma piscina de sangue e ele não podia falar nada sobre ela. Elizabeth tinha me dito que a cobriu com um lençol, e eu quis agradecer, mas não falei nada pelo grau de *irrelevância* disso. Uma porra de um *lençol*.

— Por favor — continuou Gordon. — Deixe-me levá-lo daqui. Para longe disso tudo.

— Não fujo das coisas — falei da forma mais fria que consegui. — Não sou você.

E ele deu um passo para trás, arregalando os olhos.

Uma mão no meu ombro. Achei que seria Joe. Ou Thomas. Ou Elizabeth.

Mas não era.

A pegada apertou com um leve indício de garras quando Mark disse:

— Pare, Ox. Sei que dói. Sei que arde como nada que já tenha sentido antes. Mas *pare*. Não é culpa dele. Não diga nada que não poderá retirar depois.

Rangi os dentes ao engolir as palavras que eu sabia que machucariam. Esse era o perigo de conhecer e amar os outros. Você sempre sabia coisas que podia jogar na cara deles.

Eu era capaz de fazer isso. A maioria das pessoas era.

Mas foi uma questão de escolha.

Então engoli a dor (*é culpa dele é culpa sua é culpa de* todos *vocês porque trouxeram isso para cá fizeram isso acontecer por que não nos deixaram em paz por que joe teve que me dar o lobo eu odeio todos vocês*) e perguntei:

— Vão me ajudar?

— Ox. Isso… Isso não é o fim, tudo bem? Prometo. Parece que é. Você sente que é. Mas não é o fim. Juro para você — insistiu Gordon.

E então Osmond falou:

— Gordon, você precisa saber. Tinha uma... umidade. Na casa dos Matheson. Poderosa. Não apenas emudeceu os laços. Atuou de forma a impedir que qualquer pessoa fora da casa pudesse sentir qualquer agitação lá dentro.

— Meu pai. As barreiras do norte foram modificadas. E não senti as modificações. Ele é o único que poderia ter feito isso. Parecia coisa dele. Mas diferente.

— Você pode alterá-las novamente? — perguntou Osmond.

Gordon assentiu com a cabeça.

— Sou melhor do que antes. Ele não sabe disso. Ele pode ter visto a complexidade delas antes, mas não saberá quão profundas podem ser. Era como uma infecção na superfície. Eu as curei.

Os lobos de Osmond apareceram no escuro.

— Norte — disse um deles. — Foram na direção noroeste.

— Quantos?

— Uns dez. Talvez mais. Talvez menos.

Osmond olhou para Thomas.

— O que tem a noroeste daqui?

— Uma clareira — respondeu Thomas. — Que usamos com frequência. Ele a conhece. Brincávamos lá quando crianças. É um lugar sagrado para a minha família.

— Ele está descontrolado — comentou Osmond em voz baixa. — Entrando no seu território. Conhecendo a magia desta floresta. É *antiga*, Thomas. E longe de uma lua cheia? Ele não pode achar que vai vencer.

— Ele provavelmente ouviu histórias sobre o rei caído — falou Thomas. Sua voz soou amarga e sombria. Foi a primeira vez que o ouvi assim. — Sem dúvida acha que sou fraco. Que basta nos dividir para conquistar. Começou com os humanos porque a única coisa que ele sabe sobre os humanos é que eles são mais fáceis de quebrar. Não esperava encontrar força neles.

Suas palavras denotavam orgulho, mas não senti nada com elas. Não conseguia.

Ele olhou para mim e disse:

— Se eu te pedisse para confiar em mim e ficar aqui, você ficaria?

— Não.

— Ox.

— Não é justo — falei.

O vermelho passou pelos olhos dele. Senti a atração, a necessidade de obedecer nas minhas profundezas.

— Poderia obrigá-lo — declarou ele. — Você sabe que eu poderia.

— Mas não faria isso.

— Ah? E por que não? Sou seu Alfa. Você deve me obedecer.

— Você não é assim. E espero que se lembre disso. Mas não vou ficar aqui. Aonde vocês forem, eu irei.

Ele pareceu triste.

— Às vezes vamos a lugares onde outros não podem nos seguir.

— Ele tirou minha mãe de mim. — Minha voz tremeu.

— Eu sei.

Então ele deu um passo adiante. Foi andando até estar na minha frente. Colocou a mão no meu pescoço e me puxou para perto, meu rosto na garganta dele. Um ronco tranquilizante subiu pelo seu peito e ele sussurrou:

— Sinto muito que isso tenha lhe acontecido. Gostaria de poder retirar toda a dor que está sentindo. Mas não o faria, mesmo que pudesse, porque a dor mostra que está vivo. Que está respirando. Que pode dar mais um passo. E aonde você for, também irei. Vamos acabar com isso e então nosso bando ajudará sua mãe a descansar. Você não está sozinho, Ox, e nunca estará.

O pé de cabra caiu no chão quando o abracei forte.

Mesmo assim não chorei.

alfa

Eles estavam nos esperando na clareira. As estrelas cintilavam com intensidade no céu, e os olhos violeta dos Ômegas luziam no escuro. Contei quinze. Todos lobos. Ômegas não deviam se agrupar assim. Era quase como se fossem um bando. Não tinham um Alfa, ainda não, então não podiam ser Betas. Mas pareciam unidos, de alguma forma.

Richard disse:

— Thomas.

E Thomas falou:

— Você não devia ter vindo aqui.

Richard riu.

— Você sabia que isso ia acontecer um dia. — Ele olhou para mim antes de voltar os olhos para Thomas. — Humanos, Thomas. Sério? Ainda? Não aprendeu nada com o passado? Deveria estar me agradecendo por cuidar desse problema para você.

Eu não era Alfa, mas camadas de vermelho caíram sobre meus olhos e tudo que eu conseguia pensar era *morte* e *assassinato* e *sangue*.

Thomas respondeu:

— Esse sempre foi o seu problema, Richard. Você subestima o valor daqueles que considera inferiores. Só porque não consegue apreciar o valor deles, não significa que não exista.

Os olhos de Richard brilharam.

— Sua idolatria era divertida há trinta anos. Mas já perdeu o significado.

A voz de Gordon soou baixa quando perguntou:

— Cadê ele?

Richard sorriu.

— Quem?

— Você sabe quem.

— Ah. Mas eu só quero ouvi-lo dizer.

Era um jogo para ele. Tudo isso.

— Meu pai.

— Sim. Ele. Ele tinha… outros assuntos para resolver. Enviou seus cumprimentos. Tenho certeza de que o verá logo. — Examinou o restante de nós até parar em Joe. — Ora, *você* certamente cresceu. Olá, Joseph. Que prazer vê-lo novamente.

E isso bastou. Só isso. Não mais. Comigo ele podia falar como quisesse. Podia falar merda para Thomas. E Gordon. Eles davam conta. Conseguiam. Mas esse cara tinha matado minha mãe e agora estava falando com Joe e para mim bastava.

Mas aparentemente para Carter e Kelly também, porque eles *voaram* enquanto eu rosnava, as garras esticadas, os dentes expostos.

Segui porque eram meus irmãos.

Segui por causa da minha mãe.

Segui por Joe.

Os laços estavam lá. Entre todos nós.

Éramos um bando. Eles estavam em maior número, mas ainda éramos um bando.

Ergui o pé de cabra e ataquei um braço que veio na minha direção. Ossos quebraram antes que as garras rasgassem minha barriga. O Ômega gritou quando sua pele queimou com o toque da prata. Ele começou a se transformar no seu lobo, mas girei agachado, me lançando para cima contra ele no meio do processo, empunhando o pé de cabra como um taco de golfe. O choque do impacto sacudiu minhas mãos quando a mandíbula do Ômega quebrou. Pedaços de dentes e sangue esguicharam da boca e se espalharam por seu rosto à medida que recuava com um espasmo. A curva do pé de cabra deslizou sobre a pele embaixo da mandíbula e enganchou nos dentes. Puxei com toda a força que consegui e arranquei a mandíbula do crânio.

Uma linha de fogo atingiu minhas costas. Rosnei e cambaleei. Em algum lugar à direita, Joe rugiu furioso, ou para a Ômega que me atingiu por trás ou para alguma outra coisa, eu não sabia.

Virei para a Ômega atrás de mim. Ela tinha sangue no rosto. Fez uma careta para mim e me fez lembrar de Marie.

Ela disse:

— Sua mãe vai começar a apodrecer em breve. Vai se decompor e se encher de gás. Ela vai *inflar*.

E eu sabia o que ela estava fazendo. Thomas havia me ensinado. Raiva e ira provocavam ímpetos de poder e força às custas de precisão. Era fácil afundar no brilho vermelho porque ele consumia tudo. Mas te deixava desleixado.

Ela estava jogando uma isca.

E chegando perto.

Porque estava falando da minha *mãe*.

Maggie Callaway nunca machucou ninguém. Ela aturou merda a vida inteira, e tudo que queria era ser feliz. Nunca pediu muita coisa. Não *precisava* de muita coisa. Tinha a mim. E em determinado momento passou a ter o bando também.

E foi tirada de nós.

De mim.

Mas chegou perto porque a Ômega tinha *razão*. Eu podia sentir a raiva me puxando para baixo. Sangue pingava pelas minhas costas, e a dor era forte e intensa e *estava tão perto*. Mas aí ouvi um *ping* através dos laços do bando. Um pulso. Atingiu-me e o absorvi e dizia *lar* e *confiança* e *tristeza* e *amor*.

E faltava uma parte. Porque *ela* estava morta.

Era ácido na minha pele.

Gelo nas minhas veias.

Eu disse:

— Você não devia ter vindo aqui.

E fui *claro*. Fui *preciso*. Dei um passo para a frente e as garras vieram na direção do meu rosto, cobertas pelo meu sangue. Ela era rápida. Desviei, fingindo que ia para a esquerda, mas indo para a direita. Golpeei com o pé de cabra em um arco atrás dela, a ponta curva a acertando atrás da cabeça.

Ela gemeu, um ruído baixo e gutural. Respirou. Soltou um barulho engasgado.

Agachei e deslizei o ombro direito sob o pé de cabra. Estava firme na cabeça dela quando o agarrei com as duas mãos. Rangi os dentes e fiquei de pé. A Ômega caiu atrás de mim quando sacudi o pé de cabra para a frente. O ímpeto a fez girar sobre as minhas costas, os pés para cima, aterrissando de cara no chão à minha frente. Ela se contorceu quando arranquei o pé de cabra. Eu o ergui sobre a cabeça e a golpeei de novo e de novo e de novo.

Fui atingido pelo lado direito. A força do impacto me lançou contra uma árvore, o ombro primeiro, a cabeça batendo no tronco. Havia estrelas e luzes brilhando. Caí no chão e pensei *levante levante levante*, mas nada aconteceu. Era mais fácil ficar no chão.

Ouvi rosnados e rugidos furiosos ao meu redor.

Minha visão não clareava.

Fechei os olhos outra vez.

Pensei em muitas coisas.

Como Joe.

E minha mãe.

Em como estava escuro.

No quanto minhas costas doíam.

No quanto minha cabeça doía.

No quanto meu coração doía.

— Ox! — gritou uma voz acima de mim.

Eu quis dizer para quem quer que fosse que eu estava bem.

Em vez disso falei:

— Vá embora.

A voz falou:

— Preciso de você.

E era *Joe*. Era *Joe* que estava ajoelhado ao meu lado. Eram as garras de *Joe* que se esticavam na minha pele. Era *Joe* que repetia meu nome sem parar e pedia que eu *me mexesse, abrisse os olhos, ficasse bem, apenas ficasse bem*.

Parte de mim tinha sido arrancada. Quebrada e destruída quando o sangue atingiu o chão.

Parte de mim ardeu e se reduziu a fumaça e cinzas e restos carbonizados.

Mas parte de mim ainda resistia.

A parte que pertencia a ele. A Gordon. Ao meu bando.

Abri os olhos. Minha visão estava turva. Pisquei uma vez. Duas. Uma terceira vez.

Lá estava ele acima de mim. Com seus olhos laranja. Suas presas afiadas. Semitransformado e preocupado.

Estiquei o braço e toquei seu rosto.

Ele fechou os olhos e se entregou ao toque.

Eu disse:

— Temos que terminar isso.

Ele abriu os olhos e falou:

— Está quase acabando.

Ele me puxou e *realmente* estava quase acabando.

Mas não da forma que eu esperava.

Estávamos espalhados demais. Eu não conseguia ver Carter nem Kelly, mas os ouvia rosnando em algum lugar na floresta, a raiva evidente. O laço entre nós estava esticado e esguio, pulsando com fúria.

Pensei ter visto um lampejo de Elizabeth, toda loba e graciosa, olhos brilhantes e dentes expostos, mas então ela desapareceu, com Ômegas se arrastando em seu encalço.

Mark estava encolhido no chão, respirando mal. Gordon estava na frente dele, as tatuagens brilhando, sangue pingando de um rasgo na testa. Um grupo de Ômegas os cercava. Gordon sorria. Seus dentes estavam sangrentos. Ele disse:

— É. Vem. *Vem.*

E aí tinha Thomas. O Alfa.

— Não — falei, porque ele estava sangrando por toda a pele exposta, semitransformado, olhos vermelhos e garras pingando. Havia Ômegas mortos estendidos a seus pés, entranhas entornadas no gramado da clareira.

Ele arfava, o peito subia e descia. Seu braço direito se pendurava inutilmente na lateral, um pedaço de osso exposto no antebraço, seu poder de cura não atuando ainda. Os ombros estavam curvados e as presas estendidas, e ainda mais Ômegas chegavam. Vinham em enxurradas das árvores e eu não entendia como podia haver tantos. Como tantos Ômegas podiam estar em Green Creek sem que soubéssemos. Sem que *Thomas* soubesse, porque aquela era a terra dele. Aquela era a *casa* dele e eu não conseguia *entender*.

Eles vieram em enxame para cima dele e ele rugiu.

As árvores sacudiram na floresta.

As estrelas brilhavam no céu.

E então fomos traídos.

Joe rosnou fundo e baixo na garganta, os músculos tremendo, pronto para se lançar em direção ao pai. Para ajudá-lo. Salvá-lo.

— Ei — disse Osmond e, quando viramos, espantados, ele agrediu Joe no rosto.

A força do golpe derrubou nós dois. Joe voou contra uma árvore, gritando quando suas costas estalaram terrivelmente, caindo e se contorcendo no chão.

Deitei no chão, perplexo, olhando as estrelas no céu acima. Pensei na minha mãe e por um instante me esqueci do fato de que ela estava deitada coberta por um lençol na nossa casa, com o sangue coagulando sob seu corpo.

— Minha cabeça está doendo, mãe — falei, mas as estrelas não responderam nada.

Em seguida as estrelas foram bloqueadas.

Osmond olhou para mim, a cabeça inclinada.

Eu disse:

— Você fez isso.

— Realmente não havia alternativa — respondeu.

Ele levantou o pé sobre o meu rosto. Fiquei imaginando se doeria ter o crânio esmagado.

Richard Collins falou:

— Deixe o humano em paz, Osmond. Ainda não acabei com ele.

Osmond afastou o pé, mas não saiu de perto de mim.

Virei a cabeça. A grama estava fresca na minha bochecha. Joe estava deitado a trinta centímetros de mim. Sua pele estava molhada de suor, o rosto contorcido em uma careta de dor. As mãos cerradas em punhos nas laterais.

— Joe — falei, ou ao menos tentei fazê-lo. O som saiu quebrado e fraco. Ele não me ouviu. Ou, se ouviu, estava com dor demais para conseguir responder.

Eu não estava mais vendo Gordon, e fiquei imaginando se ele continuava vivo.

Virei a cabeça para o outro lado. Precisei fazer mais esforço do que imaginei.

Os Ômegas tinham dominado Thomas e o jogado no chão. Estava ajoelhado diante de Richard Collins, e só de ver isso, só de *pensar* em Thomas se ajoelhando para *qualquer pessoa* fazia meu sangue ferver.

— Sabe — começou Richard —, eu esperava mais do grande Thomas Bennett. Estou um pouco… desapontado.

Sangue jorrou da boca de Thomas quando ele deu de ombros.

— Expectativas podem ser péssimas — respondeu, rouco. — Acredite em mim quando digo que estou tão desapontado com você quanto você comigo.

Richard assentiu com a cabeça.

— Eu tinha me esquecido do som dos ossos de Joe quebrando. O estalo molhado. Das costas, acho.

Thomas rosnou fundo na garganta, mas até eu pude ver que sua força se esvaía. Muitos ferimentos, pouco tempo para se curar. Era Alfa, mas não era imortal. Ele se debateu contra os Ômegas, mas eles o seguraram firme.

Richard continuou:

— Antes de morrer, quero que saiba. Eu o culpo. Por tudo. Minha família. Meu pai. Tudo. Cada pedacinho. Seus pais. Seu bando. Bruxos e lobos. Coloco todas essas mortes na sua conta e vou tirar sua vida por isso. Serei o Alfa, e vou *estuprar* seu território até que todos se submetam. A magia antiga será minha, Thomas. Assim como a sua mulher. E seus filhos. Você é um falso deus, indigno do que recebeu.

Eu não era um lobo. Era um humano que fazia parte de um bando de lobos. Eu não conseguia me movimentar como eles, não de verdade. Não conseguia me curar como eles. Não conseguia lutar como eles. Não tinha garras nem presas nem olhos cintilantes. Eu era o Ox, só isso.

Mas eles eram meus.

Essas pessoas tinham invadido minha casa e tirado coisas de mim. Tinham me trazido *sofrimento*, como meu pai disse que fariam. As pessoas me fariam *sofrer* porque eu era Oxnard Matheson, porque eu era um filho da puta burro que não conseguia sequer proteger a própria família.

Mas não mais.

Não mais.

Eu me agarrei aos laços. Puxei o mais forte que pude.

Osmond estrava distraído pelas palavras de Richard. Meus dedos encontraram o pé de cabra no chão.

Lembrei do que Thomas havia me ensinado. Meu pai tinha dito que eu ia sofrer por toda a vida, mas ele não era o meu verdadeiro pai.

Não mais. Meu pai tinha ajudado a me fazer, mas Thomas tinha me moldado no que eu era.

Eu achava que íamos morrer. Todos nós. Mas eu levaria quantos pudesse comigo.

Osmond não esperava que eu me levantasse. Não esperava que eu fosse chutá-lo por trás dos joelhos, fazendo-o cair.

Eu já estava em movimento antes mesmo de ele atingir o chão.

Em algum lugar na floresta, um lobo cantou, e senti a canção arder em mim, os laços dizendo *OxParceiroIrmãoFilhoAmigo*, e me movi mais rápido do que nunca.

Eu não era lobo.

Mas por Deus, eu me pareci com um.

Richard começou a virar quando apareci atrás dele. Seus Ômegas mal tiveram a oportunidade de reagir.

O pé de cabra o perfurou nas costas com mais facilidade do que eu havia imaginado. A carne se partiu e a ferramenta raspou o osso. O sangue jorrou nas minhas mãos e no meu rosto e eu *empurrei*.

Richard gritou ao se transformar, as garras surgindo sobre os ombros, tentando alcançar o pé de cabra, tentando *me* alcançar, tentando cortar, rasgar, marcar.

Empurrei o pé de cabra com mais força, torcendo para conseguir empalar o coração do desgraçado. Torcendo para que fosse o suficiente, porque Thomas estava *jorrando* sangue agora, e eu não sabia mais quanto tempo ele ia durar e...

As garras de Richard atingiram meu ombro e *apertaram*. Perfuraram minha pele e ele me puxou, minhas mãos sangrentas escorregando do pé de cabra.

Ele me puxou para a frente dele e, apesar de eu ser uns bons vinte quilos mais pesado, me pegou pelo pescoço e me levantou do chão.

Seus olhos laranja brilhavam, a respiração quente no meu rosto.

Ele disse com a boca cheia de dentes que se esticavam:

— Humaninho. Como o admiro.

Um pulso à minha direita, iluminando a floresta ao nosso redor.

Era Gordon, e o chão se movia sob nossos pés, um ronco abafado que se transformou em algo mais alto. Uma luz verde se alongou pelo chão, a terra rugindo enquanto Gordon invocava a magia dela para si. Vi símbolos brilhando debaixo dos meus pés, linhas arcanas que formavam estrelas e luas crescentes, corvos que voavam sob mim deixando rastros verdes para trás. A terra *explodiu* sob nós e Richard *rosnou* ao meu ouvido, batendo os dentes, mordendo e ...

Ele foi derrubado quando o solo se rompeu embaixo dele, rachando e rolando. Tudo estava *verde*, flashes de luz que ferviam meu sangue e *cantavam* para algo profundo dentro de mim.

Richard gemeu ao cair longe de mim, e em meio ao caos e à confusão ouvi os gritos dos lobos. Não sabia se eram os meus ou os outros. Caí de joelhos, a dor aguda e forte, o estômago revirando de vertigem.

Uma mão molhada me agarrou e *puxou*.

Segui cegamente.

Estávamos nas profundezas da floresta quando consegui focar nele.

Thomas me levou para longe, longe, longe.

— Temos que voltar — falei, mas não tentei escapar.

— Confie em mim.

E como não confiaria?

Meu corpo inteiro doía. Minhas costas estavam rasgadas.

— Você precisa me ouvir — falou ele. Sua respiração falhava no peito, um ruído molhado.

As estrelas brilhavam no céu.

As árvores balançavam.

Ele disse:

— Você será necessário agora. Mais do que nunca. O peso do Alfa pode ser um fardo apavorante, e quem quer que carregue esse peso nos ombros precisa ser forte e decidido.

— Não — falei. — Não, não. Você...

— Ox.

O vento soprou pelas folhas.

Senti uma dor na cabeça e no coração.

— Eles vão *precisar* de você — continuou Thomas. E então ele caiu sobre um joelho, agarrando meu braço com força. Ele gemeu baixo, a cabeça pendendo para a frente enquanto o sangue escorria da boca. Puxei o braço da garra dele. Passei os braços ao redor dele, agarrando-o pelo peito. Ele era grande e tossiu com violência quando o levantei, minhas costas gritando com o esforço.

Os ruídos da terra se rachando continuaram atrás de nós, mas eram distantes.

Continuamos.

Ele falou:

— Todos eles.

— Quê?

— O bando. Eles vão precisar...

— Por quê? — perguntei.

Thomas respirou fundo e olhou para o céu. Fiquei imaginando se ele conseguia sentir a lua, apesar de estar escondida.

— Eu sabia que você era diferente — revelou o Alfa. — Quando o vi pela primeira vez. Mesmo que não fosse pelo Joe, eu teria sabido. — Seus olhos brilharam vermelho de novo e de novo. Aquilo chamou alguma coisa em mim, e achei que meu sangue estivesse fervendo sob a pele.

— Se sou alguma coisa — falei —, é por sua causa.

— Ah, Ox. Você apenas demonstrou o que já tinha dentro de si.

Procurei os laços com o bando, mas estavam perdidos em um torpor de dor e da magia do Gordon.

Thomas disse:

— Você tem que me ouvir.

Gemi quando ele tropeçou novamente. De algum jeito consegui segurá-lo de pé.

— Você vai... — Ele tossiu, o corpo trêmulo. Em seguida: — O laço será a coisa mais importante. Aqueles laços que os ligam uns aos outros. Terá que ser você. Para todos eles. É algo terrível que preciso lhe pedir, principalmente considerando tudo que perdeu. Mas só pode ser você.

— Eu não...

— Você *é* — vociferou ele. — Você é *mais* do que pensa. Ox. O poder do Alfa passa para aquele que o recebe. Se não posso ser eu e não pode ser Joe, então tem que ser você. Ele não está aqui e estou lhe *pedindo* isso.

— *Quê*?

— Richard não pode vencer — falou Thomas, os lábios brilhando com sangue. — *Não pode*. As coisas que ele faria... não. E não consigo segurar. Não assim. Não por muito mais tempo. Não consigo me curar, não disso. Estou indo.

— Não. *Não*. Você *não* pode...

— Preciso que se transforme em lobo. Preciso que faça isso por mim.

Era demais. Isso... tudo que ele estava pedindo. Ainda não tinha me decidido sobre receber a mordida antes de tudo acontecer. E agora? Agora ele estava dizendo...

— Você quer que eu seja o Alfa. — Minha voz soou pequena.

— Quero.

Não conseguia encontrar as palavras.

Thomas continuou:

— Acredito em você, Ox. Sempre acreditei. Você é tão meu filho quanto os outros. Sempre será...

— Aí estão vocês — disse Richard Collins atrás de mim.

Thomas rosnou, me forçando a ir para trás dele com uma força que não imaginei que ele fosse capaz de exercer. Tropecei nos meus próprios pés, caindo de joelhos. Thomas se ergueu sobre mim, mas só tinha olhos para o outro lobo.

Richard não parecia muito melhor. Alguém tinha retirado meu pé de cabra das costas dele. Sua pele estava encharcada de sangue. Seus olhos podres brilhavam sombriamente, as garras esticadas, dentes afiados brilhando à luz das estrelas.

Ele falou:

— Você sempre devia ter sabido que acabaria assim, Thomas. Não podia acabar de outro jeito.

— Só porque você escolheu assim — respondeu Thomas em voz baixa. — Já fomos amigos. Irmãos.

— Se você fosse meu *irmão* — vociferou Richard —, não teria permitido que morressem. E ainda que tivessem morrido, você teria feito *tudo* para garantir que os responsáveis *sofressem* pelo que causaram ao nosso bando. Em vez disso, os acolheu.

— Eles eram poucos — disse Thomas. — Só *alguns*. Que resultado *possível* você acha que isso vai ter?

As garras de Richard se estenderam ainda mais.

— Eu serei o Alfa — declarou. — E depois os farei pagar. Por tudo. Os humanos se curvarão a mim e eu *acabarei* com eles.

Ele se lançou sobre Thomas, se transformando no ar, as roupas rasgando em farrapos, os pelos brotando. Antes que eu pudesse sequer dar um grito de alerta, ouvi um estalo de ossos e músculos e lobo contra lobo entre as árvores, presas quebrando, patas arranhando.

Thomas era o maior entre os dois, mas, mesmo transformado, o sangue continuava fluindo, manchando seu pelo. Richard era vil em seu ataque, e fui derrubado quando rolaram na minha direção, os dentes enterrados um no outro, rosnados quebradiços saindo das bocas.

Olhei em volta à procura de alguma coisa, *qualquer coisa*, qualquer tipo de arma que eu pudesse utilizar para interromper a luta. Para conter Richard antes que ele piorasse as coisas. Encontrei uma pedra menor que a minha mão. Agarrei-a sem pensar duas vezes porque era o meu *Alfa* que estava ali. Era *Thomas*, e eu não podia abandoná-lo.

Ele tinha me ensinado sobre mim mesmo. Sobre quem eu podia ser.

Alfa significava pai.

(*Você é meu filho.*)

Significava segurança.

Significava lar.

Não fiz nenhum barulho ao me levantar. Não hesitei ao caminhar em direção ao lobo branco lutando contra o marrom. Não pensei duas vezes ao rastrear os movimentos, esperando, aguardando o momento certo.

Chegou mais rápido do que imaginei.

Richard derrubou Thomas.

Thomas atingiu uma árvore com um ganido profundo.

Deslizou para o chão, os olhos desfocados.

Richard se ergueu sobre ele.

Seus lábios se retraíram sobre os dentes.

Um ronco baixo surgiu na garganta dele, e vi seus músculos se contraindo durante a preparação para o ataque.

Foram poucos segundos, na verdade.

Num instante ele estava sobre Thomas e no seguinte eu estava batendo com a pedra na cabeça dele. Ouvi um *crec* agudo e torci para que isso no mínimo significasse um crânio rachado. O lobo gritou, e por um instante senti uma adrenalina forte. Por termos ganhado. Por tê-lo derrotado. Por ele cair no chão e nunca mais se levantar.

Vi o inchaço do sangue no topo da cabeça dele. Escorreu entre os olhos e no focinho, pingando onde os seus lábios se curvavam.

Mas ele não caiu.

Ele se virou para mim.

Thomas tentou se levantar, mas caiu sobre as patas.

Recuei um passo.

Aquela fera imensa e terrível respondeu com um passo adiante.

— Vem, seu filho da puta — falei com a voz rouca. Apertei a pegada na pedra, pois era tudo que eu tinha.

Pensei em Joe. E na minha mãe.

Eu me sentia mal. Tinha trocado uma pelo outro. E agora estava fazendo o mesmo.

Mas ao menos ele ficaria seguro se eu conseguisse derrubar Richard comigo.

E essa era a única coisa que importava.

Eu não permitiria que ele levasse Joe.

Não outra vez.

As orelhas de Richard se esticaram para trás e, apesar de parecer impossível, pude jurar que aquele lobo sorria.

Como se ele *soubesse* que tinha vencido.

Eu me lembrei do que tinha aprendido.

Era tudo que eu podia fazer. E, contanto que me lembrasse, Joe talvez ficasse bem. E Thomas. Os outros. E um dia olhariam para trás e se lembrariam de mim pelas coisas que eu tinha feito desde que nos conhecemos, e não pelo meu último ato.

Um dia Thomas e eu estávamos caminhando pela floresta. Ele não havia deixado Joe nos acompanhar. Joe não gostou, mas Thomas apenas acendeu os olhos do jeito que fazia e Joe parou de reclamar. Basicamente.

Não falamos nada por muito tempo. Era bom poder ficar em silêncio com alguém sem precisar do peso de uma conversa. Thomas sabia isso a meu respeito. Sabia que às vezes eu não encontrava as palavras para comunicar o que queria, então simplesmente ficava calado. Ele não me achava burro. Não como os outros antes dele.

Houve um instante, breve e intenso, em que pensei no meu pai. Eu ainda não sabia ao certo o que os lobos conseguiam detectar pela pulsação e pelo cheiro, se a tristeza tinha gosto ou se a ansiedade era pesada.

Meu pai não entenderia. Os lobos. O bando. Meu lugar com eles. Não entenderia nada disso.

Não de verdade.

Teria me enchido o saco por isso.

Tentaria tirar de mim.

Meu pai não tinha sido um bom homem.

Eu sabia disso agora.

Ele falava com indiferença e aspereza.

Com raiva e violência.

Mas eu o amava assim mesmo, porque era seu filho.

E ele era meu pai.

Fiquei imaginando o que isso revelava a meu respeito, o fato de que eu podia amar alguém como ele.

Apesar de tudo.

Não foi a primeira vez que disse a mim mesmo que era melhor que ele estivesse morto.

Mas talvez tenha sido a primeira vez que acreditei por completo nisso.

Percebê-lo me atingiu com força.

Achar bom que alguém estivesse morto era impensável, porque eu não era assim.

Eu não falava com indiferença. Com aspereza.

Com raiva e violência.

Meu coração palpitou no peito.

Inspirei rispidamente, como um engasgo silencioso.

Thomas envolveu minha nuca com sua mão grande e apertou, e continuou a segurá-la à medida que caminhávamos. Ele não falou. Ele era. Apenas era.

Pronto.

Meu coração desacelerou.

Minha respiração voltou ao normal.

Meus pés não se arrastaram.

Continuamos andando.

Estranhamente, fui eu que falei primeiro. Mais tarde, é claro. Bem mais tarde. Achei que talvez ele estivesse à minha espera.

Perguntei:

— Como você sempre sabe?

Thomas sequer fingiu surpresa com a pergunta.

— Você é meu — disse ele, simplesmente. — Sempre saberei.

— Porque é Alfa?

— Também — respondeu ele, sem tirar os olhos dos meus.

E ouvi todas as coisas que ele não disse.

* * *

A FERA PARTIU PARA CIMA de mim, ali no bosque escuro.

Meu Alfa estava em silêncio abaixo de um velho carvalho cujos galhos batiam com o vento. Seu peito subiu fracamente e ficou ali. Desceu e levou um tempão para subir outra vez.

Richard agachou.

Estreitei os olhos.

Falei:

— Você devia ter ficado longe do meu território.

Richard saltou.

Suas garras me miraram.

A mandíbula se abriu, larga.

Ergui a pedra e…

Um lampejo branco, cruzando na minha frente.

Richard uivou ao ser jogado de lado.

Havia um lobo na minha frente, os pelos eriçados, a cabeça abaixada perto do chão, os dentes exibidos em um rosnado furioso para Richard, que se erguia.

Joe.

Joe estava ali.

Joe estava bem.

Não era um sonho, porque minhas costas doíam horrores.

Estiquei o braço e curvei os dedos no pelo de seu pescoço.

Senti o ronco bem fundo nele.

Cantava para mim.

Richard acendeu seus olhos podres ao encarar Joe, movendo-se com lentidão ao nosso redor.

Joe acompanhou o movimento, sempre se colocando entre nós dois. Dava para sentir a fúria nele, a raiva e a angústia. Tentei alcançar os outros, os fios que nos ligavam para garantir que ninguém do nosso bando havia se perdido, mas estava tudo confuso. Minha cabeça doía e eu não conseguia me concentrar em nada além do alívio verde de ter Joe aqui, de saber que ele estava bem. Que não estava caído sob uma árvore, com a coluna quebrada e se contorcendo.

Nós íamos conseguir. Nós íamos…

Richard correu para nós sem um ruído. Joe tensionou sob a minha mão, se preparando para o impacto. Enterrei os pés no chão e combati todos os instintos que me mandavam correr, porque eu *não* era um covarde, e eu ia *ficar com o meu parceiro*...

Luzes se acenderam ao nosso redor, brotando da terra, o chão sob nossos pés rugia conforme se transformava. Richard colidiu contra a luz e caiu para trás ao ser eletrocutado, os olhos revirando para dentro da cabeça enquanto aterrissava aos pés de um carvalho antigo. Ele tremeu, as pernas sacudindo no chão, se enterrando na terra.

— Ox — disse uma voz atrás de mim.

Virei.

Lá estava Gordon, apoiado em uma árvore, arfando. Tinha o rosto suado e pálido. Apoiava o braço esquerdo no peito. Suas roupas estavam rasgadas. Havia em seu corpo mais partes sangrando do que sem manchas de sangue.

E as tatuagens brilhavam mais do que nunca.

— Como você...

— É o território — interrompeu ele, a voz fina e fraca. — Pertence aos Bennett. Sempre pertenceu. Não gosta de intrusos. A terra, ela... Consigo ouvi-la. Conversa comigo. Consigo mantê-lo longe. Por enquanto. Mas não tenho como segurar, Ox. Não para sempre. O que quer que tenha que acontecer, precisa ser agora.

Estiquei o braço e toquei a luz (barreira?) que nos cercava, nos separando de Richard. Era sólida sob os meus dedos, e morna, e havia aquele fio que me conectava a Gordon, aquele que eu sempre sentira mais suavemente até então. Nunca era tão sólido quanto os outros, porque, apesar do nosso laço, ele não era do bando.

Mas agora reluzia. E era forte.

— O que tem que acontecer? — perguntei, sem certeza de que queria a resposta.

Gordon disse:

— *Ox*.

E eu sabia.

Então uma voz falou suavemente.

Dizia:

— Pai?

Olhei.

Joe tinha se transformado de novo em humano e estava de joelhos ao lado do pai. Havia um hematoma fundo e escuro que percorria as costas inteiras por causa da batida na árvore. Enquanto eu observava, as bordas iam desbotando ao curar. Não sabia se ele tinha sobrevivido ao impacto por ser quem era. Se Carter ou Kelly teriam conseguido fazer o mesmo.

Seu pai estava esticado na sua frente, ainda em forma de lobo. Tinha os olhos abertos e observava o filho. Ele ganiu baixinho no fundo da garganta. Abanou o rabo uma vez. Duas.

Joe falou:

— Você precisa levantar.

Thomas esticou o pescoço até seu nariz tocar a mão de Joe.

— Eles estão bem — continuou ele, como se pudesse ouvir a pergunta do pai. E até onde eu sabia, podia mesmo. — Estão cuidando do resto. Mas precisam de você. Tudo bem? Você tem que levantar. — A voz falhou no final.

Thomas suspirou, e foi profundo e pesado. Como se seus medos estivessem escapando.

De trás de nós, um lobo uivou, uma canção de fúria.

Girei.

Richard Collins tinha se levantado, e estava furioso. Estalava a mandíbula e começou a se atirar contra a barreira. Os olhos estavam mais escuros do que antes, como se tivesse se perdido no lobo, pura selvageria e raiva. Sempre que batia no verde, a luz pulsava para fora, como ondinhas na água. E isso só o enfurecia mais.

— Thomas — conseguiu dizer Gordon. — Você precisa fazer. *Agora*. Não consigo…

Thomas começou a se transformar, lento como eu jamais havia visto. Pela careta no seu rosto lupino e pela forma como o corpo tensionou, foi uma transformação dolorida. Ossos que estavam quebrados antes continuavam quebrados. Os cortes eram largos e sangravam sem qualquer sinal de parar.

Joe gemeu sobre o pai, as mãos tremendo ao se esticar. Hesitou, como se não soubesse onde tocar.

Richard gritava e prosseguia com os ataques.

Joe disse:

— *Pai.*

Thomas Bennett sorriu para ele. Sua boca estava vermelha e o sangue escorria pela bochecha. Os olhos estavam desanuviados.

Ele falou:

— Que bom que está bem.

— Temos que levantar — implorou Joe. — Temos que nos levantar e ir. A mãe está esperando por você.

— Você vai ficar bem — garantiu Thomas. — Vai doer. Por um tempo. Mas você vai ficar *bem*.

Joe balançou a cabeça. Agarrou a mão do pai e a segurou na sua.

— Não posso fazer isso — disse ele. — Não estou pronto. — Ele soava tão impossivelmente jovem.

— Está — afirmou Thomas. — Há muito tempo. É para isso que trabalhamos. Você...

Ouvi um gemido alto de ossos e músculos. Em seguida Richard falou:

— Posso salvá-lo, Joe. Posso salvá-lo. Você só precisa me dar o que eu quero. Posso ajudar você. E ele.

Richard se levantou, nu e sangrento, os olhos em Joe, mas sem conseguir avançar por causa da magia de Gordon.

— Não — determinou Thomas, sem tirar os olhos do filho. — Não dê ouvidos a ele. Não é...

— Você não precisa disso — continuou Richard. — Posso acabar com tudo. Seu pai vai ficar *bem*. Serei o Alfa, e prometo que tudo isso parecerá um sonho. Você pode ir para casa, e nunca mais vai me ver.

Eu não precisava ser lobo para saber que era mentira.

E, apesar de todo o seu valor, de tudo pelo que passara, de todo o horror que vira, Joe hesitou.

Eu vi. Foi pequeno. Mas estava ali.

Thomas também viu.

Assim como Richard.

E ele *sorriu*.

Então dei um passo para a frente e disse:

— Joe.

Joe olhou para mim, seus olhos de Halloween brilhantes e molhados.

— Ele faz promessas — continuei — que não poderá cumprir.

Joe mordeu o lábio.

— Mas…

— Ele é *humano* — falou Richard, a voz carregada de desdém. — Mesmo que seja do *bando*. Ele não entende. *Nunca* vai entender o que você é. O que deve se tornar. Tudo isso está acontecendo por causa da espécie dele. A espécie dele trai, Joe. Sempre vão trair você.

— Eu te prometi — falei, dando mais um passo. — Que seríamos sempre você e eu. Que eu cuidaria de você. Que jamais mentiria para você.

Lágrimas escorreram pelo rosto dele.

— Eles *só* sabem mentir! — rugiu Richard, socando a barreira. — É a única coisa de que são *capazes*!

— Depressa, Ox — falou Gordon entredentes.

— Você confiou seu lobo a mim antes mesmo de me conhecer — prossegui. — Quando eu achava que eu não era nada. Mas você me mostrou. *Confiou* em mim. E estou pedindo que confie mais uma vez.

Joe estava com os olhos arregalados. A respiração engasgava no peito.

Desgrudou o olhar de mim e fitou o pai.

— Isso não é o fim — sussurrou Thomas para ele. A voz mal era audível com os gritos de Richard. — Você vai ver. Tenho tanto orgulho de você e de quem se tornou. De quem *vai* se tornar.

— Não consigo fazer isso sozinho. — Joe chorava. — Não *consigo*…

— E não vai precisar — disse Thomas. — Porque um Alfa não é ninguém sem seu bando. E seu bando sempre estará com você.

— Ox! — gritou Gordon em tom de alerta, e olhei para ele. Estava de joelhos, suando muito, completamente ofegante.

Richard uivou em triunfo.

— Joe — falei. — Você precisa…

As garras de Joe surgiram antes que eu pudesse terminar de falar, pretas e afiadas. A barreira piscou quando ele atingiu o peito do pai, acima do coração, dedos espalhados em cinco pontos afiados.

Com a voz tremendo, Joe disse:

— Você se lembra? Daquele dia na floresta. Perseguimos esquilos. E você me disse que era feliz por eu ser seu filho.

Thomas deu aquele sorriso silencioso.

— Eu também te amo.

Joe perfurou o coração do pai.

O mundo era um lugar enorme e assustador. Foi isso que Gordon me ensinou. Que qualquer coisa que eu pudesse imaginar provavelmente existia. Havia perguntas que eu não fazia porque tinha medo das respostas que receberia. Havia perguntas que eu sequer pensava em fazer, mas cujas respostas eram escondidas de mim assim mesmo.

E aí havia as perguntas que eu não estava nem preparado para entender. Por que meu pai foi embora? Por que Joe me escolheu? Qual era o meu lugar nisso tudo?

Como Joe se tornaria Alfa?

Ele sabia. Ele sabia, porque não hesitou. Não nessa parte. Não após se decidir. Fiquei imaginando o que Thomas teria lhe dito. Ou se teria sido instinto. Algo do qual apenas se tinha ciência, do passado para o futuro.

Suas garras perfuraram a pele do pai, pressionando até a palma estar reta contra o peito de Thomas. Richard gritou em fúria, e de início nada aconteceu. Achei que algo podia ter dado errado. A verdade é que eu não sabia *o que* esperar da transferência de poder de um Alfa para o outro.

Eu continuava não sabendo merda nenhuma sobre lobisomens.

Começou com um arrepio na pele.

Como um sussurro ao meu ouvido.

Joe não se mexeu.

Thomas não se mexeu.

Mas minha pele estava *formigando*. Senti uma onda na cabeça e no coração, e ponderei se era assim a sensação de ser atingido por um raio. Os laços do bando *explodiam* no meu peito e eu conseguia sentir todos, cada um deles, e senti um alívio pungente, tão *verdeverdeverde* porque estavam *vivos*, *todos eles*, mas *doía* porque o de Carter era forte, assim como o de Mark, e Elizabeth e Kelly e Gordon (porque ele *também* estava ali, pela primeira vez como *bando*, e pude sentir o gosto da magia dele na língua, amarga e com uma ponta de ozônio).

E *Joe*. Joe era o mais brilhante de todos, o mais forte, e havia tanto *poder* ali que eu mal conseguia respirar.

E Thomas.

Thomas também estava lá.

Mas o laço dele estava desbotado. O fio era fino.

Mais fraco do que tinha o direito de ser.

Como se mal se aguentasse.

A barreira voltou ao lugar.

Thomas abriu os olhos. Eles brilhavam em um tom laranja desbotado.

Ele suspirou com um alívio verde enorme.

E disse:

— Ox. Um lobo só é tão forte quanto seu laço.

Fechou os olhos.

Exalou.

Seu peito não levantou mais.

O fio rompeu e desapareceu.

Joe falou:

— *Pai.*

Pelos brotaram das suas bochechas. Seu rosto começou a se esticar em uma transformação parcial. Seus lábios se curvaram. Os dentes se esticaram em espinhos. Ele inclinou a cabeça e *cantou* a canção do Alfa, com olhos arregalados e ardendo em vermelho.

feridas abertas/o caminho de casa

Richard tinha sumido.

Osmond tinha sumido.

Robert Livingstone sequer tinha aparecido.

Os Ômegas, em sua maioria, estavam mortos.

Os que sobreviveram fugiram.

Mas, é claro, eu nem pensaria nisso por um bom tempo.

Eles sabiam.

Os outros.

Mesmo antes de os encontrarmos sob os carvalhos, eles sabiam.

Certamente sentiram o momento em que ele morreu, assim como eu. Provavelmente até mais, considerando que eu ainda era humano.

Foram Carter e Kelly que irromperam da floresta primeiro, correndo sobre quatro patas, soltando ganidos agudos. Eles frearam assim que nos viram: Thomas, ainda deitado na grama. Joe, de joelhos, a cabeça inclinada sobre o pai, as garras nas laterais. Gordon, apoiado em uma árvore, o rosto nas mãos, as tatuagens brilhando com intensidade.

E eu, entorpecido pela minha mãe, agora um corpo sob um lençol.

Por Thomas, cujo corpo ainda estava quente, o sangue ainda pingando.

Carter foi o primeiro a se mexer, se aproximando e esfregando o nariz no braço de Joe. No pescoço. No cabelo. Ele inspirava e expirava em pequenas explosões, absorvendo o cheiro do seu novo Alfa. Seu pelo estava manchado de sangue e ele mancava com a pata dianteira direita, mas continuou a se esfregar no irmão.

Kelly enfim foi em direção a eles, os olhos arregalados, a boca aberta ao emitir pequenos ganidos, como latidos suaves, repetidamente. Deixou Carter e Joe sozinhos e sucumbiu diante do pai, focinhando os pés dele. As panturrilhas. No fim deitou a cabeça nas pernas do pai e tremeu.

Então Mark chegou. Em sua forma humana. Enquanto os outros lobos estavam nus, ele vestia uma calça em farrapos, rasgada e imunda e manchada de terra e sangue. Feridas abertas se curavam com vagarosidade e ele tinha uma mordida feia no ombro, de onde parecia que um pedaço havia sido arrancado. Deu um passo vacilante em direção a Thomas e aos outros, mas parou, cerrando as mãos em punhos nas laterais. Em vez disso foi até Gordon primeiro, sussurrando algo que não consegui identificar. Gordon não elevou o olhar, mas balançou a cabeça. Mark esquadrinhou a fileira de árvores, os olhos duros e a mandíbula rija.

E então ela apareceu.

Vinha lentamente, se pela dor do luto ou de ferimentos, não pude identificar. Um coração despedaçado pode pesar mais do que um membro quebrado. Vinha como loba, e egoistamente fiquei grato por isso. O rosto de um lobo é menos expressivo que o de um humano, e a tristeza talhada em sua face lupina não era nada em comparação ao que seria se estivesse em forma humana.

Acho que eu não seria capaz de suportar.

Estava frio.

Meus dentes começavam a bater.

Carter parara de se esfregar em Joe e agora focinhava o pai, ganindo baixinho no fundo da garganta como se implorasse que ele se levantasse.

Kelly gania contra as pernas dele, tentando se enterrar no cheiro do pai.

Joe tinha a respiração pesada, as narinas abertas, as mãos derramando sangue onde suas garras haviam cortado as palmas.

Mark vigiava.

Gordon estava apoiado em uma árvore, a cabeça nos joelhos, as tatuagens em movimento incessante sem parar. O corvo voou em um braço e desapareceu sob a manga da camisa. Reapareceu no pescoço, abrindo as asas até a orelha dele.

E Elizabeth.

Ela não foi na direção do marido. Nem dos filhos. Nem do cunhado.

Veio até mim. Lentamente. Duramente.

Pressionou o focinho na minha mão. Meus dedos se curvaram perto da orelha dela. Senti-a tremer contra a minha pele.

Elizabeth empurrou mais forte.

Olhei para baixo.

Estava enganado sobre me sentir agradecido pela forma de lobo por causa da falta de humanidade.

Porque seus olhos eram os mais humanos de todos.

E estavam arrasados.

Rompi o silêncio.

— Desculpe — consegui falar, porque eu devia ter feito mais para protegê-lo. E talvez, se eu não tivesse permitido que me arrastasse, ele tivesse ficado bem. Se ele não tivesse se colocado entre Richard e eu, Elizabeth talvez não tivesse perdido seu parceiro.

Ela pegou minha mão gentilmente com a boca, os dentes marcando minha pele. Por uma fração de segundo, achei que fosse me morder. Pensei que fosse derramar meu sangue por ter permitido que isso acontecesse. E eu teria deixado.

Em vez disso, puxou minha mão e me conduziu até os outros.

Não entendi.

Mas fui assim mesmo.

Ela não me soltou.

E não tirou os olhos de mim.

Recuou devagar, passo a passo, sem jamais tirar os olhos dos meus.

Concentrei-me nela, porque estava cada vez mais difícil respirar.

Os ruídos me afetavam. Dava para ouvir Gordon com seu gemido baixo e fragmentado. Dava para ouvir o ganido de Kelly enquanto ele estremecia junto ao pai. Dava para ouvir o que só podia ser descrito como um choro desesperado de Carter.

Mas Joe.

Joe não emitia nenhum som.

Pelo menos não em voz alta.

Mas eu podia senti-lo.

Seu horror.

Sua angústia.

Sua fúria.

E eles eram mais altos do que todo o resto.

Fui inundado por eles.

Consumido.

Mas Elizabeth não me soltou.

E entendi o que ela estava tentando fazer.

Ela sussurrava *BandoFilhoAmor.*

Ela sussurrava *você pertence a nós.*

Ela sussurrava *nós pertencemos a você.*

Ela sussurrava *eu sinto sua dor. sinto seu luto. nós perdemos. eu perdi. mas você também.*

Ela sussurrava *por favor não nos culpe. por favor não nos odeie.*

Ela sussurrava *ela não devia ter sido tirada de você. e ele não devia ter sido tirado de nós.*

Permiti que ela me conduzisse. Permiti que as palavras fluíssem pelos fios. Pelos laços. Os outros também a escutaram. Ouviram o que ela disse. Até Gordon, que levantou a cabeça, surpreso, encarando Elizabeth enquanto ela me puxava para perto. De algum jeito ele havia se tornado parte disso. De nós.

Ela alcançou os filhos e o marido, as patas traseiras esbarrando em Kelly, que não abriu os olhos. Ela apertou a mordida um pouquinho mais antes de me soltar.

Ouvi os sinais clássicos da transformação e Mark se aproximou. Elizabeth se sentou ao lado da cabeça do marido, abaixando e lambendo o sangue do rosto dele. Mark se sentou ao lado dela, seu lobo grande e imponente, o maior de todos eles.

Pelo menos por enquanto.

Porque, apesar de fazer pouco tempo, Thomas parecia menor do que tinha sido em vida. Não sei se foi a morte ou o fato de ter morrido como Beta, mas ele estava diminuído agora. Menos substancial.

Joe não parecia diferente, exceto pelo fato de que seus olhos pareciam cheios de sangue.

Mas *a sensação* era diferente.

Alguma coisa irradiava dele, algo maior do que ele já havia sido. Eu não entendia o que significava ser um Alfa. Não entendia o que significava ser um lobo. Estar conectado a um território como ele agora estava.

Eu queria tocá-lo.

Mas não conseguia erguer o braço.

Ele ainda não tinha saído de perto do pai.

Carter e Kelly se levantaram do lado de Thomas. Continuaram transformados e se moveram até se sentarem como Mark, pairando sobre Thomas. Mark se sentava à esquerda dele. Carter e Kelly perto dos pés.

Elizabeth se afastou do rosto do marido e se sentou perto da cabeça, com a perna encostando na bochecha dele.

Joe ficou à direita do pai.

Eles o cercaram deliberadamente de acordo com suas posições no bando.

Ficaram esperando.

Eu não sabia pelo quê.

Até que todos olharam para mim.

Exceto Joe.

Pensei em fugir.

Desaparecer pela floresta.

Encontrar o corpo da minha mãe e me deitar ao lado dela. Eu fecharia os olhos e dormiria e quando acordasse tudo teria sido um sonho. Apesar de haver dor, apesar de eu conseguir sentir *tudo*, seria um sonho porque não podia ser real.

Mas havia escuridão na minha mente.

Assassinato no meu coração.

E parecia real.

Eu não conseguia me mexer.

Os lobos esperaram.

Em algum lugar um borrelho cantou na floresta. Uma ave peculiar. Cantando à noite.

Pensei que a floresta inteira pudesse estar prendendo a respiração.

De trás de mim, Gordon disse:

— Estão esperando você.

Não virei para olhar para ele. Não conseguia. Não enquanto os lobos me olhavam.

— Você é parte deles — continuou ele. — É parte disso.

Aquela vozinha, aquela vozinha maligna sussurrou ao meu ouvido outra vez, dizendo que eu não havia tido uma escolha real. Que, se eles não tivessem vindo, nada disso teria acontecido. E eu não estaria me sentindo tão culpado.

E minha mãe estaria na cozinha. Estourando bolhas de sabão na minha orelha.

Carter ganiu para mim, baixo e suave, as orelhas caídas.

Porque provavelmente podia sentir meu pensamento. Talvez não as palavras exatas, ou de forma tão específica, mas entenderia o básico.

Todos entenderiam.

Então engoli em seco e deixei as palavras deslizarem pela garganta. Ardeu.

Senti a mão de Gordon no meu ombro.

Com o canto do olho vi que suas tatuagens pulsavam e se contorciam.

— Você também sentiu — falei.

Ele suspirou. Era a única resposta de que eu precisava.

Sacudi os ombros para afastar a mão dele.

Dei um passo para a frente. E mais um. E outro.

Até assumir o meu lugar. Ao lado de Joe.

Ajoelhei ao seu lado. Meu ombro tocou o dele. Joe estava rijo, imóvel. Encarava o pai, seus olhos vermelho-sangue brilhando no escuro.

Alguma coisa se ajustou quando assumi meu lugar ao lado dele.

Não foi muita coisa, principalmente em face de tudo que tinha acontecido.

Mas estava ali.

Porque ele era o meu Alfa agora.

E eu era seu parceiro.

— Por que vocês uivam? — havia perguntado a Thomas.

Ele enterrou os dedos descalços na terra e na grama e apoiou as costas numa árvore. O sol brilhava no céu.

Ele respondeu:

— Na selva, os lobos chamam uns aos outros. Pode ser um alerta para outros lobos invadindo um território. Pode ser um grito de convocação, para reunir o bando. É utilizado para caçar. Para mostrar a localização. E às vezes eles uivam juntos. Para demonstrar felicidade. Ou para fazer parecer que são um grupo maior do que de fato são. Chamam-se uivos grupais, e é lindo de ouvir.

— E é por isso que fazem?

Thomas fechou os olhos e sorriu. Ele se divertia comigo. E eu era cativado por ele.

— Acho que uivamos porque gostamos de ouvir o som das nossas próprias canções. Somos criaturas narcisistas. — O sorriso desbotou ligeiramente. — Porém, às vezes as canções são para trazer um integrante de volta para casa. É fácil se perder, Ox, porque o mundo é um lugar grande e assustador. E de vez em quando é preciso lembrar o caminho de casa.

Não falamos nada por um bom tempo depois disso.

Eu não era um lobo.

Não achava que o seria algum dia. Não por escolha.

Mas tínhamos *perdido* dois integrantes do meu bando.

Inclinei a cabeça para trás.

Meus olhos ardiam.

As estrelas estavam borradas no céu.

Eu disse:

— Ah, Deus.

Saiu áspero.

Limpei a garganta que tentava se fechar.

Pensei na minha mãe.

Pensei em Thomas.

Estavam perdidos agora.

Eu precisava cantar para que voltassem para casa.

Então cantei.

Foi um som quebrado, rachado e estilhaçado. Não foi muito alto, e arranhou os meus ouvidos. Mas dei tudo de mim, mesmo enquanto pensava que talvez não fosse o homem que achava ser, pois minhas bochechas estavam molhadas, a respiração presa no peito.

Meu uivo silenciou rapidamente.

Respirei fundo outra vez.

Mark uivou comigo, sua voz melódica e ferida.

Carter e Kelly harmonizaram conosco, entrando na canção.

Elizabeth acompanhou enquanto respirávamos, seu uivo alto e longo. A canção mudou por causa dela, por causa do que tinha perdido, e os lobos tomaram a música dela e transformaram-na em sua, suas vozes se misturando à dela, oitavas acima e abaixo.

Senti Gordon ao lado. Senti sua hesitação. Seu espanto. Sua tristeza. Ele não uivou, mas sua magia cantou por ele. Estava na terra sob nós. Nas árvores ao nosso redor. Ele não uivou, mas não precisava. Sentimos assim mesmo.

Joe se transformou ao meu lado.

Foi mais suave do que qualquer transformação que eu já o tivesse visto fazer.

Em um momento era um garoto triste, perdido e ensanguentado, e em seguida um lobo branco na escuridão. Ele já estava maior do que na noite anterior, as patas talvez tivessem o dobro do tamanho original. Onde antes batia na minha cintura, agora provavelmente alcançava o peito se eu ficasse de pé. Não era tão corpulento quanto o pai. Estava maior, sim, mas ainda magro. Imagino que isso fosse mudar à medida que ele envelhecesse.

Os outros deixaram que suas vozes ecoassem e sumissem na floresta enquanto aguardavam.

Joe olhou para cada um de nós alternadamente. Eu fui o que ele encarou por mais tempo.

Sua canção era mais profunda do que nunca. Senti cada emoção depositada (*ferida dor amor meu deus por que por que por que*) e precisei de muito esforço para não ruir.

Ali na floresta, sob a lua nova e as estrelas, cantamos para o nosso bando voltar para casa.

As coisas aconteceram depressa depois disso.

Os três dias seguintes foram um turbilhão, a casa dos Bennett se enchendo de pessoas que eu nunca tinha visto antes. Iam com Joe e Mark e Elizabeth para o escritório de Thomas e desapareciam por horas, todos lobos. Sussurravam uns para os outros, os que eu não conhecia. Eles me encaravam enquanto Carter e Kelly ficavam deitados ao meu redor, ainda transformados, ganindo penosamente enquanto seus pés chutavam durante o sono. Não permiti que esses estranhos me intimidassem. Encarei de volta.

Só ouvi alguns pedaços de conversa.

Richard havia se escondido.

Robert Livingstone não fora encontrado.

Mas Osmond.

Osmond tinha sido uma surpresa. Ninguém imaginava que ele fosse mudar de lado. Ele também se fora.

Aquilo perturbava os lobos. Saber que houvera um traidor entre eles. Principalmente um tão importante quanto Osmond. Eu não os culpava. Mas certamente não confiava em nenhum desconhecido na casa dos Bennett. Tinha a impressão de que todos tinham dificuldade de confiar uns nos outros.

Elizabeth não me deixou voltar para casa. Ela disse que não seria certo. Não agora. Talvez não por um bom tempo. Fiquei no quarto de Joe. Na cama dele.

Mas Joe nunca estava lá.

Disseram que foi um assalto malsucedido. Que minha mãe tinha chegado em casa e interrompido algum invasor. Eu tinha um álibi, é claro. Estava com os Bennett. Os Bennett, a quem todos respeitavam. Que todos admiravam. A cidade talvez não os compreendesse, mas compreendia a aparência deles. Sua riqueza. As coisas que tinham feito pela cidade.

O médico-legista disse que a garganta da minha mãe havia sido cortada com algum tipo de lâmina serrada.

Eu falei para a polícia que não tínhamos nada do tipo.

Que o invasor devia ter trazido com ele.

E onde está Thomas?, perguntou a polícia.

Viajando a trabalho, respondeu Elizabeth. *Fora do país. Ficará meses fora.*

Depois diriam que Thomas havia morrido de enfarte no exterior.

Mas, por enquanto, ele estava apenas fora.

Quando vai voltar?, quis saber a polícia.

Espero que em breve, disse ela.

De algum jeito, manteve a voz firme.

Quem é de fora não conseguia perceber as rachaduras.

Mas eu conseguia.

Minha mãe foi enterrada numa terça-feira.

Não havia nada de especial nas terças-feiras, mas foi o primeiro dia que conseguimos.

A cidade ficou de luto por ela conosco.

Comigo.

O pastor disse coisas apaziguadoras sobre Deus e os mistérios dos seus planos. Podíamos não entender por que essas coisas aconteciam. Só nos restava torcer para que acontecessem por algum motivo.

O sol reluzia quando ela foi posta no chão.

O bando jamais deixou o meu lado.

Joe segurou minha mão por todo o processo, mas não dissemos nada.

Tanner, Chris e Rico estavam lá. Tiraram todos do caminho e nem tentaram apertar minha mão. Os três me abraçaram longamente com toda a força. Havia uma faísca de *alguma coisa* neles que senti na minha pele, mas se perdeu sob o peso do que eu enfrentava.

Jessie também compareceu. Ela esperou até poder se aproximar de mim. Sussurrou algo que não lembro. Seus lábios pressionaram minha bochecha, lentos e doces.

Joe assistiu enquanto Jessie apertava minha mão.

Ele desviou o olhar quando ela saiu.

Mais tarde, depois que fiquei diante de uma fila e deixei as pessoas chorarem no meu ombro e apertarem minha mão e me dizerem o quanto sentiam, parei sobre o buraco no chão onde minha mãe repousava. Não seria tapado até que todos fossem embora.

O bando recuou até o bosque. Esperando.

Não era justo. Nada disso era justo.

— Me desculpe — falei, e pensei no dia que ficamos deitados de costas, ela com seu vestido bonito de laços azuis, olhando as nuvens passando no céu.

Thomas foi cremado numa noite de terça-feira.

Não havia nada de especial nas terças-feiras, mas já tínhamos enterrado minha mãe naquela tarde, e era melhor terminar com tudo logo.

Aquelas mesmas pessoas que encheram a casa após o ataque de Richard agora enchiam a floresta. Algumas sob a forma humana, mas a maioria sob a forma de lobo. Meu bando inteiro se transformou, exceto Gordon e eu. Mas caminhamos com eles, eu e Elizabeth ladeando Joe. Os outros vinham atrás. Pus a mão nas costas de Joe e fiquei segurando o máximo que pude.

Ninguém falou sobre Deus e seus infinitos planos. Aliás, ficaram todos praticamente em silêncio enquanto observávamos o corpo de Thomas na pira construída na clareira da floresta. Os lobos se reuniram ao meu redor. Meus lobos. Todos os outros mantiveram distância.

Foi Gordon quem acendeu a fogueira.

Ao se aproximar da pira, ponderei se Thomas o sentira como parte do bando antes do seu último suspiro. Se tinha sentido o bruxo retornar. Não falamos sobre isso. Sobre o que isso significava. Sobre o que estava prestes a acontecer. Nem tentei. Eu tinha um pouco de ressentimento por terem me deixado de fora daquele escritório, daquelas reuniões secretas, mas o afastei.

Ele colocou as duas mãos na pira.

Suas tatuagens ganharam vida.

Ele abaixou a cabeça.

Uma chama surgiu sob seus dedos.

Atingiu a madeira e o fogo se espalhou.

Eu fiquei ali parado vendo o corpo queimar.

Joe os conduziu depois.

Chama-se uivo em coro, Thomas sussurrou para mim. *As harmonias fazem com que intrusos pensem que o grupo é maior do que de fato é.*

E faziam mesmo. Parecia haver centenas deles e não dezenas.

Gordon havia protegido o território de modo que ninguém em Green Creek ficasse sabendo. Sua magia era útil quando ele não tentava renegá-la.

Mesmo assim, fiquei imaginando se as pessoas na cidade poderiam ouvir. Ou ao menos sentir a transferência de reinado de um para o outro. Moravam no território, afinal.

Eu senti. Senti tudo.

O fogo era quente no meu rosto.

As canções uivadas ao meu redor eram mais altas do que nunca.

Elas me esvaziaram. Deixaram minha pele dura. Eu era uma concha se comparado ao que fora apenas poucos dias antes. Não sabia como preencher o espaço. Não sabia se existia algo que *pudesse* preencher o vazio.

O fogo acabou cessando. Até não restar nada além de carvão e cinzas.

Mais tarde seriam espalhados pelo território.

Mas por enquanto, os lobos estranhos se retiraram.

Nosso bando permaneceu.

Inalamos a fumaça, que preencheu nossos pulmões até tossirmos.

Gordon então se retirou. As mãos nos bolsos, a cabeça baixa.

Mark foi o próximo. Ele se afastou da casa dos Bennett, penetrando nas profundezas da floresta. Não o veríamos pelos próximos dois dias.

Carter e Kelly seguiram com a mãe, um de cada lado dela, sustentando-a enquanto ela cambaleava, as pernas fracas.

Então só restamos Joe e eu.

Ele estava sentado sobre as patas traseiras, observando o último rastro de chama, a última explosão de faíscas.

Fiquei sentado ao seu lado, apoiando-me em seu corpo.

Ele ganiu enquanto pairava sobre mim.

Apoiei-me com mais força nele.

Ele roncou, os olhos brilhando.

O calor da pira começou a cessar.

Mesmo assim continuamos.

Os pássaros noturnos cantaram.

Uma coruja chamou.

Eu disse:

— Estou aqui.

Joe arranhou a grama com sua pata gigante.

— Quando estiver pronto.

As orelhas dele tremeram.

— Vamos dar um jeito.

Ele ganiu no fundo da garganta.

— Precisamos.

Ele abaixou a cabeça, passando o nariz na minha bochecha. No meu pescoço. Atrás da orelha, deixando seu cheiro em mim como não tinha feito desde que se tornara Alfa.

Eu amei.

E o amava.

Mas não consegui dizer. As palavras ficaram presas na minha garganta.

Então torci para que ele conseguisse farejar. Pois era tudo que eu conseguia oferecer.

Devia ter parado por aí. Este deveria ter sido o fim desse dia horroroso.

Não foi.

Outras palavras saíram da minha garganta, dizendo a última coisa que eu deveria ter dito.

Mas eu estava enterrado naquele momento. Em raiva. Em luto.

Então não estava pensando no que *poderia* acontecer.
Só na minha vontade.
Falei:
— Ele tomou de nós.
Falei:
— Ele tomou parte do nosso bando.
Falei:
— Ele nos machucou.
Quase não consegui falar:
— Ele tomou a minha *mãe*.
Joe começou a rosnar.
Falei:
— Ele se foi.
Falei.
— Temos que encontrá-lo.
Falei:
— Não podemos permitir que isso aconteça com mais ninguém.
Falei:
— Não podemos permitir que isso aconteça de novo.
Falei:
— Temos que proteger os outros.
Falei:
— Temos que fazê-lo pagar.
E foi aí. Mais tarde eu perceberia que foi aí.
Esse foi o instante em que começamos a nos despedir.

nos ossos/te perder

Eu ainda não percebia.

Talvez devesse ter percebido.

Mas não o fiz.

Eles nos deixaram. Depois de um tempo.

Os lobos estranhos. Os que eu não conhecia.

Voltaram para o lugar de onde vieram.

Mas não antes de fazerem mais uma de suas reuniões secretas.

Não consegui nem encontrar forças para fazer perguntas.

Para dar a mínima para quem fossem.

Encarei a porta fechada.

E me afastei.

Eles se foram e tudo ficou quieto.

Carter e Kelly passavam horas e horas no bosque, percorrendo as árvores incansavelmente. Se não voltassem para casa à noite, eu os encontrava na clareira, deitados de barriga para baixo perto de uma área de grama queimada, o rabo abanando num ritmo que só eles ouviam.

Elizabeth desaparecia por longos períodos. Nunca a segui. Nunca descobri para onde ia.

Mark ficava na varanda, examinando a floresta. Eu sabia o que ele procurava, mas não achava que fosse acontecer. Richard tinha fugido.

E não voltaria por causa de Gordon. Gordon, que passou os dias subsequentes fortalecendo as barreiras que cercavam Green Creek.

Agora que tinha voltado para o bando, ele conseguia acessar aspectos da sua magia que estavam bloqueados antes. Eu sentia a atração cada vez que ele fazia algo diferente, aquela estranha sensação de estar descendo as escadas e errar o último degrau.

Joe ficava no escritório do pai.

Eu tentava mantê-los todos juntos.

Deitava na grama com Carter e Kelly. Sob as estrelas.

Quando Elizabeth estava em casa, eu me certificava de que se alimentasse.

Ficava sentado na varanda com Mark, passando a mão em seu pelo, vigiando.

Seguia Gordon por diversos lugares, observando enquanto ele murmurava para si mesmo, de olho para que ninguém em Green Creek notasse que suas tatuagens se moviam pelos braços. Ele alegava não ser necessário. Que ninguém descobriria. Eu ia assim mesmo.

Joe mal falava comigo, mesmo quando estava em sua forma humana e eu estava ao seu lado.

Eu não entendia o que ele estava passando. Não entendia o que Thomas lhe tinha dado. Não entendia o que significava ser Alfa. Tudo que eu podia fazer era torcer para ser o suficiente como seu laço.

É claro que todo o cortejo que ele vinha fazendo cessou.

Não me importava. Sabia que ele tinha outras coisas em que se concentrar. Coisas mais importantes.

Um dia fui para o trabalho, só para variar.

Gordon não estava lá. Estava com Joe, conversando sobre coisas que eu não deveria ouvir.

Posso ter olhado feio para os dois. Eles me encararam de volta com expressões vazias.

Também posso ter batido a porta ao sair de casa.

Não me orgulhei disso.

Então, sem ter nenhum lugar melhor para onde ir, fui para a oficina.

Fiquei longe da rua principal. Não queria que ninguém me abordasse. Tentasse falar comigo. Oferecesse condolências. Eu estava farto de condolências.

Provavelmente não ajudava o fato de que eu estava irritado com Joe e Gordon, apesar de me esforçar bastante para não estar. Mas eles nunca tinham escondido nada de mim. Não desde que descobri a existência de bruxos e lobisomens. Na maior parte do tempo, pelo menos.

Mas quando vi a oficina pela primeira vez em dias, parte da irritação passou. Amorteceu a tristeza. Achei que talvez fosse ser uma válvula de escape. Pelo menos por um tempo.

Entrei na oficina. O sino da porta da sala de espera soou acima da minha cabeça. Fez meu coração doer um pouco, mas de um jeito bom.

— Estou indo! — gritou uma voz do fundo da loja.

Eu conhecia aquela voz.

Minha garganta apertou. Só um pouquinho.

— Bem-vindo à Oficina do Gordon — disse Rico, vindo da salinha. Ele estava passando um pano nas mãos, tentando remover o óleo das unhas. O pano tinha o aroma doce de óleo de coco, que Rico garantia ser o melhor dos produtos. O restante de nós usava água e sabão. Rico dizia que gosto não se discutia. — Como posso ajudar…

Então ele parou. E me encarou.

— Oi — falei. — Oi. Oi, Rico.

— Oi. — Ele riu e balançou a cabeça. — Oi, diz ele. Oi, como se fosse um… Traz essa bunda pra cá, Ox.

Levei minha bunda pra lá.

O abraço foi bom. Muito bom.

— Que bom vê-lo — sussurrou, me abraçando com força.

Apenas fiz que sim com a cabeça em seu pescoço.

Então ele me arrastou para a oficina.

Havia alguns carros suspensos.

O rádio tocava a música country de Tanner, algo sobre um homem cujas ex-namoradas eram todas do Texas, mas ele pendurou o chapéu no Tennessee.

O próprio Tanner estava sob o capô de um Toyota Corolla 2012. Parecia trocar a correia dentada, cantando junto ao rádio.

Chris fazia testes em uma caminhonete, apertando os olhos para a tela do computador, apesar de estar com os óculos na testa. Ele dizia detestar sua aparência de óculos.

Respirei fundo para sentir o cheiro de graxa e sujeira e metal e borracha. Era o mesmo da minha infância, quando eu vinha com meu papai e Gordon me oferecia um refrigerante da máquina.

Só faltava o próprio.

Mas tudo bem. Ele estava ocupado agora.

— *Mira* quem deu o ar da graça — disse Rico.

Eles levantaram os olhos.

Dei um aceno esquisito.

Já estavam todos em cima de mim antes que eu pudesse dar um único passo.

Eles riram. Abraçaram-me. Passaram as mãos na minha cabeça. No cabelo. Colocaram os braços em volta dos meus ombros. Tocaram as testas na minha. Disseram que eu era um colírio para os olhos. Que sentiram minha falta. Que iam me matar de trabalhar quando eu estivesse pronto.

Não consegui encontrar as palavras para dizer o que queria. Às vezes, seu coração fica tão cheio que sufoca a voz e a única coisa que você pode fazer é se segurar o máximo possível.

Caminhei para casa no fim do dia.

Não havia ninguém aguardando por mim na estrada de terra.

Eu já esperava.

Mas doeu assim mesmo.

O sol poente cintilava através das árvores.

Passei a mão pela grama alta que crescia na lateral da rua.

Fiquei imaginando para onde eu estava indo.

O que estava fazendo.

Quanto tempo levaria para voltar a respirar livremente, sem esse peso no peito.

Quanto tempo levaria para que meu bando não estivesse mais tão fraturado.

Quanto tempo levaria para que Joe voltasse a falar comigo.

Com qualquer um de nós, na verdade.

Imaginei muitas coisas.

Parei na frente da minha casa.

Minha casa. Não a do fim da rua.

Fiquei a encarando.

Disse a mim mesmo para continuar andando.

Para ir à casa dos Bennett. Ficar lá como vinha fazendo ao longo da última semana.

Precisava ver como estavam. Garantir que estavam bem. Garantir que tinham ao menos se alimentado. Não podia permitir que os lobos passassem fome.

Então imagine a minha surpresa quando me flagrei diante da minha porta da frente, com a mão pairando sobre a maçaneta. Disse a mim mesmo para ir embora.

Pus a mão na maçaneta e girei.

Não se moveu.

Não entendi.

Então percebi que estava *trancada*, e nós *nunca* trancávamos a porta. Nem depois que meu pai nos deixou, porque *não havia razão para trancar*. Vivíamos no campo. A casa do fim da rua estava desocupada, e depois passou a ser habitada por lobos. Não existia *crime*, não existiam *monstros* na floresta que poderiam nos aterrorizar à noite.

Não antes.

As coisas mudaram e minha mão estremeceu.

Eu não tinha minhas chaves. Não sabia onde estavam. Eu nunca *precisava*...

Vamos deixar aqui, minha mãe sussurrou. *Caso um dia precise.*

A chave reserva.

Ela havia posto uma chave embaixo da varanda, escondida sob uma pedra.

Tinha me mostrado uma vez, quando eu tinha nove anos. Talvez dez.

Eu estava abaixado tentando alcançar embaixo da varanda antes de pensar em outra coisa.

Não consegui achar a pedra. Folhas secas e aranhas, sim, mas não *a porra da pedra*...

Minhas juntas rasparam em uma pedra.

Tirei-a do caminho. Encaixava-se na minha mão assim como a da floresta. A que usei para bater em Richard. Ela...

Não tinha chave.

Respirei fundo.

Balancei a cabeça.

Procurei novamente.

Lá estava. Só um pedacinho na terra. Tinha um besouro curvado sobre ela, a casca cinza e brilhante.

Peguei a chave e me toquei de que a última pessoa que havia encostado nela tinha sido minha mãe.

Meu pai nunca a tinha usado. Nunca precisou. Se chegasse em casa tarde, cambaleando para fora da caminhonete, perdido em um torpor de cerveja, a porta sempre estava aberta.

Eu nunca a tinha usado. Vinha sempre da escola. Do trabalho. Da biblioteca. De um passeio na floresta onde eu sentia o território de Thomas vibrando pelas minhas veias.

Ela foi a última pessoa a tocar nessa chave.

Eu me lembrei de quando peguei minha camisa de trabalho pela primeira vez, meu nome cuidadosamente bordado.

Eu me lembrei da primeira vez que segurei a mão de Joe, o pequeno tornado que disse que eu tinha cheiro de pinhas e bengalinhas doces. De épico e incrível.

Isso parecia tão importante quanto.

Subi os degraus para a casa novamente.

Coloquei a chave na fechadura.

As trancas estalaram.

Girei a chave.

Pressionei a testa na porta de madeira e respirei fundo.

A luz desbotava atrás de mim. As sombras se esticavam.

Tirei a chave da fechadura e a guardei no bolso, para que ficasse em segurança.

Girei a maçaneta e abri a porta. As dobradiças rangeram.

As sombras eram mais profundas dentro da casa. Dei um passo e fui *agredido* pelos odores de um lar, de lustra-móveis e Pinho Sol. De flores de primavera e folhas de outono. De doces e temperos. O cheiro era *caloroso*, mas estava ali, não estava? O cheiro de moedas engorduradas, sob o cheiro de *lar*. Porque isso *não era* um sonho. Podia sentir a dor no peito com tanta certeza que eu *sabia*.

Fechei a porta atrás de mim.

A casa estava escura.

Eu iria para a cozinha. Ou lá para cima. Para o quarto dela. Ou para o meu. Precisava de roupas novas. Fazia uma semana que vinha usando as de Carter e, embora eu tivesse o cheiro do *bando*, precisava ter o *meu* cheiro. Era um plano. Um bom plano. Eu subiria e pegaria uma muda de roupas, *algumas* mudas de roupa, e depois…

Eu estava na sala.

Tinham me falado como seria.

Um dos lobos estranhos me contara.

Ele dissera:

— Sinto muito. Tentamos. Tentamos limpar o máximo possível. Mas o... penetrou. Na madeira do piso. E...

Lá estava. Uma mancha escura, as bordas irregulares. Tinha sido esfregada. Lavada. *Raspada*. Mas não conseguiram tirar tudo.

O sangue da minha mãe havia penetrado nos ossos da casa.

Mas era justo. Porque ela era parte dali. Essa era a casa *dela* e ela tinha *morrido*...

Eu estava no quintal da frente, sobre as mãos e os joelhos, vomitando no gramado. A bile jorrou quente na minha mão, perto do polegar. Soltei um gemido úmido, uma linha de saliva caindo do meu lábio inferior.

Num pensamento distante, senti uma *pontinha* de medo.

Escutei um rugido, mais profundo do que jamais havia ouvido.

Aquela *pontinha* se tornou um *clamor*.

Ouvi a respiração de um animal grande.

As batidas de patas grandes no chão.

Ele estava ali quando vomitei novamente.

Ouvi um estalo de ossos e músculos e então Joe estava na minha frente, as mãos agitadas, esfregando minhas costas e braços enquanto dizia:

— *Ox*.

— Joe — gemi, cuspindo o amargor da boca. — Está tudo bem, tudo bem, tudo *bem*...

— Eu senti — disse ele, a voz quebradiça. — Por cima de tudo. Na casa é difícil ver porque *todo mundo* sente a mesma coisa. Está acontecendo com *todos*. Mas aí você não estava lá e eu não conseguia lembrar onde você estava e *senti*. Foi como ter o corpo todo espetado. Eu sempre senti antes, mas nada parecido com agora. Nunca houve *nada* assim. Como *você*.

— Eu não...

— Devia ser assim que ele se sentia. Meu pai. *O tempo todo*. Porque você é meu... meu bando. É... *Ox*. É tão grande, não sei o que *fazer* com isso.

E era estranho, ouvi-lo assim após uma semana praticamente em silêncio. Porque ele soou como soava quando criança, apenas uma criança que não falava havia quinze meses e que me escalou como uma árvore exigindo saber que cheiro era aquele. Aquilo me endireitou, pouco, mas de algum jeito.

Ele ficou quieto enquanto me levantei cambaleando e tentando recuperar o fôlego. A mão dele segurava a minha, ignorando o suor e a bile.

Ele perguntou:

— Por que você entrou lá?

Olhei para o céu. A noite se sobrepunha ao dia. Havia laranja e vermelho e violeta e preto se estendendo sobre nós. Vi os primeiros sinais de estrelas. A primeira curva suave da lua.

— Precisei — respondi. — Achei a chave e tive que entrar.

— Não pode entrar sozinho.

— É a minha *casa*.

Os olhos de Joe brilharam.

— Sou seu Alfa.

E um tremor rolou por mim com a vermelhidão dos olhos dele, uma necessidade de esticar o pescoço e *obedecer*, um sussurro que virou uma tempestade. Puxou violentamente o fio que nos conectava até que eu estivesse *tremendo*, até que eu precisasse ranger os dentes só para suportar. Fechei os olhos e esperei passar.

Não durou muito. Porque Joe puxou novamente.

Ele disse:

— Merda. Desculpa. *Mil desculpas.* — Seus olhos estavam arregalados e ele parecia impossivelmente jovem.

— Não faça isso comigo — falei, rouco. — Nunca mais.

— Ox. Eu. Nós... Não tive a intenção. Tudo bem? Juro para você, não tive a intenção.

Ele apertou a minha mão com tanta força que achei que meus ossos fossem quebrar.

— Eu sei — respondi. Porque sabia. Ele não era assim. Nada disso tinha a ver com quem éramos. Tudo estava uma merda. — Eu sei.

Ele parecia arrasado, um garoto de dezessete anos que de repente tinha o peso de tudo nos ombros. Mas havia raiva nele também, baixa e pulsante, e eu não sabia como contê-la. Basicamente porque a minha era semelhante.

Ele disse:

— Você não pode voltar lá. Não sozinho. Não até que nós...

— Você não pode consertar isso — falei o mais gentilmente que pude. — Não agora.

Ele se esquivou, mas continuei segurando sua mão.

— Ox, eu...

— Não quis dizer o que você está pensando.

— Você... você não sabe o que quis dizer.

— Talvez. Não sei. Está tudo esquisito agora.

— Eu sei.

— Mas vamos dar um jeito nisso.

— Eu sei.

— Vamos — insisti.

Ele desviou o olhar.

— Precisamos conversar, Ox. Eu... tomei uma decisão. Em relação a isso. Em relação a tudo. Preciso que você... Só precisamos conversar, ok?

E eu senti frio.

Estávamos no escritório de Thomas. Todos nós do bando. Era a primeira vez que todos os lobos estavam na forma humana desde a noite em que Richard veio. O fato de que estávamos todos juntos não passou batido por mim, inclusive porque Gordon estava conosco.

Gordon, que aparentemente tinha um lugar no bando agora. Alguma coisa aconteceu na noite em que Thomas morreu, alguma coisa que o conectou ao Alfa, exatamente como o restante de nós. Não sei se era a sua magia, a transferência do Alfa ou uma combinação de ambas. Gordon não falava sobre o assunto. Aliás, nenhum deles falava.

Eu achava que havia uma boa chance de todos eles saberem do que se tratava, menos eu.

Elizabeth estava pálida e abatida, e tinha um cobertor nos ombros.

Carter e Kelly franziam a testa e estavam lado a lado, perto de Joe.

Mark olhava pela janela, os braços cruzados sobre o peito.

Gordon se apoiava na parede oposta, encarando as próprias mãos.

Joe estava sentado à mesa do pai. Parecia uma criança brincando de gente grande.

E tinha eu. Eu, que não sabia de nada.

Ninguém estava falando nada.

Então perguntei:

— O que você fez?

Todos os olhares se voltaram para mim, mas eu só tinha olhos para Joe.

Ele suspirou.

— Nós vamos embora.

— Quê? Quando?

— Amanhã.

— Você sabe que não posso ir embora ainda — falei. — Tenho que encontrar o advogado da minha mãe em duas semanas para tratar do testamento dela. Tem a casa…

— Você não, Ox — acrescentou Joe baixinho.

Congelei.

— Nem a mamãe. Ou Mark.

Minha pele formigou.

Ele esperou.

— Então só você — concluí lentamente, sem saber ao certo se tinha entendido. — E Carter. Kelly.

— E Gordon.

— E Gordon — repeti secamente. — Para onde vão?

— Fazer a coisa certa — respondeu, sem jamais tirar os olhos dos meus. Havia alguma coisa acontecendo ali, entre nós dois, e não era boa. Nada disso era bom.

— Nada disso está certo — falei. — Por que não me contou?

— Estou contando agora.

— Porque *essa* é a coisa… para onde vão?

— Atrás de Richard.

Eu devia ter esperado por isso.

Não esperava.

Atingiu-me como uma martelada no peito.

— Por quê? — consegui perguntar.

— Porque ele tomou de nós — disse Joe, cerrando as mãos em punhos. — Tomou de nós, de todos nós. De mim. De *você*. Você *me disse* que precisávamos…

— Eu estava *com raiva* — gritei para ele. — As pessoas dizem coisas quando estão *com raiva*.

— Bem, eu ainda estou! Você também deveria estar. Ox, ele…

— E o que você acha que vai fazer? — perguntei a ele. — O que você acha que vai acontecer?

— Vou caçá-lo — respondeu Joe, as garras surgindo. — E vou matá-lo por tudo que ele tirou de mim.

— Não pode dividir o bando — argumentei, soando um tanto desesperado. — Não agora. Joe, você é o maldito *Alfa*. Eles precisam de você aqui. Todos eles. *Juntos*. Você realmente acha que eles concordariam…

— Eu já avisei para eles há dias. — Ele estremeceu. E em seguida: — Merda.

O formigamento se intensificou.

— Você fez o quê?

Olhei para cada um deles.

Carter e Kelly encaravam o chão.

Mark e Elizabeth olharam nos meus olhos. Os de Elizabeth estavam sem vida e silenciosos. Mark parecia mais endurecido do que nunca.

E Gordon. Ele…

— Ox… — começou a falar Gordon.

— Não — vociferei. — Falo com você mais tarde.

Ele suspirou.

Olhei novamente para Joe. Ele parecia ferido, porém decidido.

— Então é isso.

— É.

— Você simplesmente vai atrás dele.

— Vou.

— Vai caçá-lo.

— *Vou*.

— E vai nos deixar aqui para… quê? Esperar por você? Torcer para que ele não o mate? Torcer para que não volte enquanto você nos deixou desprotegidos? É isso que faz um Alfa? — Não tive a intenção de dizer essa última parte. Escapou. E vi a dor nos olhos de Joe antes de ele assumir uma expressão cuidadosamente neutra. Ele nunca tinha feito isso comigo, se escondido de mim. Éramos abertos um com o outro. Sempre. Até a semana anterior, quando ele aparentemente guardou mais segredos do que imaginei que fosse capaz.

Ele disse:

— Não espero que compreenda, Ox. Não totalmente. É algo que preciso fazer.

— Não é. Você não *precisa* fazer *merda* nenhuma. Você realmente acha que é isso que Thomas ia querer? Realmente acha que é isso que ele queria para você? Ele não teria…

Os olhos de Joe brilharam vermelho. Quando falou, foi através de uma pontinha de presas.

— Ele era *meu* pai, não seu. Você não pode…

— Joseph — falou Elizabeth, a voz dela uma chicotada de alerta.

Mas o estrago já estava feito.

Dei um passo para trás, de repete incerto quanto a tudo. Meu lugar ali com o bando. Com Joe. É engraçado como apenas algumas palavras podiam me fazer questionar tudo.

Joe emitiu um ruído ferido, quebrado e suave.

— Ox — disse ele. — Não quis dizer isso.

E eu sabia disso. Ou ao menos achava que sabia.

Mas mesmo assim doeu mais do que tudo. Principalmente vindo dele. Meu pai ainda me assombrava, embora seus ossos estivessem enterrados no chão.

E pela primeira vez senti minha própria máscara assumindo seu lugar, empurrando para baixo a dor. A raiva. O puro pavor pela ideia de Joe ir embora. Eu não temia por nós, os que ele deixaria para trás. Temia por ele.

E todos eles tinham tomado essa decisão. Sem mim.

O humano do bando.

— Quanto tempo? — perguntei, a voz curta e grossa.

Os lobos pareceram ansiosos. Gordon franziu a testa.

— Ox — falou Joe, a voz suave.

— Não. Você quer fazer isso? Tudo bem. Quer tomar decisões sem me incluir? Vá em frente. Obviamente as coisas não são como eu imaginava que fossem. Mas como você é capaz de fazer essas escolhas, pode responder à maldita pergunta. Quanto. *Tempo*?

A expressão vazia deixou o seu rosto. Agora ele parecia um garotinho assustado, não o Alfa do bando Bennett. Quase todas as partes de mim gritavam para ir até ele. Abraçá-lo e nunca mais deixar que desaparecesse da minha vista. *Consertar* isso de algum jeito, porque eu achava que essa fosse a minha obrigação.

Mas não o fiz.

— Pelo tempo que for necessário — respondeu em voz baixa.

— E quanto ao resto de nós?

— Ficarão aqui.

— E se ele voltar? Ou alguém vier? Ômegas em busca de território? Alguém como Marie. Ou sabe-se lá o que mais existe por aí e vocês não me contam.

— Haverá... proteções ativadas — esclareceu Gordon. Não olhei para ele, continuei encarando Joe.

— Como havia quando seu pai apareceu? — perguntei. Golpe baixo de novo, porém necessário.

— Estou mais bem preparado desta vez — disse Gordon —, agora que sei. Richard não poderá voltar para Green Creek. Nem meu pai. Ou Osmond.

— Mas outros podem.

— Não vão — afirmou Joe, soando menos confiante do que deveria, principalmente se estivesse tentando ser convincente.

A máscara caiu.

— Como pode saber disso? Você nem estará aqui.

Joe estremeceu.

— Só para eu entender — falei. — Minha mãe morreu. Seu pai morreu. Você assumiu o lugar dele. E sua primeira atitude como Alfa é dividir o bando para obter vingança.

Os olhos de Joe arderam em vermelho outra vez.

— Tem razão — respondeu friamente. — Eu *sou* o Alfa. E farei o que considero certo. Você pode não concordar comigo, Ox, mas vai respeitar minha decisão porque foi a que *eu* tomei.

— Não é assim que funciona — retruquei, embora boa parte de mim quisesse expor o pescoço em deferência. — Só porque você é quem é não significa que o seguirei cegamente. Seu pai entendia isso. Acho que você não.

Suas garras marcaram a madeira da mesa enquanto ele rosnava baixo.

Carter e Kelly ganiram, olhando de mim para ele.

Elizabeth estava pálida.

Até Mark pareceu preocupado.

Gordon, bem. Foda-se ele.

— E se ele machucar mais alguém? — perguntou Joe ao recuperar o controle. — E se ele tentar tomar a família de mais alguém? Acha que eu poderia viver com isso? Ele *machuca* pessoas, Ox. E faz isso porque *pode*. Não posso permitir que aconteça novamente.

— Então vamos todos — sugeri. — Se você vai, então leve o restante de nós.

Ele balançou a cabeça.

— Não. De jeito nenhum.

— Por quê?

— Porque não quero colocar minha mãe em risco. E não podemos deixar o território desprotegido.

Contive o impulso de observar que eles abandonaram Green Creek por anos e nada aconteceu.

— Tudo bem — falei. — Então Carter pode ficar. Ou Kelly. Mark já está aqui. Mas eu vou com você.

— Não — disse Joe.

— Por que não?

— Porque eu estou dizendo.

— Isso não é o bastante.

— Sério? — começou Joe, parecendo furioso. — Quer saber por quê, Ox? Porque acabei de perder meu pai e estou *destruído* por causa disso. Perdê-lo *dói* mais do que tudo que já senti antes. Mas te perder? Ox, se alguma coisa te acontecesse, eu me *mataria*. Não faz sentido existir sem você. Então não. Você não vai. Vai ficar aqui porque te amo mais do que tudo neste mundo maldito e estou pouco me *fodendo* se isso o irrita. Não *me importa* se me odeia por isso. Desde que eu saiba que está seguro, nada mais importa. É por *isso*, seu desgraçado.

A coisa que eu mais queria era dizer o mesmo para ele.

Mas me contive. Porque isso não estava certo.

— Não pode usar seus sentimentos por mim para me manter aqui, Joe. Não é assim que funciona. Não vou ficar de lado para que você possa…

— *Não estou nem aí*! — rugiu ele, socando a mesa do pai. A superfície rachou, quebrando a madeira. — Você é o meu *laço*, Ox. E o do *Gordon*. O que você acha que aconteceria se o perdêssemos?

— Você é um cuzão — falei. — Jesus Cristo, Joe.

— A decisão está tomada.

— Claramente. Não sei nem por que estou aqui, então, ou por que estamos conversando. Considerando que você vai fazer o que quiser de qualquer jeito. Quer ir embora? Tudo bem. Vá. Não vou impedi-lo. Não mais.

— Ox...

— Está decidido?

Ele fez que sim com a cabeça e desviou o olhar.

— Ótimo — continuei. — Agora lide com as consequências.

Virei e saí.

antes de ir/agridoce

Foi Gordon que me encontrou primeiro.

Eu estava perto da nossa clareira, deitado de costas, olhando para as estrelas através das árvores. De onde estava conseguia enxergar o local onde a pira funerária de Thomas estivera, o chão queimado. Não consegui chegar mais perto.

Nem precisei olhar para ver quem era. Fiquei tentando descobrir quando comecei a reconhecer o bando apenas pelos laços. Acho que quase todos os outros estavam por ali, mas guardando distância. Todos eles. Menos Joe. Ele não estava na floresta.

— Quando saímos — falei com desinteresse, os olhos rastreando a Cão Maior. — Quando você estava reforçando as barreiras. Você já sabia, não sabia?

Ele hesitou. Então:

— Já.

— E ele mandou não me contar.

— É, mas concordei com ele.

Ri com desdém.

— Claro que concordou.

Gordon suspirou, e o vi de soslaio, movendo-se pelo escuro da noite.

— Ele não está errado, Ox.

— Você está dizendo isso porque acha que ele está certo? Ou porque acha que alguma coisa vai acontecer comigo?

Gordon não respondeu. O que era uma resposta clara.

— Sei cuidar de mim.

— Eu sei — disse ele.

— É uma merda, Gordon.

— É. — Ele se sentou ao meu lado, os joelhos no peito.

— E você está concordando com isso.

— Alguém precisa garantir que ele não se mate.

— E esse alguém é você. Porque você é do bando.

— Parece que sim.

— Por escolha?

— Acho que sim.

— Tem que haver outros procurando por ele. Por eles. Pelo que Thomas era. Não vão simplesmente deixar para lá.

— Não vão — concordou Gordon. — Mas também não vão procurar como nós.

— De que jeito?

As tatuagens dele brilharam. Desviei o olhar delas.

— Você quer dizer para matar.

Ele suspirou.

— Você está ok com isso?

— Nada disso é ok, Ox. Mas Joe tem razão. Não podemos permitir que isso aconteça a mais ninguém. Richard queria Thomas, mas quanto tempo vai levar até caçar outro bando só porque quer ser Alfa? Quanto tempo vai levar para reunir novos seguidores, mais do que antes? O rastro já está esfriando. Temos que acabar com isso enquanto é tempo. Por todos nós. É vingança, pura e simples, mas é para o bem.

— Você realmente acredita nisso.

— Talvez. Joe acredita. E para mim é o suficiente.

Ficamos quietos por um tempo, cada um de nós perdido nos próprios pensamentos.

E então:

— Vou trazê-lo de volta, Ox.

Tudo doeu.

— Pode confiar em mim para fazer isso?

Eu não queria, mas, se havia alguém que era capaz de fazê-lo, esse alguém era Gordon. E foi o que lhe disse.

— Ótimo — falou ele, esticando a perna e dando um chutezinho no meu quadril.

— Você deveria falar com ele — sugeri. — Antes de ir.

— Joe? — perguntou ele, confuso.

— Mark.

— Ox…

— E se você não voltar? Realmente quer que ele pense que você não se importa? Porque isso é bizarro, cara. Você me conhece. Mas às vezes acho que se esquece de que eu também o conheço. Talvez até mais.

— Nossa, que merda.

— É.

— Quando se tornou tão inteligente?

— Não foi graças a você, pode ter certeza.

— Então você vai ter que fazer o mesmo.

Franzi a testa.

— O quê?

— Conversar com Joe antes de irmos. Não pode deixar as coisas assim, Ox.

— Poderia — falei. — Facilmente.

— Mas não vai.

— Como você sabe?

Gordon deu de ombros.

— Você o ama.

— Ele escondeu isso de mim.

— Ele sabia como reagiria.

— Isso não justifica.

— Não disse que justificava.

Olhei fixamente para ele.

— Você devia ter me contado.

Ele suspirou.

— Provavelmente. Mas agora é tarde para isso. Eu tinha me esquecido de como é diferente fazer parte de um bando. Existe o livre-arbítrio, mas se mistura com os lobos. Ele é o Alfa. Tenho que ouvi-lo.

— Você confia nele?

— Você confia?

Balancei a cabeça.

— Não para cuidar de si mesmo.

Gordon afagou minha mão.

— Que bom que estarei junto, então. E sim, acho que confio. Ele é jovem. Mas eu também era quando isso tudo começou. Temos ao menos isso em comum.

— E basta?

— Veremos.

Ficamos quietos por um tempo. Em seguida, só porque eu podia, falei:

— Então, basicamente, agora você é o bruxo de um Alfa de dezessete anos. Mandou bem.

Ele riu e me empurrou com força.

— Vá à merda.

— Cuzão.

— Puto.

Ele riu.

E talvez eu também tenha rido. Só um pouquinho.

Ele se retirou.

Esperei pelos lobos porque sabia que viriam.

Carter e Kelly foram os primeiros a aparecer, as orelhas baixas, os rabos entre as pernas. Deitaram longe o bastante para que eu mal pudesse vê-los no escuro, mas perto o suficiente para que pudesse ouvir seus ganidos suplicantes, as pequenas lufadas de ar.

Quando não fiz cara feia nem mandei que se afastassem, eles se aproximaram. E aguardaram.

Mais perto. E aguardaram.

Não demorou até que estivessem colados em mim, um de cada lado, as cabeças no meu peito, me observando com olhos grandes. As orelhas tremiam, ouvindo os sons da floresta, mas eles não pararam de me olhar.

— Estou bravo com os dois.

Kelly ganiu e passou o focinho no meu queixo.

— Vocês são dois babacas.

Carter arfou e colocou a pata na minha mão.

— Vocês precisam cuidar um do outro — disse a eles. — E dele. E se ficar ruim, se parecer que a luta é grande demais, peguem-no e voltem correndo. Não me importa se ele é o Alfa. Briguem. Briguem com ele. Arrastem-no de volta se for preciso. Entenderam?

Eles brilharam seus olhos laranja para mim.

Eu os ouvi suspirando na minha cabeça.

Diziam coisas como *irmão* e *amor* e *por favor não fique bravo conosco por favor não nos odeie por favor não nos deixe*, e não tive forças para corrigi-los.

Eu não os estava deixando.

Eles estavam me deixando.

Carter estava cochilando.

A língua de Kelly estava pendurada para fora da boca enquanto eu acariciava suas orelhas.

Mark e Elizabeth chegaram então. Elizabeth em forma de loba. Mark, não.

Ele caminhava ao lado dela, nu, os ombros levemente curvados.

Senti Elizabeth, mas não era como Carter ou Kelly. Eram ondas de dor e luto. Era uma tristeza horrível. Ela não estava verde. Não sentia qualquer alívio. Estava mergulhada em sua fase azul agora, e eu não sabia se sairia dela um dia.

Ela deitou aos meus pés e fechou os olhos.

Não demorou muito para dormir.

Mark se sentou ao meu lado.

Ele disse:

— Ela vai ficar assim, eu acho. Por um tempo.

— Loba?

— É.

— Por quê?

— É mais fácil processar as coisas. Conseguimos nos lembrar de quase tudo enquanto lobos, mas é diferente. É mais básico. As complexidades são mais difíceis de entender. Lidamos com as linhas gerais. Conseguimos ver a forma das coisas. É difícil ser mais específico. É a maneira dela de lidar com tudo isso. A tristeza de um lobo não é a mesma de um humano. Na maior parte.

Entendi o que ele estava dizendo. E achei que talvez soasse como burlar as regras.

— Eu não sou lobo — falei.

— Não.

— E meu coração está partido.

— Sim.

— Não posso me transformar para melhorar.

— Não torna mais fácil de lidar, Ox. Só torna mais fácil entender.

— Acho que não entendo muitas coisas — admiti.

— Nem eu. Você sabe que precisaremos de você. Você é muito importante para nós.

— Por quê?

— Por que você é importante? Ou por que precisaremos de você?

— Isso.

— Estamos sofrendo, Ox — explicou ele. — Assim como você. Talvez não sejamos capazes de entender a sua dor, mas sentimos assim mesmo. Cada um sofre de um jeito. E quando um membro do bando morre, principalmente quando é o Alfa, um enorme vazio se abre, como um abismo, e ficamos *desesperados* para preenchê-lo. Para fazê-lo desaparecer. Ou no mínimo para esquecê-lo. Só por um tempinho. Seja nos escondendo na floresta à noite…

— Seja encontrando o causador disso tudo — completei.

Ele deu um sorriso silencioso.

— Eu falei para ele não ir, sabe. Joe. Falei que estava cometendo um erro.

— E ele ouviu?

— Quero acreditar que sim.

— Não o suficiente.

— Pode ser difícil ouvir o que você não quer quando está desesperado e tudo que sente é raiva.

— Mas é mais fácil quando estamos juntos. Um bando é para ser assim.

Mark assentiu com a cabeça.

— Por isso nós dois precisaremos de você. E espero que você precise de nós. Porque também estamos aqui, Ox. Prometo. Não o deixaremos para trás.

Queria acreditar nele.

DEIXEI-OS NA FLORESTA.

Mark se transformou e deitou perto de Elizabeth. Carter e Kelly ganiram quando me mexi, mas encontraram refúgio com o resto do bando. Sabiam para onde eu ia. Achavam que estavam nos dando a privacidade necessária.

Mas não sabiam o que eu ia pedir.

Pois eu tinha me decidido.

Minha mãe sussurrou: *Vou cuidar de você.*

Thomas sussurrou: *Você protegeu os seus. Estou muito orgulhoso de você.*

Pensei que talvez estivessem caminhando comigo pela floresta, mas não tinha certeza. Não sabia se eu conseguia diferenciar entre lembranças e fantasmas.

Os fios que nos ligavam não existiam mais.

Mas a mão da minha mãe tocou minha orelha, e senti Thomas apertar meu ombro.

Eu não estava sonhando porque doeu.

Joe permanecia no escritório, sentado na cadeira do pai, com um olhar distante no rosto enquanto encarava o nada. Era difícil acreditar que só tinha passado uma semana desde o nosso primeiro encontro, aquela chama de esperança brilhante e constrangedora que explodia no meu estômago. Era difícil pensar nele sentado à mesa da nossa cozinha, de gravata-borboleta, conversando com a minha mãe como se sua única crença na vida fosse o que estava pedindo. Como se eu fosse algo de que ele pudesse se orgulhar.

Ele não olhou para mim. Mas sabia que eu estava ali.

Tentei encontrar as palavras certas para expressar o que sentia.

Falei:

— Quero que me dê a mordida.

— Não.

A sala ficou silenciosa por um bom tempo.

Finalmente eu disse:

— A escolha é minha, Joe.

— Eu sei — respondeu ele, olhando para mim, seus olhos clareando enquanto eu observava.

— E sou eu que estou escolhendo.

— Eu sei.

— É o que eu quero.

— É mesmo?

— É.

— Não queria antes. Ontem. Semana passada.

— A situação era diferente. Ontem. E semana passada. E todos aqueles anos atrás, quando Thomas me ofereceu pela primeira vez.

— Quando?

Pisquei.

— Quando o quê?

Ele parecia cansado.

— Quando meu pai ofereceu a mordida?

— Ele me disse que eu podia receber quando completasse dezoito anos.

— Disse?

— Você parece surpreso.

Joe esfregou o rosto com a mão.

— Estou. Digo... Sabia que ele provavelmente havia oferecido. Em algum momento. Só não sabia quando.

— Ele não te contou?

— Por que teria contado? Não era assunto meu.

— Será que não?

— Não vejo como...

— Era. Joe, tudo isso é sobre você. É o que sou. É *tudo* que sou agora. — Porque eu não era mais filho de ninguém. Não sei se alguém podia ser considerado órfão aos 23 anos. Se pudesse, era isso que eu era.

— Mas você não aceitou.

— Não.

— Por quê?

Por um instante, eu não soube como responder. Mas depois me lembrei de algo que Thomas havia me dito uma vez.

— Eu não precisava ser algo diferente para fazer parte do bando. Para pertencer com todos vocês. Thomas disse que eu era bom o suficiente exatamente como eu era. E acho que eu precisava enxergar isso antes de me tornar algo diferente.

— E enxergou?

Fiz uma careta para ele.

— A questão não é essa.

— Não vou mordê-lo, Ox.

— É isso, então? Porque você está dizendo, é assim que vai ser?

— Eu *sou* o Al...

— Isso não cola comigo — retorqui. — Você deveria saber melhor do que ninguém. Não dou a mínima para a cor dos seus olhos. Você é o *Joe*, ok? Então não tente vir com essa merda para cima de mim.

— Eu vou partir.

Agora eu estava começando a me irritar.

— Mais um motivo para me morder. Para que eu possa fazer o possível enquanto você estiver fora fazendo a porra que vai fazer, seja lá o que for.

— Ox. Vamos partir amanhã.

Ele estava *tentando* me machucar mais?

— Eu sei.

Ele balançou a cabeça.

— Não posso deixar um lobisomem recém-mordido, principalmente um dos meus. Se você algum dia receber a mordida, precisará do seu Alfa por perto para ajudá-lo em sua primeira lua cheia. Não poderei fazer isso por você se não estiver aqui. Você viu como foi horrível a primeira vez que me transformei. E meu pai já estava lá.

— Mais um motivo para me levar com você.

As narinas dele se abriram, e juro que por um instante vi seu lábio tremer.

— Você sabe que não posso.

— Foda-se seu *não posso* — rosnei para ele. — Você está fazendo o possível para garantir que as coisas saiam *exatamente* como você quer. E desde quando guardamos segredos um do outro? Mais alguma coisa que não esteja me contando? Mais alguma coisa que decidiu por mim? Por favor, Joe. Conte-me. Diga como as coisas serão para mim a partir de agora. Diga-me o que fazer.

— Não espero que entenda...

— Porque eu *não entendo*. É um saco, Joe. É uma merda. Minha *mãe* morreu. Seu *pai* morreu. E agora você está tentando se afastar também? Que porra você pensa que está fazendo comigo?

Os olhos dele estavam molhados, as bochechas ruborizadas.

— Nem tudo é *sobre* você...

— *Ele matou minha mãe*! — gritei para ele. — *Isso faz essa merda ser sobre mim*!

Ele estava chorando agora. Joe estava chorando e eu detestava isso. Meu Deus, como eu *odiava* isso. Vê-lo com lágrimas no rosto, vê-lo como o garoto de dezessete anos que eu sabia que era, o garoto que deveria ser feliz e sair em encontros amorosos. O garoto que merecia tudo de bom depois do inferno que passou nas mãos de um monstro. O garoto que ainda não deveria ter que se preocupar com ser Alfa, ou com carregar o peso de um bando nos ombros. Ele era só um *garoto*, pelo amor de Deus.

E eu não estava ajudando. Eu o estava machucando porque *eu* estava machucado. Porque *eu* estava um pouquinho morto por dentro.

— Você não pode ir — falei, a voz falhando. — Não pode me deixar, Joe.

— Você acha que eu *quero*? — berrou ele. — Acha que eu *quero* isso? Ox, eu nunca quero ficar longe de você. Nunca quero me separar de você. Nunca quero estar em nenhum lugar onde você não esteja. Você é *tudo* pra mim. Quando te vi, quando v-você estava com meu *p-p-pai* e aquele *homem*, nunca senti tanto medo na *vida*. Ok? Entende isso? Ele me *sequestrou*. Ele me *machucou*. Durante *semanas*. Mas o pior momento da minha vida foi quando achei que ele ia *te* machucar. Então você fica aqui, porra! Você *f-faz* a porra que eu disser porque eu *não posso* te perder. Ox, *não posso*. Não você. Não você também.

Ele estava soluçando quando concluiu. Joe, o lobisomem Alfa, estava *chorando* só de pensar em algo acontecendo comigo.

Eu conseguia suportar muita coisa.

Não era fraco.

Eu era forte, na maior parte do tempo.

O bando tinha me tornado assim.

Mas ver Joe assim... Eu simplesmente.

Simplesmente não aguentava mais.

Já estava do outro lado da mesa antes de pensar.

Eu o abracei da melhor forma que pude, e ele se encaixou tão bem em mim, que parecia que era o pequeno tornado novamente, e eu apenas o Ox grande e burro que não sabia o que era pertencer a alguém.

Eu sentia o poder nele, sim.

Sentia a atração dele, ah, sim.

Mas ele era apenas Joe.

E eu era apenas Ox.

E talvez meu pai estivesse errado quando disse que homens não choram. Claro, as pessoas me causaram sofrimento, como ele falou, mas eu sabia que era um homem. E chorei junto a Joe. Porque tudo estava ruindo e eu não sabia como impedir.

* * *

Ficamos deitados um de frente para o outro na cama dele, os joelhos se tocando, os rostos a poucos centímetros um do outro. O quarto estava escuro. Seus olhos brilhavam e o hálito dele era quente no meu rosto. Eu não sabia que horas eram, mas só podia ser tarde. E também sabia que, se eu dormisse, Joe já teria ido embora quando eu acordasse.

Precisava lutar.

Pelo máximo que tempo que conseguisse.

Porque não suportava a ideia de acordar sozinho.

Ele me olhava, e senti o pulso de *alguma coisa* entre nós, qualquer sombra de laço que estivesse ali. Não o laço de um Alfa com seu bando. Mas o laço entre parceiros. Eu queria sustentar aquele fio pelo maior tempo possível, porque pensar em perdê-lo quando acordasse me apavorava.

Ele esticou a mão e passou os dedos pelas minhas sobrancelhas. Minhas bochechas. Meu nariz. Meus lábios. Dei um beijo suave nas pontas dos seus dedos. Ele suspirou e fechou os olhos.

— Que merda.

— É — falei. Porque era mesmo.

Ele abriu os olhos.

— Não era para ser assim.

— Eu sei.

— Você tem que ajudá-la, Ox.

Entendi o que ele queria dizer.

— Eu vou.

A respiração dele prendeu no peito.

— Você *precisa*. Ela é minha *mãe*.

— Eu sei.

Ele agarrou minha mão e a segurou entre nós. Havia indícios vermelhos em seus olhos, notas que nunca tinham estado ali.

Ele falou:

— Era sério. O que eu disse.

— Quando? — perguntei, tentando absorvê-lo totalmente, tentando catalogar cada detalhe que pudesse. Para os momentos que eu sabia que viriam. Quando eu não conseguisse dormir porque ele estava longe.

— Quando disse que te amava.

Meu coração traidor tropeçou no peito.

— Sim. Eu sei, Joe.

— Porque eu amo.

— É.

— Eu só… precisava que soubesse disso. Antes.

— Ok, Joe. Ei, eu também te amo. Você sabe que amo. Há muito tempo.

— Sim, Ox. Eu sei. — Ele soltou uma respiração trêmula. — Isso não é justo. Deveríamos ter tido mais tempo.

— Tudo bem — falei, embora não estivesse. Parte de mim queria destacar que era escolha dele. Culpa dele. Mas eu não tinha mais forças para brigar com ele. Não agora. Não assim. — Estamos aqui agora.

— Você não pode me esquecer — disse ele ferozmente, apertando minha mão até meus ossos doerem. — Não importa o que aconteça. Você nunca pode me esquecer.

— Sim, Joe. Eu sei. Não esqueceria nem que eu tentasse. Não quero tentar. Você vai ver. Faça o que tem que fazer, depois volte e tudo ficará bem. Vai ser mais rápido do que imagina. Semanas, até. Dias. Prometo. Ok?

— E depois seremos parceiros, certo?

— Claro, Joe.

— Para sempre.

— Sim. — Mas mesmo isso não parecia tempo o bastante.

— Ox?

— Oi?

Seus olhos vasculharam os meus. Em seguida:

— Posso te beijar?

Perguntou com tanta timidez, tanta hesitação, que chegou a doer.

— Você quer? — perguntei em voz baixa.

Ele assentiu, um rápido movimento de cabeça.

— Tudo bem, eu acho — falei.

— Não sou o seu primeiro.

— Não.

— E você não é o meu.

— Não — respondi, a mandíbula tensa.

— Mas você é o único que importa. Então, é como se fosse o primeiro. Para nós dois.

Então o beijei. Depois disso, não podia não beijar.

Ele soltou um grunhido de surpresa quando nossos lábios se tocaram, uma pequena exalada, quase como um suspiro. Foi casto, quase imperceptível. Os lábios dele estavam ligeiramente separados e os olhos abertos para me ver, e eu achei que talvez fossem infinitos. Ele esfregou o nariz no meu e apertou meus dedos com os dele. Estiquei a mão e toquei sua bochecha, passando os dedos em sua orelha e segurando-o no lugar.

Ele ardeu dentro de mim, explosivo e quente.

Foi agridoce, forte e inebriante.

Recuei primeiro.

Joe estremeceu e colou a testa na minha.

Ele disse:

— Vou voltar para você.

Eu acreditava que ele ia tentar.

Lutei. O máximo que pude.

Mas as coisas me alcançaram. Thomas. Minha mãe. Joe se tornando Alfa. Os funerais. O fogo. A decisão de Joe.

Tudo.

Tentei ficar acordado.

Gritei comigo mesmo que ele sumiria quando meus olhos se fechassem.

Ele sussurrou:

— Durma, Ox.

Sussurrei de volta:

— Mas você vai embora.

O sorriso que ele me deu se curvou tristemente.

— Quanto mais cedo eu for, mais cedo posso voltar.

Meus olhos pesaram. Forcei-os a ficar abertos.

— Vou sentir saudades — falei. — Todos os dias.

Ele desviou o olhar, mas não antes que eu visse o brilho neles.

Lutei. Com tudo que eu tinha.

Mas meu corpo lutou de volta.

Em algum momento, meus olhos se fecharam e não consegui mais abri-los.

Senti as mãos dele no meu cabelo.

Senti seus lábios na minha testa.

E, ao sucumbir à escuridão, ouvi sua voz dizer uma última coisa.

— Vou voltar para você.

E então apaguei.

QUANDO SONHEI, SONHEI COM ELE.

Caminhávamos pela floresta, a lua cheia no céu.

Ele segurava minha mão e seus olhos estavam vermelhos.

Das sombras além das árvores vinha o som de grandes patas na terra.

Os lobos andavam em círculos ao nosso redor, mas não estávamos com medo.

Porque eram nossos.

Joe disse:

— Vai ficar tudo bem.

E eu *sorri*.

ACORDEI LENTAMENTE.

Não sabia onde estava. Naquele instante antes de despertar totalmente, nada doeu porque nada estava errado.

Minha mãe ainda estava viva.

Thomas ainda estava vivo.

Havia um peso sobre mim, como se eu estivesse cercado.

Na minha mente confusa, achei que tivesse dormido na casa dos Bennett, cercado pelo bando. Eu me lembrei de uma lua cheia brilhante e achei que tivéssemos passado a noite correndo na floresta.

Teria que ligar para Gordon, eu sabia. Ele sempre se preocupava após as luas cheias. Não gostava de esperar até que eu chegasse à oficina mais tarde. Ele precisava saber.

Não conseguia me lembrar se minha mãe tinha ido com a gente na noite anterior. Então teria que ligar para ela também.

Eu e Joe tomaríamos café. Talvez nossos pés se enrolassem embaixo da mesa. E talvez eu tivesse coragem de segurar sua mão. Carter e Kelly provavelmente zombariam de nós após ouvirem nossos corações fugindo do controle, mas tudo bem. Elizabeth os repreenderia e Mark daria seu sorriso secreto e Thomas apenas pareceria contente enquanto nos observava da cabeceira. E quando eu capturasse seu olhar, ele brilharia seus olhos muito vermelhos para mim e daria uma piscadela, e eu *saberia* o que significava ter um pai outra vez, eu *saberia*...

A bruma começou a clarear.

A dor teve início.

A princípio um pequeno corte. Irritante, logo embaixo da pele. Eu cocei. Fiquei preocupado.

Só piorou as coisas.

Respirei fundo, arfando.

Estava acordado.

Eles se foram.

Mamãe. Thomas.

Carter e Kelly.

Gordon.

E Joe.

Abri os olhos.

Dois lobos estavam deitados comigo, curvados em mim.

Elizabeth e Mark.

Eles respiravam fundo, perdidos no sono.

Eu os invejei.

Porque a dor jorrou sobre mim, afiada e aguda.

Expandi minha percepção para fora, tentando encontrar os outros. Tentando senti-los. Os laços. As ligações entre nós.

Mas não havia nada.

Tentei de novo.

Nada. Era como se estivessem cortados.

A perda foi tão grande que, por um instante, não consegui respirar. Tentei cerrar as mãos em punhos nas laterais, mas minha mão esquerda não fechava com o objeto que segurava.

Olhei para baixo.

Na minha mão havia uma estátua de lobo. Feita de pedra.

Eu a observei por um longo tempo.

Sabia o que significava. Quem a tinha colocado lá.

Finalmente fiz que sim com a cabeça.

— Ok, Joe. Ok.

E comecei a esperar.

o primeiro ano/picadas de luz

O primeiro ano foi o mais difícil.

Porque não sabíamos que *haveria* um primeiro ano.

— Me mande mensagens — havia dito a ele quando estávamos na cama. Ainda podia senti-lo nos meus lábios e a coisa que mais queria era beijá-lo outra vez. — A cada dois dias. Para eu saber.

— Não vou dizer onde estamos — respondeu ele. — Porque sei o que você faria.

Fiz uma careta para ele.

— Tudo bem. Mas mande mensagens. Entendeu?

Ele entendeu.

Estou com saudades, dizia a primeira mensagem, três dias após a partida.

Passei horas a encarando.

— Ela deixou tudo para você — disse o advogado enquanto eu me sentava diante dele em seu escritório. Elizabeth e Mark estavam por perto, escondidos na floresta. — A casa. As contas. E em algum momento você receberá o valor de um seguro de vida, porém essas coisas demoram. Mas quando vier deve ser o bastante para pagar a hipoteca e sobrar algum dinheiro. Ela queria ter certeza de que você teria segurança caso alguma coisa acontecesse. Você está seguro, Ox.

Por enquanto. Vou preparar tudo para que você assine, para que as coisas ocorram da maneira mais fácil possível. Concentre-se na sua cura. Deus sabe que você merece.

Assenti com a cabeça e olhei pela janela, pensando em bolhas de sabão na minha orelha.

Carter e Kelly estão brigando, dizia uma mensagem. *Mandei pararem. Não obedeceram. Dei de Alfa para cima deles. Não estão mais brigando.*

— Que porra quer dizer isso? — perguntou Chris, encarando uma carta que Gordon havia deixado para eles na oficina. — "Tenho que passar um tempo fora. Tanner, você está encarregado da oficina. Certifique-se de enviar os lucros para o contador. Ele cuidará dos impostos. Ox tem acesso às contas bancárias, pessoais e da oficina. Se precisar de alguma coisa, fale com ele. Se precisar contratar alguém para assumir a minha parte do trabalho, contrate, mas não contrate nenhum vacilão. Trabalhamos muito para chegar aonde estamos. Chris e Rico, vocês cuidarão das tarefas do dia a dia. Não sei quanto tempo isso vai levar, mas, em todo caso, cuidem-se. Ox precisará de vocês."

Rico e Tanner estavam espremidos no escritório de Gordon. As mãos de Chris tremiam enquanto ele segurava a carta, a voz apertando a cada palavra que lia.

Você vai ter que se esquivar, Gordon havia me dito na floresta. *Eles vão pressioná-lo, Ox. Por respostas. Você precisa segurar o máximo possível. Eles são meus irmãos. Nunca os quis envolvidos no nosso mundo. Mas não sei quanto tempo isso vai durar. Não agora. Desculpe por sobrecarregá-lo com isso. Nunca quis isso para você. Para eles.*

Todos olharam para mim.

— Você sabia disso? — questionou Tanner.

— Sabia — respondi, cansado e com o coração doendo. Eu não estava dormindo por causa dos pesadelos.

— Aquele cuzão — resmungou Rico. — Como ele pôde te deixar assim, porra? Depois de tudo?

— Para onde ele foi? — indagou Chris, colocando a carta de volta sobre a mesa.

Todos me olharam cheios de expectativa.

E eu me ressenti deles naquele momento. De Gordon e Joe. Pela posição em que me deixaram. Eu estava contra a parede e não sabia como responder sem mentir descaradamente.

Joe tinha ido embora.

Gordon foi com ele.

Forçaram minha mão.

E talvez eu já estivesse cansado de carregar esse fardo sozinho.

Então eu disse:

— O que vocês sabem sobre lobisomens?

ACHEI QUE TIVÉSSEMOS ENCONTRADO ALGO, disse ele na mensagem. *Achei que tivéssemos encontrado o que precisávamos perto de Calgary. Mas era só um beco sem saída. A porra de um beco sem saída. Ox. Dói.*

Pensei em ligar para ele.

Mas ele tinha me pedido para não fazer isso. Precisava se concentrar, ele havia dito.

Não havia verde aqui.

— *DIOS MÍO* — MURMUROU Rico, assistindo enquanto Mark se transformava diante deles, antes homem, agora lobo.

— Devo ter medo? — perguntou Tanner, a voz aguda. — Porque sinto que deveria ter medo. Ok. Estou com medo. — Ele ganiu alto quando Elizabeth saiu da casa e se sentou na varanda, observando-os com a cabeça inclinada, abanando o rabo sobre os tacos de madeira.

— *Caralho* — sussurrou Chris. — Isso parece alguma merda do Lon Chaney!

Todos me olharam e esperaram.

— Quê? — indaguei.

— Agora é a sua vez — disse Rico.

— Tipo, *vá* em frente — falou Tanner.

— Mostre seu *Lobisomem Americano em Londres* — arrematou Chris.

— Jesus Cristo — murmurei. — Não sou um lobo.

Ficaram decepcionados com isso.

* * *

Recebi uma mensagem no meio da noite.

Dizia: *Por favor diga que está bem.*

estou bem

Pesadelo

com o quê

Ele não respondeu.

— Gordon é um bruxo — repetiu Tanner.

— Cala a porra da boca — disse Chris.

— Eu *sabia* que aquele filho da puta escondia alguma coisa — comentou Rico. — Ele sacrifica galinhas à meia-noite e se banha com o sangue delas, não é?

Todos nós o encaramos.

— Quê? — continuou Rico. — Poderia acontecer. Existe. Eu sei das coisas. Eu já *vi* coisas, cara. Tipo, *coisas*. Minha *abuela* matava galinhas sempre. Era barra-pesada.

— Isso explica muita coisa, na verdade — falou Chris. — Toda a esquisitice dele.

— Tipo como as tatuagens dele sempre pareciam estar em pontos diferentes — acrescentou Tanner.

— Ou como, quando nos mudamos para cá, ele sempre ia até as nossas casas e ficava esfregando as paredes e murmurando coisas — disse Rico.

— Ou como ele não achou graça quando eu quis colocar decoração de bruxas na oficina na época do Halloween — comentou Chris. — *Porque eram engraçadas.*

— Ou como ele tinha questões com o pai e nunca explicava — falou Tanner. — Sempre achei que o pai dele fosse apenas um babaca. Não sabia que era um babaca *do mal*.

— Realmente havia muitos indícios — concluiu Rico. — Estou ligeiramente decepcionado com nós mesmos.

— Não somos muito atentos — afirmou Chris com a testa franzida.

— Puta merda! — disse Tanner. — Ele sabe fazer *magia*.

Suspirei e me rendi:

— Ele tem braços brilhantes.

— Braços brilhantes? — perguntou Rico. — Tipo... quê.

— Os braços dele. Brilham quando ele faz magia.

— Braços brilhantes — repetiu Tanner. — Isso é... incrível.

— Magia — falou Chris. — Eu... não sei o que fazer com isso.

— E você? — exigiu saber Rico. — Como você se encaixa nisso tudo?

Isso levou a amarras e parceiros.

— Tipo destino e essas merdas?

— Meu Deus, Ox, sua vida é como aquelas merdas de filmes de vampiros brilhantes. Aos quais nunca assisti e dos quais não gosto nem um pouco, calem a boca.

— Caramba, cara. Isso explica toda a situação com Jessie. Ela nunca teve chance em face do destino do vampiro brilhante ou o que quer que seja.

Coloquei as mãos no rosto.

A conversa durou mais três horas depois disso.

No final, foi Tanner que falou:

— Sua mãe foi muito corajosa.

E em seguida me abraçou.

Eu o apertei com força.

Rico e Chris acabaram vindo também e eu fiquei cercado.

A MENSAGEM VEIO DE GORDON.

Joe está bem. Tivemos alguns problemas. Ele está dormindo para se recuperar. Não queria que se preocupasse.

Não dormi muito naquela noite.

ELES COMEÇARAM A VIR ATÉ a casa, Rico e Tanner e Chris. No início davam uns dias de intervalo. E ficavam só um pouquinho por vez. No começo estavam um pouco desconfiados, e se assustavam com qualquer coisinha. Riam alto demais. Conversavam com Mark. Observavam Elizabeth. Faziam perguntas, sempre faziam perguntas.

Logo, no entanto, passaram a vir quase todos os dias. Jantávamos juntos. Na segunda lua cheia após a partida dos outros, Rico, Tanner e Chris estavam lá. Estavam nervosos. Falei que não precisava. Eu não entendia o que estava acontecendo, mas começava a enxergá-los de forma diferente. Mark apenas dava seu sorriso secreto quando eu perguntava, embora estivesse um pouquinho menos brilhante do que costumava ser. Elizabeth era sempre loba, então eu nunca podia lhe perguntar, embora conversasse com ela normalmente. Por algum motivo, ela parecia gostar do som da minha voz. Eu não sabia se conseguia me compreender, principalmente por estar loba havia tanto tempo. Mark dizia que quanto mais tempo alguém passasse sendo lobo, mais difícil era voltar, mas ela voltaria quando estivesse pronta. Ele confiava em Elizabeth e disse que eu deveria fazer o mesmo.

Mark e Elizabeth correram entre as árvores sob a luz da lua. Mas não cantaram. Nenhum de nós cantou. Acho que não conseguíamos encontrar músicas em nós que demonstrassem como nos sentíamos.

Como eles estão?, perguntou ele.

ok, respondi. *sua mãe ainda não se transformou de volta.* Não contei sobre meus amigos agora saberem sobre eles, porque não queria que chegasse até Gordon. Pelo menos não por enquanto.

Esperei pela resposta dele.

Levou dias para escrever novamente.

Mark publicou um obituário no jornal anunciando a morte de Thomas, sem dar detalhes. Pediu privacidade. Condolências foram enviadas. E flores. Muitas flores. Vermelhas e laranja. Violeta e azuis. Tinha tanto verde.

Elizabeth tocou cada uma com o focinho, inalando profundamente.

Às vezes parecia que eu não conseguia respirar.

— Vamos ter celulares pré-pagos — havia sussurrado Joe enquanto deitávamos lado a lado. — Celulares que não podem ser rastreados. Vamos trocá-los de vez em quando. Mas prometo que manterei contato.

— Não entendo — admitira.

— Eu sei — dissera ele, passando os dedos na minha bochecha. — Eu sei.

* * *

— Você vai se transformar de volta algum dia? — perguntei a Elizabeth.

Ela lambeu minha mão antes de virar e caminhar rumo à floresta.

Esperei por um longo tempo até que ela voltasse.

Nenhuma palavra desta vez.

Apenas uma foto. A lua cheia.

Encarei-a, passando o dedo na imagem, como se soubesse onde ele estava só de olhar.

Mas não sabia.

Cinco semanas após eles partirem, e dois dias depois da lua cheia, houve uma batida à porta.

Tinha acabado de chegar do trabalho (e continuava na casa dos Bennett porque ainda dava para ver a mancha no chão da velha casa). Eu me sentei à mesa da cozinha, as costas doendo e as unhas manchadas de preto. Elizabeth entrou e deitou nos meus pés, apoiando o focinho no meu sapato, os olhos fechados e respirando profundamente. Mark se movimentava pela cozinha, olhando uma panela no fogo. O que quer que estivesse preparando tinha um cheiro apimentado e meu estômago roncou só de pensar. Estava com fome.

Um instante antes da batida, tanto Elizabeth quanto Mark enrijeceram.

Em seguida, três batidas na porta da frente.

Não era Rico nem Chris nem Tanner. Tinha acabado de deixá-los na oficina havia menos de uma hora. E eles já não batiam mais. Apenas entravam, trazendo poeira e risadas e graxa. Não eram como os outros. E achei que isso talvez fosse uma coisa boa.

Então eu sabia que não eram eles. E, apesar de Gordon ter dito que ninguém mal-intencionado poderia se aproximar da casa dos Bennett, por causa das barreiras dele, ainda ficamos em alerta.

Elizabeth estava de pé e caminhando em direção à porta antes de as batidas cessarem.

Mark foi até a janela semitransformado, examinando o jardim para se certificar de que não estávamos cercados.

Agarrei meu pé de cabra.

Os laços entre nós explodiram brilhantemente.

E havia outros fios.

Fios mais novos.

Eram fracos. Desbotados.

Mas estavam presentes. Não dava para ver onde desaguavam, mas pulsavam suavemente.

Uma nova batida.

Aproximei-me da porta.

Elizabeth rosnou baixo, encolhida e pronta para atacar.

Mark veio para o meu lado, fora do alcance visual de quem quer que estivesse do lado de fora.

Pus a mão na maçaneta.

Respirei fundo.

E abri.

Não fomos atacados.

Um homem que eu nunca tinha visto estava ali.

Ele não era muito mais velho do que eu. Era mais baixo e mais magro. Seus olhos escuros brilharam quando os apertou para mim, emoldurados por óculos pretos espessos. Tinha pele pálida e cabelos negros, quase tão curtos quanto os de militares. Vestia calça jeans e botas empoeiradas, como se estivesse na estrada há um tempo. Era um Beta, e bem atraente, mas dava para perceber que tinha consciência disso.

Arqueou uma sobrancelha para mim quando o rugido de Elizabeth ficou mais alto.

— Lobo — falei.

— Ox — respondeu ele. Sorriu e seus dentes brancos brilharam. — Venho em paz e trago notícias muito alegres. Meu nome é Robbie Fontaine. Você talvez tenha conhecido meu antecessor, Osmond.

Elizabeth rosnou para ele. Ouvi Mark fazer o mesmo à minha direita.

Robbie fez uma careta.

— É, provavelmente não é uma boa ideia mencionar esse nome. Foi mal. Não vai se repetir. Bem, não posso prometer isso, na verdade.

Provavelmente falarei alguma besteira não intencional. E por isso, peço desculpas. Ainda sou um pouco novo nisso.

— Nisso o quê? — Não pude deixar de perguntar.

— Em estar nessa posição.

— E que posição é essa?

Ele inclinou a cabeça para mim, avaliando.

— Ora — disse ele —, estou aqui para protegê-los.

Dei uma risada desdenhosa.

— Proteger.

O sorriso voltou.

— Isso mesmo. Preciso falar com seu Alfa.

ROBBIE FONTAINE VINHA DO LESTE.

Havia uma nova Alfa no pedaço. Por enquanto. Ela se chamava Michelle Hughes. Tinha assumido o antigo posto de Thomas, governando todos os bandos dos Estados Unidos.

Inclusive o meu.

— Ela é uma boa moça — disse Mark. — Tem a cabeça no lugar. Fará a coisa certa. Estamos bem com ela. Ela fará coisas boas nos próximos anos.

Até Joe foi o não dito.

Estávamos sentados frente a frente na sala, Robbie num sofá e nós no outro, Mark colado em mim de um lado e Elizabeth do outro. Achei que isso seria o suficiente para fazê-la se transformar de volta, mas não foi.

— Ela envia condolências — falou Robbie. — Teria vindo pessoalmente, mas há... questões urgentes, tenho certeza de que compreendem.

Mark assentiu com a cabeça. Foi tudo muito diplomático.

— Onde está Joe? — perguntou Robbie. — Ele não está aqui. — Mas ele sabia disso. Soube assim que entrou na casa. Provavelmente até antes. Eu não queria pensar no porquê de Mark e Elizabeth não terem ouvido a aproximação dele.

Esperei que Mark respondesse. Ele não o fez.

Fiquei surpreso ao vê-lo olhando para mim. Claramente esperando.

Robbie não deixou essa interação passar.

Olhei novamente para ele.

— Não está aqui — repeti lentamente.

— Ox, certo? — perguntou ele.

Fiz que sim com a cabeça.

— Já ouvi muito sobre você.

— Ah, é?

— Coisas boas. Falam a seu respeito. Os lobos. Dizem que é humano, mas tão forte quanto nós. Confie em mim quando lhe digo que é difícil impressioná-los. Mas você conseguiu.

— Não fiz nada — falei.

— Talvez — continuou Robbie. — Ou talvez apenas não entenda exatamente o que fez. É um tanto notável.

Eu disse:

— Não te conheço.

— Não — concordou Robbie.

— Conheci Osmond. Um pouco.

Robbie franziu a testa.

— Foi uma surpresa. Para todos nós.

— Foi mesmo? — perguntei.

— Sim.

— Uma surpresa.

— Sim.

— Sua surpresa resultou na morte da minha mãe. Na morte do meu Alfa.

Robbie empalideceu.

— Eu não...

— Não te conheço. Não sabia que estava vindo. Você é uma surpresa. E não gosto de surpresas.

— Não estou aqui para machucá-lo — afirmou Robbie. — Ou tirar qualquer coisa de você.

— Osmond teria dito o mesmo — falei.

Robbie olhou para Elizabeth. Depois para Mark. Ambos permaneceram em silêncio ao meu lado.

Esperei.

Ele trouxe o olhar de volta a mim.

— Curioso — comentou ele.

— O quê?

— Você. Não é o que eu esperava.

A voz do meu pai sussurrou na minha mente, dizendo que as pessoas sempre me fariam sofrer.

— Ouço muito isso.

— Ouve?

— Por que está aqui?

Ele piscou várias vezes, como se saísse de uma bruma.

— Osmond era o contato de Thomas com o Alfa interino quando necessário. Assumi esse lugar.

— Thomas se foi.

— Sim — disse Robbie. — Mas Joe, não. E a linhagem Bennett é muito forte. Onde ele está?

— Você sabe quem eu sou? — perguntei, me inclinando para a frente.

— Oxnard Matheson — respondeu prontamente, parecendo surpreso por responder.

— Osmond te contou? Ou seus outros lobos? O que eu sou. Para Joe.

Seus olhos desviaram para a minha camisa aberta, o olhar subindo pelo meu pescoço.

— O humano que é parceiro de um Alfa — falou ele. — Mas não oficializaram a parceria. Ainda.

— Oficializaremos.

Robbie sorriu. Era um sorriso bonito, mas eu não confiava nele.

— Romântico — comentou ele.

— Quantos lobos estão procurando por Richard Collins? — indaguei.

Ele estremeceu. Foi mínimo, e não sei se foi a pergunta ou a mudança de assunto, mas aconteceu. Eu agora notava essas coisas.

— Muitos — respondeu ele.

— E quantos são muitos?

O sorriso sumiu do rosto, e achei que seus olhos brilharam laranja.

— Sete equipes — explicou ele. — Compostas por quatro lobos cada. Um clã de bruxos também está envolvido. Por causa de Livingstone.

— E Osmond?

— Será encontrado.

— Já faz seis semanas.

— Essas coisas demoram. Onde está o seu Alfa? Preciso prestar condolências. E há outros. Irmãos, me disseram. E o herdeiro de Livingstone.

— Disseram.

— Sou muito bom no que faço.

Ri com desdém.

— Claramente. Se o enviaram.

Ficamos quietos. O relógio carrilhão do corredor marcava os segundos que passavam.

Era um jogo de espera.

Não desviei o olhar.

Curiosamente, Robbie o fez, depois de um tempo.

Ele olhou para baixo e para a esquerda. Sua cabeça abaixou singelamente. Não entendi porque era algo que já tinha visto outros fazerem com Thomas. Era um sinal de…

— Ele foi, não foi? — perguntou Robbie.

Não falei nada.

Robbie suspirou.

— Merda.

Três pequenas picadas explodiram pelos fios desbotados dos laços do bando.

Elizabeth e Mark deram suspiros a cada um dos meus lados, suaves e baixos.

Eles estavam vindo, e eu fechei os olhos, imaginando quando isso tinha acontecido. Quando haviam se tornado como meus. Como nossos. Podia praticamente rastreá-los. Chegariam em minutos. Vinham depressa.

— Joe foi atrás dele? — indagou Robbie. — Atrás de Richard.

— Ele fez o que achava que tinha que fazer — falei.

— Ele é o Alfa — falou Robbie, soando levemente horrorizado —, e *deixou* seu território? E o bando?

Encarei-o. As picadas de luz estavam mais fortes agora.

— Por que não o impediu? — perguntou Robbie. — Ele tem um *lugar* aqui. E um maldito *futuro* no qual pensar.

— Você realmente acha que alguém pode dizer a um Alfa o que fazer? — perguntou Mark. — Especialmente um novo Alfa?

— Não é *certo*…

Uma caminhonete barulhenta se aproximou da casa do fim da rua.

Robbie estreitou os olhos. E foi até a janela.

O restante de nós não se moveu. Porque de algum jeito sabíamos.

— Humanos — disse Robbie. — Três. Não estão armados. Mas acho que um deles traz um martelo. Por algum motivo. Precisamos agir...

— Sente-se — falei suavemente.

Robbie pareceu espantado.

Por um instante, achei que não fosse obedecer.

Mas se sentou. Não tirou os olhos de mim.

Tanner, Chris e Rico entraram explosivamente pela porta, os olhos arregalados e agitados. Rico, é claro, ergueu um martelo sobre a cabeça, brandindo-o como se estivesse prestes a quebrar alguns crânios.

— Cadê a coisa que temos que matar? — rosnou Tanner, passando os olhos pelo recinto.

— Eu luto caratê — disse Chris. — Fiz três meses de aula quando tinha dez anos.

— Eu tenho um martelo — arrematou Rico.

— Jesus Cristo — murmurei. Mas achei que fossem nossos. Olhei para Mark. — Você os sentiu?

Ele me olhava com algo semelhante a assombro.

— Mas são todos *humanos*.

— Ei — falei, socando o braço dele. — Eu também sou.

— É diferente. — Ele balançou a cabeça. — Você era por causa do Joe. Não foi uma surpresa. Eles estão aqui por *sua* causa. E tudo que sentimos é por causa de *você*.

Antes que eu sequer pudesse processar o que *aquilo* significava, Elizabeth pulou do sofá e se aproximou dos outros. Ela pressionou o focinho em suas mãos, um de cada vez, um após o outro.

Eu me lembrei do som que a minha mãe emitiu na noite em que descobriu a verdade. Aquele pequeno *ah*, chocado e sem fôlego, quando Thomas a tocou pela primeira vez.

Soube o que Elizabeth estava fazendo.

Estava os reconhecendo.

Porque de algum jeito, ao longo das poucas semanas desde que nosso mundo tinha ido para o inferno, Tanner, Chris e Rico se tornaram parte do nosso bando.

E eu não sabia como.

* * *

As mensagens estavam se tornando mais esporádicas. Às vezes chegavam no meio da noite. Às vezes se passava uma semana inteira. Eu levava o meu celular para todos os lugares, esperando.

Uma vez, escrevi primeiro.

as coisas estão mudando. não sei o que fazer

Às três da manhã ele respondeu.

Eu sei.

Puxei a coberta da cama dele por cima da cabeça e esperei até o amanhecer.

Robbie ficou.

Não o queríamos na casa dos Bennett porque não havia confiança. Ele não queria ficar longe demais. Havia alguns motéis em Green Creek, mas as pessoas fariam perguntas se ele ficasse por muito tempo. Mark achava que não havia nada de errado com ele. Perguntei se já o conhecia. Mark balançou a cabeça em sinal negativo. Fez algumas ligações e confirmou a identidade de Robbie, e ele tinha conseguido passar pelas barreiras de Gordon. E como eu confiava em Mark, e confiava em Gordon, disse a Robbie que ele podia ficar na velha casa.

A velha casa, porque era assim que eu pensava nela.

Não achava que fosse voltar a morar lá. Pelo menos não por um bom tempo.

Pois havia noites em que eu acordava e sentia a magia pesada me prendendo, me separando do bando.

Havia noites em que eu não sabia se estava sonhando ou acordado, e minha mãe aparecia no pé da cama, com lágrimas secando no rosto, os olhos *endurecendo* na minha frente e ela me dizia para *correr*, para *correr para longe do...*

Essas eram as noites em que eu mais sentia a falta de Joe.

Nunca fui de ter pesadelos.

Não de verdade.

Mas agora?

Agora eram só o que eu tinha.

Eu me lembrei de quando Joe acordava gritando meu nome.

Embora tivesse vontade, eu não gritava quando abria os olhos.

Sufocava o grito, o segurando na garganta enquanto pingava suor do meu pescoço.

Assim era mais fácil.

Então eu não podia voltar para casa. Não enquanto o chão estava manchado. Não enquanto o olhar dela continuava fresco na minha memória. O barulho molhado que fez quando caiu.

Robbie não perguntou e eu não disse nada após sua primeira noite na casa. A única coisa que pedi foi que ficasse no meu quarto e deixasse o da minha mãe em paz. Ele não tinha nada que fazer lá. E eu não queria que ele deixasse seu cheiro em nada. A porta estava fechada e permaneceria fechada até que eu pudesse abri-la e sentir o cheiro dela.

— Claro, Ox — disse ele. — Posso fazer isso. — Em seguida: — Ela também queria que soubesse que sente muito pela sua perda. Principalmente por ser alguém tão jovem. Ela… entende perda. À sua maneira.

— Quem? — perguntei, confuso.

— A Alfa.

Meus olhos se arregalaram um pouco com a resposta.

— Ela sabe quem eu sou?

Os lábios dele tremeram.

— Sim, Ox. Muita gente sabe quem você é.

— Ah — falei, porque não sabia o que fazer com essa informação. Então não fiz nada.

Duas semanas se passaram sem nenhuma atualização.

Tive a impressão de que conseguia entender como era enlouquecer lentamente.

Imaginei todas as possibilidades. Captura. Tortura. Morte. Achava que saberia se alguma coisa estivesse errada. Achava que sentiria se algo acontecesse com eles. Mas a verdade era que, quanto mais tempo passavam longe, quanto maior a distância, menos eu sentia. Não achava que saberia se algum deles estivesse machucado. Se Joe estivesse machucado.

Porque conseguia sentir os remanescentes de Green Creek mais do que conseguia senti-lo.

Mais forte do que jamais havia sentido qualquer um deles.

Elizabeth era *azul*, era tão *azul*, e eu sabia que ela precisava uivar sua tristeza para a lua, mas em vez disso segurava sua canção dentro de si e a deixava apodrecer.

Mark era forte e robusto, como sempre, mas eu sabia sobre a foto que guardava na gaveta da sua mesa. A foto que ele achava que ninguém conhecia. Aquela em que ele e Gordon tinham a idade de Joe, e um tinha o braço em volta do ombro do outro, sorrindo. Gordon sorria para a câmera, parecendo mais jovem do que eu jamais tinha visto. Mas Mark. Mark só tinha olhos para Gordon.

Nunca perguntei se eles conversaram antes de Gordon e os outros partirem.

Torcia para que Gordon tivesse feito a coisa certa.

Mas nunca tive coragem de descobrir.

Tanner, Chris e Rico também estavam lá, se fortalecendo a cada dia. Era um processo lento, mas estavam *se ligando* como o resto de nós.

Mesmo assim. Fazia quatro meses e eu achava que talvez mal estivéssemos conseguindo nos manter sãos.

Talvez por isso as duas semanas em que não tive notícia de Joe tenham doído mais do que deveriam.

Talvez por isso eu tenha ficado com raiva quando ele finalmente escreveu. De um número novo, pois claramente os antigos tinham sido descartados.

A mensagem foi curta.

Estamos bem.

E eu me descontrolei.

Disquei o número.

Chamou algumas vezes, aí caiu em uma mensagem automática, dizendo que aquela linha não possuía serviço de recados.

Liguei de novo.

E de novo.

E de novo.

Foi na quinta ou sexta vez que a ligação completou.

Ele não disse nada.

— Seu cuzão do caralho — rosnei ao telefone. — Você *não* pode fazer isso comigo! Está me ouvindo? *Não* pode. Você sequer se *importa* conosco? Hein? Caso se importe, se ao menos alguma parte de você se importa comigo, com *a gente*, então precisa se perguntar se vale a pena.

Se o que você está fazendo *vale a pena*. Sua família precisa de você. Eu preciso de você, porra.

Ele não falou.

Mas estava lá, porque eu podia ouvir sua respiração presa na garganta.

— Seu cuzão — murmurei, de repente muito, muito cansado. — Seu filho da puta maldito.

Ficamos uma hora ao telefone, apenas escutando a respiração um do outro.

Quando abri os olhos outra vez, já era de manhã e meu telefone tinha ficado sem bateria.

Seis meses após terem partido, percebi que alguma coisa precisava mudar.

Não podíamos continuar como estávamos.

Joe vinha escrevendo com mais frequência, talvez a cada poucos dias, mas as atualizações eram vagas como sempre, e quanto mais tempo se passava, menos esperança eu tinha de vê-los outra vez.

Robbie, conforme descobrimos, sabia menos do que nós. Ou assim ele dizia. Parecia tão frustrado quanto o restante de nós com a falta de informações. De vez em quando eu o via em alguma ligação secreta e, por mais que não pudesse ouvi-lo, sua expressão era suficiente. As equipes de lobos que procuravam por Richard, por Robert, por Osmond voltavam de mãos vazias. Ninguém sabia onde procurar. Ninguém sabia se ele estava escondido ou reunindo Ômegas. Todos os Alfas registrados estavam sob aviso. Mas Mark me disse que para cada três ou quatro Alfas registrados havia um *desconhecido*.

Richard poderia tentar rastrear esses desconhecidos.

Se não soubessem que ele estava vindo, não teriam chance. Principalmente com Robert Livingstone ao seu lado.

Havia boatos de que Richard Collins estava no Texas. Ou no Maine. Ou no México. Alguém tinha visto Robert Livingstone na Alemanha. Osmond estava em Anchorage.

Nenhum dos boatos dava em nada.

Michelle Hughes não gostou de saber que Joe e os outros tinham partido. Nenhum deles gostou, os desconhecidos de alta patente que sabiam quem eu era. Robbie pareceu tomado por uma mistura de satisfação e terror ao nos relatar o fato de que as equipes de busca foram instruídas a apreender Joe e o levar para o leste se o encontrassem.

Jamais encontraram Joe.

MAS EM CASA AS COISAS precisavam mudar. Elizabeth ainda não havia se transformado de volta em humana e eu temia que fosse chegar o dia em que não fosse mais conseguir.

Mark estava cada vez mais quieto. Ele só falava quando falavam com ele, e proferia apenas poucas palavras antes de voltar ao silêncio.

Tanner, Chris e Rico não sabiam o que fazer. Eram do bando, mas não entendiam o que isso significava. Após a explosão inicial de *novidade*, da união de seus laços aos nossos, a animação passou. Elizabeth não corria nas luas cheias. Mark estava igualmente inclinado a desaparecer.

Eu caminhava pela floresta, a luz do sol sendo filtrada pelas árvores.

Logo quebrará, disse Thomas, caminhando ao meu lado.

— Eu sei — respondi, apesar de ele não estar realmente ali.

Alguma coisa precisa mudar, falou minha mãe, passando as mãos pelo tronco de um abeto.

— Eu sei — repeti, embora ela estivesse enterrada a dez quilômetros dali.

Eles tinham razão, estes fantasmas. Estas recordações. Estas poucas coisas que me restavam.

Um Alfa não é definido pela cor dos seus olhos, afirmou Thomas enquanto eu pegava uma pinha no chão da floresta.

Você se lembra de quando ele foi embora?, perguntou mamãe. *Você estava na cozinha e me disse que ia ser o homem agora. Seu rosto estava molhado, mas você disse que ia ser o homem. Eu me preocupei. Conosco. Com isso. Com você. Mas também acreditei em você.*

E ela acreditou mesmo.

Ambos acreditaram.

Eu me peguei na frente da casa.

Da velha casa.

Estava como sempre.

Fiquei ali parado por um bom tempo.

Em algum momento senti uma cutucada na mão.

Olhei para baixo.

Elizabeth me encarava com olhos sábios.

Eu disse:

— Temos que mudar. Isso não está funcionando. Não mais.

Ela ganiu.

— Sei que dói — falei. — Sei que é mais fácil para você. Assim. Agora. Mas não podemos seguir assim. Não mais.

Ela cutucou minha mão outra vez.

Olhei novamente para a casa.

Ela esperou até que eu estivesse pronto para falar novamente.

Ela era boa assim.

Eu disse:

— Preciso entrar.

Eu disse:

— Quero que você entre comigo.

Eu disse:

— E, quando sairmos de novo, vou querer ouvir sua voz.

Eu disse:

— Porque está na hora. Para nós dois.

Ela me seguiu para dentro da casa.

Robbie de algum jeito havia removido a mancha da madeira onde ela tinha morrido.

Parecia igual a sempre.

No meu quarto, as coisas estavam essencialmente iguais.

Passei os dedos pela minha prateleira.

Peguei o manual do Buick que ela me dera de aniversário muitos anos antes.

Dentro havia um cartão.

Como se chama um grupo de lobos que desapareceu?

Lobis-somem!

Este ano vai ser melhor.

Com amor, mamãe

Eu não sabia se estava dormindo ou acordado.

Guardei de volta e fiquei imaginando se tinha bolhas de sabão na orelha.

Elizabeth observou e esperou, sem sair do meu lado.

Chorei. Só um pouquinho. Algumas lágrimas que limpei com as costas da mão.

Parei em frente à porta dela, a mão na maçaneta.

Tive que reunir toda a minha coragem. Eu tinha enfrentado Ômegas. Osmond. Richard.

Mas isso era mais difícil.

Finalmente, *finalmente*, abri a porta.

Tinha o cheiro dela. Mas eu sabia que teria.

Estava fraco, mas estava ali.

Grãos de poeira brilhavam ao sol.

Era como antes, depois do meu pai.

Quando saí do quarto, a porta permaneceu aberta.

— Eu falei sério — disse a ela. — Saímos daqui, eu ouço sua voz.

Ela olhou de mim para a porta da frente, depois novamente para mim.

— É duro — continuei. — E vai ser por muito tempo. Mas é por isso que temos um ao outro. Por isso temos um bando. Precisamos começar a nos lembrar disso outra vez.

Estendi o cobertor de retalhos para ela, para cobrir sua nudez caso se decidisse. Não ia insistir ainda mais do que já tinha, porque temi exagerar.

Ela encarou minha oferta por um bom tempo.

Achei que talvez tivesse fracassado.

Mas aí ela se esticou cuidadosamente e pegou o cobertor com a boca. Permiti que escorregasse entre meus dedos.

Ela o arrastou pelo chão e dobrou a lateral da casa.

Ouvi a transformação de ossos e músculos. Pareceu doloroso após tanto tempo.

Houve um suspiro.

Esperei.

Ouvi o ruído de pés se movendo.

Elizabeth Bennett apareceu pela lateral da casa, os olhos cansados, porém mais humanos do que em muito tempo. Seus cabelos claros caíam sobre os ombros, e o cobertor estava firme ao seu redor.

Quando falou, a voz soou seca e rouca.

Foi algo maravilhoso.

Ela disse:

— Não me importo de ficar solitária quando meu coração diz que você também está solitário. Você se lembra?

— Dinah Shore — falei. — Você estava dançando. Estava na sua fase verde.

— Essa música. Eu te disse que era sobre ficar para trás. Quando os outros vão para a guerra.

Fiz o meu papel.

— Ficar para trás ou ser deixado para trás?

— Ox, *existe uma diferença.* — Ela chorava.

ELA SE TRANSFORMOU DE VOLTA

Foi você que fez, não foi?

não ela quis

Foi você, Ox. Pode confiar em mim.

você precisa voltar

joe

você está aí

JOE

ÀS VEZES ELA SORRIA. Às vezes parecia muito distante.

Mark a abraçou quando voltamos para casa no dia em que ela se transformou. Eles não se falaram, apenas se abraçaram pelo que pareceram horas.

Ela não chorou.

Mas Mark, sim.

Ele disse:

— Sinto muito. Sinto tanto.

Não pela primeira vez, pensei que tudo que meu pai me disse na vida não passava de merda.

Robbie ficou maravilhado com ela.

— Não sabe quem ela é? — sibilou para mim.

Eu sabia.

— É Elizabeth.

— Ela é uma *lenda*.

Tanner, Chris e Rico se atrapalharam com suas apresentações, enrubescendo violentamente quando ela beijou cada um na bochecha, longa e docemente.

Tirei sarro deles por isso mais tarde. Eles ruborizaram de novo.

Não sabia se ela tinha tentado chamar Joe ou Carter ou Kelly. Não sabia se eles a sentiam mais do que eu jamais seria capaz. Contei a ela o que sabia, quanto tempo havia passado, as respostas vagas que obtive.

Ela assentiu com a cabeça, olhou para o nada e falou:

— Devíamos fazer o jantar no domingo.

Então fizemos.

Porque era tradição.

Elizabeth estava na cozinha, dançando ao som de uma música lenta que tocava no velho rádio. Não achei que fosse Dinah Shore. Acho que talvez aquela fosse doer demais agora.

Mark e Tanner estavam cuidando da grelha lá fora, apesar de fazer frio. Rico e Chris colocavam a mesa.

Robbie parecia incerto no canto da cozinha, perto da porta.

— Ox — chamou Elizabeth. — Acabou com as cebolas?

— Sim — respondi, e entreguei a vasilha onde estavam picadas. Porque estávamos fingindo que estava tudo bem.

— Obrigada — disse ela, e sorriu. Era uma sombra do que costumava ser, mas estava lá. Ela era mais forte do que eu havia imaginado. Eu não cometeria esse erro outra vez.

Ela acrescentou as cebolas na panela e falou:

— Robbie, certo?

— Hã — hesitou Robbie. — Sim?

— Tem certeza? Não parece ter.

— Sim — disse ele. — Tenho certeza.

Ele ainda não parecia muito seguro.

— Robbie de quê?

— Fontaine.

— Fontaine — repetiu ela, olhando rapidamente para ele antes de se voltar para o fogão. — Ah. Sua mãe era Beatrice.

— Você conheceu minha mãe? — perguntou ele, aparentando choque.

— Estudamos juntas. Lamentei quando soube da morte dela.

Ele deu de ombros desconfortavelmente.

— Faz muito tempo.

— Mesmo assim. Era uma mulher inteligente. Muito gentil. Não éramos tão próximas quanto eu gostaria. Caminhos diferentes.

— Sim — concordou ele, a voz rouca.

— Você tem um bando? — indagou ela.

Ouvi o peso de suas palavras, mesmo que ele não tenha notado. Robbie deu de ombros novamente.

— Às vezes? Nada permanente. Considerando o meu emprego, tendo a viajar muito. Quaisquer laços que formo costumam ser temporários.

— Temporários? Isso não pode ser bom.

— É o que é, suponho. — Ele parecia desconfortável. Nervoso. Eu me lembro de me sentir assim com ela no começo.

— Mas você está aqui.

— Porque me mandaram vir. — Seus olhos se arregalaram. Suas palavras seguintes foram apressadas. Corridas. — Não que eu não quisesse estar aqui ou coisa parecida.

— Claro — disse ela, com suavidade. — Alguém tem que relatar cada movimento nosso para Michelle.

Ele ficou completamente vermelho.

— Não *cada* movimento.

— Ah, é?

— Não contei para ela sobre. Você sabe.

— Sobre?

— Sobre… sua volta.

— Por quê?

Por algum motivo ele olhou para mim em vez de responder imediatamente, passando os olhos pelo meu rosto. Elizabeth reparou e riu sozinha.

— Não me pareceu certo — respondeu ele finalmente, olhando outra vez para ela.

— Interessante — comentou ela. — Faça uma gentileza e traga o vinagre da despensa?

Assisti enquanto ele era convidado para o espaço dela. Robbie pareceu tão surpreso quanto eu. Mas se moveu rapidamente e sem hesitação.

— Ele se encaixa — afirmou ela enquanto eu arqueava a sobrancelha.

— Encaixa?

— Você não sente?

— Não sei. — Porque não sabia mais *o que* eu sentia.

— Que criatura peculiar é você, Ox — falou. — Sempre achei. É maravilhoso.

Desviei o olhar.

Deixamos vazio o assento de Thomas na cabeceira.

Porque agora pertencia a Joe.

Fui me sentar no meu lugar, mas Mark balançou a cabeça e apontou para onde Elizabeth normalmente se sentava, no lado oposto ao Alfa.

Elizabeth nem tentou se sentar lá, indo em vez disso até o meu antigo assento enquanto conversava suavemente com Rico. Não hesitou. Nem sequer olhou para mim.

Eu não entendia o que estava acontecendo, não completamente.

Claro, eu tinha uma *noção* básica.

Eu era o parceiro do Alfa.

Tinha uma posição no bando, mais alta do que nunca.

Mas não era um lobo.

Ainda não tínhamos efetuado a parceria.

E Joe não estava ali.

O jantar estava servido.

Todos aguardaram. Então aguardei também.

Até perceber que estavam esperando por mim.

Olhei para um de cada vez.

Sustentaram meu olhar com convicção.

Eu sabia que devia falar alguma coisa. Mas nunca fui muito bom com palavras.

Mas precisava tentar. Por eles. Porque precisavam. E acho que eu também.

Eu disse:

— Somos um bando. É hora de voltarmos a agir como um.

E embora não estivéssemos completos (e a ideia de que algum dia estaríamos era uma na qual eu não ousava crer, ainda não), e apesar de a ausência dos que amávamos latejar como um dente podre, dei a primeira garfada.

Os outros seguiram.

Só mais tarde eu perceberia que aquilo nunca tinha acontecido. Que, mesmo quando Thomas faltava ao jantar, jamais esperamos Elizabeth comer antes de nós. Aquilo só era feito para um Alfa.

Ao final do primeiro ano, recebi uma mensagem no meio da noite.

Só vi de manhã.

Sinto muito, dizia.

Não entendi.

por quê

Recebi uma resposta quase imediata.

Falha na entrega. O número que está tentando acessar foi desligado ou não existe.

Senti um calafrio na espinha.

Liguei para o número.

Tocou uma vez.

Mensagem automática.

Desligado.

Não existe.

Tudo bem, disse a mim mesmo. Tudo bem, porque eram pré-pagos. Os aparelhos. Tinham arrumado outro. Joe tinha se esquecido de me dar o número. Como sempre.

Só precisava esperar.

Repousei o telefone e puxei a colcha de Joe até o peito. Não tinha o cheiro dele. Nada no quarto tinha. Não mais.

Mas tudo bem.

Porque eu só precisava esperar.

o segundo ano/canção de guerra

Foi na metade do segundo ano que os Ômegas vieram.

Não estavam preparados para nós.

— Oi, Ox — disse Jessie.

Estávamos na oficina. Tanner, Chris, Rico e eu. Robbie também estava lá, pois tinha decidido que estava entediado o suficiente para querer aprender o que fazíamos. O progresso era lento porque ele era absolutamente *terrível* em termos de carro, tão ruim que eu mal confiava nele para fazer uma simples troca de óleo sozinho.

Mas ele tentava.

Aprendi muito sobre ele. Era um ano mais novo do que eu. Sua mãe tinha sido morta em uma guerra territorial entre bandos rivais quando ele era apenas um menino. Seu pai morava em Detroit, um humano que ele pouco via, considerando que ele não queria nenhuma relação com a vida em bando após a morte da esposa. Mas eram duas pessoas diferentes, e não havia um motivo real para seus caminhos se cruzarem. Isso o entristecia, às vezes, mas ele não queria fazer nada em relação a isso. Não tinha parceiro. Tivera um namorado uma vez, há muito tempo, e depois uma namorada, mas não focava em relacionamentos. Tinha trabalho a fazer.

Ele me confundia. Não era uma coisa boa.

— Por que ainda está aqui? — perguntei-lhe.

Robbie deu de ombros e desviou o olhar.

— Foi onde me mandaram estar.

Não acreditava nele. Não mais. Não depois de ouvi-lo ao telefone, conversando com aqueles desconhecidos do leste, dizendo que não queria ser substituído, que estava *bem* aqui conosco, que *queria* ficar. Nada acontecera desde sua chegada e ele queria se certificar de que continuaria assim.

Ele fazia parecer que era apenas um trabalho quando falava conosco.

Estava mentindo, mas não achei que fosse uma coisa ruim.

Mesmo assim, havia um limite para até quando uma pessoa aguentaria cuidar de nós antes de bater o tédio.

Então ele veio para a oficina.

Não precisava ser pago, considerando que já estava recebendo um salário desconhecido só por estar em Green Creek.

Apenas nos certificamos de não deixar registros.

Mas era bom. Ter mais alguém com quem conversar.

Conseguia senti-la crescendo, exatamente como havia ocorrido com Tanner, Chris e Rico. A necessidade de ligá-lo a nós. De torná-lo parte de quem éramos. Não aconteceu de cara, porque ele surgiu num momento complicado em que a confiança precisava ser conquistada. Os caras da oficina eu conhecia havia anos. Eram meus amigos.

Ele não era.

Não no início.

Mas estava se tornando… alguma coisa.

Eu sabia que todos nós sentíamos. Mas nunca falávamos a respeito.

Então ele também estava lá quando Jessie apareceu. Ela não pareceu surpresa ao me ver. Não a via calmamente desde o enterro, quando sua mão tocara a minha. Nós nos cruzávamos na rua, talvez no trânsito ou no mercado, mas eu quase nunca mais ficava sozinho, sempre tinha alguém do bando comigo.

Não tinha tempo para ela.

Não que antes eu tivesse.

Foi um dos motivos pelos quais terminamos daquele jeito.

Mas, mesmo que não fosse por isso, teria sido por Joe. Em algum momento tudo teria me conduzido a Joe. Eu era grato, na maior parte do tempo, por termos nos separado quando nos separamos. Facilitou as coisas.

Então quando ela disse "Oi, Ox", pude sorrir para ela. Eu me lembrava das borboletas no estômago que costumava sentir quando a via, principalmente naquela primeira vez que esteve na oficina, após ter perdido a mãe, seguindo o irmão até uma pequena cidade no meio do nada. Isso parecia pertencer à vida de outra pessoa.

— Oi, Jessie — falei, e ela entrou, sem realmente se importar com o fato de que minhas mãos estavam sujas quando me abraçou.

Ignorei o rosnado de alerta que ouvi atrás de mim. Concluí que tinha sido baixo demais para ela ouvir, mas, ainda que tivesse ouvido, não entenderia o rosnado territorial de um lobo. Robbie não conhecia Jessie, e estava mais próximo de nós do que nunca. Não era do bando ainda, mas eu não achava que demoraria muito. Se ele quisesse. Se todos nós quiséssemos.

— Que bom vê-lo — disse ela, recuando.

Para facilitar as coisas, dei um passo para trás. Eu me lembrei de como Carter, Kelly e Joe reagiam à familiaridade dela. Não queria problemas.

Olhei por cima do ombro e encarei Robbie, que teve a decência de parecer tímido, e confuso, como se não soubesse por que tinha rosnado para começo de conversa.

— Você também — respondi quando olhei de volta para Jessie. — O que a traz aqui?

— Almoço com Chris — explicou, mostrando uma sacola de fast-food. — Resolvi passar aqui. Fazia tempo que não vinha. A oficina está ótima.

— Obrigado — falei. — Chris está ao telefone no escritório. Ele já vem. Rico e Tanner estão buscando algumas peças.

Ela assentiu com a cabeça, olhando por cima do meu ombro.

— Acho que não nos conhecemos — disse ela para Robbie. — Sou a Jessie. Irmã do Chris.

— Oi — cumprimentou Robbie. E foi só.

Quase não consegui conter o impulso de revirar os olhos. Malditos lobisomens.

— Oi — respondeu Jessie, sem se incomodar em esconder o sorriso. Olhou novamente para mim. — Ele vai se encaixar bem aqui.

Não sabia se isso era uma ofensa ou não, então apenas balancei a cabeça afirmativamente.

— Como tem passado? — perguntou ela.

Dei de ombros.

— Tudo bem. — Eu sabia o que ela estava perguntando de verdade, a parte não pronunciada, o "como tem passado *desde que sua mãe morreu*". Mas tudo bem. Ela não tinha pena de mim. E eu não queria que tivesse.

Alguma coisa em seu olhar suavizou.

— Que bom — disse ela. — Sei que foi... repentino.

Senti uma chama de dor no peito, algo sombrio inchando por como tinha sido *repentino*. Era escuro e oleoso, com pensamentos de *foi culpa dos lobisomens* e *se tivessem me contado o que estava acontecendo, eu podia ter salvado minha mãe* e *esconderam coisas de mim como se não fosse nada demais e olha o que aconteceu*. Esses eram os pensamentos que eu às vezes tinha quando estava sozinho na cama, sem conseguir dormir, com o relógio passando das três da manhã.

Mas ela não sabia disso. Do contrário não teria prosseguido com:

— E como está Joe? Sei que ele foi para uma escola particular no último ano. Deve estar se preparando para a faculdade, certo?

Essa foi a mentira contada. O luto pela morte do pai foi demais para que ele conseguisse ficar em Green Creek. Ele quis ir embora. Então voltou para o Maine. Carter e Kelly deixaram o estado, foram para o leste. Ninguém pareceu questionar nada sobre Gordon. Não de fato.

Na verdade, não sabíamos onde estavam. Ninguém tinha notícias de nenhum deles desde que haviam aparentemente cortado todas as comunicações. Carter, Kelly e Gordon também tinham descartado seus telefones.

Robbie havia dito que ninguém no leste sabia mais nada. Ninguém os vira. Ninguém soubera deles.

Elizabeth disse que tudo acontecia por um motivo. Que precisávamos confiar que eles sabiam o que estavam fazendo.

Mark não se pronunciou sobre a questão.

Eu achava uma besteira. Nunca tinha sentido raiva de Joe até então, não de verdade, não algo que conseguia se enraizar na minha pele e nos ossos e se transformar em algo além. Mas estava acontecendo agora. E eu achava que talvez o que crescia fosse venenoso, porque às vezes eu dizia a mim mesmo que ele tinha nos abandonado, que só pensava em si mesmo e no seu desejo egoísta de vingança. Que isso era injusto comigo, com os irmãos e com o resto do bando. Que estava se colocando em perigo por *nada*. E aparentemente era uma distração grande demais manter contato conosco.

Era o que eu dizia para mim mesmo.

Verdade ou não, acho que não importava.

— É — falei. — Faculdade e tal. — Soava quase crível.

Ela apertou os olhos para mim.

— Vocês ainda…

Dei de ombros. Não sabia como responder a essa pergunta. Ainda éramos… *o quê*.

Esses eram os outros pensamentos que eu tinha. Os que me diziam que eu não significava nada para ele. Que ele não tinha apenas *nos* deixado, mas *me* deixado. Que outras coisas eram mais importantes do que eu. Que ele era só um garoto e não sabia o que queria.

Claro, meu pai errou em quase tudo, mas ele havia me dito que eu ia sofrer.

E Joe estava me fazendo sofrer.

— Hã — disse Jessie. — Sempre achei que fosse meio que uma certeza.

— As coisas mudam — respondi, forçando um sorriso. — Vamos ver o que acontece quando ele voltar.

Se ele voltar, disse aquela vozinha.

Ela esticou o braço e pegou minha mão, apertando meus dedos gentilmente.

— Ele vai voltar — afirmou ela, como se soubesse o que eu estava pensando. E talvez soubesse. Houve um tempo em que nos conhecíamos bem. — Você sabe disso, Ox.

Robbie rosnou outra vez, de forma curta e intermitente, como um motor tentando ligar.

— Sim — concordei. Porque era mais fácil concordar do que discutir sobre coisas que ela não entendia.

— Deveríamos nos encontrar uma hora dessas — sugeriu ela. — Se estiver livre.

— Acho que posso…

— Temos aquele compromisso, Ox — interrompeu Robbie.

— Que compromisso? — perguntei, tentando acessar minha última gota de paciência.

— Aquele — insistiu ele. — Que vai tomar muito do seu tempo.

— Não sei do que você está…

— Você não estará livre. Por um bom tempo.

— Ele é um Bennett? — indagou Jessie, parecendo se divertir. — Porque soa como um Bennett.

— Ele é um Fontaine — respondi com uma carranca. Não entendi o que ela quis dizer.

— Claro — disse ela. — Enfim. Ligue se tiver oportunidade. Meu número é o mesmo.

Assenti com a cabeça e ela foi para o escritório, onde Chris tinha acabado de desligar o telefone.

Virei para Robbie.

— O que foi isso?

— Nada — falou Robbie. — Quer dizer, não sei do que você está falando.

— Robbie.

— Ox. Vamos terminar essa troca de óleo.

— Estamos consertando o alternador.

— Hã. — Ele olhou para o carro. — Isso faz mais sentido do que o que achei que estivéssemos fazendo.

— Ela é uma amiga.

Ele fez uma careta.

— Você não ouviu o coração dela. Nem *sentiu o cheiro.*

— Ah, Deus, detesto lobisomens — murmurei.

— Ela fedia a tesão.

— Você não deveria sair por aí *cheirando* as pessoas.

— Não posso evitar! Diga a *ela* para não sair por aí cheirando à vontade de montar no seu pau!

— Quem está querendo montar em paus? — perguntou Rico enquanto ele e Tanner se aproximavam.

— Ninguém — respondi apressadamente.

— Aquela garota — disse Robbie. — Jessie.

Suspirei.

— Aquela é a ex-namorada do Ox — revelou Tanner.

— Da época de escola — acrescentou Rico, tentando ajudar. — Porque essas são as relações que duram para sempre.

Robbie pareceu ligeiramente horrorizado.

— Você *namorou* essa garota?

Pus as mãos no rosto.

— Mas você é parceiro do *Alfa*!

Aquilo me paralisou. Abaixei as mãos. Encarei Robbie e disse:

— Não sou parceiro de *ninguém*. Se eu fosse, pode ter toda a certeza de que ele estaria aqui e…

Os outros me encararam enquanto eu parava de falar. Não era hora para isso. Não agora. Talvez nunca.

— Ox — começou Rico gentilmente, como se estivesse se aproximando de um animal cercado. — Você sabe que ele…

Então eu disse:

— Não.

E ele parou.

Murmurei alguma coisa sobre ir almoçar e os larguei lá.

Eles vieram quatro dias depois.

Ao longo daqueles quatro dias, fui ficando mais irritado. Eu tinha *problemas* e não conseguia pensar em uma única maneira de me livrar deles.

Porque os lobisomens eram o meu problema.

Bandos eram o meu problema.

Talvez eu só quisesse uma vida normal, longe de tudo que não deveria existir.

Talvez eu quisesse deixar tudo aquilo para trás e encontrar um lugar onde lobos não soubessem meu nome.

Thomas havia me dito uma vez que, quanto mais tempo um humano passasse em um bando, mais forte seria o cheiro do bando até se tornar parte dele, entranhado em tudo que ele fosse.

Qualquer lobo saberia que eu pertencia a outros, independentemente do quanto eu lavasse a minha pele.

E estava impregnado em mim.

Fiquei longe dos outros o máximo que pude. Trabalhei até mais tarde, só deixando a oficina muito depois da meia-noite. Os caras da oficina tentaram se aproximar, mas briguei com eles para que me deixassem sozinho.

Mark e Elizabeth não tentaram nada.

Eu não queria que o fizessem, mas fiquei confuso quanto ao motivo de achar que deveriam.

Devia ter sabido que Elizabeth esperaria até eu estar pronto. Às vezes tinha a impressão de que ela me conhecia melhor do que eu mesmo.

Esfreguei a mão no rosto ao caminhar pela estrada de terra em direção à casa do fim da rua. Provavelmente era tolice minha estar na rua sozinho no meio da madrugada, mas eu confiava nas barreiras de Gordon, mesmo que estivesse perdendo a fé no homem por trás delas.

Eu estava cansado. De muitas coisas.

Senti a presença de Elizabeth antes de vê-la ou ouvi-la de fato. Não achava que isso acontecia com a maior parte dos humanos em bandos de lobos, mas não conhecia nenhum outro para perguntar. E pensar em fazer perguntas na atual conjuntura era exaustivo. Principalmente em face de todo o resto.

— Sei que você está aqui — falei, e esperei que ela surgisse da floresta em forma de loba.

Em vez disso, ela disse:

— Claro que sabe. Não esperaria menos de você.

Ela emergiu das sombras, se movendo com uma graciosidade sobre-humana. Vestia uma calça larga de moletom e um velho moletom de Thomas, as mangas caindo sobre as mãos. Seus olhos se acenderam brevemente no escuro, aquele laranja de Halloween que me lembrava tanto o seu filho. Sentia uma dor no peito só de pensar nele.

E ela soube. Porque simplesmente era algo que ela conseguia fazer.

Ela falou:

— Ah. Fiquei imaginando se seria isso.

— Preferia que você não fizesse isso — resmunguei.

Ela riu discretamente.

— Não consigo não fazer. É quem eu sou.

— Ficar à espreita na floresta no meio da noite é quem você é?

— Não fico *à espreita*. — Ela soou moderadamente ofendida.

— Você fica um pouco — rebati. — É parte de todo o seu… lance.

— Gosto de você — falou ela seriamente. — Muito.

Não conseguiria conter o sorriso no meu rosto nem se tentasse.

— Eu sei. Também gosto de você.

Comecei a andar em direção à casa do fim da rua.

Ela me acompanhou no meu ritmo.

— Você tem nos evitado — afirmou ela.

— Ando ocupado.

— Ah. Na oficina.

— Isso.

— Deve ter sido grande.

— O quê?

— A quantidade de gente que chegou em Green Creek precisando de reparos automobilísticos ao mesmo tempo.

Eu a encarei.

Ela sorriu serenamente de volta.

— Dezenas — falei.

— Você está chateado.

Parei de andar e cerrei as mãos em punhos nas minhas laterais.

— Não tem problema ficar chateado — disse ela.

— Não estou *chateado* — rosnei para ela.

— Claro que não. Só está evitando seu bando e, quando nos encontra, é como se nos desprezasse. Nada chateado.

— Não *desprezo* ninguém.

— Certamente não pode ser verdade. Existe muita gente desprezível.

— Elizabeth...

— Não o culpamos.

Pisquei.

— Pelo *quê?*

— Por nos culpar.

Dei um passo para trás.

— Eu não...

— Tudo bem se culpou. Ou culpa. Não sei se eu não culparia se estivesse em seu lugar. Certamente é um lugar adequado para depositar seu ressentimento.

Abaixei a cabeça.

— Afinal — prosseguiu ela —, se você nunca tivesse ouvido falar em lobos, nada disso teria acontecido. Se não tivéssemos vindo para Green Creek, jamais teria nos conhecido e sua mãe estaria dormindo na própria cama. Ou melhor, espero que ela estivesse, porque ninguém nunca pode saber de fato o que poderia acontecer. A vida pode ser engraçada assim.

— Por que está me dizendo isso? — perguntei.

— Porque alguém tem que dizer — respondeu ela. — E como Joe não está aqui, sobrou para mim.

Minha fúria ardeu, clara e em chamas. Ela sentiu, caso o ligeiro movimento dos seus olhos significasse alguma coisa.

Ela disse:

— Ele não queria deixá-lo, Ox.

Ri amargamente.

— Sério? Porque ele com certeza foi bem rápido para alguém que não queria ir.

— Ele não…

— Não me diga que ele não teve *escolha* — interrompi, irritado. — Porque ele *teve*. Ele podia ter nos *escolhido*. Ele podia ter *escolhido*… — Não quis concluir o pensamento, porque tornaria tudo ainda mais real.

Mas Elizabeth sabia.

— Ele te escolheu *sim*, Ox — falou ela, ignorando a raiva em minha voz. — Ou se esqueceu disso? Ele não entregou o lobo dele para mais ninguém. Só para você. Sempre foi você.

— E de que adianta isso agora? Ele está sabe Deus onde, com Carter e Kelly. Com *Gordon*. Porra, não sabemos nem se ele está *vivo*. Se algum deles está.

— Estão.

Olhei fixamente para ela.

— Você sabe disso.

— Sei.

— Porque…

— Porque sou mãe. E loba. Eu saberia se estivessem mortos, tanto quanto soube quando aconteceu com Thomas.

Minha garganta estava seca.

— Não consigo senti-los. Não como antes.

Ela esticou a mão e passou os dedos no meu braço. Não sabia se a queria me tocando ou não, mas ela retirou a mão antes que eu pudesse recuar.

— Não esperava que você pudesse mesmo — disse ela. — Você não é lobo. Mesmo sendo mais do que era antigamente, não é a mesma coisa.

— Você falou com ele? — Meu coração explodia no peito.

— Não — respondeu com tristeza. — Não falei. Com nenhum deles. Se tivesse falado, você saberia. Ox, entendo por que ele fez o que fez, mesmo não concordando. E não quero minimizar nada em relação a você, mas Joe perdeu o pai. *E* o Alfa. E depois teve que assumir, muito antes do esperado, o papel para o qual vinha se preparando.

— Não é sobre fazer a coisa certa. É vingança. Você sequer tentou impedi-lo?

Ela parecia ter sido estapeada, e essa era a única resposta necessária.

— Veja, é… — comecei.

— O que você teria feito? — interrompeu ela. — Se tivesse tido a chance de acertar as coisas e a ignorasse e descobrisse que sua inércia causou sofrimento a outros?

Ela não parecia estar me julgando, apenas curiosa.

— Eu teria posto o bando em primeiro lugar — falei para ela, com toda a honestidade. — Mesmo estando furioso, e mesmo querendo com todas as forças que Richard Collins fosse morto, eu teria mantido o bando unido. Pela segurança de todos. Pela integridade de todos. E quando estivéssemos em condições, tomaríamos uma decisão. Juntos. Foi o que Thomas me ensinou. Ele disse que acima de tudo vinha o bando.

Ela deu um sorrisinho torto.

— Ele te amava — afirmou ela. — Thomas te amava. Muito. Assim como o resto de nós. Joe, principalmente. Não sei se entende isso, Oxnard, mas precisamos de você. Mais do que pode imaginar.

Meus olhos arderam e o que eu mais queria era que aquelas palavras fossem verdadeiras.

— E quanto ao que *eu* preciso? — perguntei a ela.

— Você precisa de nós tanto quanto precisamos de você.

— Preciso dele.

— Eu sei.

— Eles têm que voltar.

— Eu sei.

— Vão?

Ela tocou brevemente o meu braço.

— Quando puderem.

Não era o suficiente, mas eu sabia que era tudo que podia oferecer.

Ela disse:

— Vamos…

Meu telefone tocou.

Foi absurdamente alto na floresta silenciosa.

— Desculpe — murmurei. E, por um breve instante, meu coração tropeçou em si mesmo porque eu *sabia* o que seria. Seria *Joe*, e ele ia pedir *desculpas*, dizer que nunca quis passar tanto tempo longe, que voltaria para casa, que nunca mais sairia de perto de mim e tudo ficaria *bem*.

Quase deixei o telefone cair. A tela brilhava no escuro, borrando meus olhos, e eu não conseguia *enxergar*, não conseguia…

— Alô? — atendi, rouco. — Joe, é…

— Ox? — disse uma voz chorosa. — Ox. Eles… me machucaram. Ox.

Não era Joe.

— Jessie? — perguntei, confuso e furioso e ferido, tudo ao mesmo tempo. Porque não era Joe, não era Joe, *não era Joe*…

— Ox — falou ela. Estava chorando. — Os *olhos*. Estão *brilhando*…

— Onde você está? — consegui perguntar, apertando o telefone.

Então ela gritou.

— *Jessie*!

O grito se afastou.

Outra voz veio ao telefone.

Disse:

— Olá, Ox. — Soava como se saísse de uma boca cheia de dentes muito afiados.

— Quem é? — vociferei para o telefone.

— Encontrei uma amiga sua. Ela tinha o seu cheiro. Um pouco. Talvez uma lembrança de muito tempo atrás. Tentando voltar para suas pequenas… barreiras.

— Juro por Deus, vou matá-lo se tocar num fio de cabelo dela.

— Ah, não — rosnou a voz. — Suponho que tenha que me matar então. Porque o sangue dela é uma delícia.

— O que você quer?

— Bem melhor. Obrigado. É muito simples, na verdade. Quero você, Ox. O resto do seu bando. Ele vai ficar tão… satisfeito. Comigo. Vai me *amar*… por ter tirado tudo que ele não conseguiu.

— Você não sabe com quem está…

— Ox — rosnou o lobo, porque não poderia ser nada que não um lobo. Eu já sabia das coisas havia tempo suficiente para reconhecer os sons que emitiam. A raiva que eram capazes de sentir. — Acho que não está *escutando*.

Jessie gritou outra vez, sua voz rachando no meio, clara e trêmula de dor.

— Não — supliquei ao telefone. Porque a culpa era minha. Ele estava fazendo isso com ela por *minha* causa. — Não a machuque. Não mais. O que você quer?

— Venha até mim — disse o lobo. — Fora dessas coisas… *grudentas*. Essas *queimaduras*. Essas malditas *barreiras*. Venha para fora delas. E veremos… o que veremos.

— Onde? — perguntei entredentes.

— Na ponte. Soube que só existe uma. Você tem vinte minutos, Oxnard. Sinto ter que insistir nisso. Vinte minutos. Ou o sangue dela estará nas *suas* mãos.

O lobo desligou.

— Escutou? — indaguei.

— Cada palavra — disse ela, os olhos brilhando laranja no escuro.

— Eles não sabem, não é mesmo?

— Não. Pensam que estamos fraturados.

— Ótimo — rosnei. — Porque eles fizeram merda.

Ela fez uma semitransformação, garras surgindo e presas aparecendo. Pelos brotando nas bochechas e na testa.

E pela primeira vez desde que uivara a canção de luto pela morte do seu Alfa, Elizabeth Bennett inclinou a cabeça para trás e *cantou*.

Só que dessa vez foi uma canção de guerra.

Estávamos FRATURADOS.

Parte de nós não estava lá. Nosso bando não estava completo. Até aí era verdade.

Mas soubemos compensar. Preenchemos aqueles espaços com coisas temporárias que nos mantinham juntos enquanto ainda podíamos.

— Qual é o objetivo disso tudo? — havia perguntado Rico, suor pingando do rosto.

Eu me lembrava do que Thomas havia dito. Sobre bandos. E proteção de território.

— É só caso seja necessário — fora a minha resposta. Tanner e Chris estavam ao nosso alcance auditivo, ofegando. Mark estava semitransformado. Elizabeth, totalmente loba. Seus olhos brilharam para mim.

— Seja necessário o quê?

— Qualquer coisa. De novo.

E eles começaram. De novo.

E de novo.

E de novo.

* * *

Era muito estranho o local onde o lobo queria me encontrar. Uma velha ponte de madeira coberta no entorno de Green Creek. Supostamente tratava-se de um lugar pitoresco, apesar de a tinta estar descascando e a madeira, rachada. O pessoal da cidade ia até lá no outono a fim de tirar fotos quando as folhas ao redor mudavam de cor. Estendia-se sobre um rio de água fria que descia das montanhas.

No entanto, significava que era afastado, então ninguém da cidade se machucaria.

Nem perdemos tempo pegando um carro. Mark nos encontrou no bosque, já transformado, seus olhos brilhando no escuro, o rabo abanando. Elizabeth se despiu enquanto Tanner telefonava, após ouvir sua canção.

— É real? — perguntou ele.

— É — respondi entredentes. — Eles pegaram Jessie.

— Merda. Chris. Ele…

— Vá buscá-los. Encontre na oficina. Contarei para ele.

— Ox…

— Vá — gritei. — *Agora.*

Ele resmungou e desligou.

Voltei-me para os outros.

Robbie também estava lá agora, um lobo cinza com listras pretas no rosto. Ele era menor do que Mark e Elizabeth, mas tinha dentes afiados e patas grandes. Aquele fio fino que de algum jeito se estendia entre nós e ele pulsou suavemente, e eu pude sentir o *bandobandobando* surfando todas as ondas. Ainda não o tínhamos reconhecido oficialmente, nenhum de nós, pois o medo da traição era profundo. Ele não era Osmond, mas ainda fazia parte do local de onde Osmond viera.

Mas Robbie estava aqui. Havia treinado conosco. Comido à nossa mesa. Eu não achava que faltava muito para que ruísse qualquer que fosse o obstáculo entre nós.

Fiquei imaginando se Joe podia senti-los.

Fiquei imaginando se sequer se importava.

Eles me seguiram pelas árvores, correndo ao meu lado no escuro. Eu não precisava olhar para onde ia. Conhecia esse lugar, esses bosques, essa floresta. Conhecia cada centímetro. Thomas tinha me ensinado.

Havia me mostrado que um território é um lar e este era o meu lar. Eu sabia onde pular. Onde me abaixar. Não pensava em *como* ou *por quê*. Apenas fazia.

Mantivemos a cautela ao chegar em Green Creek, andando nas sombras. Era tarde, muito tarde, e as ruas estavam vazias, mas já corriam boatos sobre lobos na floresta, e não precisávamos que ninguém na cidade pensasse que eles caminhavam pelas ruas.

A oficina estava escura, mas eu podia senti-los nos fundos.

Suas vozes silenciaram quando dobramos a esquina. Eles me olharam enquanto os lobos passavam e se esfregavam neles.

Tanner lançou meu pé de cabra, com cuidado para não deixar que encostasse em Robbie, que estava com a lateral do corpo grudada na perna de Tanner.

Segurei-o enquanto Chris dizia:

— Nós ouvimos. O uivo. Foi tipo…

— Na sua mente?

Todos assentiram, parecendo aliviados.

— Vão se acostumar — afirmei. — Na maior parte.

— O que aconteceu? — perguntou Rico.

— Chris — falei. — Preciso que me escute.

Ele franziu o cenho.

— O que… o que aconteceu?

— Ômegas. Do outro lado das barreiras.

— Não podem entrar, certo? — indagou Rico. — Por que estamos…

— Eles pegaram Jessie — revelei, sem tirar os olhos de Chris.

Ele ficou pálido.

— Quê? — sussurrou.

— Foi obrigada a me ligar.

Ele deu um passo para a frente, duro e irradiando fúria.

— Ela está viva? — exigiu saber.

— Está. — E eu achava que ainda estaria. Precisavam de algum trunfo. Tínhamos nove minutos. Talvez dez. — Ouvi a voz dela.

— O que ela disse?

Ela tinha gritado, mas ele não precisava saber disso.

— Que estavam com ela e tinham olhos brilhantes.

— Merda — murmurou Rico.

— Eles a levaram — falou Chris para mim.

— Sim.

— E vamos trazê-la de volta.

— *Sim.*

— Ox — disse ele, e eu coloquei as mãos em seus ombros, pressionando a testa na dele. — Ela é tudo que tenho. Ela não… Ela é minha irmã, Ox. Não podem *fazer* isso com ela.

— Vamos recuperá-la — prometi. — Vamos trazê-la de volta, e eles vão se arrepender do dia em que a tiraram de nós.

Chris exalou violentamente e seus ombros tremeram sob minhas mãos. Mas pude *sentir* o instante em que ele afastou tudo aquilo, o jeito como tensionou e enrijeceu. A maneira como seus olhos escureceram. O jeito como mostrou os dentes.

— Eles acham — falei, levantando a voz para que os outros pudessem me ouvir — que não somos nada. Que podem vir aqui e *tomar* o que quiserem. Que estamos *quebrados.*

Os lobos rosnaram e mostraram os dentes.

— Vamos mostrar a eles exatamente como estão errados.

E talvez, apenas talvez, pelo mais breve instante, pude compreender Joe e as escolhas que fez.

Senti as barreiras de Gordon antes de qualquer outra coisa. Cessavam a quase dez metros da ponte coberta. Não estávamos presos. Podíamos sair de Green Creek quando quiséssemos. O objetivo não era nos prender do lado de dentro. Era impedir a entrada daqueles que almejavam prejudicar o bando. E se algo fosse forte o suficiente para conseguir entrar, supostamente ficaríamos sabendo. Gordon havia dito que não achava que ninguém fosse capaz de ultrapassá-las, nem mesmo seu pai, mas elas se misturavam aos laços do bando, como uma espécie de sistema de alarme.

Elas zuniam sob a minha pele à medida em que nos aproximávamos. A sensação era a de que eu estava quente e vibrando, e as barreiras sussurravam canções à sua maneira. A magia de Gordon estava ligada a nós, talvez mais a Joe, mas eles não estavam aqui e as barreiras permaneciam. Pensei nele por um segundo, mas logo o afastei. Não tinha tempo para lembranças. Não agora.

Ele as havia estendido por todo o entorno de Green Creek, nas profundezas da floresta. Não cobriam toda a extensão do território pertencente aos Bennett, mas eram o suficiente para estarmos seguros.

Havia lobos na frente da ponte do lado de fora das barreiras.

Fui o primeiro a me aproximar, os outros se mantendo fora do alcance visual. Eu sabia que as barreiras perturbavam os sentidos dos Ômegas, então parecia improvável que soubessem quantos vinham comigo. Talvez fossem burros o bastante para acreditar que eu viria sozinho.

Olhos violeta me observavam. Contei dez pares acompanhando cada passo meu.

Não vi Jessie. Por um instante tinha me esquecido de que não conseguia senti-la como os outros. Eu me lembrei daquele dia no meu quarto quando terminamos e tentei fazer o mesmo. Ela não era do bando. Não conseguia senti-la dessa forma.

Parei logo antes das barreiras. Em algum ponto à direita, Gordon tinha marcado uma runa em uma das árvores. A linha invisível à minha frente vibrava. Respirei fundo. Tinha cheiro de ozônio.

— Veio sozinho, humano? — rosnou uma voz familiar da frente da ponte.

O lobo do telefone.

— Qual é o seu nome? — perguntei. Só conseguia enxergar seus olhos de Ômega.

— Onde estão os outros? Os restos do que um dia foram.

— Eu fiz uma pergunta.

Os Ômegas ao seu redor riram enquanto ele dava um passo à frente. Ainda estava basicamente escondido pelas sombras, mas eu já tinha me acostumado com o escuro.

O lobo não parecia muito mais velho do que eu. Sua barba era desigual, os cabelos puxados para trás e amarrados com uma tira de couro. Suas presas estavam esticadas e marcavam a pele do lábio inferior. Tive a impressão de que ele talvez estivesse sorrindo.

— Você — disse ele com a voz arenosa — *me* fez uma pergunta.

Os lobos riram outra vez.

— Seu nome — falei.

— Humanos não têm o direito de *perguntar* nada — rosnou. — Você é o *lixo* sob os nossos pés. O rei caído transformou a ideia de bando em uma piada. E veja o que isso lhe trouxe. Vários buracos, o sangue entornado no próprio território.

Calma, disse a mim mesmo. *Calma*.

Porque havia grandes chances de eu pular em cima deles sem dar a mínima para quantos eram.

Ele está te provocando, sussurrou Thomas. *Ele não entende o que você se tornou*.

Eu também não entendia. Não sabia o que era. Não mais.

Não achava que a maioria dos humanos se sentia como eu, mesmo que pertencessem a um bando.

Thomas havia dito que eu não precisava ser um lobo. Que eu não *precisava* ser mais do que já era. Ele não queria isso para mim. Ofereceu um presente não por desejar que eu mudasse, mas porque queria que eu me sentisse mais conectado a ele. Aos outros.

Por mais que às vezes escutasse sua voz, por mais que às vezes caminhasse com ele e minha mãe, eles não estavam presentes. Eram apenas lembranças, fragmentos deles que eu tinha guardado e que emergiam quando eu menos esperava.

Fiquei imaginando se ele sabia. O que eu ia me tornar.

Jamais poderia perguntar a ele.

Mas mesmo naquela época. Antes. Ele me observava. Eu o flagrava, vez ou outra. Como se ele esperasse algo de mim.

Falei:

— Vou perguntar. Mais uma vez.

— Humano — desdenhou o lobo.

Ergui o pé de cabra e o apoiei no ombro. O metal tocou minha orelha. Os laços do bando estavam eletrificados. Mark e Elizabeth. Tanner. Chris e Rico. E Robbie também, seu pulso discreto se tornando quase um farol. Ele estava aqui agora. Conosco. Achei que Joe fosse ficar orgulhoso.

Talvez até me dissesse isso um dia.

Se algum dia ele voltasse.

Se algum dia eu o perdoasse.

Perguntei:

— Qual. É. O. Seu. Nome?

— Venha até aqui — disse o lobo. — Além dos grudezinhos. — Inclinou a cabeça para mim, suas longas orelhas tremendo.

— Eis o que vai acontecer — comuniquei, cansado dele. Cansado daquilo tudo. — Você vai me entregar a garota. Depois que eu examinar as condições dela, decidirei se você sairá daqui andando ou se arrastando. — Inclinei a cabeça, mantendo os olhos nele. — Ou a quantos palmos do chão vou te enterrar.

Disso os lobos não riram.

Vi dois ou três deles darem um passo para trás. Pouparia esses. Se pudesse.

O lobo na minha frente pausou.

— Você — falou ele — é um enigma. Por que é desse jeito?

— Por causa do meu pai — respondi, pensando em Thomas.

Ele me observou por um instante. Em seguida levantou a voz e ordenou:

— Tragam a garota.

Não poderia ser tão fácil.

Das sombras no interior da ponte, duas figuras emergiram. Uma cambaleava a cada passo. A outra arrastava a primeira violentamente.

Jessie.

Ela estava conseguindo andar por conta própria, mas dava para ouvir as falhas em sua respiração. Mancava, quase não se apoiando no pé direito. Seus olhos estavam arregalados e as bochechas, úmidas. Mas a boca estava firme em uma linha fina, a mandíbula rígida. Estava com medo, sim, mas estava *puta*. Isso era bom. Raiva motivava mais do que medo. Também provavelmente significava que os lobos a subestimavam. Exatamente como faziam comigo. Com meu bando.

Ela me viu e a voz soou vulnerável ao dizer:

— *Ox*.

— Está tudo bem — falei. — Olhe para mim. Vai ficar tudo bem.

— Não vai mesmo — retrucou o lobo ao pegar Jessie pelo braço. Ela lutou para se soltar, mas ele a segurava com força. — Diga-me, Ox. Acha que esse seu pezinho de cabra pode fazer alguma coisa para evitar que eu rasgue a garganta dela na sua frente? Acha que pode me parar antes que eu pare o coração dela?

— Outro lobo me disse algo parecido uma vez — respondi calmamente. — Antes de Richard Collins. O lobo em questão estava segurando minha mãe praticamente da mesma forma que você está segurando Jessie agora. Esmaguei a cabeça dele. Teve uma morte muito dolorosa.

— A história não se repete.

Dei de ombros.

— Pode acontecer.

— Não com a sua mãe — disse o lobo com um sorriso horroroso. — Diga-me, Ox. Você conseguiu salvá-la uma primeira vez, por que não uma segunda?

Calma, sussurrou Thomas.

— O que você quer? — perguntei, mal conseguindo conter a raiva.

Seus olhos brilharam violeta.

— Simples — respondeu. — Você. Como seu Alfa... *abandonou* todos vocês, ele precisará de um incentivo para deixar o esconderijo. Vamos providenciar esse incentivo. Seremos recompensados. *Ele* vai nos colocar acima de todos os outros quando lhe entregarmos você e seu Alfa.

— E se eu não me entregar?

— A garota vai morrer — disse ele. — O resto da cidade vai morrer. O que restar do seu bando *vai morrer.*

Ri com desdém.

— As barreiras vão se sustentar. Não pode encostar neles. No bando. Nem na cidade.

— Ox, que merda é isso? — questionou Jessie, a voz aguda e trêmula.

— Por quanto tempo? — indagou o lobo. — Cometerão erros. Não podem ficar aí dentro para sempre. Posso esperar aqui fora eternamente. E cada vez que alguém sair, estarei aqui para matá-lo. Um por um.

— Você devia ter me dito seu nome — falei. — Foi a única coisa que pedi.

Ele estreitou os olhos.

— Você não sabe com quem está...

— Eu te dei a opção — interrompi, finalmente demonstrando a raiva. Minha voz engrossou e senti *alguma coisa* ondulando pelos laços do bando. — De deixar para lá. De ir embora andando. Ou mesmo rastejando. Agora, já não sei se ainda são opções.

IrmãoBandoAmorFilhoAmigo

Eles estavam ali. Todos eles.

Os remanescentes.

Porque, apesar dos ausentes, nós *éramos* um bando. Vivíamos como um, comíamos como um.

Treinávamos como um.

Desde o dia que Elizabeth voltara à forma humana, as coisas tinham mudado. Desde Tanner e Chris. Desde Rico e Robbie. Eles vieram quando estávamos sozinhos e nos transformaram em algo mais outra vez. Talvez não inteiros, mas ficamos juntos. Houve dúvidas, sim, principalmente de minha parte, por causa de coisas das quais eu não conseguia me desapegar. A raiva da traição. A perda da família. Os pedaços fraturados que Joe e os outros deixaram para trás.

Mas não fomos derrubados. Não totalmente.

Eu tinha o meu bando.

E meu bando tinha a mim.

— Dentro de um minuto — avisei aos Ômegas —, haverá gritos. Provavelmente alguns berros. As coisas ficarão confusas. Sangue será derramado. Quando isso acontecer, quero que se lembre de uma coisa por mim. Tudo que eu queria era saber seu nome.

Eles eram dez.

Nós éramos sete.

Mas eles não sabiam disso.

O lobo que segurava Jessie deu um passo para a frente.

E então eles vieram. Para o meu lado.

Primeiro os lobos. Exibindo os dentes e rosnando para os intrusos que ousaram vir até o nosso território, que ousaram tentar outra vez.

Elizabeth e Mark estavam à minha direita. Robbie chegou do lado esquerdo. Encostaram-se em mim, músculos contraídos e pelos eriçados.

Os outros vieram atrás. Tanner e Rico ficaram ao lado de Robbie. Ambos brandiam armas carregadas com balas de prata, algo que Gordon garantiu que eu tivesse para qualquer emergência. Há um ano Rico nunca tinha nem *segurado* uma arma. Agora ele era o melhor dos dois.

Chris se posicionou entre Elizabeth e Mark. Flexionou os punhos, e facas infundidas com prata apareceram. Ele mesmo as fabricara com os materiais e as ferramentas da oficina. Disse que encontrou instruções na internet. Balançou a cabeça para a frente e para trás, o pescoço estalando ruidosamente no silêncio.

— O que é isso... — começou o lobo.

Mas foi o máximo que conseguiu.

Antes mesmo de concluir a primeira palavra, já estávamos em movimento. Nenhum ruído soou afora os nossos pés na terra. Acho que nem perceberam o que estava acontecendo até que fosse tarde demais para eles.

Jessie nos viu e não esperou pelo resgate. Levantou o pé direito com o joelho dobrado, a coxa pressionando a barriga. Em seguida, com a mesma velocidade, chutou o joelho do lobo, acertando sua lateral e fazendo com que os ossos dele rachassem com um som molhado.

Nem sequer lhe dei a chance de assimilar a dor antes de bater com o pé de cabra na sua cabeça, derrubando-o para trás. Sangue e dentes voaram no ar enquanto ele caía de costas, com a perna esticada em um ângulo estranho.

Os lobos rosnaram ao nosso redor enquanto se atacavam, dentes e garras mordendo e rasgando. Peguei Jessie e a arrastei para longe da luta. Senti as barreiras sobre mim ao atravessá-las.

— Fique aqui — ordenei. — Não avance nem um único passo. Aqui não podem pegá-la.

— Ox...

Mas não fiquei para ouvir o que ela ia dizer. Virei e corri de volta pelas barreiras, direto para os lobos que rosnavam e rugiam atrás de mim.

Um Ômega, semitransformado, os olhos entorpecidos de raiva, gritou e veio direto para cima de mim, as garras esticadas ao saltar. Caí de joelhos na terra, deslizando rapidamente enquanto minha calça rasgava, pedras se enterrando na pele. Abaixei o máximo que pude ao deslizar em direção ao lobo. Ele voou sobre mim, estalando os dentes perto do meu pescoço, as garras percorrendo minha pele. Levantei a ponta do pé de cabra e empurrei para o alto. A pele do lobo borbulhou e soltou fumaça quando a prata o cortou. Ossos da costela se quebraram quando a enfiei o máximo que pude, seu ímpeto o carregando sobre mim, rasgando-o do peito até a barriga. Ele aterrissou de um jeito estranho sobre o ombro, batendo no chão e rolando para longe. Não se mexeu ao parar com a cara para baixo, uma piscina de sangue no chão.

Atrás de mim escutei um tiro.

Olhei na direção do barulho.

Elizabeth estava com os dentes enterrados no pescoço de um lobo embaixo de si. O lobo estava deitado de costas, sacudindo as pernas enquanto ela o dilacerava.

Mark era o maior de todos os lobos, quase o dobro. Acabou com dois antes mesmo que eu tivesse me mexido. Seus dentes estavam ensopados de sangue.

Estes Ômegas eram bem menos coordenados do que os que tínhamos enfrentado antes. Não acho que foram enviados por Richard Collins. Eles lutavam contra nós, mas não lutavam juntos. Agiam de maneira independente uns dos outros. Não eram ligados.

Robbie gritou quando um Ômega o arranhou nas costas. Ele girou e estalou os dentes sobre o ombro, tentando morder as pernas do inimigo. Não esperei até que as alcançasse. Corri a toda velocidade em direção aos dois, derrubando o Ômega de cima dele. Caímos no chão, o Ômega por cima de mim, com os dentes perto do meu pescoço.

Antes que pudesse me livrar dele, Chris chegou. Socou a nuca do lobo, sacando a faca do pulso e o acertando na coluna. O lobo convulsionou em cima de mim, sacudindo as pernas e me arranhando. Chris puxou o braço, a cabeça do lobo subindo junto até a lâmina soltar. Chris já partira para a próxima antes mesmo que eu tivesse tirado o lobo abatido de cima de mim.

Tanner e Rico se movimentavam em dupla, um de costas para o outro, braços estendidos, atirando em qualquer lobo que se aproximasse. Continuaram se movendo em um círculo lento, atirando em sintonia. Quando um recarregava, o outro dava cobertura.

Um lobo vinha agachado pelo lado, tentando permanecer despercebido conforme avançava em direção a eles. Seus dentes estavam expostos e o corpo estava encolhido, pronto para saltar.

— Direita! — gritei para eles.

Tanner se abaixou imediatamente enquanto Rico girou, passando o braço sobre ele, até que o lobo estivesse na mira. Deu um tiro, acertando a garganta do lobo. O lobo caiu para trás, e eu sabia que a bala estava explodindo dentro dele, a prata se espalhando pela corrente sanguínea, envenenando o Ômega, desacelerando seu poder de cura o suficiente para que ele não sobrevivesse.

Os ruídos foram cessando ao nosso redor.

Respirei fundo e exalei lentamente.

Rico e Tanner abaixaram as armas.

Chris já estava correndo na direção de Jessie, que continuava atrás das barreiras em choque absoluto.

Senti uma dor arder brevemente no braço. Tinha um talho perto do ombro, não muito fundo, mas longo. Fui atingido por um dente ou uma garra em algum momento. Provavelmente precisaria levar pontos para não deixar uma cicatriz. Não fazia diferença para mim. Cicatrizes demonstravam o que eu tinha vivido. Que ainda estava vivo. Estava sangrando lentamente. Ia ficar tudo bem. Por enquanto.

Mark estava ao lado de Robbie, rosnando para os três Ômegas que não tinham se transformado durante a luta. Estavam perto da ponte, o medo evidente em suas expressões. Não sabia se tinham vindo por escolha própria ou se foram forçados. Thomas uma vez me dissera que a maioria dos Ômegas estava perdida. A caminho de se tornar selvagem. Certamente era o caso de Marie. Não sabia se conseguiriam encontrar seu caminho de volta ou não.

Elizabeth estava sobre o lobo que falou comigo. Estava consciente, parado, o corpo queimando com a prata. Eu sabia que ia se curar em algum momento. Se eu deixasse.

Havia seis lobos mortos no chão. A pólvora seria percebida em breve. Não tínhamos muito tempo.

— Rico — falei.

— Deixa comigo — disse ele. Pegou o telefone e discou 190 ao se afastar. — Sim, alô? Acho que ouvi tiros. Alguém já avisou? Pareceu vir da ponta sul da cidade, então caçadores? Talvez na floresta?

Que ficava do lado oposto.

Fui até Elizabeth. Ela rosnava baixo na garganta, um ronco consistente enquanto o lobo aos seus pés sangrava e se engasgava.

Passei a mão nas costas dela ao me ajoelhar ao seu lado. Ela se inclinou ao toque, mas não desviou o olhar.

— Gah — fez o lobo, uma bolha de sangue estourando na boca. Uma fina bruma vermelha manchava suas bochechas e a testa. — *Gah.*

— Você devia ter me dito seu nome — falei calmamente. — Mas não foi esse o seu primeiro erro. Não diria nem que ter vindo aqui foi o seu primeiro erro. Sabe qual foi?

— *Gah. Gah. Gah...*

— Seu primeiro erro foi me subestimar. Ao meu bando. Posso ser humano, mas corro com lobos.

Levantei e fui na direção dos outros Ômegas.

Mark e Robbie os haviam reunido no muro da ponte. Eles se acovardaram quando me aproximei.

Mark e Robbie se separaram brevemente para permitir que eu me colocasse entre ambos. Encostaram-se em mim de imediato, me transmitindo seu calor.

— Vocês não se transformaram — afirmei para os Ômegas. — Por quê?

Tinham medo nos olhos enquanto me observavam. Nenhum deles se pronunciou.

Dei mais um passo em direção a eles.

Ganiram.

Em seguida esticaram a garganta para mim.

Parei.

Porque isso não deveria ter acontecido. Isso era apenas para...

Eu não era...

Não podia ser...

Algo no meu cheiro ou no pulso acelerado do meu coração deve ter me denunciado, porque Mark estava ali, Robbie estava ali. Elizabeth estava ali, os três me tocando, esfregando os focinhos nas minhas pernas e braços. Rico e Tanner e Chris também estavam lá, em algum lugar. Podia senti-los na mente, alto e claro. O laço de Robbie estava mais forte do que nunca, e pulsava dizendo *amigo* e *lar* e *bandobandobando*.

Eu mal dava conta de respirar.

— Vocês cuidam deles a partir de agora — consegui dizer. — Seus lobos. Não deixem nenhum rastro. Voltem para o lugar de onde vieram. Se encontrarem Richard Collins, contarão a ele o que se passou aqui hoje. E se os vir novamente, não permitirei que saiam andando.

E já estavam se movendo. Os Ômegas correram para a estrada de terra, juntando os lobos mortos. O único lobo que havia falado se levantava devagar. A mandíbula claramente estava quebrada e se esticava em um ângulo afiado. Ele sangrava em abundância pela boca. Deu um passo cambaleante em nossa direção. Os olhos eram puro ódio ao me encarar.

Não falei nada enquanto ele mancava, seguindo os outros Ômegas pela ponte. Dava para ouvir as sirenes à distância, longe e se afastando. Não vinham na nossa direção. Ao menos não ainda.

Fiquei encarando as sombras na ponte por um longo tempo.

Houve uma movimentação em volta de mim. Rico e Tanner recolhendo as cápsulas. Chris chutando a terra e cobrindo o sangue derramado. Jessie murmurando, exigindo respostas, se perguntando quem eram aquelas pessoas, que merda havia acontecido, aqueles eram *lobos*, meu Deus, Chris, *o que* é *isso tudo*?

Robbie e Mark estavam à minha esquerda em algum lugar, farejando o chão. Rastreavam os cheiros para se certificarem de que não havia mais Ômegas ou outros seres de tocaia, esperando uma oportunidade de ataque.

Foi Elizabeth que se aproximou de mim.

Ela veio até estar na minha frente. Sentou-se, a cabeça erguida, régia e orgulhosa. Esperou até que eu não pudesse mais ignorá-la. Olhei para ela. Seus olhos brilharam para mim. Senti a atração daquele olhar, mais forte do que nunca.

— Não pode ser — disse a ela.

Ela não se mexeu.

— Você sabe que não posso ser. Não sou lobo. — Não sei quem eu tentava convencer.

Senti algo no fio que nos conectava. Dizia *tolinho* e *não tem importância* e *bando é o que é certo para o bando* e mais uma palavra que não quis ouvir. Uma palavra que não deveria ser possível. Uma palavra que me dava a sensação de estar traindo Joe.

— Não quero.

Ela arfou e ficou séria.

— Estou falando sério. Não posso. *Não posso*... — Em seguida mais um pensamento me ocorreu e fez com que arrepios me pinicassem os braços. — Você sabia?

Ela inclinou a cabeça para mim. Não foi uma resposta.

— *Ele* sabia? — demandei.

Não Joe.

Mas ela sabia de quem estava falando. Pude sentir a leve onda de tristeza que passou por ela.

— Responda! — Porque a única coisa em que eu conseguia pensar era que eles sabiam desde o princípio, desde o primeiro dia que me receberam na varanda da casa do fim da rua. Não era verdade, *não podia* ser verdade, mas *e se fosse*? E se tudo tivesse acontecido para que culminasse *neste* momento, *nesta* porra dessa constatação? Alguém tinha escolha quanto a isso? Joe teve?

Eu tive?

Então Mark se aproximou, sentando-se ao lado dela. Passou o focinho na orelha de Elizabeth antes de olhar para mim com uma expressão idêntica no rosto.

Robbie também veio, embora mais lento, como se não se sentisse seguro de si. Os ombros estavam encolhidos, as orelhas afundadas no crânio. O rabo entre as pernas. Parecia assustado, como se temesse ser rejeitado caso viesse mais rápido. Manteve o olhar vago ao se sentar ao lado de Elizabeth.

— Que porra é essa? — ouvi Jessie perguntando de trás de mim.

— Estão fazendo o reconhecimento dele — respondeu Chris em voz baixa, e foi mais um golpe contra o muro que construí apressadamente em face desse maldito reconhecimento. Se *eles* sentiam, então...

— Como o quê? — questionou ela.

— Por quê? — perguntei, numa última tentativa. Minha voz rachou e não tinha nada que eu pudesse fazer para impedir. — Não sou *nada*. Não sou *ninguém*. Não deviam fazer isso. Isso não deveria acontecer! É para ser *ele*. Ele vai voltar, estão entendendo? Ele vai voltar e vocês terão que...

Houve o sinal de uma transformação, o estalo de ossos e músculos. A loba tomou sua forma humana.

Mas seus olhos permaneciam iguais.

Ela disse:

— *Ox*.

— Então... isso existe — falou Jessie baixinho. — A sra. Bennett está pelada e isso existe.

Nós a ignoramos.

Esperei até que Elizabeth falasse outra vez, porque eu não tinha mais nada a dizer.

Não precisei esperar muito.

Ela continuou:

— Às vezes o ponto não é a habilidade de se transformar. Alguns de nós já nascemos com um lobo no coração. A cor dos seus olhos não importa. O fato de ser humano não importa. O que importa é que você assumiu o seu lugar de destino.

— Não pedi nada disso — disse a ela, desesperado.

— Eu sei — respondeu ela suavemente. — Mas é de você que precisamos.

— Meu pai...

Os olhos dela endureceram.

— Seu pai não entendia o valor de quem você era. De quem sua mãe era. Vi você à sombra dele. Sei o que ele lhe disse. Mas você não pertence a ele. Assim que meu filho o encontrou na estrada, passou a nos pertencer.

— Você sabia? Desde então? Thomas sabia? Foi por isso que fizeram isso tudo? Foi por isso que Joe... — *Me deu o lobo?* Mas não consegui pronunciar as palavras. Porque a ideia de Joe sendo forçado a algo que não podia escolher, que nem *queria*, me congelou.

Mas ela sabia. Sempre sabia.

— Não — falou calmamente. — Sabíamos que você era um jovem notável, Ox. Gentil e carinhoso. Disso sempre soubemos. E que seria uma adição valiosa para o nosso bando. Mas o resto? Isso? Ox, *isso* é algo que nunca imaginamos que aconteceria. Você pode fazer planos na vida, mas a vida *sempre* tem os próprios planos. Se Thomas não tivesse morrido, se sua mãe não tivesse morrido, se Richard Collins não tivesse escapado ou sequer cismado com a nossa família pra começar. Se, Ox. Tem sempre um *se*. — Os olhos dela brilharam laranja e eu senti a *atração* como nunca. — Mas agora não é *se*. Agora é outra coisa.

Mark inclinou a cabeça para trás, entregando o pescoço.

Robbie fez o mesmo, abanando o rabo com nervosismo.

Elizabeth inclinou a cabeça para o lado, a longa coluna de pele silenciosa sob as estrelas.

Então ela falou.

Aquela palavra.

E torci para que Joe me perdoasse.

Porque, por mais que eu desejasse lutar contra isso, não achava que tinha forças.

Não mais.

— *Alfa*.

o terceiro ano/conexão lunar mística

Foi no terceiro ano que Robbie se mudou para a casa principal, pouco depois de ser reconhecido como parte do bando Bennett. Seus superiores não pareceram surpresos. Um homem rude veio até a casa, trajando um terno amassado e uma gravata fina. Seus olhos se arregalaram brevemente quando entrei na sala, conseguindo sentir alguma coisa ali que eu ainda não entendia exatamente.

Ele foi curto e grosso. Não havia sinal de Richard Collins nem qualquer prova tangível dele havia muito mais de um ano. As equipes que vinham procurando por ele desde a fuga de Green Creek voltavam de mãos vazias. Não havia mais sequer boatos sobre ele.

O mesmo se dizia de Joe e dos outros. Não tínhamos nenhuma notícia deles, mas Elizabeth insistia que estavam vivos, que ela *saberia* se alguma coisa acontecesse com eles, com seus filhos. Não tinha coragem de discordar dela, no entanto passava noites em claro imaginando centenas de coisas que poderiam ter acontecido a eles. Podiam ter sido encontrados por Richard e mortos por ele, que teria se tornado um Alfa. Podiam estar vivos e nunca mais voltar. Eu poderia nunca mais ver Carter. Ou Kelly. Ou Gordon.

E Joe, claro. Porque pensava mais nele do que nos outros.

O homem rude nos informou que seguiriam com as buscas, mas não parecia haver muita dedicação. Falavam como se Michelle Hughes fosse uma solução de longo prazo, para que finalmente tivessem alguém no lugar de Thomas como chefe dos Alfas.

— Daremos um tempo — disse ele, tomando um gole de café. — Mas não podemos esperar para sempre.

Ele pediu para conversar comigo em particular. Olhei para Elizabeth, que meneou a cabeça antes de concordar. Ela apontou para o antigo escritório de Thomas e eu hesitei por um instante. Os outros saíram de casa. Tanner, Rico e Chris estavam na oficina.

O homem rude esperou até ter certeza de que estavam fora do alcance auditivo antes de fechar a porta do escritório. Eu me sentei à escrivaninha, mais intimidado do que imaginei que ficaria. Tentei não demonstrar, mas acho que ele percebeu.

E então:

— Ela tem curiosidade sobre você.

Não foi o que eu esperava.

— Quem?

— A Alfa Hughes.

— Por quê?

Ele riu com desdém.

— Porque você é humano, e de algum jeito se tornou um Alfa. De nada menos que o bando Bennett.

— Joe é o Alfa do bando Bennett — falei. Era apenas temporário. Eu já estava aceitando melhor, mas ainda era um trabalho em andamento. Um que eu torcia para que acabasse muito, muito em breve.

— Joe não está aqui.

— Mas voltará. — Fiquei imaginando se o homem rude teria escutado as batidas traidoras do meu coração.

— Como conseguiu? — perguntou. — Ela vai querer saber. Não por achar que você fez algo de errado ou por querer tirar qualquer coisa de você.

Estreitei os olhos.

— Por que começar por aí?

Ele deu de ombros.

— Porque é para onde você foi. E não o culpo. Nem ela. Esse bando passou por... muita coisa. Para dizer o mínimo. Você não entrega sua confiança com facilidade.

Ele se referia ao bando. Falava comigo no singular por respeito.

— Não há muitas pessoas *nas quais* confiar.

— Alfa Hughes...

— É alguém que não conheço — respondi secamente. — Não se pode esperar que eu confie nela.

— Isso não a impediu de especular sobre você.

— De me vigiar.

— Robbie — disse ele.

— Robbie — concordei.

— Você acreditaria em mim se te dissesse que as atualizações dele foram se tornando cada vez mais vagas com o tempo?

Acreditaria, porque era verdade. Assenti lentamente com a cabeça, pensando se teria que lutar contra esse homem rude por um integrante do meu bando. Porque Robbie não era dele. Não pertencia à Alfa Hughes. Pertencia a mim. Aqui. Com o bando.

— Ela entende.

— Entende? — perguntei.

— Provavelmente mais do que você imagina. Não posso dizer que você não tem os nossos instintos, porque não sei o que você é. Mas um lobo sabe quando se encaixa. Quando encontra um lar. Existe uma atração. Na mente e no peito. No início é discreto. Mas cresce, se tiver permissão. E você permitiu.

— Não pode levá-lo de volta — falei de súbito. — Não vou permitir.

Ele me encarou por um instante. Em seguida:

— Não pediria isso a ele. Nem a você.

— Ele agora é meu. — E algo primitivo em mim sentiu grande alegria com essa ideia.

— Nós sabemos. Não é exatamente ideal, mas...

— Melhor do que Osmond.

O homem rude estremeceu com isso.

— Justo.

— *Justo*? Acho que isso talvez seja um eufemismo.

— Osmond foi... um imprevisto.

— Osmond foi um erro. Acho que até Thomas sabia disso. Antes de tudo acontecer.

— Ninguém poderia ter previsto.

— Talvez não tenham sido suficientemente atentos. Sequer sabem como aconteceu? Quando? Ele mudou de lado ou sempre pertenceu a Richard Collins?

O homem rude passou a mão no rosto.

— São perguntas que esperamos poder fazer a ele, se for encontrado.

— *Quando* for encontrado.

— Para alguém que não *confia* no que eu digo, está depositando muita fé nas minhas equipes de busca.

— Não estou falando das suas equipes — respondi friamente.

— Ele vai trabalhar para nós, Robbie — disse o homem rude. — Pedimos que nos mantenha informados sobre quaisquer... mudanças.

— Mudanças.

— No seu bando. Normalmente quando um bando acrescenta novos integrantes, existe um processo de verificação. Para evitar qualquer risco de permitir a entrada de alguém com interesses adversos.

Pisquei.

— Fui verificado?

— Parcialmente. Mas na prática teve a garantia de Thomas. As pessoas não costumavam dizer não para ele. Mesmo depois que ele renunciou. Ele era... persuasivo.

Não gostei disso.

— Vocês querem ter controle.

— Queremos segurança — retrucou. — Não somos mais tão numerosos quanto fomos um dia. As coisas mudam. Atitudes mudam. Se as coisas continuassem como estavam, teríamos uma maioria de mordidos e não de nascidos. Quando uma espécie está em extinção, tudo deve ser feito para preservar os remanescentes. Não é uma questão de controle. Mas de sobrevivência.

— Richard Collins está pouco ligando para isso.

— Richard Collins é um psicopata.

— Tudo bem. Robbie pode continuar reportando a vocês. Mas se o forçar a se meter em coisas que não cabem a ele, se tentar agir pelas minhas costas...

— Ameaças não são necessárias — garantiu ele. — Mas estaria mentindo se dissesse que não vai sofrer um pouquinho por isso.

Parei, mas só por um segundo.

O homem rude percebeu, no entanto. Arqueou uma sobrancelha para mim.

Limpei a garganta.

— Como assim?

— Outros não serão receptivos a um Alfa humano. Mal toleram Alfas mordidos. Mas você? Você é *humano*. Alguns interpretarão como um tapa na cara. Outros pensarão que está mentindo.

— E você?

Ele balançou a cabeça lentamente.

— Talvez antes de chegar aqui. Talvez já tivesse ouvido histórias a seu respeito, o humano no bando de lobos. E talvez não tenha necessariamente acreditado em tudo que ouvi. Thomas sempre falava sobre como humanos deveriam ser reverenciados, mesmo após tentarem nos exterminar. E mesmo assim o escondeu de nós. Não você especificamente. Sabíamos de você. Mas o fato de que seria parceiro do futuro Alfa? Isso ele não contou. Ninguém sabia até a vinda de Osmond. Ficamos... preocupados.

— Preocupados o suficiente para enviar um traidor junto a um monte de Betas sem conhecer suas lealdades.

— Não sabíamos que ele era...

— Não — interrompi. — Entendo isso. Mas não me parece que vocês sabem de muita coisa.

— Seja como for — continuou o homem rude —, haverá reações quanto a isso. A você. *Eu* estou convencido, porque estou aqui. No seu território. Posso sentir sua ligação com o lugar e com o seu bando. Mas outros não verão isso.

— Não é problema meu. Não estou atrás de tolerância. Só quero que deixem meu bando em paz.

— Devia ter escolhido outro bando, então — disse secamente. — Fazer parte dos Bennett é praticamente uma garantia de que não será deixado em paz. Se isso... se prolongar demais, você terá que se registrar. Todos os Alfas devem ter registro com a chefe dos Alfas. Isso nos ajuda a acompanhar a população de lobos. A garantir que os Alfas não estão montando bandos sem nossa orientação.

— Se o que se prolongar?

— Você. Isso. Se Joe não voltar.

— Não posso criar novos lobos — lembrei a ele. — Ainda sou humano.

Ele ficou me encarando por um bom tempo. Dava nervoso quão pouco ele piscava.

— Isso não quer dizer que não vá atrai-los. Não precisa mordê-los para torná-los seus. Robbie. Os outros humanos. Pode *crescer* sem nunca precisar ser um lobo.

— Você fala como se eu fosse alguém a ser temido.

— Não sabemos o que você é — falou o homem rude. — E há sempre medo em relação ao desconhecido.

— Ele vai.

— Quê?

— Joe. Ele vai voltar.

— Você tem fé nele. — Parecia surpreso.

Então eu disse:

— Sempre.

Era verdade o bastante para que o homem rude não captasse.

Porque eu *tinha* fé em Joe.

Mas achava que a estava perdendo aos poucos com o passar do tempo.

Robbie esperou tenso enquanto o homem rude saía, pouco além do alcance auditivo. Assim que o carro desapareceu pela estrada de terra, ele praticamente correu para o meu lado. Conseguia ouvir os outros na floresta, os latidos de Mark e Elizabeth, o riso e os gritos de Tanner e Chris e Rico.

— E aí? — perguntou, torcendo as mãos, olhando para mim e desviando o olhar.

— E aí? — provoquei.

— Ox!

Revirei os olhos.

— Você pode ficar. Continuará trabalhando para a Alfa Hughes, mas pode...

— Ela não é minha Alfa — interrompeu-me afobado, os olhos arregalados. — Ela não é... ela *não pode* ser minha Alfa. Não como... tudo bem. Simplesmente *não pode*.

— Por quê? — perguntei, curioso. — Sei que você não era parte do bando dela de verdade. Ou de nenhum outro bando, na verdade. Mas trabalha para ela. Por que não seria parte do dela?

— Nunca houve encaixe — explicou ele. — *Eu* nunca me encaixei. Não com eles. Mesmo quando outros bandos me receberam após a morte da minha mãe, nunca... nunca pareceu *certo*. Eles me mantinham em segurança. Davam-me comida e roupas. Ajudavam com meu luto, mas eu simplesmente... não conseguia. Pediam que eu ficasse. E eu não conseguia. Então, quando completei a maioridade, flutuei. Ia de um lugar para outro. E aí a Alfa Hughes pediu que eu realizasse um trabalho, e quando *ela* pede, você simplesmente faz. Sem questionar. Eu vim para cá e *fiz* o meu trabalho e foi *tranquilo*, Ox, foi *bom*. E apesar de você não ter confiado em mim durante muito tempo, nenhum de vocês, eu me senti mais à vontade aqui do que havia me sentido desde... Nem sei mais. — Quando ele acabou de falar, suas bochechas estavam rubras, os olhos arregalados e piscando laranja. Ele parecia sem fôlego, como se temesse que eu o rejeitasse ali mesmo.

— Robbie — falei, estranhamente tocado. — Você vai...

— Porque *você* é meu Alfa — disparou. — É o único que quero como meu Alfa. Mais ninguém. Meu lobo... é só que... É você, tudo bem?

Então eu disse:

— Tudo bem, Robbie. Ei, está tudo bem. Você vai ficar. Conosco. Comigo.

Ele ficou boquiaberto.

— Está falando sério?

Assenti com a cabeça.

O sorriso no rosto dele era largo e ofuscante.

E apesar de ainda me sentir como uma criança brincando de se fantasiar, tinha ali um orgulho com o qual eu não sabia o que fazer, por mais que soubesse que não queria ignorá-lo.

Ela passou um tempo longe. Jessie.

Não que eu pudesse culpá-la.

Eu só tinha dezesseis anos quando descobri a verdade, ainda era jovem e ingênuo o bastante para crer no impossível.

Ela não tinha dezesseis. Tinha passado dos vinte. O que significava que era cética.

Mas não a culpava. Não podia. Ela havia testemunhado algo que a maioria das pessoas não entenderia. Não saberia processar. Havia sido sequestrada e apanhado, feita refém em uma luta que não era sua.

Estava voltando de uma saída com amigos a duas cidades daqui. Comeram um jantar tardio. Tomaram alguns drinques, mas nada que a impedisse de dirigir depois.

Estava voltando quando viu um carro parado no acostamento, uma mulher sozinha no escuro ao lado dele. O pisca-alerta cintilando em amarelo.

Ela parou. Porque era coisa certa a ser feita. A mulher estava sozinha. E embora Green Creek fosse uma cidade *segura*, Jessie disse que não teria se perdoado caso não tivesse parado e depois ficasse sabendo que *não* era segura.

A mulher sorriu para ela. Disse que o carro tinha quebrado. E para piorar, seu celular estava sem bateria, e Jessie podia *acreditar* na sua sorte?

Aconteceu rápido. Num instante estava caminhando em direção à mulher, no seguinte se viu *cercada* por pessoas cujos olhos brilhavam violeta.

Bateram nela.

Fizeram-na sangrar.

Não a tocaram, não… daquele jeito.

Mas ainda assim sua sensação de autonomia fora violada.

Ela se afastou de Chris. Eu quase não a via, mas sabia que ela e Chris eram próximos. A raiva que ele sentiu depois daquela noite com os Ômegas foi a mais forte que já o vi sentir. Ele mergulhou de cabeça no treinamento que se seguiu, malhando até que seus músculos tremessem e ele estivesse ensopado de suor. Falei para ele parar, dar um tempo, se afastar se precisasse. Ignorar o bando e se concentrar em Jessie, se fosse isso que considerasse o certo.

Ele me olhou chocado.

— Está me mandando ir embora? — perguntou ele, a voz pequena.

Eu não sabia a extensão do meu alcance sobre eles. Sobre o bando. Eu não entendia, não de fato, até aquele instante. Porque, se eu tivesse mandado Chris embora, ele teria ido. Teria nos deixado e cuidado da irmã e se afastado do bando porque eu *mandei*. E ele teria sofrido, e eu também, no processo.

Fui egoísta. Devia tê-lo mandado embora.

Não o fiz.

Falei:

— Não. Não, não quero que vá embora.

Ele relaxou e soltou o ar, longa e lentamente.

* * *

Mas ela voltou. No verão.

O sininho na porta da oficina soou.

Ignorei e continuei concentrado na ventoinha que tentava instalar. Robbie estava na recepção. Para o bem de todos, havíamos concordado que seria mais seguro se ele ficasse longe de toda e qualquer ferramenta, considerando que tinha uma tendência a machucar a si mesmo e aos outros quando se aproximava demais de qualquer coisa afiada. Ele agora atendia o telefone. Lidava com os clientes. Marcava horários. Os clientes da oficina o adoravam, e ele adorava conversar com eles. Facilitava a vida para todos nós.

Até o dia em que ouvi vozes agudas e elevadas.

— Estou me *fodendo* para quem você é, você vai me deixar passar porque preciso falar com eles!

— Olha, moça…

— É Jessie, seu cuzão.

— *Jessie*, você não pode simplesmente…

— Ah, caralho, sai da porra da minha frente.

Chris suspirou na estação ao lado.

— Isso não vai acabar bem. Conhecendo minha irmã, ela passou esse tempo todo acumulando sentimentos.

— Antes você do que eu — desdenhou Tanner.

— Na verdade, ela provavelmente vai gritar com o *Alfa* ali — disse Rico.

— O que foi que *eu* fiz? — reclamei.

— *Jefe*, o que você *não* fez?

— Filho da puta — murmurei, repousando a ventoinha. Em seguida, com a mesma voz baixa: — Robbie, deixe-a entrar.

Robbie se interrompeu no meio da argumentação na frente do escritório. Escutei a porta que separava a recepção da oficina abrindo violentamente.

— Ox! — berrou Jessie.

— Isso vai ser alto — falou Chris.

— Será que devemos sair? — perguntou Tanner.

— Não — respondeu Rico. — Quero ver o que acontece.

— Na condição de Alfa, ordeno que me salvem — disse a eles.

Apenas me encararam. Maldito bando inútil.

Jessie estava pronta para a guerra, o cabelo esticado num rabo de cavalo, o rosto vermelho, os olhos acesos. Robbie veio cautelosamente atrás dela, tenso, como se não soubesse se deveria atacá-la caso se aproximasse demais. Balancei a cabeça uma vez para ele, que fez uma careta para mim antes de se juntar aos outros.

Jessie parou bem na minha frente, a boca em uma linha fina. Ainda tinha aquela sarda que eu costumava beijar. Não sei por que prestei atenção nisso.

Ela disse:

— Você é uma porra de um saco de bosta.

Suspirei.

— Você *sabia* disso? Esse *tempo* todo? — continuou.

— Jessie — respondi calmamente. — Oi, bem-vinda à Oficina do Gordon.

Ela me encarou. Estava furiosa. Não a culpava. Não mesmo.

Eu era um Alfa. Mas ela podia ser assustadora, então falei:

— O Chris também já sabia há um bom tempo.

— *Ei*! — gritou Chris. — Por que está *me* jogando na fogueira?

Jessie estreitou os olhos.

— Ah, não se preocupe — falou ela. — Ele terá a vez dele. Posso te garantir.

— Você é um babaca, Ox — murmurou Chris. — Pior Alfa de todos os tempos.

Robbie rosnou para ele.

— Mas *você* — prosseguiu ela, me cutucando violentamente no peito. — *Isso* é tudo culpa *sua*.

— Como isso é *minha* culpa? — perguntei, um tanto ofendido.

— Lobisomens! — gritou ela.

— Sim — falei. — E também já se passaram seis meses desde que você ficou sabendo. Por que está fazendo isso agora?

Ela piscou para mim.

— Precisei de tempo para *processar*.

— Certo. E agora você processou.

— Lobisomens — repetiu.

— Lobisomens — concordei.

— Você sabia. Esse tempo todo.

— Não o tempo *todo*.

— É — disse Rico. — Foi só *quase* o tempo todo.

Jessie me cutucou no peito outra vez enquanto eu olhava feio para Rico. Ele apenas deu uma piscadela para mim.

— Você é um deles? — exigiu saber.

— Não — respondi lentamente.

— Então você é humano.

— Não — repeti, ainda mais lentamente.

— Que diabo *isso* significa?

— Significa que não sou exatamente…

— Você vai me morder? — interrompeu ela.

— Você não reclamava quando a gente…

— Não é hora para isso, Ox!

— Certo — falei apressadamente. — Ainda não sou muito bom em piadas. Nem em saber a hora certa de contá-las.

— Não pode me morder!

— Não vou! Não sou lob…

— Você é *alguma coisa*.

Estava começando a ficar com dor de cabeça.

— Não algo que possa transformá-la.

— Você transformou meu irmão. Ele me contou. Diz que consegue *senti-lo*. Que é parte de você e do seu… *bando*. — Pronunciou a última palavra como se fosse um palavrão.

Sim, nessa ela me pegou.

Merda.

Ela me cutucou pela terceira vez.

— Vai me contar *tudo*.

— Agora? — perguntei, tentando não choramingar. Eu era o maldito *Alfa*. Por que ela estava me dizendo o que fazer?

— Agora. *Imediatamente*.

Maldição.

Então contei.

Levei algumas horas. E talvez tenha tropeçado em algumas partes (e ignorado outras, porque, embora já fizesse dois anos, as mortes de Thomas e da minha mãe ainda doíam muito), mas tentei cortar o mínimo possível. Sentia que devia isso a ela, por tudo que a fizera passar desde que nos conhecemos. E devo elogiar o fato de que ela quase não interrompeu, e só o fez quando não entendeu alguma coisa e precisou de mais explicações. Quanto mais eu falava (eu nunca falei tanto na vida), mais quieta ela ficava.

Ao final, ela me encarou por um longo tempo. Minha garganta estava doendo, então não falei mais nada, esperando até que ela decidisse o que faria.

Ela finalmente disse:

— E tudo isso aconteceu de verdade.

— Sim.

— Você não falou muito sobre ele.

Banquei o bobo.

— Quem?

Ela sabia, mas disse "Joe" assim mesmo.

Tentei engolir o amargor que subiu como bile.

— Não há muito que falar.

Ela revirou os olhos.

— Exceto pelo fato de que é seu parceiro e fez *imprinting* em você como se fossem uma fanfic bizarra de *Crepúsculo*?

Dei de ombros.

— Não entendi quase nada do que você falou.

— Eu entendi — disse Rico. — E admito que não estou muito orgulhoso disso.

— Você tem uma conexão lunar mística com Joe — afirmou Jessie, parecendo exasperada.

Apertei os olhos para ela.

— Uma o quê?

— Seu *lance*. Com *Joe*.

— Não é…

Ela suspirou.

— Meu Deus, que bom que pulei fora naquela época.

— Não foi destino — falei, ignorando a cutucada. — Foi uma escolha. Ele me escolheu.

— E você o escolheu de volta. Depois que descobriu o que significava.

Escolhi, mas que bela ajuda estava me dando. Então não disse nada.

— Explica muita coisa — disse ela.

— Explica?

Ela me olhou como se eu fosse um idiota.

— O quê?

— Ox, Joe me *odiava*.

— Não odiava. — Desgostava fortemente, talvez. Mas odiar? Eu não acreditava que Joe fosse capaz de sentir ódio. Nem mesmo em relação a Richard Collins. Não naquela época. Mas agora. Agora eu não sabia. Eu não o conhecia mais para falar de agora.

— Você é um idiota — disse ela seriamente. — Essa situação toda é idiota.

— Um pouco — concordei.

— Concordar comigo não resolve o seu lado — alertou.

— Eu sei. — Bem, não sabia antes, mas agora sabia. Então talvez não precisasse mais concordar tanto com ela.

— Isso explica por que passou os últimos dois anos se lamentando.

— Não fiquei me *lamentando*...

— Um pouco — interrompeu Rico. — Talvez não o tempo todo.

— Mas na maior parte do tempo — disse Tanner.

— Ele às vezes fica olhando para o nada — acrescentou Chris. — Com sua força silenciosa. E sua angústia.

— Odeio todos vocês — falei muito seriamente.

— *Eu* não disse nada — declarou Robbie.

— Ele jamais fez faculdade — prosseguiu Jessie. — Então essa é mais uma mentira que você me contou. Contou para *todo mundo*.

— Não era para ser uma *mentira*...

— Por que não foi procurá-lo?

Como se eu nunca tivesse pensado nisso antes.

— Não saberia nem por onde começar. E prometi a ele que ficaria aqui. Cuidando dos outros. Do bando.

— Não poderia encontrá-lo pela sua conexão lunar mística?

— Minha conexão... Caramba. Pare de chamar assim!

— Ele te deu um lobo de pedra que significava essencialmente uma promessa eterna — disse ela. — Se isso não é uma conexão lunar mística, então não sei o que é.

— Meio que é isso, sim — explicou Robbie, franzindo a testa quando o encarei. — Desculpe, Ox.

— Então você vai ficar aí sentado sem fazer nada — concluiu ela, parecendo estranhamente decepcionada.

— Não estou *não* fazendo nada.

— Sua gramática é ótima — comentou Rico.

— Não está indo encontrá-lo!

— Ele fez a escolha dele — disparei.

— E você vai simplesmente deixar?

— Já *está* acontecendo. Só porque você está descobrindo *agora* não significa que o restante de nós não vem lidando com isso há *anos*.

— Não entendo por que não fez nada em relação a isso. Em relação a *ele*.

— O que eu poderia ter feito? — perguntei, a voz áspera. — Claramente algumas coisas eram mais importantes do que outras.

Pela primeira vez desde que tinha entrado na oficina, o rosto de Jessie suavizou. Era quase pena, e eu não queria isso dela.

— Olha, é...

— Ox, não sei de nada mais importante do que você. — Ela esticou o braço e apertou minha mão. — Talvez você não notasse, mas eu, sim. O jeito como ele olhava para você. — Seu sorriso era triste. — Você era tudo para ele. E não acho que isso tenha mudado.

— Você não tem como saber isso. — Puxei minha mão de volta. Ela fez uma careta para mim. — Não sabemos nem se ele ainda está... — Parei de falar e balancei a cabeça. — Não importa. Ele não está aqui. *Eles* não estão aqui. Nós estamos. E tenho um trabalho a fazer. Algo que nunca achei que teria que fazer, mas aí está. Então, sim, lobisomens existem. Sim, aparentemente sou o... Alfa. Ou algo próximo disso. E sinto muito que tenha se machucado por isso. Mas vou me certificar de que isso jamais volte a acontecer.

— Como? — perguntou ela. — Não pode prometer isso.

— Não — falei. — Mas posso fazer o meu melhor. E as coisas seriam mais fáceis se você fosse uma de nós.

— Não quero ser mordida — declarou apressadamente. — Isso não...

— Nem é uma possibilidade agora — expliquei. — Mas se concordar, se passar a fazer parte disso, naturalmente vai começar a se submeter a mim. Não entendo como funciona, mas vai acontecer.

— Por que não deixamos rolar? — indagou Jessie, mas já conseguia vê-la concordando, independentemente de ela saber ou não.

* * *

Ela não demorou muito a se decidir.

Não que eu achasse que fosse demorar.

Elizabeth a levou para a floresta uma semana depois, proibindo que as seguíssemos pois ela precisava conversar a sós com Jessie, de mulher para mulher. Jessie pareceu levemente desconfortável com a ideia, mas principalmente intrigada, então deixei para lá. Elizabeth não ia machucá-la.

Voltaram quatro horas depois, vermelhas e alegres e felizes. Jessie gargalhava e Elizabeth sorria, as linhas em volta dos seus olhos e boca não tão pronunciadas.

— Ela vai se sair bem — disse Elizabeth para mim, tocando os dedos nos meus ombros ao passar.

E foi isso.

Outros vieram naquele ano.

Depois que os Ômegas raptaram Jessie, as coisas ficaram calmas, embora estivéssemos preparados. Robbie cumpriu sua parte e manteve contato com seus superiores. O homem rude. De vez em quando a Alfa Hughes, embora eu achasse que a frequência fosse cada vez menor agora que ele era meu Beta. Ela nunca pediu para conversar comigo. Eu nunca pedi para conversar com ela. Não sabia por quanto tempo ela ainda permitiria que continuasse assim. Às vezes eu passava a noite acordado e me perguntava se ela viria para tentar levá-los de mim. Porque não era de mim que eles realmente precisavam.

Mas ela não veio, apesar de todo dia eu esperar por uma tragédia.

Eles ainda procuravam por Richard Collins. E Osmond. E Robert Livingstone. Jamais os encontraram.

E acho que ainda procuravam por Joe também. Porque ele era um Alfa que havia desaparecido. Não era tanto uma questão de trazê-lo para casa, mas de monitorá-lo.

Robbie me garantiu que não tratava de assuntos do bando com ninguém que não fosse do bando.

Acreditei porque confiava nele.

Ele não mentiria para mim. Não sobre isso.

Eu tinha certeza.

Mas outros vieram novamente.

Jessie, que sempre fora uma mulher forte, se recusava a ser a donzela em apuros outra vez. Ela se dedicou aos treinos, logo superando os outros humanos. O olhar no rosto do irmão na primeira vez que ela o derrubou com o golpe certeiro de um taco de madeira foi ao mesmo tempo orgulhoso e espantado e ligeiramente irritado. Ela pairou sobre ele, sorrindo, o taco apoiado no ombro, um leve brilho de suor na testa.

— Quem é o próximo? — perguntou enquanto Rico e Tanner tentavam sair de fininho sem que ela percebesse.

Ela percebeu.

Dez minutos depois ambos estavam no chão e Jessie os olhava de cima.

Então, quando outros vieram, estávamos prontos.

Mas não foram Ômegas.

O primeiro foi só um homem.

Que trazia notícias de Joe.

Eu tinha ficado até mais tarde na oficina, preenchendo pedidos para próximo mês. Normalmente era Chris que cuidava disso, mas o havia liberado porque ele tinha um encontro com uma garota da cidade vizinha. Não era nada sério, ele garantiu. Pelo menos por enquanto. Eu não queria pensar no que aconteceria se ficasse sério. Jessie me garantiu que estava tudo bem, que a moça era doce e simpática, e falou que eu precisava parar de me preocupar com coisas que ainda não tinham acontecido.

Não era assim que funcionava, mas quem me dera.

Estava cogitando arrumar as coisas e terminar os pedidos no dia seguinte. Já tinha recebido três mensagens ameaçadoras por telefone, uma de Mark, as outras duas de Elizabeth, dizendo que se eu não chegasse em casa em uma hora viriam me buscar. Não eram ameaças vazias, então decidi sair.

Exatamente quando apaguei a luz, ouvi uma batida à porta da frente, um toque forte no vidro.

Pausei.

Quem quer que fosse, não era um dos meus.

Já passava das nove. Provavelmente não era ninguém atrás de uma troca de óleo.

Peguei o telefone e hesitei por um instante. Mas era melhor prevenir do que remediar. Enviei uma única palavra para o nosso grupo.

atenção

Em vinte segundos já tinha recebido respostas de todos. Até do Chris. Fiquei satisfeito ao sentir nossos laços acenderem. Transmiti o máximo de *CalmaPazAmorBando* que pude, torcendo para que fosse o suficiente.

Porque não era nada.

Bem. Provavelmente não seria nada.

Mais uma batida.

Quem quer que fosse parecia persistente.

As barreiras de Gordon continuavam ativas.

Tinha fé nelas, mesmo não tendo fé no homem que as colocara lá.

Não de verdade. Não mais.

Mas Gordon havia me dito que, embora fosse forte, e embora soubesse o que estava fazendo, a magia não era infalível. Não era definitiva.

Alguma coisa acabaria cedendo um dia, ele havia me dito.

Mas eu não precisava me preocupar com isso. Porque até lá ele já teria voltado. Foi o que me disse.

E eu acreditei.

Estava com meu pé de cabra. Nunca ia a lugar nenhum sem ele. Era uma extensão de mim, e sempre o mantinha por perto. Um Alfa garantia a segurança do seu bando. O pé de cabra era um dos meus meios para tal. Peguei-o de onde estava apoiado na minha mesa, e seu peso era familiar. Eu não pensava mais na violência. Em como seria fácil para mim matar quem quer que viesse atrás do que era meu. Se pensasse, tenho certeza de que minhas mãos iam tremer. Certamente hesitaria. Não tinha tempo para isso. Não mais.

Fui andando pela oficina apagada. Até o letreiro da Oficina do Gordon estava escuro, pois ficava apagado quando a loja estava fechada. A luz do escritório não podia ser vista da frente da oficina, então quem quer que fosse não tinha como saber que havia alguém ali.

A não ser que estivesse vigiando.

Estreitei os olhos, permitindo que se ajustassem ao escuro.

Veio mais uma batida, toques suaves e educados no vidro. A porta nem se mexeu. A batida não era raivosa. Apenas insistente.

Passei pela porta que separava a oficina da recepção, caminhando lentamente.

Vi o contorno de uma pessoa na porta da frente, iluminada de trás pela placa da loja de ferragens do outro lado da rua, que Harvey sempre se esquecia de apagar. Quem quer que fosse não parecia ter nada nas mãos, mas eu sabia que isso não significava nada. Armas podiam ser escondidas nas mangas. Presas podiam surgir. Gordon havia me dito que qualquer coisa que eu fosse capaz de imaginar existia, e mesmo depois de todo esse tempo ainda conseguia imaginar muitas e muitas coisas.

Acendi as luzes.

Era um homem. Mais velho, o rosto desalinhado com uma barba grisalha, piscando contra o súbito brilho fluorescente. Fez uma carranca enquanto olhava para mim, a cabeça inclinada. Em seguida sorriu com dentes grandes e tortos. Bateu no vidro outra vez.

— Estamos fechados — avisei, levantando a voz.

O sorriso ampliou.

— Não estou aqui por causa da minha caminhonete, Ox.

Mantive minha expressão vazia.

— Como sabe meu nome?

— Todos sabem seu nome — respondeu através do vidro. — Você não é exatamente um desconhecido por estas bandas. Bastou perguntar. O pessoal do restaurante gosta muito de você.

— Por que perguntou por mim?

— Abra a porta. É melhor conversar cara a cara.

— É, não acho que isso vai acontecer.

O sorriso desapareceu do seu rosto.

— Eu poderia simplesmente quebrar o vidro.

— Aí estaria cometendo um crime.

Ele riu com desdém.

— Chame a polícia. Mande me prenderem. Não vai ouvir o que tenho a dizer.

— Por que eu deveria me importar com qualquer coisa que tenha a dizer?

— Por causa dos seus lobos.

Tensionei, alerta. Furioso. Era uma ameaça, pensei. *Parecia* uma ameaça.

— Meus lobos — falei. — Não sei o que quer dizer com isso.

Ele revirou os olhos.

— É essa resposta que você escolhe? Ouvi dizer que não é tão burro quanto parece, Oxnard. Não comece.

— Quem é você?

— David King — respondeu com um pequeno floreio. — Ao seu dispor.

— Não o conheço.

— Não — concordou. — Mas eu o conheço.

Talvez eu estivesse ficando cansado das pessoas me falando isso.

— Você não é um lobo.

— Mais humano impossível. Aparentemente não posso dizer o mesmo sobre você.

— E você vem aqui — continuei, mostrando os dentes —, no *meu* território?

— Seu território — disse ele, parecendo se divertir. — Que fascinante. Fico imaginando como isso aconteceu. Você não recebeu a mordida. Ninguém veio aqui para mordê-lo.

— Devo avisar que meu bando está pronto. Caso necessário.

— Necessário? — perguntou ele. — Caso *o que* seja necessário?

— Qualquer coisa.

— Você me mataria?

— Se precisasse. Se ameaçasse a mim ou aos meus.

— Você não é como os outros.

— Outros?

— Lobos.

— Não sou lobo.

— Não. Mas chega perto. Mais perto do que qualquer humano deveria poder chegar. Como fez isso?

— O que você quer?

— Vim dar um recado.

— Dê.

Ele piscou.

— Só isso?

Não falei nada.

Ele suspirou.

— Achei que seria mais dramático, sinceramente.

— Sinto muito pela decepção.

— Com isso, sim. Mas você? Nunca. Um Alfa humano. Nunca ouvi falar em nada parecido. Dá para entender por que ele estava tão desesperado para que eu viesse.

Já estava cansado daquele jogo.

— Quem? — rosnei, e senti uma onda de satisfação quando seus olhos se arregalaram ligeiramente.

— Joe — respondeu ele. — Joe Bennett me enviou.

Minha visão ficou borrada, como aquela velha TV a que meu pai tentava assistir, mexendo nas antenas até conseguir uma imagem que surgia e sumia. Eu me transformei em estática e neve e sangue correndo pelas veias.

— Joe — repeti, rouco.

— Então eu tenho a sua atenção? — disse David, sorrindo novamente. — Ótimo.

Sim. Tinha minha atenção.

Não era algo que ele deveria querer.

Ele não teve tempo de reagir quando atravessei a porta, apoiando o braço direito no peito, quebrando o vidro com o ombro. Dei um gemido quando o vidro estilhaçou ao nosso redor, cacos espetando minha pele. David soltou um grito baixo e tentou cambalear para trás, balançando os braços. Dei um encontrão dele, derrubando nós dois. Ele caiu de costas na calçada, vidro se quebrando embaixo dele. Levantei antes que pudesse reagir, prendendo-o pela barriga, pressionando o pé de cabra em sua mandíbula, a ponta afiada enterrando em sua pele macia.

— Um movimento — falei. — E isso vai até o seu cérebro.

— Impressionante — guinchou. Parou de se debater. Sofreu um pequeno corte de vidro na bochecha direita, e o sangue escorria em direção à sua orelha. — Eu... não esperava por isso. Deveria ter esperado. Mas não esperei.

— Cadê ele?

— Jesus Cristo, quanto você pesa? Não consigo *respirar*...

— Última chance — rosnei para ele.

— Não sei onde ele está!

— Está *mentindo*!

— Não estou! Juro por Deus. Não estou aqui para machucar você, nem seu bando. Estou tentando *ajudar*, seu gigante…

— Ele está vivo?

— Quê?

— *Ele está vivo?*

— Está! Está. Na última vez que o vi, estava.

— Quando?

— Há três meses.

— Onde?

— No Alasca.

— Quem estava com ele?

— Os irmãos. Um bruxo. Não perguntei os nomes!

Pressionei mais forte. Brotou sangue em volta da ponta do pé de cabra.

— O que fez com eles?

— Nada. *Nada*. Eles me salvaram. Jesus Cristo, eles *me salvaram*.

— Salvaram. *De quê?*

— Richard Collins!

E eu *pausei*.

Ele não estava mentindo. Não sei como sabia, mas *sabia*. Esse homem *não estava* mentindo.

E era o mais próximo que eu chegava de Joe em quase três anos.

— O que ele disse? — perguntei, a voz rouca. — Um recado. Você disse que tinha um recado.

— Se você puder *sair de cima de mim*…

— Diga o que é! — rugi na cara dele, e voou saliva por todo lado.

— Ele disse… ele disse *ainda não*. Ele mandou dizer *ainda não*. Falou que você entenderia.

Ainda não.

Aquele maldito filho da puta.

— Mais alguma coisa? — indaguei friamente.

— Não. Não, apenas Oxnard Matheson. Green Creek, Oregon. Ainda não. Ainda não. Ainda não.

DAVID KING FORA UM CAÇADOR de lobos no passado. Foi criado no clã King, e antes dele seu pai e seu avô faziam o mesmo trabalho. Tinha sido criado para matar qualquer coisa que tivesse dentes afiados. Mas após sua primeira caça, aos dezessete anos, depois de ter visto a luz morrer nos olhos de uma jovem Beta enquanto ela se engasgava com o próprio sangue *por culpa dele*, abandonou o ofício.

Fora excluído do seu clã. Banido por eles.

Isso já tinha quase quarenta anos.

Foram eles que massacraram a família de Richard Collins. David não teve nenhuma participação no ocorrido. Foi posterior à saída dele.

Mas não restavam muitos King. Tinham caído na clandestinidade pois estavam morrendo, um por um.

— Gargantas rasgadas — disse David, franzindo a testa enquanto tirava um pequeno caco de vidro da lateral do corpo. — Sangue espalhado pelas paredes. Um recado dos lobos.

— Que recado?

David suspirou.

— Ele ia pegar todos nós.

David se escondera, usando velhas conexões familiares para se manter um passo à frente de Richard Collins e dos Ômegas. A maioria dos clãs de caçadores o recusava, não querendo entrar em uma briga que certamente resultaria em suas mortes. Mas havia alguns que tinham dívidas antigas, e ele conseguia passar dias, até semanas, sem desespero.

— Houve vezes que eu achei que talvez estivesse tranquilo — falou. — Livre. Porque eu não tinha nada a ver com meu pai e meu avô. Não tinha participado daquele massacre. Meu avô já estava morto há muito tempo. Câncer, se é que consegue acreditar nisso. O sujeito passa a vida inteira lutando contra dentes e garras e é derrubado por um *câncer*.

— E seu pai? — perguntei discretamente.

David riu. Uma gargalhada oca.

— Era um velho. Já tinha perdido a memória há tempos. Estava em um asilo em Topeka. Soube que precisaram raspar o que restou dele das paredes.

Um mês se transformou em dois, em três, e David estava começando a achar que tinha sido esquecido, que sequer constava em qualquer radar.

— É só o que precisa — continuou ele. — Complacência. Apenas um instante de *complacência* e você se descuida. Talvez tenha mostrado o rosto para pessoas que não deveriam vê-lo. Talvez tenha deixado meu cheiro em algum local indevido. Não sei, sinceramente. Mas me encontraram.

Nos arredores de Fairbanks. A neve derretia, a grama começava a emergir, verde e luminosa, e então *ele* apareceu.

— Perguntou se eu sabia quem ele era — contou David. — Simplesmente apareceu na minha porta e bateu, perfeitamente alinhado.

David nem precisou responder. Richard Collins deve ter visto sua expressão, porque *gargalhou* quando David tentou fechar a porta e pegar sua arma. Estava quase conseguindo, mas achava que Richard tinha permitido.

— Foi um jogo — afirmou ele. — Acho que não passou de um jogo para ele. O lobo mau soprou e bufou e derrubou a porra da minha porta.

Quando deu por si, David estava amarrado na sua própria casa temporária, os braços presos e esticados acima da cabeça, as pernas atadas.

— Ele me cortou — prosseguiu David, levantando a camisa. Seu tronco era uma massa de cicatrizes, algumas ainda sarapintadas de rosa, mas a maioria espessa e rígida e branca. Elas se cruzavam sobre o peito e a barriga, envolvendo suas laterais até as costas, onde meu olhar não alcançava. Parecia que quase tinha perdido um mamilo. — Com suas garras. Durante horas. O problema da dor é que você aguenta muita até desmaiar. Naquele dia precisou de muita dor.

Quando acabou ele estava delirando.

— Um minuto eu estava vendo Richard, Richard, Richard, no outro ele havia desaparecido e vi um lobo de olhos vermelhos na minha frente. Um Alfa.

— Joe — sussurrei.

— Joe — concordou David. — Joe Bennett. Eu havia ficado sabendo do que aconteceu com Thomas Bennett. Não cheguei a conhecê-lo pessoalmente, mas já tinha ouvido falar. Quase todo mundo que sabe sobre esse mundo já ouviu falar nele. Ele era uma espécie de… *lenda*, sabe? O mais próximo que os lobos já tiveram de uma dinastia. Eu não amo lobos, certo? Alguns deles são fodidos, alguns são *monstros*, mas humanos também podem ser. Eu que o diga. Sou testemunha. Mas Thomas… ele sempre foi intocável para a maioria das pessoas. Claro, havia aqueles que diziam que um dia o caçariam. Só para poder contar que caçaram o Alfa de todos os lobos, mas ninguém nunca o fez. Eram só babaquices que falavam para parecer melhor do que eram.

Aparentemente Richard já tinha ido embora havia mais de uma hora quando Joe encontrou David. Havia mais dois lobos e um bruxo. Cuidaram dele, fizeram perguntas. Joe ficou furioso.

— Por quê?

— Porque tinha chegado muito perto de Richard — disse David. — Aparentemente foi o mais próximo que tinham conseguido chegar. Ao menos foi o que disseram.

Foram embora quase imediatamente. Mas não antes de Joe puxá-lo para o canto, os olhos ardendo vermelho, e pedir que transmitisse um recado.

Ainda não.

Fiz uma careta para ele.

— E você levou três meses para chegar até aqui?

— Experimente quase ser eviscerado por um lobisomem maluco — vociferou David. — Precisei de tempo para me recuperar. *E* tive que me certificar de que ele não fosse me encontrar de novo. Eu não era *obrigado* a vir até aqui.

E ele tinha razão, é claro. Mas parte de mim quase desejava que não tivesse. Porque *ainda não* não era o suficiente.

— Como eles estavam? — perguntei. — Eles pareciam... estavam bem?

David me deu um sorriso triste.

— Cansados — respondeu. — Eles pareciam cansados. Não conversei com os outros, não de verdade, mas estavam todos cansados.

Fiz que sim com cabeça, porque não conseguia pensar em mais nada para dizer.

E então:

— Ele não sabe. Sabe?

— O quê? — indaguei.

— Sobre você. Que é um Alfa.

— Não. Acho que não. — Então: — Como você soube?

— Cresci nessa vida, garoto. Há coisas que a gente aprende. Ossos do ofício, suponho. Quase sempre os olhos vermelhos entregam.

— Eu não tenho olhos vermelhos.

— Por isso falei *quase sempre*. Quando a pessoa está na presença de um Alfa, ela simplesmente sabe, certo? Existe um senso de... *poder*. De algo *a mais*. Principalmente com um Alfa em seu próprio território. Conheci um outro Alfa, além de você e Joe. Quando garoto. A sensação é a mesma. — Ele inclinou a cabeça para mim. — Como fez isso?

— Não fiz nada — respondi, me sentindo totalmente exposto. — Simplesmente… aconteceu.

— Jesus, garoto. Não te invejo.

— Por quê?

— Porque as pessoas não vão entender. — Parecia o homem rude.

— Estou cagando para essas pessoas.

— Elas também não ligam para isso.

— Contanto que nos deixem em paz, podem fazer o que quiserem.

— Acha mesmo que isso vai acontecer?

— Deixe que venham — falei, a voz grave e perigosa. — Já enfrentamos coisa pior.

David se encolheu na cadeira, apenas o bastante para eu saber que ele tinha entendido.

— Você tem onde ficar?

Ele riu.

— Aqui não — disse ele. — Aqui nunca. Principalmente no território de um Alfa. Vou embora assim que terminarmos com isso. Ele me achou uma vez, o que significa que pode achar de novo. Preciso continuar me mexendo. Pelo tempo que conseguir.

— Isso não é vida.

— Talvez — falou. — Mas é a única que tenho agora.

— Ele vai acabar com isso. Joe.

— Garoto, não duvido que acredite nisso. E talvez ele consiga. Mas não vou correr riscos. Eu agora sou um fantasma. Talvez um dia não precise mais ser, mas até o dia em que souber que Richard Collins foi decapitado, viverei assombrando as estradas.

Ele se levantou lentamente, fazendo uma careta.

— Desculpe por isso — pedi.

— O quê?

— Pela… janela. Vidro. Essa coisa toda.

Ele riu com desdém.

— Entrei no território de um Alfa sem avisar. Acho até que você foi bonzinho.

E fui.

— Mesmo assim.

— Acontece — disse ele. — Já passei por coisa pior, embora não possa dizer que não vou sentir amanhã. Não sou tão jovem como antes. Vou indo. Foi... interessante. — Ele virou para se retirar.

— Não deve comentar sobre mim — falei baixinho.

Ele pausou.

— Como é?

— Sobre o que viu aqui. Sobre... mim.

Ele deu outra risada desdenhosa.

— Não teria para quem contar, mesmo que pudesse. É melhor assim. Não vou dedurá-lo, Alfa. Não se preocupe.

Não me levantei. Estava me sentindo pesado.

Já tinha ido até a porta do escritório. Estava com a mão na maçaneta quando parou.

— Sabe — falou ele sem olhar para mim. — Tinha alguma coisa nele. Quando disse seu nome. Havia uma... luz. Em seus olhos. Pensei que talvez ele fosse pura raiva e fúria, perdido em seu lobo. Um Alfa Ômega, talvez. Violeta e vermelho se misturando. Mas ele disse seu nome e ... não sei. Alguma coisa nele ficou diferente. Pareceu... verde? Não sei se isso faz sentido. Achei que devia saber.

Em seguida ele se foi.

ACALMEM-SE. ALARME FALSO. SÓ UNS garotos. quebraram uma janela.

O bando respondeu imediatamente com mensagens de alívio.

tem certeza?, perguntou Elizabeth.

tenho

Ela não respondeu.

Fiquei na oficina até de madrugada.

Ainda não, pensei.

Ainda não.

NÃO CONTEI PARA ELES SOBRE David King.

Pareceu mais fácil assim.

* * *

Robbie me beijou no final do terceiro ano.

Gostaria de poder dizer que já imaginava que fosse acontecer.

Mas não. Essa foi para a minha conta.

Num instante estávamos caminhando pela floresta, só nós dois, como eu tentava fazer com cada um dos meus Betas, rindo e conversando sobre amenidades, no seguinte seus lábios estavam nos meus, muito desajeitados, as mãos no meu peito, o hálito no meu rosto. Ele era caloroso e doce, e me detestei por não o ter afastado. Poderia dizer que estava em estado de choque. Poderia dizer que não esperava. Mas o fato é que não o afastei, não de primeira.

Não retribuí o beijo.

Apenas fiquei ali parado, o riso morrendo na garganta.

Mãos nas laterais do corpo. Olhos arregalados.

Ele não se mexeu muito, apenas uma pressão que durou um e dois e três e *quatro* e então se afastou, o coração a mil no peito, os lábios escorregadios. A língua fez uma rápida aparição, como se perseguisse meu gosto.

Ficamos nos encarando.

Eu não sabia o que fazer.

Ele disse:

— Ox, eu…

Levantei a mão.

Já tinha pensado sobre isso. De verdade.

Porque seria tão fácil.

Aceitar. Aqui. Agora.

Não ficava com ninguém desde antes de Joe.

Mas também não pretendia.

Porém, eu não sabia mais onde me encaixava nos planos de Joe.

E seria tão fácil.

Eu gostava dele. Robbie. Gostava mesmo. Ele era gentil. E legal. E bonito. Qualquer um teria sorte por ficar com ele.

E eu podia.

Mas jamais poderia oferecer o que ele queria. O que merecia. Porque Robbie merecia alguém que pudesse lhe dar todo o coração.

E já fazia tempo que eu havia dado o meu para um menino de olhos azuis que ficava parado na estrada de terra esperando por mim.

— Robbie — falei com um suspiro.

— Eu não devia ter feito isso — resmungou, olhando para baixo e chutando a terra com o sapato.

— Talvez — respondi. — Mas não é uma coisa ruim.

— Não? — Uma leve pontinha de esperança.

— Porque sequer pode ser alguma coisa.

Ele suspirou, os ombros despencando.

— Por causa de Joe?

— Por causa de Joe.

— Ele não está aqui.

— Não. Não está.

— Ox.

— Ele não está aqui. Mas isso não faz diferença para mim. Talvez um dia faça. Mas por enquanto não.

— Eu só... só queria...

— Ei. Não tem com o que se preocupar. Está tudo bem. Acontece.

Ele estava ficando frustrado.

— Você é meu amigo — disse ele. — E meu Alfa. Eu só... Eu quero *ser* alguma coisa. Para você. Sei que ficou com Jessie... antes. E achei que... talvez eu pudesse ser o depois. Se pudesse haver um depois.

— Você já é alguma coisa para mim. — Estiquei o braço e coloquei os dedos sob seu queixo para levantar sua cabeça. — Você é mais do que eu poderia ter imaginado.

Ele me ofereceu um sorriso dolorido.

— Mas não o suficiente.

— Não é questão de ser suficiente. É sobre ser o certo. Eu não sou certo para você porque sou certo para outra pessoa. Um dia você também vai se sentir assim. Quando encontrar sua pessoa.

Ele soltou um riso curto.

— Talvez. Mas... — Ele balançou a cabeça. — Ninguém jamais acreditou em mim como você. Não sei se quero me sentir diferente.

— Você é meu amigo — falei suavemente. — E para mim isso é bom o suficiente. Espero que possa ser bom o suficiente para você.

Ele assentiu com a cabeça, e eu abaixei a mão.

Continuamos caminhando por entre as árvores.

Após um tempo ele disse:

— Você realmente deve amá-lo. Para fazer o que fez.

— Ele faria o mesmo por mim — respondi, sabendo que era verdade. Não importava o que mais eu sentisse, acreditava nisso com todas as minhas forças.

E seguimos caminhando.

Naquela noite, sonhei com ele.

Estava esperando por mim na estrada de terra, o sol sendo filtrado pelas folhas, pequenos esguichos de luz no chão como poças de água ondulando. Ele deu um sorriso tão alegre quando peguei sua mão, nossos dedos se encaixando como sempre faziam.

Caminhamos lentamente para a casa do final da rua.

Não falamos.

Não precisávamos.

Bastava *estarmos.*

Robbie ficou esquisito comigo por algumas semanas depois daquilo. Ele gaguejava e ruborizava e me evitava quando podia.

Elizabeth sorriu e disse que essas coisas aconteciam de vez em quando.

— Ele teria muita sorte — disse quando estávamos sentados na varanda assistindo ao pôr do sol. — Vocês dois teriam.

— Eu pertenço a outra pessoa — falei.

— Pertence?

— Pertenço.

— Fico feliz por isso.

Nunca mais tocou no assunto.

Mais Ômegas vieram.

Já estávamos mais fortes.

Melhores. Mais rápidos.

Mais completos.

Ficaram rondando as margens das barreiras, batendo os dentes. Eram pelo menos quinze deles. Talvez vinte.

— Humano — disse um deles com desprezo para mim.

Falei:

— Só vou avisar uma vez.

Olhos violeta arderam.

— Saiam daqui. Enquanto ainda podem.

Eles rosnaram para mim.

Apoiei meu pé de cabra do ombro.

— Se preferem que seja assim.

Meu bando rugiu atrás de mim, tanto os humanos quanto os lobos.

Os Ômegas deram um passo para trás, subitamente incertos.

Mas foi o mais longe que chegaram.

Três anos.

Um mês.

Vinte e seis dias.

casa

Foi numa quarta-feira.

Estávamos na oficina quando senti as barreiras mudarem. Como se estivessem se movendo. Como se estivessem se quebrando.

Eu estava no escritório, e a sensação foi como a de ser atingido por um raio.

— Que porra foi isso? — ouvi Tanner falar no fundo da loja ao derrubar alguma coisa metálica no chão.

— Jesus Cristo — murmurou Rico.

— Ox? — gritou Chris. — Você…

A porta da sala de espera abriu violentamente. Robbie veio deslizando pela garagem enquanto corria em direção ao escritório.

— Você sentiu aquilo? — perguntou ao atravessar a porta. — Você está bem?

— Estou — respondi entredentes, apesar de sentir a pele eletrificada. — Foram as barreiras. Aconteceu alguma coisa com elas.

Robbie ficou pálido.

— Mais Ômegas?

Balancei a cabeça.

— Algo diferente. Outra coisa. — Os outros amontoavam-se na entrada, o telefone de Chris já em sua orelha enquanto o meu tocava. Ouvi Chris falar alguma coisa para Jessie assim que ela atendeu. — Elizabeth — murmurei ao colocar meu próprio celular na orelha.

— Você sentiu — disse ela.

— Sim. O que é isso?

— Não sei — respondeu. — Alguma coisa está vindo.

— As barreiras foram rompidas?

— Não. Acho que não... é como se tivessem mudado. De algum jeito.

— Robert?

— Não sei. Ox. Acho que está vindo para cá.

— Fique aí — rosnei. — Com Mark. Estamos indo.

— Cuidado.

Desliguei o telefone.

— Escutou? — perguntou Chris a Jessie. — Vá até a casa.

— Continue com Jessie na linha — falei para Chris. — Não quero que ela chegue antes de nós. — Chris assentiu com a cabeça enquanto eu me levantava. — Robbie, Tanner, comigo. Rico, vá com Chris. Vocês nos seguem. Alcançamos Jessie, ela larga o carro e embarca no de vocês. Entenderam?

Eles fizeram que sim com a cabeça, os olhos estreitos, os dentes à mostra.

FOMOS ATÉ A ESTRADA DE terra sem ver ninguém, embora a sensação da eletricidade se intensificasse à medida que nos aproximávamos. Eu agarrava o volante com tanta força que minhas juntas estavam brancas. Meus dentes estavam cerrados e eu estava *furioso*.

Jessie já estava nos esperando e não hesitou, passando do próprio carro para o de Chris e Rico, o cabelo preso para trás, empunhando um bastão. Fiquei olhando pelo retrovisor até que batesse a porta, então segui pela estrada levantando poeira.

Passamos primeiro pela velha casa. Continuava firme como sempre.

A casa do fim da rua estava igual. Elizabeth e Mark nos aguardavam na varanda, semitransformados, os olhos brilhantes mesmo sob a luz do sol.

— Alguma coisa? — exigi saber enquanto abria a porta da caminhonete.

— Não — respondeu Mark. — Ninguém se aproximou da casa.

— Mas vão — disse Elizabeth, olhando para as árvores.

Andei para trás em direção à varanda, examinando a floresta. Tudo parecia igual. As árvores balançavam, os pássaros cantavam. Sentia o território como *meu*, como *nosso*. Mas havia mais alguma coisa ali, deslizando sobre tudo, sem se encaixar direito, mas quase. Não sabia se eram Richard e Robert, tentando nos enganar. Porque, apesar de estar com a pele arrepiada, parecia algo que eu deveria reconhecer, mas estava me deixando ansioso. Irritadiço. Eu queria rondar pela frente da casa, para intimidar quaisquer invasores.

Os outros estavam reunidos atrás de nós na varanda, posicionados na formação que treinamos tantas vezes. Não precisavam de orientação. Apenas sabiam. Os lobos se espalhavam entre os humanos, as garras para fora e prontas. Conseguia sentir a força deles nas minhas costas, de todos eles, e torcia para que quem quer que fosse burro o suficiente para nos atacar também pudesse sentir antes que garantíssemos que jamais tentariam outra vez.

A eletricidade se intensificou.

— Está vindo do norte — murmurou Mark. — Da clareira.

E estava se movendo.

— O que é isso? — perguntou Rico, parecendo nervoso.

— Não sei — disse Mark. — É quase como…

Todos os lobos ficaram tensos ao ouvir algo que não conseguíamos escutar.

— Quatro deles — rosnou Robbie. — Estão correndo.

— Fiquem juntos — orientei. — Seja o que for, ficaremos juntos…

Agora dava para ouvir. Na floresta. Os passos, a corrida. Vi um brilho de cor pelas árvores espessas, algo vermelho e algo laranja e…

— Ah, meu Deus — falou Elizabeth, porque ela foi a primeira a entender.

Uma vez, quando estávamos apenas nós dois na casa, ela resolveu que era hora de tocar Dinah Shore outra vez. Joe e os outros estavam fora havia quase dois anos.

Ela colocou o disco e, enquanto a artista cantava sobre solidão, olhou pra mim e me convidou para dançar.

— Eu não sei — respondi, tentando não enrubescer.

— Bobagem — disse ela. — Todo mundo consegue se souber contar.

Ela pegou a minha mão.

Elizabeth se movia lentamente comigo enquanto contava os passos, minha mão engolindo a dela. Ela nos conduziu em um círculo, a música se repetindo sem parar.

Quando ela não precisava mais contar, quando senti a música penetrar nos meus ossos, ela falou:

— Ficamos para trás porque era preciso.

Tropecei nos meus passos, mas me recuperei antes que saísse do controle. Ela deu um sorriso discreto enquanto eu contava baixinho.

Então:

— Era mesmo?

Dançamos e balançamos.

Ela disse:

— Era. Eles não queriam nos deixar, Ox. Nenhum deles. Joe. Gordon. Carter e Kelly. Thomas. Sua mãe. Nenhum deles queria ir embora.

— Mas foram. Todos eles.

— Às vezes — disse ela à medida que rodávamos preguiçosamente —, somos privados das escolhas. Às vezes, não queremos ir embora, apesar de sentir que devemos.

— Ele não *precisava*...

— Você o julga egoísta. E pode ter razão. Mas jamais se esqueça de que tudo que ele faz também é por você. E vai chegar o momento em que vão se reencontrar. E o futuro caberá a vocês.

— Estou com raiva — admiti. — Muita raiva.

— Eu sei — falou ela, apertando minha mão. — Por isso estamos dançando. Tenho dificuldade de sentir raiva quando estou dançando. Alguma coisa na dança não comporta a raiva.

— Você acha...?

— O quê, Ox?

— Acha que ele vai voltar?

— Sim, acho. Ele sempre vai voltar para você.

E nós dançamos.

E dançamos.

E dançamos.

— Ah, meu Deus — disse Elizabeth Bennett.

— O que é? — perguntou Rico, a voz mais aguda do que o normal. — São os vilões? São os *lobos maus*...

— Não — respondeu Mark. — Não são. É um Alfa. É...

Robbie colocou a mão no meu ombro, suas garras perfurando minha camisa de trabalho e marcando minha pele. Aquilo me manteve presente, me fez perceber que não estava sonhando, que estava acordado, já que não era possível sentir dor em um sonho. Havia dor. Uma dor aguda que era razoavelmente suportável.

— Ox — falou Tanner em voz baixa. — O que faremos? O que...

Não precisavam fazer nada.

Quatro homens vieram da floresta. Todos tinham a cabeça raspada. O da frente, o Alfa, tinha uma barba, loira-escura e cheia. Ele era do mesmo tamanho que os outros dois lobos, grandes e intimidadores, e se movia com uma graciosidade que não tinha antes. O quarto homem que vinha com eles era menor, mas suas tatuagens brilhavam como nunca, o corvo batendo as asas em seu braço.

Estavam todos parecidos. Usavam calças jeans pretas empoeiradas, botas surradas. Jaquetas velhas. O homem das tatuagens tinha as mangas dobradas, exibindo as cores vivas dos braços.

Os outros dois lobos se movimentavam como se orbitassem seu Alfa, nunca a mais de meio metro de distância.

Aproximavam-se lentamente, mas com propósito, parando apenas quando seus pés tocaram a terra. Assumiram uma formação semelhante à nossa, se movendo em sincronia, o bruxo ao lado do Alfa, os dois Betas nas pontas. Era ensaiado. Já tinham feito aquilo antes. Muitas, muitas vezes.

Pararam.

Respiramos fundo.

Joe.

Carter.

Kelly.

Gordon.

Ei! Olá! Você! Oi, cara!

Nenhum dos integrantes do meu bando saiu de trás de mim, embora eu sentisse o quanto Mark e Elizabeth gostariam de tê-lo feito. Estavam esperando.

Por mim.

Quem é você?

Porque não éramos um bando.

Éramos dois.

Ox? Ox! Você está sentindo esse cheiro?

A mão de Robbie apertava o meu ombro.

Joe, cujos olhos não desgrudaram de mim desde que surgiram da floresta, olhou para a mão de Robbie. Suas mãos tremeram sutilmente e a pele ao redor dos olhos enrijeceu brevemente, mas nada além disso.

Não, não, não. É alguma coisa maior.

Os outros estavam lá. Eu entendi isso. Meus irmãos Carter e Kelly. Meu amigo e irmão e pai Gordon. Estavam lá. Não os via havia 38 meses. Tinham desaparecido na floresta e nos deixado para trás.

Mas naquele momento só enxerguei Joe.

É você! Por que você tem esse cheiro?

Ele estava muito maior do que jamais fora na vida em que o conhecia. Antes. Tinha aproximadamente o meu tamanho e sustentava bem o peso do Alfa. Ele já tinha sido alto e magro, ainda crescendo para se tornar o homem que seria no futuro. Agora, ele era forte, os músculos dos braços e das pernas esticando o casaco e as mangas. Seu tórax era grande e largo. Provavelmente tínhamos a mesma altura.

De onde veio? Você mora na floresta? O que é você? Nós acabamos de chegar aqui. Finalmente. *Onde fica a sua casa?*

Este não era o menino que eu conhecera. O que tinha encontrado na estrada de terra. Este era um Alfa, puro e verdadeiro. Estava desgastado, os círculos escuros sob seus olhos se destacavam na pele pálida, mas a força era visível mesmo com ele ali parado. O menino desajeitado que eu conhecera não existia mais, ao menos fisicamente. Não sabia quanto dele ainda restava.

Temos que procurar minha mãe e meu pai. Eles vão saber o que é. Eles sabem tudo.

Eu não sabia o que fazer.

Não queria ser o primeiro a falar.

Porque tinha certeza de que falaria alguma coisa da qual me arrependeria.

Porque eu estava com muita raiva.

Vê-lo ali. Seguro. Intacto. Vivo. Deveria ter me deixado mais feliz do que nunca. E deixou.

Mas a raiva era mais forte.

Meu bando suspirou atrás de mim quando minha fúria os inundou.

E então, como se pudesse ouvir a lembrança do dia em que nos conhecemos na minha mente, Joe Bennett falou:

— Desculpa. — Sua voz era grossa. Áspera. Forte.

Fiz o meu papel.

— Pelo quê?

— Pelo que quer que tenha te deixado triste.

— Eu sonho. Às vezes parece que estou acordado. E aí não estou. — E precisei me lembrar de que não éramos mais os mesmos de antigamente, o garotinho na estrada de terra e o grande e burro Ox, que ia sofrer muito na vida.

A voz dele rachou quando disse:

— Você está acordado agora. Ox. Ox. Ox. Não está vendo?

— Vendo o quê?

Ele sussurrou, como se falar mais alto pudesse tornar aquilo mentira:

— *Estamos tão perto um do outro.*

E não foi igual a antes. Ao que havia dito quando ainda era o pequeno tornado nas minhas costas, mas foi suficiente. Porque *estávamos*. Estávamos tão perto um do outro, mais perto do havíamos estado em mais de três anos, e tudo que eu precisava fazer era dar o primeiro passo. Tudo que eu precisava fazer era abrir os braços e ele poderia estar neles. Se quisesse. Se *eu* o quisesse ali.

Não me movi.

Mas ele ainda não tinha terminado.

— Mãe — disse, embora seus olhos jamais tenham deixado os meus. — Mãe. Você precisa cheirá-lo. É como... nem sei como é. Eu estava passeando pelo bosque para fazer o reconhecimento do nosso território para poder ser que nem o papai, e aí... — Ele fechou os olhos por um instante. Todos nós prendemos a respiração. Ele continuou. — Aí ele estava ali, e no começo ele não me viu porque eu estou ficando tão bom na caça. Eu estava todo *roarr* e *grr*, mas aí eu senti o cheiro outra vez e era *ele* e foi um *cabum*! — Ele abriu os olhos de novo. Estavam se enchendo com o vermelho do Alfa. — Nem sei! Nem sei! Você precisa *sentir* o cheiro dele e depois me contar por que parece bengalinhas doces e pinhas. Épico e incrível.

A voz dele cessou.

Uma cotovia cantava das árvores.

A grama balançava com a brisa.

Ele disse:

— Ox.

— Alfa — respondi, e minha voz mal conteve minha raiva.

Ele franziu minimamente a testa antes de retribuir o meu aceno.

— Alfa — falou.

Não era repetição. Era reconhecimento.

Porque não era mais o território dele.

De algum jeito, tinha se tornado meu.

Robbie flexionou a mão suavemente no meu ombro.

Os olhos de Joe desviaram para Robbie outra vez. Para o rosto dele. Para onde estava me tocando. De volta para mim.

Ele rosnou. Um alerta. Aquele era um lobo estranho, que ele não conhecia e que estava me tocando.

Todos ficaram tensos.

Robbie rosnou em resposta e, antes que eu pudesse contê-lo, saltou sobre mim, aterrissando na frente do bando, encolhido e mostrando os dentes para os outros.

Carter e Kelly responderam exibindo garras e presas, cercando Joe, esperando para ver o que Robbie ia fazer. Os outros começaram a se movimentar atrás, assumindo posições táticas, prontos para a luta caso fosse necessário, para proteger seu Alfa se os outros viessem para cima de mim.

Não era para ser assim.

Nada disso.

Eu não estava sonhando.

Eu não estava sonhando.

Falei:

— *Chega*.

Robbie cedeu.

Assim como Carter e Kelly.

Eles recuaram um passo, se afastando de Joe.

Gordon ainda não tinha se mexido, nem para atacar, nem para defender.

Robbie parecia envergonhado, esfregando a nuca ao se levantar.

— Faria tudo de novo — murmurou.

— Eu sei — respondi. — Mas não precisa.

Passou raspando no meu ombro ao retomar o seu lugar atrás de mim.

Voltei meu olhar novamente para Joe.

— Você está aqui. — Curto. Direto.

— Estou. Estamos.

— Você fez o que foi fazer?

Uma breve hesitação. Em seguida:

— Não.

Isso… eu não sabia que fazer com isso.

— Por que não?

— As coisas mudam.

— Então tudo isso foi por nada.

— Eu não diria isso. Olhe para você.

— Olhe para mim — ecoei.

— Somos bem-vindos? — perguntou ele, e essa era a pergunta mais importante. Porque um Alfa em seu território tinha que dar permissão para outro bando. Era assim que as coisas funcionavam.

Mas não deveria ter que ser assim com ele. Com eles.

— Esta é a sua casa — respondi entredentes. — Vocês não precisam me fazer essa pergunta.

— Precisamos — disse Joe, o vermelho dos olhos desbotando para o azul brilhante de sempre. — Sabe tão bem quanto eu, Ox. Principalmente agora que você é… você.

Pelo mais breve instante, pensei em dizer não. *Não, não são bem-vindos aqui. Não, não precisamos de vocês. Não, não queremos vê-los. Porque ficaram esse tempo todo fora. Porque nos deixaram sozinhos. Priorizaram outros que não nós. Foram egoístas. E cruéis. Nós precisamos de vocês. Eu precisei de você. Eu precisei de você e você foi* embora…

Falei:

— São bem-vindos aqui. Todos vocês.

Todos relaxaram minimamente.

Exceto Joe e eu.

— Por quanto tempo? — indagou Joe.

Uma rachadura na parede.

— Até decidirem fugir novamente.

Saiu antes que eu conseguisse segurar.

Foi como se os quatro tivessem sido agredidos.

Deveria ter me sentindo melhor com isso.

Mas não me senti.

— Podem ir para eles — declarei.

E Elizabeth e Mark correram, esbarrando em mim para chegar até sua família. Gordon deu um passo para trás enquanto Elizabeth agarrava os filhos, abraçando-os o mais apertado que podia, seus braços mal conseguindo envolver os três ao mesmo tempo. Esfregou o rosto em cada um deles, querendo seu cheiro neles e os deles nela. O Alfa em mim se arrepiou com a ideia do meu bando cheirando a outro, mas me segurei. Não era isso. Não para ela.

Mark passou as mãos na cabeça raspada deles, misturando seu cheiro com o de Elizabeth.

Carter e Kelly choravam enquanto abraçavam a mãe.

Mark foi na direção de Gordon. Gordon não se moveu. Ficaram se encarando, falando uma língua silenciosa da qual eu não fazia parte.

Joe ainda não tinha tirado os olhos de mim, mesmo enquanto a mãe o abraçava.

Falei:

— Os quartos de vocês continuam sendo seus. Imagino que queiram descansar.

E por não aguentar mais aquilo, não aguentar mais a proximidade com ele, me retirei.

Fechei a porta da velha casa atrás de mim e me apoiei nela, tentando respirar.

Fazia muito tempo que não ia ali. A casa estava no meu nome. Robbie já tinha se mudado para a casa principal havia um tempo, então aquela ali normalmente ficava vazia. Mas a mantivemos, para qualquer necessidade. Se precisássemos de mais espaço. Se o bando crescesse. Se pessoas aparecessem buscando santuário.

Se os outros voltassem para casa.

Elizabeth e o restante do bando se revezavam na limpeza da casa. Mantinham a propriedade arejada. E, apesar de normalmente dividirmos as responsabilidades, dessa em particular não me deixavam participar. Sabiam como me sentia aqui. Em relação a esse lugar.

Porque, apesar de já ter sido limpa havia muito tempo, eu sabia que o sangue da minha mãe tinha ensopado os ossos da casa.

Ela estava em todo canto daqui.

A maior parte de suas roupas tinha sido doada após minha autorização.

Mas ela era mais do que o que vestia.

Estava em todos os lugares da casa.

Havia bolhas de sabão na minha orelha.

Ela estava nervosa, porque os Bennett vinham visitar e eles eram muito chiques.

Ela assinou seu nome e encerrou o casamento.

Estava comigo na cozinha, perguntando por que eu estava chorando. Disse a ela que não podia chorar, porque precisava ser um homem agora.

Ela me mostrou um mapa, indicando o local para onde meu amigo havia se mudado, dizendo que ninguém nunca ficava em Green Creek.

Ela era o meu bando. Meu primeiro bando.

— Ah — falei, tentando respirar mais uma vez. — Ah. Ah.

Deslizei para o chão, as costas apoiadas na porta.

Deitei a cabeça nos joelhos.

De onde estava sentado, sabia que poderia levantar os olhos e enxergar o local onde ela tinha morrido. Do qual havia me olhado com tanta determinação nos olhos. Ela sabia que estava indo e foi nos próprios termos, me oferecendo uma chance mínima de escapar e uivar para o nosso bando.

As sombras se estenderam com o passar do dia.

Conseguia sentir os outros. Meu bando. Sua alegria. Sua confusão. Sua tristeza. Sua raiva.

Não conseguia sentir Carter e Kelly como antigamente. Não me sentia mais ligado a Gordon como antes. Mesmo que ele não tivesse feito parte do bando pela maior parte do tempo que convivi com os lobos, sempre existiu *alguma coisa* entre nós, principalmente depois que ele me deu as camisas de trabalho no meu aniversário de quinze anos.

Já Joe.

Conseguia senti-lo.

Porque ele era um Alfa. Muito mais do que eu.

Este lugar, este território, era dele por direito.

E como (*se se se*) estava de volta, deveria ser dele outra vez.

Eu devia ficar aliviado com isso.

Pela responsabilidade não ser mais toda minha.

E estava. Em grande parte.

Mas parte de mim dizia *meu*, *meu*, *meu*.

Que este lugar, estas árvores e estas pessoas eram *meus*.

Bati a cabeça na porta, tentando clarear meus pensamentos.

As sombras se esticaram ainda mais.

Foi então que ele se aproximou.

Mesmo antes de ouvi-lo, eu o senti.

Não me concentrei no laço, no fio. Não queria constatar como estava esfarrapado entre nós, se é que ainda existia. Algo que outrora se fortalecia diariamente agora estava em frangalhos.

Tentei manter a respiração uniforme. O coração calmo.

Tentei fazer com que fosse embora sem dizer uma palavra sequer.

Eu estava ofegante. Meu coração estava tropeçando.

Ele não foi embora.

Não falou, mas não foi embora.

A varanda rangia enquanto ele subia lentamente os degraus.

Suas mãos estavam na grade, os dedos se arrastando pela tinta descascada.

Ele subiu o último degrau e parou por um segundo.

Respirou fundo e soltou o ar lentamente.

Absorvendo o cheiro do território.

Desta casa.

De mim.

Fiquei imaginando se ele conseguia perceber que eu não havia passado mais do que algumas horas aqui desde que ele se fora.

Fiquei imaginando se ainda sentia o cheiro do sangue da minha mãe.

Ele não falou.

Deu mais um passo para a frente. E outro. E outro, até estar diante da porta.

Ele não bateu.

Não encostou na maçaneta.

Em vez disso, a porta balançou ligeiramente quando ele virou e se apoiou nela, deslizando até o chão como eu havia feito.

Ele estava sentado do outro lado, nossas colunas separadas por oito centímetros de carvalho.

Não demorou muito para que nossa respiração e nossos corações estivessem em sincronia.

Tentei resistir. Tentei impedir.

Não funcionou.

Detestava a paz que sentia. O alívio, o maldito alívio verde que me *inundava*, como se realmente pudesse ter alguma chance contra ele. Eu me segurei à minha raiva pelo máximo que pude.

Ele ficou até eu cair no sono.

Acordei quando o sol da manhã entrou pela janela.

Eu estava quente e com o pescoço duro.

Abri os olhos.

Ainda estava encostado na porta. Minhas costas doíam.

Dois lobos apoiavam a cabeça nas minhas coxas. Ambos abriram os olhos junto a mim, como se estivessem me esperando acordar.

Um terceiro lobo estava deitado encolhido ao meu lado, tremendo os pés enquanto sonhava.

Elizabeth. Mark.

Robbie.

Os outros também estavam lá.

Jessie roncava suavemente, abraçando uma das minhas pernas.

Tanner, Rico e Chris estavam espalhados em volta de mim, cada um me tocando de algum jeito com uma mão. Meu pé. Minha mão. Minha barriga.

Mais ninguém.

Joe não estava apoiado na porta.

Não ouvi quando foi embora.

Não ouvi os outros entrando.

Mark tinha fechado os olhos outra vez, respirando fundo e devagar.

Elizabeth ainda me olhava.

Passei a mão nas orelhas dela.

Ela as mexeu para mim, ganindo baixinho.

— Não sei o que fazer — confessei baixinho, para não acordar os outros.

Ela piscou.

— Estou com raiva. E não sei como desapegar disso.

Ela espirrou.

— Eca.

Ela passou o nariz na minha mão.

— Carente — falei, afagando a pele entre seus olhos.

Ela roncou.

— Você está aqui. Comigo.

Ela me olhou como se tentasse entender como eu podia dizer uma coisa dessas soando tão estupidamente chocado. E provavelmente estava mesmo. Tive anos para me acostumar com as expressões faciais dos lobos.

— Você devia estar com eles.

Ela mordeu minha mão gentilmente, balançando a cabeça de um lado para outro.

Tudo que recebi dela foi *BandoFilhoAmor*.

Eu sabia o que ela estava fazendo. Ela e os outros estavam demonstrando sua lealdade. Melhorava as coisas. E as piorava muito.

Eu não queria isso. Essa divisão. E enquanto eu me sentisse assim, enquanto deixasse minha raiva fugir do controle, meu bando sofreria. Thomas havia me ensinado que o bando era uma extensão do Alfa e que tudo que o Alfa sentia, eles também sentiam. Mais ainda quando se tratava de uma emoção particularmente forte.

E tudo que eu sentia agora eram fortes emoções.

Ela fechou os olhos novamente e suspirou, apoiando a cabeça na minha perna.

Logo voltou a dormir.

Fiquei parado por um bom tempo, cercado pelo meu bando.

como um lobo/eles sangraram aqui

— Está tudo ótimo — disse Gordon, parado na porta do escritório.

Levei um susto porque não tinha escutado a aproximação dele. Fazia três dias que tinham voltado, e eu tinha dado o melhor de mim para evitar, evitar, evitar, pelo menos até conseguir organizar a cabeça. Fiquei na velha casa, Joe e os outros na principal. Elizabeth e Mark alternavam, mas, quando a noite caía, ficávamos em casas separadas.

Eu não sabia o que ia acontecer na lua cheia, que seria dentro de poucos dias.

Esperava já ter tomado uma decisão sobre como proceder até lá.

Ou parar de ser um babaca em negação.

Dava no mesmo.

Robbie havia entrado em contato com o leste para avisar a Alfa Hughes de que Joe e os outros estavam de volta. Ela tinha perguntas que precisavam de respostas, mas Robbie não podia ajudar. Ele não chegou a interagir com Joe, exceto pelo confronto inicial na frente da casa naquele primeiro dia. Passava a maior parte do tempo na velha casa comigo. O resto do bando ia e voltava, como de costume. Sentiam a atração a mim, mas não tão forte quanto os lobos. Embora fosse comum que todos os integrantes humanos se retirassem ao mesmo tempo, eu normalmente sempre tinha um ou dois lobos comigo.

Mas não tinha falado com eles, mal os tinha visto exceto por um ou outro vislumbre. Teve uma vez que estava voltando da oficina e dei de cara com Carter perto da velha casa, e meu único pensamento para além da sua aparência áspera foi a lembrança do dia em que ele riu após Joe descobrir que ele tinha me beijado primeiro. O jeito como correram pela floresta. A forma como Kelly havia me chamado de pai naquele seu tom irônico.

Tudo parecia tão simples naquela época.

Carter abrira a boca para falar alguma coisa, mas apenas acenei e desviei dele. Pensei que fosse esticar a mão e tentar me segurar, mas não o fez, embora eu pudesse sentir seu olhar fixo em mim enquanto entrava em casa e fechava a porta.

Não vi Joe, mas isso não significava que ele não estivesse me observando.

Não perguntei por eles para Elizabeth nem para Mark. Eles também não tiveram a iniciativa de contar nada.

Mas se não estavam na velha casa, eu sabia onde estariam.

— Está tudo ótimo — disse Gordon, e eu fiquei paralisado sobre as notas fiscais que estava encarando havia uma hora.

Levantei o olhar lentamente para ele, inundado por uma estranha sensação de déjà-vu ao vê-lo ali parado, como se estivesse vindo verificar como eu estava ou a quantas andava a lição de casa. Ele não me deixava sair da garagem até que eu conseguisse listar sete fatos sobre o maldito Stonewall Jackson, e não é *tão* difícil, Ox, você consegue, vamos.

Exceto que *este* Gordon não era *aquele* Gordon. *Este* Gordon era mais severo do que o outro jamais tinha sido. Tinha rugas ao redor dos olhos, mais destacadas do que antes. Ele agora tinha 38 anos. Os últimos três não haviam sido generosos, embora ele estivesse maior do que antes. Eu não sabia se isso tinha a ver com o seu bando, ou se ele não fizera nada além de malhar enquanto esteve fora.

Mas foram os seus olhos que mais me desestabilizaram. Sempre tinham sido vibrantes. Brilhantes. Ágeis na hora de transparecer raiva, velozes para se iluminar quando Gordon estava feliz.

Agora estavam secos e duros, ligeiramente encovados. Este era um Gordon que havia passado por maus bocados ao longo dos últimos três anos. Eu não queria nem imaginar as coisas que ele tinha visto. As coisas que tinha feito.

Seus trajes não amenizavam essa nova imagem. Não estava com seu uniforme habitual da oficina, não estava com a camisa de trabalho com o seu nome bordado no peito, nem a calça cargo. Usava jeans e uma regata apertada no peito. Uma jaqueta de couro marrom desgastada, o colarinho levantado no pescoço.

— É — respondi, porque não sabia de que outra forma começar. — Até que nos saímos bem.

Deixei o *não graças a você* no ar, mas ele ouviu. Por mais que não tivesse sido intencional.

Ele acenou com a cabeça, passando a mão pela moldura da porta, raspando com o dedo uma pequena falha na tinta.

— Muito melhor do que bem, espero.

— Não falimos, se for essa sua preocupação.

— Não. Não achei que fossem falir. — Ele abriu um sorriso que não retribuí. — Nunca me preocupei com isso, garoto.

Olhei novamente para os recibos, incerto quanto ao que falar em seguida.

Ele suspirou e entrou no escritório, passando a mão por tudo que estava ao seu alcance. Reconheci o gesto como um hábito dos lobos quando queriam deixar seu cheiro em alguma coisa ou alguém. Os Bennett fizeram isso quando entraram na minha casa pela primeira vez, se espalhando e encostando em tudo que podiam. Principalmente Joe. Quando entrou no meu quarto. Quando viu o lobo de pedra na...

Não. Eu não ia...

— Está agindo como eles — foi o que falei em vez de seguir aquela linha de pensamento. — Como um lobo. E também se movimenta como eles.

Ele arqueou uma sobrancelha para mim.

— O sujo falando do mal-lavado.

— Não foi uma acusação.

— Não disse que era.

— Eu não...

Ele esperou.

Eu não podia falar isso, porque *era*. Aliás, eu era mais lobo do que ele, embora ele houvesse tido mais imersão, principalmente ao longo dos últimos três anos. Esteve entrincheirado e eu... bem.

— Fiz o que tive que fazer.

— E ninguém dirá o contrário.

Isso era surreal. Fiquei imaginando se para ele também era.

— Eles contaram. O que passamos.

Ele pausou, seus dedos tocando de leve a foto em cima do arquivo. Era antiga. Gordon e eu. Tanner, Chris e Rico. Meu aniversário de dezesseis anos, quando recebi as chaves da oficina. No dia que conheci os Bennett. Não lembrava quem tinha tirado a foto, provavelmente alguém que entrou para uma troca de óleo, mas o braço de Gordon envolvia meus ombros enquanto eu sorria para a câmera. Do seu outro lado estava Rico, e Tanner e Chris estavam perto de mim. Gordon tinha um cigarro atrás da orelha.

Ele repousou o dedo no vidro do porta-retrato, traçando os rostos de todos, exceto o próprio.

— Um pouco — disse ele. — Foram vagos. De propósito. Não cabe a eles. Precisa vir do Alfa. Assim como nós também não contamos muita coisa para eles. Ou para você. Porque tem que partir de Joe.

— Por que ele não disse nada? — Imaginei que fosse falar pelo menos com Elizabeth. Com Mark. No mínimo atualizá-los sobre os ocorridos. Eu estava envolvido demais nas minha própria autopiedade para me aproximar dele. Não era justo, mas eu precisava ser egoísta em nome da minha própria sanidade.

Gordon riu com desdém.

— Ox, aquela foi a primeira vez que o escutamos falar em quase um ano, tirando as poucas palavras que disse ao idiota do David King para fazê-lo vir aqui. Aliás, presumo que tenha vindo.

Senti arrepios nos braços.

Ainda não.

— Que merda — sussurrei.

Gordon deu de ombros enquanto puxava a cadeira do outro lado da mesa e se sentava. Ele suspirou e passou a mão na própria cabeça. Os cabelos raspados arranharam seus dedos.

— Ele simplesmente parou, Ox. Carter e Kelly disseram que foi como na vez que ele… bem. Depois de Richard Collins. E antes de você.

— Mas. Como… Ele é o *Alfa*. Como foi que ele… ah, Jesus. Não era preciso falar, era? Os laços. Os laços do bando entre vocês.

Gordon suspirou.

— Sim. Foi… intenso. Senti-los como nós os sentimos. Foi como quando eu era… depois do meu pai, suponho. Eu tinha doze anos quando virei o bruxo do bando Bennett. As coisas não eram como são agora. Ou como têm sido nos últimos anos. Tudo é mais… não sei. Apenas *mais*.

— Então ele parou de falar — falei secamente.

— Basicamente. E se acontecia de falar, eram no máximo uma ou duas palavras. Nada além de um resmungo, na verdade.

— E todos vocês só deixaram isso acontecer.

— Não *deixamos* nada, Ox. Apenas aconteceu. Você acha que consegue obrigar um Alfa em sofrimento a fazer *alguma coisa*? Vá em frente. Boa sorte.

— Sério? — vociferei. — Porque eu nem imagino como é ser um Alfa em sofrimento.

Isso o paralisou. Toda a raiva que vinha se acumulando nele cessou, e ele apenas pareceu exaurido. Jamais o vira tão envelhecido.

— Ox — disse ele suavemente.

— Sem falar que você largou seu maldito *parceiro* aqui…

Seu rosto endureceu.

— Deixe-o fora disso.

— Ao menos agora admite.

— Não quero falar sobre ele.

— Ele sabe disso?

— Ox.

— Três perguntas.

Ele piscou.

— Quê?

— Vou te fazer três perguntas.

— Deixe Mark fora disso.

— Não são sobre Mark. São sobre todo o resto.

— Ox, eu já disse. Tem que partir de…

— Gordon.

— Tudo bem. — Ele pareceu ligeiramente irritado. Lembrava o Gordon que eu conhecia. — Três perguntas. Eu também poderei perguntar três.

Minha pele coçou.

— Tudo bem. Eu começo.

Ele assentiu com a cabeça. Por algum motivo, as tatuagens nos seus braços brilharam.

— Por que descartaram os telefones? — perguntei.

Ele ficou me encarando. Obviamente não esperava por essa.

Aguardei.

— Joe achou que seria mais fácil — respondeu lentamente. — Achava que, se cortássemos os laços, poderíamos focar naquilo que precisávamos fazer. Que lembrar de casa, de todos vocês, tornava tudo mais difícil.

— E vocês aceitaram.

— É uma pergunta?

— Afirmação.

— Nós aceitamos. Porque ele estava certo. Por causa da nossa missão. Porque cada vez que pegávamos aquele telefone, cada vez que víamos uma mensagem sua, ficava muito difícil não dar meia-volta e correr para cá. Tínhamos um trabalho para fazer, Ox. E não conseguiríamos se ficássemos nos lembrando de casa.

— Então em vez de nos avisarem que estava tudo bem, que estavam vivos, vocês decidiram... Desculpe, *Joe* decidiu que seria melhor para vocês que não falassem conosco.

Gordon franziu o cenho.

— Joe falou que Mark e a mãe saberiam. Que continuariam sentindo...

Dei um soco na mesa.

— *Eu* não sabia — rosnei para ele. — Eu não sentia *absolutamente* nada. E não venha me dizer que eu poderia saber por eles, porque não é a mesma coisa.

— Você acha que queríamos isso? — rebateu. — Qualquer uma dessas coisas? Você acha que *pedimos* para ficar nessa posição?

— Essa foi a sua pergunta? — falei, usando suas próprias palavras contra ele.

O esboço de um sorriso, havia muito morto.

— Por que contou a eles?

Rico. Tanner. Chris. Jessie.

— Porque eles precisavam saber — respondi. — Porque não entenderam o motivo de você abandoná-los. Porque, sabendo você ou não, eles também eram seu bando. Precisavam entender que não estavam sozinhos, mesmo que você já tivesse ido embora.

Ele fechou os olhos.

— Por que voltaram? — indaguei.

— David King.

Franzi o cenho.

— O que tem ele?

— O que restou dele foi encontrado em Idaho.

— O que restou — repeti.

— Pedaços, Ox — disse Gordon, abrindo os olhos. — Ele foi encontrado aos pedaços perto de Cottonwood. Em um motelzinho de merda. Sua cabeça tinha sido colocada no meio da cama.

— Quando?

— Há algumas semanas.

— Richard.

— Provavelmente. Havia um recado escrito com o sangue dele na parede. Eu vi as fotos. Quatro palavras. *Mais um rei caído*. Joe. Bem. Joe perdeu a cabeça. Só um pouquinho. Algo que já estava demorando para acontecer. Houve mortes em Washington. Nevada. Califórnia.

— Todos ao redor de Oregon — murmurei.

Gordon assentiu com a cabeça.

— David foi o último. Era como se Richard estivesse nos provocando. Provocando Joe. Ele… nós começamos a voltar. Depois disso. Precisávamos ter certeza… — Ele balançou a cabeça. — Você precisa falar com Joe. Ele te diria que… só fale com ele. Minha vez. Quando você se tornou um Alfa?

Não perguntou *como*, mas *quando*, como se soubesse que era uma mera questão de tempo.

— Apareceram uns Ômegas — falei.

— As barreiras.

— Jessie estava do outro lado. Ela tinha o nosso cheiro. O meu cheiro. Foi raptada. Tanner, Chris e Rico já eram parte de nós àquela altura. Fomos até os Ômegas. Lutamos. Eles perderam. Os outros, eles olharam para mim. E como não havia mais ninguém para liderar, eu fiz o que tinha que ser feito.

— Como sempre faz — disse ele.

— Não sou lobo.

— Não. Mas é alguma coisa. Última pergunta.

Eram tantas coisas que eu precisava perguntar. Sobre os últimos três anos. Sobre a situação em que estávamos agora. Sobre seu estado mental. Se continuava sendo o mesmo Gordon de antes. Se aquele Gordon estava morto e enterrado. Se algum dia poderíamos voltar a ser o que éramos um para o outro.

Mas só havia uma pergunta, na verdade.

— Eu ainda sou seu laço?

Ele arregalou os olhos.

Suas mãos tremeram.

Seu lábio inferior estremeceu.

Ele respirou fundo, devagar.

Quando falou, a voz saiu quebradiça e molhada.

— Sim, Ox. Sim. É claro. Sempre foi. Mesmo nos momentos mais sombrios, mesmo quando estávamos a centenas de quilômetros de casa, dormindo na beira da estrada, sim. Mesmo quando eu estava exausto e achava que não conseguiria dar mais nem um passo. Mesmo quando descobri coisas inimagináveis na minha magia. Sim. Você foi. Você é. Pensava em você porque você é meu lar. Você também é meu bando, tudo bem? Não ligo se você é um Alfa. Não me interessa se você é *meu* Alfa. É também o meu bando.

Fiz que sim com a cabeça, duvidando da minha capacidade de falar.

Ele disse:

— Minha vez. Ox. *Ox*. Ainda sou seu amigo? Porque não sei se consigo suportar não ser seu amigo. E seu irmão. Por favor diga que ainda sou seu irmão. Porque preciso ser. Preciso demais. Não sei o que fazer se não for. Ox, por favor, só me diga que sou...

E eu abaixei a cabeça sobre a mesa e chorei.

Eles nos encontraram algum tempo depois, Gordon agachado ao meu lado, esfregando a testa no meu ombro, nós dois fungando e limpando a cara.

— Jesus Cristo — murmurou Tanner.

— Está com cheiro de sentimento aqui — disse Rico. — É isso que eu diria se fosse um lobisomem?

— Vocês estão *chorando* um em cima do outro? — exigiu saber Chris. — Achei que ainda pudéssemos ficar com raiva dele! Ox, seu traidor!

Soltei uma gargalhada molhada. Desse jeito eu jamais seria um homem como meu pai havia ensinado. Não achava mais que isso fosse tão ruim.

Gordon murmurou alguma coisa sombria, ainda me abraçando, a mão agarrando a minha. Não sabia se já estava pronto para soltá-lo.

— *Nós* ainda podemos ficar com raiva dele — falou Tanner. — Mesmo que Ox já tenha fraquejado.

— Três dias, *Alfa* — disse Rico, me encarando. — Você durou três dias.

— Eu vou continuar com raiva — declarou Chris.

— Vinte e cinco anos de amizade — continuou Tanner.

— Você escondeu essa merda da gente — acusou Rico. — *Brujo.*

— Você nos dizia que as coisas só eram *estranhas* às vezes — lembrou Chris.

— Que suas tatuagens não se mexiam — acrescentou Tanner. — Que nós éramos malucos.

— Ou que, quando terminou com Mark, era apenas isso — adicionou Rico. — *Apenas um término.*

— E que seu pai estava preso por assassinato — concluiu Chris. — Não que tinha matado pessoas com *magia.*

— Pensando bem, faz um certo sentido. — Tanner franziu a testa.

— Agora que estamos falando tudo isso em voz alta, estou me sentindo meio burro. — Rico fez uma careta.

— Tipo, como é que a gente pôde acreditar nele sendo que desaparecia na lua cheia? — Chris suspirou.

— Mas ainda estamos bravos com você — declarou Tanner.

— Porque você é um cuzão — continuou Rico.

— O maior cuzão de todos — arrematou Chris.

Eles cruzaram os braços e olharam fixamente para Gordon.

— Senti saudade vocês — confessou Gordon com a voz rouca. — Mais do que jamais poderiam imaginar.

— Maldição — disse Tanner.

— *Mierda* — falou Rico.

— Temos que nos abraçar agora — declarou Chris.

E se amontoaram sobre nós.

Fui andando para casa naquela noite.

As estrelas brilhavam no céu.

Cheguei à estrada de terra que levava até a casa do fim da rua.

Joe estava lá.

Não o via desde o primeiro dia.

Ele agora se vestia normalmente. Calça jeans. Moletom.

Tinha feito a barba. Enxerguei nele o menino que fora um dia.

Muito pouco, mas ainda estava ali.

Apenas... mais, agora.

Ele não era mais o garoto de dezessete anos.

Maior. Mais forte. Um homem. Um Alfa.

Ele não disse nada enquanto me aproximava.

Tínhamos a mesma altura agora. Estava certo disso.

Fiquei imaginando quão grande seria o seu lobo atualmente. Se ele parecia com o pai quando se transformava.

Eu tinha tantas perguntas.

Mas não conseguia.

— Ainda não — falei, sabendo muito bem que ia machucar.

Ele se encolheu, mas não falou nada.

Passei por ele sem parar.

Dois dias depois, Carter e Kelly me sequestraram.

Tecnicamente.

Saí do restaurante após comer um sanduíche de almoço. Antes que pudesse dar sequer o primeiro passo para atravessar a rua e voltar para a oficina, um SUV conhecido parou cantando pneu na minha frente. Mal tive chance de reagir antes de a porta do passageiro se abrir e dois lobos me encararem.

— Entre — ordenou Carter.

— E se eu não quiser? — respondi.

— Vamos obrigá-lo — disse Kelly.

— Sério. Quer tentar de novo?

— Claro — falou Carter. — Entre *agora*.

— Antes que o arrastemos à força — concluiu Kelly.

Cogitei continuar andando.

— Malditos lobisomens — murmurei.

Entrei no carro.

Eles pareciam surpresos quando viraram para me olhar.

— E aí? — perguntei, arqueando a sobrancelha.

— Não achei que fosse dar certo — confessou Carter.

— Sério. — Kelly fez uma careta. — Esperava bem mais postura.

Dei de ombros.

— Não sei o que é isso.

— Ele está dizendo que achava que realmente teríamos que arrastá-lo — explicou Carter.

— Ah. Então. Vocês iam me sequestrar…

— *Sequestrar*, não. Não dá para *sequestrar* alguém do seu tamanho, caralho…

— … me *sequestrar*, e depois? Iam ficar parados me olhando? — Balancei a cabeça. — Jesus, como foi que sobreviveram tanto tempo sozinhos?

Eles me encararam.

Encarei de volta e senti alguma coisa se ajustar no meu peito. Como um buraco sendo tapado.

Ofereci uma saída para eles.

— Certo. Então. Preciso trabalhar. E se a gente pudesse começar logo? Para acabar logo.

— Você não vai voltar para o trabalho — informou Kelly. — Hoje, não.

— Gordon já está lá — revelou Carter, virando novamente e guiando para longe do meio-fio. — Decidiu que seria um bom momento para voltar à oficina. Para nossa sorte, porque agora temos todo tempo do mundo.

— Decidiu? — perguntei, sem saber se achava graça ou me irritava. Um pouco de cada parecia adequado. — Acho que se esqueceu de me avisar. — Por um bom motivo, provavelmente. Nesse momento de recuperação, não sei se teria concordado com isso se tivesse sabido antes. E acho que todos sabiam disso. Eu era um babaca teimoso quando precisava ser.

— Bem, o nome *é* Oficina do *Gordon* — disse Carter. — Tenho certeza de que ele não achou que precisasse.

— Ele provavelmente terá que reaprender algumas coisas — falei. — Três anos é muito tempo para ficar longe.

Ambos fizeram uma careta depois dessa.

— Ele faz isso há anos — murmurou Carter.

— Não é como se ele tivesse esquecido — resmungou Kelly. — Não foi *tanto* te…

— Não — interrompi, a voz mais grossa do que o normal. — Não *ouse* dizer que não foi tanto tempo assim. Você não faz ideia de como ficaram as coisas por aqui. Então não diga isso.

O resto do trajeto foi silencioso.

Fiquei surpreso quando o SUV parou e vi que estávamos perto da velha ponte coberta. Era o meio de um dia útil, então estávamos sozinhos. Carter foi o primeiro a saltar, batendo a porta atrás de si. Assistimos enquanto ele andava de um lado para o outro na frente do carro, olhando fixamente para a ponte. Ele estava rosnando, dava para ouvir mesmo com as janelas fechadas.

— Dá para sentir o cheiro deles — disse Kelly. Dos Ômegas.

— Teve muito sangue.

Kelly observou o irmão.

— Mark nos contou. Não tudo. Algumas partes. Disse que o resto tinha que vir de você. Joe não ficou muito satisfeito.

Ri com desdém.

— Imagino que não.

— Foi difícil para ele. Para todos nós.

— Tão difícil quanto para nós, que fomos abandonados.

— Não queríamos ir.

— Vocês foram.

— Joe… não. Não é justo. Todos nós fizemos a mesma escolha. Ele não nos obrigou. — Kelly suspirou. — Também dá para sentir o cheiro do seu sangue. Aqui. E do sangue da minha mãe.

— É o que acontece quando você luta contra presas e garras.

— Você entende?

— O quê? — perguntei, observando Carter enquanto ele percorria a área da luta, parando aqui e ali para encarar o chão.

— Por que fizemos as escolhas que fizemos.

Eu podia mentir, mas ele saberia. Os dois saberiam, porque eu sabia que Carter estava ouvindo a conversa.

— Não — falei —, não entendo. Vocês esconderam coisas de mim. Depois. Agiram como se eu não fosse parte disso. Parte de vocês. Não me incluíram nas decisões.

— Você tinha acabado de perder sua mãe…

— Então todos vocês decidiram que o melhor para mim seria perder o resto de vocês também? — indaguei. — Porque foi isso que aconteceu. Perdi minha mãe. E meu Alfa. E depois meus irmãos e meu... Joe. Foi isso que perdi. Porque vocês resolveram...

— Só queríamos mantê-lo em segurança — falou Kelly, transparecendo a frustração. — Sei que não gosta, mas espero que ao menos isso você possa entender.

Ri.

— Entender? Claro. Por que não? Você consegue entender por que estou tão furioso que mal consigo pensar? Consegue entender por que vê-los me deixa feliz e enjoado ao mesmo tempo? Que não sei se dou um abraço ou uma surra em vocês?

Ele abaixou a cabeça.

— É claro que não entende. Porque escolheram o caminho mais fácil. Só conseguiam pensar em vingança, *ele* só conseguia pensar em vingança. E não nas consequências de ficar aqui. De lidar com o luto de perder um membro do bando. De perder o *Alfa*. E, como o *novo* Alfa tomou essa decisão que todos vocês acolheram, fomos obrigados a fazer o possível com o que restou. Então, sim. Tem sangue aqui. *Meu* sangue. E da sua mãe. E de Mark. E de cada membro do *meu* bando. Porque eles sangraram aqui. Por mim. Por você. E por *ele*.

Carter estava parado, as mãos cerradas em punhos, os ombros tensos. Ouvindo.

— Nós tentamos — disse Kelly com a voz partida. — Queríamos... só. Não passava um único dia, Ox. Tudo bem? Que não pensássemos em você. Que não desejássemos estar em casa com você. E mamãe. E Mark. Sei que perdeu sua mãe, Ox. E nós perdemos nosso pai, mas quando... quando partimos, foi a coisa mais difícil que já fizemos. Acha que não sofremos? Sofremos. Sofremos pelo nosso pai. Pelo nosso *Alfa*. Mas nada comparável à dor de deixá-los para trás.

— Deviam ter voltado para casa.

— Devíamos.

— Não deviam ter cortado a comunicação.

Kelly levantou a mão e secou os olhos.

— É — concordou ele. — Eu sei. Mas também sei por que fizemos. Gordon... ele. Hã. Ele lutou contra. Disse que era burrice. Que você... você não ia entender. Mas era diferente. Para nós. Para os lobos. Porque éramos todos enlaçados a você, Ox, ok? E doía. *Doía*. Não podíamos fazer o que precisávamos enquanto estávamos presos a você. Enquanto líamos suas mensagens no telefone. Enquanto...

— Valeu a pena?

Ele olhou pela janela para o irmão.

— Alguns dias acho que valeu. Outros dias, não. Na maioria dos dias, não sei o que pensar. Porque não sei como nos encaixamos. Você consegue sentir, não consegue?

Ele abriu a porta e saltou.

Observei os dois pela janela.

Kelly parou ao lado do irmão, ombro a ombro.

Carter parecia tenso. Ambos pareciam.

Achei que dava para confundi-los com gêmeos agora, não só pela aparência, mas pelas expressões atormentadas. Pela maneira como carregavam sua culpa.

Doeu quando eles partiram.

Quando minha mãe morreu. Quando Thomas morreu.

Mas vivemos nosso luto. Por eles. Por todos eles.

E *ainda* doía. Mas talvez uma dor não tão aguda quanto antes.

Eles não passaram por esse processo.

Porque estiveram *cercados* por tudo. Por Richard Collins e as coisas que haviam feito.

Fizeram suas escolhas, sim.

Fosse por família ou obrigação.

E nunca tiveram oportunidade de parar. Descansar. Viver o luto de tudo que perderam.

Meu coração doeu.

Fui atrás deles.

Levantaram os olhos para mim enquanto eu caminhava lentamente em sua direção.

— Não sei como perdoá-los — admiti. — Como perdoar Joe.

— Você perdoou Gordon — disse Carter, amargurado. — Pareceu bem fácil.

— Não perdoei porra nenhuma. Só porque falei com ele, isso não significa nada. Podem confiar, a posição dele não é nada diferente da de vocês.

— Eu faria tudo de novo — declarou Carter.

Kelly emitiu um ruído engasgado.

— Faria? — perguntei.

— Se acontecesse tudo outra vez, se tivéssemos que repetir tudo outra vez, eu repetiria. — Seu tom era desafiador. Raivoso. Assustado.

— Por quê?

— Porque tínhamos que ir.

— Poderiam ter me levado junto.

Carter parecia frustrado.

— Você não entende.

— Acho que isso já ficou estabelecido.

— Papai sabia.

— *Carter* — alertou Kelly.

Carter o ignorou. Permaneceu me encarando.

Olhei de um para outro. Em seguida:

— Sabia o quê?

— Ele não disse. Não com palavras. Não diretamente.

— Carter, talvez ele devesse ficar sabendo pelo… — tentou Kelly.

— Ele disse que precisávamos protegê-lo — prosseguiu Carter. — Que você era especial. Que você era diferente. Que, se alguma coisa acontecesse com ele, precisávamos garantir a sua segurança. Assim como garantiríamos a segurança da mamãe. Porque você era *importante*. Mas com você era diferente.

Foi um soco no estômago. Meu coração estava partindo de novo.

— E aí *aconteceu* alguma coisa com ele. Ele *morreu*. E Joe passou a ser nosso Alfa. E só conseguia pensar em acabar com isso de uma vez por todas. E *nós* só conseguíamos pensar em manter você em segurança. Porque, se Osmond soubesse o que você era, Richard também saberia. E se Richard soubesse, você *não* estaria seguro.

— Então vocês foram.

— Talvez não tenha sido a melhor escolha. Mas era a *única*.

— Mas *não era* mesmo — rebati. — Podiam ter…

— Fomos para acabar com isso. Para tirar a atenção de você e encontrá-lo nós mesmos — continuou Carter. — Fomos para que você estivesse seguro, e ao mantê-lo aqui, cercado por barreiras, torcemos para que também pudéssemos manter os outros afastados. Fizemos o nosso *melhor*, Ox. Foi a coisa certa? Não sei. Mas faria tudo outra vez se isso significasse a sua segurança. Porque acho que nenhum de nós se surpreendeu ao voltar e descobrir o que você tinha se tornado. Acho que papai soube antes de todo mundo quem você seria. Você criou um *bando*, Ox, com *humanos*. Ninguém além de você teria sido capaz. Sinto muito por termos partido. Sinto muito que tenha se sentido abandonado. Sinto muito por não termos te contado nada disso. Mas você é meu *irmão*. É *irmão* de Kelly. Faríamos *qualquer coisa* por você.

— Nunca mais podem ir embora — falei, a voz áspera. — De novo, não. Não podem. Fariam qualquer coisa por mim? Ótimo. Que bom. Não me deixem.

Carter e Kelly trocaram um olhar antes de darem de ombros de forma quase uníssona.

— Claro — concordou Carter.

— Tudo bem — disse Kelly.

Fiquei olhando para eles.

— Só isso?

Eles me derrubaram antes que eu pudesse perceber o que estava acontecendo.

Estávamos emaranhados no chão, Kelly com a cabeça na minha barriga, subindo cada vez que eu respirava. Carter agarrava meu braço e minha mão, palma com palma, dedos apertados com força.

A raiva estava derretendo.

Eu me esforçava para segurá-la, por achar que era muito fácil abrir mão dela.

Que deveria haver mais que isso.

Mas era verde em seu alívio.

Não os tinha perdoado. Gordon. Os dois lobos grudados em mim. Mas perdoaria. Não hoje. Provavelmente nem amanhã.

Mas em algum momento.

Já Joe — quanto a ele eu não sabia. Tudo desaguava nele. Não parecia justo conseguir perdoar os outros e não a ele.

Kelly suspirou e enterrou o rosto no meu peito, esfregando o nariz por todos os lados.

— Muito bem — disse Carter. — Preciso perguntar, só porque alguém vai ter que fazer isso.

Aquilo não parecia bom.

— Jessie — continuou Carter.

— Ah — respondi. — O que tem ela?

— Você está macetando? — perguntou Carter.

— Macetando — repeti.

— Está com o cheiro dela — falou Kelly.

— Também estou com o cheiro da sua mãe, tenho certeza.

Ambos fizeram careta para mim.

— Puta merda, não foi isso que quis dizer. Jesus, não falem para ela que eu disse isso. E não, porra, não estou *macetando* Jessie. Há muito tempo não existe nada entre nós. Ela teve um encontro outro dia. Com um professor de história.

— Então não macetou a Jessie enquanto estávamos fora?

— Pare de falar *macetar*!

— Sério, Carter — disse Kelly. — Isso é nojento. — Em seguida: — Está macetando Robbie?

— Ah, meu Deus — murmurei.

— Isso não é um não.

— *Não.*

— Ele é muito protetor em relação a você — observou Carter.

— Sou seu Alfa.

— Pareceu um pouco mais que isso — comentou Kelly.

— Detesto vocês dois.

— Continua não sendo um não.

— Não é... ouçam. É...

— Você é o crush dele! — disse Carter, parecendo se divertir muito com a ideia.

— Não sou o *crush*...

— Cara — interrompeu Kelly. — Você não montou um bando. Montou um *harém*.

— Kelly! — ganiu Carter. — Nossa mãe está nesse harém!

Kelly ficou pálido.

— Ah, meu Deus. E Mark.

— Está percorrendo a família inteira, hein, Ox? — provocou Carter. — Começou me beijando e não pude matar a sua sede insaciável pelos Bennett.

— Ao menos vocês dois continuam idiotas — murmurei.

Eles riram de mim.

Era um som agradável, mesmo que doesse escutá-lo após tanto tempo.

— Joe não gostou — comentou Carter com leveza.

— De quê?

— De ver Jessie no seu bando. Mas principalmente do Robbie. Foi uma declaração e tanto quando voltamos, a mão dele em você. Como se estivesse te acalmando.

— Estava.

— Bom, que merda — disse Kelly. — Isso não vai terminar bem.

— O quê? — perguntei.

— Robbie — falou Carter, como se eu fosse burro. — Ele é seu laço.

— Eu não sou um lobo.

— Você é um Alfa — observou Carter. — Não sei se a espécie importa.

— Você se sente exatamente como nós, só que sem a transformação — explicou Kelly. — É muito parecido. Ele o mantém com os pés no chão.

— Joe não tem direito de se irritar com isso — rosnei. — Ele não pode opinar.

Carter e Kelly ficaram tensos.

Carter disse:

— Ele só…

— Não — interrompi. — Não devo nenhuma explicação a ele. Ainda não. Mesmo que Robbie fosse meu laço, não tenho que me justificar para ele. Nem para vocês. Vocês foram *embora*. Vocês nos *isolaram*. Argumentam que foi pela nossa segurança, e dizem que fariam tudo de novo. *Tudo bem*. Mas não esperem voltar e encontrar tudo como deixaram. Fizemos o que foi preciso para sobreviver porque é assim que a vida funciona agora. Não paramos tudo porque *vocês*…

— Ninguém pediu isso — falou Carter, apertando minha mão com força. — E não sei o que esperávamos que fosse fazer. Mas sei que Joe… Ele tinha esperança, Ox. Mesmo que nunca tenha dito, mesmo tendo se transformado em um Alfa babaca e taciturno, ele tinha esperança. Sei que tinha. Então pegue leve com ele, já que você virou a página…

Eu me sentei, derrubando os dois lobos do meu colo.

— Virei a página?

Kelly e Carter trocaram mais um de seus olhares.

— Com Robbie — respondeu Carter lentamente.

— Não há *nada* entre Robbie e eu. Claro, quer dizer, ele me *beijou*... ah, porra, parem de *rosnar*. Eu disse não, certo? E ele *entende*. Não tem nada disso entre a gente. E nunca vai ter. De minha parte.

— Por causa de Joe — disse Carter, com mais satisfação do que deveria.

— *Não* por causa de Joe — respondi, e os dois sorriram quando ouviram a mentira.

— Você precisa consertar isso — sugeriu Carter.

— Você precisa ir à merda.

Kelly apertou os olhos para mim.

— Ser Alfa automaticamente transforma a pessoa em babaca? Porque entre você e Joe...

Dei um soco no ombro dele. Com força.

Ele riu e me empurrou de volta para o chão para que pudesse se deitar outra vez. Não ofereci resistência. Não quis oferecer.

Carter se aproximou, apoiando a cabeça na curva do meu braço.

Não parecia que eu estava desistindo. Parecia verde. Ambos pareciam.

Eu não sabia o que fazer em relação a Joe.

Eu disse:

— Não é só ele.

Esperaram.

Tentei encontrar as palavras certas.

— Robbie. São todos eles. É o bando. O bando é meu laço.

Silêncio.

Então Carter falou:

— Como era com o meu pai.

— Sempre foi assim para ele — acrescentou Kelly. — Sempre o bando.

Toquei os braços deles. Os ombros. O pescoço. O rosto. Eles se inclinaram para receber os afagos e tudo que pensei foi *bando bando bando*.

Enquanto o sol se punha, perguntei:

— Acham mesmo que ele sabia?

— Quem?

— Seu pai. Sobre mim.

— Sim, Ox. Achamos que sabia. Talvez todos nós soubéssemos.

Eles me deixaram na oficina.

Gordon era o único que ainda estava lá.

Era estranho vê-lo atrás da mesa outra vez.

Ele disse:

— Foi ideia deles.

Ri com desdém e me apoiei na moldura da porta.

— Jogando os amigos na fogueira?

Ele deu de ombros.

— Vão sobreviver.

— Qual é a sensação? De estar de volta?

Ele passou a mão na minha me... na mesa dele.

— A de que fiquei longe por tempo demais.

— Parece certo.

— Tanner abriu minha casa para mim. Ele tinha a chave.

— Fizemos faxina. Mais ou menos uma vez ao mês. Para garantir que estaria em boas condições quando voltasse.

— Foi?

— Sim.

— Você disse quando.

— Quê?

— Disse *quando* voltasse. Não *se*.

— Ah. Acho que sim.

— Achou que...

Desviei o olhar.

— Talvez. Torci.

Gordon limpou a garganta.

— Foi estranho. Entrar lá. Como se eu não me lembrasse de ter chegado. Como se estivesse sonhando.

De sonhos eu entendia.

— É como me sinto toda vez que piso na velha casa. Como se... não estivesse acordado. Como se não fosse real. Mas é. Vai levar um tempo. Antes de voltar a ser real para você também.

— Para você já é real?

— Na maior parte do tempo — respondi honestamente.

Ficamos quietos por um tempo.

Ele falou:

— Joe faz patrulhas noturnas. Durante horas.

— Eu sei.

Tamborilou os dedos na mesa.

— Claro que sabe. Porque agora consegue sentir. Assim como ele. Talvez até melhor. Você soube, não soube? Assim que pisamos em Green Creek.

Fiz que sim com a cabeça.

— Você tocou suas barreiras. Para ver se continuavam de pé.

— Não entendo como é possível.

— Nem eu. — Não sei se algum dia entenderia. Era esquisito ser considerado estranho entre pessoas que podiam se transformar em lobos quando bem quisessem.

— Precisa conversar com ele.

— Está me falando isso como meu amigo? Ou como bruxo dele?

Ele tensionou de leve.

— Faria diferença?

— Não sei.

— O que você *sabe*?

— Sou seu há mais tempo. — Sorri. — Embora ache que Mark não concordaria comigo.

Ele me encarou.

Encarei de volta.

Ele desviou primeiro. Em seguida:

— Joe também, provavelmente.

E nessa ele me pegou.

— Por qual de nós? — rebati.

— Você vai consertar isso? — perguntou, ignorando meu questionamento.

— Vocês chegaram há menos de uma semana, após três anos fora. As coisas mudam.

— Notamos.

— O que quer dizer?

— Quero dizer que voltamos e você tinha o seu próprio bando. Com desconhecidos. Foi péssimo, Ox.

— Eu me virei com o que tinha. Vocês nos deixaram em frangalhos. Tive que tentar nos reconstruir. Não podem nos culpar por nada. Não depois do que fizeram. Todos vocês.

— E você se saiu muito bem, garoto. Só vamos precisar de um tempo até nos acostumarmos de novo. Não o culpamos, Ox. Nenhum de nós. Você fez as escolhas necessárias, e ninguém pode culpá-lo por isso.

Quase acreditei nele.

Recusei a carona que ele me ofereceu.

Voltei andando.

Joe estava novamente me esperando nas sombras da estrada de terra.

Não dava para fazer isso agora. O dia já tinha sido carregado demais.

Indiquei que ia passar reto por ele outra vez e…

Ele se esticou e me agarrou pelo braço, me fazendo parar.

Suas narinas estavam dilatadas.

— Meus irmãos — disse ele. — E Gordon.

Não respondi.

— Não pode fazer isso — rosnou. — Com eles. E não comigo. Não para sempre.

— Ainda não — disparei.

Ele me soltou.

Não olhei para trás ao me afastar, embora cada passo tenha sido mais difícil que o anterior.

Naquela noite corri pelas extremidades do território, me certificando de que estávamos seguros.

Thomas disse: *Você é diferente, Ox. Acho que nem eu sei quão diferente. Será algo realmente interessante de ver. E eu, por exemplo, mal posso esperar.*

Minha mãe estourou uma bolha de sabão na minha orelha.

Em algum lugar do outro lado do território, um lobo cantou para que toda a floresta ouvisse.

Era azul, tudo nela era *azul*.

uivava para você/sempre foi meu

— Como isso funcionaria? — perguntei a Mark e Elizabeth. Fazia sete dias que os outros tinham voltado para casa, e faltava um dia para a lua cheia. Caminhamos pela floresta, passando as mãos nas árvores, deixando nosso cheiro nos troncos. Eles escolheram não se transformar, pois sabiam que eu precisava de conselhos.

— E o que seria isso? — indagou Mark.

Revirei os olhos.

— Você sabe.

— Talvez, mas ouvir da sua boca ajuda — disse Elizabeth.

Segurei a rebatida e apenas falei:

— Joe.

— Entre vocês dois? — perguntou Mark.

— Não. Bem, sim, isso também. Mas não era disso que eu estava falando. Entre todos nós.

Mark riu.

— É claro que seria nisso que estaria pensando. Todo mundo, menos você.

— É minha obrigação — falei.

— Pode ser — comentou Elizabeth —, mas há momentos em que se deve ser egoísta, Ox.

— Não posso — admiti. — Ainda não. — Detestava essas duas palavras mais do que qualquer outra coisa.

— Você ainda está com raiva — afirmou ela, tocando meu braço.

— Não é algo que posso simplesmente superar.

— Mas já superou — observou Mark. — Com Gordon. Carter. Kelly. Talvez não completamente, mas já começou.

— E? — questionei, tentando bancar o bobo. — Isso não tem nada a ver com…

— Por que Joe deveria ser diferente?

— Porque *ele* é diferente. — Era mesquinho, mas eu não gostava de me sentir encurralado. — Para mim, ele não é como os outros.

E eles sabiam disso. Mas também tinham conversado com ele desde a volta. Todos os dias. Ficavam indo e voltando entre a velha casa e a casa principal. Passavam o dia com ele enquanto eu estava no trabalho com Gordon e o resto do meu bando. Eles o abraçavam, o tocavam, escutavam sua respiração. Não acordavam de pesadelos em que Joe desaparecia novamente sem falar nada, apenas *sumia* como se jamais tivesse existido…

— Você não está sonhando, Ox — disse Elizabeth em voz baixa, e mais uma vez fiquei imaginando o quão conectados nós todos éramos. Porque às vezes eu achava que eles viviam na minha mente. — Sei que parece que está. Os contornos são borrados e você não consegue entender o que está acontecendo, mas juro que isso não é um sonho.

— Sobre o que vocês conversam? — perguntei, sem olhar para nenhum dos dois. — Quando não estou presente.

Mark suspirou.

— Nada demais. Carter e Kelly são os que mais falam. Joe… não diz muito.

Fiquei me sentindo culpado com isso, mesmo sem saber se deveria. Aparentemente, já fazia tempo que ele estava assim. Eu não sabia o que mais tinha mudado. Não sabia como perguntar.

— Tenho que superar isso — falei. — Mas não sei como. Tentei. De verdade. Está me matando saber que ele está *logo ali* e não estou fazendo nada a respeito.

— Então *faça* alguma coisa — sugeriu Elizabeth. — Você nunca foi indeciso antes, Ox. Não comece a ser agora.

Bufei.

— Mentira. Muitas vezes já fui incapaz de fazer uma escolha.

Ela me deu um tapa na cabeça, e eu a olhei feio.

— Resolva isso — disse ela. — Antes que eu perca toda a minha paciência e resolva por minha conta. Você não quer que isso aconteça.

— Não quer mesmo — acrescentou Mark. — Ela vai ficar feito um mosquito, sempre zumbindo no seu…

— Não vou nem começar a falar de você — interrompeu Elizabeth. — Está no mesmo barco, Mark, juro por Deus. Espere só até isso acabar, e vou começar a tratar da sua…

Mark levantou as mãos, se rendendo.

— Ei, tudo bem. Tudo bem. Entendi.

— Encerre ou não — falou Elizabeth para mim após encarar o cunhado. — Perdoe-o ou não. Só não o faça esperar. Não é justo. Com nenhum dos dois. Homens. Inúteis. Tudo que fazem é dificultar as coisas só porque podem.

— Um bando poderia ter dois Alfas? — indaguei, tentando distraí-los.

Ela estreitou os olhos para mim, ciente do que eu estava fazendo. Mas permitiu.

— Quem pode dizer que não conseguiríamos? Já temos um Alfa humano. Não somos exatamente ortodoxos aqui. Na verdade nunca fomos, nem quando deveríamos. Existe tradição, e aí existem os Bennett.

Eu ainda estava aprendendo isso.

— E se eu disser não? — falei lentamente. — Se eu o rejeitasse? Se mantivesse os bandos separados?

— Seria sua escolha — respondeu Elizabeth. — E saberíamos que você acreditaria estar fazendo o certo.

— Mas não concordariam.

— Talvez — disse Mark. — Talvez não. Mas a questão não é essa. Você tem… instintos que não temos.

— Eu poderia falar o mesmo sobre vocês.

— É verdade — concordou ele. — Mas nosso instinto é confiar que você faça a escolha certa para o bando.

— Mesmo que discordem?

— Mesmo assim.

— Parece que estou controlando vocês. Que vocês não têm escolha.

— Temos — falou Mark gentilmente. — Você foi a nossa escolha.

— Eles são seus filhos. Seus sobrinhos.

— E você é nosso Alfa — declarou Elizabeth, os olhos brilhando laranja. — É assim que as coisas são.

Não era assim que eu queria que fossem.

— Não quero me meter entre vocês.

— E não poderia, nem que tentasse — disse ela.

E foi isso.

* * *

Ele estava me esperando na estrada de terra.

Parecia esperançoso. Assustado. Raivoso. Tenso.

Porque eu tinha falado com todos. Exceto com ele. E ele sabia disso.

Eu estava cansado. De tudo aquilo. Alguma coisa tinha que mudar. E tinha que partir de mim.

Eu só precisava encontrar as palavras.

Cheguei até ele e *soube* que ele achava que eu fosse passar reto. Talvez falar *ainda não* de novo, jogando na cara essas palavras como vinha fazendo desde seu retorno.

Seus ombros já começavam a encolher.

— Oi, Joe — falei então, e torci para que fosse um começo.

Ele ficou espantado. Abriu e fechou a boca algumas vezes. Emitiu um rosnado profundo no peito, um ronco baixo que fez minha pele coçar. Era um som satisfeito, como se apenas me ouvir dizer seu nome fosse o bastante para fazê-lo feliz. E até onde eu sabia, era mesmo.

O barulho parou tão rápido quanto começou. Ele pareceu ligeiramente envergonhado.

Raspei o sapato na terra, esperando.

Ele disse:

— Oi, Ox. — Limpou a garganta e olhou para baixo. — Oi.

Era estranha essa desconexão entre o menino que eu conhecera e o homem que estava diante de mim. Sua voz era mais grossa e ele estava maior do que nunca. Irradiava um poder que antes não havia ali. Combinava com ele. Eu me lembrei daquele dia em que realmente o enxergara pela primeira vez, com aquele short de corrida e mais nada.

Afastei esses pensamentos. Não queria que ele me farejasse. Ainda não. Porque atração não era o problema agora. Principalmente não agora.

Limpei a garganta e ele olhou novamente para mim.

Nossos olhos se encontraram como uma batida de carro, colidindo e desmontando.

Foi desconfortável de um jeito que nunca tinha sido.

Mas era *alguma coisa*. Mais do que tínhamos tido em muito tempo. Não pude deixar de pensar no nosso único beijo, um toque seco dos seus lábios nos meus enquanto deitávamos lado a lado. *Vou voltar para você*, ele havia dito, e não é que acreditei? Não é que acreditei em absolutamente tudo que ele disse?

Acreditei.

E ele voltou. Como disse que faria.

Só demorou mais do que pensávamos.

— Você... — começou ele.

— Tem... — falei ao mesmo tempo.

Nós dois paramos.

Ele tossiu.

— Você primeiro.

Fiz que sim com a cabeça, porque tinha que ser eu.

— Amanhã. É lua cheia.

— É? Deve ser. — Ele sabia, mas estava me dando corda.

— O que você vai fazer?

Ele deu de ombros e coçou a nuca.

— Nem pensei no assunto.

O que achei que possivelmente fosse uma mentira.

— Se você não estiver ocupado. A gente podia. Correr. Seu bando. E o meu.

Ele pareceu surpreso.

— Você faria isso?

— Você chegou primeiro, Joe. É a sua terra.

— Mas é...

— Enfim. Você quer?

Ele assentiu vigorosamente com a cabeça.

— Sim. É. Posso. *Nós* podemos. Vai ser...

— Bom — interrompi. — Vai ser bom.

E eu não sabia mais o que dizer depois disso. Porque eu tinha *tanta* coisa para falar.

Então não disse nada.

Ficamos nos encarando por um tempinho. Assimilando um ao outro. Tentei me forçar a dar mais um passo na direção dele, apenas para... *estar*. Mas não consegui.

— Certo — falei afinal. — Amanhã, então.

Ele franziu o cenho enquanto eu me movimentava para passar por ele e seguir pela estrada de terra até a velha casa.

— Ox — disse baixinho quando ficamos ombro a ombro.

Prendi a respiração e esperei.

— A gente... — Ele parou. Balançou a cabeça. Soltou um gemido frustrado. — Precisamos conversar. Sobre tudo que preciso que saiba. Tudo. Existem coisas que você precisa ouvir. De mim. Preciso que você... só isso. Preciso de você.

Tentei ignorar o calor na minha pele para focar no que importava.

— Ele está vindo?

Ele sabia de quem eu estava falando.

— Acho que sim.

— Estamos seguros por enquanto?

— Estamos. Sim. Podemos esperar uns dias. Mas...

— Então o resto também pode esperar.

— Ox.

Não respondi.

Ele suspirou.

— Tudo bem.

De algum jeito consegui me afastar.

O CÉU ESTAVA ESCURECENDO NO dia seguinte quando meu bando se reuniu na velha casa, todos na cozinha. Eu ainda evitava a sala sempre que possível. Elizabeth e Mark ainda dormiam na casa do fim da rua, mas Robbie tinha voltado para a velha casa e ficou com o quarto extra, sabendo que o da minha mãe era zona proibida. Aparentemente, a presença dele ali não agradou a Carter e Kelly, e eles fizeram questão de me dizer. Não fiquei sabendo a opinião de Joe.

— Tem certeza disso? — perguntou Robbie. — Nós nem os *conhecemos*.

— Gosto de pensar que conheço — disse Elizabeth com leveza. — Eu pari a maioria deles.

Robbie fez uma pequena careta.

— Sinto muito.

— Por eu tê-los parido? — provocou ela.

Ele ficou vermelho e murmurou algo incoerente.

— Ele tem um bom argumento — observou Jessie. — Passar as luas cheias com vocês é diferente. Nós conhecemos esses lobos. A maioria dos humanos aqui não os conhece. Tem certeza de que eles têm controle suficiente? Você os viu transformados desde que voltaram?

Eu não tinha e disse isso a eles.

— Eles se separaram — continuou ela. — Como isso difere dos Ômegas?

— Eles tinham um Alfa — explicou Mark. — Ainda têm. Podem não ter... ficado aqui, mas ainda tinham um Alfa do qual extrair força. Laçaram-se a ele.

— Contanto que não haja lobos mordendo minha bunda, por mim tudo bem — disse Rico.

— Sucinto como sempre — comentou Tanner, dando um tapa na nuca dele.

— *Pendejo* — murmurou Rico.

— Ninguém vai morder nada — afirmei.

— Sério? — perguntou Chris inocentemente. — Tenho certeza de que Joe vai ficar decepcionado com isso.

Eu o encarei enquanto quase todo mundo ria da piada.

— Vai dar tudo certo — falei, tentando retomar o rumo da conversa. — Vamos correr com eles, ninguém vai morder ninguém... Chris, cale a boca... E vamos ver como fica. Certo?

Eles assentiram.

— Certo — repeti.

Ia dar tudo certo.

Não deu tudo certo.

Tinha dado certo, na maior parte.

Quando chegamos à clareira, a lua estava subindo e Joe e seu bando já estavam lá. Os olhos dos lobos cintilavam com a atração da lua. As tatuagens de Gordon brilhavam, e percebi que essa era a primeira vez que o via como parte de um bando numa lua cheia. Doía pensar que ele tinha feito parte de algo por tanto tempo e eu não estive presente para ver. Não tive tempo o suficiente para lhe perguntar sobre isso depois que as coisas aconteceram.

Assim como naquele dia em que voltaram, todos se moviam juntos, nos observando à medida que entrávamos na clareira. Eu tinha certeza de que, se fosse um lobo, ouviria seus corações batendo em sincronia.

Estava tenso ao nos aproximarmos, um pouco desligado, mas não achei tão ruim.

Talvez fosse apenas minha vontade.

— Ox — disse Joe, mas não antes de olhar sobre o meu ombro direito, onde eu sabia que Robbie estava.

— Joe — falei.

— Obrigado por permitir que nos juntássemos a vocês esta noite.

Assenti com a cabeça, detestando a formalidade.

— Obrigado por terem vindo.

— Ah, meu Deus — murmurou Rico. — Eles são tão estranhos.

— Cale a boca — sibilou Tanner. — Eles são *lobisomens*. Conseguem *ouvi-lo*.

— Eu *sei* o que são, pare de gritar baixo comigo!

— Mas estão muito estranhos mesmo — sussurrou Chris.

— Sempre foram assim — balbuciou Jessie.

Se eu não estivesse olhando para Joe, teria perdido a contração dos seus lábios apenas por um segundo, como se ele combatesse um sorriso.

— Este é meu bando — falei, tentando não rosnar para todos eles.

— E este é o meu — disse Joe.

Carter e Kelly riam um para o outro. Gordon parecia pronto para revirar os olhos.

— Vamos correr? — perguntou Joe.

— Podemos — respondi.

— E essa é a parte em que pessoas muito atraentes ficam peladas — disse Rico. — E a maioria delas têm parentesco entre si. O que não é esquisito. Nem um pouco.

— Rico — falei.

— Sim?

— Cale. *A boca*.

— É *esquisito*. Só porque *você* não acha, não significa que não seja.

— Conversar sobre isso não *reduz* a esquisitice.

— Acho que deveríamos pelo menos *reconhecer* a esquisitice…

— Rico!

— Vou me calar agora.

Carter e Kelly já tinham tirado a roupa quando Rico parou de falar. Carter deu uma piscadela para mim antes de se transformar, o conhecido estalo de ossos e músculos ressoando na clareira. Kelly o seguiu rapidamente, olhos laranja e dentes expostos em um sorriso canino.

Não eram tão diferentes do que tinham sido anos atrás. Mesma coloração de sempre. Mas estavam maiores e mais pesados. Nunca seriam tão grandes quanto Thomas, mas haviam tido um crescimento notável. Não sabia se isso tinha a ver com a idade ou com Joe. Provavelmente ambos.

Mark e Elizabeth foram os seguintes, Rico continuou murmurando sobre o excesso de calma de todos diante da nudez, e Chris o chamou de pudico.

Em pouco tempo havia quatro lobos na clareira, e eles se esfregavam uns nos outros, Carter e Kelly cercando a mãe, abanando os rabos animadamente como se fossem dois filhotes.

— Vá em frente, Robbie — incentivei, sentindo os olhos de Joe em mim.

— Não preciso — respondeu ele, a boca cheia de dentes afiados. — Posso ficar com você. Posso correr assim. Ou fazer a semitransformação. Não tem problema.

Mas tinha. Eu sabia que ele sentia a atração da lua, que seu lobo espreitava sob a superfície querendo se libertar. Muito tempo antes, Mark havia me contado que *doía* fisicamente não se transformar com a lua, e se um lobisomem não o fizesse por muitas vezes ao longo de muitas luas, podia sofrer um surto psicótico.

— Está tudo bem — falei com leveza. — Você deve se acostumar com os outros.

Ele não pareceu satisfeito com isso, e ficou alternando o olhar entre Joe e eu. Soltou um gemido e começou a se despir. Desviei o olhar por cortesia.

Joe continuava me encarando com uma expressão vazia. Ele não costumava conseguir fazer isso. Eu estava detestando.

Robbie se transformou em algum lugar atrás de mim. Ele era menor e mais desengonçado que os outros, pernas finas e o corpo esguio. Abanou o rabo ao vir para perto de mim, observando os lobos do seu bando se misturando aos de outro bando.

Ele parecia tenso e inseguro. Passei a mão na cabeça dele, puxando levemente uma de suas orelhas. Ele afocinhou minha mão e eu senti um pulso de calor correr no fio que nos unia.

— Vá — falei.

E achei que ele fosse. Achei que fosse se juntar aos outros lobos, mas em vez disso ele foi para perto dos humanos atrás da gente e começou a se esfregar nas pernas deles, avançando de brincadeira em seus pés para que fossem para as árvores e corressem na floresta.

E então sobramos Joe e eu, ouvindo os lobos cantando e os humanos gritando.

Ele falou primeiro.

— Você se saiu muito bem, Ox.

Eu não sabia o que fazer com isso, então apenas disse:

— Obrigado. — Mas não desceu bem, então acrescentei: — Não fui só eu.

— Ah, é?

— Fomos todos nós. Eles fizeram tanto por mim quanto eu fiz por eles.

— Eu sei. É assim que funcionam os bandos.

Engoli a resposta e afastei a sensação familiar de raiva. Joe provavelmente percebeu, provavelmente conseguiu sentir a explosão amarga de raiva antes que eu pudesse contê-la, mas não comentou nada.

Em vez disso falou:

— Mas não pense que não foi você, Ox. Se não fosse por você...

Esperei para ver se ele ia continuar.

— Ox.

Olhei para ele. Estava mais próximo do que havia estado em três anos. Eu não entendia por que ainda tinha a sensação de que ele estava longe.

— Obrigado — continuou ele.

— Pelo quê?

— Por ter feito o que não consegui.

Eu não deveria ter tido que fazer!, queria gritar com ele.

Você não devia ter me colocado nessa posição!

Você nos deixou. Você me *deixou.*

— Não tive escolha — foi o que eu disse afinal.

Ele bufou, seus olhos vermelhos como sangue.

— Sempre teve escolha, Ox. E mesmo assim nos escolheu. Sempre nos escolheu.

— É assim que funcionam os bandos — falei, devolvendo as palavras dele.

Ele sorriu para mim. Tinha dentes demais.

— Vai se transformar? — perguntei, sentindo calor de repente.

Ele deu um passo na minha direção.

Meus pés não se moveram.

Outro passo. E depois mais um.

Ele parou ao meu alcance, mas não fez qualquer movimento para me tocar. Era estranho saber que não precisava mais olhar para baixo para encontrar o seu olhar.

— Quando estive fora — disse ele, mexendo na bainha da camisa —, quando *estivemos* fora, todos os dias eram difíceis.

Observei os dedos dele enquanto mexia na camisa, puxando-a para cima.

— Mas as luas cheias eram as piores — continuou, e ele tinha *quilômetros* de pele. Não era mais um garotinho, nem mesmo um adolescente seguindo cambaleante os passos do pai. Não, era um homem agora, e um Alfa. E isso era perceptível na definição dos músculos abdominais. Na largura do peito, e na forma como estava coberto por pelos claros. Na maneira como seus bíceps se contraíram ao tirar a camisa por cima da cabeça antes de derrubá-la no chão. — Eram as piores — repetiu ele —, porque eu uivava para o meu bando e só alguns deles me escutavam. Só alguns uivavam de volta.

Suas mãos foram para a braguilha da calça, os dedos passando pela cintura, se curvando sobre os pelos da barriga. Levantou um pé atrás do outro, tirando as botas sem as mãos. Ele as empurrou de lado.

— Eu uivava para você — falou baixinho enquanto descalçava o outro pé. — Mesmo que não me ouvisse, mesmo que não conseguisse sentir, Ox, eu juro que uivava para você.

Ele desabotoou o primeiro botão da calça, e eu disse a mim mesmo para não olhar. Disse a mim mesmo que não era certo. Que eu ainda estava com tanta raiva que mal conseguia suportar, que tínhamos coisa pra caralho para conversar para vermos *se* poderíamos voltar ao que éramos antes. Ou algo próximo daquilo.

Ele sabia o que estava fazendo comigo.

E por um momento o odiei por me manipular desse jeito.

Mas se eu parasse para pensar, *realmente* pensar, eu não achava que ele fosse fazer algo do tipo. Usar o corpo para conseguir o que queria. Claro, eu não conhecia esse Joe. Não sabia o que ele tinha feito enquanto esteve fora. Com quantas pessoas tinha transado, se é que transou com alguma. O menino que conheci era inocente e gentil. Tentei encaixá-lo no homem diante de mim, tentei conciliar as diferenças entre os dois.

O segundo botão abriu, depois o terceiro.

Não achava que ele estivesse de cueca, e a lua brilhava o suficiente para que eu enxergasse seus pelos pubianos, a base do pau dele.

Olhei novamente para o seu rosto.

A expressão vazia não estava mais lá, a máscara do Alfa retirada e descartada, apesar de seus olhos ainda brilharem vermelho.

Ele quase parecia mais novo. Mais suave. Inseguro de si.

Ele disse:

— Nunca tive ninguém durante todo o tempo que passei fora. Nunca houve mais ninguém para mim. Porque, mesmo que você não pudesse escutar quando eu chamava, o uivo do meu coração sempre foi seu.

Eu queria mandá-lo sair da minha cabeça, porque *de algum jeito* ele leu meus pensamentos. Ele não devia ter conseguido fazer isso. Ouvir isso. *Saber* isso.

Queria lhe dizer que eu também não tinha ficado com ninguém.

Que tinha esperado. E esperado. E *esperado* por ele até achar que minha pele ia rasgar e meus ossos iam virar pó. Que eu fiz o que tive que fazer para nos manter *vivos*, que apesar de termos nos tornado algo além do que os pedaços que restaram deveriam ser, havia uma dor na minha cabeça e um buraco no meu coração e era por causa *dele*. Ele tinha feito isso comigo.

Ele não transou com mais ninguém?

Que bom para ele.

Eu nem sequer *pensei* em transar.

Ouvi um ganido nas árvores, mais alto que os outros.

Olhei para lá.

Robbie estava na margem do bosque me olhando, a cabeça inclinada inquisitivamente.

— Ele gosta de você — disse Joe de trás de mim.

— Sou seu Alfa.

— Claro, Ox — falou Joe, e pelo ruído eu soube que ele tinha tirado a calça. Disse a mim mesmo para não virar. Eu já tinha visto demais e não ia me render assim tão fácil, mesmo que ele fosse tudo que eu sempre quis.

Robbie ganiu outra vez e voltou-se para a floresta.

— Ainda precisamos conversar — continuou Joe, e ele estava *bem atrás de mim*.

Fechei os olhos, mas ainda conseguia sentir o seu calor. Seu hálito no meu pescoço. Tudo que eu precisava fazer era me inclinar para trás e...

Dei um passo para a frente.

— E vamos — falei. — Amanhã. — Porque eu não achava que aguentaria mais um dia assim. Estava me sufocando, e eu tinha dificuldade para respirar.

— Amanhã — repetiu ele, e soou como uma promessa que eu não sabia que estava fazendo.

Ele se transformou atrás de mim.

O som pareceu se estender infinitamente.

Ainda havia aquele calor atrás de mim, mas agora era diferente.

Algo me pressionou no meio das costas.

O nariz dele, pela sensação.

Ele respirou lenta e profundamente.

Exalou baixo e quente.

Algo me puxava no fundo da mente, enterrado nos laços do meu bando.

Pensei em agarrar. Testar. Sentir.

Mas, antes que pudesse fazê-lo, o lobo Alfa me rodeou.

E perdi o fôlego.

Ele era grande, maior do que Thomas fora. O topo da cabeça batia quase no meu pescoço. Ainda era inteiramente branco, exceto o focinho e as patas. Os lábios e as garras. E os olhos, que eram como fogo. Fiquei imaginando se foi assim que minha mãe se sentiu naquela primeira vez. Quando Thomas mostrou para ela que jamais ficaria sozinha novamente.

E como se pudesse ouvir cada um dos meus pensamentos, Joe se inclinou para cima e pressionou o nariz contra o meu pescoço e eu disse:

— *Ah*.

Tinha começado bem.

Na maior parte.

Parecia que eu estava em queda livre, meu estômago subindo pelo peito até a garganta. Parecia que eu estava preso naquele momento em que você perde o último degrau e pisa com tudo no chão.

Corremos na floresta.

Pelas árvores, saltando troncos e riachos, os pés fazendo a água espirrar quando o pulo não conseguia cobrir a distância.

Os lobos uivavam ao meu redor, mas estava esquisito, as harmonias muito desafinadas para serem realmente cantadas em união.

Meus lobos cantavam como sempre, no tempo certo e em sintonia.

Joe e os dele faziam o mesmo, mas um tom acima ou abaixo dos meus.

A mistura das duas arranhava, mas havia algo *ali*. Algo que *vibrava* logo abaixo da superfície. Arrastava-se pela minha pele, e corri em direção a ela, para escapar dela.

Os humanos riam enquanto os lobos os perseguiam.

Gordon ficou para trás, basicamente observando, analisando o perímetro, os braços acesos enquanto suas tatuagens se mexiam e voavam.

Achei que estivéssemos perto de alguma coisa enquanto corríamos pela floresta.

Algo fora do alcance por pouco.

Joe correu ao meu lado, os músculos sob a manta branca se movendo como água. Como fumaça, fluida e ondulada.

Eu não era lobo. Não achava que jamais *seria* um lobo. Não sentia a atração da lua.

Mas a sensação era diferente agora.

Eu queria uivar uma canção. Queria criar garras e presas e rasgar a pele de um coelho. Queria que meus olhos ficassem vermelhos, sentir a grama nas patas.

Havia pensamentos, alguns meus, outros vindo de todas as direções.

Eles diziam *BandoAmorIrmãoFilho* e *seguros aqui estamos seguros aqui* e *juntos ah caramba estamos juntos corremos juntos* e *em casa finalmente estamos em casa olha essa árvore eu conheço essa árvore* e *ele morreu PaiMaridoAlfa ele morreu mas ainda consigo senti-lo ainda sinto seu cheiro ainda o amo* e muito mais. Todos de uma vez, os lobos, e talvez os humanos do meu bando. Misturavam-se aos meus pensamentos, se prendendo a mim e aos outros, os fios se emaranhando.

Mas era do lobo que corria ao meu lado que eu mais ouvia.

Ele disse: *aqui*.

Ele disse: *estou aqui*.

Ele disse: *com você finalmente com você*.

Ele disse: *posso senti-lo*.

Ele disse: *sei que você pode me sentir.*

Ele disse: *aquela vozinha no fundo da sua mente aquele puxãozinho que sente que sempre sentiu que nunca o deixou sempre fui eu sempre fui eu porque você sempre foi meu eu te dei meu lobo porque você é bando bando bando você é parceiro você é você é você é...*

Estávamos tão distraídos, correndo sob essa onda de euforia, esse sonho febril que não podia ser real, que não o vimos se aproximar. Em um instante Joe e eu estávamos lado a lado, e no seguinte apareceu um lampejo de cinza e preto na minha frente, e Joe foi derrubado, caindo de lado.

A onda acabou.

E vieram rosnados altos, dentes batendo.

Corri mais cinco passos antes de lembrar que tinha que parar.

Virei e...

Robbie estava em cima de Joe, os dentes enterrados na sua garganta. Joe o chutava, as garras de suas patas traseiras rasgando as laterais de Robbie, sua barriga.

Ouvi um rugido furioso atrás de mim quando Carter e Kelly explodiram de trás das árvores. Robbie soltou um ganido agudo quando Joe acertou um chute violento, derrubando-o e o jogando em uma árvore.

Elizabeth e Mark vieram de outra direção, olhos laranja e dentes à mostra. Ficaram na frente de Robbie enquanto ele tentava se levantar, sangue pingando dos talhos nas laterais do corpo.

Joe já estava de pé, o pelo em volta da garganta manchado de vermelho. Carter e Kelly surgiram a cada lado dele, rosnando, as costas arqueadas enquanto caminhavam lentamente até Robbie, que tinha conseguido se reerguer.

Tinha muita coisa acontecendo na minha cabeça.

Eu estava sendo puxado em direções diferentes.

Havia fios jorrando de dentro de mim, se prendendo a Robbie e Elizabeth e Mark, e estes laços eram fortes e verdadeiros e diziam *bando* e *proteger* e *meu*. Eles só se fortaleceram conforme os humanos corriam pelas árvores em nossa direção, morrendo de medo e com pensamentos de *atacados estamos sendo atacados lembre-se do treinamento lembrem-se do que o Alfa ensinou.*

Havia outros fios também, esfarrapados e finos e fracos, e me puxavam em direção ao lobo branco, o Alfa, mesmo que a ideia de outro Alfa no *meu* território me fizesse querer exibir os dentes de raiva. *Estes* fios se esticavam até ele e, através dele, até os outros, os outros dois lobos ao seu lado, o bruxo que veio para perto deles. Ele passou as mãos sobre os Betas, os braços brilhando, o bico do corvo aberto em um chamado silencioso enquanto voava pelo braço e sumia de vista nas costas.

Eles o protegiam.

Assim como o meu bando protegia Robbie, aquele idiota.

Não fazia diferença o fato de que havia parentes divididos entre os dois bandos.

Só o que importava eram os laços entre nós, que diziam que ninguém podia mexer com integrantes do bando, que ninguém podia machucar o que era nosso. Se fosse necessário, eles iam lutar.

Mas Joe.

Joe não estava se mexendo. Por direito, ele podia. Foi atacado sem provocação.

E o bando dele realmente estava avançando? Ou apenas defendendo?

Eu não podia fazer isso. Não podia suportar isso.

Não desse jeito.

Robbie deu um passo para a frente, saliva pingando na grama enquanto rosnava fundo no peito.

Carter se agachou.

E eu disse:

— *Pare.*

Minha voz cortou o ar.

Todos os lobos pararam de uma vez só, abaixando as orelhas.

Exceto Joe. Os olhos dele brilharam ainda mais.

Até os humanos deram um passo para trás, reagindo ao seu Alfa, olhos arregalados, ombros tensos.

Esperaram.

Havia uma ordem ali. Por mais que eu quisesse ir até Joe, garantir que os ferimentos em seu pescoço estavam fechando, que o vermelho na garganta não era nada sério, eu não podia.

Porque tinha que cuidar primeiro dos meus.

Seus olhos rastrearam cada um dos meus passos.

Eu me ajoelhei na frente de Robbie.

Segurei seu rosto em minhas mãos. Seus olhos estavam arregalados e úmidos. Um dos lobos atrás de mim (Carter, pensei) rosnou, mas foi interrompido por um latido baixo de Joe.

Elizabeth e Mark afocinharam as laterais e a barriga de Robbie, lambendo o pelo sangrento, enquanto mantinham os olhos em mim. Apertei a mão, só um pouco.

— Eu sei o que estava fazendo — falei com a voz baixa, embora todos os lobos pudessem me ouvir. — Mas não pode fazer isso.

Ele ganiu e tentou lamber minhas mãos, mas o segurei no lugar.

— Não preciso que lute por mim — continuei. — Principalmente quando não há necessidade nenhuma de luta. Não uns contra os outros.

Ele então se transformou, e eu senti sob minhas mãos a forma como seus ossos quebraram e se ajustaram, como os pelos recuaram, os músculos saltaram. Foi como se eu estivesse segurando um saco cheio de cobras se contorcendo, e estremeci com a sensação.

Eu não estava segurando o rosto de um lobo na mão. Agora era um homem.

E ele estava furioso.

Ele disparou:

— Ele estava na sua cabeça. Deu para *ouvi-lo*. Ele não tinha nenhum direito de...

— De que diabos você está falando? — perguntei, abaixando as mãos.

Robbie cerrou os dentes e balançou a cabeça, olhando fixamente por cima do meu ombro.

— Robbie, eu fiz uma...

— Ele tem razão — disse Rico. — Nós podíamos... ouvi-lo.

Olhei para os outros. Estavam nervosos atrás de mim, bem longe dos lobos, mas prontos para o ataque caso fosse necessário. Não estavam furiosos como Robbie, mas assustados.

— Como assim?

Rico olhou para Tanner, que assentiu com a cabeça.

— Tipo, quando te ouvimos. Só que. Você é nosso *Alfa*, ok? O chefão. Podemos sentir os outros, podemos sim, mas não como... não claramente. Não como conseguimos ouvir e sentir você. E Joe estava... alto. Tudo. Foi avassalador.

Elizabeth e Mark também se transformaram, seus corpos deformando.

— Eu *nunca* vou me acostumar com isso — murmurou Rico. — Oi, sra. Bennett. Que prazer em vê-la. Você está pelada. De novo.

Elizabeth o ignorou.

— Nós também ouvimos.

— Achei que vocês sempre ouvissem — falei. — Você me disse que...

— Não assim. O laço entre uma mãe e seus filhos é diferente.

Olhei para Mark, que fez que sim com a cabeça.

— Merda — murmurei.

— Ox — disse Elizabeth. — Isso não está forçando uma questão que não está pronto para encarar. No máximo está *re*forçando o fato de que existe algo entre vocês dois. Que sempre existiu, desde que se conheceram. Não é nenhuma novidade. Você sabe disso há muito tempo.

— Não deveria ser assim — falou Robbie. — Ele está se forçando para dentro de Ox e...

— Robbie — alertou Elizabeth. — Chega.

— Mas ele não pode fazer *isso*...

Carter e Kelly rosnaram para ele.

Robbie olhou para mim.

Não queria machucá-lo. Nem o deixar mais constrangido do que provavelmente já estava. Não na frente de todo mundo.

— Eu sei me cuidar — falei baixinho para ele.

— Eu sei — respondeu. — Mas não deveria precisar. Não os conheço. Não sei o que farão...

— Eu conheço. Conheço todos eles. Há muito tempo.

— Não o que eles se tornaram. As pessoas mudam, Ox. Você sabe disso. Você os conhecia muito tempo atrás. Não sabe o que fizeram nos últimos três anos. Por onde andaram. O que viram.

— Você confia em mim?

Ele piscou.

— É claro que confio. Você é meu Alfa.

— Então tem que confiar em mim nessa — falei, encurralando-o direitinho. E provavelmente de forma um pouco injusta.

Ele deu um passo para trás, alternando o olhar entre o outro bando e eu. Joe estava entre os irmãos, inteiramente silencioso, apenas observando. Esperando. Estava permitindo que eu cuidasse da situação, mas eu também sabia que estava tentando entender quão forte era o laço entre Robbie e eu.

Robbie fez uma careta para mim.

— Não é assim que funciona.

— Talvez. Mas nada com a gente funciona do jeito normal. Não somos como os outros. E tem também o fato de que ele poderia tê-lo matado.

— Eu sei me virar.

— Ele é um Alfa, Robbie.

— Mas…

— Pare — interrompi, engrossando minimamente a voz.

Ele se encolheu.

Carter e Kelly ganiram.

— Vão — falei. — Todos vocês. Corram. Robbie, você fica.

Ele rosnou.

Os outros saíram, Mark e Elizabeth se transformando novamente em lobos. Ela afocinhou minha mão antes de seguir Mark pelas árvores. Carter e Kelly esperavam na margem do bosque por Joe, que ainda não tinha se mexido. Encaravam Robbie, desafiando-o a fazer qualquer movimento.

— Estarei logo atrás de vocês — falei para Joe.

Os olhos brilharam vermelho antes que fosse em direção aos irmãos e desaparecesse no escuro.

— Você o ama — disse Robbie assim que eles saíram do alcance auditivo.

— Isso faz diferença? — perguntei. — Ele é um Alfa que foi convidado para estar aqui esta noite e você o *atacou*. Em que merda estava pensando?

— Ele não podia…

— Robbie. Não era uma decisão sua.

Ele pareceu magoado com isso.

— Como posso protegê-lo se você…

— Ele me deu o lobo dele. Quando tinha dez anos. Você sabia disso?

Robbie emitiu um ruído engasgado, e sua expressão era de choque.

— Eu não sabia o que isso significava. Não na época. Mas ele me deu. Um dia após me conhecer. Porque ele *sabia*. E quando descobri o significado, tentei devolver. Tentei dizer para ele que estava enganado. Que tinha escolhido a pessoa errada. Que eu não era bom o suficiente para alguém como ele, alguém corajoso e inteligente e gentil. E ele não quis nem saber. Porque era eu. Ele já tinha decidido que eu servia para ele.

— Eu não sabia disso — falou Robbie em voz baixa. — Que já tinha tanto tempo assim.

— Sempre existiu ele e eu. E acho que sempre vai existir, independentemente do que a gente resolva fazer. Mesmo que sejamos apenas amigos. Ou aliados. Ou algo a mais, *sempre* existirá ele e eu, porque foi o que escolhemos.

— Você o ama — repetiu Robbie.

Não conseguia negar.

— Há muito tempo — respondi, olhando para o ponto onde Joe havia desaparecido.

— Desculpe — disse Robbie, parecendo machucado e confuso. — Eu não devia...

Estendi o braço para ele, que correu para perto de mim, se curvando ao meu lado, a cabeça no meu peito enquanto abraçava minha cintura, as garras espetando minha pele. Ele tremeu quando pus o braço em seu ombro nu, passando a mão no seu cabelo.

Ficamos em silêncio por um tempo.

Depois de um tempo ele fungou.

— Então — falou —, Kelly é bonitinho.

Inclinei a cabeça para trás e ri.

Encontramos os bandos na floresta tarde da noite.

Empurrei Robbie em direção a eles. Ele se transformou e caiu sobre as quatro patas. Olhou para mim uma vez e fez que sim com a cabeça antes de virar e correr em direção a Rico e Elizabeth.

Carter e Kelly o observaram com cautela, mas não fizeram nenhum movimento agressivo em direção a ele. Gordon arqueou uma sobrancelha para mim. Balancei a cabeça. Não precisei falar mais nada.

Joe estava sentado fora do grupo, olhando para a mãe enquanto mordia algo que fora um coelho em algum momento. Suas orelhas tremeram quando me aproximei, mas esse foi todo o reconhecimento que recebi. Não achei que ele estivesse chateado, mas eu poderia estar enganado.

Eu me sentei ao lado dele, deixando espaço o bastante para que não nos tocássemos.

Sua garganta ainda estava vermelha, mas o sangue parecia seco. O ferimento havia se curado.

Eu disse:

— Ele não fez por mal.

Joe bufou.

— Você não entende como é para ele. Não estava aqui.

Joe rosnou baixo na garganta.

Ignorei.

— Ele não fez por mal. Não como você está pensando.

Joe não olhou para mim.

— Amanhã — falei, e dessa vez foi uma promessa.

Não disse mais nada.

Observamos nossos bandos enquanto corriam juntos. Enquanto deitavam juntos. Enquanto brincavam e riam e uivavam suas canções juntos.

Ficamos ali sentados pelo resto da noite.

E eu não disse nada quando Joe se aproximou de mim, encostando no meu lado enquanto o céu começava a clarear no leste.

amor

FUI PARA A OFICINA MAIS tarde para que Tanner e Chris pudessem ir para casa dormir. Eles piscaram sonolentos antes de bocejar e ir para o SUV onde Elizabeth aguardava para levá-los de lá.

Antes que eu saltasse do carro, ela havia me segurado pelo braço e dito:

— Qualquer que seja sua decisão, certifique-se de que é a escolha certa para você.

Rico acenou com cabeça para mim quando entrei na oficina.

— Gordon está no escritório — disse ele em voz baixa. — É estranho eu ficar surpreso toda vez que o vejo aqui de novo?

Dei de ombros.

— Vamos nos acostumar. Ele não vai a lugar nenhum.

Rico bufou.

— Isso é o que eu teria dito há três anos.

E sim. Aquilo doeu, porque ele estava certo. Eu teria dito a mesma coisa. E não sabia se podia confiar nas minhas próprias palavras.

Gordon estava sentado à mesa, catando milho no teclado enquanto franzia a testa para a tela do computador.

— O que é isso? — resmungou. — Nada disso faz o menor sentido.

— Tivemos que trocar para um novo sistema quando você estava fora — expliquei. — O antigo estava desatualizado.

— Não estava desatualizado. Funcionava muito bem para o que eu usava.

— Você não estava usando.

Ele me olhou feio.

— Agora tudo vai ser assim?

— Provavelmente — respondi com calma.

— Por quanto tempo?

— Pelo tempo que eu achar necessário.

Ele fez uma carranca para o monitor.

— Malditos Alfas — murmurou.

— Tudo bem aí?

— Maravilha. Só vou ficar aqui tentando entender como usar uma coisa de que *nem precisamos*.

— Pentelho — falei enquanto saía para a oficina.

RICO TINHA RAZÃO. ERA ESTRANHO vê-lo ali.

Vê-lo apoiado na porta do escritório, os braços cruzados, ao mesmo tempo que ouvia Rico cantando alguma música em espanhol.

Ouvi-lo falando irritado ao telefone com algum fornecedor, acusando-o de ter perdido a porra da *cabeça* se achava que ele ia apagar aquilo tudo, que estava administrando um *negócio* e podia procurar outro lugar.

Sentir sua mão na minha nuca, me apertando ao passar.

Era estranho.

Bom, porém estranho.

— QUER UMA CARONA? — perguntou ele enquanto fechávamos a oficina. Acenamos para Rico, que ia embora em seu velho Corolla. Ainda eram três da tarde, mas o movimento estava fraco hoje.

Balancei a cabeça.

— Ele está esperando por você?

— Provavelmente.

— Você vai resolver isso?

— Por quê?

— Por que o quê?

— Por que você se importa?

Ele bufou.

— Certo. Por que diabos me importo. Por que diabos eu me importo com você. E com Joe. E com suas merdas. Hã, Ox. Eu não sei.

— É bom saber que algumas coisas não mudam.

— Use a porra da cabeça, Ox. Eu me importo com isso porque me importo com *você*.

— É, Gordon. Eu sei.

— Então resolva isso — disse ele. — Não passamos esse tempo todo arriscando as nossas vidas para na volta vocês dois se acovardarem. Não é assim que essas coisas funcionam.

Não pude deixar de ficar um pouco espantado com ele.

— Essa é nova.

— O quê? — perguntou enquanto trancava as portas da frente.

— Antigamente você não me queria metido nisso. Com eles. Com isso.

Ele inclinou a cabeça para o alto e revirou os olhos, com se implorasse ao bom Deus que lhe desse forças para lidar com alguém como eu. Eu já tinha visto essa expressão muitas vezes na vida. Mas vindo dele não era como com os outros. Ele era meu amigo. Ainda.

— Antigamente — falou com um ligeiro deboche — eu não tinha passado pelo que passei agora.

— Você não gostava deles antes.

Ele pareceu chateado.

— As coisas eram... diferentes. Ok? Eu não sabia antes o que sei agora.

— O quê?

Ele balançou a cabeça.

— Não importa. Não no longo prazo. E você não deveria estar falando sobre isso comigo, Ox. Sabe disso. Ele está esperando por você. Ele *esteve* esperando por você. Já é hora de parar com a babaquice.

— Ah — falei. — Eu poderia te dizer o mesmo, então. Se as coisas mudaram. Se você passou o diabo. Se puder parar com a babaquice.

— Ox, eu juro...

— Covarde.

— Babaca.

Sorri para ele.

Ele esticou o braço e me puxou pela nuca e encostou a testa na minha. Ficamos de olhos abertos. Assim tão perto ele parecia borrado. Juro que senti pequenos laços de sua magia correndo pela minha pele, pequenas picadas de luz elétrica.

Ficamos assim por um tempo. Então Gordon recuou e me deu um beijo na testa, uma pressão forte dos lábios. Ele me afastou e foi para caminhonete.

— Resolva, Ox — falou por cima do ombro. — Ou termine. Permita que ele explique ou não. Apenas faça alguma coisa, porque, quanto mais demora, mais vontade tenho de socar a sua cara. Seus sentimentos ridículos estão se espalhando por todos nós e me dá vontade de vomitar.

Eu amava esse sujeito mais do que jamais poderia explicar.

ELE ESTAVA ESPERANDO POR MIM na estrada de terra, como eu sabia que estaria.

Eu não podia disparar um *ainda não*. Não podia passar por ele e fingir que não estava ali.

Não podia fingir que meu coração não estava partido havia muito tempo.

Que eu era indiferente à presença dele ali.

Não agora. Não mais.

Ele disse:

— Oi, Ox.

— Oi, Joe.

Ele sorriu, mas foi um sorriso trêmulo.

Tentei retribuir. Não sei se consegui.

Ele falou:

— Acho que temos que conversar.

— É. Acho que sim.

Soávamos ridículos.

Ele suspirou.

— Olha. Ei. Enfim. O que quer que aconteça. Ok. O que quer que você… decida. Preciso que você saiba que tudo que falei é verdadeiro.

— O que você falou quando?

— Tudo que já falei na vida. Tudo, Ox.

Minha garganta apertou um pouquinho.

— Sim, Joe — respondi, rouco. — Ok.

Ele fez que sim com a cabeça antes de virar e caminhar pela estrada de terra.

Eu comecei a andar ao seu lado.

Minha mão esbarrou na dele. Não sabia se era de propósito ou não.

Eu me repreendi por não ter a coragem necessária para segurar sua mão. Já tínhamos feito isso incontáveis vezes. Antes de ele…

Só antes.

Mas ele decidiu por nós dois, já que, na próxima vez que encostamos, ele segurou, curvando os dedos nos meus. Meu polegar tocando aquele ponto do punho dele, sentindo a batida nervosa e errática sob sua pele.

Segurei o mais firme que pude.

A VELHA CASA ESTAVA VAZIA quando chegamos. A casa do fim da rua estava acesa, os lobos se movimentando por lá. Os humanos estavam em suas próprias casas. Pensei que Robbie talvez estivesse em algum lugar pela floresta, mas não tinha como ter certeza. Estava dominado pela presença de Joe.

Foi gentil nos deixarem a sós, mas não foram nada sutis.

Mas, pensando bem, eu não sabia se lobisomens sabiam *como* ser sutis.

Aliás, não sabia se eu mesmo conseguia, para ser sincero.

Ele hesitou por um instante, olhando a casa, e eu me lembrei do dia em que ele estava nas minhas costas, aquele pequeno tornado que pediu desculpas pelo que quer que tivesse me deixado triste. Ele não entrava na casa desde aquela noite. Desde que Thomas e minha mãe morreram.

Soltei sua mão e ele suspirou ao subirmos os degraus para a varanda.

A porta estava destrancada. Abri, e ele entrou atrás de mim.

Seus olhos brilharam vermelho assim que ele atravessou a entrada, as garras e os dentes surgindo como se ele não pudesse controlá-los.

Ele disse:

— Merda. Caramba. Não é. Não é a mesma coisa. Não é como...

— Joe — falei firmemente, me certificando de que estava a uma distância cautelosa dele.

— Posso sentir o cheiro dele — rosnou Joe com a boca cheia de dentes afiados. — Ele esteve aqui. Ele *permanece* aqui. Está na *madeira*. Está nas *paredes*. Ele...

Foi então que entendi.

— Robbie.

Joe olhou para mim e pensei, pelo mais ínfimo dos instantes, que não conseguiria alcançar meu pé de cabra a tempo, que, independentemente de ser um Alfa, eu ainda era um Alfa *humano*, e Joe, não.

— Eu quase acabei com ele — confessou Joe, dando um passo em minha direção. — Na primeira vez que o vi. O jeito como ficou ao seu lado. O jeito como *encostou* em você. Ele o conhecia. Ele o conhecia há *anos*. Eu soube disso antes mesmo que qualquer um de nós tivesse dito uma palavra. E você ficou ali parado. Simplesmente *permitindo* que acontecesse. Eu chego em casa e encontro com ele… e ele está *tocando*…

Ele estava bem na minha frente, sangue pingando das mãos onde as garras espetaram as palmas. Seus olhos estavam arregalados e selvagens, cada respiração parecendo arrancada do peito à força. Suas palavras saíam em rosnados graves, e ele era grande, tão grande.

Mas eu não tinha medo dele.

Nunca tive medo dele.

— Joe.

— Ox — rosnou o lobo, e eu senti seu hálito no meu rosto.

— Ele mora aqui. Ele é parte do meu bando e *mora* aqui. Ele morou aqui durante um longo tempo antes de se mudar para a casa principal. Você *sabe* disso. Sei que te contaram isso. Sua mãe. Mark. Os outros. Eles *te contaram*.

Joe piscou rapidamente, os olhos brilhando vermelho, depois voltando ao azul normal. Ele deu um passo para trás, parecendo horrorizado.

— Eu não… Não tive a intenção…

— Pare. Não é…

— Eu teria machucado Robbie — disparou Joe, soando impossivelmente jovem. — Se achasse que não teria consequências, eu o teria machucado. Naquele primeiro dia. Quando ele veio até mim, precisei me segurar com todas as minhas forças. E mesmo assim, quase não consegui. Eu poderia tê-lo matado sem pensar duas vezes.

— Eu sei.

— Você *não* sabe — vociferou Joe. — Você *não* sabe como me senti. Voltar para casa, *finalmente voltar para casa*, e encontrar… com *ele*. E todos vocês. Do jeito que estavam. Como se simplesmente não *precisassem* do resto de nós.

Meneei a cabeça, dando um passo para trás, tentando colocar alguma distância entre nós antes que eu chegasse perto e arrebentasse a porra da cara dele.

— Então é assim que vai ser — afirmei, cerrando os dentes. — É isso. Vamos fazer isso. Agora. Desse jeito.

Ele ficou espantado.

— O quê? O que quer dizer? De que jeito?

Dei mais um passo para trás, só por segurança, porque eu podia gostar dele e podia estar esperando por esse dia, mas às vezes, ah, *às vezes*, Joe Bennett sabia ser um idiota completo.

— Minha mãe *morreu* — falei o mais uniformemente possível. — Meu Alfa *morreu*. O menino que eu am… a decisão que eu tomei, minha *escolha*, virou um Alfa. E pouco mais de uma semana depois ele *se foi*.

— Ox. Você sabe por que…

— Não — interrompi friamente. — Não sei. Não sei *porra nenhuma* sobre o que você tinha que fazer.

Ele estreitou os olhos.

— Você *me disse* que ele não podia se safar. Você *se sentou* ao meu lado e disse que Richard Collins tinha que pagar pelo que tinha feito com você. Conosco. Com nosso *bando*.

— Minha mãe tinha acabado de ser *assassinada* — rosnei para ele. — Eu não estava pensando com clareza.

— E eu estava?

— O suficiente para tomar a porra de uma decisão *pelas minhas costas*…

— Você *acabou de dizer* que sua mãe tinha sido assassinada. Você não estava *pensando* com clareza. — Ele começou a andar de um lado para o outro na minha frente. — Você realmente acha que eu queria acrescentar mais um peso nos seus ombros? Que eu queria arrastá-lo ainda mais para dentro disso? Ox, eu era um Alfa de dezessete anos que tinha sido torturado pelo homem que acabara de matar meu pai. Eu não estava pensando no bando. Não estava nem pensando na minha *mãe*, pelo amor. Estava pensando em *você*. E na única maneira de *te* proteger.

— E aí escondeu tudo de mim até o último minuto. E em seguida desapareceu por três anos. Porque essa era a melhor forma de me proteger.

Ele parou de andar e me encarou como se eu fosse burro. Por um instante o odiei, porque me lembrei do meu pai me olhando de um jeito parecido.

— Eu não *desapareci*…

— Mentira — rebati. — Não tente me dizer o contrário, Joe Bennett. Porque qualquer outra coisa que disser será mentira.

Sua mandíbula tensionou e ele cerrou as mãos em punhos. Respirou fundo, visivelmente tentando se acalmar. Tentei fazer o mesmo, porque, se as coisas continuassem assim, terminariam antes mesmo de começar. Eu não tinha a intenção de que fosse assim. Pelo menos não por enquanto.

— Olha — disse ele. — Eu… fiz escolhas. Porque precisei. Podem não ter sido as melhores no longo prazo, mas foram as melhores naquele momento. Não pode me culpar por isso.

Ri amargamente.

— É, Joe. O engraçado é que posso, sim. E culpo. Esse é o problema. — Andei em direção à cozinha, tentando me afastar dele o máximo possível. Eu me apoiei na bancada. Ele ficou perto da porta.

— Ox…

— Você sabia?

— O quê?

— Sobre mim.

— Não entendi.

Mas achei que talvez tivesse entendido, sim.

— Que eu me tornaria. Assim. Como sou agora.

— Um Alfa.

— Um Alfa *humano*.

Ele começou a balançar a cabeça, mas depois parou e suspirou.

— Talvez.

— Talvez — repeti.

Ele esfregou o rosto com a mão.

— Papai pensava… bem. Papai pensava muitas coisas sobre você. Sabe disso, certo? Que você era dele em tudo, exceto o sangue. Acho que ele não fazia diferença entre Carter e eu e Kelly e você. Você era tão dele quanto nós.

Doeu, de um jeito bom, como apertar um dente solto. Uma dor agridoce que arranhou meu coração.

— É, Joe — falei com a voz rouca. — Eu via isso. Talvez não na época. Mas agora? Agora eu sei.

Joe assentiu com a cabeça.

— Às vezes quando íamos para a floresta, só ele e eu, nós conversávamos, sabe? Sobre o bando. Sobre o que significava ser um Alfa. Sobre você. Falávamos muito sobre você. Coisas que nunca te contei. Coisas que ele nunca teve a chance de te falar.

Esperei, não querendo interromper.

— Depois que você foi embora — continuou ele, olhando para as próprias mãos —, naquele primeiro dia que te encontrei. Eles simplesmente ficaram me encarando. Durante um tempão. Principalmente ele. Não me ouviam falar desde... bem. Desde Richard. Por causa das coisas que ele fez comigo. O jeito como me quebrou. Mas você, Ox. Foi diferente de tudo que eu já tinha sentido... ok. Enfim. Olha. Eles me encararam. Me ouviram. Sorriram para mim. Eles me abraçaram e riram e choraram, mas eu continuei falando *Ox. Ox. Ox.* E eu *soube* o que aquilo significava, mesmo que não entendesse de fato. Quando disse a eles que queria dar o lobo a você, eles ficaram *assustados*, certo? Porque eles *entenderam*. Tínhamos voltado para casa, tentando encontrar um jeito de me ajudar, de me *consertar*, e logo no primeiro dia eu te encontrei, te levei para casa, falei pela primeira vez em mais de um ano, e depois disse a eles o que você era para mim, mesmo que eu não tenha usado as palavras certas.

Ele olhou para mim com a expressão decidida e suplicante.

— Eles se assustaram, Ox. Mas eu tinha certeza. Eu tinha tanta certeza sobre você. Queria que você tivesse a coisa mais importante para mim, tirando o meu bando. Quando você é pequeno, recebe seu lobo e aprende que um dia vai encontrar uma pessoa para quem dá-lo, que será uma representação de tudo que ela é para você. Papai, ele... mamãe. Ela não queria que eu desse, não naquele momento. Queria que eu esperasse. Disse que ia ser mais significativo se eu o conhecesse melhor. Se você soubesse onde estava se metendo. Ela me disse que eu não precisava fazer nada. Que você não ia a lugar nenhum. Eu não me importei. E papai. Papai sabia disso. Ele enxergava, certo? Eu disse a ele que era a minha escolha. Porque é isso que nos dizem. Que é sempre uma questão de escolha.

— E você me escolheu — falei baixinho.

Ele riu e esfregou os olhos.

— Sim, Ox. Escolhi. Você sabe que escolhi. E papai. Ele sabia que eu escolheria. Sabia que eu *não* deixaria de escolher. Então ele disse a mamãe que não tinha problema. Que, quando um lobo sabe, ele sabe. Mas essa é a questão. Eu *não* sabia. Não em relação a você. Eu sempre soube algo sobre você. Mas não sabia o que ele queria dizer, certo? Não sabia. Tudo que ouvi foi *sim, Joe, sim, você pode dar a única coisa que quer dar para a única pessoa para a qual quer dar.* E ele me ajudou também. Arrumou a caixa onde eu coloquei. O laço para enlaçar nela. E eu nunca perguntei para ele. Nem para ela. Mas acho que é a mesma que ele usou quando deu o dele para minha mãe.

A casa rangeu ao nosso redor. Não consegui encontrar uma palavra para dizer. Isso não era incomum. Claro, eu tinha melhorado ao longo dos anos. Um Alfa não podia ficar calado. Mas ainda tinha dificuldade às vezes. Não que eu não tivesse as palavras. Era que eu tinha palavras *demais*, e elas ficavam presas tentando sair de uma vez só.

Mas tudo bem. Porque Joe tinha o suficiente.

— Ele sabia — continuou ele. — Mesmo naquela época, acho que ele sabia que havia algo diferente em você. Que você era maravilhoso e gentil e incrível, mas que havia algo *além*. Não algo *a mais*, porque o que você era já bastava. Já fazia parte de você. Ele reconheceu. Não sei como. Mas... Ox. Ele sabia, ok? Realmente acho que sabia.

Ele estava me olhando. Eu sabia que precisava falar alguma coisa, qualquer coisa para preencher o silêncio que seguiu suas palavras. Devia isso a ele. A mim mesmo.

Falei:

— Ainda tenho.

Ele assentiu com a cabeça e me lançou um sorriso torto que rapidamente se desintegrou.

— Certo — disse com a voz engasgada. — Certo. Sim. Tem? Isso é ótimo, Ox. Eu sei...

— As coisas não são iguais.

Ele interrompeu o que quer que fosse dizer.

— Eu não sou o mesmo — prossegui.

— Eu sei. Soube assim que cheguei. Mesmo antes. Pisei no território e soube.

— Soube? Que eu era um Alfa? Aqui, depois que você se foi?

Ele balançou a cabeça.

— Não ouvi falar de você.

— A Alfa Hughes sabe.

Ele pareceu surpreso.

— Por quê? Eles…

— Robbie.

Joe fez uma careta.

— Robbie.

— Ele veio aqui para… nos espionar? Talvez. Não sei. Ele era o novo Osmond.

— E você permitiu que ele entrasse para o *bando*?

Eu o observei friamente.

— Ele não pertence a Hughes. Pertence a mim.

Ele se encolheu como se eu tivesse lhe dado um tapa.

— Ox, você sabe o que Osmond fez. Ele *traiu* meu pai. Até onde sabemos, Hughes também estava envolvida! Talvez o quisessem morto há *anos*.

— Ele, não. Não é assim.

— Você não sabe disso. Disseram o mesmo a respeito de Osmond.

— Isso é por causa de Robbie? Ou por causa de você?

— Que merda.

— Ele é meu amigo, Joe. Só isso.

— Certo — disse Joe, deixando de lado o fingimento. — E nada mais. Ele não quer nada mais.

— *Eu* não quero nada mais.

— Ele não pode… Ele não…

— Eu disse a ele. Ele sabe.

— Sabe o quê?

Mas eu não estava pronto para isso. Seria muito fácil perdoá-lo. E parte de mim queria. Eu já estava cansado disso. Dessa raiva.

Falei:

— Você cortou a comunicação.

Ele deu um passo para trás.

— Ox.

— Você disse *sinto muito*. No meio da noite, quando sabia que eu não veria. Como um covarde. Você disse *sinto muito* e aí não tive mais notícias suas. *Nós* não tivemos mais notícias. Durante *anos*.

Ele estava se preparando para mais uma briga. Deu para ver na sua expressão rígida. Mas eu não ia deixar isso passar. Ele tinha cometido muitos erros. Mas para mim esse era o pior.

— Fiz o que tive que fazer — disse ele, a voz firme.

— O que teve que fazer — ecoei. — E por que isso?

— Não podíamos nos distrair.

Bufei.

— Certo. Está falando sobre todos vocês. Que todos concordaram.

Ele hesitou.

— Não foi assim — falei —, foi? Não foi uma decisão de todos.

— Não imp…

Bati na bancada.

— Não diga que não importa. Importa. *Tudo* importa. Entendo como deve ter sido para você, Joe. Entendo…

— Você não entende *nada*! — Ele explodiu. — Você *não* entende, porque não estava lá!

— E de quem foi a decisão? — perguntei friamente. — Você deixou perfeitamente claro…

— Não — disse ele, apontando uma garra para mim. — Não pode dizer que eu não precisava de você. Não pode falar isso quando não é verdade. Eu precisava de você. Precisava demais de você, porra.

— Foi esse o problema, não foi? — indaguei, as respostas se encaixando lentamente. — Eu era o seu laço. E você não podia ter a mim como seu laço. Não com a missão que se impôs.

— Toda vez que eu lia suas palavras. Toda vez que respondia suas mensagens, cada vez mais eu queria voltar para casa. Para você. Para os outros. E eu não podia, Ox. Não podia, porque eu tinha um *trabalho* a fazer. Ele havia tirado de mim, e pior, tirado de *você*. E eu não podia fazer o que precisava ser feito se ficasse lembrando de casa. Então, sim, eu parei. Cortei qualquer contato. Fiz porque gostava demais de você para conseguir fazer o que precisava. Disse para mim mesmo que, se te mantivesse separado de mim, *disso*, estaria mantendo você seguro.

— Você estava errado. Não ficamos seguros. Não o tempo todo.

— Eu sei — falou, desinflando. — Eles me disseram. Os outros. Eu não pensei…

— Não, não pensou. Você só se concentrou em uma única coisa.

— Vingança. Raiva. A necessidade de encontrá-lo e fazê-lo sofrer.

— E não conseguiu. — Não tive a intenção de que soasse dessa forma, como uma acusação.

Seus ombros encolheram.

— Não. Nós… chegamos perto. Muitas vezes. Mas ele sempre conseguia estar um passo à frente. Tentei, Ox. Tentei consertar as coisas. Mas não consegui. Então simplesmente continuei tentando.

— Você sequer estaria aqui? — perguntei. — Se não achasse que ele estava voltando?

— Não sei — respondeu, e a honestidade *doeu*.

Assenti. Minha cabeça parecia cheia. Não sabia o que mais fazer.

— Por que ele viria para cá agora? Por que, depois de todo esse tempo, ele voltaria? Por que não antes?

— Não sei.

— Quando ele vai chegar?

— Não sei.

— O que precisamos fazer?

— Não sei.

— Que porra você *sabe*? — rosnei para ele. — Desperdiçou três malditos anos da nossa vida por *nada*?

Ele se encolheu, olhando para o chão.

Não conseguia parar. Não agora que tinha aberto a porteira.

— Diga, Joe. Valeu a pena? Valeu a pena me manter seguro como achou que tinha feito? Valeu a pena nos deixar para trás para perseguir a porra de um fantasma?

— Eu não…

— *Não diga que não sabe*! — rugi para ele. — Diga uma porra de uma coisa que você *saiba*!

— Que eu te amo. — Sua respiração parou no peito.

E eu só.

Não conseguia respirar.

Tudo parecia alto demais. Real demais. Brilhante demais. Eu queria me machucar para saber se estava sonhando ou acordado. De todas as coisas que ele poderia ter dito, essa era a que eu menos esperava.

E não era *justo*.

Consegui falar:

— Quê?

Ele não me olhou, seus olhos seguiam fixos no chão. Quando falou, soou menor do que nunca. Ele disse:

— Não sei de muita coisa. Não mais. Tudo mudou. Você mudou. O bando. As pessoas nele. Este lugar não é mais como antes. E Carter e Kelly. Eles... enfim. Eles se encaixaram novamente. Como se não fosse nada. Como se nem sequer tivéssemos partido. Com a mamãe. Com Mark. Com todos aqueles *estranhos*. E com você. E Gordon. Gordon, Ox. Ele nem precisou se preocupar. Porque sempre teve você. Mesmo tendo se enlaçado a mim de algum jeito naquela noite. Mesmo tendo se tornado meu, sempre foi seu. Todos eles. E eu estou aqui simplesmente... Não sei por que estou aqui. Eu fiz besteira, Ox. — Ele limpou os olhos e alguma coisa quebrou no meu peito. — Achei que estivesse fazendo a coisa certa. Achei que estivesse mantendo todos em segurança. Mas fui egoísta. Porque só queria que *você* estivesse seguro. Que *você* estivesse longe dos monstros. Se não me conhecesse, se nunca tivesse me encontrado, não estaria aqui agora. Sua mãe estaria viva. E você estaria feliz. Achei que você quisesse assim. Quanto mais tempo eu me afastasse, mais fácil seria me esquecer de tudo que eu causei. Eu queria voltar para casa, Ox. Tudo que eu queria era voltar para casa, porque sem você, eu não *tenho* casa.

— Joe...

Ele ergueu a mão, me interrompendo.

— Só... me deixe. Eu sei que você... tem uma escolha. Ainda tem. E sei que não fiz nada para que você continue me escolhendo. E aceito isso. Porque se existe — sua voz estava estrangulada e áspera — *outra pessoa*, ou se *poderia* existir, não quero atrapalhar. Só quero estar onde você estiver. Como seu amigo. Ou companheiro de bando. Ou só nós dois, como éramos antes disso tudo. Você não precisa guardar o lobo, Ox. Não precisa. Só preciso estar perto de você, porque estou *cansado*. Ok? Estou tão cansado disso. De fugir. De não conseguir o que quero. Só quero você. Por favor, me deixe ter você. Por favor. Nada mais importa se eu não puder tê-lo. Você agora é o Alfa aqui, mas por favor não me faça ir embora.

Seu rosto estava molhado quando terminou. Tinha feito uma semitransformação, próximo de se perder totalmente para o lobo. Eu não sabia mais quão forte era o seu controle, considerando que só o vi se transformar uma vez na noite de lua cheia.

E não era que não confiasse nele, pelo menos não com isso. Joe jamais me machucaria, não fisicamente.

Eu não queria mais lutar contra isso. Não queria lutar contra ele. Dei um passo em sua direção.

Seus olhos brilharam outra vez.

— Não — alertou ele. — Não pode. Ox, estou sucumbindo.

— Não vai — falei.

— Não tem como saber isso — suplicou. — Não é a mesma coisa. Não consigo achar meu caminho de volta, porque *não é a mesma coisa*.

Eu sabia disso. Nós dois sabíamos. Alguns poderiam nos olhar e conjecturar como havíamos chegado até aqui. Depois de tudo que passamos. Depois de tudo que fizemos. Ele foi embora. Eu fiquei. Tomei o seu lugar, querendo ou não. Passei um bom tempo com raiva dele. Joe passou o mesmo tempo com raiva de si.

Mas nada disso importava. Talvez um dia importasse de novo, e logo, mas nesse momento eu simplesmente não conseguia suportar a ideia de não o tocar por mais um segundo.

— Não — disse ele —, não, não, não, você *não pode*...

Parei na frente dele.

Suas costas estavam encostadas na porta.

Nossos joelhos se tocaram.

Minhas mãos tocaram as dele.

Parecia algo imenso, depois de todo esse tempo.

Ele rosnou para mim, mais lobo do que homem, e eu peguei o rosto dele nas mãos, aquele rosto semitransformado, os pelos brancos crescendo e encolhendo, como se ele estivesse preso em algum lugar entre os dois. Assim que meus dedos tocaram sua pele, ele estremeceu e por um instante achei que não seria o suficiente. Que coisas demais tinham acontecido entre nós para que ele conseguisse achar o seu caminho de volta.

Porque eu agora entendia o que a sua escolha lhe tinha custado. Ele podia ser um Alfa, e podia ter tido os irmãos e Gordon consigo para manter sua sanidade, mas ele também era quase um Ômega, tendo cortado a conexão com seu laço para se entregar ao seu lobo. Ele não podia se concentrar em mim porque eu o mantinha humano. Ele abrira mão disso pelo lobo. Para se tornar um predador. Um caçador.

Não podia ter sido em vão.

Esses últimos três anos não podiam ter sido *em vão*.

Não foram.

Porque eu estava ali, de pé, por mais que parecesse que ia ruir.

Meu pai havia dito que as pessoas iam me fazer sofrer e que ia doer.

Meu pai era um mentiroso.

Foi tudo uma merda.

Mas eu continuava de pé.

Falei:

— Ei, Joe.

E ele olhou para mim com olhos vermelhos de fogo, a pele do rosto rasgando com a transformação.

Ele disse:

— *Ox*.

Minha mãe me levou à igreja uma vez. Depois que meu pai foi embora.

Achou que talvez pudéssemos nos beneficiar de um pouco de Jesus.

Joe disse o meu nome como o pastor falou sobre Deus.

Com reverência e admiração. Terror e adoração.

Eu não sabia o que fazer com aquilo.

Não sabia se merecia aquilo.

Fiz a única coisa em que consegui pensar.

Beijei Joe Bennett. Ali. Na velha casa.

E, por aquele instante, tudo ficou bem.

Foi como antes.

Só que não.

Deitamos lado a lado na minha velha cama, encarando um ao outro.

Não cabíamos mais como antigamente.

Eu não tinha mudado muito. Talvez fosse um pouco mais largo, mas só isso.

Já Joe.

Joe tinha mudado.

Ele ocupava muito mais espaço do que antes.

Ficou apertado. Mas demos um jeito.

Uma de suas pernas ficou entre as minhas. Eu a segurei no lugar.

Compartilhamos o mesmo travesseiro. Disse a mim mesmo que era apenas para que ele não caísse da cama. Mas na verdade eu só o queria o mais próximo possível.

Ele não se importou. Achei que talvez ele também quisesse a proximidade.

Não falamos muito, pelo menos por um tempo. Eu tinha a sensação de que tudo que fazia ultimamente era falar, e era bom dar uma pausa. Não precisar de palavras. Não ia durar muito tempo, mas tudo bem. Era o suficiente por enquanto.

Ele tinha entrado no quarto, e foi muito parecido com a primeira vez que entrara ali, os olhos percorrendo todos os cantos, assimilando tudo. Não sei o que ele viu, quais eram as diferenças do quarto. As diferenças em mim. Mas vi o exato instante em que encontrou o pequeno lobo de pedra, ainda sentado sobre a minha velha mesa. Ele ficou paralisado e o ganido que emitiu foi mais lupino do que humano, um ruído grave e ferido que machucou meu coração. Ele não se movimentou na direção do lobo, nem sequer esticou o braço para tocá-lo, mas sabia que estava ali como sempre. O que significava para mim. E para ele.

Joe não tirou os olhos de mim enquanto nos deitávamos na cama. Pairaram sobre meu rosto como se tentasse me memorizar de novo. Não posso dizer que fiz diferente. Fiquei imaginando o que veria se ele não pudesse se curar como podia. Que tipo de cicatrizes estariam ali. Quais histórias contariam. Eu tinha as minhas. No abdômen. No braço direito. A pior era nas minhas costas, a que o Ômega fizera na noite em que Thomas morreu. Elas contavam minhas histórias. Eu não via as histórias de Joe.

O mundo seguiu girando fora do meu quarto, mas nós ignoramos.

Ele esticou o braço e passou um dedo pelas minhas sobrancelhas. Minha bochecha. Minha testa. A ponta do meu nariz. Ele o encostou levemente na minha boca e eu dei um beijo, um toque suave.

Eu queria… mais dele. Mais do que jamais quis de qualquer outra pessoa. E seria fácil conseguir, porque ele me daria tudo.

Mas eu não podia fazer isso. Não ainda. Eu achava que estava caminhando para o perdão, se é que ainda havia o que perdoar, mas ainda não tinha chegado lá.

E ainda tinha um bando com o qual me preocupar. Um território a proteger.

Não queria falar.

Mas precisava.

— Joe — falei.

— Sim, Ox — respondeu ele, e por um instante perdi o fôlego, porque em todas as vezes que o imaginei de volta, ali, na minha cama, nunca esperei que fosse me sentir assim.

Ele deve ter ouvido o tropeço do meu coração, porque colocou a mão no meu peito. O ângulo foi estranho, porque não havia muito espaço para apertar com força, mas eu sabia o que ele estava fazendo.

Meu coração desacelerou. Acalmou.

— Preciso saber — falei afinal.

Ele suspirou, os olhos brilhando.

— Ele vai vir para cá.

— Sim.

— De novo.

— Sim.

— Por quê?

Seus dentes estavam mais afiados.

— Porque é isso que ele faz. Ele não é mais racional. Perdeu-se em seu lobo. Acho que nem se lembra de como é ser humano. O lobo… pensa diferente, Ox. Ainda somos nós. Ainda estamos aqui, mas quando nos transformamos, quando mudamos, a razão não prevalece. Vira uma questão de instinto básico. As coisas são mais preto no branco. É o lado humano que lida com os tons de cinza. Ele perdeu essa forma de pensar. Abriu mão de sua humanidade porque culpa os humanos pela destruição de sua família. Não precisa ser mais complexo do que isso.

— Por que agora?

Senti suas garras espetarem meu peito através da camisa, mas seus olhos jamais deixaram os meus.

— Porque ele sabia que me traria de volta para cá. Precisava de tempo para se recuperar. Curar-se. Reestruturar-se. Ele mudou o curso, mas o objetivo final é o mesmo. Certificou-se de que estava nos mandando um recado com os King. Matar David foi seu último sinal. Tudo aponta para Green Creek.

— Ele está circulando.

Joe sorriu amargamente.

— É mais se enredando. Apontando ameaças na sua direção, ele sabia que eu não teria escolha a não ser voltar.

— Você sempre tem escolha.

Seu sorriso ficou mais suave.

— Não em relação a você.

Não podia suportar muito mais disso. Minha pele vibrava e eu sentia a necessidade de *tocar* e *marcar* e *morder*, mas tinha que acabar isso antes. Tinha que ter certeza.

— O que faremos?

Ele suspirou.

— O que temos que fazer. Estou cansado de fugir, Ox. Cansado de perseguir sombras. Tudo que quero é fincar meu pé nesta terra porque já pertenceu ao meu pai. E sei que ele também queria isso para mim. Essa era a casa dele. Agora é sua, e aceito isso. Estou tranquilo em relação a você e isso. O que você é. Mas quero que também seja minha. Quero que seja nossa. Se você permitir. Se me aceitar.

Dúvidas, então.

— Eu não...

— Não — rosnou ele. — Não pode dizer isso. Não pode dizer que não é *nada*.

É claro que ele sabia. Aqueles medos residuais dos quais eu jamais consegui me livrar, um resquício de quando eu achava que não seria grande coisa. Talvez eu agora conseguisse enxergar que significava alguma coisa para alguém. Ou alguéns. Talvez enxergasse nos olhares deles quando me encaravam. Mas isso não significava que eu não me sentia mais como uma criança brincando de se fantasiar. Ou um cordeiro em pele de lobo. Era uma máscara, isso que eu era, e a vestia bem.

O mais engraçado é que quase acreditei.

— Ox — disse Joe, parecendo frustrado. — Como pode não ver?

— Sou humano — falei, como se isso explicasse tudo. Para mim explicava.

Ele sorriu.

— Eu sei. E essa é a melhor parte.

Estávamos sussurrando agora, como se falar mais alto fosse tornar tudo irreal.

Eu perguntei:

— O que faremos?

— Tudo que pudermos.

— Não sei se consigo fazer isso. Sozinho.

— Não vai precisar. Ox, não vê? Estou aqui agora. Se me permitir.

— Você não pode ir embora outra vez. Não pode. *Não pode.* Mesmo que ele venha. E mesmo que escape de novo. Joe, não pode mais nos deixar. Não pode mais *me* deixar.

— Não vou — disse ele, e ouvi a *promessa* sob essas duas palavras, a *intenção.* Joe Bennett era muitas coisas para mim, mas não era mentiroso. Podia ter a minha raiva, o quanto ainda restasse dela. Podia ter o resquício da minha confiança em suas mãos. Mas Joe Bennett não mentiria para mim. Não em relação a isso. Não quando era tão importante.

Acreditei nele.

Então não posso ser culpado por avançar em seguida, pensando *agora* e *finalmente* e *JoeJoeJoe.* Ele rosnou uma vez, mas eu engoli, minha boca na dele, frenética e pesada. Suas mãos subiram e seguraram meu rosto, bem perto, e além do gosto dele a única coisa em que eu conseguia pensar era a última vez que estivemos assim, lado a lado. Naquela vez estávamos nos despedindo, e agora era só *oi, oi, não acredito que está aqui, oi.*

No começo foi desajeitado. O ângulo estava estranho, o ritmo cheio de dentes e muita saliva. Percebi que eu era apenas a segunda pessoa que ele beijava na vida, se tivesse me contado a verdade. Frankie não passou de um pensamento passageiro, e eu nunca quis saber até onde tinham ido.

Então fui o mais gentil possível, desacelerando o ritmo, prolongando. Ele já estava ofegante quando passei a língua em seus lábios. Soltou um leve suspiro, o menor dos ruídos, e seus lábios se entreabriram e minha língua tocou a dele.

Num instante eu estava inclinado sobre ele, e no seguinte estava deitado de costas com um lobisomem Alfa em cima de mim, um rosnado vibrando em seu peito enquanto ele arrastava o nariz no meu pescoço, por trás da minha orelha, inalando enquanto me percorria. Seus lábios vinham logo atrás, molhados na minha garganta, soltando pequenas lufadas na pele, tentando fazer seu cheiro se misturar ao meu.

Ele se esticou por cima de mim, e se havia alguma dúvida de que tínhamos a mesma altura, já tinha desaparecido agora que estávamos perfeitamente encaixados da cabeça aos pés. Ele deitou em mim e senti a linha dura de seu pau pressionando o meu.

Estiquei o braço e pus a mão em sua nuca, apertando-o contra o meu pescoço. Ele estava arfando, como se a situação fosse demais, como se tudo o inundasse. Passou os lábios e a língua pela minha mandíbula até me beijar de novo. Ainda estava inseguro, os beijos tímidos e inexperientes, mas era tudo mais real do que havia sido com qualquer outra pessoa.

Tirei a mão da nuca e percorri suas costas, tentando encontrar pele, tentando sentir o seu calor.

A camisa dele tinha levantado, e toquei suas costas, pressionando a mão nele, puxando-o para baixo enquanto me forçava para cima, querendo a fricção áspera. Ele rosnou na minha boca quando nossos paus se alinharam brevemente antes de deslizarem um ao lado do outro.

Ele estava recuando, o mínimo possível, os lábios ainda nos meus, dizendo:

— Não sei o que fazer, nunca fiz isso antes, não sei o que *fazer*. — E seus olhos estavam com o vermelho mais brilhante que eu já tinha visto, como se ele ardesse de dentro para fora.

— Eu sei — falei. — Eu sei, pode deixar, eu cuido…

E realmente. Eu deveria saber que nunca deveria ter falado a um atual parceiro sobre minhas experiências sexuais prévias enquanto estava na cama com ele, principalmente sendo ele um Alfa facilmente engatilhado. Assim que disse *Eu sei*, porque eu *sabia* o que fazer, minhas mãos foram presas acima da minha cabeça e Joe estava rosnando na minha cara, os dentes afiados e os olhos impossivelmente brilhantes.

— Você disse que *não fez isso enquanto estive fora* — rosnou, os quadris raspando nos meus, como se ainda não tivessem assimilado que ele estava irritado.

Não que tivesse o direito de estar.

— E não fiz — rebati. — Eu disse a você que…

— Mais ninguém — disse ele, e moveu o quadril deliberadamente, como se quisesse ver minha reação de perto.

Não consegui segurar meus olhos abertos, minha língua saindo para umedecer os lábios.

— *Joe* — arfei, e ele fez de novo, dessa vez mais forte.

— Diga — falou sensualmente, pressionando a testa na minha, circulando os lábios vez após vez. — Diga, Ox.

Era bizarro. De verdade. Porque eu sabia o que ele queria, o que significava para o lobo, e era possessivo e eu não era assim. Eu não era uma *coisa*.

Mas que maldição, aquilo me excitou mais do que qualquer outra coisa.

Tinha a minha parte Alfa, que arreganhou os dentes com esse pensamento.

Mas tinha uma parte muito maior, a parte que era inteiramente Ox, que dizia *sim sim sim*.

— *Diga* — ordenou o lobo perto da minha orelha.

— Sim — falei com a voz rouca. — Seu, Joe. Sou seu.

Ele tremeu acima de mim, inalando forte como se estivesse surpreso, como se não esperasse que eu fosse concordar, fazer o que ele mandou. Eu não sabia até onde iam suas inseguranças, nem até onde era guiado pelos instintos, mas ele não esperava.

Era o começo, eu achava. Para nós dois.

Porque, apesar de ele ainda ser desajeitado, apesar de não saber o que fazer, ele montou na minha cintura, as pernas dobradas dos meus lados. Mexeu o quadril de novo quando pegou a camisa pela bainha e a puxou sobre a cabeça, revelando aquele peito largo, os pelos ralos, a definição do abdômen. Ele jogou a camisa no chão e se inclinou para trás apoiado nas mãos enquanto eu o percorria da barriga ao peito. Seus mamilos eram escuros, com redemoinhos de pelo ao redor. Peguei um deles entre os dedos e apertei com força, observando sua barriga contrair e a boca abrir.

E só porque eu podia, levantei e o abracei, puxando-o para perto de mim, lambendo o caminho que havia percorrido com os dedos. O mamilo endureceu sob a minha língua, e raspei os dentes nele só para senti-lo tremer.

O pau dele pressionava minha barriga através do jeans, mas eu ainda não estava pronto para essa parte. Ele se inclinou sobre mim enquanto eu passava os dentes em sua pele, puxando minha camisa de trabalho para levantá-la junto à regata que eu usava por baixo até os meus ombros. Eu me inclinei ligeiramente para permitir que ele as tirasse. Não vi onde foi parar porque tinha tanta pele tocando a minha. Ele ardia, quase febril, ao inclinar minha cabeça para trás e me beijar outra vez, um beijo molhado e desajeitado. Ele tinha o gosto que eu imaginava, limpo e poderoso. Segurou meu rosto pelas laterais enquanto eu abaixava as mãos para agarrá-lo pela bunda, apertando a fim de puxá-lo para ainda mais perto.

Ele murmurou meu nome nos meus lábios antes que eu inclinasse a cabeça para trás outra vez. Seus dentes encontraram a pele perto da minha garganta e ele começou a dar um chupão. Algo em mim acendeu, rosnando com a ideia de ser marcado por ele, tentando fazer com que chupasse mais forte, usasse mais os dentes. Queria que estivesse ali para que todos vissem, para que ninguém tivesse dúvidas quanto a quem a tinha colocado ali. Não eram pensamentos que eu já houvesse tido com mais ninguém, mas eu também nunca tinha estado com alguém como ele.

Estiquei o braço enquanto ele continuava me marcando, tentando agarrar a parte da frente da sua calça jeans. Errei a braguilha e minhas juntas roçaram o contorno duro do pau dele. Foi acidental, mas eu fiz de novo quando ele gemeu no meu pescoço. Apertei mais forte, com propósito. Ele se excitou enquanto eu fazia o melhor que podia para agarrá-lo, mas o jeans era suave demais entre os meus dedos, a fricção leve demais.

Levantei a mão e o empurrei pelo peito, inclinando-o para trás novamente. Seus olhos estavam vermelhos e pesados à medida que ele olhava para baixo entre nós, a boca aberta. Seus lábios estavam inchados e molhados e tive o pensamento selvagem de que *eu* tinha feito aquilo. *Eu* o deixara daquele jeito.

Abri o botão de sua calça com um movimento experiente do punho, algo que o fez rosnar. Ignorei. Ele não precisava se irritar com a minha experiência, principalmente porque ia se beneficiar dela.

— Caramba — murmurei. — Qual é o seu problema com usar cueca?

Ele me deu um sorriso afiado.

— Estava com esperança.

Ri e desci os dedos até a base do pau dele, seus pelos pubianos grossos arranhando a parte de trás da minha mão. Ele perdeu o fôlego e fiquei quase atônito pelo fato de que o estava *provocando*, de que ele estava ali, de que estávamos juntos, e eu o estava *provocando*. Pensar que eu era o único que já tinha feito isso com ele (e eu agora tinha certeza disso) só fez com que eu me sentisse mais poderoso. Por ser o único que já o tinha visto assim.

(*E o único que verá*, sussurrou uma vozinha na minha cabeça, mas a afastei porque era demais, demais até para pensar, embora a parte reptiliana do meu cérebro dissesse *sim* e *sim* e *sim*.)

Puxei o pau dele para fora da calça, tomando cuidado com o zíper. Ele não era circuncisado e estava ficando duro, era mais fino que o meu e talvez um pouco mais comprido. O peso dele na minha mão fritou o meu cérebro por um instante. Lobos são quentes, e ele ardia na minha mão. Eu o agarrei, apertando com a máxima cautela que ousei, observando o prepúcio deslizar enquanto ele grunhia e estocava na minha mão.

— Ox — disse ele, soando engasgado e sem fôlego.

— Eu sei — falei gentilmente enquanto apertava com mais força.

— Você precisa…

— Eu sei.

— *Fazer alguma coisa!*

Soltei e ele exalou forte, como se tivesse levado um soco no estômago. Antes que pudesse protestar, levantei a mão para o rosto dele e disse:

— Lambe.

Ele nem questionou. Agarrou minha mão e colocou na boca, passando a língua pela minha palma, entre os dedos, antes de chupar dois deles, deixando-os melados e molhados. Cerrei os dentes para me impedir de empurrá-lo e pegar o que eu queria ali mesmo. Mas não estava na minha vez. Ainda não. Eu precisava fazer isso ser bom para ele.

Puxei a mão de volta, e ele ganiu, esticando a dele e limpando a boca.

— O que você…

O resto ficou engasgado quando agarrei o pau dele outra vez e, usando sua saliva, deslizei a mão para cima e para baixo. Ele colocou as mãos nos meus ombros, as garras para fora, mas sem enterrar na minha pele enquanto eu o masturbava. Os músculos do abdômen dele endureceram quando me inclinei para a frente e lambi o seu peito. Joe envolveu os braços no meu pescoço, me puxando para perto, mal deixando espaço suficiente para a minha mão entre nós dois. Ele estava rosnando perto do meu ouvido, um ronronado constante pelo qual eu ia zoá-lo pelo resto da vida.

Passei o polegar na ponta do pau dele, e seus quadris balançaram. Gemi, meu pau pressionando dolorosamente o zíper, preso embaixo da bunda dele. Eu não podia gozar assim, e não queria. Não era mais um garoto. Não precisava melar a calça.

Esfreguei o nariz até o seu pescoço e só mais tarde me dei conta de que ele jamais paralisou, jamais recuou. Esticou a garganta para mim como se não fosse nada, como se não fosse um Alfa que não estava acostumado a fazer isso. O pescoço, eu sabia, era um lugar vulnerável para os lobos. Demonstrava patente, principalmente para um Alfa. Betas sempre exibiam a garganta para o Alfa como um sinal de respeito. Mesmo os humanos do meu bando tinham passado a fazer isso sempre que me viam, uma ação inconsciente que acho que nem eles percebiam mais.

Mas seu pescoço estava esticado como se ele jamais tivesse sido ameaçado, como se jamais tivesse sido ferido, e eu sabia o que isso significava. Prendi a pele com os dentes e *mordi*, não o suficiente para tirar sangue, mas o bastante para fazê-lo sentir. Seu lobo estava próximo da superfície, se os ruídos que ele emitia fossem algum indicativo, e eu me senti mais animal do que homem, palavras como *meu* e *parceiro* e *direito* correndo em looping na minha cabeça.

Não era o suficiente.

Eu o empurrei para trás. Ele foi sem protestar, quicando na cama, seu pau exibido de forma obscena, a calça abaixo dos quadris. Puxei-a para baixo, roçando os dedos nas coxas musculosas de Joe. Ele estava ansioso nos movimentos enquanto me ajudava, tremendo de excitação. Tentou se livrar da calça, resmungando de frustração quando ficaram presas nos pés. Pressionei a mão na perna dele, tentando fazer com que se acalmasse. Ele levantou a cabeça, olhando para mim. Seus olhos estavam azuis outra vez, normais, mas ele estava vermelho, um brilho de suor na testa.

Alcancei a calça presa em volta dos pés e a retirei. Joe Bennett estava pelado, esticado sobre a minha velha cama, esperando que eu fizesse alguma coisa. O pau estava curvado em direção à barriga. As bolas se apoiavam na coxa, se movendo quando ele mexia a perna. Tinha as coxas cabeludas, e eu queria passar a mão e a língua nelas. Tocar. Sentir o gosto.

Ele era a coisa mais preciosa que eu tinha.

E, pelo menos por enquanto, eu o *tinha*. Independentemente do que acontecesse depois, isso não podia ser tirado de mim.

— O que foi? — perguntou ele, parecendo nervoso.

— Nada — respondi, a voz áspera. — Eu só... Você está aqui.

— É — disse ele. — É, Ox. Estou aqui.

Ele levantou o pé e cutucou meu peito com o dedo. Agarrei o calcanhar dele, mantendo-o ali. Inclinei-me e dei um beijo no osso, e ele suspirou, se contorcendo levemente enquanto eu exalava. Beijei sua panturrilha ao esticar a mão e desabotoar a minha própria calça. A pressão aliviou um pouco, e foi o suficiente para o que eu queria. A dor podia ser boa, e eu queria forçar esses limites.

Continuei subindo pela perna dele, alcançando o joelho. Ele soltou uma risada quando beijei a parte interna, e eu sorri. Arqueei a sobrancelha para ele, mas ele apenas revirou os olhos e emitiu um ruído impaciente.

— Precisa de alguma coisa? — perguntei, sem me mexer, mas ainda segurando a perna no alto.

— Maldito — disse ele. — Você sabe o que está fazendo.

— Não faço ideia do que você esteja falando.

— Vá se foder, Ox.

— Podemos fazer isso.

Ele ficou boquiaberto.

Dei de ombros.

Ele tentou puxar a perna de volta.

Isso eu não podia permitir.

Então agarrei a outra também, pressionando meu peso contra a parte de trás das suas coxas. Seus joelhos foram até o peito e ele arregalou os olhos.

Estava exposto para mim. O pau pressionando a barriga, as bolas entre as pernas dobradas. Seu ânus era cercado por pelos suaves e eu queria enterrar o rosto nele, sentir seu cheiro, o cheiro dele.

— Ox — disse ele, ofegando outra vez, como se *soubesse* o que eu estava pensando, como se *soubesse* o que eu ia fazer.

— Está tudo bem. Você vai gostar.

Ele gritou quando o lambi do cu até as bolas, tentando se afastar e se aproximar mais ao mesmo tempo. Eu nunca tinha feito isso antes, mas sabia qual era a ideia por trás, a mecânica da coisa. Não sei se ele queria que eu o comesse ou se ele ia me comer, mas o queria solto e molhado com a minha saliva.

— Segure as pernas — falei, colocando mais Alfa do que deveria no tom de voz. Ele não hesitou, colocando as mãos sob os joelhos e se segurando. As garras ainda estavam para fora, e eu ajeitei seus dedos para garantir que não fosse se machucar.

Foi inebriante quando cheguei para trás, para vê-lo daquele jeito. Um senso de poder corria por mim, por ter alguém como ele deitado e esperando. Não sei se por ele ser um Alfa, ou por ser Joe, ou uma combinação dos dois. Fiquei zonzo, os contornos da minha visão se borrando.

Ele estava começando a tremer sob meu olhar, o rubor se espalhando pelo pescoço e pela parte superior do tórax.

— Você está bem — disse a ele, e ele arquejou. — Está se saindo tão bem.

— Ox — suplicou ele.

— Eu vou. — Inclinei-me para baixo, logo acima do ânus. Deixei uma linha fina de saliva cair sobre ele. Ele gemeu ao me fitar por entre as pernas. Estiquei o braço e espalhei a saliva pelo cu dele, sem entrar, mas com pressão o suficiente para chegar perto. Segurei as nádegas abertas ao me inclinar para a frente, enfiando a língua nele. Joe começou a emitir ruídos no fundo da garganta enquanto eu pressionava com a língua e entrava. Queria passar horas ali.

Ele repetia meu nome sem parar, e eu arrastei a língua pelo períneo até o saco, chupando uma bola e depois a outra. Puxei suas mãos do joelho, empurrando seus pés para a cama.

Não lhe dei a chance de questionar, apenas lambi da base até a ponta do pau. Ele soltou um grito rouco, tentando se arquear contra mim, mas meu peso sobre seus quadris o segurou no lugar. Lambi a abertura, sentindo o gosto amargo do líquido pré-ejaculatório. Chupei a cabeça do pau, usando a minha experiência. Bateu no fundo da minha garganta antes que eu parasse de me mover, respirando pelo nariz. Joe gritava acima de mim, os quadris trêmulos como se estivesse se segurando. Levantei com vagarosidade, contemplando-o através dos cílios. Seus olhos estavam vermelhos e os dentes tinham aumentado, como se ele não pudesse impedir a transformação.

Tirei a boca com um estalo molhado. Ele olhava para mim, boquiaberto.

— Não precisa se segurar — falei, e ele estremeceu com as palavras.

Botei a boca nele outra vez, chupando tudo, puxando as bolas, apertando-as de leve. Meu próprio pau estava para fora por cima da cueca e eu raspei os quadris na cama.

Ele aceitou minha permissão e estocou experimentalmente na minha boca. Estiquei o braço e o agarrei pela mão, colocando-a na parte de trás da minha cabeça. Ele gemeu e as garras se retraíram até não haver nada além de dedos humanos agarrando meu cabelo.

Ele então fodeu minha boca com mais força, um pouco desajeitado até achar um ritmo firme. Seus dedos apertavam o meu cabelo, puxando o suficiente para doer, mas não o bastante para me distrair.

Contraí as bochechas, a saliva escorrendo pelas laterais do pau dele enquanto ele usava a minha boca. Engasguei brevemente, mas aguentei mesmo enquanto meus olhos lacrimejavam.

— Tão gostoso — balbuciou, pontuando com alguns rosnados. — Gostoso pra caralho, Ox. Eu sabia que ia ser. Eu *sabia* que você seria... — Ele inclinou novamente a cabeça para trás, exibindo o pescoço outra vez, e só me fez querer mais.

Recuei. Não queria que ele gozasse ainda. Não assim.

Ele olhou para mim, os olhos turvos e a boca cheia de presas.

Certificando-me de que ele continuava olhando, fiquei de joelhos, abaixando a calça e a cueca abaixo dos quadris. Meu pau se libertou, batendo na minha barriga. Ele rosnou e agarrou a colcha. Abaixei a calça o máximo que pude antes de me inclinar para a frente, as mãos de cada lado do peito dele. Joe abaixou os braços, seus bíceps me segurando no lugar. Estávamos quase olho a olho, e nenhum de nós dois piscou quando me inclinei para a frente o bastante a fim de elevar os joelhos e empurrar a calça para baixo com os pés. Uma perna se libertou e depois a outra, e ele se inclinou para me beijar. Recuei ligeiramente, ficando fora de alcance por pouco. Ele estalou os dentes para mim. Sorri para ele.

— Ox — disse ele. — Só vem aqui.

Eu me inclinei para baixo lentamente. Ele se esticou para a frente. Lambi seus lábios enquanto se partiam, mas continuei fora de alcance. Nós dois sabíamos que ele podia me segurar com facilidade, que sempre seria o mais forte entre os dois, mas não importava agora. Agora, a única coisa que importava era que eu estava no controle e ele estava deixando.

Dei o beijo que ele queria. Ele riu na minha boca, mas logo se transformou num gemido quando soltei o peso nele, peito com peito, pau com pau. Suas pernas estavam dobradas de cada um dos meus lados enquanto ele perseguia minha língua com a dele. Passei a mão pela sua coxa peluda e dei um leve empurrão com os quadris, nossos paus esfregando um no outro.

— Vai logo, vai logo — falou na minha boca, e eu empurrei mais forte.

Nós nos excitamos juntos e meu nome saiu da boca dele em um suspiro, em um gemido.

— Ox, eu quero… — disse ele, e o calei com um beijo, nossas línguas deslizando enquanto ele ancorava os pés na cama, tentando aumentar a fricção entre nós. Dei o melhor de mim, sentindo o pau dele se arrastando no meu.

Senti um frio na espinha e sabia que, se continuássemos assim, íamos gozar. A ideia dele coberto pela minha ejaculação era quase o suficiente para me fazer continuar. Ele estaria marcado por mim. Iam sentir meu cheiro nele.

Sim e *sim* e *sim*.

— Ox — ele arfou na minha boca. — Quero mais. Por favor, só me dê mais.

Estávamos suando, o quarto quase abafado.

Ele queria mais. Eu também. Mas não sabia se estava pronto para isso. Para acasalar. Porque, se a gente fodesse, não ia dar para parar. Eu queria tanto que podia sentir o gosto, mas não com tudo que estava acontecendo.

Mas podíamos fazer mais. Eu faria ser bom para ele.

Recuei e Joe rosnou com a ausência do meu peso sobre si.

Tentou me puxar de volta, mas afastei suas mãos.

Estiquei as mãos para a mesa ao lado da cama e abri a gaveta. Tinha um tubo velho de lubrificante ali, pela metade por causa das vezes que usei os dedos sozinho enquanto ele esteve fora. Podia fazer o mesmo por ele.

— Isso — sussurrou ele quando viu o que eu tinha na mão. — Isso, muito bom. Vamos fazer isso. Você pode me comer, Ox. Prometo que vou ser muito bom para você.

Balancei a cabeça.

— Não vamos fazer isso.

Ele pareceu magoado, mesmo com os olhos dilatados.

— Mas...

— Ainda não — falei. — Você sabe por quê.

— Parceiro — disse o lobo.

— Confia em mim?

Ele não hesitou. Não como eu achei que faria. Mesmo depois de todo esse tempo, depois de tudo por que passamos, ele respondeu:

— *Sim.*

— Vou fazer com que se sinta bem — prometi a ele. — E um dia, em breve, eu te fodo até você não conseguir mais andar. E você vai poder fazer o mesmo por mim.

O pau dele tremeu na barriga. Ele levou a mão para baixo à procura de esfregá-lo, os olhos em mim.

— Promete? — insistiu.

— Prometo, Joe. Prometo.

Abri o lubrificante e coloquei um pouco nos dedos, deixando-os melados. Larguei o tubo e o alcancei entre as pernas. Ele viu o que eu estava fazendo e abriu mais. Meus dedos tocaram seu ânus, ainda molhado da minha língua. Ele levantou suavemente os quadris quando pressionei um dedo nele.

— Você já fez isso em você mesmo? — perguntei em voz baixa.

Ele balançou a cabeça para cima e para baixo.

— Já.

— Transou com os dedos?

— Já — ganiu ele para mim, tentando empurrar a bunda na minha direção.

— Gostou?

— Nunca consegui o suficiente — disse ele, ofegando. — Nunca consegui achar...

Enfiei um dedo até a primeira junta. A mão dele congelou no pau.

— Você só precisa respirar — falei. — Respire e vai ficar tudo bem.

Ele assentiu com a cabeça enquanto eu enfiei lentamente, só um dedo por enquanto.

Os músculos do seu abdômen contraíram enquanto eu enfiava o dedo quase todo.

Ele estava apertado ao meu redor, e quente como uma fornalha.

Enfiei de novo. Ele revirou os olhos.

— Bate punheta — disse a ele. — Quero ver.

Ele balançou a cabeça freneticamente.

— Não. Não quero gozar. Não assim, Ox. Preciso que você…

— Eu sei o que precisa — falei, e ele *gemeu* com isso, tentando absorver mais do meu dedo, subindo e descendo. — Eu vou te dar. Só não vai ser hoje.

Seus olhos estavam vítreos quando me olhou. A língua apareceu quando lambeu os lábios.

— Mas, eu só. Ox.

— Vamos chegar lá — continuei, enfiando meu dedo no cu dele outra vez só para ver o peito dele tremer. — Quando tudo isso acabar. Não quero nenhuma pendência. Quando você me reivindicar. Quando eu te reivindicar.

Ele gemeu quando acrescentei o segundo dedo. Suas bolas estavam levantadas. Ele disse:

— Prometa. Me prometa, Ox. Você *me prometa*.

— Prometo — falei, porque era verdade. Não existia nenhuma chance de não cumprir. Joe e eu sempre íamos acabar assim, mesmo com um desvio de três anos. Eu só precisara me acalmar e superar a raiva antes de me dar conta disso.

Ele agarrou o pau de novo e começou a se masturbar, puxadas lentas e ritmadas, passando o polegar na cabecinha. Era um movimento treinado, algo que ele sabia de que gostava. Imaginar Joe fazendo isso sozinho, sentando nos próprios dedos, esfregando o pau, foi demais. O meu pau latejou só de pensar, só de vê-lo ali aberto na minha frente. Olhei para baixo e vi meus dedos desaparecendo dentro dele. Mal precisava mexer a mão enquanto ele movia os quadris.

Ele começou a tensionar enquanto eu o dedava, a mão acelerando no pau. Os mamilos endureceram, e eu sabia que ele estava quase lá. Ele repetia meu nome sem parar, pequenos rosnados que saíam do peito. Seus olhos começaram a brilhar vermelho outra vez, e coloquei um terceiro dedo de forma quase brutal. Joe rosnou para mim, os dentes afiados. O cu apertou nos meus dedos, e assim que eu soube que ele não aguentaria mais, puxei a mão dele do pau e o engoli inteiro, engasgando de leve quando ele bateu no fundo da garganta. Ele gritou de algum lugar acima de mim, colocando as mãos na minha cabeça, as garras espetando meu couro cabeludo. Meu nariz estava nos seus pelos pubianos quando enfiei os dedos com mais força nele. Ele gozou na minha garganta, jatos fortes que deixaram um gosto amargo no fundo da minha língua. Engasguei, tirando-o da boca, a porra pingando no meu queixo, o finalzinho indo para a minha bochecha.

Ele parecia completamente esgotado embaixo de mim, ainda buscando o orgasmo ao tentar fazer com que meus dedos afundassem mais. Retirei-os, e ele arquejou, abrindo os olhos, me encarando. Ajoelhei por cima dele e a única coisa em que eu conseguia pensar enquanto lambia os lábios para sentir o seu gosto era que ele precisava ser marcado. E chupões que eu desse na pele iam desbotar. Mas o cheiro, não.

Usei a mão que havia estado no cu dele no meu pau. Não foi suave nem calmo. Esfreguei violentamente, querendo Joe coberto pelo meu cheiro.

— Isso — disse ele, a voz rouca e esgotada. — Eu quero, Ox. Eu quero. — Ele esticou as mãos e agarrou minhas bolas enquanto eu me masturbava por cima dele. Ele as segurou, apertando o bastante para me fazer rosnar, girando-as até eu sentir *prazerdor*. Senti o frio na base da coluna, pequenas descargas elétricas na pele. Meus dedos dos pés se encolheram.

Gozei no peito dele enquanto Joe passava dois dedos no meu períneo. Gritei seu nome como um palavrão. Minha ejaculação aterrissou no peito dele, nos mamilos. Rolou pela clavícula e se acumulou no pescoço.

Ele parecia arruinado. Possuído. Nunca me senti tão primitivo. Não sabia se era o Alfa ou se era apenas eu. Não tinha importância. Todos saberiam. E isso era tudo que importava.

Ele passou os dedos na porra em seu peito. Parecia delirante e esfregou os dedos molhados no mamilo direito.

Caí ao lado dele, a cama rangendo com o peso de dois homens enormes. Nós dois estávamos arfando enquanto deitávamos lado a lado, os ombros se tocando, os rostos virados um para o outro, a poucos centímetros de distância. Ele continuou tocando a porra, passando os dedos como se estivesse espalhando. Eu me inclinei e o beijei, e ele ganiu na minha boca quando chupei sua língua, deixando que sentisse o próprio gosto.

Eu me afastei, e seus olhos estavam vermelhos de novo.

Ele disse:

— Eu quero mordê-lo.

— Eu sei.

— Quero reivindicá-lo. Cicatrizá-lo com as minhas garras. Quero meus dentes enterrados no seu pescoço.

— Eu sei.

— Você é meu. Mais ninguém pode tê-lo. Mais ninguém pode ficar com você. Não assim. Nunca. Está me ouvindo, Ox? *Nunca*. Você é meu, e eu mato qualquer um que pense que pode tirá-lo de mim.

— *Eu sei.*

SÓ MAIS TARDE, MUITO MAIS tarde, bem depois que a noite caiu e o céu lá fora estava preto e marcado por estrelas que reluziam geladas, é que falamos novamente. Tinha sido uma espécie estranha de contentamento ficar só ali deitados, olhando um para o outro.

Posso ter cochilado, mas toda vez que abri os olhos Joe continuava ali, o rosto tão próximo que eu podia ver seus cílios individualmente. Ele não tinha se mexido muito, continuava espalhado, confortável em sua nudez. Seu pau estava mole na coxa. Minha porra tinha secado no seu peito, pontinhos brancos grudados nos pelos. Ia ser um inferno para limpar depois, mas ele não parecia se importar.

Fui eu que rompi o silêncio.

Não tive a intenção.

Num instante estava abrindo os olhos, e no seguinte falei:

— Você não devia ter ido embora.

Não era isso que eu queria dizer.

Ele suspirou.

— Eu sei.

— Nós devíamos ter feito isso. Juntos.

— Eu sei, Ox. Mas já foi. Não há nada que eu possa fazer para mudar isso.

Eu queria sentir raiva dele por isso. Ainda. Queria estar furioso.

Mas simplesmente não conseguia. Não quando ele estava assim ao meu lado, ainda parecendo que tinha acabado de ser fodido.

Assenti lentamente com a cabeça.

— Tudo bem. — Fiquei imaginando se seria simples assim.

— Tudo bem? — Ele arqueou uma sobrancelha.

— Tudo bem.

Ele sorriu para mim, um sorriso largo e luminoso, por apenas um segundo antes de desbotar lentamente. Em seguida:

— Sequer precisamos conversar sobre Jessie?

— O que tem ela?

— Só… por que, eu acho.

— Por que o quê?

Ele franziu a testa para mim.

— Por que ela está no seu bando?

Mal contive o impulso de revirar os olhos.

— Ora, Joe Bennett. Está com ciúme?

— Não.

— Certo.

— Só não vejo *por que* ela precisa estar perto de você. Ou no seu bando. Ou viva.

Rolei para cima dele, fazendo com que risse embaixo de mim, se contorcendo, e havia *quilômetros* de pele nua.

— Ela nos ajudou na cura — falei.

Ele vasculhou minha expressão, procurando não sei o quê.

— E vocês se curaram? — perguntou.

Beijei-o em vez de responder, porque eu não sabia exatamente como explicar que não tinha me curado, não por inteiro, porque parte de mim tinha ido embora.

Fiquei pensando em tudo que perdemos. Tudo que aconteceu com ele quando esteve fora. Talvez um dia eu pudesse ouvir tudo que se passou com ele. Com eles. Mas achei que nesse momento talvez não importasse. Havia coisas maiores no nosso caminho. Teríamos tempo. Depois.

Porque, independentemente do que Richard Collins traria, eu não permitiria que tocasse em Joe Bennett. Não de novo. Nunca mais.

machucá-lo/a porra do nosso bando

Os dois bandos estavam espalhados diante de nós na casa do fim da rua. Meu bando estava nos sofás. No chão. Como se pertencessem àquele lugar, casuais e confortáveis. A maioria deles, pelo menos. Robbie estava tenso.

O bando de Joe estava do lado, Carter e Kelly se apoiando na parede perto das janelas e Gordon na posição militar de descanso perto deles.

Havia uma divisão. Era visível.

Mas Joe. Joe estava perto de mim. Lado a lado, perto o bastante para que nos esbarrássemos a cada respirada. Os lobos sabiam. É claro que sabiam. Sentiam o cheiro da noite passada na gente. Eu sentia uma estranha e selvagem satisfação por isso. Até fitar os olhos de Elizabeth, quer dizer, e aí fiquei terrivelmente vermelho, embora ela tenha parecido achar graça.

Todos estavam esperando que falássemos primeiro. Até os humanos.

— Então — comecei, tentando não parecer nervoso. — Temos alguns assuntos para discutir.

— Como a falta de banho — falou Carter, como se não tivesse uma única preocupação na vida. — Sério, Joe. Já entendemos. Caramba.

Joe se recusou a se constranger, o que não tinha problema, pois eu me constrangi o bastante por nós dois.

— É isso mesmo — disse Joe, soando convencido.

— Que merda — murmurei.

Ele deu uma piscadela para mim.

— Mentira. Sério? — perguntou Tanner.

— Puxa vida — falou Rico. — Isso provavelmente vai ser constrangedor.

— Só se fizermos ser constrangedor — observou Chris, como um adulto sensato. Em seguida: — Devemos deixar bastante constrangedor.

— Podemos comparar histórias, eu acho — comentou Jessie, porque ela era maligna.

— Então — rosnou Chris enquanto encarava a irmã. — Não vamos nem pensar nisso, porque não quero ter que dar um soco na cara do meu Alfa.

Jessie revirou os olhos.

— Faça-me o favor — disse ela. — Ele é maior do que você.

— *Enfim* — continuei decididamente, antes que a situação fugisse completamente ao controle. — Nós conversamos...

Carter e Kelly começaram a tossir de propósito.

Joe rosnou para eles com os olhos vermelhos. Sorriram para ele como se isso não importasse. E provavelmente não importava. Foi o mais próximo que vi de agirem como antes. Fiquei imaginando se seria por já saberem o que íamos falar.

— ... e decidimos tentar fazer isso funcionar — concluí.

— Fazer *o que* funcionar? — perguntou Robbie com uma carranca.

— Nós — começou Joe antes que eu pudesse responder. Ele inclinou a cabeça para Robbie, mas não acendeu seus olhos de Alfa. — O bando. Tentar ser... um único.

Meu bando ficou basicamente em silêncio. Os humanos pareceram curiosos. Mark e Elizabeth pareceram felizes. Robbie tinha uma expressão vazia.

— Como isso funcionaria? — indagou Tanner. — Vocês dois seriam Alfas?

Fiz que sim com a cabeça.

— Não o conhecemos — disse Rico. — Só conhecemos você. E você quer que a gente... o quê. Trate-o como você? Sem querer ofender, Joe — acrescentou depressa.

— Não ofendeu — respondeu Joe tranquilamente. — E tem razão. Não me conhecem. Não como conhecem Ox. Não vai ser algo imediato. É um objetivo. Levarão um tempo para confiar em mim.

— Confiar em você? — questionou Robbie. — Como podemos confiar em um Alfa que deixou seu bando para trás?

— Robbie — rosnei.

Joe colocou a mão no meu braço. Fitei-o. Ele não disse nada, mas acho que não precisava. Ele queria lidar com isso. Queria que eu confiasse nele.

E eu confiava. Até certo ponto. Talvez não como antes, mas chegaríamos lá. Em algum momento.

Ele disse:

— Robbie, sei que isso pode ser difícil para você.

— Sabe? — falou Robbie friamente. — Porque você não sabe nada a meu respeito.

Cerrei os dentes. Porque por mais que entendesse sua frustração, ele não precisava agir assim.

— Você gosta dele — afirmou Joe simplesmente.

— Ele é meu Alfa.

— E não vou tirar isso de você.

— Não? — desdenhou Robbie. — Porque parece que já começou.

— Eu… cometi erros — admitiu Joe. — Com os quais terei que conviver pelo resto da vida. Machuquei pessoas aqui. Minha mãe. Mark. Meus irmãos. Ox, contudo, acho que foi quem mais machuquei.

Robbie estreitou os olhos.

— Então entende por que eu…

— Mas jamais machuquei você — continuou Joe. — Pois, como disse, não o conheço.

— Machucou Ox — disse Robbie. — Ele é meu Alfa. Portanto, me machucou.

— Certo. Então peço desculpas a você também. Por machucá-lo.

Robbie piscou.

— Não é assim tão fácil.

— Cabe a você decidir? — perguntou Joe.

— Ox — falou Robbie para mim. — Você não pode estar acreditando nessa lorota.

— Você não o conhece — respondi em voz baixa. — Não como eu. Ele está falando sério, Robbie.

Robbie pareceu magoado. E eu me senti mal, de verdade, mas não sabia o que mais ele esperava de mim. Robbie era do meu bando. Joe era meu parceiro. Eu lutaria pelos dois, mas eles não podiam lutar entre si.

— Olha — disse Joe. — Não espero que acredite em mim. Ou que confie em mim. Ou que sequer *goste* de mim. Eu sei que o respeito deve ser conquistado. Você gosta de Ox. Ele é seu Alfa. Mas *eu* também gosto, porque ele é mais do que isso para mim. Eu faria qualquer coisa por ele. Se tiver um problema comigo, então venha até mim. Vamos discutir ou dar um jeito. Mas não o machuque nem a si mesmo me odiando.

Pela primeira vez Robbie ficou sem palavras.

Fiquei um pouco impressionado.

Joe provavelmente conseguiu farejar o quão impressionado fiquei.

O que não era melhor coisa para acontecer nessa primeira reunião. Na frente dos seus parentes.

Embora eles provavelmente já soubessem.

Kelly tossiu alto.

Tentei não ruborizar.

— Desculpe — disse Kelly. — Tem alguma coisa na minha garganta.

— Isso foi o que Joe disse — murmurou Carter baixinho.

Eles bateram os punhos sem tirar os olhos de mim.

— Ele vai ser como você é para nós? — perguntou Jessie, encarando Joe. — Vamos poder senti-lo como sentimos você?

— Deviam ter me contado isso assim que voltamos — disse Gordon, olhando para Rico, Tanner e Chris.

— Ei! — protestou Rico. — Tínhamos que ter cuidado. Não sabíamos se você era o inimigo ou não.

— O inimigo — repetiu Gordon secamente antes de se voltar para mim.

— Eu não disse nada — falei.

— Você podia ter virado das trevas — argumentou Tanner.

— Tipo Darth Gordon — completou Chris.

Gordon pôs as mãos no rosto.

— Eu já *disse* para vocês, sou um *bruxo*. Não sou um *Jedi*.

— Hum, com licença — disse Rico. — Você consegue ou não atirar raios da Força dos seus dedos?

— Não é a Força...

— Sem mais perguntas — concluiu Tanner bem alto.

— Os humanos também sentem o laço? — indagou Gordon a Elizabeth e Mark.

— Curioso, não? — respondeu Elizabeth, com um sorriso desbotado. — Ouso até dizer extraordinário.

— É por causa de Ox — explicou Mark. — De tudo que ele é. Ele respondeu à necessidade do território por um Alfa. E à vontade do bando de ter um. Ele cresceu aqui.

Todos viraram para me encarar.

— Conexão lunar mística — sussurrou Jessie.

Tentei não me encolher com a atenção.

— Não é…

— Faz sentido — disse Gordon, pensativo.

— Conexão lunar mística faz sentido? — perguntei, incrédulo.

Gordon revirou os olhos.

— Não. Idiota. Não é conexão lun… Não vou nem falar isso. Veja. Sempre teve alguma coisa em você. Mesmo antes disso tudo. O fato de que consegui me enlaçar a você com tanta facilidade deveria ter sido minha primeira pista, mas acho que fiquei tão aliviado por voltar a ter um laço que não pensei em mais nada. Pude senti-lo por causa dessa conexão. Os lobos podiam senti-lo por causa dos laços do bando. Mas os humanos? Não achei que isso fosse possível. Não no grau que parece ser. Até onde vai o laço?

— Ele tem que se esforçar — explicou Jessie. — Não é como com os lobos. Sabemos que ele está lá quando ele tenta nos alcançar.

— Vocês conseguem retribuir?

Os humanos se entreolharam. Então Jessie falou:

— Às vezes?

Gordon franziu o cenho, mas não disse nada.

— Já ouviu falar em alguma coisa parecida antes? — indagou Carter para a mãe.

Ela deu de ombros.

— Boatos, em sua maioria. Histórias sem respaldo. Mas nada comprovado. Não como ele.

— E quem mais sabe além das pessoas aqui presentes? — perguntou Gordon.

Todos pausaram.

— A Alfa Hughes — respondeu Robbie afinal.

— E o homem rude — acrescentei.

— O quem…

— Philip Pappas — interrompeu Robbie. — Trabalha para a Alfa Hughes, como seu vice-comandante. Ele esteve aqui quando estavam fora, para... avaliar, eu acho. Não acredito que tenham contado a mais ninguém, pelo menos não para muitos. Acho que não sabem como interpretá-lo.

— Queriam que eu me registrasse — falei. — Se Joe não voltasse.

Joe pegou minha mão e apertou. Não soltou. Robbie nos encarou por um momento, em seguida desviou o olhar.

— Você não pode fazer outros lobos — observou Gordon.

— Mas posso fazer um bando — argumentei. — E mostrei que não precisam ser só lobos. Acho que se preocupam com isso.

Gordon balançou a cabeça.

— Você tinha que ser um floquinho de neve especial — murmurou, mas tinha um pequeno sorriso no rosto.

— É isso? — perguntou Kelly. — Mais ninguém sabe sobre...

— David King — admiti.

— Quem? — questionou Chris.

E merda. Tinha me esquecido de que não havia contado sobre ele.

— King — falou Elizabeth lentamente. — Do clã de caçadores King?

— Ele esteve aqui — revelei. — Há meses. Na noite em que enviei o alerta.

Meu bando ficou em silêncio.

— Nós o salvamos de Richard — acrescentou Joe. — Por pouco. Ele estava fugindo, mas Richard o alcançou. Richard escapou, mas David... Pedi que viesse até aqui. Com um recado para Ox.

— E não pensou em nos contar? — perguntou Mark. Não parecia irritado, apenas confuso.

Pensei. Muitas vezes, mas permiti que minha raiva vencesse.

— E ele soube — disse Elizabeth, me liberando por enquanto — que você era um Alfa?

Assenti com a cabeça.

— Disse que conhecia o mundo bem o bastante para saber.

— Onde ele está? — indagou Mark. — Se ainda estiver fugindo, precisamos nos certificar de que não esteja falando...

— Está morto — afirmou Joe. — Aconteceu há algumas semanas. Não muito longe daqui. Idaho.

— Richard? — perguntou Elizabeth ao filho.

Joe assentiu com a cabeça.

— Foi por isso que voltou, não foi? — questionou ela. — Porque acha que ele vai voltar.

— Talvez — respondeu Joe. — Talvez quisesse finalmente voltar para casa.

— Disseram que você ficou calado — falou Elizabeth. — Que parou de falar outra vez.

Ele olhou para baixo. Fez-se silêncio na casa.

— Você sabe por quê? — perguntou a ele.

— Porque doía — respondeu Joe com a voz baixa, parecendo o tornado que outrora me esperava na estrada de terra, de olhos arregalados e exigente. — Estar longe de vocês. Dele. Eu não conseguia... encontrar palavras. Para dizer nada. Só queria encontrar o monstro para poder voltar para casa.

— E aqui está você — concluiu ela. Elizabeth se levantou e se aproximou do filho. Não sabia o que tinham conversado desde a volta de Joe, se é que tinham conversado. Tive a sensação de que ela estivera esperando que ele falasse primeiro.

Elizabeth era tão menor do que ele agora. Era estranhamente enternecedor, vê-la esticar os braços para alcançar seu rosto. Ele se inclinou para as mãos dela, enquanto ainda segurava a minha.

— Seu pai teria muito orgulho de você — declarou ela.

— Não acho que...

— Joe — interrompeu ela.

Ele pôs o braço em volta dela e a puxou para perto, encostando o nariz no pescoço da mãe, enquanto ela afagava sua cabeça. Ela olhou para mim e sorriu.

Em algum momento ela se afastou e deu um passo para trás.

— Acho que devemos tentar — disse a mãe. — Porque somos muito mais fortes juntos do que jamais seríamos separados.

— Vai ser ruim? — perguntou Rico. Ele parecia cansado. Todos pareciam.

— Talvez — falei. — Mas já foi ruim antes, e sempre sobrevivemos. Por causa do bando. Se vocês acharem que não conseguem, não os culparei. Mas preciso saber. Porque se ficarem, preciso poder contar com vocês. Então me digam agora.

Ninguém se pronunciou.

Não achei que fossem. Eram corajosos, todos eles. Tolos, porém corajosos.

— Então faremos isso — anunciei. — Como um bando.

Fiquei imaginando se seria essa a sensação da cura.

Dois dias depois, Robbie disse:

— Ela quer falar com vocês. Com os dois.

Joe olhou para mim e novamente para Robbie.

— Alfa Hughes?

— Sim.

Joe suspirou e passou a mão no rosto. Estava ao meu lado enquanto eu cortava pimentões para Elizabeth, que cantarolava suavemente perto do fogão. Mark, Carter e Kelly estavam na floresta. Gordon ainda estava na oficina, mas devia chegar mais tarde. Eu tinha dado a noite de folga para os outros. Tinham vidas fora do bando, e eu não queria tirar isso deles, mesmo que tenham me olhado esquisito quando eu disse isso.

— Quando? — perguntei.

Robbie bufou.

— Agora, provavelmente. Ela não gosta de esperar.

— Nunca gostou — disse Elizabeth, sem tirar os olhos do fogão. — Isso pode esperar. Mas tentem não demorar.

Juntei as fatias de pimentão e as coloquei num prato ao lado de Elizabeth. Dei um beijo em sua bochecha antes de olhar para Joe.

Ele deu de ombros para a minha pergunta não pronunciada.

— Não existe momento melhor que o presente.

— O que ela quer? — perguntei a Robbie ao segui-lo para o escritório.

— Não posso fazer esse tipo de pergunta. Não para ela. A maioria das pessoas não pode.

— Eu não sou a maioria das pessoas — falei, porque não seria intimidado por ninguém.

— Sim, Ox — respondeu ele carinhosamente. — Eu sei.

Joe manteve a expressão neutra.

Havia um notebook aberto sobre a mesa. Achei que fosse de Robbie. Eu não tinha um. Lidava demais com o computador da oficina para querer um em casa. Joe se sentou na cadeira da escrivaninha e eu coloquei uma segunda cadeira ao lado dele.

Robbie pegou o telefone e digitou uma mensagem. Em um instante seu telefone apitou e ele respondeu. Guardou o aparelho de volta no bolso antes de virar o computador para si. Clicou no Skype e disse:

— Ela vai ligar em um minuto.

Ele colocou o notebook novamente virado para nós e saiu do recinto, fechando a porta atrás de si.

Joe esperou um segundo antes de falar:

— Vai demorar muito para que ele me enxergue como qualquer coisa que não um inimigo.

Revirei os olhos.

— Ele não acha que você é um inimigo.

— Ele acha que sou *alguma coisa*.

— Você *é* alguma coisa.

Joe sorriu.

— Provavelmente está pensando em duas coisas diferentes, Ox.

Dei a mão para ele, ainda maravilhado por poder fazer isso. Ficamos na velha casa, Joe na minha cama todas as noites. Era apertada e pequena, mas nos dava uma desculpa para dormirmos um em cima do outro. Eu não precisava de distância dele agora. Provavelmente não precisaria por um longo tempo.

— Ele vai chegar lá — falei. — Eu te contei o que ele disse sobre Kelly. Talvez pudéssemos…

O computador apitou. Uma tela brilhante apareceu.

— Pronto? — perguntou Joe.

Dei um beijo nele, breve e doce.

— Pronto, Joe.

Ele apertou minha mão e atendeu a ligação.

Não sei como imaginava que seria a aparência dela. Para falar a verdade, não tinha pensado muito nessa Alfa. Ela não me conhecia. Não conhecia o meu bando, não de verdade. Ela podia ser a grande Alfa, mas o que fazia não significava nada para mim no longo prazo. Não perseguira a mim e aos meus, mas também não havia feito nada para nos proteger.

Mas era jovem, mais do que imaginei. Talvez tivesse uns quarenta anos, mais ou menos. Parecia calma, até mesmo relaxada, os cabelos escuros presos em um rabo de cavalo, a camisa de colarinho branco com alguns botões abertos no pescoço. Não parecia Alfa, mas eu tinha conhecido poucos para comparar.

Ela não sorriu quando nos viu na tela, mas alternou o olhar entre nós dois. Percebi que era a primeira vez que nos via, embora provavelmente já tivesse ouvido falar muito de nós. Provavelmente também não éramos como ela esperava.

Por algum motivo, não achei que falar primeiro fosse o certo para Joe e eu. Joe deve ter pensado o mesmo, porque nós dois aguardamos.

— Você não vai se lembrar de mim, Alfa Bennett — disse ela com a voz tranquila. — Provavelmente tinha cinco ou seis anos quando nos conhecemos. Mas eu me lembro de você. Seu pai era... Bem. Era um bom homem. Meus pêsames.

— Obrigado — respondeu Joe, com certa dureza. — É muito gentil de sua parte dizer isso.

A Alfa acenou com a cabeça para ele, depois olhou para mim. Eu me recusava a ser intimidado por ela. Não sei quão bem-sucedido fui nessa missão.

— Alfa Matheson — continuou ela. — Que coisa mais curiosa.

Não sabia se deveria me sentir ofendido ou não.

— Em que sentido?

— Jamais conheci alguém como você — afirmou ela. — Para todos os efeitos, você parece ser único.

— Quanto a isso não sei — respondi honestamente. — E não precisa me chamar de Alfa. Apenas Ox.

— É mesmo? — Ela pareceu achar graça. — Apenas Ox.

— É uma demonstração de respeito — explicou Joe para mim.

— Eu sei — falei. — Mas mais ninguém me chama assim. Ela também não precisa.

— Curioso — repetiu ela. — Podemos dispensar as formalidades, suponho. Nunca fui de cerimônias.

— O que você quer, Michelle? — perguntou Joe.

Ela sorriu para ele, mas o sorriso não chegava aos olhos.

— A lista é muito longa.

— Por que não começamos com as coisas que quer de nós — sugeriu Joe. — Acho que fica mais fácil.

— Não me lembro de ter dito que queria algo de vocês.

— Não precisou — retrucou Joe. — Estava implícito.

— Justo — disse ela. O sorriso desapareceu. — Por onde esteve nos últimos três anos?

Joe ficou tenso.

— Você sabe onde estivemos.

— Não especificamente.

— Especificamente, estivemos por toda parte. Não ficamos em um único lugar. Engraçado que tenha sido assim.

Ela tamborilou os dedos na mesa e se inclinou para trás na cadeira.

— Mas jamais o alcançou. Richard, quero dizer.

— Não — respondeu Joe duramente.

— E Robert Livingstone? Osmond? Alguma coisa?

— Não.

— E por quê?

— Não sei dizer — falou Joe. — Por que não pergunta para as equipes que enviou? Elas também não parecem ter tido muita sorte.

— Sim. — Franziu a testa. — Isso. Isso… foi decepcionante, para dizer o mínimo. Por que acha que isso aconteceu?

— Porque ele é esperto — respondeu Joe. — E impiedoso. Algo que os seus jamais poderiam ser.

— E você poderia? — perguntou ela, e eu apertei a mão de Joe longe das vistas, porque *cuidado, cuidado.*

Ele sabia o que eu estava tentando dizer. Ainda não conseguia senti-lo, não como antigamente, mas não achava que fosse demorar. Os bandos iam se unir. Tinham que se unir. Eu realmente não via outra solução.

— Fiz o que tive que fazer — declarou Joe.

— E seu bando? — disse ela.

— Também. Estávamos de acordo.

Ela olhou para mim.

— Estavam?

— Sim.

— Onde está Richard Collins?

— Não sei.

— Mas você voltou.

— Era hora.

— Não teve nada a ver com o clã King, então?

Joe não disse nada.

Michelle suspirou.

— Não posso ajudar se não me contar que está acontecendo.

— Não pedimos ajuda — disse Joe.

— Vão precisar. Se ele voltar.

Joe bufou.

— Ele já veio duas vezes. Já tirou pessoas de mim. Onde você estava?

Ela nem se abalou. Era muito boa.

— Agora as coisas são diferentes.

— São — concordou Joe. — Mas isso não muda nada entre nós. Você e eu sabemos que meu desejo de liderar acabou quando meu pai foi tirado de mim. Não me importo com isso. Não mais. Pode ficar. E fazer o que quiser.

— Você não confia em mim — falou ela.

— Não — respondeu Joe friamente. — Não confio. Não confio em nenhum de vocês. Não fizeram nada para ajudar meu pai. Aliás, mandaram alguém que nos traiu. Então me perdoe se aliviar sua culpa não é uma das minhas prioridades.

— Não estou pedindo que alivie *nada* — disse ela, e a máscara sólida rachou um pouquinho. — Isso não afeta somente a você, Joe. Richard Collins é um inimigo de *todos* nós. Devemos trabalhar juntos. Para contê-lo. Para *acabar* com isso.

Garras espetaram meus dedos quando Joe apertou mais forte.

— Devia ter pensado nisso quando teve a chance de acabar com ele depois que me sequestrou. Você o *teve* e...

— Eu nem sequer fazia *parte* disso naquela época...

— Não importa — interrompeu Joe. — Você é a Alfa dos lobos agora. Tudo que veio antes de você recai sobre os *seus* ombros.

— Eu poderia enviar alguém — ameaçou ela. — Múltiplos alguéns, se quisesse.

— Na verdade, não poderia — falei.

Ela me encarou.

— E por que não?

— Porque sou o Alfa deste território. E você não é bem-vinda aqui.

Ela riu.

— Sr. Matheson, eu lhe garanto, não *preciso* da sua permissão. Aliás, é você que responde a mim agora.

— Não respondo a ninguém que não o meu bando. E te *garanto*, se não acreditar nisso, ficará extremamente desapontada.

Ela olhou de um para o outro, a máscara caindo um pouco mais.

— Não veem que só estou tentando ajudar? Não precisam enfrentar isso sozinhos.

— Não estamos sozinhos — disse Joe. — Temos um ao outro. E nossos bandos.

Ela estreitou os olhos.

— Não podem os dois serem Alfas e liderarem o mesmo bando. Não é assim que funciona.

— Você não sabe *como* funcionamos — falei.

— E você vai dar ouvidos a ele? — perguntou para Joe, me ignorando. — O *humano*? Depois de tudo que fizeram. Depois de tudo que *foram capazes* de fazer.

— Especista — disse Joe. — Que pena. Não pensei que logo você fosse pensar desse jeito. Osmond pensava. E Richard também.

Os olhos dela brilharam vermelho.

— Não sou nada como eles.

— Talvez, não — falei. — Mas não importa. Não agora. Não com o que pode acontecer.

— Mais um motivo para nos deixarem *ajudar*...

— Três anos — interrompi. — E é a primeira vez que falo com você. Por quê?

Ela hesitou.

— Você sabia que Joe tinha ido embora. Sabia que alguns de nós permaneceram. E *nunca* entrou em contato. Nem comigo. Nem com Mark. Nem mesmo com Elizabeth. Por quê?

— Não tinha necessidade — respondeu duramente. — Vocês estavam de luto. Robbie estava aí me passando tudo que eu precisava saber.

— E mesmo assim — disse Joe, seguindo o fio da meada —, voltei há duas semanas e cá está você.

— Concluí que era hora...

— Não — interrompeu Joe. — Não concluiu.

— Porque você não nos queria — afirmei. — Você quer Joe.

— Ele é o Alfa Bennett — rebateu. — Ele *tem que* ser...

— Meu pai me disse que, para ser um bom Alfa, eu sempre preciso colocar o bem do bando em primeiro lugar — disse Joe. — Acima de tudo. Porque um Alfa não pode liderar se não tiver um bando que o siga.

— De que vai adiantar quando não tiver mais bando? — perguntou ela. — Porque esse é o risco que corre. Joe, estou pedindo… não, estou *implorando*. Deixe-nos ajudar.

Joe olhou para mim. Garanti que meu olhar não vacilasse, que ele pudesse enxergar cada parte de mim que construí para ele. Ainda tínhamos um longo caminho a trilhar. As feridas e queimaduras que marcaram minha pele ao longo dos últimos três anos levariam um bom tempo para curar. Mas anos antes eu tinha dado meu coração para um menino de olhos azuis que me amava e confiava em mim o suficiente para manter sua família em segurança.

Ele emitiu um ruído engasgado, como se doesse no fundo da garganta. Senti uma explosão de calor na mente e no peito, e estava *ali*, por menor e mais incipiente que fosse, um fio, um pequeno fio que dizia *bando* e *amor* e *parceiro parceiro parceiro*.

Michelle tinha razão. Joe era o Alfa Bennett.

Mas ela não esperava por mim. Não sabia sobre mim. Quer acreditasse ou não no que eu era, ainda me achava fraco.

Sim, Joe era o Alfa.

Mas eu também era.

E faria qualquer coisa por ele. Pelo nosso bando.

Olhei para Michelle.

— Você não é bem-vinda aqui. Não agora. Não até que isso termine. Não até termos certeza de que podemos confiar em você. Eu sou humano. Mas sou um *Alfa*, e farei qualquer coisa pelo nosso bando.

— Até morrer? — perguntou baixinho.

Joe congelou.

Eu, não.

— Até isso — respondi —, se for para mantê-los seguros.

Ela assentiu com a cabeça.

— Espero que não chegue a tanto. Sinceramente. Estou enviando equipes para o Oregon. Não podem me recusar isso. Se elas o encontrarem primeiro, bem. Faremos o que for possível. Mas se ele conseguir escapar, se for atrás de vocês, eu… espero que saibam o que estão me pedindo.

— Sabemos — falei.

— Espero que possamos nos falar novamente em breve — disse ela. — Temos muito a discutir. Alfa Bennett, Alfa Matheson.

A tela escureceu.

— Não foi como eu esperava — murmurei.

Ele não disse nada, então olhei para ele. Seu rosto estava ligeiramente pálido.

— O quê?

— Você falou sério.

— Sobre?

— Morrer por eles. Por nós.

— Ninguém vai morrer, Joe. Eu só estava argumentando.

— Mas você morreria — insistiu.

Eu não sabia aonde isso ia dar. Então falei:

— É, Joe. Sim. Por você. Por todos vocês.

Ele esticou a mão e me pegou pela nuca, me puxando para a frente. Encostou a testa na minha.

— Não pode — disse ele. — Você não pode morrer.

— Joe...

— *Ox* — rosnou.

Suspirei.

— Não posso prometer nada.

— Então ficará ao meu lado. Não importa o que aconteça. Não saia de perto de mim.

— Você sabia disso. Sabia o que eu faria por eles. Por você.

Sua mão apertou e ele me sacudiu de leve.

— Eu não me *importo* — falou, soando desesperado. — Você não pode fazer isso. Você fica do meu lado.

— Você acha que ele está vindo.

— Eu *sei* que está. — Seus olhos arderam. Tive um vislumbre de presas.

— Com outros. Ômegas. Osmond. Robert.

— Não sei. Não importa. Ele vem de qualquer jeito. Sozinho. Com um exército. Ele *está vindo.*

— Atrás de você. Porque você é o Alfa Bennett.

— Sim.

— Este é o nosso território.

— Sim.

— Pertencia ao seu pai.

— Sim.

— Ele não pode tomá-lo. — Exibi os dentes. — Não de você. Não de nós. Não da porra do nosso *bando.*

— *Sim* — disse o lobo, todo rosnado e fogo.

Então o beijei. Porque era a coisa certa a se fazer. Porque era a única coisa que eu *queria* fazer.

Ele retribuiu o beijo, ansioso e violento. Uma presa espetou meu lábio e senti o gosto forte de sangue, *meu* sangue, entre nós.

— Alfa — sussurrou para mim.

E eu pensei *sim* e *sim* e *sim.*

essa casca vazia/batimento cardíaco

Uma semana após a ligação de Michelle Hughes, eu estava observando Elizabeth dançar na cozinha. Era um domingo. E eu tinha dito a ela que deveríamos jantar com todo mundo. Porque era tradição.

Seus olhos brilharam com isso. Ela afagou minha mão, e nós dois ignoramos a aspereza em sua voz quando ela disse:

— Seria ótimo, Ox. Seria realmente ótimo.

Os humanos do meu (*nosso nosso nosso*) bando estavam lá fora pondo a mesa. Ou melhor, Jessie estava, e Tanner, Rico e Chris bebiam cerveja em espreguiçadeiras que tiraram nem sei de onde.

Gordon estava com eles, e eu conseguia vê-lo tentando. Tentando achar o seu caminho de volta para eles. Tentando refazer os laços de outrora. Pois, mesmo que eles não soubessem, mesmo que não fossem lobos, ainda tinham sido seu bando por mais tempo do que todo mundo. Ele precisava deles. Como precisava de mim. O processo era lento, dada a longa história entre eles. Eles entendiam. Em sua maioria.

Carter e Kelly estavam cuidando da churrasqueira. Robbie se esforçava para não ficar tanto atrás de Kelly. Depois daquela primeira reunião em que Joe e eu falamos sobre unir os bandos, Robbie tinha recuado, suavizado um pouco com os outros, e estava menos afiado. Ajudou o fato de que ele tinha começado a desviar a atenção de mim. Joe, possessivo que só, divertia-se com a situação, principalmente com a expressão espantada no rosto de Kelly.

Joe estava caminhando pelas árvores em algum lugar. Um Alfa precisava estar em contato com seu território. Eu lhe disse que o acompanharia, mas ele balançou a cabeça.

— Vou ficar bem, Ox — tinha falado antes de desaparecer na floresta.

Então éramos apenas Elizabeth e eu. A salada que eu preparei já estava pronta na grande vasilha de plástico. Ela não tinha me dado mais nenhuma tarefa. Então esperei. Parecia a coisa certa a se fazer.

Em algum momento parou de dançar ao som da música que só ela escutava.

Ela disse:

— Ox.

— Sim?

— É bom, não é?

— É. — Em seguida: — O quê?

Ela sorriu, mas não tirou os olhos da salada de batata que estava mexendo.

— Isso. Nós. Você e eu. Todos eles.

E era. Então disse isso a ela.

Ela falou:

— Eu não esperava por isso.

— O quê?

— Que pudéssemos voltar a ter isso.

— Eu queria que tivesse. Queria que você voltasse a ter tudo isso. Depois.

Ela assentiu com a cabeça.

— Sei que queria. Mas não pôde. Não de cara.

Dei de ombros, tentando manter a compostura.

— Não sei.

Ela olhou para mim.

— Você queria — disse ela. — Eu o conheço.

Ela conhecia. Muito bem. Se eu achasse que meu coração aguentaria, a teria chamado de "mãe". Mas corações são engraçados; eles batem forte no peito, mas podem estilhaçar com a mínima pressão.

Ela ouviu tudo que não consegui dizer. Parte disso eram os laços entre nós. Mas a maior parte era por ela ser Elizabeth Bennett. Ela simplesmente sabia.

Ela disse:

— Ele precisava voltar para casa. Por mim. Por nós. Mas principalmente por você, eu acho.

— Ele sentiu falta de todos nós, igualmente.

Ela revirou os olhos, algo tão raro que sempre que acontecia eu sorria.

— Claro. Eu sei *disso*. Sei muito bem *disso*. Mas foi por você, Oxnard. Mesmo que não acredite. Mesmo que não entenda. Ele voltou por você.

Ela me encarou, como se me desafiasse a contrariá-la.

Eu disse:

— Tudo bem. Sim. Talvez.

Ela bufou.

— Você assumiu o seu lugar desde que ele voltou. Você era o Alfa antes. Mas agora é diferente.

— É?

— Você sabe que é. E Joe. Ele... — Ela suspirou e desviou o olhar. — Um dia, há muito tempo, meu filho foi tirado de mim por um monstro. Eu sempre tinha dito ao meu filho que não havia o que temer. Que eu jamais permitiria que nada o machucasse. Mas menti, porque ele *se machucou*. Feio. Durante semanas. Eu o ouvia chorando quando... quando o monstro nos telefonava. Eu o ouvia gritando por mim. Eu queria... — Ela se interrompeu e balançou a cabeça.

— Não precisa fazer isso — falei com a voz rouca.

Seus olhos brilhavam laranja quando olhou para mim.

— Preciso — disparou. — *Preciso*. Porque você não enxerga os próprios méritos. Ainda. Depois de todo esse tempo. Nós o encontramos, Ox. Encontramos Joe e ele estava *quebrado*. Estava fraco e faminto e *quebrado*. Ele tinha medo de *tudo*. E por um tempo acho que ele nem sequer sabia quem éramos. E quando ele *soube*, quando se lembrou de nós, ele se encolheu porque... *aquele homem*, aquele *homem horrível* falou para ele que nós não o amávamos, que jamais o quisemos, que ele nunca seria um Alfa.

Suas garras saíram enquanto apertava a bancada.

— E eu me *desesperava* por ele. Porque eu não sabia o que fazer. Eu o amava mais do que já amei qualquer coisa. Achei que talvez isso por si só fosse capaz de trazê-lo de volta. De juntar seus cacos. Mas não foi suficiente. Richard Collins só precisou de algumas semanas para destruir o garotinho que eu conhecia. Ele virou uma *casca*, entende? Essa *casca* vazia, e que eu não sabia como consertar. E então, Ox. Ah, então *você* apareceu.

Ela estava chorando, e eu não sabia como isso tinha acontecido. Sabia que os outros lobos conseguiam escutá-la, mas não estavam entrando pela porta. Estavam esperando. Pelo que, eu não sabia.

— Você veio. E ele o trouxe para casa, como algo que tivesse encontrado no bosque. E o seu olhar naquele primeiro dia. Estava tão nervoso. Tão docemente tímido. Você não entendia o que estava acontecendo. Não tinha como. Mas eu sabia, Ox. E Thomas também. Porque Joe falou. Falou com *você*. Ele fez a escolha, mesmo que não soubesse o que isso significava. Você era dele, Ox. Mesmo naquela época. E ele era seu.

Eu não conseguia falar. Não me restavam palavras. Porque era a primeira vez que a via chorar. Mesmo depois de Thomas, ela tinha passado pelo luto como loba. Então isso era novidade, e eu não sabia como lidar. Não ajudava o fato de que suas palavras me atingiam com força no peito e eu quase não conseguia respirar.

— E ele teve que ir outra vez — disse ela, limpando os olhos. — Certo ou não, se deveria ou não, ele foi. Eles me contaram. Sobre ele. Carter e Kelly. Sobre como se fechou como antes. Como se entregou ao lobo. Como não falou por meses e meses. E mesmo assim, no *instante* em que chega em casa, no *instante* em que o vê outra vez, ele encontra sua voz como se nunca a tivesse perdido. Então não diga que você não vale. Não pense que não é bom o suficiente. Porque você trouxe meu filho de volta repetidas vezes e, mesmo se não fosse meu Alfa, mesmo *se* não fosse o escolhido pelo meu filho, eu teria uma dívida com você. Você nos devolveu Joe, Ox. E ninguém pode tirar isso de você.

Ela então riu, as bochechas molhadas, os olhos vermelhos, mas de um jeito humano.

— Eu... Eu só... Eu quero ser quem você pensa que sou — falei.

— Ox. Ox, você não vê? Eu não penso. Eu *sei*.

Ela andava com leveza, três passos e estava pressionada contra mim, as mãos curvadas entre nós, a cabeça no meu peito. Envolvi seus ombros com os braços e a segurei perto, e lá estavam aqueles laços entre nós, e ela se transmitiu por eles cantando *bando* e *filho* e *amor* e *lar*.

Após um tempo eu disse:

— É tradição, eu acho.

Ela esfregou o rosto na minha camisa.

— É — falou.

— Tudo bem aí? — perguntou uma voz na entrada.

Elizabeth riu novamente e se afastou de mim.

— Está tudo bem — respondeu para Joe. — Ox e eu estávamos... bem. Acho que é isso. Ox e eu estávamos.

Joe fez que sim com a cabeça, parecendo preocupado.

— Tenho que levar isso para a mesa — disse Elizabeth, um sorriso no rosto. Pegou a salada de batata e saiu pela porta sem olhar para trás.

Joe veio lentamente em minha direção, como se temesse me assustar. E talvez, de certa forma, eu estivesse assustado. Porque, mesmo ciente do meu significado para ele, às vezes eu não achava que sabia de *tudo*. Era um peso sobre mim, mas eu tinha ombros fortes. Eu aguentava.

— Tudo bem, Ox? — indagou Joe.

— Sim, Joe — respondi, e não consegui conter o encanto na voz.

— Tem certeza? — Ele parecia achar graça.

Talvez eu não tivesse. E talvez isso não fosse um problema. Porque Elizabeth tinha razão. Ele tinha se dado para mim. Por inteiro. E eu só precisava garantir que estivesse seguro. Porque, claro, ele tinha me escolhido. Dentre todas as pessoas. Tinha me dado seu lobo. Que era, essencialmente, o seu coração.

Eu disse:

— Eu te amo, sabia?

E como ele *sorriu*.

Levou tempo. De verdade.

As coisas não seriam sempre boas.

Eles tinham nos deixado, e éramos apenas três.

Eles tinham voltado, e agora éramos oito e eu era o Alfa.

Houve conflitos na tentativa de juntá-los.

De ver se as peças se encaixavam.

Às vezes dava tudo certo e conseguíamos nos mover em sincronia.

Outras vezes, não.

Robbie ganiu de dor quando Carter o lançou contra uma árvore.

Foi um acidente. Estavam se mordendo. Lobos faziam isso.

Mas tudo que ouvi foi o ruído de osso quebrando e o barulho de um dos meus se machucando.

Robbie ganiu no fundo da garganta, tentando se levantar sobre as quatro patas.

Eu estava na frente dele antes mesmo de perceber que estava me movendo.

Carter tinha se transformado de volta e estava nu, os dedos dos pés se enterrando na grama e na terra.

— Ei — disse ele. — Não tive a intenção…

— Sai daqui, porra — rosnei para ele.

Os olhos de Carter se arregalaram e ele deu um passo para trás.

Virei e me ajoelhei ao lado de Robbie. Suas orelhas estavam abaixadas e ele tremia levemente, reagindo à minha raiva. Respirei fundo e exalei devagar.

Havia uma ponta aguda de osso onde não deveria perto do ombro, levantando a pele e os pelos. Robbie fez uma careta, cerrando os dentes, enquanto o osso voltava lentamente para o lugar.

— Tudo bem? — perguntei, passando a mão pelo seu focinho.

Ele mordeu gentilmente o meu dedo.

— Desculpe, Ox — disse Carter de trás de mim. — Foi um acidente.

Rosnei para ele, incerto quanto ao motivo de me sentir assim.

— Não é para mim que deve pedir desculpas.

— Desculpe, Robbie.

Robbie ganiu e se levantou, se esfregando em mim ao passar. Apoiou a cabeça no quadril de Carter e tudo foi perdoado.

— Você ainda está pensando neles como bandos separados — disse Joe para mim mais tarde naquela noite. Estávamos deitados lado a lado na minha cama na velha casa. O quarto estava escuro e a lua era uma linha fina no céu. — Você encarou aquilo como um ataque ao seu bando, e não como dois colegas de bando numa brincadeira mais pesada.

— Não sei como virar a chave — admiti baixinho. — Foi assim durante muito tempo.

Joe suspirou.

— Não estou te culpando, Joe.

— Talvez devesse — murmurou.

— Já culpei. Já passou. Só preciso descobrir como melhorar.

— Talvez…

— Talvez o quê?

— Meu pai. Ele... me ensinou coisas. Sobre o que significa ser um Alfa. O que significa ter um bando. Eu poderia... te mostrar. Se você quiser.

Segurei a mão dele.

— Sim, Joe. Claro. Parece uma boa ideia.

CERTA VEZ, QUANDO EU TINHA sete anos, meu pai chegou em casa da oficina.

Ele se sentou na varanda, abriu uma cerveja e suspirou.

Eu me sentei ao lado dele porque ele era meu pai e eu o amava muito.

Ele olhou para a casa do fim da rua. Estava vazia. Fazia tempo que estava assim.

O sol estava se pondo quando ele estava na sua quarta cerveja.

Ele disse:

— Ox.

— Oi, papai.

— Oi... Ox... Vou te dar um conselho, certo? — falou, as palavras tropeçando umas sobre as outras.

Assenti com a cabeça, embora não soubesse do que ele estava falando. Eu só gostava de ouvir o som da sua voz.

Ele disse:

— Você acha que vai chegar a algum lugar. Acha que vai fazer alguma coisa boa com a sua vida. Porque não quer ser como o lugar de onde veio. Mas as pessoas vão cagar onde você anda. Não vão dar a mínima para o que você quer. Tudo que querem é derrubá-lo. Prendê-lo num emprego que detesta. Em uma casa que não suporta. Com pessoas para as quais você nem aguenta olhar. Não deixe que façam isso. Tudo bem? Não deixem que façam isso com você.

— Tudo bem — falei. — Não vou deixar.

Ele resmungou e tomou mais um gole da lata vermelha e branca.

— Você é um bom garoto, Ox. É burro, mas é bom.

Fiquei imaginando se aquela era a sensação do amor verdadeiro.

JOE ME LEVOU PARA AS árvores, para o bosque, caminhando a trilha do pai. Seu Alfa.

Ele disse:

— Meu pai me disse que sempre existiram esses laços que nos conectam. Eles nos ligam uns aos outros porque somos um bando. Quanto melhor trabalhamos juntos, quanto mais confiança e respeito temos uns pelos outros, mais fortes nossos laços se tornam.

Ele esticou o braço e passou a mão no tronco de uma árvore.

Seu pai havia feito o mesmo muitas vezes quando passeávamos pela floresta.

Eu disse isso a ele.

Ele sorriu para mim.

— Ajuda.

Eu não sabia o que isso significava, não de verdade, mas deixei para lá.

— Você consegue senti-los, não consegue? — perguntou ele ao passar sobre um tronco apodrecido do qual saíam flores e longas lâminas de grama.

— Na maior parte do tempo — respondi.

— Carter? Kelly? Gordon?

Dei de ombros.

— Estou chegando lá. Eu acho. Não sei. Gordon, talvez. Só porque o conheço. Sou conectado a ele.

— Você também é conectado a todos os outros.

Até você quebrar isso, eu quis dizer. *Até romper esses laços como se não fossem nada*.

Mas não o fiz. Porque eu estava superando isso. Quase tudo.

— Foi minha culpa — disse ele, e eu *odiei* os lobisomens naquele instante, *odiei* ser ligado a eles como era, porque por tantas vezes meus pensamentos não pareciam mais só meus.

— Não é assim — murmurei.

Ele revirou os olhos e ouvi sussurros de *quem é você* e *de onde você veio*, ditos na voz do pequeno tornado. Era aquela desconexão de novo. O garotinho que eu conheci, o adolescente que ele foi, o homem que era agora. Ele era áspero e mais quieto do que antes, mas pequenas faíscas passavam pelas rachaduras de vez em quando. Joe era Joe era Joe.

Eu conseguia aceitar isso. Por ele. Por causa dele.

— É um pouco assim — falou. — Mas estou consertando.

— Como?

Ele deu de ombros.

— É difícil colocar em palavras.

— Tente.

Ele estreitou os olhos para mim, mas pegou minha mão, nossos dedos se misturando.

— Acho que é tipo... tudo bem, provavelmente é idiota dizer *instinto* ou que você não entenderia porque não é um lobo, mas não é assim. Acho que hoje em dia você é mais lobo do que homem.

Ele soava orgulhoso disso. Eu não entendia o porquê.

— Esta é a minha casa — continuou ele. — É onde meu pai cresceu, assim como o pai dele, e o pai do *pai dele*. Éramos destinados a este lugar. Existe uma certa... magia aqui, acho. Não como a magia de Gordon, mas algo que corre pela terra sob nossos pés. Ela me reconhece. Reconhece o bando. Os Alfas. Quando as coisas racham... quebram... a terra sente.

— E você a quebrou — falei sem intenção. — Quando cortou nosso contato, ela quebrou.

Ele fez uma careta, mas assentiu com a cabeça.

— É, acho que sim. — Em seguida: — Você sentiu, não sentiu?

Lembrei da sensação na cabeça e no peito quando acordei naquela manhã. As duas palavras no meu telefone.

Sinto muito.

Sim. Eu tinha sentido.

— Senti alguma coisa — falei o mais calmamente possível.

Isso pareceu machucá-lo.

— Ox, eu...

Eu não queria ouvir. Estava cansado de desculpas. Elas não ajudavam em nada, não mais.

— Está tudo bem, Joe.

— Está?

— Está ficando — corrigi, porque era mais próximo da verdade.

— Por isso cabe a mim consertar — disse ele. — Não é você, Ox. O motivo pelo qual não consegue senti-los. Ainda não. Sou eu. Eu nos dividi. E estou tentando consertar.

— Como?

Ele sorriu.

— Comungando com a natureza, é claro.

— Ainda não entendo — falei, pensando no meu pai.

— Ei, Ox. Não tem problema. Entendo o suficiente por nós dois. Vou consertar. Vou consertar tudo. Você confia em mim, certo?

A maioria das pessoas talvez não tivesse ouvido a dúvida em sua voz, aquela pontinha que apareceu no final. Mas eu o conhecia desde que ele tinha dez anos. Éramos apenas Ox e Joe e eu o conhecia, provavelmente melhor do que qualquer pessoa. Mesmo que ele não fosse mais o garoto que tinha nos deixado anos atrás.

Só havia de fato uma resposta para a sua pergunta.

Então eu disse:

— Sim, Joe. Acho que sim.

Às vezes, quando não conseguia dormir, mesmo com Joe ao meu lado, eu caminhava pelo bosque. Gordon não gostava que eu fizesse isso, mas eu disse que não me preocupava, porque confiava nas suas barreiras, confiava nele.

Gordon disse que negaria até a morte se eu contasse para alguém que ele ficou emocionado com isso.

Em noites assim, eu vestia um short e uma das camisetas de Joe. Dava um beijo em sua testa enquanto ele dormia. Saía no escuro, o ar frio na minha pele.

E simplesmente andava.

Em geral demorava menos de uma hora para o lobo branco me alcançar, andando ao meu lado, se esfregando em mim. Não falávamos muito, mas ele sempre ficava comigo até voltarmos para a cama. Às vezes ele se transformava de volta. Outras vezes ficava como lobo e deitávamos no chão, já que a cama era pequena demais. Eu colocava os cobertores no chão e ele se encolhia ao meu lado, a cabeça gigantesca no meu peito, subindo e descendo a cada respiração minha, os olhos vermelhos me observando até eu cair no sono.

Ninguém veio atrás de nós naquele primeiro mês.

Nem no segundo.

Houve boatos. Sussurros.

— Ele foi rastreado no norte — nos contou Michelle Hughes por Skype —, em direção ao Canadá.

Franzi a testa para a tela.

— Isso não faz sentido. Por que ele estaria se afastando de nós?

— Ele não está — disse Joe, um olhar distante no rosto.

— Não — assentiu Michelle. — Não acho que esteja.

— Uma distração — falei.

— Uma pista falsa, é mais provável — corrigiu Michelle. Ela parecia cansada, tinha olheiras pesadas sob os olhos. — Não sei o que está planejando, mas não é nada bom. Minhas equipes foram para o norte, mas o rastro simplesmente… acabou. Num instante acharam que estivessem perto, no seguinte não havia mais nada lá.

— Como ele pode fazer isso? — perguntei. — É possível forjar o cheiro de um lobo em particular?

— Magia — respondeu Joe.

— Robert Livingstone — concordou Michelle. — É o mais provável. Joe, tem certeza de que não podemos…

— Já conversamos sobre isso — interrompeu Joe, os olhos brilhando vermelho.

— E estão sendo tolos — rosnou ela de volta.

— Tenho as pessoas que confio aqui — disse ele. — É tudo de que precisamos.

Torci para que ele estivesse certo.

Havia confiança ali. Por menor que fosse. Por mais frágil.

Mas estava começando a se fortalecer.

Eu via na forma como os humanos passaram a relaxar perto de Carter e Kelly. Pareciam menos tensos, menos desconfiados.

Via na forma como Gordon ria das palavras de Rico. Ou na forma como esbarrava o ombro no de Chris quando caminhavam lado a lado. Ou na forma como abraçava Tanner sempre que se despediam.

Via na forma como Robbie ficava tímido sempre que Kelly entrava no recinto, ruborizando de leve, desviando os olhos para o chão. Kelly sempre ficava confuso com isso, mas nunca disse nada.

Via na forma como nos movíamos juntos. Não estávamos em sincronia. Ainda não. Mas estávamos chegando lá. Estávamos encontrando o ritmo, a cadência necessária. Eu mesmo não entendia, mas os olhos dos outros sempre estavam na porta que eu atravessava, como se esperassem por mim. Faziam o mesmo com Joe.

Estava presente na forma como falavam.

Carter disse:

— Você consegue sentir, não consegue? Os laços. As ligações. Nunca tive isso, Ox. Nunca tive um bando tão grande.

Kelly disse:

— Não entendo. Por que ele faz essas caras para mim? Por que gagueja sempre que tento falar com ele? Eu não fiz *nada* com Robbie. Não entendo por que ele está tão estranho.

Robbie disse:

— Não sei nem o que dizer para ele! Eu nem o *conheço*. Sempre que tento conversar com ele me esqueço de como se fala e… ah, caramba, você está *rindo* de mim? Você é um filho da puta, Ox, juro por Deus.

Jessie disse:

— Tentei sair com umas amigas. Estávamos jantando, e elas estavam rindo de… não sei do quê. E tudo que eu conseguia pensar era em como elas não estavam *lá*, entende? Não estavam… na minha cabeça. Como os outros. E pareceu *vazio* para mim. Ox, juro por Deus, se você arruinou a possibilidade de uma vida normal fora disso para mim, vou socar seu baço.

Chris disse:

— E soca mesmo. Pode acreditar. Quando ela tinha sete anos, eu acidentalmente… Ah, *tá bom*, foi de propósito, pode parar de me *bater*, pelo amor… Deixei uma das Barbies dela na saída de um aquecedor. A cara derreteu e ficou… bem, ficou incrível. Ela não achou. Ainda tenho uma cicatriz no cotovelo, onde ela me atacou com as unhas.

Tanner disse:

— Ele está diferente. Gordon. Talvez seja só porque agora sei de tudo. Talvez isso influencie. Mas não sei se isso é *tudo*. Ele está diferente, sabe? Desde que voltou. Está… mais quieto. E mais centrado, talvez. Acho que ele precisava de um bando, Ox. Sei que ele tinha a gente, mas acho que não era a mesma coisa. Acho que a magia dele precisava de alguém.

Gordon disse:

— Eu não conseguia respirar. Quando estávamos fora. Não como consigo aqui. Não como quando estou com você. Sei que você entende.

Sei que não... conversamos muito. Sobre coisas assim. Sentimentos e tal. Não somos assim. Mas, Ox, você me permite respirar. Eu nunca quis deixá-lo. Eu só... Eu sou. Eu tinha um bando. Naquela noite alguma coisa... eu fiz o que tive que fazer. Ou minha magia fez. Eu me liguei a ele. A Joe. Mas preciso que você saiba. Sempre fui ligado a você em primeiro lugar.

Rico disse:

— Se há cinco anos alguém me dissesse que eu faria parte de um bando de lobisomens com um garoto com metade da minha idade como meu Alfa que também estava dando para o outro Alfa... Não me olhe assim, Ox, você sabe que é verdade... Eu teria perguntado se a pessoa poderia me dar um pouquinho do que tinha tomado. A vida é... estranha. Green Creek é estranha.

Elizabeth disse:

— Voltei a pintar. Primeira vez em três anos que peguei um pincel sem medo. Ah, claro, a ideia de criar algo novo *sempre* é assustadora, mas a ação em si é catártica. Libertadora. Não sei em que fase estou agora, Ox. Mas vou fazer o melhor que puder para descobrir. Talvez verde. Eu me sinto verde, Ox. Você também sente?

Joe disse:

— Posso senti-los.

Joe disse:

— Posso sentir todos eles.

Joe disse:

— Pequenas picadas de luz.

Joe disse:

— Meu pai me ensinou que um Alfa só é tão forte quanto seu bando.

Joe disse:

— Ox. *Ox*. Não vê? Não consegue sentir? Nosso bando está *forte*.

Joe disse:

— E acho que só tende a se fortalecer. Acho...

Joe disse:

— Acho que ele teria se orgulhado. Meu pai. Acho que ele teria se orgulhado de mim. De você. De nós.

Mark disse:

— É seu batimento cardíaco.

* * *

— Quê? — perguntei, olhando para Mark, que estava sentado na minha frente no restaurante. Mark havia entrado na oficina dizendo que me levaria para almoçar. Não fiquei surpreso quando nos sentamos à mesma mesa que ele tinha se sentado quando o conheci. As coisas pareciam sempre funcionar assim.

Ele me olhava com os mesmos olhos que vi na primeira vez, quando mal imaginava o escopo do mundo.

— A maneira como se movimentam. Como *nós* nos movimentamos.

Franzi a testa.

— Eu falei em voz alta?

— Não.

Suspirei.

— Claro que não. Malditos lobisomens.

Ele sorriu.

— Eu sei dessas coisas.

— Sei que sabe. Mas a que custo, Mark? Vou te *dizer* o custo. Minha sanidade. E a porra da minha *privacidade.*

— Devia ter pensado nisso antes de se tornar um Alfa.

— Como se eu tivesse tido escolha.

Seu sorriso suavizou.

— Você teve escolha, Ox. Sabe tão bem quanto eu.

— É — falei.

A garçonete veio e tirou nossos pedidos. Sorriu, flertando com Mark, mas ele só pediu um sanduíche de atum e não reagiu.

— Também sou o seu vice-comandante — disse ele enquanto a moça se afastava. — O executor. É assim que sei dessas coisas.

Isso… me fez parar para pensar. Porque nunca tínhamos discutido o assunto.

Ele esperou.

E, na verdade, fazia sentido.

— Tudo bem, então.

— Você realmente não sabia disso.

— Nunca nem pensei no assunto.

— Continua não precisando pensar — observou. — Não muda nada.

— Quem é o do J… deixa pra lá. Carter.

Mark pareceu satisfeito.

— Batimentos cardíacos? — relembrei.

— É como um bando funciona — explicou. — Como nos movemos em sincronia.

— Não entendo.

— É o seu batimento cardíaco. E o de Joe. Nos movimentamos com você porque ouvimos o barulho do seu coração.

— Mas os humanos…

— Eles seguem a gente — interrompeu. — E você. Até se tornar natural.

— Era isso que fazíamos com Thomas? — perguntei baixinho, porque de repente as coisas faziam muito mais sentido. Como éramos com ele. Como eram comigo. Como Carter, Kelly e Gordon eram com Joe.

— Sim. Você não escutava. Não como nós. Mas se movia conosco. Com o tempo. E agora fazemos o mesmo com você. E Joe.

E então nos perdemos em nossos próprios pensamentos. Em algum momento a garçonete chegou com a nossa comida. O pé de Mark estava pressionado contra o meu, encostando, sempre encostando.

Olhei para a minha sopa e disse:

— Que bom que somos amigos. Ainda. Depois de tanto tempo.

Ele não disse nada, mas não precisou. Acho que as batidas do meu coração falaram por nós dois.

Em algum momento durante o terceiro mês, nos tornamos coesos.

Ainda havia momentos de conflito. Era impossível ter doze pessoas convivendo desse jeito e se dando bem o tempo todo.

Mas os conflitos estavam cada vez mais escassos, e sempre eram encerrados antes que pudessem evoluir.

A maioria de nós passava a maior parte do tempo na casa dos Bennett ou na velha casa. Joe e eu não pensamos em sair do meu velho quarto, mesmo a cama sendo apertada demais. Dormíamos juntos, acordávamos juntos. Levantávamos pela manhã, ele levava os lobos para a floresta, eu levava os rapazes para a oficina, Jessie para o trabalho, formando uma fila de carros por Green Creek logo cedo.

Mas sem falta, toda manhã, Joe tocava o lobo que tinha me dado, aquele pequeno lobo de pedra que ficava na minha escrivaninha. Passava os dedos nele, da cabeça até a ponta do rabo. Tinha um olhar tão reverencial, como se não pudesse acreditar que eu tivesse guardado, que continuava querendo guardar.

Invariavelmente nos atrasávamos, porque eu o mantinha pressionado contra a parede, gemendo enquanto eu chupava sua língua.

Ele pedia mais. Para eu comê-lo. Para me comer.

Mas eu não podia. Ainda não.

Eu vi o que aconteceu com Elizabeth quando Thomas morreu.

Vi o quanto ela mergulhou em sua loba.

Se alguma coisa acontecesse comigo agora, bem. Sabia que ficariam tristes. Sentiriam até os ossos. Joe poderia não se recuperar. Ou se recuperaria, e se tornaria ainda mais forte.

Mas se fizéssemos o *acasalamento* e alguma coisa acontecesse?

Disso eu acho que ele não se recuperaria.

Porque ser parceiro significava ser mais do que éramos agora.

Ele queria. Eu sabia disso. *Eu* queria mais do que tudo.

Mas não podia fazer isso com ele. Por via das dúvidas. Não podia correr esse risco.

Provavelmente sempre haveria alguma ameaça. Mas não conseguia pensar em nada pior do que Richard Collins.

Eu repetia para mim mesmo que, quando ele morresse, eu aceitaria tudo que Joe me desse.

Porque Richard *ia* morrer. Ele *não* tiraria isso de mim. De nós. Estávamos mais fortes do que jamais havíamos sido. Estávamos juntos. Éramos um *bando* como nunca tínhamos sido antes, todos nós. Trabalhávamos juntos. Morávamos juntos. Comíamos juntos. Éramos uma família, e eu já tinha perdido gente demais para um dia permitir que mais alguém fosse tirado de mim. Se isso significasse abrir mão da minha própria vida em nome da segurança deles, tudo bem. Que fosse. Desde que estivessem seguros, eu teria cumprido meu papel de Alfa.

Eu não queria morrer. Mas queria mais que eles vivessem. E havia culpa nisso.

Porque eu estava presente quando os pesadelos vinham. Joe Bennett tinha 21 anos, mas ainda sonhava com as coisas que tinham sido feitas com ele. Sempre que começava a se debater e gemer, preso nas garras do que quer que estivesse em sua cabeça, eu o envolvia, o abraçava forte, sussurrando ao seu ouvido que ele estava seguro e que eu jamais deixaria que nada lhe acontecesse. Não enquanto eu ainda respirasse.

Ele sempre dormia mais profundamente depois disso. Seguro, enquanto eu observava.

Essa era a minha família.

Essas pessoas eram o meu bando.

Eu faria qualquer coisa por elas.

E foi por isso que, quando Richard Collins veio outra vez, ele veio atrás de mim.

fera

A FERA DISSE:

— Olá, Ox.

Minha mão apertou o telefone.

Tentei impedir que meu coração acelerasse.

Os lobos estavam na floresta, correndo ao sol do começo da tarde. A lua cheia tinha sido seis dias antes e eles estavam gastando o excesso de energia que ainda pulsava em seus corpos.

Os humanos estavam espalhados ao meu redor. Gordon estava mais longe, sentado com as pernas cruzadas, os olhos fechados enquanto respirava lenta e profundamente, os dedos curvados na grama abaixo de si.

Era um dia pacífico. Logo, voltaríamos para casa a fim de preparar o jantar. Era um domingo. Era tradição. Elizabeth tinha encontrado uma nova receita de bolo de carne que queria experimentar. Eu ia preparar uma salada de pepinos.

Eu disse:

— Olá.

Richard Collins riu baixo.

— Consigo ouvi-los. O jeito como respiram ao seu redor. Os lobos estão… mais afastados, mas, se eu me esforçar, se me esforçar *o suficiente*, tenho certeza de que poderia ouvir Carter e Kelly. Mark. Elizabeth. Robbie, é isso? O novo. Essa sua nova *cadelinha* Beta. E Joe, é claro. O filho pródigo voltou para a terra do pai. Um príncipe e o reino do rei caído. Diga-me, Oxnard. Dói saber que pus as mãos nele antes? *Revira* o seu estômago pensar que meus dedos traçaram sua pele antes que você pudesse?

— Talvez — respondi. — Mas nunca mais.

— Ah, Ox. Diga que não acredita realmente nisso. Ouça. Está ouvindo?

— Sim.

— Quero que os deixe. Agora. Temos muito a discutir, eu e você.

— Ox.

Levantei a cabeça.

Rico estava me olhando.

— Tudo bem? — perguntou ele.

Fiz que sim com a cabeça e lancei um sorriso forçado.

— Só preciso atender essa ligação — respondi, tentando impedir que qualquer coisa vazasse pelas nossas conexões. Alfas, me disseram, podiam sufocar até as mais fortes emoções para não as transferir a seus Betas, seu bando.

Pensei: *Minha mãe era uma mulher maravilhosa.*

Pensei: *Ela era ótima e muito gentil.*

Pensei: *Amo minha família.*

Pensei: *Joe voltou para casa, ele é o meu lar e veio para ficar.*

Pensei: *Não vou permitir que ninguém os machuque porque bando, porque amor, porque lar.*

Meu coração desacelerou.

Minha nuca estava ensopada de suor.

Minha pele estava dura.

Mas meu coração desacelerou.

Rico inclinou a cabeça para mim. Jessie levantou o olhar, franzindo o cenho.

— Já volto, tudo bem? — falei. Até sorri, um sorriso falso e terrível que pareceu grande demais.

Eles assentiram com a cabeça.

Levantei, mantendo o telefone ao ouvido enquanto me afastava deles.

Na direção oposta aos lobos.

Dava para ouvir cada respiração dele.

A língua arranhando nos dentes.

Pensei em coisas que me acalmassem, como o gosto da salada de pepinos, crocante e doce, gosto de tradição, até. O suor escorreu pelas minhas costas. A luz do sol brilhava através das árvores. Achei que todos os pássaros tivessem se calado, que toda a *floresta* estivesse em silêncio, mas era só o sangue pulsando nos meus ouvidos.

Parecia que tinha passado dias caminhando pela floresta.

Foram apenas minutos.

Eu disse:

— Estou sozinho. E afastado.

— Está? — perguntou. — Vou ser sincero. Esperava um pouco mais de… resistência de sua parte.

— Eu poderia estar mentindo.

— Poderia. Mas não está. Seu coração está notavelmente estável. Aliás, o controle que parece demonstrar é extraordinário. Como é que consegue fazer o que faz?

— Não sei do que está falando.

— *Não* — disse severamente. — Você *não* pode fazer isso. *Não* pode brincar comigo, Oxnard. Não hoje. Nem *nunca*. Você pensa que sabe do que sou capaz, mas não tem ideia. Eu te disse, Ox. Eu *sou* o monstro.

— Não estou *nem aí* para quem você é. Você *nunca*…

— Você conhece o sr. Fordham?

Isso me calou, porque não entendi. O sr. Fordham era um senhor que frequentava a oficina de vez em quando. Eu me lembrava de quando Gordon tinha vendido um conversor catalítico mais barato porque ele não tinha condições de pagar. Esse era justamente o tipo de pessoa que Gordon fora, ainda era, e a expressão no *rosto* do sr. Fordham tinha sido algo extraordinário, tão doce e gentil e simplesmente *grata* pelo que Gordon fizera por ele. Quando soube que Gordon estava de volta, ele foi até a oficina e apertou sua mão e apenas *conversou* com ele.

— Ox — falou Richard suavemente. — Eu te fiz uma pergunta.

— Sim — respondi, me sentindo desconectado. — Eu o conheço.

— Sabia que ele tinha uma consulta médica hoje? Fora de Green Creek. Ele é idoso, sabe. O coração tende a não bater como antigamente. Ele também é um tanto destemido, se quer minha opinião. Principalmente considerando todos os meus dentes.

Não. *Não, não, não.*

— O que você fez?

Ele riu.

— Ox. Não fiz *nada* ainda. Mas vou fazer agora. Aqui. Diga tchau.

O telefone dele se mexeu enquanto eu agarrava o meu com mais força. O sol estava claro demais. Tudo parecia real demais.

Em seguida:

— Ox — disse uma voz trêmula.

— Sr. Fordham — sussurrei.

— Ouça, garoto — falou, como se tivesse uma coluna de aço. — Não sei quem ele é nem o que quer, mas não dê a ele. Está me ouvindo? Não dê a ele. Os olhos dele, Ox. Os *olhos* têm cores que não consigo nem imaginar. Ele não consegue entrar, *eles não conseguem entrar*, então o único jeito é você sair. Então não saia. *Não saia*...

Ouvi um tapa molhado no telefone.

Eu conhecia esse barulho.

O som da pele de um pescoço se rompendo.

O som de sangue derramando.

O sr. Fordham, de oitenta anos, se engasgou enquanto morria. Dava para ouvir o barulho da garganta.

— Ox? — disse Richard. — Ainda está aí?

— Vou matá-lo — falei. — Vou encontrá-lo. E vou matá-lo.

— Bem, certamente vai *tentar* — continuou Richard, parecendo se divertir. — Devo admitir, Ox, nunca conheci ninguém como você. Talvez o tenha subestimado no dia em que matei sua mãe. Não farei isso novamente. E, ah, *aí* está. Ah, Ox. Seu *coração*. Está batendo tão *acelerado*.

Estava. Estava. Estava, e eu não conseguia conter. A raiva. A fúria. Pensei que talvez entendesse agora por que Joe fez o que fez. Por que ele partiu. O que ele sabia que tinha que fazer mesmo que aquilo significasse se afastar de tudo e de todos que conhecia. Agora eu entendia. Porque poderia fazer o mesmo.

Eu não era um lobo.

Mas queria tanto me *entregar* ao lobo.

Eu disse:

— O que você quer?

— Assim é melhor — disse Richard. — Porque a questão *é* o que eu quero. É simples, Ox. Você vai vir até mim. E vai vir sozinho.

— Não vou permitir que me use para atrair Joe. Nunca vou deixar que o pegue.

— Não é sobre *Joe*. É sobre *você*, Ox.

Uma cotovia cantou em algum lugar no alto, uma canção fina e doída.

— O que tem eu? Não sou nada. Não sou...

— Eles o esconderam de mim — interrompeu Richard. — E poderia ter ficado por isso mesmo. Mas não contavam com David King.

Nunca nem *pensaram* nele. Sabe o que ele me contou, Ox? Enquanto eu derramava o seu sangue. Ele me *implorava* para parar, *implorava* que o soltasse, por favor, para eu por favor *parar*, ele faria qualquer coisa, *por favor*, *por favor*, *por favor*. — A voz dele ficou aguda e debochada antes de rir. — Ele me contou coisas, Ox. Antes que eu arrancasse a sua cabeça. Contou coisas sobre *você*.

Não disse nada, porque sabia aonde isso ia parar. Fechei os olhos e desejei que não fosse verdade.

— *Alfa* — sussurrou Richard ao meu ouvido.

— Aí está você — disse Elizabeth.

Eu estava na entrada da cozinha. Podia ouvir os outros se movimentando lá fora. E lá em cima. E na sala.

— Desculpe — falei. — Tive que atender uma ligação. Coisa de trabalho.

Mantive a voz firme. Mantive o coração firme. Eu estava em uma casa de lobos e eles saberiam de tudo se eu deixasse a máscara escorregar o mínimo que fosse.

— Tudo bem?

Sorri para ela.

— Tudo bem.

Seu olhar continuou fixo por um instante antes de ela acenar com a cabeça.

— Bem. Esse jantar não vai se preparar sozinho. Ao trabalho, Ox. Temos muito a fazer.

— Ei.

Levantei o olhar das cebolas que estava picando.

Joe arqueou uma sobrancelha para mim, se apoiando na bancada. Cruzou os braços sobre o peito, os músculos fortalecidos pela atração residual da lua. Ele era lindo porque era Joe. Era lindo porque era meu.

— Ei — falei, e já estava ficando mais difícil. Não sabia como ia dar conta de passar por isso.

— Aonde você foi?

— Recebi uma ligação — respondi, dando de ombros. — Demorou mais do que eu esperava.

— É? De trabalho?

Assenti com a cabeça, sem ousar falar. Olhei novamente para as cebolas.

— Joe — repreendeu Elizabeth. — Pare de distrair meu ajudante. Ele vai cortar alguma coisa fora se você ficar nessa pose. Não seja sem-vergonha na minha cozinha. Vá encontrar o que fazer.

Joe enrubesceu e começou a gaguejar.

Apertei o cabo da faca e engoli em seco.

— Eu não estava fazendo *pose* — disse Joe.

— Estava, sim — rebateu Elizabeth.

— Ox…

— Estava, sim — consegui dizer.

— Tudo bem — falou ele. — Sei quando não sou bem-vindo.

Não, quase falei. *Você é sempre bem-vindo.*

Sempre o quero.

Nunca quero deixá-lo.

Nunca quero me despedir.

Sinto muito, Joe.

Sinto muito mesmo.

Eu disse:

— Só por um tempinho.

— É? — perguntou Joe. — E depois vai me querer? Eu me sinto tão usado.

Fiz que sim com a cabeça.

— Ei — disse ele, e estava ao meu lado, encostando em mim, o nariz no meu pescoço. — Eu só estava brincando. Sabe que não falei sério.

— Sei.

Ele deu um beijo na minha mandíbula.

— Vou deixá-lo, então. E mais tarde você pode me mostrar o quanto me quer.

Ele deu um tapa na minha bunda e riu ao deixar a cozinha.

Nós nos sentamos para o jantar de domingo, nós doze. Porque era tradição. Era o que o bando fazia.

Eu me sentei à cabeceira da mesa. Joe estava à minha direita. Já tinha dito a ele que deveria ficar com a cadeira do pai. Ele balançou a cabeça e disse que eu estava bem onde estava. Ninguém tentou dizer que ele deveria se sentar na cabeceira oposta, como sua mãe e seu pai faziam. Eu me sentia melhor com ele ao meu lado.

A mesa estava lotada de comida. Nosso bando ria e sorria enquanto cada um servia a si e aos outros. Silenciaram-se, um a um, esperando.

Os Alfas sempre davam a primeira garfada. Para os lobos era instintivo. Para os humanos tinha virado rotina. Ninguém reclamava, porque era assim que as coisas funcionavam.

Peguei meu garfo.

Eu dava conta.

Tinha que dar conta.

Repousei o garfo, porque não dava conta. Não sem me despedir.

A mão de Joe cobriu a minha.

Olhei para ele.

Ele me observava com a expressão preocupada.

— Ox?

— Desculpem. É que… foi um dia longo. Estou um pouco cansado.

— Tem certeza?

Dei um pequeno sorriso para ele.

— Sim. Tenho certeza.

Torci para que fosse o suficiente para ele acreditar.

Voltei-me para os outros.

Falei:

— Eu, hã. Não falo. Muito bem. Ou muito. É. É algo que meu pai estragou em mim, acho. Às vezes tenho dificuldade de pensar na coisa certa para dizer. Fico com medo de piorar as coisas.

Joe apertou minha mão.

Continuei:

— Então não digo o que deveria. Como o quanto os amo. Todos vocês. O quanto preciso de vocês. Como há dias em que não acredito que vocês depositaram sua confiança em mim. Sua fé. Porque sou só o Ox, sabe? Uma vez meu pai me disse que eu ia sofrer. Por toda a vida. E durante muito tempo sofri. E achei que talvez aquilo fosse tudo. Mas aí… eu. Eu encontrei pessoas. Pessoas que não se importavam por eu ser um pouco mais lento que os outros. Por eu ser maior. Por falar besteiras. E eu só... Vocês são minha família. Certo? São minha família. Meu bando. E aconteça o que acontecer, o que quer que cruze o nosso caminho, preciso que se lembrem disso. Que vocês têm uns aos outros, independentemente de qualquer coisa.

Minha boca estava seca, minha língua espessa. O aperto de Joe deixaria hematomas na minha mão se ele continuasse. Elizabeth estava limpando os olhos. Mark estava com seu sorriso secreto no rosto. Robbie me olhava como se estivesse maravilhado. Carter e Kelly sorriam tolamente, como se tivessem voltado à adolescência, como se não tivessem ido ao inferno e voltado. Rico, Tanner e Chris estava com a cabeça abaixada. Jessie tinha o braço ao redor do ombro do irmão, pressionando a testa na bochecha dele. E Gordon. Gordon, Gordon, Gordon.

Estava com a testa franzida.

Eu disse:

— E agora que estou constrangido...

As pessoas riram.

Fiz a cena de dar a primeira garfada.

A mão de Joe não soltou a minha.

E Gordon não desviou o olhar.

Os meninos Bennett lavavam a louça. Os humanos voltavam para casa. Robbie e Mark estavam na biblioteca. Elizabeth pintava e era tudo verde, verde, verde.

Gordon disse:

— Venha comigo, Ox.

Hesitei.

Ele apontou com a cabeça para a porta da frente.

Suspirei, mas fui atrás.

Ele esperou até ter certeza de que estávamos fora do alcance auditivo dos lobos.

Ele falou:

— Eu te conheço.

O dia estava começando a escurecer.

— Há muito tempo — respondi, incerto quanto ao rumo da conversa.

— E nós contamos a maioria das coisas um para o outro. Porque somos assim.

— Claro, Gordon.

— Você quer me contar alguma coisa agora?

Eu me forcei a olhar para ele.

— O que quer dizer?

Ele estreitou os olhos para mim.

— Não sou burro, Ox.

— Nunca disse que era.

— Alguma coisa está errada.

— Com o quê?

— Você.

Bufei.

— Muitas coisas.

— Ox — alertou. — Não seja petulante.

— Não estou tentando ser. Gordon, tem sempre alguma coisa errada. Mas nada além do habitual.

— Preciso que me conte, Ox. Não posso ajudar se não me disser o que há de errado.

Suspirei.

— Não é nada. Tudo bem? Só estou cansado. A lua cheia, o trabalho, tudo. Acontece de vez em quando. As merdas se acumulam. Só preciso dormir cedo hoje. Amanhã estarei melhor.

— E você me diria, certo? Se houvesse algo errado.

Não se isso significasse mantê-lo em segurança. Manter todos em segurança.

— Claro, Gordon — falei, e a mentira tinha gosto de cinzas na minha língua.

Ele ficou me encarando por mais um instante, seu olhar frio e calculista, antes de balançar a cabeça.

— Tudo bem. Só não faça essas merdas comigo, Ox. Pelo amor, você parecia estar se despedindo no jantar. Eu só… só não faça isso comigo.

— É. — Tossi. — É só cansaço. Essas coisas saem quando estou cansado.

Ele revirou os olhos.

— Bem, vá jogar seus sentimentos em cima de Joe, que é o lugar deles. Hã… meu Deus, gostaria de não ter dito isso.

Eu ri, de verdade. Gordon tentou me empurrar pela cabeça para a casa, mas eu o agarrei pelo braço e dei um abraço nele. Ele soltou um resmungo de surpresa, mas me abraçou imediatamente e retribuiu na mesma medida.

— O QUE GORDON QUERIA? — perguntou Joe enquanto caminhávamos para a velha casa.

O sol já tinha praticamente desaparecido. As estrelas surgiam acima de nós.

O vento soprava pelas árvores. Elas balançavam de um lado para o outro.

— Coisas da oficina — respondi.

— Coisas da oficina — repetiu Joe. — Parece incrível.

— Babaca.

Ele sorriu carinhosamente para mim, me dando a mão.

— Só estou enchendo o saco.

— Eu sei.

— Você precisa continuar, de qualquer forma, se vou ser bancado por você.

— Péssimo plano. Você devia simplesmente arrumar um emprego.

— Supletivo primeiro, Ox — disse ele, como se não tivéssemos conversado sobre isso milhares de vezes. — Depois faculdade on-line. Depois provavelmente continuar de onde meu pai parou. Não precisamos de dinheiro agora.

— Eu sei. Você vai se sair bem.

— Vou?

Eu me inclinei e o beijei na bochecha. Sua barba por fazer arranhou meus lábios.

— É. E aí talvez *eu* possa ser bancado.

Ele riu e me empurrou.

MEU TELEFONE APITOU.

Um único bipe.

Joe estava deitado no sofá, a cabeça no meu colo, os olhos fechados enquanto eu fazia cafuné nos seus cabelos. Tinham começado a crescer novamente, e já havia quase o suficiente para que eu pudesse segurar. A TV estava ligada, sem som.

Peguei o telefone que estava ao meu lado.

Tinha uma nova mensagem de texto.

De um número desconhecido.

Você já teve tempo o suficiente.

Não deixei as mãos tremerem.

Falei:

— Merda.

Joe abriu os olhos.

— O que foi? — perguntou. Sua voz era áspera e linda.

— Jessie.

— O que tem ela?

— Furou o pneu e não tem um macaco.

— Merda. Tudo bem, me dê só um segundo e podemos…

— Não — falei. — Não se preocupe com isso. Não vai demorar.

— Tem certeza?

Fiz que sim com a cabeça, fitando-o.

— Você vai ver. Volto num segundo.

Ele abriu a boca para falar, mas em seguida franziu a testa.

— Estranho.

— O quê?

— Seu coração tremeu quando você disse isso. Como… — Ele balançou a cabeça. — Deixa pra lá. Só estou cansado, acho. Desde que não esteja planejando fugir com ela, eu deixo. Só desta vez.

— Nunca — falei, apesar de achar que estava quebrando. — Nunca vou querer ninguém além de você.

Ele sorriu para mim.

— Você está tão meloso hoje. Vá logo para poder voltar. Se eu não estiver dormindo, te dou uma chupada.

— Uau. Com uma oferta dessas, é melhor eu correr.

— É isso mesmo.

Ele me deixou levantar sua cabeça e sair do sofá, colocando uma almofada no lugar do meu colo. Ajoelhei ao lado do sofá, segurando seu rosto. Eu me inclinei para a frente e lhe dei um beijo. Ele suspirou, contente, levantando a mão para coçar minha cabeça. Colocou a língua no meu lábio, só uma vez, e recuei.

Passei os polegares em suas sobrancelhas. Nas bochechas. Nos lábios. Ele suspirou suavemente. Seguro. Feliz.

— Te amo — falei, porque, se havia uma coisa que eu detestava, uma coisa pela qual me culpava mais do que tudo, era por não ter dito isso a ele todos os dias. Muitas vezes ao dia. Era algo raro entre nós. Não precisávamos declarar nossos sentimentos em voz alta, mas isso não devia ter me impedido.

— É? — perguntou ele, beijando meu polegar antes de colocá-lo entre os dentes e dar uma mordidinha. Ele soltou e disse: — Também te amo, Ox. Você é meu parceiro. E um dia, em breve, vou te mostrar isso.

Precisava ir antes que não conseguisse mais.

Beijei-o novamente.

Levantei.

Peguei minha chave na mesa de centro.

Dei um passo para trás.

Seus olhos já estavam fechando.

— Vou ficar esperando — murmurou.

Minha garganta fechou.

Virei e saí antes que ele pudesse ver o brilho nos meus olhos.

— Alfa.

— Quê?

— Sei que você é um Alfa.

— Não sou. Sou humano. Não sou nada…

— Não. Minta. Para mim. Não sei como fez. Não sei o que o faz diferente. Mas você é um Alfa, humano ou não. Um Alfa no território Bennett, ainda por cima.

— O que você quer?

— Tenho mais seis pessoas da sua cidade.

— Seu filho da puta.

— Vou matá-las, Ox. Vou matar cada uma delas. Farei com que você ouça enquanto arranco os braços dos seus corpos. Ox, uma delas é uma criança. *Certamente você não quer ser responsável pela morte de uma* criança.

— Seu animal maldito.

— Ah, Ox. Eu sei disso a meu respeito. E se você só está descobrindo isso agora, está um pouco atrasado.

— Não vai se safar dessa.

— Não? Ox, eu já me safei.

— O que você quer?!

— Você. Quero você. Se não posso tomar o Alfa de Joe, vou tomar de você. Você vai vir até mim. Sozinho. E não machucarei essas pessoas. Essa criança. Consegue ouvi-las, Ox? Estão chorando porque estão com medo. Porque já fiz a criança sangrar. Só um arranhão, mas o suficiente para mostrar como estou falando sério. Para eles. Para você. Entende agora, Ox? Como estou falando sério?

— Você nunca chegará até Joe. As barreiras o manterão do lado de fora. Mesmo que seja um Alfa. Não importa quem esteja com você. Gordon não vai…

— Ox. Ox. Ox, você não está entendendo nada. *Eu não* me importo *com Joe. Não* me importo *com o seu território. Só o que me importa é que você é um Bennett em tudo, exceto o nome. Só o que me importa é tomar de você a única coisa que Thomas Bennett não queria que eu tivesse. Ora, deixe que eu consiga isso e não machucarei um único integrante do seu bando.*

— E você espera que eu acredite nisso?

— Você mesmo disse, Ox. Não posso atravessar as barreiras. Sinceramente, não me interessa se acredita ou não. Você realmente consegue seguir em frente, sabendo que esses inocentes morreram por sua culpa?

— Eu…

— Ox. Você nunca deveria ter sido um Alfa. Posso acabar com tudo isso. Seu bando estará seguro. Essas pessoas ficarão seguras. Green Creek estará segura. *E Joe. Vai doer, tenho certeza. No início. Perdas sempre machucam, aquela pontada de dor que rasga. Mas ele é forte. Mais forte do que achei que fosse. Ele vai sobreviver, porque terá um bando que precisará dele. Um dia, vai voltar a sorrir ao pensar em você, na* sua *lembrança.*

— Eu posso só… não posso simplesmente dar *para você…*

— Ah. Temo que não haja tempo. Só conheço uma forma de realmente tomar o poder de um Alfa. A morte é um efeito colateral infeliz, mas tenho certeza de que me compreende. Posso prometer que será o mais indolor possível.

— Não posso. Não posso simplesmente deixá-los. *Eles são meu…*

— Consegue ouvi-la gritar? Ela é a mãe, Ox. O filho dela está assistindo enquanto eu a corto.

— Pare! Meu Deus, pare. Seu filho da puta desgraçado. Deixe-os em paz!

— Você terá até o fim do dia. Sei o quanto… a tradição… *era importante para Thomas. Então aproveite. Despeça-se. Mas Ox, eu te juro, se eu sequer suspeitar que me enganou, matarei todos. E depois encontrarei uma*

forma de romper essas barreiras. Não importa quanto tempo leve. Eu vou rompê-las, *e vou matar cada uma das pessoas que você ama. E você será o último. Vou fazê-lo assistir enquanto o seu bando morre na sua frente, e o tempo todo você vai saber que a culpa é* sua, *que você poderia ter evitado aquilo. E quando pegar Joe, vou* fodê-lo *até que ele quebre. Vou* fodê-lo *até que ele não cheire a nada além de mim. E em seguida arrancarei o coração do peito dele. Você vai assistir enquanto o como. E aí, e* só aí, *quando você estiver* destruído *pela perda do seu bando, por cada um deles ter sido* arrancado *de você, eu começarei com você. Vou começar pelos pés e subir, e quando tiver chegado na porra dos* joelhos *você vai estar* implorando *para que o mate. E eu vou dizer não. Acredita em mim? Acredita que farei isso?*

— *... acredito.*

— *Ótimo. Muito bem, Ox. Aproveite suas horas finais. Nem uma palavra. Não encostarei nas pessoas aqui. A não ser que me obrigue. Seu bando nunca vai estar seguro nesse caso. Não pode mantê-los presos em Green Creek para sempre, Ox. Um dia alguém vai escorregar e eu estarei esperando. Faça isso agora e eu* prometo *que estarão seguros em relação a mim.*

— *Quando?*

— *Quando eu chamar. Sou um monstro, Ox, mas não sou* tão *ruim assim. Vou lhe dar um tempo. Com as pessoas que ama.*

— *Onde?*

— *Na ponte de madeira. Onde ainda consigo farejar o sangue escorrido dos Ômegas. Meus, provavelmente. Ou poderiam ter sido. Foi você, Ox?* Defendeu *seu território como um bom Alfa? Está enterrado na terra, mas quase consigo sentir* o gosto *do medo. Da dor. Da raiva. Tem o gosto de Joe. Quando o tive. Lambi o suor da sua testa. Ele já te contou isso? Não fui além, mas foi por pouco. Cada vez que quebrava um de seus dedos, eu queria enfiar nele meu...*

— *Já.* Chega.

— *Uhh. Posso* sentir. *Você é um Alfa. Os* arrepios, *Ox. Estão* percorrendo *minha pele. Gostaria de ter tempo para descobrir como conseguiu. Como se tornou um Alfa por conta própria, mas infelizmente não tenho. Simplesmente detestaria protelar o inevitável. Amargaria o seu gosto. Aproveite seu tempo. Avisarei quando deve vir. Lembre-se, Ox: nem uma palavra, ou farei todos sofrerem. Até breve.*

* * *

Tolo, sim.

Mas se existisse sequer uma *mínima* chance de que Richard estivesse falando a verdade, de que não fosse machucá-los, não fosse machucar *Joe*, eu tinha que aproveitar.

E não podia permitir que pessoas inocentes morressem quando eu podia fazer alguma coisa para impedir. Thomas havia me ensinado que todas as vidas importavam, e que era responsabilidade de um Alfa cuidar daqueles no seu território, mesmo que não soubessem o que era um Alfa.

Green Creek era minha.

As pessoas ali eram minhas.

Eu já tinha falhado com o sr. Fordham.

Não podia permitir que isso acontecesse com mais ninguém.

Esperei até sair da estrada de terra, os pneus da caminhonete levantando poeira antes de rolar pelo asfalto, para começar a silenciar os laços entre o bando e eu, um por um.

Fazíamos isso às vezes, quando queríamos privacidade. Em momentos íntimos. Quando queríamos ficar a sós. Quando não queríamos ficar sobrecarregados pela sensação contínua de *bando bando bando.*

Quando queríamos guardar segredo.

Eu raramente fazia isso.

E sabia que não demoraria muito até que perguntas começassem a ser feitas.

Green Creek ficava praticamente vazia a essa hora. A lua estava semicheia. Os postes de luz da estrada principal brilhavam suavemente. Não vi nenhum outro carro passando.

O restaurante estava aceso como um farol. Vi uma garçonete se movimentando lá dentro enquanto passava. Ela tinha um bule de café nas mãos. Estava sorrindo, eu jamais saberia o porquê.

Minha mãe estava sentada ao meu lado.

Ela perguntou: *Está certo disso?*

Eu respondi: *Por eles? Sempre.*

Ela disse: *Foi o que pensei. Eu te amo e tenho tanto orgulho de você. Tem uma bolha de sabão na sua orelha*, e ela *riu*, e foi um som lindo e alegre, e tão a cara dela que meus olhos arderam e minha garganta fechou.

Mas ela não estava ali.

Deixei as luzes de Green Creek.

Olhos vermelhos me encararam do banco do passageiro.

Thomas disse: *Um Alfa só é tão forte quanto seu bando.*

Eu respondi: *Eu sei.*

Thomas falou: *Você é um dos Alfas mais fortes que já conheci.*

Perguntei: *Sou forte o suficiente para fazer isso?*

Thomas respondeu: *Vai fazer isso?*

Eu disse: *Sim.*

Ele falou: *Então é forte o suficiente. Você é tão meu filho quanto os outros. Cantaremos juntos em breve, e eu prometo que preencherá seu coração,* e seus olhos brilharam vermelho outra vez, porque mesmo morto ele sempre seria um Alfa. *Meu* Alfa.

A ponte estava a poucos quilômetros de distância quando parei no acostamento.

Tinha uma última coisa a fazer.

O assento estava vazio ao meu lado.

Eles não estiveram ali de verdade, eu sabia disso, mas pensei que talvez não estivesse sozinho.

Peguei meu telefone.

Digitei duas palavras para Joe, e apenas duas.

Porque sabia que ele ia entender.

Leria pela manhã ao acordar, uma vez que eu havia desligado seu telefone antes de sair.

Encarei a tela, hesitando.

Não achei que pudesse fazer aquilo, e se eu não pudesse, *e se não conseguisse mantê-los seguros...*

Apertei "Enviar".

A mensagem desapareceu, enviada para as torres e depois para o éter.

Desliguei o telefone.

Torcia para que ele não me odiasse por isso.

Torcia para que me perdoasse um dia.

Torcia para que encontrasse a felicidade outra vez.

Ele saberia o que essas duas palavras significavam. Porque me mandou a mesma coisa quando soube o que tinha que ser feito.

Voltei para a estrada e continuei em direção à velha ponte.

E fiquei pensando sem parar nas duas palavras.

Sinto muito.

Sinto muito.

Sinto muito.

* * *

A ESTRADA PARA A PONTE estava vazia enquanto me aproximava.

Não havia postes de luz ali.

Apenas a lua e as estrelas.

Estava muito escuro.

Meus faróis iluminaram a ponte, a dez metros de distância.

Também estava vazia.

Mas eu conseguia senti-los.

Um veneno na terra que de algum jeito havia se tornado minha.

Era uma praga na grama e nas árvores e nas folhas que balançavam ao vento.

Uma ferida que apodrecia.

Desliguei a caminhonete. Deixei as luzes acesas.

O motor tiquetaqueou. Respirei lenta e uniformemente. Thomas e minha mãe não voltaram.

Gostaria que tivessem voltado, mesmo que não fossem reais.

Não queria enfrentar isso sozinho.

Os laços com o bando estavam totalmente cortados.

Senti frio e vazio. Fazia tempo que não me sentia assim.

Peguei o pé de cabra que estava embaixo do assento. Parecia menor do que nunca.

Abri a porta da velha caminhonete. Rangeu na noite silenciosa.

Saltei na estrada de terra.

Não tremi.

Agarrei o pé de cabra com força e fechei a porta da caminhonete.

Fui para a frente do veículo, os faróis esticando minha sombra até que eu parecesse um gigante em uma ponte de madeira.

Senti o instante em que atravessei as barreiras, como se passasse por uma teia de aranha. Elas passaram pela minha pele, e então o momento acabou.

Havia grilos na grama, e eles cantavam.

Não hesitei. O pé de cabra era frio nas minhas mãos.

Um brilho violeta apareceu entre as árvores. Piscou uma vez. E de novo.

Depois mais um par. E outro. E outro.

E então vieram.

Das sombras.

Eram dez deles.

Ômegas.

Mais selvagens do que eu jamais havia visto.

Os olhos eram permanentemente violeta.

Estavam semitransformados, babando pelas bocas cheias de presas.

Seis humanos eram empurrados na frente deles.

Tinham as mãos amarradas atrás dos corpos.

Estavam amordaçados.

Cinco adultos, uma criança.

Pareciam todos horrorizados, e tinham os olhos e as bochechas marcados por lágrimas.

Dois homens. Três mulheres. Um garotinho.

Reconhecia-os. Todos eles. Já os vira em Green Creek. Frequentavam a oficina. Avistava-os no mercado. Cruzávamo-nos pelas ruas. Acenávamos em cumprimento. Acenávamos em despedida. Dizíamos coisas como "tenha um bom dia" e "que bom vê-lo outra vez" e "espero que esteja tudo bem com você".

O sr. Fordham não estava com eles porque tinha sido assassinado enquanto eu ouvia.

Pareceram aliviados ao me ver, os humanos.

Eu não era o Alfa deles. Não antes. Mas seria agora, pelo menos enquanto ainda vivesse.

O garotinho se chamava William. E sua mãe, Judith.

Eu disse:

— Ei, está tudo bem. Está tudo bem. Sei que é assustador. Eu sei. Mas estou aqui agora. Estou aqui e prometo que farei tudo que puder para resolver a situação. Acreditem em mim. Vou cuidar de vocês.

Os Ômegas rosnaram ao rir. Rasparam as garras contra a pele humana, deixando marcas, mas sem sangrar.

Os humanos choraram, lágrimas e muco nas caras apavoradas.

Os Ômegas pararam na frente da ponte, atrás dos humanos.

Forçaram-nos a se ajoelhar na terra.

Garras se curvaram nos ombros dos humanos.

O que estava atrás de William era o maior de todos. E o que parecia mais maléfico. Curvou as garras em torno do rosto do menino, os dedos apoiados sob o queixo. Acariciou a bochecha com a garra do polegar, apertando a pele. Não precisaria de muito. A mais leve pressão e William estaria…

Outro homem surgiu.

Fiquei pensando na tendência dramática dos lobisomens.

Principalmente destes, que se revelavam lentamente.

Provavelmente fora ideia de Richard o fato de saírem um por um.

Ele sabia como eu me sentiria vendo o rosto de Osmond.

Era um jogo para ele, e eu estava caindo direitinho.

Porque eu estava dando tudo de mim para não avançar em Osmond.

Os anos não tinham sido generosos com ele. Parecia abatido, menor do que eu me lembrava. Mais magro. Havia olheiras escuras sob seus olhos. Parecia ansioso, as mãos se esticando e cerrando em punhos repetidamente.

Lembrei-me da primeira vez que o vi, da expressão no seu rosto quando percebeu que Joe havia me dado seu lobo. O nojo. O *desdém*. Ele provavelmente procurou Richard logo depois. Contou tudo a ele. Contou sobre Thomas tê-lo imprensado contra a parede na casa do fim da rua, rosnado na sua cara, dizendo que eu *valia* alguma coisa. Que eu *importava*. Que o fato de ser humano não me tornava menos do que os lobos que me cercavam.

Thomas havia me defendido.

E depois Osmond o *traiu*.

Pensei em quão fácil seria bater na cabeça dele com o pé de cabra.

Só para ver a pele e o crânio se partirem, o sangue esguichar.

Eu seria destruído, sem dúvida nenhuma. Provavelmente nem chegaria a ele sem ser cercado por Ômegas.

Mas poderia tentar. Poderia mesmo.

Seus olhos brilharam como se pudesse ouvir meus pensamentos. Eram violeta, como os dos outros.

Falei:

— Seus olhos.

Ele se espantou, como se não esperasse que eu fosse falar.

— Valeu a pena? — perguntei.

Os Ômegas riram outra vez.

Osmond disse:

— Não importa. — Sua voz saiu calma. — O que está feito, está feito.

O que está feito, está feito. Como minha mãe. Como Thomas.

Ah, a raiva que senti.

A *ira*.

Devia estar irradiando de mim, e apesar de os Ômegas não serem meus, apesar de eu não ser seu Alfa, ainda era *um* Alfa, e seus ombros tensionaram e eles gemeram e eles *ganiram* ao me ver.

Osmond parecia prestes a se acovardar, mas se conteve no último segundo.

— Chega — falou duramente para os Ômegas. Eles latiram e ganiram em resposta. — Como você fez? — perguntou para mim. — Como se tornou um Alfa?

— Como você consegue dormir à noite? — perguntei a ele. — Sabendo que fez o que fez?

— Durmo muito bem.

— Mentira — falei. — Você não parece bem, Osmond.

— Isso não vai acabar bem para você. Deve saber disso a essa altura.

Sorri para ele. Ele se assustou de novo.

— Talvez, não — respondi. — Mas eu sei quem sou. Você pode dizer o mesmo?

— Nós pesquisamos sobre você, Matheson. Nenhum lobo. Jamais houve um lobo na sua família.

Não respondi.

— Pensamos que pudesse ser o bruxo. Você era parte do grupo dele, seu companheiro de bando antes mesmo de conhecer os lobos. Mas não existe magia forte o suficiente para criar um Alfa. Pode acreditar, eu procurei.

Robert Livingstone. Fiquei imaginando se ele estaria aqui. Achava que não. Gordon teria sabido, mesmo sem as barreiras.

— Sem magia — continuou Osmond. — Sem lobos. E mesmo assim aqui está.

— Aqui estou — concordei, esperando o monstro se revelar, sair da escuridão com presas e garras.

— Como? — perguntou outra vez. — Como pode ser o Alfa se não pode senti-los?

— Faz diferença? — Não comentei sobre a última parte. Pois estava parecendo que ele não sabia sobre os laços. Sobre as ligações que nos uniam. E se ele não sabia...

Osmond estreitou os olhos.

— Se você conseguiu, pode haver outros.

Eu sabia o que era. Em grande parte. Mas ele não precisava saber disso. Não precisava saber que veio do luto e da necessidade. Que veio de confiança e crença. Que havia tanto lobos quanto humanos que acreditavam tanto em mim que eu não podia ser outra coisa *que não* seu Alfa. Que, embora eu não fosse um lobo, eles confiaram em mim para cuidar deles. Para amá-los. Para lhes dar um lar e nos transformar em uma família.

Era algo que Osmond jamais poderia entender.

Algo que Richard jamais *iria* entender.

Porque, mesmo que tirasse isso de mim, mesmo arrancando isso do meu peito, ele o mancharia e transformaria em algo irreconhecível. Ele poderia ser um Alfa, mas jamais entenderia o que significava *ser* um Alfa.

— Onde ele está? — perguntei. Já estava de saco cheio de Osmond. Estava de saco cheio de esperar.

— Virá quando estiver pronto — respondeu Osmond.

Ri com desdém.

— Vai arrastar isso, então. Ficar ouvindo enquanto você tenta extrair o máximo de informações que conseguir. Você é a cadelinha dele, Osmond. Nunca foi nada além da cadelinha dele.

Osmond rosnou, os olhos brilhando ao dar um passo à frente.

— Chaney — falou friamente, sem tirar os olhos dos meus. — Só um pouquinho.

O lobo malvado, o lobo grande, o lobo segurando William sorriu, seu queixo molhado pela saliva que escorria da boca. Arrastou o dedão com mais força na bochecha do menino, fazendo um corte. O garoto berrou na mordaça enquanto o sangue escorria. Foi um corte fino, e provavelmente nem deixaria cicatriz, mas os lobos sentiram cheiro de sangue e começaram a bater os dentes. A mãe de William tentou correr para ele, mas foi puxada pelo cabelo pelo Ômega atrás dela, que o agarrava violentamente.

— Não — falei com a voz rouca. — Apenas…

Eu estava distraído. Pelos lobos. Pelos humanos. Pelo sangue pingando no rosto de William. Fazia sentido. Era avassalador. Eu estava cercado por Ômegas que estavam se entregando cada vez mais aos seus lobos e por Osmond, que parecia ao mesmo tempo combativo e nervoso.

Estava distraído.

Por isso não o ouvi chegando por trás de mim.

Por isso não antecipei seu braço envolvendo meu peito, me apertando com força contra si.

Por isso não esperava que sua outra mão fosse prender o meu pescoço, as garras se enterrando na minha pele.

Seu hálito estava no meu ouvido. Fedia a carne e sangue.

Richard Collins disse:

— Olá, Ox.

Fechei os olhos e, mesmo tentando forçá-lo a se acalmar, meu coração tropeçou e cambaleou no meu peito.

Ele sentiu. Ele ouviu.

Riu com o som, com as batidas aceleradas.

Parecia se divertir quando falou:

— Você não fede a medo. Curioso, isso.

— Porque não tenho medo de você — respondi enquanto ele apertava a garra no meu pescoço. A frente do corpo dele estava pressionada nas minhas costas, seus lábios quase na minha orelha. Foi a coisa menos íntima que já experimentei.

— Talvez — disse ele. — Se não tem, é apenas porque se convenceu disso. Mas posso deixá-lo com medo de mim, Ox. Muito rapidamente, se eu quiser.

Os Ômegas na nossa frente sorriram e passaram as garras sobre as cabeças dos humanos a seus pés. Osmond observava com cautela, seus olhos brilhando violeta.

— Está quieto? — perguntou Richard.

Osmond assentiu com a cabeça.

— Só ele.

— Ótimo — disse Richard. — É um começo. — Em seguida: — Obrigado, Ox. Sabia que podia contar com você.

— Vá se foder.

— Quanta gentileza. Agora, para o seu próximo truque, preciso que largue o pé de cabra. Não vai precisar dele.

Não me mexi.

— Ox — falou ele, a voz cheia de pesar. — Isso pode ser tão fácil ou tão difícil quanto você me obrigar. De verdade, você tem o poder sobre o rumo que as coisas podem tomar. Não quer que seja fácil?

Ele mentia, eu sabia. Palavras carregadas com promessas que se encerravam nos meus ouvidos. Nada em relação a isso seria fácil.

— Ox. Largue. O. Pé de cabra.

Eu era um Alfa. Eu era um maldito *Alfa*...

Não tive tempo de me mover ou mesmo de reagir quando ele derrubou o braço que estava sobre o meu peito, a mão deslizando para o meu punho. Ele o torceu brutalmente, os ossos raspando e em seguida quebrando. Uma onda de dor me percorreu, aguda e afiada. Meu estômago revirou quando o pé de cabra caiu no chão. Levantou poeira ao aterrissar enquanto eu cerrava os dentes, tentando engolir o berro que queria soltar.

— Isso foi... desagradável — comentou Richard, e me empurrou na terra.

Senti gosto de terra na boca.

E, pela primeira vez, pânico.

Começou no meu peito, um redemoinho lento que se arrastou por mim, pequenas picadas que se transformaram em algo muito mais forte do que eu jamais havia sentido. Não era *só* pânico. Ou, pelo menos, não só o meu.

Era o pânico do bando.

As conexões tinham reaberto.

Não, não, não, não.

Thomas sussurrou: *O maior presente de um Alfa para o seu bando é seu sacrifício. Porque deve protegê-los acima de tudo, a qualquer custo. Mesmo que isso signifique sua própria vida.*

Eles viriam.

Assim que superassem a raiva, a fúria, a dor, viriam.

Tentei afastar os laços, mas eram fortes e elétricos, como fios de alta tensão. Não podia afastá-los porque eles estavam *cientes*.

Estavam a caminho.

E Richard não sabia.

Eu não podia arriscar.

Não podia permitir que nenhum deles se machucasse.

Levariam um tempo para me achar. Achavam que eu estava na oficina.

Talvez houvesse tempo suficiente para...

Mas havia um, um que estava mais aceso do que todos os outros. Mais próximo. Mais irado.

Senti sua fúria. Senti sua magia.

Gordon.

Gordon estava aqui.

Gordon estava aqui.

Rolei sobre as costas. O pé de cabra estava ao meu alcance, do lado esquerdo.

Richard pairou sobre mim, uma expressão de nojo no rosto.

Eu disse:

— Se eu lhe der isso. Se tirar isso de mim, você me dá a sua palavra que os deixará em paz. Todos eles. O bando. As pessoas. Green Creek.

— Não sei se está em posição de me pedir *nada*, menino — rosnou Richard. — Você é *humano*. Pode ser um Alfa, mas isso *nunca* te pertenceu. Vou tirar de você e você vai…

— Não quer saber como consegui? — perguntei, apoiando o punho no peito. — Como um humano se tornou Alfa?

Ele pausou. Em seguida:

— Estou ouvindo.

— Eles vão escutar. Os Ômegas. Vão escutar e tentarão fazer o mesmo. Tirarão de você. Tentarão se tornar Alfas por conta própria. Você não quer isso.

Ele se ajoelhou ao meu lado. Burro. Eu o odiava mais que tudo no mundo.

— É melhor falar agora — falou com a voz baixa. — Antes que eu perca a paciência.

E eu disse:

— Vá se foder.

Eu me movi mais rápido do que nunca. Fui guiado por tristeza e desespero, por ira e aquele sentimento, aquele maldito sentimento do meu *pai*, meu pai me dizendo *você vai sofrer, Ox*, porque aqui estava ele, aqui estava Richard Collins dando razão ao meu pai. Estava me fazendo *sofrer*, e eu não ia aturar. Não devia ter aturado em momento algum.

Mas, acima de tudo, foi o bando que me guiou, o bando que permitiu que eu me movesse com aquela agilidade, era bando e bando e *bando*, essas pessoas, esses lobos que eram minha família. E Joe, que eu conseguia sentir se erguendo em mim, Joe, que estava assustado, furioso e *a caminho*, meu Deus, ele estava *vindo* atrás de mim.

Segui o laço em direção a Gordon, mais forte do que havia sentido desde que voltara, dizendo *os humanos os humanos os humanos não pode deixar que se machuquem você tem que ajudá-los salvá-los ajudá-los*, enquanto meus dedos se curvavam em torno do pé de cabra na terra.

Os olhos de Richard desviaram para a minha mão.

Movi o pé de cabra em um arco. Acertei o lado da cabeça dele com uma rachadura audível, a quebra do osso reverberando pela ferramenta até o meu braço. Ele resmungou e começou a cair de lado.

E então Gordon entrou em cena.

Saiu de trás da caminhonete, as tatuagens brilhando mais forte do que eu jamais havia visto. O corvo batia as asas furiosamente, e eu jurava que podia *ouvir* seu grito enquanto abria o bico, um ruído alto e agudo que vibrou pelos meus ossos. Senti a *vibração* da sua magia no chão enquanto pulsava fundo na terra. Ela me chamava, dizendo *AlfaAlfaAlfa* e eu *mergulhei* nela, agarrando com o máximo de força possível o laço que me ligava a Gordon.

Mesmo antes de Richard cair no chão, um rosnado já se formando em sua cara quebrada, o solo ao redor dos humanos e dos Ômegas se mexeu e partiu. Grandes colunas de terra se ergueram com um rugido alto, empurrando os humanos para a frente e os Ômegas para trás.

Osmond estava avançando quando me levantei. Seu alvo era Gordon, as garras esticadas, o focinho alongando ao correr na direção dele. Girei o pé de cabra até a ponta curva estar oposta a mim e golpeei as pernas de Osmond quando ele tentou passar. O pé de cabra bateu forte nas canelas dele, já que dei tudo de mim no golpe. Ele gritou com o osso partindo, a pele queimando, mas mantive o ímpeto, varrendo os seus pés. Ele caiu para a frente, o impulso fazendo-o deslizar de cara no chão, parando perto dos pés de Gordon.

Não parei, dando as costas para eles, confiando na cobertura de Gordon. Corri na direção do solo partido, deslizando pela terra enquanto caía de joelhos na frente dos humanos. Estavam impressionados e incertos. Comecei com Judith, arrancando a mordaça da sua boca.

— Você tem que me ajudar — falei, segurando seu rosto enquanto o chão continuava rachando atrás dela. — Precisa tirá-los daqui. Desamarre-os e os leve à caminhonete. Vá até Green Creek. Não pare até chegar à oficina. Fiquem lá. — Soltei Judith por um instante e catei as chaves no bolso. Ela começou a perder o foco, ganindo e olhando em volta com uma expressão atordoada. Os outros se moviam lentamente.

— Ei! — vociferei para ela. — Ouça. Está me ouvindo?

Ela sussurrou:

— Ox?

Segurei duas chaves na frente dela, a centímetros do seu rosto.

— Essa é a chave da caminhonete. Essa é a chave da oficina. Entendeu?

— Eu... Ox, os *olhos* deles, são...

— Judith, seu filho vai *morrer* se não o tirar daqui.

Ela se retraiu, mas seus olhos começaram a desanuviar. Ela endureceu, automaticamente tentando alcançar as chaves e William ao mesmo tempo. Soltou as amarras dele enquanto eu ajudava os outros três.

— Sigam-na — disse a eles. — Ela vai mantê-los seguros. Não parem até chegar à oficina e *tranquem as portas.*

Torci para que as barreiras fossem suficientes. Tinham de ser. Não tínhamos outra escolha.

Judith pegou William, que se pendurou nela, os braços agarrando o pescoço. Coloquei as chaves nas mãos dela enquanto os Ômegas começavam a rosnar. Ela olhou para mim e disse:

— Obrigada, obrigada, nós... *cuidado*!

Fui jogado no chão por algo pesado que caiu em cima de mim, gritando com a dor lancinante nas costas onde quatro garras se enterraram. Eu estava com a boca cheia de terra quando o lobo nas minhas costas rugiu no meu ouvido.

De repente o peso saiu das minhas costas e o lobo ganiu de dor.

Fui levantado por mãos em cada braço. Uma mulher estava à minha esquerda (Megan?), um homem à minha direita (Gerald, tinha a impressão de que se chamava Gerald). Outro homem estava na minha frente, ofegando, meu pé de cabra em suas mãos. Ele se chamava Adam e trabalhava na loja de ferragens, um homem gentil com terríveis marcas de acne.

Ele disse:

— Puta que pariu.

Cambaleei para frente, pegando dele o pé de cabra.

— Obrigado.

Ele acenou para mim, os olhos arregalados.

— Ox! — berrou Gordon. — Eles têm que ir. *Agora*. Osmond sumiu e eu não sei para onde foi.

Cuspi no chão, sangue e terra misturados.

— Vão — gritei com eles. — Saiam daqui. Depressa!

Não esperaram que eu pedisse outra vez. Foram se empurrando em direção à caminhonete enquanto um rosnado baixo soava atrás de mim.

Virei.

Richard Collins tinha se transformado totalmente em lobo, o rosto cheio de sangue, o focinho arrebentado. Ele se colocou sobre as quatro patas, os olhos violeta, os lábios se curvando ao redor das presas. Levantou-se até atingir sua altura total, menor do que Joe e Thomas, mas ainda assim um lobo grande.

— Ômega — falei. Não fiquei surpreso com isso. Ele estava perdido demais no próprio lobo para ser qualquer outra coisa.

Ele rosnou para mim.

Dei um passo para trás, apertando mais forte o pé de cabra.

Ele se agachou, se preparando para um salto.

Então uma canção lupina pairou sobre nós, ecoando mais alto do que nunca. Era entoada com raiva e horror.

Era a canção de um Alfa.

— Não — sussurrei.

Ele tinha nos encontrado. Já.

Não podia permitir que isso acontecesse. Joe não podia estar aqui. Não quando existia a chance de que Richard o machucasse. Que o levasse para longe do bando. Um bando precisava de um Alfa para sobreviver, para que não se tornassem Ômegas. Thomas fora o nosso Alfa. E depois Joe, após a morte de Thomas. E depois eu, por força da necessidade.

Mas Joe tinha voltado.

E ele era o verdadeiro Alfa Bennett.

Precisavam dele.

E eu tinha que garantir que ele sobrevivesse.

Olhei para Richard, que tinha se distraído com o chamado do Alfa.

— Ei — gritei para ele. — Estou aqui, seu cuzão!

E então corri. Para longe do nosso território. Para longe das barreiras.

Para longe do meu bando.

Para longe de Joe.

— Ox! — gritou Gordon atrás de mim. — *Não faça isso*!

E então soou uma nova canção.

Era grave e gutural, mais um grito do que um uivo.

A canção de um predador que havia encontrado sua presa.

Fui na direção da ponte, sem nenhum destino específico em mente, apenas *longe longe longe.*

Havia pilhas de terra se contorcendo à frente, onde a magia de Gordon havia convocado as pedras e o solo para cobrir os Ômegas. Pulei por cima delas garras de Ômegas surgindo e tentando me pegar. Uma única garra raspou minha panturrilha e por um instante achei que não fosse conseguir. Senti o arranhão na pele, uma pequena chama de dor, mas o Ômega não conseguiu me agarrar a tempo.

Aterrissei do outro lado dos Ômegas, olhando por cima do ombro a tempo de vê-los se erguendo da terra, dentes expostos e olhos violeta. Gordon estava mais afastado, atrás deles, me olhando horrorizado. Um lobo grande espreitava entre eles, esperando até que eu tomasse distância o suficiente para uma boa caçada.

Os Ômegas avançaram sobre Gordon antes que ele pudesse prender Richard. Suas tatuagens brilharam outra vez enquanto eles vinham. O solo sob seus pés se mexeu, pedras se erguendo do chão e girando ao seu redor. Ele mexeu os pulsos e elas foram arremessadas sobre os Ômegas, derrubando-os.

Richard os ignorou.

Só tinha olhos para mim.

Corri porque tinha pessoas amadas a proteger.

Corri porque Richard havia desviado a atenção de Joe para mim, e eu faria tudo para manter as coisas assim.

A ponte estava escura. Dava para ouvir a madeira rangendo.

Em seguida, as batidas das patas de um lobo na terra.

Ele estava vindo atrás de mim.

Por um instante, jurei que havia outro lobo correndo comigo, um grande lobo, um lobo Alfa, um lobo que eu sabia que tinha morrido havia alguns anos.

Por um instante, jurei que minha mãe estava correndo comigo, mexendo os braços, os pés batendo no chão, os cabelos voando atrás.

Eu me esforcei ainda mais.

Eu não conseguiria ser mais rápido que Richard para sempre, mas se pudesse me afastar o suficiente, aí poderia...

Estava perto da velha ponte.

Eu a atravessaria e torceria para que fosse estável o bastante. A queda era de apenas três metros até o riacho abaixo, mas eu não queria que a coisa toda desabasse sobre mim.

Alcancei a ponte, colocando os pés na madeira.

Ela rangeu sob o meu peso, as vigas acima de mim tremendo a cada passo.

Estava no meio, tinha certeza de que ia conseguir. Não sabia aonde iria em seguida, mas ia *conseguir atravessar*...

Osmond surgiu das sombras do outro lado da ponte, semitransformado, o rosto manchado de sangue e terra. Derrapei até parar, quase caindo para a frente. Consegui me segurar no último segundo.

Um lobo rosnou atrás de mim.

Olhei por cima do ombro.

Richard Collins estava do outro lado da ponte. Deu um passo na minha direção.

— Acabou — disse Osmond. — Você perdeu.

Assenti com a cabeça.

— É o que parece.

— Você jamais teria vencido.

Ri sombriamente.

— Caramba. Vá logo com isso.

Osmond estreitou seus olhos violeta.

— Quê?

— Não fique falando comigo, porra — rosnei para ele. — Você me quer? Venha *me pegar*, caralho.

Osmond rosnou.

Richard rugiu.

E correram para cima de mim.

A ponte se mexeu e gemeu.

Houve um *crec* de madeira rachando.

Eles pularam, como eu sabia que fariam, mas voando na minha direção.

Esperei até o último segundo possível, ouvindo o som das garras cortando o ar antes de cair de joelhos.

Ergui o braço, o pé de cabra na mão, as pontas voltadas para Richard e Osmond.

O impulso deles era forte demais para que mudassem de direção no ar.

Richard bateu na ferramenta primeiro, a ponta empalando seu peito, fazendo ossos e músculos estalarem quando a prata começou a arder. Meu braço foi para a direção oposta com a força do impacto. A ponta curva do pé de cabra acertou a garganta de Osmond. A prata escaldou e a pressão do impacto de Richard forçou a curva para *dentro* do pescoço de Osmond, perfurando e rasgando a garganta. Sangue esguichou dos meus dois lados enquanto suas garras cortavam meus braços e peito, os dois convulsionando e se debatendo ao meu lado quando a dor da perfuração com prata começou a atravessá-los.

Meus braços estavam inundados de sangue, meu e deles. Não conseguia sustentar o peso dos dois, e o pé de cabra escorregou das minhas mãos sangrentas. Eles caíram na ponte com uma batida alta, os braços e as pernas se debatendo enquanto se engasgavam e mostravam os dentes, tentando se afastar da barra alojada no pescoço de um e no peito do outro. A ponte balançou e rangeu.

Eu me afastei, chutando quando Osmond tentou me alcançar, empurrando as costas contra a parede de madeira da ponte.

Ambos estavam caídos e fora de alcance, conectados pelo pé de cabra.

Ambos os pares de olhos violeta se fixavam em mim.

Havia dor, mas era longínqua. Eu não sabia dizer qual sangue era meu.

A ponte rangeu de novo, mais alto do que antes.

O barulho de madeira rachando ficou mais alto, a estrutura começando a balançar.

Aquela porcaria inteira ia cair.

Eu quase não me importei.

Queria fechar os olhos. Talvez dormir por um tempo.

Ouvi um rosnado baixo.

Olhei para frente.

Richard estava tentando se esticar na minha direção, mas o peso do pé de cabra ligado a Osmond preso em seu peito não permitia que tivesse muita mobilidade. Ele esticou o pescoço, a mandíbula estalando enquanto batia perto do meu pé. Seus dentes estavam a poucos centímetros de distância.

Recuei o pé antes de chutar violentamente. Ouvi um estalo de osso enquanto ele uivava e se encolhia, tremendo o focinho.

A ponte se sacudiu enjoativamente para a esquerda. Eram apenas centímetros, mas pareciam quilômetros.

Caiu poeira da madeira acima.

Eu ri. Porque podia.

Inclinei a cabeça para trás e ri.

— Vocês vão morrer aqui — disse a eles enquanto as pernas de Osmond chutavam sem força, as mãos queimando enquanto tentava arrancar a ferramenta da garganta. — Vocês dois. Vão *morrer* aqui. Fracassaram. Não pegaram Thomas. Não pegaram Joe. Não *me* pegaram.

Richard começou a se arrastar na minha direção, sangrando por todos os lados.

Eu tinha que me mexer.

Seria mais fácil ficar parado.

Mas eu nunca escolhi o caminho mais fácil.

Eu me levantei com o apoio da parede, usando as pernas em vez dos braços rasgados.

Richard bateu os dentes para o meu movimento, lutando para se movimentar mais rápido.

Osmond estava começando a convulsionar, os olhos se revirando para dentro das pálpebras, a boca aberta, alternando entre humano e lobo, mãos em garras e dedos, arranhando o piso. Seu pescoço estava em um ângulo agudo enquanto Richard continuava vindo na minha direção.

Pairei sobre ele. Sobre o lobo. Ele me encarou, a língua caindo enquanto exibia os dentes perto do meu pé.

Eu disse:

— Você nunca vai tê-lo. Nunca será um Alfa. Você perdeu. E agora vai morrer. Por *nada*.

A ponte começou a quebrar, os tacos de madeira despedaçando, uma rachadura grande subindo pela parede enquanto a madeira estilhaçava. As paredes e o teto começaram a se mover para a esquerda, a ponte prestes a colidir.

E, com todas as minhas forças, comecei a correr outra vez.

Cada passo machucava, meus braços inúteis nas laterais.

Mas eu não queria morrer ali. Não com eles. Não assim.

Tinha protegido meu bando contra eles. Joe me encontraria. Tudo ficaria bem.

Tropecei perto do fim.

Uma tábua tinha levantado, me atingindo no queixo.

Caí no chão, virando para aterrissar sobre o ombro e evitar o impacto na cara.

Um lobo rugiu atrás de mim enquanto a ponte quebrava.

Uma voz sussurrou na minha cabeça.

Dizia: *levante.*

Dizia: *estamos quase chegando mas precisamos que você levante.*

Dizia: *AlfaIrmãoAmorFilhoBando levante levante levante.*

Dizia: *nós te amamos.*

Dizia: *nós precisamos de você.*

Dizia: *você é nosso Alfa e precisamos que LEVANTE.*

Dizia: *LEVANTE LEVANTE LEVANTELEVANTELEVANTE...*

Levantei, porque faria qualquer coisa por eles.

Tudo doía, mas eu levantei.

A ponte se inclinava agora, o teto caía ao meu redor, tão perto que eu poderia ter esticado o braço e o tocado.

Dei os últimos passos, e no instante, no *segundo* que meus pés tocaram a terra, a ponte ruiu sobre o rio abaixo em uma nuvem de poeira.

Ouvi um grito alto através dos laços, dos fios que se estendiam entre nós, um grito de horror, de *não não não* e *OxOxOx NÃO OUSE FAZER ISSO OX...*

E eu disse:

— Ei, Joe. — Porque mais ninguém teria gritado por mim daquele jeito, mais ninguém teria soado tão desesperado para ouvir a minha voz.

E a canção que ele uivou foi algo maravilhoso, preenchida por tanto alívio verde que fez meus olhos arderem.

Ecoou pelas árvores ao meu redor. Ele estava tão perto. Tão perto.

Precisava vê-lo. Ter certeza de que estava bem. Dizer que sentia muito. Que nunca quis deixá-lo. Que nunca quis estar em lugar nenhum que não ao seu lado. Tudo que sempre quis foi mantê-lo a salvo. Desde aquele primeiro dia na estrada, quando ele falava e se movia como um pequeno tornado, tudo que eu sempre quis foi ter certeza de que nada aconteceria a Joe Bennett.

Ele estava vindo atrás de mim.

Tentei me concentrar no resto do bando, garantir que estivessem bem, mas Joe era opressor. Tudo era ele. Ele era tudo que eu conseguia ouvir e ver e sentir e respirar.

Fui aos tropeços para a margem do riacho com o máximo de cuidado que pude. Os escombros da ponte se espalhavam pela água, pilhas de tábuas e pregos espalhadas por todos os lados. Não os sentia. Richard. Osmond. Os Ômegas. Não mais. O veneno tinha sumido.

Meus pés atingiram a água, os sapatos e as calças ensopando.

Conseguia escutá-los agora.

O bando.

Joe.

Comecei a subir pela margem do riacho. Sangue pingava dos meus braços para a terra, mas tudo bem. Não tinha problema. Eu estava quase em casa.

Cheguei ao topo.

E lá estava ele. O lobo branco com olhos vermelhos. A poucos metros de mim.

Ouvi a transformação familiar de ossos e músculos. E ele estava ali, me observando com olhos arregalados e completamente nu.

— Ox — disse ele. Sua voz soou rouca e quebrada. — Pensei que… *Pensei…*

Então dei um passo em direção a ele e falei:

— Não, tudo bem. Está tudo bem, eu prometo, ele acabou, acabou, prometo, Joe. Sinto muito. Por favor, não fique bravo. Por favor, não fique bravo comigo. Desculpe, desculpe, *des…*

Houve uma explosão atrás de mim.

Virei.

Os restos da ponte explodiram quando um Richard Collins semi-transformado emergiu e aterrissou na minha frente, o corpo sangrento e quebrado, as garras estendidas.

Uma mão pousou no meu ombro e me puxou em direção a ele.

— *Alfa* — rosnou ao meu ouvido.

E aí fui empalado pela sua outra mão, as garras cortando a pele da minha barriga, entrando até que a mão inteira estivesse dentro de mim.

Joe gritou atrás de mim.

Nunca o ouvira emitir um som daqueles.

Partiu meu coração mesmo enquanto Richard Collins tirava a mão de dentro de mim.

Tossi, incerto quanto ao que tinha acabado de acontecer.

Olhei para baixo.

Sangue jorrava de mim.

Parte de mim estava para fora, uma coisa molhada e vermelha com cara de carne.

Olhei novamente para cima. Parecia que estava me movimentando em câmera lenta.

Eu estava muito cansado.

Richard deu um passo para trás enquanto eu caía de joelhos. Começou a escorrer sangue da minha boca.

Richard inclinou a cabeça para trás. Estalou o pescoço de um lado para o outro.

As lacerações no seu corpo tinham começado a se curar.

Ele abriu os olhos.

Ardiam com o vermelho de um Alfa.

Durante esses longos segundos, ele tinha conseguido o que queria. O que havia começado tantos anos antes até finalmente chegar ao fim.

Ele rugiu.

Senti nos ossos.

Foi um ruído forte.

Um som poderoso.

Mas foi interrompido quando Joe Bennett colocou uma mão de cada lado do seu rosto, as garras para fora, e arrancou a cabeça de Richard Collins do pescoço.

Richard caiu de joelhos, copiando a minha própria pose.

Exceto que eu sangrava pelo ferimento na barriga.

Ele sangrava em grandes explosões pelo cotoco esfarrapado no pescoço.

Estava dormente. Tudo em mim.

Não conseguia engolir.

Não achava que fosse conseguir respirar.

Joe derrubou a cabeça de Richard no chão, e eu queria perguntar por que ele estava se movendo tão lentamente. Ele era um Alfa, mas era como se estivesse embaixo d'água e eu não entendia por quê.

Richard caiu para trás.

Eu também.

Antes de atingir o chão, braços surgiram sob mim, amortecendo a queda.

Pisquei enquanto era abaixado para o chão. As estrelas estavam muito brilhantes no céu.

E a lua. Meu Deus, a *lua*. Gostaria que estivesse cheia. Porque as luas cheias eram as minhas favoritas.

O rosto de Joe surgiu e bloqueou o satélite. Decidi que não tinha problema, porque amava o seu rosto mais do que poderia amar a lua.

Tentei lhe dizer isso, principalmente porque ele estava chorando, mas não consegui encontrar as palavras.

Mas estávamos embaixo d'água. Não achava que deveria falar embaixo d'água.

Os lábios dele se moviam, ele estava gritando e chorando, mas eu não conseguia identificar as palavras. Conseguia *ouvi-lo*, mas era na minha cabeça e no peito e ele dizia *não* e *por favor* e *você não pode fazer isso não vou permitir que faça isso está me ouvindo está me ouvindo Ox você é meu Ox e não posso permitir que se vá nunca permitirei que se vá preciso de você preciso de você mais do que tudo porque eu te amo eu te amo Ox parceiro bando amor lar você é meu lar lar lar e sem você nunca ficarei bem.*

Também havia outros.

Conseguia vê-los, se amontando pelas beiradas da minha visão.

Eles também estavam chorando, gritando para que alguém fizesse alguma coisa, consertasse isso, por favor *conserte isso não podemos perdê-lo não pode acabar desse jeito não assim*. Eram tanto deles, todas as suas vozes correndo juntas e dizendo *por que ele está sangrando tanto ah Deus ele não pode morrer não pode nos deixar AlfaAlfaAlfa precisamos de você aqui somos seu bando como pode nos deixar Ox OxOxOx não vá por favor não se vá você é meu filho é meu irmão é meu amigo é meu amor.*

Eles diziam, eles diziam, *eles diziam…*

Alfa.

Alfa.

Alfa.

Uma voz se sobressaiu às outras. Ele se ergueu sobre a tempestade, meu pequeno tornado.

Ele disse: *não vou permitir que acabe.*

Ele disse: *não assim.*

está me ouvindo

OxOxOx

este não é o nosso fim

vai doer

e você vai sentir

mas tem que lutar
lutar
por você
pelo seu bando
e por mim
OxOxOx
preciso que lute por mim

Eu tinha tantas coisas para dizer a ele.

Tantas coisas que deveria ter dito.

Tantas coisas que nunca pude ser para ele.

Ele precisava saber.

O que significava para mim.

Forcei meus olhos para que se abrissem.

Dei um respiro gorgolejante, o sangue esguichando da boca. Eu me engasguei, mas continuei.

Olhei para ele e balbuciei:

— Obrigado por me escolher.

Uma lágrima correu pelo seu rosto.

Ele disse:

— Não.

Ele disse:

— Por favor.

Ele disse:

— Não pode, não pode, não pode.

Ele disse:

— *Sempre vou te escolher.*

E em seguida seus olhos ficaram tão vermelhos que achei que ele estivesse queimando por dentro.

Pelos surgiram na lateral do seu rosto, brancos como a neve.

Ele abaixou a cabeça, a boca aberta, as presas descendo das gengivas.

Nunca tinha visto um lobo tão lindo.

Fechei os olhos.

Senti uma explosão de dor entre o ombro e o pescoço, mas era verde, tão absurdamente *verde* que eu não podia respirar.

Então não o fiz.

E, enquanto morria, dei um sorriso sangrento.

canção do lobo

Abri os olhos.

A lua estava cheia e vasta no céu.

Levantei a cabeça.

Eu estava em uma clareira no meio da floresta.

Conhecia esse lugar. Conhecia porque era meu.

Era minha casa.

Eu me sentei nessa clareira.

A grama estava morna sob meus dedos. A sensação era vibrante.

A sensação era verde.

Respirei fundo.

Dava para sentir o cheiro das árvores.

Dava para ouvir as folhas batendo nos galhos.

Enterrei meus dedos na terra.

Um coelho se movimentou a quase um quilômetro de distância, correndo através de um arbusto.

Não sabia como conseguia ouvir, mas conseguia.

Levantei.

Algo estava vindo.

Podia sentir as vibrações no ar.

A maneira como a floresta parecia reverenciá-lo.

O que quer que fosse, era o rei da floresta.

Das árvores veio um uivo como eu jamais havia escutado.

A canção que cantava fez meus ossos tremerem.

Era amor. E esperança. E angústia. E cada coisa terrível e linda que já tinha acontecido comigo. E com os meus.

Inclinei a cabeça e retribuí o canto.

Pus tudo de mim nele.

Porque eu não sabia se estava sonhando.

Sentia dor, mas era uma dor no coração.

Nossas canções se misturaram. Harmonizaram. Tornaram-se uma só.

Eu nunca tinha uivado assim antes. Torcia para que um dia pudesse fazer de novo.

Senti um puxão no fundo da mente.

Algo enganchou e *puxou*.

Senti meus olhos se afiarem. Minhas gengivas coçarem. Minhas mãos tremerem.

O puxão ficou mais forte e eu quis correr.

Caçar.

Comer.

Sentir as patas na terra, o gosto do vento na língua.

Ergui as mãos na frente do rosto.

Enquanto olhava, o *puxão* no fundo da cabeça se tornou agudo, e garras deslizaram das pontas dos meus dedos, ganchos pretos incríveis que brilhavam ao luar.

O rei estava mais próximo.

Podia ouvi-lo agora. Os passos que dava. A respiração pelo nariz.

Ele logo apareceria.

Derrubei as mãos nas laterais.

Os ruídos ao meu redor cessaram e tudo ficou em silêncio.

Eu disse:

— Olá.

A floresta prendeu a respiração.

Um grande lobo entrou na clareira.

Era branco com preto espalhado pelo peito e pelas costas. Tinha pose, uma postura régia, cada passo que dava era calculado. Estava maior do que jamais o vira em vida. Meus olhos arderam. Minha garganta fechou. A dor no meu coração aumentou.

Não era que eu estava sonhando.

Não era que eu estava acordado.

Era que eu estava morto ou quase morrendo.

Thomas Bennett se encontrava na minha frente, o rosto na altura do meu.

— Desculpe — consegui dizer.

O lobo bufou e se inclinou para a frente, o pescoço no meu ombro, a cabeça se curvando nas minhas costas, me puxando mais para perto.

Caí sobre ele, enfiando o rosto no seu peito.

Ele tinha o cheiro da floresta. De pinheiro e carvalho. De uma brisa de verão e um vento de inverno. Nunca tinha sentido esses cheiros nele antes, não assim. Não tão fortes.

Ele me deixou ficar apoiado nele, enquanto me esperava parar de tremer. Ele era caloroso. Eu estava seguro.

Finalmente me acalmei.

Eu me afastei, o lado da cabeça dele esfregando na minha orelha.

Ele se sentou na minha frente, abanando o rabo no chão.

Esperou.

Olhei para minhas próprias mãos. O que poderia dizer para ele? O que poderia dizer para explicar como eu lamentava? Como deveria ter feito mais para manter seu bando unido? Como achava que tinha feito melhor? Como eu só queria mantê-los seguros? Como havia feito o meu melhor? Como eu só queria mantê-los seguros? Como havia feito o que achava ser o certo? Como estava furioso por um monstro ter vindo e tirado tudo de mim, me roubado das pessoas que eu mais amava? Como seu filho era a única pessoa com quem eu conseguia me ver?

E como, quando mais precisei dele, ele esteve presente.

Como amigo.

Como companheiro de bando.

Como Alfa.

Como pai.

Olhei para ele.

Se um lobo pudesse sorrir, eu achava que seria parecido com o que ele fez naquela hora.

Eu disse:

— Tenho escolha, não tenho?

Ele inclinou a cabeça para mim.

— Ir com você.

Ele olhou para trás, para a floresta. Havia um movimento ali agora. Nas árvores que nos cercavam eu podia ouvir o som de outros lobos. Ganindo. Latindo. Cantando. Uivando. Havia dezenas deles. Talvez centenas.

Eles me chamavam. Cantavam *estamos aqui estamos prontos quando você é bando e filho e irmão e amor estamos prontos e podemos esperar pelo tempo que precisar.*

Thomas se voltou para mim.

— Ou eu poderia voltar.

Ele bufou novamente.

— Meu pai me disse que eu ia sofrer. Antes de ir embora. Você sabia disso?

Ele ganiu baixo na garganta.

— Ele me disse isso. Disse que eu era só o Ox burro que ia sofrer a vida toda. Mas ele errou.

Os lobos na floresta uivaram.

— Ele errou. Porque Joe me encontrou. E me levou até você. Você me deu um propósito. Deu-me um lar. Um bando. Uma família.

Os olhos do lobo estavam molhados e brilhantes.

— Você é meu pai — falei, apesar de a minha voz ter falhado. — Em todos os sentidos, exceto o sangue.

E então eu senti. O laço. A ligação que se estendia entre nós, mesmo na morte. Não era tão forte quanto antes, e provavelmente não seria enquanto eu ainda vivesse, mas estava ali.

E junto a ele, um sussurro.

A mais baixinha das vozes.

Dizia: *Cuide deles por mim, meu filho.*

Thomas Bennett se inclinou para a frente e pressionou o focinho na minha testa.

E eu disse:

— *Ah.*

Abri os olhos.

Estava em um ambiente escuro.

Havia calor por todos os lados.

Eu me sentia seguro e aquecido.

E mais. Porque *havia* mais.

Batidas suaves se sobrepunham no local.

Algumas estavam sincronizadas entre si.

Outras não.

Mas eram todas lentas e doces.

Levei um instante para perceber o que eram.

Batimentos cardíacos.

Eu conseguia escutar corações batendo.

Identifiquei todos, um por um.

Havia dez deles ali comigo.

Deveriam ser onze.

Deveriam ser *onze*.

Deveriam ser...

— Calma — sussurrou uma voz ao meu ouvido. Uma mão fria tocou meu rosto quente e tirou meu cabelo da testa. — Vai acordar os outros.

— Eu não estava nem falando — murmurei sem força.

— Eu sei — disse Elizabeth. — Mas não precisa. Não mais.

Eu sabia o que ela estava dizendo. Por que estava dizendo. Não parecia possível.

E eu sabia qual coração estava faltando.

— Joe? — perguntei.

— Feche os olhos — falou ela perto do meu ouvido. — Porque agora as coisas são diferentes e você precisa encontrar uma forma de manter sua humanidade. Feche os olhos, Ox. E ouça.

E eu ouvi.

Ouvi muitas coisas.

Senti ainda mais.

Havia os corações do meu bando, deitados ao meu redor na sala da casa do fim da rua. Travesseiros e cobertores tinham sido dispostos para nós, e todos estavam deitados uns nos outros, se esticando e encostando de alguma forma, os lobos encolhidos ao redor dos humanos. Eu estava no meio. Elizabeth em algum lugar perto da minha cabeça. Havia um lugar vazio à minha direita.

Ouvia suas respirações.

Os pequenos suspiros que emitiam durante o sono.

Também sentia o cheiro deles. Suor e terra e sangue, mas sob isso havia a floresta e as árvores, a luz do sol filtrada pelas folhas, e aquele cheiro que precede uma tempestade, de terra e ozônio.

Mas havia outro cheiro. Um mais básico, enraizado em cada um deles.

Reconheci como o meu próprio cheiro.

Todos tinham o meu cheiro.

O cheiro do seu Alfa.

Mas não era só o meu.

Porque, misturado ao meu próprio cheiro, havia o odor pesado de outro.

E esse, ah, *esse* enterrou as garras na base do meu pescoço e na base da minha coluna e *puxou*.

Rosnei, mais animal do que humano.

O bando se mexeu em volta de mim, mas não acordaram. Ouvi seus corações acelerarem singelamente com o ruído que saiu da minha garganta.

Deixei que me puxasse mais longe.

Havia a casa do fim da rua.

Havia o cheiro do bando que estava entranhado na floresta.

Havia vozes, ecos do passado, pessoas se reunindo aos domingos porque era tradição.

Havia o cheiro de outro Alfa, mas não incomodava.

Fazia parte da casa.

Cada tábua. Cada parede. Cada tijolo.

Ele estava aqui, conosco.

E sempre estaria.

Mais longe.

Havia o terreno ao redor da casa do fim da rua.

Um pequeno tornado exigindo que seus pais lhe contassem sobre bengalinhas doces e pinhas. Sobre épico e incrível.

Havia outra casa.

Uma velha casa.

Uma casa outrora entristecida pela covardia de um pai.

Uma casa transformada em lar pelo amor de lobos.

O sangue no chão, fora das vistas, mas enterrado nos ossos.

Ela tinha rido aqui.

Tinha estourado bolhas de sabão.

Tinha se sentado à mesa e me dito que ficaria tudo bem, havia me mostrado que nós dois *ficaríamos bem*.

Havia uma linha, uma conexão entre essas duas casas, um laço mais forte do que eu jamais percebera que as ligava. Não eram separadas. Eram a mesma. Fazia muito tempo que eram assim.

Mais longe, eu tinha que ir mais longe.

Puxava.

E eu *empurrava*.

Através da grama. Através das árvores.

Ouvi cada pássaro.

Ouvi cada cervo.

Ouvi os gambás escondidos na vegetação.

As toupeiras embaixo da terra.

Os esquilos nos troncos das árvores.

Havia uma cidade nas montanhas.

Havia pessoas que moravam lá.

Não conseguia senti-las, não como sentia o bando.

Mas estava *ciente* delas.

Como se eu estivesse do lado de fora, mal olhando para dentro.

Havia uma sensação delas.

Os integrantes do meu bando eram como faróis brilhantes no escuro.

As pessoas de Green Creek eram estrelas borradas nas bordas do espaço.

Mas estavam *ali*.

Empurrei.

E ele me *puxou*.

O bando se mexia ao meu redor, os corações sincronizando um por um, tanto dos humanos quanto dos lobos.

Elizabeth suspirou.

Havia uma clareira no meio da floresta.

Tinha gosto de raios e mágica.

De garras e presas.

E no meio dessa clareira estava sentado um homem que outrora fora um menino.

Um menino que amei.

Então um monstro veio até a cidade, pensando em assassinato, e rasgou um buraco nas nossas cabeças e nos nossos corações.

O menino foi atrás do monstro com vingança em seus olhos vermelho-sangue.

O monstro agora estava morto.

E também o menino. Porque um homem havia tomado o seu lugar.

E era para lá que me *puxava*, para lá que eu *empurrava*, porque havia uma batida sob a minha pele, o movimento de um animal que queria explodir de mim.

As pessoas de Green Creek eram estrelas borradas.

O bando ao meu redor eram luzes no escuro.

Esse menino, esse *homem* era o sol, brilhante e opressor.

O animal em mim rugia para se libertar.

Elizabeth Bennett sussurrou:

— *Vá.*

Eu fui.

Eu já tinha saído da casa e estava na grama quando aconteceu.

Houve uma dor enorme no meu corpo, uma dor que nunca tinha sentido. Meus músculos se contraíram quando saí para a varanda e caí com os joelhos e as mãos no chão. Não conseguia encontrar um jeito de respirar. Tudo era alto demais. Os corações. A floresta. Green Creek. Todos *gritavam* por mim, gritavam *OxOxOx* e abri a boca para gritar de volta, mas o som que saiu foi alto e gutural, um rosnado que nenhum humano poderia emitir.

Meus ossos começaram a rachar e quebrar, os pedaços se rearranjando. Pelos começaram a surgir na minha pele, e eram pretos como a parte mais profunda da noite, e eu não consegui impedir, não consegui combater.

Garras surgiram por baixo das minhas unhas. A tensão era tremenda.

Por um breve instante, um instante *humano*, percebi o que estava se passando, que não deveria ser possível, que eu tinha *morrido*, a mão de Richard *dentro* de mim, minhas entranhas saindo para *fora*. Eu acreditava em magia. Acreditava no impossível. Acreditava em lobisomens e nos chamados da lua.

Quase não acreditei no que estava acontecendo.

É um sonho é um sonho é um…

Mas não era um sonho, porque a dor era extraordinária. Tinha que ser, pela forma como tudo dentro de mim estava quebrando e se transformando. Gritei outra vez, minha voz menos humana do que antes. Saiu gorgolejada, e houve o pensamento de *estou me transformando, meu Deus, estou* me transformando, *estou…* antes de dissolver.

A dor cessou.

eu era eu era eu era eu era eu era eu era eu *SOU*

um lobo

cores existem

pretos e brancos
azul tem azul eu vejo está
na lua está na lua
é verde
tudo é verde
há *outros*
aqui posso sentir os *outros*
é bando é lar é meu é nosso nosso nosso *nosso*
estão aqui
em bando casa estão estão aqui aqui e olhando
eu sou
Alfa
sou seu
Alfa
olhos
meus
olhos
são
Alfa
sim são meus
todos eles

ah meu Deus a mulher disse a jovem mulher disse a mulher humana que eu
conhecia porque sabia que ela era minha
não minha
nós dois bando mais nada por causa dele por causa dele porque

ele se transformou a loba mãe disse *ele se transformou porque o sente chamando*

puta merda Alfa um dos homens humanos disse *esse é um lobo retorcido*
sim
eu sou lobo eu sou retorcido sou lobo retorcido

ihhh outro homem humano disse *por que ele está rosnando assim para nós*

não consegue sentir nos laços disse o bruxo rindo bruxo meu bruxo meu *ele está sendo um filho da puta convencido ele gostou quando o chamou de retorcido*

sim porque eu sou

Alfa
sou grande
e forte
cuido do meu bando são meus são
meus para proteger porque sou
Alfa
ai caramba disse o último homem humano *ele vai ficar insuportável depois disso*
mostro meus dentes para eles
não sentem medo riem porque não sentem medo
ótimo não quero que sintam
medo de mim porque são meus
e eu sou deles deles deles mas
mas
onde está meu
onde está meu
onde está meu meu meu
cantar para ele
preciso cantar
música alta para ele me ouvir no bosque
eu canto
as árvores elas *balançam* com minha música tremem e balançam minha música é
as árvores são minhas
a grama é minha
tudo isso é meu
meu território
me responda
cante para eu voltar para casa cante para mim cante…
canção canção canção cancão canção canção canção canção canção *canção cançãocançãocançãocançãocançãocanção*
na clareira
ouço ouço é para mim está me chamando ele está me chamando porque ele é
meu
bando
meu

parceiro
meu
Alfa
canto para ele canto de volta para ele canto para ele para ouvir estou indo parceiro estou
eu corro
para a canção que canta para mim
eu corro
para o coração que bate para mim
eu corro
porque ele me chamou
porque está cantando para eu voltar para casa
pelas árvores
eu canto
minha canção é
eu canto
estou indo
por favor não vá
por favor espere por mim
por favor me ame
eu sou lobo
eu sou Alfa
eu sou seu
você é
meu meu meu meu
eu o vejo
você me vê
está irritado
está assustado
está com raiva de mim
você cheira triste
cheira a mim mas triste por favor não fique triste por que está triste estou aqui com
você e você não precisa ser
menino homem lobo Alfa
por favor
ox ele disse *ox ox*

por que não olha para mim
por que não me vê estou aqui com você estou
sua pele tem gosto de sal
chorando
você está chorando
não chore
não pode ficar triste
não gosto quando está triste
ele disse *eu pensei*
ele disse *a mão dele*
ele disse *estava dentro de você ox*
ele disse *seu maldito*
ele gritou *como pôde*
ele gritou *como pôde me deixar*
ele está com raiva de mim
por favor não fique com raiva
estou aqui sou lobo Alfa bando parceiro
e posso senti-lo
está me arranhando
meu lobo
quer morder
e matar
estou tão irritado agora
você está irritado
eu estou *irritado*
não pode me impedir
não pode impedir isso
isso é
eu sou lobo
eu sou
Alfa
ele disse *não não ox não me desculpe*
ele disse *não é assim que deve ser*
ele disse *eu estou aqui*

estou aqui com você por você ox porque você sempre fez o mesmo por mim você é bengalinhas doces e pinhas você é épico e incrível você é a única razão pela qual eu consegui suportar os anos em que estive fora eu cortei nosso contato e tentei tirá-lo da cabeça mas quando estava tarde quando ficava escuro eu pensava em você em voltar para casa para você em ficar com você em ser feliz em estar em casa porque ox você é meu lar sem você não sou nada não sou ninguém você é meu amor minha vida meu bando meu parceiro então preciso que se concentre *preciso que* ouça *meu coração minha voz minha respiração eu sou seu Alfa e não posso fazer isso sem você então você volte você volte para mim ox*

eu ouço
sua respiração
sua voz e palavras
e eu
eu sou
eu sou
EU SOU OX EU SOU OX EU ESTOU...
me transformando e

— Puta merda — falei ao cair sobre meus joelhos humanos. Tinha uma mão nas minhas costas, os dedos calorosos na minha pele enquanto eu combatia meu estômago, que revirava. O mundo era alto demais ao meu redor, como se eu pudesse escutar cada coisinha que acontecesse em um raio de quinze quilômetros. Fui agredido pelos aromas da floresta.

A transformação tentou me dominar de novo, minhas garras se enterrando na terra. Minha gengiva coçava e eu queria *empurrá-las*, queria que viessem.

Ele falou:

— Ox.

Rosnei para ele.

O Alfa disse:

— *Ox*.

Tudo congelou.

Ele ajoelhou na minha frente.

Pegou meu rosto nas mãos e inclinou minha cabeça para cima até que eu pudesse ver seus olhos.

Eram vermelhos, uma chama vermelha ardente, e eles me *chamavam*, mesmo agora, mesmo com a tempestade na minha cabeça, o lobo logo abaixo da superfície, tentando sair.

Ele disse:

— Ouça.

Ele disse:

— Você está aqui.

Ele disse:

— Comigo.

Ele disse:

— E jamais vou deixá-lo.

Eu falei:

— Não acredito em você.

— Confia em mim?

Sim. Sim. Sim. Fiz uma careta quando meus músculos enrijeceram.

— Não posso...

— Ox — perguntou com a voz afiada. — *Confia em mim*?

— Sim — respondi. — Sim. *Sim*.

— Então preciso que confie em mim agora. Sou seu Alfa. Mas você também é meu. Ox, eu o mordi para salvá-lo. Você se transformou. Não é mais humano. Você é um lobo, Ox. Como eu. E Carter e Kelly. Mamãe. Mark. Você é um lobo, tudo bem?

— Meus olhos — consegui dizer. — Qual é a cor dos meus olhos? — Porque não conseguia deixar de pensar que fossem violeta, que eu não tinha mais bando, porque nunca tinha sido parte do bando, para começar. Joe era o Alfa. Ele tinha vindo para casa e ficaria encarregado e não teriam lugar para mim, não precisariam...

— Vermelhos — respondeu calmamente. — Seus olhos são vermelhos.

— Caralho — falei num suspiro, e tudo se encaixou.

Nunca tinha pensado em controle.

Antes.

Nunca tinha pensado no esforço que envolvia efetivamente *ser* um lobo. Thomas e os outros faziam parecer tão fácil.

A única vez que vi algo próximo de uma falta de controle foi na noite em que Joe se transformou pela primeira vez.

Anos. Já fazia anos desde aquela noite.

Então nunca tinha pensado muito no assunto.

Agora eu não pensava em outra coisa.

Estava deitado na clareira com a cabeça no colo de Joe, ele acariciando o meu cabelo, nenhum de nós preocupado com a minha nudez. A grama era fria contra a minha pele quente. Eu estava ouvindo seu coração, inspirando por três batidas, expirando a cada cinco.

O lobo em mim ainda lutava, eriçado, mas se acalmava sob o toque do Alfa.

Não falamos durante um longo tempo.

Eu não sabia o que ele estava pensando. Não entendia os cheiros que exalava. Eram fortes, esses cheiros. Cinéticos. Queimavam meu nariz. Mas por baixo deles estava Joe. Era fumaça e terra e chuva. Eram os cheiros que sempre associei a ele, intensificados mil vezes. Queria me enterrar neles, rolar neles até que me cobrissem por inteiro.

Mas o silêncio acabou. Teve que acabar. Havia muito a dizer.

Ele disse:

— Osmond está morto.

Resmunguei, pois tinha concluído que fosse esse o caso.

— Gordon o matou. O resto do nosso bando cuidou dos outros Ômegas. Os humanos sequestrados conseguiram chegar à oficina, estavam seguros. Nós os encontramos abraçados no fundo da oficina, embaixo de um dos elevadores. Gordon… fez alguma coisa com eles. Alterou suas lembranças. Isso não os machucou. Apenas… não lembrarão. Disso. Dos Ômegas. De nós. De você. Nada disso. Vão se curar. Acharam que tinham sofrido um acidente de carro. Foi estranho, na verdade.

Conveniente. Talvez conveniente até demais. Eu não sabia até onde ia a magia de Gordon nem o que ele havia feito nos anos em que estivera fora, mas teria tempo para isso. Mais tarde. Agora eu só precisava ouvir Joe. Estar perto dele.

Tentei encontrar as palavras, quaisquer que fossem, para dizer alguma coisa. Mas acabou saindo um balbucio de sons, mais lobo do que homem. A mão de Joe havia paralisado brevemente no meu cabelo, mas em seguida continuou, unhas curtas arranhando meu couro cabeludo.

Ele disse:

— Eu devia ter sabido que havia algo errado.

Sua voz estava calma. Cuidadosamente controlada.

— Eu devia ter sabido — repetiu.

Queria perguntar como ele tinha descoberto, mas…

Ele ouviu assim mesmo. De algum jeito.

— Você fechou os laços. Para todos. Eu te liguei. Caiu na caixa postal. Liguei para Gordon. Ele não atendeu. Fui até a oficina. Os outros me seguiram porque *sabiam*, Ox. *Sabiam* que algo estava errado.

Uma leve falha no tom. Transpareceu raiva, tingida por algo que tinha gosto de dor. Ou tristeza. Não sabia se existia diferença entre os dois.

Pressionei o rosto em seu colo, tentando me acalmar.

— Gordon soube — continuou ele. — Foi atrás de você. Disse que tinha alguma coisa estranha. E ele simplesmente... ele soube. Eu, não. Mas ele, sim. Ele...

Minhas mãos viraram garras.

— Seu tolo — sussurrou. — Seu homem burro e tolo.

Gani para ele, implorando que não me afastasse. Não agora. Nem nunca.

— Como pôde achar que isso seria aceitável? — falou, quase se engasgando. — Como pôde pensar...? Não consegui alcançá-lo a tempo. Não consegui... e ele estava *lá*, o monstro dos meus pesadelos estava *lá*, e a mão dele estava *dentro de você*...

Ele se interrompeu ao começar a tremer.

Envolvi a cintura dele com os braços, pressionando o rosto em sua barriga.

— Não pude contê-lo a tempo — disse Joe, não mais suave e calmo. Seu coração estava acelerado. Estava agarrando meu cabelo. Falando através das presas. — Não consegui alcançá-lo a tempo. Tive que assistir... quando ele... fez o que fez. E tudo que consigo lembrar, tudo que me lembro de *pensar* é que era um sonho. Que era tudo um sonho. Mas não era, porque certa vez você me disse que é impossível sentir dor nos sonhos, que essa é a diferença entre sonhar e estar acordado. Ox. Eu não estava sonhando porque *senti*. Tudo. Ele o rasgou e me rasgou e aí arranquei a cabeça dele e você estava *sangrando*.

Ele se inclinou sobre mim, como se tentasse me proteger de tudo ao seu redor.

Sua respiração estava irregular em meu ouvido.

Ele disse:

— Seu maldito. Como ousa morrer na minha frente.

Foi então que encontrei minha voz.

Porque eu precisava falar.

E porque ele precisava me ouvir.

Eu deveria ter dito *me desculpe*.

Ou *agora vai ficar tudo bem*.

Ou *o monstro morreu e eu estou aqui e nunca mais vou deixá-lo*.

Mas não disse nada disso.

Quando falei, minhas palavras saíram abafadas contra ele.

Minha voz estava mais grossa do que nunca, como se eu estivesse preso em algum lugar entre homem e lobo.

Eu disse:

— Faria tudo de novo. Se isso significasse que você estaria seguro.

Ele respirou fundo.

E era verdade. Seria com prazer que eu abriria mão da minha vida se isso significasse que Joe poderia viver por mais um dia. Ou qualquer integrante do nosso bando. Porque era isso que um Alfa fazia. Thomas havia me ensinado. Um Alfa coloca seu bando acima de tudo. É trabalho do Alfa manter a integridade do bando. Mantê-lo seguro. Mantê-lo vivo.

Richard Collins poderia tentar vir atrás deles, mesmo tendo me dado a sua palavra.

Mas foi um risco que tive que correr.

Porque significava a segurança deles.

Virei, me deitando de costas para encará-lo.

Ele olhou para mim.

Uma lágrima solitária aterrissou na minha testa.

— Eu te odeio — sussurrou.

Assenti com a cabeça, porque sabia que odiava. Por esta única razão.

— Você faria o mesmo. Por mim. E por isso, eu também te odeio.

Ele riu através do choro.

— Maldito.

O ângulo foi estranho quando ele se inclinou para me beijar. Sua coluna estava curvada ao máximo, e eu levantei levemente a cabeça para encontrá-lo. Foi só uma amostra, um toque suave dos lábios dele nos meus. Mas pareceu mais do que todas as outras vezes. Havia desespero nele, e desejo e dor, tanta dor, mas também havia verde. Havia tanto verde porque estávamos *aqui*. Nós dois estávamos aqui e nem um monstro poderia nos separar.

* * *

Ele traçou os dedos sobre a pele da minha barriga, onde as garras de Richard tinham me eviscerado. Não havia marca, a pele tinha se curado totalmente. Não havia sequer dor. Era como se tivesse acontecido com outra pessoa.

Fiquei imaginando se todas as minhas cicatrizes teriam desaparecido, as marcas que compunham o mapa da minha vida. Se todas elas teriam se curado. A linha fina na minha nuca que eu havia rasgado no arame farpado quando tinha seis anos. A marquinha de catapora na minha bochecha de quando eu tinha nove anos. A marca no antebraço direito quando meu pai ficou bêbado e achou que seria engraçado jogar um tijolo para eu pegar. Essa me rendeu seis pontos e um pedido de desculpas.

Não conseguia olhar. Não sabia como me sentiria se elas não estivessem mais lá.

Eu agora já era mais eu mesmo. O lobo tinha recuado. Eu achava que fosse pela proximidade de Joe. Conseguia sentir os outros, mais do que nunca. Dois dias antes, eles estavam presentes, mas os contornos eram borrados. Agora os sentia com clareza. Estavam esperando por nós. Chegaríamos lá. Em breve.

— Eu o transformei porque não consegui abrir mão de você — disse Joe. Era a primeira vez que falava em quase uma hora.

Suspirei.

— Eu sei.

— Está com raiva?

— Não. Não estou com raiva de ser um lobo.

— Mas está com raiva.

— Não.

— Ox.

— Não de verdade. Não sei. Não sei mais diferenciar a minha raiva da sua. É como se... estivesse me atravessando e...

— Ciclo de realimentação — interrompeu ele.

— Não sei o que é isso.

— É um circuito. Um círculo. Completo entre nós dois. Tudo que eu sinto é tudo que você sente.

Assenti lentamente com a cabeça.

— Vai ser sempre assim? É...

— Avassalador?

— É.

— Não, não vai. Você acabou de se transformar. Tudo está acentuado. Depois que pegar o jeito, vai conseguir controlar melhor.

Achei que parecia razoável, mas não me ajudava agora.

— Então nós dois estamos irritados.

Ele riu, as mãos pressionando minha barriga com mais força.

— Não. Sou só eu agora. Estou puto.

— Comigo.

— Pode apostar que sim.

— Ah.

— Por quê?

Não banquei o bobo. Não achava que conseguiria mais fazer isso.

— Porque, se havia uma chance de que ele não fosse machucá-lo, então eu tinha que tentar. E os outros. Os humanos. Eu não podia... não podia abandoná-los, Joe. Simplesmente não podia.

— Devia ter me contado.

— A coisa meio que deixa de ser heroica se a pessoa sai contando para todo mundo.

O ar que ele soltou foi mais um soluço do que qualquer outra coisa, mas esperamos até que estivesse melhor.

— Não pode fazer isso de novo — disse ele afinal.

— Se significar...

— Ox. Chega de segredos.

Apertei os olhos para ele.

— É porque agora você consegue me ler assim?

Ele riu.

— Sempre consegui, Ox. Nós somos... eu só conseguia. Você é o Ox.

— Você é o Joe.

— Certo.

Olhei paras as estrelas.

— Eles sabem? — perguntei.

— Quem?

— Alfa Hughes. Os outros. Do leste.

— Não. Pedi que Robbie esperasse.

— Até?

— Você.

— Por quê?

— Somos um time, Ox. Você e eu. Não posso fazer isso sem você. E você não deveria ter que fazer sem mim. Não mais.

— Eu consigo — admiti. — Fazer sem você. Só não quero.

Ele riu, e foi um som agradável de escutar.

— Ótimo.

— Ei, Joe?

— Quê?

— Como me pareço?

— Parece você.

— Como lobo.

— Parece você — repetiu. — Eu ia te reconhecer em qualquer lugar. E vou.

O céu estava começando a clarear.

Os pássaros estavam começando a cantar.

Eu estava sobrecarregado por simplesmente *tudo.*

Ele disse:

— Você é grande, Ox. Maior do que qualquer um que eu já tenha visto. Maior do que eu. Do que o meu pai. Mas faz sentido, sabe? Porque você sempre foi assim para mim. Maior do que tudo. No dia em que te vi, soube que as coisas nunca mais seriam as mesmas. Você é imenso. Faz tudo parecer minúsculo. Quando te vejo, Ox, *tudo* que vejo é você.

Ele disse:

— Seus olhos são vermelhos, como os meus. Mas seu lobo é preto, Ox. Preto como o escuro. Inteiro. Nenhuma variação. Seu rabo é longo, e suas patas são grandes. Seus dentes são afiados. Mas ainda consigo enxergá-lo no lobo. Consigo vê-lo ali, nos olhos. Eu te conheço, Ox. Conheceria em qualquer lugar.

Ele disse:

— Você não se transformou por causa da lua, mas porque precisou. Porque seu lobo sabia que tinha que me encontrar. Para que eu provasse que podia trazê-lo de volta. Era uma vez um menino solitário, um menino quebrado que não sabia se conseguia se transformar, e bastou uma pessoa para lhe mostrar como. E agora eu fiz o mesmo por você porque *é isso que fazemos um pelo outro.* É isso que é um bando. É isso que significa.

Ele disse:

— Você é meu, Ox.

Ele disse:

— Eu sou seu.

Ele disse:

— E mal posso esperar para mostrar como sou feito para você tanto quanto você é feito para mim.

Estiquei o braço e segurei o seu rosto. Ele se inclinou ao meu toque. Nunca houve ninguém como Joe antes. Desde aquele garotinho na estrada, passando pelo adolescente de olhos vermelhos, até o homem endurecido que se colocou diante de mim na casa do fim da rua e disse as *mesmas palavras* que havia dito há tantos anos. Não havia ninguém como ele. E ele era *meu*.

Eu o puxei para mim.

O beijo foi quente e molhado. Seus lábios percorreram os meus, minhas mãos o segurando perto, e eu pensei que, embora o monstro estivesse derrotado, isso era apenas o começo. Não achei que conseguiria soltá-lo. Não mais. Não de novo. Não estávamos consertados. Existia a chance de que isso nunca acontecesse. Uma vez meu pai me disse que as pessoas iam me fazer sofrer muito. O monstro disse a Joe que a família dele não o queria mais. Teríamos que conviver com isso, com esses sussurros em nossos ouvidos. Talvez jamais nos livrássemos dessas sombras. Não totalmente.

Mas ainda lutaríamos com todas as forças.

E talvez essa fosse a única coisa que importasse.

O SOL TINHA COMEÇADO A nascer quando o resto do nosso bando nos encontrou, tanto lobos quanto humanos. Pude ouvi-los se aproximando pelas árvores no instante em que entraram na floresta. Eu os sentira acordar pouco antes.

Sabia que, quando nos alcançassem, Rico, Tanner e Chris provavelmente fariam um escândalo por causa da minha nudez, me acusando de tentar usar meu posto de Alfa para criar um harém. Fariam várias piadinhas, mas eu enxergaria o alívio em seus olhos ao não verem ferimentos horrorosos em mim.

Gordon reviraria os olhos com carinho antes de me entregar uma calça de moletom. Ele abaixaria e sussurraria em meu ouvido que eu jamais poderia voltar a assustá-lo daquele jeito, e eu podia apostar que iríamos conversar mais tarde sobre minhas atitudes. Ele me pegaria pela nuca e colocaria a testa na minha e nós apenas *respiraríamos*.

Jessie pareceria um pouco incerta, e talvez um pouco chorosa ao me ver. Seria a primeira a gritar, a dizer como as minhas escolhas tinham sido idiotas e quem eu pensava que era, porra, por acaso *queria morrer*?

Robbie seria lobo, e se esfregaria em mim, tentando deixar seu cheiro, detestando o fedor de sangue que ainda pairava sobre a minha pele. Mais tarde me diria que era cheiro de morte, que *eu* tinha cheiro de morte, e ele não sabia lidar com isso. Não podia me perder. Eu era o seu *Alfa*, porra, e precisava cuidar melhor de mim, porque ele não saberia o que fazer se eu morresse.

Carter e Kelly também seriam lobos, e iam latir e andar em volta de Joe e de mim, abanando os rabos ao se esfregarem em nós dois, tentando parecer relaxados, mas os olhos estariam um pouco arregalados demais, os ganidos que soltariam seriam um pouco assustados demais para enganarem alguém. Depois acabariam deitando um de cada lado de nós, se encostando em seus Alfas e fechando os olhos, enfim respirando calmamente.

Elizabeth e Mark seriam os últimos, ambos humanos. Assistiriam enquanto os outros se manifestavam, Mark com seu sorriso secreto e Elizabeth fechando os olhos e permitindo que os pensamentos de *bando bando bando* entornassem sobre ela. Iam se juntar a nós depois que os outros começassem a se ajeitar, Elizabeth perto dos filhos, e Mark ao lado de Gordon, ambos evitando trocas de olhares, mas com as mãos lado a lado na grama, os mindinhos se encostando, e haveria um senso de *correção*, de *completude*, finalmente, finalmente, *finalmente*.

Tínhamos vivido.

Tínhamos amado.

Tínhamos perdido. Meu Deus, como tínhamos perdido.

Mas estávamos aqui agora. Juntos. E talvez esse não fosse o fim. Talvez tivéssemos outros problemas pela frente. Robert Livingstone. Alfa Hughes. Todos os monstros que ainda existiam pelo mundo.

E tudo bem. Tudo certo.

Porque éramos o bando Bennett.

E nossa canção sempre seria ouvida.

epílogo

— Está pronto? — perguntou ele.

Pairava sobre mim, uma expressão de reverência no rosto.

Minha pele estava melada de suor, quente. Parecia vermelha e superaquecida.

Quase não consegui encontrar as palavras, mas consegui dizer:

— Sim. Sim, Joe.

Ele se inclinou para me beijar enquanto pressionava levemente para entrar. Arquejei quando ele me fodeu, e ele me engoliu, passando a língua na minha. Meu pau estava preso entre nós, se arrastando na barriga dele.

Ele enfiou o máximo que pôde, os quadris batendo na minha bunda, minhas pernas por cima dos seus ombros. Nós assimilamos um ao outro, olhos abertos, os narizes se esfregando.

— Ah, *caralho* — disse ele enquanto seus quadris tremiam.

E esperou, se segurando no lugar, como se não conseguisse se mover, como se não *quisesse* se mover.

— Tudo bem, Joe. — falei. — Por favor. Está tudo bem e eu preciso… caramba, eu *preciso*, caralho…

— É, Ox. Vou dar o que você precisa. Vou te foder, tudo bem? Só me deixa te foder e…

E ele recuou, depois enfiou de novo. A cama rangeu embaixo de nós e ele continuou se movendo, nós dois rosnando um para o outro, minhas garras enterrando nas costas dele, sem me importar se perfurassem a pele.

Ele aproximou os quadris quando se empertigou, empurrando minhas pernas sobre meu peito até quase me dobrar ao meio, só para poder olhar para baixo e ver o pau em mim. Então desacelerou, os olhos arregalados enquanto me via desmoronar sob ele. Já estávamos nisso havia horas, e eu estava excitado demais para fazer com que durasse muito mais. Para alguém tão inexperiente, ele certamente aprendia rápido, fazendo meus olhos se revirarem e minha boca secar.

Mas não era só sobre transar ou gozar.

Era mais.

Tão mais.

Eu podia sentir se acumulando na base da minha coluna. Não tentei conter a transformação ao sentir que ela vinha.

Com Joe acontecia o mesmo em cima de mim, semitransformado e gritando enquanto eu apertava em torno dele.

Ele disse:

— Ox, está quase na hora.

— Sim, certo, sim. Por favor, vai.

Porque toda a nossa caminhada nos trouxera até aqui. Esse momento.

Desde que ele me entregou a caixa com o pequeno lobo de pedra e se prometeu para mim.

Rosnei:

— *Vai.*

Seus olhos brilharam vermelho.

Suas presas apareceram.

Gozei entre nossos corpos, inclinando a cabeça para trás, expondo o pescoço.

Ele sussurrou meu nome, disse meu nome, gritou meu nome enquanto gozava dentro de mim.

E então mordeu. Bem no espaço entre o pescoço e o ombro.

Senti uma dor, afiada e aguda.

Depois passou, sendo substituída por algo diferente.

Algo muito maior.

Meus olhos se abriram quando arquejei.

Porque foi *mais* do que eu jamais pensei que pudesse ser.

Foi *tudo.*

Seus dentes escorregaram da minha pele.

Pude sentir o sangue saindo.

Ele estava ofegante ao recuar, os lábios tão vermelhos quanto os olhos.

Ele disse:

— Caralho.

Ele disse:

— Ox.

Ele disse:

— Ox, está sentindo? Isso é… eu não acredito que nós… depois desse tempo todo nós…

Ele disse:

— Ox.

Ele disse:

— Parceiro.

O lobo rosnou:

— *Meu*.

Sobre o autor

TJ KLUNE é um autor estadunidense que escreve desde os oito anos. Ganhador dos prêmios Lambda, Alex Award e Mythopoeic Fantasy, ele acredita na importância de representar, agora mais do que nunca, personagens queer de maneira positiva, uma vez que ele é parte da comunidade LGBTQIA+. Seus outros livros, *A casa no mar cerúleo* e *Além da porta sussurrante*, também publicados pela Morro Branco, tornaram-se sucesso de crítica e de público, figurando nas listas de mais vendidos do *The New York Times*, do *USA Today* e do *Washington Post*.

ESTA OBRA FOI COMPOSTA EM CASLON PRO E IMPRESSA
EM PÓLEN NATURAL 70G COM REVESTIMENTO DE CAPA
EM COUCHÉ BRILHO 150G PELA IPSIS PARA A EDITORA
MORRO BRANCO EM AGOSTO DE 2023